JONAS WOLF

HELDENWINTER

Zu diesem Buch

Tolkien nannte die Halblinge »Hobbits«. Für all ihre Fans erzählt Jonas Wolfs »Heldenwinter« nun ein neues Abenteuer der Halblinge. Nach der Ermordung seiner Familie kennt der junge Halbling Namakan nur noch ein Ziel: Vergeltung. Nicht nur der gefürchtete Krieger in Weiß, sondern auch dessen grausamer Gebieter soll für seine Untaten bezahlen. Auf ihrem Rachefeldzug gegen den wahnsinnigen König und seinen blutrünstigsten Schergen finden Namakan und sein Ziehvater Dalarr alte wie neue Verbündete und stellen sich unzähligen Gefahren. Bald schon beginnt der Junge zu ahnen, dass sein Lehrmeister ihm nicht die ganze Wahrheit über seine Vergangenheit erzählt hat. Eine Vergangenheit, die mehr Düsternis als Licht zu kennen scheint ...

Jonas Wolf, geboren 1976 in Hamburg, schrieb schon als Kind Geschichten und Märchen. Seine Liebe zur Fantasy entdeckte er mit J. R. R. Tolkiens Epos über die Vernichtung eines magischen Rings und Robert E. Howards Erzählungen um einen grimmigen Barbaren. Sein Roman »Heldenwinter« steht in dieser ehrwürdigen Tradition und verbindet sie mit Einflüssen aus der modernen Fantasy.

JONAS WOLF

HELDENWINTER

Roman

Piper München Zürich

Entdecke die Welt der Piper Fantasy:

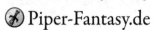

Originalausgabe
Februar 2012
© 2012 Piper Verlag GmbH, München
Umschlagkonzeption: semper smile, München
Umschlaggestaltung: www.guter-punkt.de
Umschlagabbildung: Alan Lathwell, London
Karte: Tobias Mannewitz
Satz: C. Schaber Datentechnik, Wels
Druck und Bindung: CPI – Clausen & Bosse, Leck
Printed in Germany   ISBN 978-3-492-26719-9

*Gewidmet den Vätern
der Fantasy*

Prolog

»… und so endet unsere Geschichte.«

Lodaja ließ die Hände sinken und erfreute sich an den großen, glänzenden Kinderaugen. In der Welt jenseits der Narbe mochten Ströme von Blut fließen, die nie versiegten, doch Lodaja würde alles dafür tun, dass diese grausige Flut ihre Mündel niemals mit sich fortriss.

Sie liebte diese kleinen Geschöpfe von ganzem Herzen, jedes einzelne von ihnen: ihren strohblonden Schatz Wutschak, der so gern über die Stränge schlug. Ihre wankelmütige Miska, die mit schmatzenden Küssen ebenso freigiebig war wie mit schmerzhaften Knuffen. Ihre tüchtige Selesa, die nie klagte, wenn man sie um die Erledigung einer Hausarbeit bat. Ihr süßer Tschesch, den sie erst seit letztem Winter in ihren Armen halten durfte. Ohne sie und all die anderen in der Schar wäre Lodajas Leben umso vieles ärmer gewesen.

Einen Augenblick verharrte ihr Publikum in atemloser Stille – ein Augenblick, der nicht lange anhalten sollte.

»Lodaja, Lodaja!« Aufgeregt sprang Wutschak von seinem Platz am Kamin auf und drängte sich an zweien seiner Ziehgeschwister vorbei in die vorderste Reihe, wo er aufgeregt von einem Stummelbein aufs andere hopste. »Ist das alles wahr?«

Lodaja nickte lächelnd. »Genau so ist es gewesen.«

»Dann hat Bilur Imir wirklich gelebt? Keiner konnte ihn besiegen?« Ungelenk ahmte Wutschak ein paar Schwerthiebe des großen Helden aus Lodajas Erzählung nach.

»Keiner konnte ihn besiegen«, bestätigte Lodaja. Sie zuckte mit den Schultern. »Und wer weiß? Vielleicht lebt er ja immer noch …«

»Hör doch auf, du Dummbatz!« Miska, der durch Wutschaks breiten Hintern der Blick auf Lodaja verstellt wurde, versetzte dem Rabauken einen Schubs. Wutschak plumpste quiekend zu Boden. Dabei klemmte er dem kleinen Tschesch die Füßchen ein, der sofort jämmerlich wimmerte. Selesa, die jenes schwierige Alter erreicht hatte, in dem sie sich gern als Richterin über das Verhalten der anderen aufspielte, nahm Tscheschs Gejammer gleich zum Anlass, Wutschak kräftig an den Ohren zu ziehen.

Daraufhin drohte alles in eine wüste Balgerei auszuarten. Lodaja unterband sie, indem sie rasch eine Reihe Kopfnüsse austeilte und Tschesch zu sich auf den Schoß nahm. Sie lächelte und dankte dem Unendlichen für das Geschenk, das er ihr gemacht hatte. Sie hatte nie selbst die Gnade erfahren, neues Leben in sich heranreifen zu spüren. Doch dieser Mangel war ihr dutzendfach vergolten worden – mit jedem neuen Mündel, das den Weg in ihr Haus fand. Was zählte es da, dass weder Wutschak noch Miska noch all die anderen den schlanken Wuchs, das feine Haar oder die ebenmäßigen Züge aufwiesen, die sie sicherlich besessen hätten, wenn sie in Lodajas eigenem Schoß gewachsen wären? Dass sie die plumpe Statur, die struppigen Borsten, die fliehende Stirn und die breiten Nasen des Talvolks hatten? In allen Belangen, die tatsächlich etwas zählten – denen, die das Innerste eines denkenden und fühlenden Geschöpfs formten –, war sie ihre Mutter. Und darauf war Lodaja stolz.

Miska rieb sich die Stelle auf ihrem Dickschädel, wo Lodajas spitze Knöchel sie getroffen hatten. »Aber was ist mit der Plage?«, wollte sie wissen, als hätte es den kleinen Zank nie gegeben. »Sind nach der Schlacht tatsächlich alle Toten wieder in ihre Gräber zurückgekehrt?«

»Lass mich überlegen.« Nachdenklich strich Lodaja Tschesch übers Haar und reichte ihm den kleinen Finger als Ersatz für den Schnuller, der irgendwo im Gewühl verlorengegangen war. Dann senkte sie die Stimme zu einem dunklen Raunen. »Nun, man sagt sich, nicht alle Toten hätten nach Bilur Imirs Sieg Ruhe gefunden. Es heißt, sie würden an manchen Abenden – solchen wie heute, an denen keine Wolke den Mond verbirgt – durch die Lande ziehen, um ihren Hunger zu stillen.« Es wurde so leise, dass Lodaja glaubte, die Herzen der Kinder pochen und wummern zu hören. »Am liebsten holen sie sich ungezogene kleine Halblinge, die nicht ins Bett gehen wollen, wenn man ihnen sagt, dass es Zeit zu schlafen ist. Sie machen keine Gefangenen, und sie …« Lodaja stockte. Zog draußen gerade ein Gewitter auf, das seinen Zorn durch fernes Donnergrollen ankündigte?

»Und sie …?«, drängte Wutschak.

Lodaja drückte dem Jungen Tschesch in die Arme und stand auf. Kein Donner rollte so lang über die schroffen Gebirgszüge, in denen die Immergrünen Almen des Talvolks geborgen lagen. Nun war es auf einmal ihr eigenes Herz, das sie wild schlagen hörte. »Genug erzählt«, sagte sie, bemüht, ihre Sorge nicht zu zeigen. Sie deutete auf die Tür zu dem kurzen Gang, der vom Haupthaus in den Anbau führte, wo die Betten der Kinder standen. »Alle rüber! Sofort! Selesa, du siehst zu, dass sich alle waschen. Auch zwischen den Zehen!«

Es war zu spät. Die Ohren der Halblinge mochten klein und knollig sein, doch inzwischen war das unheimliche Geräusch laut genug geworden, dass es auch den Kindern auffiel.

»Was ist das?«, fragte Miska ängstlich. »Sind das die Toten?«

»Hasenschiss!«, antwortete ihr Wutschak im abfälligen Tonfall des altklugen Bruders. »Das sind nur Ponys.«

Der Junge hatte ein schmutziges Mundwerk, und er war oft arg ungezogen, aber auf den Kopf gefallen war er nicht. Lodaja streifte die Kette um ihren Hals ab und steckte sie Selesa in die Schürze. »Hier! Schließ beide Türen ab!«, wisperte sie dem Mädchen zu. »Mach erst wieder auf, wenn du mich rufen hörst!«

Selesa wurde blass um die Nasenspitze. »Stimmt etwas nicht?«

»Geht! Wer als Erstes drüben ist, bekommt morgen früh ein Ei mehr!« Lodaja scheuchte die aufgeregte Kinderschar durch die Tür und wartete, bis sich der Schlüssel von der anderen Seite im Schloss drehte. Dann eilte sie in die Mitte des Raums und lauschte. Nichts. Hatten sie und Wutschak sich etwa getäuscht? Nahten keine Reiter und ihre Sinne hatten ihnen nur einen Streich gespielt? Nein, über das Prasseln der Scheite im Kamin vernahm sie ein Scharren und Schnauben.

Dann klopfte es an der Vordertür.

Lodaja zuckte zusammen. Panisch griff sie nach dem Messerchen, mit dem sie vor der Märchenstunde ein paar runzelige Äpfel geschält hatte. Nichts, womit man eine Räuberbande in die Flucht schlagen konnte, aber dennoch besser, als den ungebetenen Gästen völlig wehrlos entgegenzutreten.

Sie öffnete die Tür.

Da sie außer ihrem Gatten so viele Sommer lang nur Umgang mit Menschen aus dem Talvolk gehabt hatte, die ihr selten bis an die Brust reichten, überraschte sie die Größe ihres Besuchers. Sie musste erst den Kopf heben, um in ein grausames Antlitz zu schauen, von dem sie inständig gehofft hatte, es wäre für immer in den Nebeln ihrer Vergangenheit verschollen. Wache, blaue Augen, in denen die kalten Flammen eines von Hass und Zorn getriebenen Denkens loderten. Volle Lippen, auf denen sich unablässig ein verächtliches Lächeln anzukündigen schien. Ein kantiges Kinn, das auf einen unbeugsamen, jedes Gesetz der Menschlichkeit missachtenden Willen hinwies. Das Furchtbarste an dieser Erscheinung war jedoch, dass sie in Lodajas Geist dennoch mit solch edlen Regungen wie grenzenloser Zärtlichkeit und unerschütterlicher Treue verknüpft war.

»Waldur«, raunte sie heiser.

Sein Plattenpanzer erstrahlte selbst im Licht der einsetzenden Dämmerung in reinstem Weiß, als wäre es einem Meisterschmied gelungen, die Farbe und das Leuchten frischgefallenen Schnees in Metall zu bannen.

»Lodaja att Situr«, grüßte er sie, setzte den mit Widderhörnern verzierten Helm ab und neigte sein Haupt. »Es ist lange her.«

Instinkte, die Dutzende von Sommern in Lodaja geschlummert hatten, erwachten angesichts der Bedrohung schlagartig. Sie spähte über Waldurs Schulter und zählte seine Begleiter – raubeinige Gesellen auf massigen Rössern, deren Flanken dampften, weil ihre Reiter sie unnachgiebig angetrieben hatten. Als sie bei zwölf angelangt war, hörte Lodaja auf zu zählen. Es gab kein Entrinnen. Stumm schalt sie sich eine Närrin, nicht umgehend mit den Mündeln geflohen zu sein, als die erste Ahnung sie befallen hatte. Jetzt war es zu spät. Trotzig klammerte sie sich an den Gedanken, dass Waldur hier nicht finden würde, wonach er suchte.

Sie trat zu ihm hinaus und zog die Tür hinter sich zu. »Wer hat uns verraten?«

Da brach es sich Bahn, das verächtliche Lächeln auf seinen Lippen. »Ihr selbst. Mir wurden Gerüchte über einen Meisterschmied beim Talvolk zugetragen, der Skaldat so leicht zu schmieden weiß, als wäre es Stahl. Und zu glauben, ein Halbling verstünde sich auf diese Kunst, wäre töricht gewesen.« Die vielen Sommer hatten es nicht geschafft, Falten in seine Haut zu graben. Als er die Hand ausstreckte, um ihr mit den Fingerspitzen über die linke Wange zu streicheln, empfand sie nur Abscheu. »Wie ich sehe, hat er dir ein neues Auge gemacht.«

Ein silbernes Auge, Ersatz für das, was sie bei ihrer letzten Begegnung mit Waldur eingebüßt hatte …

Ihr Arm schoss vor, die kurze Klinge des Messers auf die Stelle in Waldurs Achsel gerichtet, wo ihn keine Rüstung schützte. Er wich ihrem Angriff aus, indem er sich nach vorn warf, sie an der Kehle packte und gegen die Tür schleuderte. Ihr Messerstich ging ins Leere, und im nächsten Augenblick hatte sie das Gefühl, als wäre ihr Arm in einem Schraubstock gefangen, weil Waldur ihn zwischen seiner Brustplatte und seiner Armschiene einquetschte.

»So wild wie eh und je«, keuchte er ihr ins Ohr. »Du hättest mich zu deinem Gatten erwählen sollen, nicht ihn.«

»Lieber wäre ich gestorben«, schleuderte sie ihm entgegen und versuchte vergeblich, ihm das Knie zwischen die Beine zu rammen.

»Wo ist er?«, fragte Waldur.

»Fort«, antwortete sie wahrheitsgemäß. »Du bist umsonst gekommen.«

»So?« Er hob eine Augenbraue, stieß Lodaja zu Boden und zermalmte ihr Handgelenk unter dem Absatz seines schweren Stiefels. Sie schrie auf und spürte trotz des Schmerzes, der ihr die Tränen in die Augen und einen heiseren Schrei aus der Kehle trieb, wie sich die Finger um den Griff ihres Messers lösten. »Mag sein, dass er nicht hier ist. Aber es gibt einen Weg, wie ich ihn zu mir rufe.« Ohne den Fuß zu heben, wandte Waldur sich seiner Horde zu. »Brennt alles nieder!«, befahl er.

»Nein!«, kreischte Lodaja, bäumte sich auf und krallte die gesunde Hand in seinen Waffengürtel. Er hieb ihr die Faust gegen die Schläfe.

Während ihr blitzende Sterne vor den Augen tanzten, musste Lodaja mit ansehen, wie die Reiter unter lautem Rufen Pfeile aus den Köchern an ihren Sätteln zückten.

»Skra Gul! Skra Gul!«, brüllten sie, und die Spitzen ihrer Geschosse entzündeten sich zu grellen, weißen Flammen.

Wie ein Schwarm Sterne stiegen die Pfeile in den düsteren Himmel – hoch, hoch hinauf, bis sie den Gesetzen der Welt folgten und sich in die strohgedeckten Dächer des Gehöfts bohrten, wo das Feuer reichlich Nahrung fand.

»Erschlagt alle!«, wies Waldur seine Mordbrenner an und zog sein Schwert.

Überrascht stellte Lodaja fest, wie scharf die Klinge war – sie spürte keinen Schmerz, nur einen festen Druck, als die Spitze ihr Herz durchstach. Ein eisiger Schrecken breitete sich in ihr aus, als sie erkannte, dass der Unendliche bestimmt hatte, sie durch Waldurs Hand in die Stille Leere zu holen.

Dennoch war ihr letzter Gedanke einer, der ihr Trost auf diesem schweren Weg spendete: Das Massaker an ihren unschuldigen Mündeln würde nicht lange ungesühnt bleiben. Mit seiner Schandtat hatte Waldur einen dunklen Sturm entfesselt – einen dunklen Sturm der Rache, der ebenso wenig Gnade kannte wie er selbst.

1

Von allen Formen der Trauer ist die die höchste,
aus der die Sehnsucht nach Vergeltung erwächst.

Aus den Lehren des Alten Geschlechts

Namakan kniete im Schlamm, niedergezwungen von einem Grauen, das sich überall um ihn herum zeigte, ganz gleich, wohin er seinen Blick auch wandte.

Die Mauern des ausgebrannten Gehöfts waren rußgeschwärzt, als wären die Schatten all derer, die die Flammen ihm genommen hatten, in den Stein gebannt.

Die undankbaren Ziegen waren durch das aufgestoßene Gatter ihres Geheges gelaufen, um zwischen den Leichen ihrer Hirten an den wenigen Büscheln Gras zu zupfen, die nicht unter gewaltigen Hufen zerstampft worden waren.

Unter einem Fenster lag ein verkohltes Bündel, bei dem es sich am Morgen, als Namakan mit seinem Meister zum Skaldatschürfen in die Berge gezogen war, noch um sein jüngstes Ziehgeschwister gehandelt hatte.

Warum schreie ich nicht? Warum weine ich nicht einmal still?
Ein Teil von Namakan wollte es, doch nichts an seinem Körper und in seinem Fühlen gehorchte ihm mehr. Als wäre ein riesiges Stück seiner Seele aus ihrer stofflichen Hülle an einen Ort gerissen worden, wo eine Kälte herrschte, die sämtliche Regungen in ihr lähmte. Erst nach und nach fand sie ihren Weg an den angestammten Platz in seinem Herzen zurück, heimgeholt durch Erkenntnisse, deren Endgültigkeit so gewaltig war, dass Namakans sonst so flinker Geist ihnen mit quälender Trägheit begegnete.

Nie mehr. Wutschak wird nachts nie mehr zu mir unter die Decke kriechen, wenn er schlecht geträumt hat und sich vor Dämonen und Zauberern fürchtet.

Wie auch, mit einem Schädel, der von einer Axt oder einem Schwert vom Scheitel bis zur Nasenwurzel gespalten war?

Nie mehr. Ich werde mir nie mehr von Selesa anhören müssen, dass ich mir ja ordentlich die Sohlen schrubben soll, wenn ich neben dem Meister an der Esse gestanden habe.

Ein altkluges Mädchen, das aus leeren Augen hinauf in den bleiernen Himmel starrte, brauchte nicht länger auf die Sauberkeit seines Heims zu achten.

Nie mehr. Ich werde mich nie mehr mit Jasch darüber streiten, wer von uns beiden nach dem Meister Anrecht auf die zweitsaftigste Bratenscheibe hat.

Ein aufgeschlitzter Bauch, aus dem das Gedärm quoll, war ohnehin nicht zu stopfen.

Nie mehr. Ich werde nie mehr Lodajas sanfte Stimme hören, mit der sie mich tröstet, wenn der Meister mich einen unverbesserlichen Nichtsnutz genannt hat.

Seine Ziehmutter war für immer verstummt.

Den Rücken gegen die geborstene Tür des Haupthauses gelehnt, saß Dalarr bei seiner toten Frau. Er hatte seinen Umhang über sie gebreitet, als könnte sie die Wärme, die er ihr schenkte, noch spüren. Lodajas Kopf ruhte in seinem Schoß, und der Schmied streichelte ihr silbernes Haar.

Seine behutsamen Bewegungen hatten nichts von der urtümlichen Kraft, mit der er sein Tagwerk ausübte und mit der er bei seinen Gängen in die Berge die steilen Hänge bezwang.

Er sieht so schrecklich alt und schwach aus, dachte Namakan. *Seine Schultern sind irgendwie schmaler als sonst, und sein Bart ist grau wie kalte Asche, und die Falten in seinem Gesicht ... Bei den Untrennbaren! Sie sind tiefer als die Schluchten, in denen wir nach Skaldat schürfen. Wird ihn das alles umbringen? Wird er vor Kummer und Gram einfach sterben? Bitte nicht ... bitte nicht.*

Namakan kämpfte sich auf die Beine und wankte auf seinen Meister zu. Er bildete sich ein, sein plumper, rundlicher Leib, in dem er sich so häufig tapsig und ungeschickt fühlte, hätte durch die Trauer an Gewicht gewonnen, so schwer fiel ihm jeder einzelne Schritt. Als er Dalarr ansprach, klang ihm seine Stimme dumpf und hohl in den Ohren. »Wer hat das getan?«

Dalarrs kantige Züge zeigten keine Regung.

Lodajas bleiches Gesicht rief Namakan eine der schaurigen Geschichten aus der Welt jenseits der Berge in Erinnerung, die sie so oft erzählt hatte. »Waren es die Toten, die die Plage erweckt hat?«

»Nein.« Dalarr schlug den Umhang von Lodajas Leichnam zurück. »Die Toten kennen mehr Ehre als diese Schweine.«

Lodajas Kleid war zerrissen.

Namakan brauchte eine Weile, um sich zu überwinden, den entblößten Leib näher zu mustern. Zwischen den Brüsten klaffte eine fingerlange Wunde, wie ein Mund, der einen Schwall Blut erbrochen hatte. Eine Vielzahl kleinerer Schnitte zog sich in einer schmaler werdenden Spur von den Schlüsselbeinen bis zur Scham. *Wie wenn sie einer reißenden Bestie zwischen die Klauen geraten wäre. O Lodaja ...*

Dann begriff er endlich, dass die Wunden alles andere als zufällig entstanden waren. Jemand hatte Lodajas Fleisch missbraucht, um darauf ein Zeichen zu hinterlassen.

Was er da erblickte, war der Schädel eines Drachen: Die Schnitte am oberen Teil des Rumpfs markierten die ausladenden Hörner, auf den Brüsten standen zwei schräge Kerben für die Augen des Untiers, und der Stich, der Lodaja getötet hatte, war das Maul, aus dem die Bestie blutiges Feuer spie.

»Was ist das?«, fragte Namakan.

»Das Wappen eines feigen Mörders!« Dalarr ballte die Fäuste. »Eines Narren, der von seiner Gier nach Macht und Unsterblichkeit geblendet ist! Der sich in den Mantel des Edelmuts hüllte, um erst einen leichtgläubigen Träumer und schließlich

ein ganzes Reich zu täuschen!« Dalarr bedeckte Lodajas Blöße.
»Ich habe geglaubt, hier auf den Immergrünen Almen wären wir sicher vor seinen Häschern. Ich habe geglaubt, er würde uns vergessen.« Er lachte bitter auf. »Ich hätte wissen müssen, dass Arvid hus Drake keine Kränkung dulden kann. Am Ende bin ich der Narr, nicht er.« Er küsste Lodajas Stirn und schob ihr Haupt vorsichtig von seinem Schoß, um sich danach zu erheben. »Und für meine Torheit haben meine Frau und meine Mündel den Preis bezahlt.«

»Aber du konntest doch nicht ahnen, dass diese Leute kommen, bevor wir in die Berge gegangen sind.« Namakan wollte den Schmerz seines Meisters lindern. Er fasste an den Knauf des Jagddolchs an seinem Gürtel, weil er das dringende Bedürfnis hatte, seine Finger um etwas Hartes, Festes zu schließen. »Wenn wir hier gewesen wären …«

»Wenn wir hier gewesen wären, wärst du jetzt tot, du Wurm«, fuhr ihn Dalarr an, das Gesicht zu einer Fratze der Wut verzerrt. »Wer denkst du, dass du bist, um etwas gegen Männer auszurichten, an deren Händen mehr Blut klebt als an jedem Opferstein? Wofür hältst du dich?« Er packte Namakan an der Kapuze seines Umhangs und schüttelte ihn wie einen jungen Hund. »Meinst du, nur weil du gelernt hast, wie man einen Dolch schmiedet, der kürzer ist als mein Gondull, wärst du ein Krieger? Hat sich alles, was ich dir je beigebracht habe, in deinem flachen Schädel in Scheiße verwandelt?«

Dalarr, dem sein dicklicher Schüler gerade einmal bis über die Hüfte reichte, ließ Namakans Kapuze los und versetzte ihm einen heftigen Stoß vor die Brust. Namakan kippte um, landete platschend im Matsch und stellte fest, dass er sehr wohl noch in der Lage war, Tränen zu vergießen. Heiß rannen sie ihm über die Backen, und er schluchzte laut, als der Damm der Trauer in ihm brach.

Nie mehr.

»Hör auf zu flennen, du Waschweib!«, brüllte Dalarr und umfasste in einer weiten Geste das gesamte Gehöft, auf dem so unerbittlich gewütet worden war. »Das macht sie auch nicht wieder lebendig!«

»Du tust, als wäre es meine Schuld, Meister«, erwiderte Namakan halb bis ins Mark erschüttert, halb von einem schwachen Trotz getrieben. *Warum ist er nur so zornig auf mich? Ich habe doch nichts getan.*

Dalarr bedachte ihn mit einem langen Blick voller Verachtung, die nach einem endlosen Moment jäh in etwas umschlug, das Namakan nicht einzuordnen wusste. *Ist das Mitleid? Mit wem? Mit mir? Mit den anderen? Nein, das ist kein Mitleid. Das ist Enttäuschung. So schaut er auch, wenn ihm eine Klinge misslingt.*

Schweigend wandte Dalarr sich ab und schritt hinüber zum Anbau, in dem die Betten von Namakan und seinen Geschwistern standen. Er schob barsch die Reste eines Dachbalkens beiseite, der beim Brand vor die Tür gestürzt war, und verschwand im Innern dessen, was von dem Gebäude noch übrig war.

Auch auf die Gefahr hin, seinen Meister weiter zu reizen, blieb Namakan einfach liegen. Er schloss die Augen und gab sich ganz seiner Verzweiflung hin. Die Nässe des Schlamms kroch unaufhaltsam durch die Wolle seines Umhangs und das Leinen seines Hemds, doch es kümmerte ihn nicht.

Vielleicht versinke ich im Schlamm und ersticke darin, wenn ich mich nicht bewege. Das wäre gut. Besser, viel besser, als irgendwann wieder aufzustehen. Wenn ich liegen bleibe, bleibt es vielleicht alles nur wie ein Traum. Aber wenn ich aufstehe, dann wird es echt. Dann wird es wahr. Aber es kann nicht wahr sein. Es darf nicht wahr sein. Das ist nur ein Traum, und in Wahrheit ist alles ganz anders. So wie sonst, wenn wir aus den Bergen heimkommen. Tschesch spielt im Hof mit einem ausgeblasenen Ei. Er lacht, als er uns kommen sieht. Er lässt das Ei fallen und krabbelt auf uns zu. Wutschak rennt aus dem Haus, um uns zu fragen, ob wir Skaldat gefunden haben. Er quengelt, weil er es sehen und anfassen will. Es riecht nach frischgebackenem Brot, weil Lodaja immer genau weiß, wann wir wieder da sind. Miska umarmt mich und drückt mir einen Kuss auf die Wange, feucht und eklig, und ich wische ihn weg. Selesa hat einen Kübel Wasser hingestellt, damit ich mir die Füße wärmen kann.

Nie mehr. Sie sind alle fort. Ich bin allein. Ich bin mit dem Meister allein.

Als ihm bewusst wurde, dass er nun schon zum zweiten Mal eine Familie verloren hatte, tastete Namakan blind nach dem einzigen greifbaren Zeugnis aus seiner Vergangenheit. Nach dem Ring um seinen Finger. Einem schlichten Reif aus einem blaustichigen Metall.

Lodaja und Dalarr hatten ihm erzählt, er hätte den Ring schon getragen, als sie ihn eines Morgens vor vielen Wintern bei sich auf der Schwelle abgelegt gefunden hatten – nackt, hilflos und als Erstes der verwaisten oder ausgesetzten Kinder des Talvolks, die im Heim der beiden großen Menschen Aufnahme fanden. Namakan hatte das Kleinod nie abgelegt, weil seine Zieheltern es versäumt hatten, den Ring rechtzeitig zu entfernen, solange er sich noch leicht von seinem Finger abstreifen ließ. Inzwischen wurde er von zwei Hautwülsten gesäumt, doch auf wundersame Weise hatte der Ring ihm nicht das Blut abgeschnitten. Er hatte sich stattdessen Stück für Stück geweitet und bereitete ihm nicht einmal Schmerzen. An guten Tagen hing Namakan daher dem Tagtraum nach, seine wahren Eltern könnten mächtige Magier gewesen sein, die ihren Sohn irgendwann zu sich zurückholen würden – ein Traum, über den er noch nie mit jemandem gesprochen hatte, weil diese Vorstellung albern war. Jeder Trottel wusste doch, dass die Halblinge des Talvolks keine Magier hervorbrachten.

Als er keine Tränen mehr hatte und ihm die Kehle vor lauter Schluchzen wund war, schlug Namakan schließlich die Augen auf und rappelte sich hoch. Dalarr war nicht untätig geblieben. Er hatte die toten Kinder eines nach dem anderen an eine Stelle auf dem Hof getragen, die weitgehend frei von Schlamm war. Sein Gesicht und seine Hände waren schwarz von Ruß und Asche.

Wie betäubt sah Namakan dabei zu, wie sein Meister sich erst die Finger in einer Pfütze wusch, ehe er Lodajas Leiche in seinen Umhang wickelte und sie mit ihren Schützlingen vereinte. Namakan wischte sich den Rotz von der Nase. »Was wollten sie von uns?«, fragte er heiser.

»Sie haben einen Schatz gesucht«, antwortete ihm Dalarr ruhig.

»Welchen Schatz? Wir haben keinen Schatz.«

Dalarr ging nicht auf seine traurige Verwunderung ein. Stattdessen trat er auf ihn zu, rückte ihm die nasse Kapuze zurecht und tätschelte ihm den Nacken. »Ich habe Dinge gesagt, die ich nicht hätte sagen dürfen«, erklärte Dalarr. »Und ich habe dir Dinge vorgeworfen, die du nicht ändern kannst. Das tut mir leid.«

Namakan schluckte und spürte seine Unterlippe zittern. Es kam nicht oft vor, dass sein Meister sich für eine Ruppigkeit entschuldigte.

»Ich habe daran gedacht, wie mir Lodaja die Ohren dafür langgezogen hätte, dich armen Wicht dermaßen anzublaffen«, fuhr Dalarr leise fort. »Weißt du, wovor ich am meisten Angst habe?«

Namakan schüttelte den Kopf.

»Dass ich nicht ein Quäntchen ihrer Sanftmut in mir habe und dass du mir deshalb eines Tages abspenstig wirst, weil es dir zu viel mit mir altem Griesgram wird, der nur Schläge und böse Worte austeilt, wenn du eigentlich Halt und Zuspruch bräuchtest.«

»Niemals«, flüsterte Namakan. »Niemals, Meister.«

»Schön.« Dalarr legte ihm die Hand auf die Schulter und drückte sie fest. »Komm!«

Namakan folgte ihm zum gemauerten Schuppen neben der Schmiede. Er war von den Flammen weitestgehend verschont geblieben, weil das Feuer an ihm nicht genug Nahrung gefun-

den hatte. Dalarr reichte seinem Schüler einen Spaten. »Heb ein Grab für sie aus, Junge.«
Sie sind fort. Sie sind wirklich fort. Namakan drohte unter der Last der ihm gestellten Aufgabe einzuknicken und stützte sich rasch auf dem Spatenstiel ab. »Nur ein Grab?«
»Eine Familie, ein Grab«, entgegnete Dalarr und schickte ihn an die Arbeit.

Anfangs trieb Namakan noch die Furcht um, er könnte es niemals schaffen, eine Grube auszuheben, die breit und tief genug für alle war. Doch Spatenstich für Spatenstich rang er diese Angst nieder und erkannte rasch, dass es ihm gut tat, seine Muskeln zu schinden, das Brennen und Ziehen in ihnen zu spüren.
Ich bin noch am Leben. Ich missachte ihr Andenken, wenn ich mir wünsche, ich könnte für immer bei ihnen im Schlamm liegen. Ich bin noch in der Welt. Ich muss von ihnen reden und an sie denken, damit sie wenigstens in mir lebendig bleiben. Ich darf nicht vergessen, wie Miska lacht, hell und quiekend wie ein Ferkel. Wie winzig Tscheschs Fingerchen sind und wie viel winziger noch die Nägel daran. Robliks dumme Reime. Die Hose, die Hose, die trinkt so gerne Soße. Vier mal vier macht sechzehn Bier. Selesas gieriges Glänzen in den Augen, wenn ich ihr sage, dass die Stachelbeeren reif sind. Lodajas liebste Seife, die so schlimm nach Lavendel riecht.
Erst wenn er all das vergaß, waren sie endgültig fort, und er schwor sich, all das nie zu vergessen – selbst wenn ihm zu den dreißig Sommern, die er schon gesehen hatte, noch dreihundert mehr vergönnt waren und er genauso alt werden sollte wie der älteste Greis, der bisher aus dem Talvolk erwachsen war. Dann würde er auch voller Stolz die Erinnerung an Dalarr in sich bergen, der sicher lange vor ihm wissen würde, ob die Stille Leere, an die er glaubte, womöglich doch nicht ganz still war. Der Gedanke daran, dass er auch seinen Meister eines Tages verlieren würde, weil die großen Menschen nun einmal

schneller vergingen, spornte Namakan nur dazu an, die Zähne zusammenzubeißen und sich weiter in die schwere Erde zu wühlen. Es scherte ihn auch nicht, dass der Schaft des Spatens immer glitschiger wurde, weil ihm das Holz die Haut bis hinunter aufs rohe Fleisch von den Handflächen scheuerte. Im Schmerz fühlte er sich denen näher, die keinen Schmerz mehr kannten.

Namakan erwachte langsam aus dem tiefen Schlaf der Erschöpfung, in den er gefallen war wie in einen bodenlosen Schlund. Er wusste nicht, wie viel Zeit vergangen war. Er wusste nur, dass sein Kopf auf etwas ruhte, das nach Leder roch: sein Rucksack, in dem er die Ausrüstung für den Ausflug in die Berge verstaut hatte. Er setzte sich auf und stellte fest, dass seine Hände dick verbunden waren. Er schnupperte an ihnen und nahm einen Hauch von Lodajas Salbe wahr, mit der sie aufgeschürfte Knie und andere kleine Schrammen behandelte. Sie musste ihm die Verbände angelegt haben. Namakan lächelte, ehe ihm der Gedanke kam: *Nein. Lodaja ist tot.*

»Willst du noch lange da faul herumliegen?«, hörte er seinen Meister rufen.

Er ließ ungläubig den Blick über den Hof schweifen. Die Leichen waren verschwunden, ihr Grab zugeschüttet. Der kleine Hügel aus feuchter Erde, der den genauen Ort ihrer letzten Ruhestätte verriet, würde nicht lange bestehen. Wind und Regen würden ihn abtragen, während die Leiber unter ihm eins mit dem Element wurden, das ihr Ursprung war.

Namakan deutete auf ein großes, dreckverkrustetes Bündel Öltuch zu Dalarrs Füßen. Er hatte es noch nie gesehen. »Wo kommt das her?«

»Ich habe selbst ein bisschen gegraben.« Dalarr half ihm auf die Beine.

»Was ist da drin?«

»Später«, vertröstete Dalarr ihn, trat vor das frische Grab und breitete die Arme aus, wobei seine Handflächen hinauf zum Himmel zeigten, an dem sich die Wolken zu immer höheren Gipfeln auftürmten. »Erst singen wir für sie.«

In einer Stimme dunkel und kräftig wie Paukenschläge hob Dalarr zu einer Melodie an, die in Namakans Kopf Bilder von trostlosen Weiten und sich in ferne Meere wälzenden Strömen heraufbeschwor:

> *I nista skirpanda soktu ek, jarta mitt.*
> *I eldtungna leta soktu ek, hem minn.*
> *I gleda glowanda, soktu ek, lif mitt.*
> *En bara oskir er var eldar.*
>
> *I stena bidum soktu ek, jarta mitt.*
> *I glerglanda soktu ek, hem minn.*
> *I hems bretanda soktu ek, lif mitt.*
> *En bara rik er var grot.*
>
> *I wikja gjalfi soktu ek, jarta mitt.*
> *I floda stromi soktu ek, hem minn.*
> *I bilgja bilgjanda soktu ek, lif mitt.*
> *En bara tar eru var regin.*
>
> *I storma beljanda soktu ek, jarta mitt.*
> *I fengja flotanda soktu ek, hem minn.*
> *I vinda vislanda soktu ek, lif mitt.*
> *En ginnungagap er nu var filli.*

Namakan verstand die Worte des Liedes nicht, denn sie stammten aus der Sprache von Dalarrs Heimat, und er hatte ihre kehligen, grollenden Laute bisher nur selten gehört. Entweder wenn Lodaja und Dalarr in ihrem Schlafzimmer, wo sie sich vor den Ohren ihrer Mündel sicher glaubten, einen stürmischen Zwist austrugen. Oder – und dies war die weitaus häufigere Gelegenheit gewesen – wenn Namakan durch eine Unbeholfenheit Dalarrs reizbares Gemüt in Wallung brachte und sich dafür eine Schelte voll rätselhafter Beschimpfungen und Verwünschungen abholte. Namakan hätte nie erwartet, dass in einer Zunge, die für ihn bislang nur mit Sorge oder Scham verbunden war, so viel Wohlklang liegen konnte. Ungeduldig wartete er, bis Dalarr geendet hatte.

»Ich will auch für sie singen«, verlangte er.

»Dann sing.«

»Ich würde gern das Lied singen, das du gesungen hast.« Namakan schaute betreten auf seine Zehen. »Aber ich durfte ja nie deine Sprache lernen.«

»Wenn es nur das ist ...«, brummte Dalarr. »Ich musste dieses Lied schon einmal übersetzen.«

»Ehrlich?« Manchmal vergaß Namakan, wie alt sein Meister schon war und wie viel er wohl in der Welt jenseits der Berge erlebt hatte. »Für wen?«

»Für jemanden, der seine Heimat verloren hatte. Er war ...« Er brach ab und wischte sich hastig über die Augen. »Hör gut zu:

Im Sprühen der Funken suche ich dich, mein Herz.
Im Flackern der Flammen suche ich dich, mein Heim.
Im Glimmen der Gluten suche ich dich, mein Leben.
Doch Asche ist nun unser Feuer.

Im Harren der Steine suche ich dich, mein Herz.
Im Glitzern des Glases suche ich dich, mein Heim.
Im Wandeln der Welten suche ich dich, mein Leben.
Doch Staub ist nun unser Felsen.

Im Raunen der Bäche suche ich dich, mein Herz.
Im Fließen der Fluten suche ich dich, mein Heim.
Im Wogen der Wellen suche ich dich, mein Leben.
Doch Tränen sind nun unser Regen.

Im Tosen der Stürme suche ich dich, mein Herz.
Im Schweben der Schwingen suche ich dich, mein Heim.

*Im Wispern der Winde suche ich dich, mein Leben.
Doch Leere ist nun unsre Fülle.«*

Dreimal noch sang Dalarr das ganze Lied, ehe Namakan die Worte gut genug kannte, um einzustimmen. Die Wolken begannen, ihre Last von sich zu werfen, als wollten sie den beiden winzigen, unbedeutenden Geschöpfen weit unter ihnen dabei helfen, ihre Trauer fortzuspülen.

Nachdem das letzte Wort ihrer Klage verklungen war, fragte Namakan seinen Meister: »Wie soll es jetzt weitergehen?«

»Jetzt tun wir etwas, das ich schon vor langer Zeit hätte tun sollen«, antwortete Dalarr mit grimmiger Miene und musterte dabei das schmutzige, ausgegrabene Bündel, das unter den prasselnden Tropfen langsam seine Hülle aus Dreck verlor. »Jetzt gehen wir einen König erschlagen.«

2

*Kenne deine Eltern wie das Haar auf deinen Füßen,
denn wenn du sie kennst, kennst du dich selbst.*

Sprichwort des Talvolks

Namakan lugte unter dem Dach des Schuppens, in dem sie auf das Ende des Schauers warteten, hervor und zum Himmel hinauf. »Meister?«
»Ja?«
»War das dein Ernst?«
»Was?«
»Dass wir einen König töten wollen.«
»Mein bitterster Ernst.« Dalarr strich sich durch den Bart, auf dem einige verirrte Regentropfen glänzten. »Es ist unsere Pflicht. Arvid muss sterben.«
»Wir sind nur zu zweit.« Es war keine Angst, die aus Namakan sprach, sondern etwas, wofür er keinen Namen kannte. Beim Singen des Klagelieds war das fremde Gefühl in ihm erwacht. Ein Ziehen in der Brust, heiß und kalt zugleich, das ihn zwang, die Hände zu Fäusten zu ballen, und in ihm das Verlangen auslöste, loszulaufen und etwas in tausend Stücke zu schlagen. »Was können wir gegen einen König ausrichten?«
»Man braucht nur dann ein Heer, wenn man Schlachten gewinnen und ein Reich erobern will«, sagte Dalarr. »Um einen Mann zu töten, braucht man nichts weiter als einen einzigen anderen Mann, der fest entschlossen ist, Blut fließen zu sehen. Und Arvid ist nicht mehr als ein Mann, auch wenn er eine Krone trägt.« Er streckte eine Hand unter dem Dach hervor. »Der Regen lässt nach. Setz deinen Rucksack auf.«

Während Namakan die Last, die er schon tagelang durch die Berge geschleppt hatte, erneut auf seine Schultern wuchtete, zurrte Dalarr das geheimnisvolle Bündel an seinem eigenen Rucksack fest. Namakan glaubte, ein gedämpftes Klirren zu hören, aber er wagte nicht, seinen Meister noch einmal mit der Frage zu behelligen, was er da ausgegraben hatte.

Er zog sich seine Kapuze über und folgte Dalarr auf den Hof.

»Sieh dir alles genau an und bewahre es gut im Gedächtnis«, forderte ihn Dalarr auf und zwang ihn durch einen sanften Druck unter dem Kinn, den Kopf zu heben. »Vergiss nichts. Merk dir, wo das Grab ist. Merk dir jeden Spritzer Blut an den Mauern. Jeden Pfeil in den Balken, jedes zertretene Beet und jede eingeschlagene Tür. Ruf sie dir in Erinnerung, wenn du jemals daran zweifelst, ob wir das Richtige tun.« Er schwieg einen Moment, dann flüsterte er rau: »Und jetzt sag deiner Heimat Lebewohl. Wir kehren nie wieder hierher zurück.«

»Nie wieder?« Namakan sah zu der in Trümmern liegenden Schmiede, in der er unzählige Stunden damit zugebracht hatte, sich die Schmiedekunst anzueignen. »Was ist mit meiner Prüfung? Ich will doch so werden wie du.«

»Nein, willst du nicht.« Dalarr wandte sich ab und ging gemessenen Schritts auf den schmalen Pfad zu, der sich auf dem saftigen Grün des Hangs wie eine braune Schlange zum Grund des Tals wand. »Glaub mir, mein Junge, das willst du nicht.«

Weißer Qualm stieg von dem kleinen Lagerfeuer auf. Er ließ Namakan an einen Strom von Seelen auf ihrem Weg in das Haus des Untrennbaren Paares denken. Dalarr hatte das Feuer an der windgeschützten Seite eines gewaltigen Felsens entzündet, und er hatte unzählige Versuche mit Flintstein und Zunder gebraucht, um die Flammen zum Leben zu erwecken. Das Holz, das Namakan gesammelt hatte, war wegen des Regens feucht und widerspenstig.

Namakan hingegen hatte sich auf der gesamten Wanderung durch die Täler, an deren Hängen die Immergrünen Almen lagen, brav und schweigsam gegeben. Selbst als ihm aufgefallen war, dass Dalarr jedes Mal, wenn ein Gehöft oder ein Weiler in Sichtweite kam, absichtlich einen weiten Bogen um die Siedlungen machte, hatte er den Mund gehalten. Sogar dann noch, nachdem ihm langsam gedämmert war, wohin sie unterwegs waren.

Nun jedoch, da sie am Feuer saßen – Namakan so dicht an den Flammen, dass sein Gesicht schon ganz heiß war und ihm der Schweiß auf der Stirn stand, Dalarr mit dem Rücken zum flackernden Schein –, konnte er sich nicht mehr im Zaum halten. »Wie ist die Welt jenseits der Berge?«

»Groß«, gab Dalarr zurück.

»Wie finden wir Arvid dann?«

»Ich weiß, wo sein Palast steht.«

»Aha.«

Schweigend beobachtete Namakan seinen Meister eine Weile dabei, wie er wortlos in die Nacht hinausblickte. Die Wolken waren weitergezogen, und am Himmel stand als dünne Sichel der Mond, dessen karges Licht die Landschaft aus Wiesen, kleinen Gehölzen und verstreuten Felsen in dunkle und noch dunklere Schatten schied. »Ich war noch nie dort draußen«, meinte er schließlich.

»Was du nicht sagst ...«

Namakan seufzte leise und rieb sich die Oberschenkel. Es tat ihm gut, Dalarrs Stimme zu hören, weil ihr Klang seine eigene Aufregung über den Auszug in die Fremde dämpfte. Leider schien der Meister nicht in der passenden Stimmung für eine Unterhaltung, sondern hing offenbar lieber seinen Gedanken nach, die bestimmt um seinen Verlust kreisten. So wie Namakans Gedanken es taten, wenn er sie nicht unter großen Mühen in eine andere Richtung lenkte.

Aber ich will darüber reden, was dort draußen ist. Ich war noch nie dort. Ich werde ihm keine große Hilfe sein, wenn er mir nicht erzählt, wie es dort ist. »Lodaja und du, ihr kommt von draußen.«

Darauf erhielt Namakan lediglich ein Brummen und ein leichtes Nicken als Antwort.

»Wie seid ihr euch begegnet?«, bohrte er weiter.

»Willst du das wirklich wissen?«

»Unbedingt.«

»Hat sie nie etwas darüber erzählt?«

»Nein.«

»Diese Frau …« Dalarrs Schultern sackten ein Stück ein. »Sie war mir immer ein Rätsel, und jetzt wird sie mir auf ewig ein Rätsel bleiben. Ich dachte manchmal, ihre emsige Zunge würde sie gewiss überleben, und nun erfahre ich, dass sie bei allem, was sie den lieben langen Tag so schwatzte, es nie für nötig befunden hat, euch Kindern zu verraten, wie ich ihr Herz für mich gewann. Aber ich will es dir erzählen.«

Als ich Lodaja zum ersten Mal sah, stand sie nicht in Fleisch und Blut vor mir. Sie ist mir auch nicht im Traum erschienen. Ich glaube nicht an Träume und Weissagungen. Ich gebe keinen Furz auf sie. Das war eine ihrer Schwächen, keine von meinen.

Ich saß auf einer Bank im großen Saal einer Burg, den Kopf schwer vom Saufen und Fressen. Knochentrockener Rotwein und fette Wildsau. Dazu dicke Mohnknödel und geröstete Rüben. Das war der letzte Gang gewesen, den man mir aufgetischt hatte. Nicht die beste Mischung für den Magen, aber es wäre unhöflich von mir gewesen, nicht zuzulangen, bis es mir fast den Gürtel aufsprengte. Damit hätte ich meinen Gastgeber, den Burgbesitzer, beleidigt.

Immerhin kam ich gerade von einer Fahrt zurück, auf die ich in seinem Namen gegangen war. Es war nicht die erste, und es sollte nicht die letzte gewesen sein. Er zahlte bestens, und ich sah vieles in ihm, das mir Hoffnung für die Zukunft machte. Nun ja, wenn man den Kopf im eigenen stockfinstern Hintern stecken hat, sieht plötzlich sogar ein Arschloch aus wie die strahlendste Sonne ...

Auf eines verstand er sich jedenfalls: aufs Feiern. Und das Gelage, das er zu meiner Rückkehr veranstaltete, war ganz nach meinem Geschmack. Mehr Spielleute, als ein Igel Stacheln hat, genug Starkbier, um eine Zwergenbinge damit zu überschwemmen, und so viel Leckereien aus aller Herren Länder, dass sich die Tische darunter bogen.

Gräfling. So nannten die Vertreter der anderen hohen Häuser meinen Gastgeber. Ein Spottname, dessen Kränkung sich gleich auf zwei seiner Eigenschaften bezog. Für die erste konnte er nichts. Niemand sucht sich aus, aus welchem Schoß er kriecht, und wenn es nach dem Gräfling gegangen wäre, hätte er sich mit Sicherheit eine andere Mutter ausgesucht als die jüngste Schwester des Königs. Zum Beispiel die Königin.

Nun fragst du dich wahrscheinlich, weshalb es ein schlimmes Schicksal ist, in ein Königsgeschlecht hineingeboren zu werden. Weshalb klagt man darüber, wenn man in Honig ertrinkt? Es gibt viele Gründe, die ich dir aufzählen könnte, warum es bisweilen besser ist, als Sohn eines tüchtigen Müllers oder einer armen Wäscherin aufzuwachsen als am Hof von Silvretsodra, wo man niemals Hunger leiden oder sich den Hintern selbst abwischen muss, wenn einem gerade einmal nicht danach ist. Der Grund aber, der für den Gräfling seine Herkunft so unerträglich machte, war der, dass er von klein auf begriff, wie unbedeutend er trotz seiner hohen Geburt war.

Natürlich war es eine ausgesprochen eitle Form der Unbedeutsamkeit, wenn man sie mit der eines einfachen Soldaten oder der eines Bettlers auf den Straßen vergleicht. Vielleicht kann man sie nur verstehen, wenn einem schon als Kind von den anderen Höflingen, den Mächtigen und Schönen, ständig unverhohlene Blicke zugeworfen werden, die sagen: »Schau ihn dir an. Ein so hervorragender Wuchs, eine so beachtliche Schläue, ein so edler Schnitt seiner Züge – und dennoch wird er niemals den Thron besteigen, weil ihm ein ganzes Dutzend

Vettern dabei im Weg steht. Der vergeudete Samen eines großen Geschlechts.«

Es ist der Fluch der beinahe erfüllten Verheißung, der von Beginn an auf ihm lastete, und er verleitete ihn dazu, sich in späteren Sommern auf das Lehen zu verkriechen, das ihm sein Onkel zugewiesen hatte. Dort, so hieß es unter den spitzzüngigen Schranzen, erging er sich in unverhohlenem Groll auf sein missliches Geschick und traute sich nur noch aus seinem Bau, um kleine Beute zu machen. Für sie war er kein Wolf, kein Löwe, kein Bär – für sie war er nur ein grimmiger Dachs. Und »Gräfling« hieß dieses niedere, übellaunige Tier in der Sprache, die die Herren von Silvretsodra gesprochen hatten, als sie vor Generationen ins Reich eingefallen waren. Also fanden die Würdenträger, die nichts als Hohn für meinen Gastgeber kannten, es angesichts seiner aussichtslosen Position in der Erbfolge überaus amüsant, ihn so zu nennen. Was für feine Damen und Herren, die es verdient hätten, dass man Tag für Tag auf ihre Gräber pisst …

Um ihnen zu trotzen und ihnen zu zeigen, was er auf ihr Geschwätz gab, tat mein Gastgeber etwas sehr Kluges: Er nahm ihren Namen für sich an und führte ihn mit Stolz. Doch wenn sie meinten, er hätte darüber seine Kränkung vergessen, sollte die Zeit ihnen weisen, dass sie einem Irrtum aufsaßen, wie er verhängnisvoller nicht hätte sein können.

Doch du wolltest nichts vom Gräfling hören, sondern darüber, wie ich Lodaja fand. Ich war gerade dabei, mir eine Ausrede zu überlegen, wie ich den Gräfling davon abhalten konnte, meinen Kelch voll zu halten, damit mir nicht bald der Kopf auf den Tisch knallte. Da tauchte ein Bote im Saal auf. Der arme Wicht stank erbärmlich. Nach seinem Schweiß, nach dem von seinem Gaul und nach Angst. Er brachte dann auch wahrlich keine guten Nachrichten.

»Lodaja hat wieder versucht, davonzulaufen. Die Schwestern wollen sie aus dem Kloster werfen, wenn Ihr den entstandenen Schaden nicht zehnfach vergütet, Herr.« Sprach's und gab gleich wieder Fersengeld. Eine weise Entscheidung, weil der Gräfling einen leeren Krug packte und ihn nur knapp damit verfehlte, obwohl mein Freund ansonsten so zielsicher warf wie ein blindes Mädchen, dem man die Augen verbunden hat.

»Wer ist Lodaja?«, fragte ich, während die gesamte Dienerschaft Reißaus nahm und die Spielleute eilig ihre Instrumente verstummen ließen, weil der Gräfling Verwünschungen brüllte, bei denen selbst eine erfahrene Hafenhure, die an einem guten Abend ganze Schiffe im Alleingang abfertigt, züchtig errötet wäre.

»Mein Untergang«, fluchte der Gräfling, und ich musste mir den Mund fusselig reden, bis er endlich mit der Wahrheit herausrückte. »Meine Tochter.«

Ich stutzte. Der Gräfling war eine nahrhafte Frucht, die sich manch eine Metze seit vielen Sommern schon gern gepflückt hätte, auch wenn er damals bereits ein Alter erreicht hatte, in dem andere Männer – solche mit liederlichen Töchtern oder prallsäckigen Söhnen – ihre Enkel hüteten. Erst einen Sommer zuvor hatte er sich überraschend ein Weib genommen, um den Gerüchten bei Hofe ein Ende zu setzen, er knabbere lieber Würste, anstatt Muscheln auszuschlürfen. Berguven, ein junges Ding – pechschwarzes Haar, Augen wie das Meer und einen Hintern zum Niederknien –, das ich für ihn aus einer der Provinzen im Süden mitten durch einen völlig sinnlosen Krieg zwischen zwei tollwütigen Landadligen geleitet hatte.

Und wie ich bei diesem Besuch nun feststellte, hatte der Gräfling bei ihr nicht lange gezögert, bis er blankgezogen hatte, denn Berguvens Bauch war schon rund und fest wie ein Kürbis. Aber woher kam auf einmal diese Tochter, die er mir gegenüber zuvor nie erwähnt hatte und die jetzt anscheinend bei einigen Klosterschwestern dafür sorgte, dass den Nebelkrähen die Federn ausfielen?

Ich fragte nach, und der Gräfling berichtete mir von einer unglücklich verlaufenden Ehe, die er auf Drängen seines Vaters vor rund zwanzig Sommern geschlossen hatte und die bereits nach nur zwei Sommern hoffnungslos gescheitert war. Wobei es eigentlich untertrieben war, von einem bloßen Scheitern zu sprechen, wenn sich seine Gattin dazu entschlossen hatte, einen Sprung aus dem Fenster ihrer Turmkemenate zu vollführen, um ihrem Elend zu entfliehen. Der Gräfling gab auch dafür Lodaja die Schuld. »Sie war ein kränkliches Wickelkind, ganz gleich, an die Brust welcher Amme wir sie auch legten«, jammerte er mir die Ohren voll. »Es war die Sorge um diese kleine Teufelin, die meine Frau in den Wahnsinn und aus dem Fenster getrieben hat.«

Er sah mir wohl an, dass ich ihm nicht so recht Glauben schenkte, denn er erhob sich schwankend und zerrte mich mit sich, eine Treppe zur Galerie rings um den Saal hinauf. Nach unserem beschwerlichen Anstieg zog er mich weiter, vorbei an einer endlosen Reihe von Gemälden, die seine Ahnen zeigten, wobei er nicht weiter darauf achtete, wenn ich an einigen Stationen angesichts weit aus den Höhlen quellender Fischaugen, sechsfingriger Hände oder prächtiger Schnauzbärte auf den Lippen schielender Weiber in schallendes Gelächter ausbrach.

»Das ist sie«, verkündete er grimmig vor dem letzten Bild. »Sie hat es selbst gemalt.«

Was soll ich sagen? Mir erschien sie derart lebensecht eingefangen, als stünde sie leibhaftig vor mir. Als würde ich die Wärme ihrer rosigen Wangen spüren, wenn ich die Finger über ihr Abbild streichen ließ. Das Samtene ihres goldenen Haars. Die feste Zartheit ihres Busens.

Dem Gräfling konnte nicht entgehen, welche Wirkung das Bild auf mich ausübte. »Sie gefällt dir«, stellte er fest und riet mir: »Schlag sie dir besser aus dem Kopf, bevor ich es für dich tun muss. Sie ist heimtückisch wie eine Katze, die einem um die Beine fährt und ihre Krallen zeigt, sobald man sie streicheln will. Der Hengst, der sich diese Stute gefügig beißt, ist noch nicht geboren.«

Damals war ich jemand, der keiner Herausforderung aus dem Weg ging, und was der Gräfling da behauptete, hätte allein schon genügt, mich schnurstracks zu dem Kloster aufbrechen zu lassen, in das er Lodaja gesteckt hatte. Doch er lieferte mir noch einen zusätzlichen Anreiz. »Du bist nicht der Erste, der meint, sie zähmen zu können, mein Freund. Vor ein paar Tagen habe ich mit Waldur gezecht, und er hat genau so ein Gesicht gemacht wie du, als ich ihm dieses Bild gezeigt habe.«

In der Geschichte der Welt wird es nie wieder ein anderes Pferd geben, das schneller gesattelt worden wäre als meines in dieser Nacht. Ich musste doch Waldur einholen. Er und ich, wir hatten damals eine Art freundschaftliche Fehde laufen, wie sie unter Männern, die sich für unbesiegbar halten, nichts Ungewöhnliches ist. Unsere Wege kreuzten sich nicht mehr ganz so häufig wie in unserer Jugend, aber trotzdem oft genug, um uns wechselseitig anzustacheln wie zwei tolldreiste Jungen. Wenn Waldur erzählte, er hätte mit bloßen Händen einen Bären erwürgt, band ich mir eine Hand auf den Rücken und suchte nach der nächsten Höhle. Wenn er damit prahlte, eigenhändig eine Schwadron Falkenreiter in die Flucht geschlagen zu haben, forderte ich als Nächstes ein Regiment heraus. Und wenn er damit angab, ein Weib mit Riesenblut in den Adern sei unter seiner standhaften Zuwendung vor Wonne geschmolzen, ging ich los und wetzte mir an drei Barbarenbräuten den Stößel wund. Wie gesagt, ich musste ihn einholen.

Als ich bei dem Kloster ankam, dessen Namen mir der Gräfling zu Beginn meines wilden Ritts aus dem Burgtor nachgerufen hatte, sah ich mich einem Hindernis gegenüber. Das Kloster – ein grottenhässlicher, Kroka geweihter Bau mit hohen Mauern aus Granit – lag auf einer Insel inmitten eines Sees. Und weit und breit keine Fähre, kein Boot in Sicht. Es nutzte ja nichts: Ich legte meine Rüstung ab, um mich nackt in die Fluten zu stürzen.

Die erste Schwester, die mich aus dem Wasser steigen sah, wäre um ein Haar in Ohnmacht gefallen, aber nach ein paar Ohrfeigen war sie wieder bei sich und verriet mir freimütig, wo Lodaja war. Ich nehme an, sie und ihre unnütze Brut waren heilfroh darüber, dass ein Fremder aufgetaucht war, der ihnen ihr schlimmstes Übel abnehmen wollte. Die Spuren von Lodajas letztem Fluchtversuch waren überall: umgestürzte Statuen, zerrissene Altartücher, Kroka-Anbeterinnen, die sonderbar hinkten – sie besaß damals wirklich ein feuriges Temperament. In ihrer ganzen Zeit bei den Nebelkrähen fand sie nur eine einzige Freundin, die damit umzugehen verstand. Ein nicht weniger eigensinniges Weib, wenn ich mich richtig erinnere, doch wahrscheinlich war es genau diese Eigenschaft, die das zarte Pflänzlein der Zuneigung zwischen ihnen erst so richtig düngte.

Zu meiner Bestürzung war Lodaja nicht allein in dem kleinen Innenhof, zu dem mir die erschrockene Schwester den Weg gewiesen hatte. Waldur war bei ihr. Und weißt du, was das Erste ist, was er macht, als er mich sieht? Er reißt sich die Kleidung vom Leib und murmelt etwas von gerechten Vergleichen. Von wegen gerechter Vergleich. Als ob ich nicht eben erst eine geschlagene Stunde durch scheißkaltes Wasser geschwommen wäre.

Jedenfalls fand Lodaja mein Erscheinen unglaublich komisch. »Du bist gerade noch rechtzeitig und doch zu spät«, erklärte sie mir, nachdem ich mich ihr vorgestellt hatte. »Waldur wollte gerade seine Wahl treffen. Du kannst nur hoffen, dass er danebenliegt.«

Was sie damit meinte, war Folgendes: Sie hatte Waldur drei Dinge gezeigt, von denen er das aussuchen sollte, das für ihr Herz stand, um das er warb. Ein faustgroßes Stück Sandstein. Einen goldenen Becher, über und über mit Edelsteinen besetzt. Und eine Taube in einem Vogelzwinger. Eine alberne Prüfung, die sie gemeinsam mit ihrer Freundin ausgeheckt hatte. Um sicherzugehen, dass sie den richtigen Mann als Retter und Gatten wählten, wie Lodaja gern behauptete. Doch wenn du mich fragst, diente es nichts anderem als der Abschreckung und der Demütigung von Freiern. Sie konnte von Glück reden, dass wir beide – Waldur und auch ich – derart in Leidenschaft entbrannt waren, dass wir uns von ihr demütigen ließen. Das kommt nun einmal davon, wenn man seinem Gondull das Denken überlässt.

Nun, Waldur schnappte sich gleich den Becher und fing an, etwas davon zu faseln, wie er dieses liebreizende Gefäß immerzu und für alle Zeit bis an den Rand mit seiner Liebe füllen würde. Du hättest sein Gesicht sehen sollen, als ihm Lodaja sagte, ihr Herz sei kein Nachttopf und er solle sein Wasser woanders abschlagen.

Waldur hatte Pech. Und die falschen Dichter gelesen. Ich hingegen kannte meinen Stummen Barden in- und auswendig. Ich nahm statt des Kelchs den Stein, brach ihn auseinander, legte die Druse aus glitzernden Kristallen darin frei und sagte: »Schlag mein hartes Herz entzwei und aale dich im Licht, das im Dunkel wächst.«

Während Waldur vor Wut bebte, griff Lodaja nach meinen Händen. »Du bist stattlich und belesen, doch das allein genügt nicht, dass ich mich dir gebe.« Sie zeigte hinauf zu einem der vielen Türme des Klosters, um den ein riesiger Schwarm Krähen kreiste. »Die Dienerinnen Krokas haben mich gelehrt, im Flug der heiligen Vögel den Lauf der Welt zu erahnen. Die Schwingen haben mir geweissagt, dass der Mann, dem ich mich schenke, mir ein Versprechen gibt.«

»Alles«, entgegnete ich ihr, wie es Männer zu halten pflegen, wenn sie ohne einen Faden am Leib einer schönen Frau gegenüberstehen. »Ich verspreche dir alles.«

»Hör dir erst an, was es ist«, rügte sie mich sanft. »Es wird ein Augenblick kommen, in dem ich meinen Auserwählten bitte, etwas zu tun, das seiner Natur zuwider ist. Auf mein Flehen hin wird er etwas an sich nehmen und vor seinen Feinden fliehen, wo er sie sonst in den Staub getreten hätte. Ich suche ein Geschöpf, das seltener ist als ein schwarzer Schwan. Ich suche einen aufrechten Helden, der den Mut in seiner Feigheit erkennt.«

Waldur lachte mich sofort aus, weil ich länger als nur einen Wimpernschlag über Lodajas Forderung nachdachte. »Sie will dir den Beutel abschneiden, du Tölpel!«

So war er eben. Er konnte nie das Gute in anderen sehen und rechnete in allem, was sie taten, stets nur mit einer Spiegelung seines eigenen selbstsüchtigen Wesens.

Ich erwiderte Lodajas Blick und fand darin nichts als ehrliche Sorge, die nicht ihr selbst, sondern jemand anderem galt, von dem sie zu diesem Zeitpunkt noch nicht einmal wusste, wer es überhaupt war. Es war unvorstellbar lange her, dass ich einem Menschen wie ihr begegnet war, und sie gab mir den Glauben daran zurück, dass all unser Streben nicht umsonst ist, auch wenn nur die Stille Leere auf uns wartet. Ich kniete nieder und leistete den Eid, den sie von mir verlangte, und von da an waren wir eins.

Kurz vermeinte Namakan, im dichten Qualm, der von der Feuerstätte emporquoll, das Gesicht seiner Ziehmutter zu erkennen, bis ein Windstoß es verwirbelte. »Hast du dein Versprechen an sie jemals eingelöst?«

Dalarr drehte sich zu ihm um und musterte ihn aus blitzenden Augen. »Wieso fragst du? Willst du wissen, ob ich ein Feigling bin? Oder ein Eidbrecher?«

»Nein, Meister«, beeilte sich Namakan zu sagen. »Ich ...«

»Schon gut, Rundbauch.« Dalarr winkte ab und starrte wieder in die Nacht. »Du hast jedes Recht dazu, zu wissen, dass ich ein bisschen von beidem bin. So wie jeder andere auch.«

3

*»Es empfiehlt sich nicht, schlafende Drachen zu wecken«,
sprach der Weise.*
*»Es empfiehlt sich, nicht an schlafende Drachen zu glauben«,
entgegnete der Weisere.*

Aus einem Fragment des Stummen Barden

Gedankenverloren spielte Namakan an seinem Ring, indem er seinen Daumennagel zwischen die beiden Fleischwülste schob, die das Schmuckstück fest an seinem Platz hielten. Er hatte der Versuchung widerstanden, sich während Dalarrs Erzählung am Feuer auszustrecken, denn er wollte nicht, dass sein Kopf beim Schlafen den Boden berührte. Die Vorstellung, ein Krabbelvieh mit viel zu vielen Beinen könnte ihm ins Ohr oder in die Nase schlüpfen, hielt ihn aufrecht. *Kann ich auch im Sitzen schlafen? Ich werde es wohl oder übel rausfinden.*

»Meister?«, sprach er Dalarr an, der nach wie vor in die Dunkelheit starrte, als gebe es dort mehr zu sehen als nur Schatten.

»Ja?«

»Denkst du gerade an Lodaja und die anderen?«

»Auch.«

»Macht es dich nicht traurig, dass du meinst, es wartet jetzt nur die Stille Leere auf sie?« Namakan waren die Ansichten, die Dalarr und Lodaja hinsichtlich des weiteren Schicksals der Toten hegten, schon immer trostlos erschienen – vor allem auch deshalb, da das Talvolk in dieser Hinsicht wesentlich freundlichere Überzeugungen hochhielt.

»Warum sollte mich das traurig machen?« Eine leise Verwunderung lag in Dalarrs Stimme.

»Weil … weil es dann nicht mehr für sie weitergeht. Weil dann alles vorbei ist.« Namakan schluckte. Ein Rascheln aus einem nahen Holunderstrauch bereitete ihm eine Gänsehaut. »Für jeden von uns, sobald der Tod uns holt.«

Dalarr neigte den Kopf hin und her, wie er es manchmal tat, wenn er ungeduldig wurde. »Du bist jung. Da schreckt dich die Aussicht, alles an dir und alles in dir könnte jemals ein Ende finden. Ich, ich bin alt, und je älter man wird, desto mehr söhnt man sich mit dieser Vorstellung aus und desto weniger schmerzt sie einen. Mehr noch. Die Stille Leere birgt etwas Verführerisches in sich. Das Versprechen einer Ruhe, wie du sie im Leben niemals finden kannst.«

»Aber wäre es nicht schöner, wenn das Talvolk recht hat?« Namakan wählte die Worte seines Einwands mit Bedacht. »Wenn die Toten in das Haus des Untrennbaren Paares kommen, wo es ihnen an nichts mangelt? Wenn sie dort bleiben, bis sie sich von ihrem alten Leben erholt haben und ein neues beginnen können?«

»Die Welt fühlt sich dem, was wir als schön oder tröstlich erachten, leider nicht im Geringsten verpflichtet, Namakan.« Dalarr hatte jenen Tonfall angeschlagen, dessen er sich ausschließlich für seine bedeutsamsten Lektionen bediente – ein ruhiges Aneinanderreihen klarer Silben. »Genau deshalb müssen wir uns auch selbst durch unser Handeln und unsere Entscheidungen darum bemühen, dass die Welt für uns erträglich wird.«

»Nur für uns?« Namakan hob einen Stein vom Boden und warf ihn in den Strauch, aus dem das unheimliche Rascheln kam. Ein erschrocken zirpender Vogel flatterte auf und verschwand in der Dunkelheit, aber die Haare auf Namakans Armen blieben weiter gesträubt. »Was ist mit allen anderen Leuten? Wie wird die Welt für sie erträglich?«

»Jeder trägt sein eigenes Joch, das niemand anders für ihn schultern kann.« Dalarr tippte sich an die Schläfe. »Hier drin ist jeder Einzelne von uns gefangen, mit all seinen offenen Sorgen und heimlichen Ängsten, mit seinen erfüllten Wünschen und seinen ersehnten Freuden, bis der Tod uns von allem Elend und von allem Glück befreit.«

Aber wenn man die Dinge so betrachtet, dann kann man sich doch gleich umbringen, anstatt auf den Tod zu warten, hätte Namakan gerne erwidert, doch er erhielt nicht mehr die Gelegenheit.

»Genug dummes Zeug geredet.« Dalarr stand unvermittelt auf, ging zu seinem Rucksack und begann, die Knoten der Schnüre zu lösen, mit denen er sein geheimnisvolles Bündel festgezurrt hatte. »Es ist Zeit.«

»Zeit wofür?«

»Dass du mir einen Schwur abnimmst.« Er wickelte die Bahnen aus Öltuch auf, und dieses Mal war Namakan sicher, das Klirren von Metall auf Metall zu hören. »Und das macht man nicht im Sitzen.«

Eilig rappelte sich Namakan auf. Was sein Meister da vor sich ausbreitete, waren Waffen und Rüstungsteile. Sie waren aus einem schwarzen Material gefertigt, das den schillernden Glanz einer Legierung aus Stahl und Skaldat besaß.

»Leg deine rechte Hand aufs Herz«, befahl ihm Dalarr. Namakan fühlte, wie das Pochen in seiner Brust schneller und schneller wurde.

»Mein Name ist Tegin Dalarr att Situr«, hob der große Mann in einem regelmäßigen Singsang an, nachdem er sich seines Wamses entledigt hatte. Silbriges Haar wucherte auf seiner Brust und verbarg die Linien und Wirbel, die ihm dort unter die Haut gestochen waren, beinahe völlig. »Das Talvolk nennt mich Kowal, den Schmied, und es ist mein Schüler Namakan aus ebendiesem Volk, der meinen Eid bezeugt. Meine Familie liegt in ihrem Blut, weil ich nachlässig gewesen bin. Meine Schuld ist schwer, und ich will sie tilgen.«

Er bückte sich und nahm das erste Rüstungsteil, eine durch vernietete Lederriemen miteinander verbundene Kombination aus Rücken- und Brustplatte, deren Außenseiten dem Verlauf der Muskelstränge an seinem Rumpf nachempfunden waren. Während er sie sich überstreifte und ihren Sitz überprüfte, fuhr er fort. »Ich trage Hirtir Negg, ein Kind meiner Esse, auf dass es mein Herz vor Stößen und Stichen schützen möge, bis die gedungenen Mörder und ihr finsterer Herr den letzten Atemzug getan haben.«

Es folgten zwei Schienen für die Oberarme, und Namakan beobachtete gebannt, wie sein Meister sie mit geschmeidigen Bewegungen anlegte. Sie ließen keinen Zweifel daran, dass Dalarr sich gewiss nicht zum ersten Mal für eine Schlacht wappnete. »Ich trage die Musar Warnatir, Kinder meiner Esse, auf dass sie meine Hiebe lenken, bis die Köpfe meiner Feinde im Staub rollen.«

Danach zog er die Wolle seiner Hosenbeine glatt und schnallte sich zwei weitere Schienen um die Schenkel. »Ich trage die Hortigur Drengar, Kinder meiner Esse, auf dass sie mir die Kraft verleihen, meine Feinde bis ans Ende der Welt zu hetzen.«

Er hob ein Langschwert auf, zog es aus der Scheide und küsste die Klinge, die so breit wie Namakans Hand und oberhalb der Spitze mit einer Reihe garstiger Zacken versehen war. »Ich führe Blotuwakar, ein Kind meiner Esse, und gelobe, seinen brennenden Durst rasch zu stillen.«

Er schwang das Schwert dreimal über seinem Haupt – so anmutig und mühelos, als wöge es nicht mehr als eine Handvoll Federn –, steckte es zurück in die Scheide und befestigte die Waffe an seinem Gürtel. Dann griff er nach dem zweiten Schwert, das wesentlich kürzer war. Hätte Dalarr den Knauf, der in einem spitzen Dorn endete, an seine Schulter angelegt, hätte die Spitze der schmalen, flachen Klinge kaum bis zum Handgelenk gereicht. Er küsste auch sie und sagte: »Ich führe Swiputir, ein Kind meiner Esse, und gelobe, es bald in feiges Fleisch zu versenken.«

Namakan rechnete nun damit, dass sein Meister sich den letzten Gegenständen aus dem Bündel zuwenden würde. Es handelte sich um zwei Paar Waffen oder Werkzeuge, die er noch nie gesehen hatte. Bei dem kurzen Blick, den er darauf erhaschte, blieb in seiner Wahrnehmung nicht viel mehr hängen als das Bild kurzer Holzstiele mit großen Haken daran. Dalarr kümmerte sich jedoch nicht weiter um sie.

Stattdessen stellte er sich so dicht vor Namakan, dass dieser das Metall des Brustpanzers riechen konnte, legte seinerseits die Hand auf die Brust und blickte seinem so viel kleineren Schüler tief in die Augen. »Ich schwöre, dass die Morde, die ich nicht zu vereiteln wusste, gesühnt werden. Ich werde nicht ruhen, bis das Unrecht, das mir und den meinen angetan wurde, vergolten ist. Vergolten durch die Schreie, wenn die Feinde meine Rache ereilt. Vergolten durch die Angst in ihren Augen, wenn sie mich nahen sehen. Vergolten durch das Blut, das sie vergießen werden. Vergolten durch ihre zu Staub zermalmten Knochen. Und wenn ich dafür die ganze Welt in Brand setzen und den Himmel einstürzen lassen muss. Denn ich bin Tegin Dalarr att Situr, und mein Wille ist ein dunkler Sturm.«

Namakan wusste nicht, was er darauf erwidern sollte, also schwieg er. Doch er spürte etwas, was er noch nie empfunden hatte, wenn er seinen Meister ansah: ein namenloses Grauen, wie wenn man beim Beerenpflücken vom Korb aufblickte und feststellte, dass sich unbemerkt ein Berglöwe herangepirscht hatte, der sich schon zum Sprung duckte. *Er wird sie alle töten. Er wird die ganze Welt töten, wenn es sein muss. Nicht nur diesen bösen König. Alle. Alle, die sich ihm in den Weg stellen.*

»Es ist gesagt, was gesagt werden musste.« Dalarr lächelte, schüttelte die Arme aus und spähte erneut den Hang hinunter. »Ab jetzt zählen nur noch Taten.«

Dann geschah etwas völlig Unerwartetes: Dalarr spurtete los, auf einen der Felsen in der Nähe zu, und brüllte dabei wie ein Stier.

Ihr Untrennbaren, der Meister hat vor Trauer und Rachedurst den Verstand verloren! Namakan verwarf diese Einschätzung umgehend wieder, als sich ein menschlicher Schatten aus der

Deckung des Felsens löste, um in weiten Sprüngen und mit wehendem Umhang die Flucht zum Grund des Tals anzutreten.

Namakans Hand zuckte zum Griff des Jagddolchs an seinem Gürtel. Er zückte ihn und hetzte hinter Dalarr her.

Der Fliehende strauchelte über einen Stein oder eine Wurzel, und obwohl er sich dank eines hektischen Ruderns mit den Armen rasch wieder fing, schloss Dalarr zu ihm auf. Er zog Swiputir, das kleinere seiner beiden Schwerter, und schleuderte es dem Lump nach.

Ein Schrei hallte von den Hängen wider, aber der getroffene Lauscher, aus dessen Rücken die Klinge ragte, wankte gebückt weiter.

»Dridd! Dridd! Dridd!«, hörte Namakan seinen Meister fluchen, der im Kampfesrausch in die Sprache seiner fernen Heimat verfiel.

Dalarr machte einen weiten Satz und brachte seine Beute zu Fall, die irre kreischte. Im Gewirr der wirbelnden Schatten vermeinte Namakan zu erkennen, dass die Klinge dem Mann jetzt auf wundersame Weise nicht mehr aus dem Rücken, sondern aus dem Bauch spross.

Das Kreischen dauerte indes nicht lange an: Als Namakan die Streitenden erreichte, hatte Dalarr seinem Gegner das Langschwert bereits unterhalb des Halses in die Brust gestoßen und spie dem Sterbenden geräuschvoll einen Batzen Rotz ins Gesicht.

Namakan ließ das Messer sinken. Da war tatsächlich ein Anflug von Genugtuung in ihm, als er einen der Mörder hingemetzelt zu seinen Füßen liegen sah. Was sonst konnte dieser Kerl sein? Doch es war nicht seine einzige Regung. *Was, wenn der Rest meines Lebens darin besteht, Männern wie dem hier beim Sterben zuzusehen?*

Die Dunkelheit, die Namakans Sicht einschränkte, schärfte seine anderen Sinne umso mehr. Er nahm alles in erschütternder Klarheit wahr. Das nasse Röcheln, das schwächer und schwächer wurde. Das satte Schmatzen und Knacken, als Dalarr sein Schwert freizerrte. Der kühle Nachtwind, der ihm durchs Haar strich. Der süßliche Gestank von Blut, vermischt mit der Schärfe vom Schweiß des Pferdes, das den Toten aus der Fremde hierher getragen hatte.

Dalarr drehte den Toten auf die Seite, um auch sein Kurzschwert aus dem Leichnam zu ziehen. Er säuberte beide Klingen sorgfältig am Umhang des Erschlagenen und steckte sie weg, ehe er mit einem Ruck etwas vom Hals des Toten riss.

»Es sieht so aus, als hätte ich viel verlernt«, murmelte er. »Früher wäre Swiputir diesem Kerl in den Nacken gefahren und er hätte keinen Schritt mehr gemacht.« Er seufzte. »Ich bin wirklich aus der Übung.«

Namakan schauderte.

Dalarr versetzte der Leiche einen leichten Tritt, und sie rollte ein Stück den Hang hinunter. »Und, Junge? Was glaubst du, wo er nun ist? Was glaubst du, was er verdient hat?«

»Ich weiß es nicht«, sagte Namakan leise.

»Genau«, gab Dalarr zurück. »Ganz genau.« Er musterte das Ding, das er dem Toten abgenommen hatte. Es glitzerte im Mondlicht. »Schau an ...« Er pfiff durch die Zähne.

»Was hast du da, Meister?«, fragte Namakan.

Dalarr zeigte ihm, was er in der Hand hielt. Ein rundes Amulett aus Silber, durchzogen von weißen Skaldateinsprengseln. Das dünne Metall war in die Form eines Drachen gebracht worden, der sich in den eigenen Schwanz biss.

»Als ob ich noch einen weiteren Beweis gebraucht hätte, in wessen Diensten die Mordbrenner standen«, knurrte Dalarr. »Arvid will, dass ich weiß, wer mir nach dem Leben trachtet.«

Namakan warf verstohlen einen Blick über beide Schultern und fasste den Griff seines Messers fester. »War er allein?«

»Ich gehe davon aus«, sagte Dalarr. »Die anderen haben ihn beim Gehöft zurückgelassen, damit er uns folgt.«

»Aber warum?«, wunderte sich Namakan.

»Weil Arvid wissen will, ob ich mich auf den Weg zu ihm mache.«

Namakan runzelte die Stirn. »Wie erfährt er davon, indem er diesen Mann auf uns ansetzt?«

»So.« Dalarr brach das Amulett in der Mitte auseinander. Aus den Bruchstellen lösten sich feine, leuchtende Nebelstreifen, die sich zu einem dicken Strang verflochten. Einen Wimpernschlag lang schwebte das unheimliche, armlange Gespinst in der Luft. Dann krümmte es sich, um gleich darauf pfeilschnell durch die Nacht davonzuhuschen. Lautlos glitt es am Hang entlang wie ein Irrwisch und verschwand rasch aus Namakans Blick.

»Zauberei«, wisperte er ergriffen und bildete sich ein, von dem Ring um seinen Finger ginge kurz eine brennende Hitze aus. Er ließ sein Messer fallen und rieb sich den Finger.

»Ein gefügig gemachter Lichtgeist, der in zwei Hälften gespalten und in Amulette gebannt wurde«, erklärte Dalarr, hob Namakans Dolch auf und steckte ihn in die Scheide an dessen Gürtel. »Ein einfacher, aber wirkungsvoller Zauber. Das arme Geschöpf kehrt jetzt zu seiner verlorenen Hälfte zurück. Zu Arvid.«

»Warum hast du das getan, Meister?«, fragte Namakan bestürzt. »Nun ist er doch vor uns gewarnt.«

»Kann schon sein.« Dalarr bleckte die langen Zähne. »Doch verrat mir eins, mein Junge. Bist du vor dem Blitz gefeit, nur weil du den Donner grollen hörst?«

4

An unseren Leibern verheilt keine Wunde ohne Narbe.
Warum sollte es mit dem Leib der Welt anders sein?

Sinnspruch des Talvolks

In den Bergen braute sich ein Unwetter zusammen, als Namakan und Dalarr um die Mittagszeit in Brückheim eintrafen. Die schroffen Gipfel zu beiden Seiten des Tals fingen mehr und mehr dunkle Wolken ein, die sich an ihnen die Bäuche aufschlitzten. Die Luft war schwanger vom Geruch des nahenden Regens, der die feuchte Erde der unbefestigten Straße bald in zähen Schlamm verwandeln würde.

Die Wanderer ließen die Höfe am Dorfrand achtlos hinter sich. Erst als sie schon die dicht beieinander stehenden, niedrigen Häuser unweit des Marktplatzes passierten, fiel Namakan auf, dass es einen bemerkenswerten Unterschied zu seinem letzten Besuch hier gab: *Es ist totenstill, und niemand ist auf der Straße. Haben die Mörder auch hier gewütet?*

Lagen Brückheims Bewohner allesamt tot in ihren Behausungen? Ließen die verblühten Astern in den Vorgärten deshalb ihre Köpfe so traurig hängen? Hatten die als Schutzzeichen ins Fachwerk geschnitzten Disteln und Rosen versagt und den Tod nicht davon abhalten können, hier furchtbare Ernte unter den Halblingen zu halten?

»Es ist zu ruhig«, stellte Namakan fest. Selbst aus dem Gasthaus, dessen Schild den ›besten Met der Almen‹ anpries, drang weder das Klirren von Krügen noch heiteres Gelächter. »Viel zu ruhig.«

Auch die Buden auf dem Markt waren einsam und verlassen. Jeder dahergelaufene Strolch hätte sich ungesehen an den feilgebotenen Waren bedienen können. An den prallen Äpfeln und saftigen Pflaumen, an Käserädern und geräucherten Schinken. Namakan knurrte der Magen, und als sein Meister sich im Vorbeigehen einen Apfel aus einem Korb griff, folgte er seinem Beispiel. »Willst du keine Münze dalassen?«, fragte er dennoch.

»Ich habe hier mehr als genug gezahlt«, antwortete Dalarr kauend, warf den Apfel nach einem zweiten Bissen in einen Stand mit Gänseeiern und vollführte eine ausschweifende Geste, die den gesamten Markt einschloss. »Ich habe diesen Halsabschneidern immer beste Preise gemacht.« Er zwinkerte Namakan zu. »Denkst du etwa, sie würden sich bei mir wegen zwei beschissener Äpfel beschweren? Dass sie damit drohen würden, mir die Hand abzuschlagen?«

Nein. Das dachte Namakan nun wirklich nicht. *Und seit letzter Nacht habe ich auch eine recht genaue Vorstellung, wie der Meister es nehmen würde, falls jemand von der Wache es wagt, sich ihm in den Weg zu stellen.* Genüsslich biss er in das knackige Obst.

Sie wählten die vom Marktplatz wegführende Straße, an deren Ende das imposante Bauwerk lag, dem Brückheim seinen Namen verdankte. Man munkelte, der steinerne Unterbau wäre einst von Zwergen geschaffen worden und das Talvolk hätte nur nach und nach die Teile, die von Wind und Witterung abgetragen worden waren, durch eigene, simplere Konstruktionen aus Holz ersetzt.

Sie gingen die Straße hinunter. An quer gespannten Leinen knatterte frische Wäsche in den einsetzenden Böen, die ihnen Staub um die Füße wirbelten.

»Ziehst du in den Krieg, Kowal Dalarr?«, krächzte eine heisere Stimme.

Namakan zuckte zusammen, hielt nach dem Ursprung der Stimme Ausschau und entdeckte eine greise Halblingsfrau, die unter dem Vordach ihres windschiefen Häuschens auf einem

Schaukelstuhl hockte. Zwischen ihren Lippen steckte eine klobige Pfeife, und ihre gichtgekrümmten Hände kraulten eine graugetigerte Katze auf ihrem Schoß. Das Vieh, dessen Pfoten rechts und links über die Beine der Alten baumelten, war so groß, dass es seiner Besitzerin als lebender Ersatz für eine kuschelige Decke diente.

Dalarr hob grüßend die Hand. »Wir werden sehen, ob es ein richtiger Krieg wird.« Er schlug sich auf seinen blauschwarzen Brustpanzer. »Für den Anfang soll mir eine Schlacht genügen.«

Die Alte sog an ihrem Rauchkolben und nickte mit dem faltigen Kinn, aus dem lange, weiße Haare sprossen, in Namakans Richtung. »Und diese dicke Knoddel soll dein Schildknecht sein, oder was?«

»Siehst du an mir irgendwo einen Schild?«, gab Dalarr achselzuckend zurück.

»Ich bin bei ihm in der Lehre«, protestierte Namakan. *Diese alte Hexe!*

»Und was hast du bis jetzt gelernt? Apfelkerne durch die Gegend spucken?« Die Greisin lachte laut über ihren eigenen Scherz, und ihre Katze hob den Kopf, um sie vorwurfsvoll anzumaunzen.

»Sag an, gute Frau, wo ist der ganze Rest von euch abgeblieben?«, wollte Dalarr wissen.

»Sie sind alle zur Brücke gelaufen.« Sie zeigte die Straße hinunter. »Wegen des Ärgers mit den großen Menschen.«

»Große Menschen?« Namakan horchte auf.

»Die großen Menschen, die gestern Morgen hier in aller Frühe durchgeritten kamen«, nuschelte die Alte um ihre Pfeife herum. »Ein ganzer Trupp. Fünfzehn, zwanzig Mann. Mit Drachenbannern. Ich habe sie gesehen, da vom Fenster aus. Ich dachte eigentlich, ich wäre hinter dem Vorhang gut versteckt, aber da hatte ich mich geschnitten.« Sie nahm ihre Rauchkeule aus dem Mund. »Ihr Anführer hat mich gesehen, und ich schwöre euch beim Bauch meines Mannes – möge er sich noch lange im Haus der Fülle die Wampe vollschlagen –, er hatte Augen wie Eis. Alles an ihm wirkte kalt. Seine Rüstung, weiß wie Schnee, und seine ...«

»Eine schneeweiße Rüstung?«, unterbrach sie Dalarr. Sein spöttischer Ton war einer schneidenden Schärfe gewichen. »Bist du sicher?«

»Ich bin fußlahm, aber nicht blind.« Die Greisin schnaubte. »Unerhört. Natürlich war die Rüstung weiß. Wie sein Helm und wie sein Pferd.«

»Waldur«, grollte Dalarr und ballte die Fäuste.

Namakan stutzte. *Hat der Meister gestern Abend am Feuer nicht noch erzählt, Waldur sei ein Freund von ihm gewesen? Aus der Zeit, in der er jenseits der Berge gelebt hatte? Wie auch immer ... sie sind hier gewesen! Die Mörder sind tatsächlich hier gewesen!* Namakans Herz schlug schneller, und sein Blut wurde kalt wie Gletscherwasser.

»Welchen Ärger haben sie euch bereitet?«, fragte Dalarr die Alte.

»Milinika hat von Garbowa gehört, dass Piwowa gesehen hat, wie die Reiter zwei Jungen von der Wache in Stücke gehauen haben, als die beiden dummen Welpen sie beim Überqueren der Brücke aufhalten wollten. Was für eine Verschwendung!« Sie krallte die Hände fest ins Fell der Katze, die sich diesem groben Umgang durch ein Fauchen und einen Satz in ein Kräuterbeet entzog. »Manche Dinge lassen sich eben nicht aufhalten, und schon gar keine schwerbewaffneten großen Menschen auf riesigen Pferden. Es heißt ja nicht umsonst, feige Krieger werden alte Krieger.«

»Ich bin jünger, als ich aussehe«, warf Dalarr ein.

»Und gestern Abend kamen sie noch mal«, fuhr die Alte fort. »Wenigstens musste da niemand den Helden spielen.« Sie schüttelte den Kopf. »Bin ich froh, dass mein Mann nicht mehr miterlebt, wie die großen Menschen doch noch versuchen, die Almen zu erobern.«

»Sie sind noch hier?« In Namakan keimte die Hoffnung auf, dass der Pfad der Rache womöglich schneller beschritten würde, als er oder sein Meister es je vermutet hätten. »In Brückheim?«

»Garbowa meint, eine Handvoll von ihnen hätte auf der anderen Seite der Narbe ihr Lager aufgeschlagen«, sagte die Greisin. »Das ist doch gerade der Ärger. Deshalb ist ja außer mir keiner mehr hier. Keiner will es verpassen.«

»Was will keiner verpassen?«

Ihre nächsten Worte bereiteten Namakans eben erst geborener Hoffnung ein Ende mit Schrecken. »Na was wohl? Wenn die Wache die Brücke abfackelt, damit keiner dieser Schlächter mehr einen Fuß auf die Almen setzen kann.«

Die Breitbrücke spannte sich über eine Schlucht, um die sich eine Entstehungslegende rankte, die man sich überall auf den Immergrünen Almen erzählte: Die Narbe, so hieß es, war von einem der vielen Götter der großen Menschen geschaffen worden, als er in Streit mit seinen zahlreichen Geschwistern verfiel und versuchte, durch einen Hieb seiner Axt die Welt zu spalten. Jeder, der einmal am steilen Rand der Narbe gestanden und vorher von dieser Sage erfahren hatte, konnte sich kaum dagegen wehren, dass das Bild eines vom Himmel herabfahrenden Axtblatts vor seinem inneren Auge auftauchte.

Das Talvolk hatte großen Nutzen aus dieser göttlichen Zornestat gezogen, denn so war seine Heimat über Generationen hinweg vor den Machtgelüsten der großen Menschen weitgehend sicher gewesen. Abgesehen davon, dass eine Eroberung der abgelegenen Hochtäler keinem der angrenzenden Reiche einen strategischen Vorteil im Ringen um die Vorherrschaft auf dem Kontinent erbracht hätte, gab es nur eine einzige Brücke, über die man eine Armee hätte führen können. Und die Idee, einem Heer zu befehlen, die steilen Wände der Narbe bis auf ihren von Nebeln verborgenen Grund hinab- und auf der anderen Seite wieder hinaufzuklettern, war bislang nicht einmal dem wahnsinnigsten König gekommen.

Die Halblinge vom Talvolk schätzten ihre Unantastbarkeit, und insofern war es verständlich, dass die Wache von Brückheim zu verzweifelten Maßnahmen gegriffen hatte, um ihre Freiheit gegen die mordende Horde unter der Führung des Kriegers in Weiß zu verteidigen. Der von der Wache rasch gefasste Plan hatte sämtliche Bewohner an die Brücke gelockt, durch deren in aufgeregtes Geplapper verfallene Reihen sich Dalarr und Namakan nun einen Weg bahnten.

Aufgrund seines Wuchses fiel es dem großen Menschen leicht, die Zuschauer des Spektakels, das sich auf der Brücke abspielte, beiseite zu drängen. Er pflügte einfach durch sie hindurch wie ein Bulle durch eine Schafherde, und Namakan folgte der Spur, die sein Meister zog. Anfangs murmelte er noch Entschuldigungen, wenn Dalarr jemanden um ein Haar umstieß, aber er erkannte schnell, dass die Brückheimer zu aufgebracht waren, um seine Höflichkeit überhaupt zu bemerken. *Wo starren sie nur alle hin wie die Ochsen?*

Der Grund dafür offenbarte sich ihm, als er ganz nach vorne an den Rand der Menge vorgedrungen war: Auf der Brücke schubste eine Gruppe von großen Menschen einen Obristen der Wache zwischen sich hin und her. Sowohl seine fasanenfedergeschmückte Dienstmütze als auch seine Hellebarde hatte er bereits eingebüßt, und jetzt begann einer der Grobiane ihm hämisch lachend den gefältelten Kragen der Uniform zu zerreißen. Die großen Menschen ärgerten sich offenkundig über eine Barriere aus Strohballen, die in der Mitte der Brücke – gute 25 Schritt entfernt – errichtet worden war.

Während Dalarr ruhig seinen Rucksack absetzte und seinen Umhang abstreifte, fragte Namakan einen der Umstehenden: »Was ist da los?«

Der angesprochene Halbling – ein rotwangiger Händler, der eine Kiepe auf dem Rücken und einen Bauchladen mit Dutzenden winziger Schublädchen vor dem Wanst trug – antwortete ihm: »Sie wollen ihn zwingen, dass er und seine Leute das Stroh wieder von der Brücke räumen.«

Der Händler meinte sowohl die Barriere als auch die zahllosen Ballen, die entlang des Brückengeländers auf beiden Seiten aufgeschichtet waren. *Die Alte hat die Wahrheit gesagt*, dachte Namakan. *Die Wache will wirklich die Brücke abbrennen.*

Die Kameraden des Drangsalierten standen am Rand der Brücke beisammen, die Hellebarden gesenkt und eine Mischung aus Unentschlossenheit und Entsetzen auf den Gesichtern.

Namakan konnte ihnen ihre Angst nicht verdenken: Die großen Menschen, die da drüben ihren Vorgesetzten quälten, waren furchterregende Gestalten. Ihre schweren Stiefel, unter denen sich gewiss mühelos ein Schädel zermalmen ließ, polterten laut auf den Holzbohlen der Brücke. Die riesigen Waffen in Wehrgehängen an ihren Hüften – Morgensterne, Streitkolben und Beile – schienen nur darauf zu lauern, dass ihre Besitzer endlich Gebrauch von ihnen machten. Die Ringe der Kettenhemden, die sie trugen, klirrten bei jedem Schritt. *So sehen also Mörder aus ...*

Die versammelte Menge geriet in noch stärkeren Aufruhr, als die Lage sich jäh verschlimmerte. Einer der großen Menschen, dem eine verfilzte Mähne aus schmutzigbraunem Haar um den Kopf wucherte, schleuderte den Obristen zu Boden und packte ihn an den nackten Knöcheln, um ihn über das Brückengeländer zu halten. Der Obrist, der unter sich nichts als einen Sturz ins Leere wusste, fing an, sich zu winden und herzerweichend um Gnade zu betteln.

Dalarr straffte die Schultern und trat auf die Brücke. »Lasst ihn in Ruhe, ihr Missgeburten!«, rief er drohend.

Gespanntes Schweigen legte sich über die Dörfler, und sogar die rohen Schergen stellten kurz ihr Lachen und Johlen ein, da sie offenbar nicht mit ernsthaftem Widerstand gerechnet hatten.

Der Mann mit der Mähne legte den Kopf schief, als würde er irgendwie den Sinn hinter Dalarrs Eingreifen nicht verstehen. »Was sagst du da?«

»Dass ihr ihn in Ruhe lassen sollt«, erwiderte Dalarr.

»Zu Befehl, der Herr!« Der Mörder lockerte seinen Griff um die Knöchel des Obristen, bis dessen Füße durch seine Finger glitten. Kopfüber stürzte der Halbling in die Narbe. Sein langgezogener Schrei, der von den Wänden der Schlucht als grausiges Echo zurückgeworfen wurde, löste ein ohrenbetäubendes Jammern und Klagen unter den Brückheimern aus, in dem das garstige »Recht so?« des Mähnenhaars beinahe unterging.

Er hat ihn umgebracht, einfach so! Namakan spürte einen heftigen Schwindel. *Nur für einen billigen Scherz und um den Meister zu reizen. Wenn alle Menschen dort draußen in der Welt so sind, haben wir keine Chance.*

»Recht so?« Dalarr zog Blotuwakar und Swiputir. »Mir soll es recht sein!«, brüllte er und schritt entschlossen die Brücke hinunter.

Von da an ging alles sehr, sehr schnell. Namakan zwang seine Angst unter die Knute seines Rachedursts. Er konnte seinen Meister nicht allein in den Kampf ziehen lassen, um Vergeltung für Lodaja und seine Geschwister zu üben. Er warf seinen Rucksack ab und hastete auf die verbliebenen Wachleute zu, die nach wie vor wie versteinert waren. Er wollte einem von ihnen die Hellebarde aus den Fingern winden, um Dalarr hinterherzustürmen. Während er mit seinem Gegner rang, geriet doch noch Leben in dessen Kameraden. Sie schwärmten zur Brücke aus, knieten vor den Strohballen dort nieder, legten ihre Hellebarden ab und nestelten an kleinen Beuteln an ihren Gürteln. *Was treiben die Kerle da?*

Namakan hatte keine Zeit mehr zu verlieren. Er trat seinem Gegenüber kräftig auf die Zehen. Der Wächter ließ seine Waffe los und hüpfte heulend auf einem Bein. *Sehr gut! Und, ach ja, Verzeihung.* So schnell ihn seine kurzen Beine trugen, wetzte Namakan mit der Hellebarde als Trophäe hinter Dalarr her. Als er an den restlichen Wächtern vorbeikam, wehte ihm der Duft von köstlichem Branntwein in die Nase und er hörte das Klacken von Flintsteinen, die aufeinandergeschlagen wurden.

Verdammt!

Jetzt begriff er alles: Die Wachleute hatten das Stroh, das sie wahrscheinlich letzte Nacht im Schutz der Dunkelheit herangeschleppt hatten, zusätzlich mit Branntwein übergossen, damit es umso heftiger Feuer fing. Und genau dieses Vorhaben setzten sie gerade in die Tat um! Schon züngelten die ersten Flammen aus dem Stroh, um sich vom Wind angefacht rasend schnell durch die Ballen zu fressen.

»Meister! Die Brücke brennt!«, schrie Namakan panisch, ohne in seinem Lauf innezuhalten.

Entweder hörte Dalarr ihn nicht oder er schenkte ihm aus gutem Grund keine Beachtung. Ein Häscher Arvids rannte auf ihn zu, ein Beil zum Wurf erhoben.

Da! Jetzt wirbelte es durch die Luft!

Mit einem Hieb seines Langschwerts lenkte Dalarr das Beil ab, als wäre es nicht mehr als ein lästiges Insekt. Die Verblüffung auf der Miene seines Gegners währte nicht lange, weil Dalarr die Distanz zu dem Mann überwunden hatte, noch bevor dieser seinen Streitkolben vom Wehrgehänge lösen konnte. Dalarr hämmerte ihm wie beiläufig den Dorn von Swiputirs Knauf in die Schläfe und stieg über den zusammensackenden Feind hinweg.

Nun eilten auch die anderen Krieger ihm entgegen. Er knickte in den Knien ein, um unter einem Streitkolbenschlag wegzutauchen, und ließ den Schwung seiner Ausweichbewegung nicht ungenutzt: Quer schnitt die Klinge des Langschwerts dem Kolbenschwinger unterhalb des Kettenhemds tief in beide Schenkel. Dalarr ließ die Waffe unmittelbar nach dem Treffer los. Der Mann brüllte auf und wollte wohl nach hinten wegwanken, doch da seine Beine urplötzlich durch einen Steg aus scharfem Metall miteinander verbunden waren, kippte er einfach um.

Noch vor den züngelnden Flammen, die munter von Strohballen zu Strohballen sprangen, erreichte Namakan die Stelle, wo sein Meister den ersten Gegner niedergestreckt hatte. Die

Füße des Mannes zuckten noch, und aus dem Loch in seinem Kopf quoll in schwachen Schüben dunkles Blut. *Er scharrt mit den Beinen! Wie ein Kaninchen, wenn man ihm vor dem Ausweiden den Knüppel über den Kopf gezogen hat!*

Angewidert setzte Namakan über die Lache hinweg, an der sein Blick wie gefesselt hing. Als er sich wieder davon losreißen konnte und nach vorn schaute, sah er, dass sein Meister in arge Bedrängnis zu geraten drohte. Zwar gelang es ihm dank kluger Finten und gewagter Ausfälle, zwei seiner Kontrahenten allein mit dem Kurzschwert in Schach zu halten, doch der dritte und letzte Widersacher war im Begriff, sich in seinen Rücken zu stehlen.

»Nein! Nein! Nein!« Namakan würde nicht erlauben, dass ihm das Schicksal auch noch seinen Meister raubte. Ihm war, als würde er auf seinen stämmigen Beinen förmlich über die Brücke fliegen, solche Flinkheit verlieh ihm die Sorge. Er dachte daran, wie oft er im Winter vor dem Gehöft Holz gehackt hatte, hob die Hellebarde und schlug dem feigen Unhold das Blatt mit voller Wucht in den Hinterkopf. Die Hellebarde im Schädel, wirbelte der Mann herum und riss Namakan, der den Schaft der Waffe mit beiden Händen umklammerte, hoch in die Luft.

Er schleudert mich über die Brüstung!, schoss es ihm durch den Kopf.

Dann spürte er wieder raues Holz unter den Sohlen, als dem Getroffenen die Kräfte schwanden und er in die Knie ging. Namakan verharrte reglos und wagte es nicht, die Finger vom Hellebardenschaft zu lösen, während das Blatt Stück für Stück aus dem Kopf des Toten glitt, je weiter der Mann vornüber sackte. Bittere Galle stieg Namakan den Hals hoch. *Rache schmeckt nicht süß. Wer das erzählt, hat wohl noch nie viel von ihr gekostet.*

Ein schauriges Stöhnen ließ ihn herumfahren. Ein großer Mensch näherte sich ihm schwankend, die Augen in einem Ausdruck völligen Unglaubens weit aufgerissen, die Hände an den Hals gepresst. Blut spritzte ihm zwischen den Fingern hindurch. Er versuchte, etwas zu sagen, und ganz gleich, ob es nun Flehen oder Fluch sein sollte, es blieb für Namakan nicht mehr als unverständliches Gurgeln. Der Mann setzte sich nach vorn gebeugt auf einen der Strohballen am Geländer und schien nicht zu bemerken, wie das gierig herankriechende Feuer über seine Stiefel leckte.

Das Trommeln schneller Schritte auf den Brückenbohlen zog Namakans Aufmerksamkeit auf sich. Der Mann mit der Mähne hatte die Flucht vor Dalarr angetreten und war zu der von der Wache errichteten Barriere aus Stroh gerannt, verfolgt von dem Krieger, den er eben noch verspottet hatte.

Mähnenhaar wollte über das Hindernis flanken, als Dalarr ihn einholte. Gemeinsam prallten sie gegen die Hürde und schlugen eine Bresche hinein.

Beim Aufrappeln starrte Dalarr einen Moment fassungslos auf die Lücke, als würde er darin etwas sehen, das ihn bis ins Mark erschütterte.

Sein Gegner, der ihn abgelenkt glaubte, schwang seinen Morgenstern.

Dalarrs Arm zuckte nach oben. In drei Windungen wickelte sich die Kette des Morgensterns um Dalarrs Unterarm, und die stachelige Kugel kratzte über die Kante der schützenden Schiene, die mit seiner Schulter abschloss.

Dalarr zog Mähnenhaar zu sich heran und versetzte ihm einen Kopfstoß ins Gesicht. Seinem benommenen Feind entglitt der Griff der Waffe, und kaum hatte Dalarr den Morgenstern von seinem Arm geschüttelt, packte er Mähnenhaar – eine Hand im Nacken, die andere am Hosenboden – und schleifte ihn zum Geländer.

Im Gegensatz zu dem armen Obristen blieb der große Mensch stumm, als Dalarr ihn auf seine Reise in die Tiefen der Narbe schickte.

Recht so ... Namakan ließ die Hellebarde fallen und eilte zu seinem Meister. »Schnell!«, drängte er. »Wir können es schaf-

fen!« Er zeigte zum anderen Ende der Brücke. »Wir sind schneller als das Feuer.«
»Sind wir nicht«, keuchte Dalarr, die hohe Stirn nass vor Schweiß und Blut. »Komm!«
Er hastete zurück in Richtung Brückheim und sammelte unweit des inzwischen lichterloh brennenden Toten mit der durchschnittenen Kehle Swiputir vom Boden auf. Namakan verstand die Welt nicht mehr. *Was macht er da? Warum kehrt er um?*
»Schaff deinen fetten Hintern hier rüber!«, bellte Dalarr, während er Blotuwakar unsanft von der Leiche des Mannes befreite, dem er das Schwert in die Beine geschlagen hatte.
»Aber wieso?«
»Weil ich es dir sage!«
Namakan schaute zu den beiden Spuren aus Flammen, die die Strohballenbarriere fast erreicht hatten. *Warum will er die Brücke nicht überqueren? Warum will er ausgerechnet dorthin zurück, wo das Pech in den Bohlenritzen schon dampft? Das ist doch verrückt.*
»Muss ich dich erst holen, oder wie?«
Namakan ächzte. Dalarr war sein Meister und wusste, was richtig für sie war. Er biss die Zähne zusammen und trottete los.
Als Dalarr die Hand hob, rechnete Namakan mit einer Kopfnuss, aber ihn erwartete noch eine weitaus unwürdigere Behandlung: Sein Meister schnappte sich ihn und warf ihn sich über die Schulter wie einen Sack Rüben. »Du verdammter Esel«, hörte er Dalarr murmeln, der rannte, als wären sämtliche Teufel aller Höllen hinter ihm her. »Hoffentlich hast du uns nicht beide mit deiner Sturheit umgebracht!«
Namakan setzte zu einer Erwiderung an, die ihm ein lauter Knall von den Lippen riss. Ein greller Blitz blendete ihn, und eine Woge aus Hitze schlug ihm ins Gesicht. Er blinzelte und machte brennende Holzsplitter aus, die rings um ihn und Dalarr niedergingen wie ein Regen aus Feuer. Wo eben noch

die Barriere aus Strohballen gewesen war, stieg von den glimmenden Rändern einer klaffenden Lücke in der Brücke dichter Qualm auf. Er schloss die Augen. Dieser Weg in die Welt jenseits der Berge – der einzige, den er kannte – war ihnen auf einen Schlag verwehrt.

Gedämpft nahm Namakan den Jubel wahr, der unter den Brückheimern ausbrach, und einen Moment wusste er nicht mehr, wo oben und unten war. Als er begriff, dass Dalarr ihn abgesetzt hatte, öffnete er die Augen wieder und blickte in strahlende Gesichter, von denen eine schreckliche Furcht abgefallen war.

»Es hat geklappt! Es hat geklappt!«, frohlockte der Händler, bei dem er sich zuvor erkundigt hatte, was auf der Brücke vor sich ging. Namakan ließ sich von ihm auf die Beine helfen. »Gut gekämpft, Junge! Gut gekämpft! Zum Glück seid ihr noch umgekehrt. Es wäre schade um euren Heldenmut gewesen. Wer hätte gedacht, dass in ein paar Fässern Branntwein so viel Bums steckt, hm?«

Das hat der Meister in der Lücke in der Barriere gesehen! Fässer mit Branntwein! Namakan kam sich unglaublich dumm vor. *Wie konnte ich nur am Meister zweifeln?*

Während die Menge auf Anweisung der Wache ausschwärmte, um Eimer und Bütten für eine Löschkette zu holen – man wollte ja schließlich heute nur die Breitbrücke und nicht gleich das ganze Dorf niederbrennen –, schlich Namakan betreten um Dalarr herum. Sein Meister hockte auf seinem Rucksack und sah stumm dabei zu, wie die Flammen sich durch die beiden Brückenstummel vorarbeiteten.

»Wie sollen wir jetzt über die Narbe kommen?«, fragte Namakan in der Hoffnung, Dalarr habe ihm seinen Ungehorsam vielleicht schon wieder vergeben. »Wir können doch nicht fliegen.«

»Die Flügel, die dich tragen würden, sind ohnehin zu kräftig, als dass ich sie mir vorstellen könnte«, knurrte Dalarr. »Aber wir brauchen auch gar keine Flügel.«

»Nicht?«
»Nein. Es führen noch andere Wege über die Narbe«, verriet ihm Dalarr. »Die Brücke wäre nur der bequemste gewesen.«
»Und jetzt?«
Dalarr klopfte auf seinen Rucksack. »Jetzt kann ich nur für dich hoffen, dass du keine Angst vor Spinnen hast.«

5

*Ein berechenbarer Handel ist wie ein fader Eintopf;
das Wagnis ist die Würze eines jeden Geschäfts.*

Bedeutsamste Regel der Bitterreichen Händler

Bis in die frühen Abendstunden hinein wanderte Namakan mit seinem Meister die Narbe entlang. Anfangs passierten sie noch die Obsthaine und die abgeernteten Felder Brückheims, die Namakan daran erinnerten, wie nah der Winter doch schon war. Nach einer Weile wurden aus den Spalieren und Feldern Weiden, auf denen die Zahl der Schafe, Ziegen und Gänse stetig abnahm, je weiter sie sich von der Siedlung entfernten.

Schließlich, als die Sonne ihnen schon ihre Schatten ins Riesenhafte verzerrt den Weg vorausschickte, lag zu ihrer Linken nur noch Wald, in dessen Wipfeln der Wind Warnungen vor der unermesslichen Tiefe der Narbe zu wispern schien.

Die Schlucht zu ihrer Rechten schüchterte Namakan gehörig ein, und viele Male ging er so dicht am linken Wegesrand, dass das Unterholz des Waldes nach seinem Umhang griff. Dann musste er an Hände denken, die ihn packen und in den Abgrund schleudern wollten. Und an den armen Obristen, der von einem der großen Menschen von der Brücke geworfen worden war.

Er wagte es nicht, der Frage nachzugehen, ob die Narbe in ihrem Verlauf überall gleich tief war, denn das hätte bedeutet, regelmäßig an ihren Rand zu treten und hinabzuschauen.

Ich weiß, was dann geschehen würde. Sie würde zu mir wispern. Spring. Spring, und du bist bei ihr und deinen Geschwis-

tern. Spring, und du musst kein Blut mehr sehen. Du musst nie mehr etwas sehen. Spring.

Was hingegen ohne jedes Risiko zu erkennen war, war die schwankende Breite der Narbe: Mal war die andere Seite nah genug, um die einzelnen Zapfen an den Tannen dort drüben zu erkennen, mal verschwammen die Bäume zu einer diesigen, grünen Wand. Niemals jedoch rückten die beiden Seiten nah genug zusammen, um auch nur einen Gedanken daran zu verschwenden, mit einem Sprung über die Kluft hinwegzusetzen – das hätte sogar an der allerschmalsten Stelle nicht einmal ein Reiter auf einem der gewaltigen Menschenpferde geschafft.

In seinem Innern zog es Namakan längst zu einer anderen Düsternis hin, die ihn erschreckte: Er hatte vorhin auf der Brücke einen Mann getötet.

Er dachte an die vielen Geschichten, die Lodaja ihm und den anderen immer über die Heldentaten von Bilur Imir erzählt hatte. Davon, wie Bilur Imir den Schädel des Dämonenfürsten Ferlikan gespalten hatte. Wie Banilodur, der Anführer der Meuchlergilde von Goldfurt, von ihm mit bloßen Händen erwürgt worden war. Wie er den Sieben Blutroten Brüdern – finsteren Totenbeschwörern, deren verderbte Zauber einen ganzen Landstrich entvölkert hatten – ihr eigenes Gift aus zerkochten Leichen zu trinken gegeben hatte.

Die meisten Geschichten endeten damit, dass Bilur Imir lachend seine Siege feierte – in einer Taverne an der nächsten Reichsstraße, in der Zechhalle einer Zwergensippe, im Schlafgemach einer von ihm geretteten Edeldame.

Namakan hingegen war ganz und gar nicht nach Feiern zumute.

»Was bist du so schweigsam?«, fragte Dalarr ihn irgendwann, einen Mundwinkel mürrisch nach oben gezogen. »Hast du deine Zunge verschluckt?«

»Nein«, antwortete Namakan wahrheitsgemäß. »Ich muss nur dauernd an den Mann denken, dem ich die Hellebarde in den Kopf geschlagen habe.«

»Was ist damit?« Dalarr runzelte in leichtem Unglauben die Stirn. »Wäre es dir lieber, du hättest nicht eingegriffen und ich wäre jetzt an seiner Stelle tot? Sag es ruhig, wenn es so ist.«

»Was denkst du bloß von mir, Meister?«, fragte Namakan entsetzt.

»Im Augenblick denke ich, du weinst um verschüttete Milch und Kinder, die schon längst im Brunnen ersoffen sind. Spar dir die Tränen, du altes Klageweib. Sei kein Fifl.«

Namakan verstand zu wenig von Dalarrs alter Sprache, um zu wissen, was genau ein Fifl war, aber es klang nicht gerade schmeichelhaft. »Dieser Mann«, versuchte Namakan sich zu rechtfertigen, »er war der Erste, den ich …«

»Ach, du alter Spertill«, belegte ihn Dalarr mit einem weiteren rätselhaften Schimpfwort und winkte ab. »Das erste Mal tut immer weh, wenn man die Weiber fragt. Ich will dir sagen, wie es ist: Dieser Kerl hätte dich oder mich umgebracht, ohne auch nur mit der Wimper zu zucken. Du hast ihn getötet, um etwas zu beschützen, das dir am Herzen liegt. Unter den Leuten, bei denen ich aufgewachsen bin, ist das eine Tat, auf die man stolz sein kann, und keine, wegen der man sich auch nur ein einziges Haar grau grämen muss.«

Das hörte sich alles richtig und nachvollziehbar an, aber dennoch reichte es nicht aus, um Namakans Unbehagen einfach fortzuwischen. »Ich bin vielleicht kein Held, Meister«, räumte er ein.

Dalarr seufzte. »Das verlange ich auch gar nicht von dir. Alles, was ich von dir verlange, ist, dass du auch beim nächsten Mal wieder zuschlägst, wenn sich jemand von hinten an mich heranschleichen will. Einverstanden?«

Namakan nickte. »Einverstanden.«

Dalarr war zufrieden. »Gut, und jetzt haben wir genug über alte Leichen geredet. Lass uns lieber über die nächste Möglichkeit sprechen, neue zu machen. Wir werden verfolgt.« Dalarr sagte dies in einem Plauderton, als wären sie ein Paar Höflinge in einem jener fernen Palastgärten, die in der Welt jenseits der

Berge auf Namakan warteten. »Schon eine ganze Weile. Es können nicht viele sein, wahrscheinlich nur einer. Er stellt sich nicht sonderlich geschickt an.«

Namakan war entsetzt, achtete aber darauf, sein bisheriges Tempo beizubehalten, obwohl ihm jemand anscheinend unsichtbare Felsbrocken an die Füße gebunden hatte. »Woher weißt du das, Meister?«

»Wenn du dich umdrehen würdest – was du auf keinen Fall tun wirst, wenn dir etwas an der Unversehrtheit deiner Backen liegt –, würdest du sehen, dass nicht nur vor uns Vögel aus dem Dickicht auffliegen. Sie fliegen auch ein ganzes Stück hinter uns wieder auf, so als würden sie schon wieder von irgendetwas aufgeschreckt.« Dalarr lächelte. »Das heißt, dass wir es entweder mit den unruhigsten Vögeln diesseits der Narbe zu tun haben, oder ...«

»Wir werden verfolgt«, brachte Namakan den Gedanken atemlos zu Ende.

»Und es spricht alles für einen einzelnen Verfolger oder zumindest eine sehr kleine Gruppe«, fuhr Dalarr fort, »weil sie sich entlang des Weges am Waldrand halten müssen, denn sonst würden wir sie zu schnell bemerken, sobald wir uns zufällig einmal umdrehen.« Er räusperte sich. »Schön, geben wir ihnen ein Schauspiel.«

Dalarr blieb unvermittelt stehen, packte Namakan an der Kapuze und schüttelte ihn. »Was? Schon wieder?«, rief er dabei laut, und einen kurzen Moment fürchtete Namakan, er könnte den Zorn seines Meisters wirklich geweckt haben. Dann bemerkte er das listige Funkeln in Dalarrs Augen. »Wie passt nur so viel Pisse in einen Bauch?« Er hob den Arm und fuchtelte wild damit in Richtung Unterholz. »Na, dann mach eben. Worauf wartest du? Dass ich dir den Hosenlatz aufknöpfe und den Gondull halte?« Er stemmte die Arme in die Hüften und fügte leiser einen Nachsatz hinzu, bei dem sich seine Lippen kaum bewegten. »Geh in den Wald, schleich dich zurück und stelle ihn.«

»Und dann?«, wisperte Namakan, dessen Gondull angesichts dieser Aufgabe derart zusammenschnurrte, dass er niemals hätte Wasser lassen können. Selbst dann, wenn das alles nicht nur eine Posse gewesen wäre.

Dalarrs Blick huschte zu dem Jagddolch an Namakans Gürtel. »Stell dich nicht dumm. Wenn es mehrere sind, zählst du sie und kommst wieder. Ist es nur einer, legst du ihn um. Du weißt doch jetzt, wie es geht.«

Namakan schlug sich ein kleines Stück den Hang hinauf, auf dem der Wald sanft anstieg.

»Aber nicht zu lange, hörst du?« Das Dickicht dämpfte Dalarrs Stimme mehr und mehr. »Oder düngst du gleich die Bäume mit? Wenn ja, dann sieh zu, dass du dir nicht die Hosen versaust.«

Namakan wandte sich nach links, in die Richtung, in der sich der mutmaßliche Verfolger befand. Er hatte drei oder vier Schritte auf dem weichen Waldboden gemacht, als sich sein Umhang an einem Ast verfing. Er streifte den Umhang ab und schlich weiter, den Blick zwischen Stämmen, Zweigen und Laub fest auf den Weg gerichtet.

Er fühlte ungefähr das, was er immer in sich gespürt hatte, wenn er früher mit seinem Meister auf die Jagd nach Murmeltieren oder Wildschafen gegangen war: eine gespannte Erwartung, die sein Herz schneller schlagen ließ und ihn zwang, sich bewusst darauf zu konzentrieren, seinen Atem ruhig zu halten.

O ihr Untrennbaren, steht mir bei!

Namakan huschte weiter durch den sonderbar stillen Wald. Da war kein Vogelzwitschern, kein sachtes Rascheln. Nur sein eigener Atem, das feine Knistern von trockenen Blättern unter seinen Sohlen – und natürlich, inzwischen wie aus weiter Ferne, Dalarrs ungehaltene Stimme.

»Muss ich dir etwa doch helfen?« Der Meister blieb in der Rolle, die er sich für dieses makabre Schmierenstück ausgesucht hatte. »Findest du was nicht? Schau eben genauer hin!«

Am Wegesrand entdeckte Namakan einen kleinen Felsen, an dem er vor gar nicht allzu langer Zeit aus der anderen Richtung kommend vorbeigegangen war. Er erinnerte sich nur aus einem einzigen Grund an ihn. *Ich musste ihm ausweichen, näher an die Narbe.*

Dann sah er die Gestalt, die sich hinter den Felsen geduckt hatte. Der Meister hatte recht; der Verfolger war allein. Noch dazu war es kein Unbekannter. Der Händler, dem Namakan in Brückheim begegnet war, bot ein sonderbares Bild: Mit der Kiepe auf dem Rücken und dem Bauchladen vor dem Wanst verschwand der Rest seines Körpers in dieser geduckten Haltung beinahe hinter lackiertem Holz und geflochtenen Weidenruten. *Als hätten ein Schrank und ein Korb plötzlich Laufen gelernt ...*

Namakan näherte sich dem Felsen mit angehaltenem Atem, wählte jeden einzelnen Schritt langsam und mit Bedacht. *Ich darf ihn nicht aufscheuchen, sonst ... sonst was?* Zweifel zupften zaghaft an seinem Denken. *Er ist nur ein Händler, kein Mörder. Er hat nicht einmal eine Waffe. Aber warum geht er uns dann nach? Ich kann ihn doch nicht einfach abstechen.*

Lautlos wie ein Schatten glitt Namakan aus dem Wald. Er stand so dicht hinter dem zusammengekauerten Händler, dass er seinen Schweiß und das abgescheuerte Leder der Kiepenriemen riechen konnte.

In einer Geschichte über Bilur Imir wäre der Ablauf der nächsten Augenblicke von raschem, entschlossenem Handeln bestimmt gewesen. Ein Sprung auf den überrumpelten Gegner, ein Packen seiner Haare, ein Zurückreißen seines Kopfes, damit die Kehle bloßlag. Und dann ...

Namakan sah, wie sich die Muskeln im Nacken des Händlers anspannten. *Verflucht! Er weiß, dass ich hier bin!*

Es klirrte, rappelte und klapperte leise in seinem Bauchladen, als der Händler sich umständlich umdrehte. Er zuckte zusammen und plumpste auf den Hintern, als er Namakan bemerkte. Wäre die Kiepe nicht gewesen, wäre er vermutlich ganz umgekippt. Sein Blick haftete auf der Dolchspitze, und seine Augen weiteten sich vor Schreck, so weit es seine speckigen Wangen zuließen. »Ich … ich … ich …«

Schnell! Stoß zu!, flüsterte eine garstige Stimme in Namakan. Eine Stimme, erweckt von Zorn, Trauer und Erschütterung. *Schnell, bevor er schreit!*

»Ich … ich …« Der Händler zog die Oberschenkel an und stieß die Füße in die weiche Erde des Wegesrands, um so ein Stück von Namakan wegzurutschen. Das Unterfangen endete damit, dass die Kiepe gegen den Felsen stieß. Ein paar der geflochtenen Weidenruten knackten bedenklich. »Ich tu dir nichts. Steck doch den Zahnstocher weg, mein Junge! Kennst du mich denn nicht mehr? Ich bin's. Wikowar aus Brückheim. Wir haben geredet.«

Namakan fiel auf, dass er die Finger so fest um den Griff des Dolchs geschlossen hatte, dass sich seine Nägel in den Handballen bohrten. »Warum verfolgst du uns? Warst du dabei? Hast du sie umgebracht?«

Wikowar leckte sich nervös die Lippen. »Was? Ich weiß nicht, was du mir sagen willst, Junge. Ich habe niemanden umgebracht. Und auch niemanden verfolgt. Es ist doch nicht verboten, den gleichen Weg zu gehen wie jemand anders, oder?«

»Namakan!« Dalarr kam den Weg heruntergelaufen, die Brauen düster zusammengezogen, das kürzere seiner beiden Schwerter in der Hand. »Du sollst den Kerl kaltmachen und kein beschissenes Schwätzchen mit ihm halten.«

»Er sagt, er hätte uns nicht verfolgt!«, rief Namakan ihm entgegen.

»Das würde ich an seiner Stelle auch behaupten«, rief Dalarr grimmig zurück. Er war im Nu am Felsen angelangt und trat mit erhobener Waffe um ihn herum.

»Nicht, nicht«, bettelte der Händler und streckte Dalarr flehentlich die Arme entgegen. »Ich geb's ja zu. Ich geb's ja zu. Ich bin euch nachgelaufen, ja.«

»Siehst du wohl?«, knurrte Dalarr in Namakans Richtung.

»Aber ich habe niemanden umgebracht«, beteuerte Wikowar. »Ehrlich nicht. So was käme mir nie in den Sinn. Ich wüsste auch gar nicht, wie das geht. Ich bin doch nur ein einfacher Händler, der mit seinen Waren durch die Lande ...«

»Halt die Fresse!«, herrschte ihn Dalarr an, aber er schlug nicht zu.

Namakan war die Miene, die sein Meister inzwischen aufgesetzt hatte, wohlvertraut. *Er hat sein Gesicht für schwierige Entscheidungen. Wie beim Abwiegen von Skaldat für eine neue Legierung.* »Was ist, wenn er die Wahrheit sagt, Meister? Wenn er nur zufällig in die gleiche Richtung unterwegs war?«

»Es ist die Wahrheit«, jammerte Wikowar. »Nichts als die reinste Wahrheit. Reiner als das Frühlingswasser in den Bächen, reiner als die erste Wolke des Win...«

»Du sollst die Fresse halten, habe ich gesagt.« Dalarr wandte sich an Namakan. »Warum hat er dann versucht, sich vor uns zu verstecken? Hm? Was meinst du?«

»Es spielt keine Rolle, was ich meine, Meister.« *Das tut es für dich ja sonst auch nie.* Namakan ließ den Dolch ein Stück sinken und zeigte damit auf den vor Angst bibbernden Händler. »Wir können ihn fragen.«

»Dann frag ihn.«

»Und?« Namakan sah dem Händler in die gehetzten Augen. »Was hast du zu deiner Verteidigung vorzubringen?«

Wikowar öffnete und schloss mehrfach tonlos den Mund, als wäre er ein an Land geratener Karpfen, und schaute misstrauisch zu Dalarr auf. Erst als der große Mensch nickte, fasste er sich ein Herz. »Ich verfolge euch nicht. Verfolgen ist das falsche Wort. Ich bin euch nachgelaufen, aber nicht, weil ich es auf euch abgesehen habe oder so.« Er legte die Hände behutsam auf dem Bauchladen ab. »Ich muss meine Waren loswerden. Und jetzt, wo die Brücke Geschichte ist, kann ich nicht mehr von den Almen herunter. Ich habe zufällig gehört, wie ihr euch darüber unterhalten habt, dass es noch einen anderen Weg gibt. Da dachte ich mir, ich gehe euch nach.«

Dalarr schüttelte den Kopf. »Ich und mein großes Maul.«

»Und wieso wirst du deine Waren nicht auf den Almen los?«, wollte Namakan wissen.

»Da kaufe ich sie doch ein«, erklärte Wikowar. Die zittrige Verzweiflung in seiner Stimme verwandelte sich in eine geradezu überhebliche Festigkeit, vermutlich weil er sich nun auf sicherem Terrain wähnte. »So mache ich das immer: Ich klappere die Dörfer, Weiler und Höfe auf den Almen ab. Die Leute verkaufen mir allerlei Kleinkram, der in meinen Laden und in meine Kiepe passt. Knöpfe aus Horn, kleine Säckchen mit gesammelten Kräutern für Tee, mit Blumen bemalte Fingerhüte, solche Dinge eben. Dann gehe ich über die Brücke und reise durch die Reiche der großen Menschen. Viele von ihnen sind ganz versessen auf Sachen, die wir vom Talvolk gemacht haben. Sie glauben, wir stünden unter dem Schutz irgendwelcher Geister aus den Bergen und es würde Glück bringen, etwas im Haus oder um den Hals zu haben, was durch Halblingshände entstanden ist.«

»Du bist also ein Scharlatan«, grunzte Dalarr. »Ein Scharlatan, der die Gutgläubigkeit anderer ausnutzt.«

»Ich bin ein ehrbarer Kaufmann«, wandte Wikowar ein.

»Sag ich doch.« Dalarr verzog das Gesicht zu einer Grimasse, die halb belustigt, halb angewidert war.

»Jedenfalls«, fuhr der Händler fort, »habe ich nur darauf gehofft, dass ihr mich irgendwie über die Narbe bringen könntet.«

»Und da ist dir nie eingefallen, uns darum zu bitten, ob du uns begleiten kannst?« Namakan kam sich mit dem Dolch in der Hand zusehends albern vor. Der Händler wirkte mittlerweile auf ihn ungefähr so bedrohlich wie ein Stück Brot.

»Dieses Wagnis wollte ich nicht eingehen.« Wikowar lugte zu Dalarr hinauf. »Nach dem, wie er mit diesen Kerlen auf der Brücke umgesprungen ist, machte dein langer Freund auf mich nicht gerade den Eindruck von jemandem, der sich gern auf ausschweifende Verhandlungen einlässt.«

»Wie wahr, wie wahr«, raunte Dalarr.

»Aber uns einfach so nachzulaufen, auch auf die Gefahr hin, dass so etwas geschieht wie jetzt, das war dir nicht zu riskant?« Wikowar bedachte Namakans Frage mit einem Schulterzucken, das den Inhalt seines Ladens erneut zum Klirren, Rappeln und Klappern brachte. »Ich habe die Gefahren gründlich abgewogen, mein Junge, und ich habe darauf gebaut, dass ihr mich schon nicht umbringen werdet, falls ich mich von euch erwischen lasse.« Seine dicken Lippen schmatzten, als er sie zu einem Lächeln zwang. »Da habe ich mich doch nicht verrechnet, oder?« Wikowars Blick wanderte von Namakan zu Dalarr. »Oder?«

Dalarr schwieg.

Namakan sah zu seinem Meister. *Warum sagt er nichts? Er muss doch etwas sagen!* »Meister?«

Dalarr mahlte einen Augenblick mit den Kiefern. Dann zuckte sein Kopf zu Namakan herum. »Du bist kein Kind mehr. Es wird höchste Zeit, dass du lernst, wie man eine schwierige Entscheidung allein trifft.« Er steckte Swiputir in die Scheide an seinem Gürtel, raffte seinen neuen, zu kurzen Umhang, den ihm ein dankbarer Mann von der Brückheimer Wache geschenkt hatte, fester um sich und stapfte davon.

»Allerhöchste Zeit«, hörte Namakan ihn noch einmal murmeln, ehe er allein vor dem auf dem Boden hockenden Händler stand, dessen Leben er unvermittelt in der Hand hielt.

»Mach jetzt keine Dummheiten, mein Junge«, krächzte Wikowar. »Bitte nicht …«

Doch Namakan konnte letztlich nicht anders.

6

*Es heißt allerorten und immerzu,
die Befähigung eines Königs, über seine Untertanen zu herrschen,
läge ihm von Geburt an im Blute.
Ist es da nicht eines der größten Mysterien
der Welt, dass so manch ein König am Ende seines
Daseins in ebendiesem Blute liegt?*

Letzte Worte eines missverstandenen Hofnarren

»Lass es dir gesagt sein, mein Junge: Die Welt dort draußen ist wie ein Apfelbaum zur Erntezeit, denn sie hängt voller Genüsse, die nur darauf warten, gepflückt zu werden. Und ich meine damit nicht nur Weiber, die den Rock für dich lüpfen.« Wikowar lachte meckernd und nahm einen tiefen Schluck aus der Flasche Pflaumenwein, die er aus den Tiefen seiner Kiepe hervorgekramt hatte. »Obwohl ich auf die am wenigsten verzichten wollen würde. Dir wird es genauso gehen, du wirst schon sehen. Die großen Frauen finden uns niedlich. Wie Spielzeug. Wie Puppen. Und sie nehmen ihre Puppen gern mit ins Bett.«

Namakan lächelte verlegen. *Er ahnt bestimmt, dass ich noch nie bei einer Frau im Bett gelegen habe. Bei keiner großen, bei keiner kleinen.*

»Setz dem armen Kerl keine Flausen in den Kopf.« Dalarr schaute von dem Haselhuhnknochen auf, den er zwischen den Backenzähnen geknackt hatte, um ans Mark zu kommen. »Ich will wegen dir nicht bei der ersten Wanderhure haltmachen müssen, die uns über den Weg läuft, nur weil er an nichts anderes mehr als warme Schöße denken kann.«

Sie saßen auf einer kleinen Lichtung um ein Feuer, das Wikowar mit Schlageisen, Flint, Zunder und von Namakan gesammeltem Holz entfacht hatte. In der Nähe gluckerte und plätscherte ein Bächlein in der Dunkelheit, dessen Wasser sich keine Hundert Schritte von ihrem Lager entfernt in den unergründlichen Schlund der Narbe ergoss. Ein fremder Betrachter hätte womöglich vermutet, dass die drei Gestalten, die es sich da um die knisternden Flammen herum gemütlich gemacht hatten, schon länger Weggefährten waren. Freunde, die des Öfteren gemeinsam auf größere oder kleinere Reisen gingen und sich an ihrer Gesellschaft erfreuten.

Namakan hingegen wollte immer noch nicht ganz glauben, wie gelassen sich Dalarr angesichts seiner Entscheidung gezeigt hatte. Als er nach dem Zwischenfall am Felsen zu seinem Meister aufgeschlossen hatte – samt seinem wiederbeschafften Umhang und dem dankbaren Händler –, war Namakan eigentlich auf einen geharnischten Ausbruch gefasst gewesen. Dalarr jedoch hatte nicht einmal mit der Wimper gezuckt – und vor allem hatte er glücklicherweise keins seiner Schwerter gezogen, um es Wikowar durch den Bauchladen hindurch in den Wanst zu stoßen. Auf die Frage, ob es ihn störte, dass ihr ehemaliger Nachsteller sie nun ganz offen begleitete, hatte Dalarr geantwortet: »Mir soll es recht sein. Er kann gerne sehen, wie wir über die Narbe kommen.«

»Hättest du es auch so gemacht wie ich?«, hatte Namakan nachgehakt.

»Was schert es das Eisen noch, sobald es geschmiedet wurde?«, war Dalarrs Erwiderung gewesen. »Du hast deine Entscheidung getroffen, und jetzt müssen wir alle damit leben.«

Kurze Zeit später hatte der Weg geendet. Er hörte einfach auf, als wäre denjenigen, die ihn vor langer Zeit am Rand der Narbe angelegt hatten, an dieser Stelle plötzlich die Lust an ihrer Arbeit vergangen. Dalarr störte das nicht. Er zurrte nur seinen Rucksack fester und schritt dann unbeirrt in den Wald hinein, dessen Bäume von da an ihre Äste mutig über die

Kante des Abgrunds streckten. Verirren konnte man sich hier ja auch kaum, denn die Narbe gab unverwandt die Richtung vor. Beim Einsetzen der Dämmerung stießen die Wanderer auf eine kleine Lichtung, die Dalarr zum Lagerplatz für die Nacht auserkor. Während Wikowar und Namakan sich um das Feuer kümmerten, verschwand Dalarr im Unterholz, um wenig später mit zwei toten Haselhühnern am Gürtel zurückzukehren. Erst fragte sich Namakan, wie es dem Meister wohl gelungen war, die Vögel ohne Pfeil und Bogen zu erlegen, doch dann fiel ihm ein, mit welchem Geschick Dalarr in der Nacht zuvor eines seiner Schwerter nach dem flüchtenden Mordbrenner geworfen hatte. Als sie begannen, die Haselhühner zu rupfen, hatte Wikowar den Pflaumenwein zum Vorschein gebracht, den er unter ständigem Quasseln zwischen ihnen kreisen ließ. Der Wein war süß – süßer noch als das Fleisch der Haselhühner –, und er stieg einem ohne Umschweife in den Kopf. Das war wahrscheinlich auch der Grund, weswegen Wikowar die Zunge immer lockerer saß.

»Es gibt ja noch mehr als Weiber und Röcke auf der Welt.« Der Händler nahm sich Dalarrs letzte Rüge zu Herzen. In der Folge wirbelten seine Ausführungen umher wie ein Brummkreisel: Offenbar überstieg sein Eifer, von den Wundern der Welt zu berichten, seine Fähigkeit, länger als nur ein paar Sätze an einem einzelnen Gedanken festzuhalten.

»Kennst du die Ewigen Reiter aus der Dornensteppe?«, fragte er, ohne auf eine Antwort zu warten. »Sie haben vor vielen Generationen gelernt, wie man die Hauerschweine zähmt, die in der Steppe leben. Und das sind nicht irgendwelche Schweine. Ein Eber kann so riesig wie ein Haus werden und ein halbes Dutzend Menschen auf seinem Rücken tragen. Große Menschen selbstverständlich. Und seit die Ewigen Reiter diesen Ungetümen Zaumzeug angelegt haben, verbringen sie ihr ganzes Leben auf ihnen. Sie werden darauf geboren, und sie sterben auch darauf. Erst wenn sie tot sind, werfen ihre Sippen sie herunter, damit die Schweine sie fressen können. Damit sie eins mit der Bestie werden, die ihnen ihr ganzes Leben über Heim, Waffe und Freund zugleich gewesen ist.«

Das muss er sich ausgedacht haben, mutmaßte Namakan. *Niemand möchte auf einem Schwein leben, ganz gleich, wie groß es auch sein mag. Schweine stinken. Und außerdem müssen sich Schweine suhlen. Wie soll das gehen, wenn diese Menschen auf ihrem Rücken leben? Sie würden doch dabei zerquetscht werden.*

»Die Ewigen Reiter steigen schon manchmal von ihren Schweinen«, merkte Dalarr freundlich an. »An Orten tief in der Steppe, wo die Hecken so hoch wuchern, dass es heißt, die Sonne selbst bliebe manchmal an ihren Dornen hängen. Es sind die Orte, an die die Schweine gehen, um sich zu paaren und um zu verenden, wenn die Zeit dafür gekommen ist. Dort beten die Reiter zu ihrem Götzen, einem Mann mit Hauern wie ein Eber und harten, gespaltenen Hufen anstelle von Füßen.«

»O ja, die vielen Götzen …« Wikowar nippte an seinem Pflaumenwein und grinste Namakan über die Flammen hinweg an. »Weißt du, wen die Barbaren der Pockenödnis anbeten? Die geschuppten Würmer, die sich mit Wonne durch den Fels fräsen. Dick wie Baumstämme und stark wie hundert Pferde, ein kreisrundes Maul mit unzähligen Zähnen darin. Ich war mal in einem Außenposten des Reichs in den südlichsten Ausläufern der Ödnis, als die Barbaren angegriffen haben. Sie krochen ringsumher aus den Löchern, die Würmer gegraben hatten. Am Anfang fühlte ich mich trotzdem völlig sicher. Warum auch nicht? Das Fort hatte ja eine Wehrmauer aus Granit, und diese Wilden wissen nicht einmal, wie man Stahl schmiedet. All ihre Waffen sind aus schwarzem Glas, das sie aus der Erde holen, und ihre Rüstungen bauen sie aus den getrockneten Rinden der Stachelsäulen, die dort wachsen. Wie sollten sie es da mit einer vollen Kompanie der Reichsarmee aufnehmen, noch dazu einer, die hinter festen Zinnen hervorragend geschützt ist? Ich will es dir verraten: mit Trommeln. Ja, schau nur ungläubig, aber so war es: Sie schlugen ihre Trommeln, und die Mauern des Forts gerieten ins Wanken. Mehr und mehr bei jedem Hieb. Niemand weiß, wie sie das anstellen. Den Untrennbaren sei Dank hatten wir einen guten Armbrustschützen, der die Trommler aufs Korn nahm, ehe sie größeren Schaden anrichten konnten. Aber wenn wir diesen Schützen nicht gehabt hätten ... gut, dass er schon bei der Sturmschlacht vor den Donnerklippen dabei war, denn wer an Bord eines schwankenden Schiffes eine ruhige Hand behält, der lässt sich auch von schwankenden Mauern nicht beeindrucken.«

»Es liegt doch auf der Hand, woher diese Trommler ihre Macht beziehen«, erklärte Dalarr beiläufig. »Sie töten einen der Würmer, binden seinen Geist in seine Haut und bespannen damit ihre Pauken. Nichts weiter als niederste Magie. Und was den Armbrustschützen mit den Adleraugen angeht, mein Freund: Es wundert mich, dass er seine Armbrust überhaupt noch heben konnte. Zwischen der Sturmschlacht und den letzten Überfällen der Pockenbarbaren liegen achtzig Sommer. Könnte es sein, dass die Mauern nur geschwankt haben, weil du dich zu lange an einer Flasche wie der da festgeklammert hast?«

Wikowar lachte gutgelaunt und reichte den Pflaumenwein an Dalarr weiter. »Kann schon sein. Aber woran ich mich so richtig geklammert habe, war die Reling eines Sandschiffs, mit dem ich in einen heulenden Wirbel geraten bin. Der Wind hat so an uns gezerrt, dass wir mehr als einmal keinen Sand mehr unter dem Bug hatten, sondern geradezu von Düne zu Düne geflogen sind. Der Kapitän musste die Segel einholen lassen, weil die Böen die Seide in tausend Fetzen zu reißen drohten. Es wäre schade um uns gewesen, denn wir hatten kostbare Fracht geladen: Feigen aus der Stadt der Schleier, die an allen Küsten des Trägen Meeres in Gold aufgewogen werden. Angeblich altert man keinen einzigen Tag mehr, wenn man zu jedem Neumond eine Handvoll dieser Feigen isst.«

Ob wir dieses Träge Meer überqueren müssen, um zu König Arvid zu gelangen?, dachte Namakan mit vor Staunen offenem

Mund. *Und ob wir dann in dieser Stadt der Schleier auf lauter große Menschen treffen, die alle unsterblich sind?*

»Die Feigen sorgen nur dafür, dass der Leib nicht altert.« Dalarr strich sich über den grauen Bart. »Den Geist hingegen schützen sie nicht vor der alles zersetzenden Kraft der Zeit. Ich bin einmal einer Feigenesserin begegnet, schön und sinnlich. Haar so schwarz wie Kohle, Haut so glatt wie ein Flusskiesel, Lippen wie eine blühende Rose. Doch jedes einzelne Wort, das über diese Lippen kam, war alt und hässlich. Sie redete nur von toten Göttern und vergessenen Grüften. Nicht, dass mich das davon abgehalten hätte, mich zwischen ihren Schenkeln zu verlieren, aber ...«

»Hast du nicht eben noch gesagt, wir sollten den Kleinen nicht über Gebühr reizen?« Wikowar schüttelte den Kopf und beugte sich vor und um das Feuer herum, um Dalarr die Weinflasche abzunehmen und sie Namakan in die Hand zu drücken. »Hier. Und jetzt noch ein Ratschlag: Nicht jede nackte Haut, die dort draußen auf dich wartet, solltest du auch anfassen. Die Schlammspringer beispielsweise fressen so viele Ätzkröten, dass ihre eigene Haut giftig wird. Wenn man mit ihnen Handel treibt, muss man alle seine Sinne beisammen haben. Am besten trägt man Handschuhe, und wenn man keine hat, legt man ein Tuch auf den Boden, auf das diese Leute aus dem Sumpf ihr Tauschgut legen können. Wenn man später vergisst, alles ordentlich abzuwaschen, frisst sich der Kram durch jeden Rucksack und durch jede Kiepe. Ich weiß, wovon ich rede.« Er stemmte sich auf die Knie und wandte Namakan sein Hinterteil zu. Er zog seine gefütterte Öltuchjacke ein Stück hoch und seine Hosen ein wenig herunter. Eine Handbreit über der Ritze zwischen seinen haarigen Backen prangten blasse Narben. Sie sahen aus, als hätte ihm jemand mit der Spitze eines glühenden Eisens vier oder fünf dünne Striche in den Speck gebrannt. »Das ist von einer Schilfrohrflöte. Hat sich mir nichts, dir nichts durch meine Kiepe gefressen, dieses Biest.«

Namakan kniff die Augen zusammen und trank einen Schluck Wein, der ihm angenehm warm die Kehle hinunterprickelte.

»Eine Schilfrohrflöte. So, so«, brummte Dalarr heiter. »Könnte aber doch genauso gut ein Brandmal sein wie das, mit dem die Kinder des Gestreiften Panthers aus dem Wispernden Dschungel betrügerische Kaufleute strafen, die versuchen, sie übers Ohr zu hauen, was?«

»Erzähl doch keine albernen Geschichten.« Wikowar beeilte sich, seine Kleidung wieder zu ordnen. »Was würde das denn nutzen, einen Betrüger ausgerechnet an einer Stelle zu zeichnen, die kaum jemand je zu Gesicht bekommt?«

»Die Völker aus dem Wispernden Dschungel pflegen ihre wichtigen Verhandlungen splitternackt zu führen, um sichergehen zu können, dass ihr Gegenüber keine Waffen am Leib, sondern höchstens noch im Leib trägt. Da ist der Hintern doch eine ganz ausgezeichnete Stelle, um einen Betrüger zu zeichnen, findest du nicht?« Dalarr bedachte den Händler mit einem Blick, in dem beinahe so etwas wie Anerkennung lag. »Bist du tatsächlich so weit nach Südosten gereist, dass du die feurigen Krallen der Pantherkinder zu spüren bekommen hast?«

»Noch viel weiter«, brüstete sich Wikowar. Über seine Augen legte sich ein Glanz, den selbst das Feuer und der Wein nicht ganz erklären konnten. »Sogar bis zu den Beinernen Zitadellen an den Hängen des Weltenwalls bin ich gekommen. Ich habe den Rauch der Schwarzen Sternenblüte geatmet, durch den der Geist die Pforten von Raum und Zeit durchschreiten kann. Ich habe die Morgenröte allen Werdens und Vergehens gesehen und einen Blick auf das Ende aller Tage erhascht, bei dem jeder und alles in der Welt für immer stillstehen wird. Der Moment, in dem alle Farben und Töne eins werden in einem graubunten Entstummen.«

Namakan schwirrte der Kopf. *Graubuntes Entstummen? Morgenröte? Das ist doch Firlefanz!*

»Ein passabler Rausch, wohl wahr.« Dalarr schaute zu den Sternen auf. »Auch wenn ich Mutterkorn und Stechapfel jederzeit vorziehen würde. Da läuft man nicht Gefahr, dass etwas Ekliges aus den Fugen und Nähten der Existenz hervorquillt und einem im Schädel haften bleibt.«

»Ich halte mich eben an die Lehren der Bitterreichen Händler.« Wikowar hob die Hände wie zu einem Gebet. »Was willst du? Alles. Und wie viel? Mehr. Bis alle Gier gestillt und Gold wie Staub für mich ist.«

»Wer sind die Bitterreichen Händler?«, fragte Namakan. *Lodaja hatte recht. Wie hat sie immer gesagt: Die Welt dort draußen ist ein Tollhaus, in dem die Irren den Unsinn zum Sinn erklären.*

»Die Bitterreichen Händler? Ein freudloses Pack, das in goldenen Hallen sitzt und von goldenen Tellern isst, die ihnen von Dienern in goldenen Gewändern aufgetragen werden!«, sagte Dalarr und winkte ab. »Sie wischen sich den Hintern mit Juwelen ab und waschen sich mit der Milch der edelsten Stuten, deren Fohlen sie vorher mit seidenen Tüchern erdrosseln lassen.«

»Freudlos?« Wikowar holte tief Luft und blies sich auf wie ein zorniger Frosch. »Das kann ich nicht auf mir sitzen lassen. Hör zu, Junge!«

Dann hob er in einer erstaunlich klaren und angesichts seiner Leibesfülle nicht minder bemerkenswert hellen Stimme zu einer simplen Melodie an:

»Händler sind die schlausten Lügner der Welt:
Wir sind ehrlich, wir sind ehrlich, ehrliche Häute,
wir verkaufen viel Glück an die tüchtigen Leute!
Ach wie viel Glück für ach wie wenig Geld!«

Namakan lachte. Nicht so sehr, weil er den Vers sonderlich komisch fand. Es hing vielmehr mit der Beherztheit des Vortrags und des Vortragenden zusammen. *Ich habe richtig ent-*

schieden. Ich bin froh, dass er da ist. Ohne ihn hätten wir keinen Wein. Ohne ihn würde keiner hier singen, und wenn, dann bestimmt kein fröhliches Lied. Namakan summte die Weise mit, während Wikowar die zweite Strophe sang:

»*Händler sind die größten Lumpen der Welt:*
Wir sind freundlich, wir sind freundlich, freundliche Seelen,
wir verkaufen rasch weiter, was immer wir stehlen!
Ach wie viel Raub für wie wenig Geld.«

Bei der dritten Strophe schließlich sah Namakan aus den Augenwinkeln sogar die Fußspitzen seines Meisters im Takt wippen. Irgendetwas an dieser unscheinbaren Bewegung löste zu gleichen Teilen Erleichterung und Bedauern in ihm aus. *Es ist fast wie früher, wenn wir daheim gesungen haben. Fast.*

»*Händler sind die besten Huren der Welt:*
Wir sind sauber, wir sind sauber, saubere Weiber,
Wir verkaufen dem König gern unsere Leiber!
Ach wie viel Schutz für ach wie wenig Geld!«

Wikowar wiederholte die letzte Zeile noch einige Male, lauter und lauter, als wartete er darauf, dass Namakan und Dalarr einsetzten. Warum sein Meister es nicht tat, wusste Namakan nicht. Er selbst hatte sich an einem Wort aus der letzten Strophe verbissen, das wieder und wieder in seinem Kopf nachhallte. *König. König. König.*
»Warum?«, platzte es nun aus ihm heraus. »Warum?«
»Warum was, hm?«, wollte Dalarr wissen.
»Warum ist …?« Namakans vom Wein unbeholfenes Denken machte es ihm schwer, die richtigen Worte zu finden. »Warum ist Arvid überhaupt jemals König geworden?«
Dalarr legte die Stirn in Falten, und wegen des Scheins des Feuers war es für Namakan einen flüchtigen Augenblick so, als stünden sie wieder gemeinsam an der Esse, deren Glut sie nie

mehr schüren würden.»Warum hätte er nicht König werden sollen?«

»Muss ein König denn kein guter Mensch sein? Oder wenigstens irgendetwas Gutes an sich haben, das groß genug ist, damit seine Untertanen ihm folgen? Die Könige in den Geschichten, die Lodaja uns erzählt hat, hatten alle immer etwas Gutes.«

»Der Kleine war wirklich noch nie runter von den Almen, was?«, sagte Wikowar.

Dalarr achtete nicht auf die schnippische Bemerkung des Händlers. Er schaute weiter zu Namakan, doch seine Miene veränderte sich. Sie wurde weicher, und das warme Licht des Feuers spiegelte sich auf seinen Zähnen, als sich seine Lippen zu einem Lächeln teilten. Es war ein sonderbares Lächeln, wie von jemandem, der sich an etwas erinnerte, was ihm einmal lieb und teuer gewesen war und das er schon vor langer, langer Zeit verloren hatte.»Könige sind Menschen, auch wenn sie es selbst gerne vergessen und es alle anderen vergessen machen wollen. Und wenn sie das erst einmal geschafft haben, sind sie für das Gute verloren. Arvid ist so ein König.«

»Dann war er also einmal gut?«, fragte Namakan.

»Du hast mir nicht richtig zugehört«, antwortete Dalarr.

»Arvid war einmal ... anders. Lass es mich dir erklären.«

7

Die Händler meinen, je größer eine Zahl wird, desto mehr Macht bringt sie zum Ausdruck. Ganz offenkundig achten die Händler zu wenig auf die Zahlen, die ich und meinesgleichen den hohen Herren unseres Reichs in den Nacken schreiben. Sonst wüssten sie, dass sich ihre oft genannte Regel bei diesen Zahlen in ihr Gegenteil verkehrt. Manchmal ist weniger tatsächlich mehr.

Aus den Erinnerungen
des Königlichen Hautschreibers Nalen

Erinnerst du dich noch an den Gräfling? Den Adligen, von dem ich dir gestern erzählt habe? Den Vater von Lodaja? Gut. Ich war noch damit beschäftigt, mein neues Glück mit seiner Tochter auszukosten, während in Arvid eine unheimliche Veränderung einsetzte. Wer weiß? Wenn Lodaja nicht gewesen wäre, wäre mir womöglich aufgefallen, was da mit ihm vor sich ging. Liebe macht bekanntlich blind.

Und nicht nur bei Arvid versperrten mir Lodajas Reize den Blick. Mit Waldur erging es mir ebenso. Vielleicht ist das sogar noch tragischer. Vielleicht hätte ich verhindern können, dass Arvid den Thron bestieg, wenn ich nur meinem alten Freund so beigestanden hätte, wie er es verdient hatte. Eines habe ich in all den Sommern, die ich auf dieser Welt wandle, gelernt: Nichts kränkt einen Mann tiefer als die Zurückweisung durch eine schöne Frau, die er mit jeder Faser seines Herzens begehrt. Sein sehnendes Fieber schlägt dann in etwas Giftiges, Zersetzendes um. Ich ahne es damals noch nicht, doch der

Moment in diesem verfluchten Kloster, als sich Lodaja für mich und gegen Waldur entschied, war gleichzeitig der Augenblick, in dem er sie zu hassen begann. Und mich womöglich auch …

Zurück zu Arvid. Er trug zu jener Zeit bereits die Zahl Sechsundzwanzig im Nacken, und wenn die Königlichen Hautschreiber bei ihm auftauchten, dann nur, um ihm eine noch höhere Zahl zu verpassen. Die Häuser der Adligen und ein Kaninchenbau haben eines gemeinsam: Man braucht nur zu blinzeln, und schon sind wieder neue Junge da. Arvid war nicht mehr der Jüngste, und mit jedem weiteren Sommer, der verging, rückte der Thron für ihn in immer weitere Ferne.

Ich habe dir davon berichtet, wie der Adel mit Sprösslingen wie Arvid umspringt: Sie werden von Kindesbeinen an belächelt und nie ganz für voll genommen. In seltenen Fällen jedoch braucht ein anderer Adliger, der nach oben will, ein passendes Werkzeug. Als Sündenbock, falls eine Intrige aufgedeckt wird. Als gekauften Unterstützer bei einer wichtigen Vorsprache bei Hofe. Als Schildknecht bei einer schon verloren gegebenen Schlacht. Ein solcher Mann versuchte, Arvid für seine Pläne zu gewinnen.

Er trug die Fünf im Nacken. Nur fünf andere standen zwischen ihm und dem Thron. Seine Gier nach Macht muss unerträglich gewesen sein. Leute wie Arvid, die sich in der Thronfolge auf den hintersten Rängen wiederfinden, fügen sich meist irgendwann in ihr Schicksal, nicht in die Annalen des Reichs einzugehen. Aber Leute wie Fünf? Für sie ist die Versuchung, ihrem Schicksal ein wenig auf die Sprünge zu helfen, unermesslich groß. Sie sind es gewohnt, ein paar Hiebe mit der Knute auszuteilen, um ihrem Willen Nachdruck zu verleihen. Fünf war nicht einmal ein besonders schlechter Mensch. Er hatte alles, was einen König in der Vorstellung des Volkes auszeichnet: einen hohen, kräftigen Wuchs, ebenmäßige Züge, einen starken Schwertarm und eine volltönende Stimme.

Das ist deshalb wichtig, weil der König, der zu dieser Zeit noch auf dem Thron saß, all diesen Erwartungen nicht mehr gerecht wurde: Gubbe der Schlohbart war vom Alter gebeugt, seine Brust eingefallen und sein Gesicht faltig wie ein fleckiges, zerknittertes Betttuch. Und von ähnlicher Farbe noch dazu. Er konnte froh sein, wenn er an guten Tagen noch den Löffel für seinen Brei in den zittrigen Fingern halten konnte, und seine Worte kamen ihm nur als flüsterndes Krächzen über die Lippen.

Fünf wandte sich an Arvid, und ich bin mir sicher, dass er die jämmerliche Erscheinung Gubbes als Schande für das gesamte Reich darstellte. Und er verwies ebenso sicher darauf, was das Reich erwarten würde, sollte es an einen der beiden Prinzen fallen. Der eine war so hell wie sieben Schoppen dunkles Bier und zudem selbst schon beinahe ein Greis. Dem anderen war noch kaum ein Haar am Beutel gewachsen, und er trat selten in der Öffentlichkeit auf, und wenn, dann nur mit einer silbernen Maske, weil sein Gaumen bis in den Rachen hinab gespalten war. Ohne die Maske, so hatte man es hinter vorgehaltener Hand von seinen Kammerdienern gehört, bot er einen Anblick, der Mitleid und Schrecken zu gleichen Teilen erregte. Wie ein Kätzchen, dem die Augen fehlen und das man besser gleich ersäuft, ehe es sich lange quält.

Ich habe nie erfahren, was Fünf Arvid für seine Unterstützung versprochen hat. Unter Umständen den Posten, den Fünf selbst innehatte. Er war der Lieblingsneffe König Gubbes, und der Alte hatte ihn zu seinem Haus- und Hofmeister ernannt. Eine wichtige Rolle, zu der unter anderem der Oberbefehl über die königliche Leibgarde und der Vorstand über sämtliche Palastkämmerer gehörten. Nichts, was in den ehrwürdigen Hallen und Gängen gesagt, geflüstert oder auch nur gedacht wurde, blieb Fünf verborgen. Gubbe konnte es wohl nicht ahnen, doch er hatte den uralten Fehler eines Herrschers begangen, eine Natter an seinem Busen zu nähren.

Wie dem auch sei, Fünf hatte bereits zwei Helfershelfer, und wahrscheinlich hat er Arvid auch damit geködert, dass der Plan nicht nur auf vier, sondern gleich auf acht Schultern ruhen würde. Fünf hatte ein gutes Händchen bei der Auswahl seiner Mitverschwörer.

Elf war der Mann fürs Grobe. Einer von der Sorte, die sich eigens daran erinnern müssen, die Hose herunterzulassen, bevor sie sich auf den Abort setzen. Aber trotzdem – oder gerade deshalb – ein Kerl, dem Skrupel so fremd waren wie einer Hure die Keuschheit. Er war riesig und hätte einen Bullen mit nur einer Hand erwürgen können. Fünf schlüpfte in ihn wie in einen Handschuh, wenn es jemanden einzuschüchtern oder zu ermorden galt.

Zwanzig wiederum war eine Ausgeburt an selbstverliebter Eitelkeit. Verglichen mit ihm hätten Pfauen durch die Lande ziehen und Lektionen in Demut erteilen können. Er war gewiss überzeugt davon, dass seine Scheiße nach Rosen duftete und sein Gondull jederzeit einen gefrorenen Acker umpflügen konnte. Es würde mich nicht wundern, wenn Zwanzig insgeheim beabsichtigte, die anderen übers Ohr zu hauen und seinen schmalen Hintern selbst auf das Thronkissen zu manövrieren. Dabei hatte er allerdings die Rechnung ohne den Wirt gemacht. Zugegeben, trotz seiner äffischen Art hatte er ein gewinnendes Wesen, und es fiel jedem schwer, ihm einen Wunsch abzuschlagen, sobald Zwanzig einem erst einmal vorgegaukelt hatte, er wäre der beste Freund, den man sich wünschen kann.

Das war die Zelle, der sich Arvid anschloss. Das hört sich an, als wäre er bereits damals ein blutrünstiges, machtversessenes Ungeheuer gewesen, doch dem war nicht so. Ich bilde mir lieber ein, dass er nicht nur aus eigenen Stücken handelte.

Das Volk litt unter Gubbe dem Schlohbart und seinen Günstlingen, daran gab es nicht den geringsten Zweifel. Der alte Furz bekam wohl nur noch die Hälfte davon mit, wie sein Land um ihn herum im Elend versank. Dass die Pferde in seinen Stallungen nur mit dem besten Korn gefüttert wurden, während die Bauern nicht einmal mehr genug übrig hatten, um Brot für sich und ihre Familien zu backen. Dass es mehr als einen verrohten Höfling gab, der sich Kinder von der Straße stehlen ließ, um an ihnen seinen dunklen Lüsten zu frönen. Dass seine Feldherren in der Hauptstadt protzige Paraden veranstalteten, während in den Grenzprovinzen des Reichs Feinde von allen Seiten unzählige Städte und Dörfer schleifen ließen. Fünf hatte guten Grund, gegen die herrschenden Zustände aufzubegehren.

Es war dieses Netz – geknüpft aus ehrlicher Empörung und gerechtem Zorn –, das Arvid seinerseits auswarf, um sich einen Verbündeten darin zu fangen: Waldur. Wenigstens möchte ich glauben, dass mein Freund sich nicht von Beginn an wissentlich zum Handlanger eines späteren Despoten erniedrigte. Denn wenn es anders wäre, müsste ich mich in meine eigene Klinge stürzen, weil ich Waldur jemals meinen Freund nannte.

Sei's drum. Waldur schwor jedenfalls Arvid und nur Arvid die Treue, und auch das ist wichtig: Waldur setzte seine Fähigkeiten nur zu Arvids Gunsten ein, und das sollte Fünf und den Rest der Bande noch teuer zu stehen kommen. Ich kann mir vorstellen, wie sie darüber jubelten, jemanden wie Waldur an ihrer Seite zu wissen. Gubbe würde nicht der erste Herrscher sein, an dessen Thronverlust Waldur gehörigen Anteil hatte. Er brachte da einiges an Erfahrung aus aller Herren Länder mit. So war er nun einmal. Manchmal denke ich, Waldur fand einfach Gefallen daran, Schicksal zu spielen, und welcher Einsatz in diesem Spiel hätte größer und aufregender sein können als ganze Königreiche?

Schlimmer noch: Waldur wiederum kannte einen Holzkopf, der töricht genug war, sich ebenfalls vor Arvids Karren spannen zu lassen. Einen Holzkopf, der Waldur in Wagemut und Kampfgeschick in nichts nachstand. Dieser Holzkopf verspürte gerade das unstillbare Verlangen, einer anderen Seele zu beweisen, wie viel ihm am Wohlergehen der gesamten Welt lag.

Und um zu erkennen, dass die Welt ohne Gubbe ein besserer Ort sein würde, dazu brauchte es nicht gerade einen übermäßig scharfen Verstand. Für etwas anderes hätte es jedoch genau dieses scharfen Verstands bedurft – nämlich dafür, zu begreifen, worin die Beseitigung Gubbes letztlich münden würde.

Die Verschwörer begannen, ihr blutiges Vorhaben in die Tat umzusetzen. Man darf sich das jedoch nicht als ruhmreiche Schlacht vorstellen. Nicht einmal als eine einzige Nacht der langen Messer, nach der die Sonne über einem von Grund auf veränderten Reich aufging. Sie verhielten sich eher wie ein Rudel Wölfe, das aus einer Schafherde nach und nach die schwachen und kranken Tiere aussondert, eines nach dem anderen. Von außen betrachtet wirkte alles wie eine unglückliche Verkettung trauriger Ereignisse.

Da war der Jagdunfall, bei dem sich ein vorschnell abgeschossener Pfeil durch ein Auge bohrt – und bei dem sich hinterher niemand daran erinnern kann oder will, wie er die Sehne hat schnellen lassen. Waldur hätte das Rätsel lösen können, denn er war ein ausgezeichneter Schütze.

Da war das geheimnisvolle Siechtum des jüngeren Prinzen, dem die Haare ausgingen und dessen Gedärm sich in stinkenden Schleim verwandelte. Keiner der herbeigerufenen Ärzte und keines der zum Palast befohlenen Kräuterweiber vermochte sein Leid zu lindern, bis seinen ausgezehrten Leib schließlich jede Kraft verließ. Zwanzig hätte ihnen verraten können, welches schleichende Gift in den Kuchen gemischt worden war, den er dem Jungen zu seinem zwölften Fleischwerdungsfest geschenkt hatte. Und Elf wusste, weshalb das Gift nicht dazu kam, seine Wirkung auch beim Vorkoster des Prinzen zu zeigen. Dem armen Vorkoster, der nur zwei Tage nach dem Fest auf einer der vielen Treppen des Palasts so unglücklich stürzte, dass er sich den Hals brach.

Da war der Feldherr, dem die Ehre zuteil wurde, sich zusammen mit einigen seiner treuesten Kameraden eine Nacht lang mit den drallsten Konkubinen zu vergnügen – und der im

Sattel starb, wie es bei den Reiterkompanien so schön heißt. Fünf kannte die Vorlieben des Feldherrn aus eigener Anschauung sehr genau, und er hatte die Konkubine ausgewählt, deren Schoß es zu präparieren galt, um den geilen Bock darin nicht nur seinen Samen, sondern auch sein Blut verströmen zu lassen. Wie schade, dass Gubbe den halb geschrienen, halb geschluchzten Beteuerungen dieser besseren Hure keinen Glauben schenkte. Und es war nun auch völlig abwegig, dass ausgerechnet sein liebster Neffe sie mit einem Heiratsversprechen dazu überredet haben sollte, die Nadeln aus schwarzem Skaldat in ihrer liederlichen Spalte zu tragen. Sie hatte keine Tränen und keine Schreie mehr, als der König befahl, sie in ihrer Turmkemenate einzumauern.

Da war der Unterhändler, den Gubbe in einem wachen Augenblick zum Piratenkaiser entsandt hatte, um einen Frieden an den Küsten auszuhandeln – und in dessen Gepäck ein Schreiben gefunden wurde, das ihm einen Teil sämtlicher Beute zusicherte, die die Piraten in den nächsten zwölf Monden machten. Zum Dank dafür, dass er ihrem Kaiser dargelegt hatte, auf welchen Routen die gewinnbringendsten Frachten zu erwarten waren. Der Unterhändler behauptete zwar, das Siegel der Tausendköpfigen Schlange unter dem Schreiben sei eine Fälschung, doch niemand schenkte ihm Glauben. Die weisesten Gelehrten am Hof begutachteten das vielfach verschlungene Siegel und gelangten zu dem Schluss, nur ein Teufel hätte ausreichend geschickte Finger, um es zu fälschen. Nun, der Holzkopf mochte kein Teufel gewesen sein, aber seine Finger waren sehr, sehr geschickt.

Und so kam es, dass die Hautschreiber mehr und mehr zu tun hatten. Die neue Zahl im Nacken des einen Verschwörers war noch nicht verheilt, da eilten sie schon zum nächsten, um ihm das Zeichen einzustechen, das ihn einen Schritt näher an den Thron brachte. Fünf war kein Narr. Er achtete peinlich genau darauf, dass auch immer wieder Anwärter auf den Thron starben, die *höhere* Zahlen als er im Nacken trugen. Zum einen stellte er so Elfs und Zwanzigs Drang nach eigenem Machtgewinn zufrieden, zum anderen verschleierte er damit geschickt, dass der Thron für ihn inzwischen zum Greifen nah war.

Dann geschah etwas Unerwartetes. Zwanzig hatte einen bemerkenswerten Hang, sich ab und an nachts aus dem Palast zu stehlen, um sich unter die Ärmsten der Armen in Silvretsodra zu mischen – die Rattenfresser, nannte man sie damals in der Hauptstadt. Ich vermute, Zwanzig fand Gefallen daran, sich an dem Elend und dem Leid anderer zu ergötzen, und beides gab es unter den Rattenfressern zuhauf. Viele von ihnen waren entstellt, weil sie ihre Nase oder ihre Ohren oder eines ihrer Augen an die Alchemisten in den besseren Vierteln verkauft hatten, die daraus Elixiere brauten, mit denen die feinen Leute ihr Leben zu verlängern hofften. Und die Alchemisten nahmen ihnen noch viel grässlichere Waren ab. Ich weiß von Rattenfresserinnen, deren Bäuche ständig dick waren und die dennoch nie ein Kind an ihrer Brust hatten. Andere stellten sich für einen Kanten Brot in den Schaukämpfen der Armee als Barbaren zur Verfügung, und es war nicht unüblich, dass im Zuge dieser nachgestellten Schlachten der eine oder andere Barbar wenn nicht das Leben, so doch ein Arm oder ein Bein verlor. Aber genug von den Rattenfressern.

Zwanzig kehrte von einem seiner Ausflüge in die Gosse nicht zurück. Seine Leiche wurde ein ganzes Stück stromabwärts an einer Schleuse aus einem Seitenarm des Silvrets gefischt. Er war nackt und übel zugerichtet. Die Schleusenwärter erkannten nur wegen der Zahl in seinem Nacken, dass sie es mit einem toten Adligen zu tun hatten.

Der Holzkopf mahnte die anderen Verschwörer daraufhin zur Vorsicht, aber sie wiegelten seine Bedenken allesamt ab. Fünf hatte endgültig nur noch den Thron im Kopf, Elf war selbst für gebotene Vorsicht zu dumm, und Arvid und Waldur betonten, Zwanzigs Ableben sei im Grunde doch nur ein Vorteil für die Gruppe: Es lenke den Verdacht anderer Zahlenträger, die hinter der Unglücksserie womöglich Methode zu erkennen begannen, von ihnen ab.

Die Befürchtungen des Holzkopfs erwiesen sich letztlich als unbegründet. Der drohende Zerfall des Reichs, gegen den Fünf aufbegehrte, bot den Verschwörern eine Gelegenheit, ihre Taten weiter unbemerkt zu lassen. Reiche, an deren Spitze schwache Herrscher stehen, lösen sich auf wie schlecht geknüpfte Teppiche: Sie zerfasern an den Rändern. In diesem Fall drangen von Süden die Echsenmenschen immer frecher vor. Sie zupften und zerrten mit gierigen Klauen an den losen Fäden, und selbst die trägen Feldherren Gubbes mussten eingestehen, dass das, was sie die Schlangenbrut nannten, die Provinzen im Süden bald überrennen würde. Nun solltest du nicht meinen, dass die Echsenmenschen tatsächlich Schlangenblut in den Adern hatten. Das war nur eines der vielen Gerüchte, die die Könige Tristborns schon seit Hunderten von Sommern gezielt streuten. Warum? Weil es einen Weg gibt, sein Volk bisweilen ganz ohne den Einsatz der Knute dazu zu bringen, einen langen und harten Krieg zu erdulden. Man macht den Leuten weis, man würde nur versuchen, eine besonders lästige Tierart auszurotten. Affen, Schweine oder eben Schlangen. Zugegeben, die Echsenmenschen machen es ihren Feinden leicht, ihnen tierische Züge zu unterstellen. Sie ritzen sich am ganzen Körper Wunden in die Haut, die, sobald sie vernarbt sind, aus der Entfernung betrachtet große Ähnlichkeit mit dem Schuppenkleid einer Echse haben. Aber ich schweife ab ...

Gubbe der Schlohbart sah sich genötigt, eine Strafexpedition in den Süden zu entsenden, um zu beweisen, dass die Zähne Tristborns nicht längst alle faul und morsch waren. Er erklärte die Ausmerzung der Stämme im Süden zu einer heiligen Aufgabe, die unter dem besonderen Schutze von Stridus, dem Gott des Krieges, stand. Es war bei Hofe ein offenes Geheimnis, wer dem Alten diese Entscheidung eingeflüstert hatte. Fünf war es auch, der die Streitmacht anführte. Oh, er war ein gerissener Hund! Ihm war klar, dass ihn das Volk später nur umso mehr lieben würde, wenn er sich den Beinamen Schlangentöter geben konnte. Die Menschen wollen Helden, und Helden werden auf dem Schlachtfeld geboren. Die Adligen selbst sind vor diesem Irrglauben nicht gefeit, weshalb der Feldzug keinen Mangel an hochwohlgeborenen Streitern litt.

Fünf und die anderen Verschwörer schlugen viele Schlachten, und die mitgereisten Hautschreiber hatten wieder einiges zu tun. Es gab allerdings auch erneut ein Opfer unter den Verschwörern zu beklagen: Gemeinsam mit einer kleinen Schar Recken hielt Elf einen wichtigen Pass lange genug gegen eine Übermacht, bis Verstärkung eintraf und die Echsenmenschen in die Flucht schlug. Bedauerlicherweise blieb es Elf verwehrt, diesen Triumph auszukosten, denn er lag schon in seinem Blute, als die Retter mit wehenden Bannern heranritten. Sein massiger Leib war nahezu unversehrt, obwohl die Echsen mit ihren Krallenkeulen sonst dazu neigten, ihre Feinde regelrecht in Stücke zu reißen. Elf war von einem einzigen Stich niedergestreckt worden – einem Treffer mitten ins Herz, und die Waffe, mit dem er gelandet worden war, war offenbar so mühelos durch Elfs Brustpanzer geglitten wie eine Forelle durch das Wasser des Baches dort drüben. Ich brauche dir nicht zu sagen, welcher Stoff derart Wunderbares und Grausames zugleich vollbringt, wenn man ihn in eine Klinge zwingt. Und ich brauche nicht weiter auszuführen, welcher der Verschwörer sich darauf verstand, den Schmiedehammer zu schwingen.

Fünf grämte sich nicht allzu sehr über Elfs Tod. Es war sogar gut für die Legende, die er um sich herum zu spinnen begann. Der tapfere Verteidiger der Reichsgrenzen, der sogar einen seiner liebsten Waffenbrüder auf dem Altar von Tristborns Ehre und Fortbestand geopfert hatte – wem schossen da nicht die Tränen der Rührung in die Augen?

Bei der Rückkehr aus dem Süden hatte Fünf abgesehen vom König nur noch zwei Leute vor sich: seinen Vater und dessen jüngeren Bruder, die sich das Schloss der Familie als Wohnstatt teilten. Der stolze Vater lud zu einem Fest, um die Heldentaten Fünfs zu feiern. Selbstverständlich war auch Arvid in die Gästeliste aufgenommen worden, doch er zog es vor, der Feier fernzubleiben. Er schickte Waldur an seiner Statt. Waldur bat den Holzkopf, ihn zu begleiten, und weil der Holzkopf eben ein Holzkopf war und Waldur für seinen allerbesten Freund und Kameraden hielt, willigte er gerne ein. Am Schloss angekommen, zeigte sich der Holzkopf dann ein wenig verwundert darüber, was Waldur als Nächstes von ihm verlangte.

»Warte hier vor dem Tor auf mich.«

»Wieso?«, fragte der Holzkopf.

»Es wird nicht lange dauern, und du wirst es nicht bereuen«, antwortete Waldur, zwinkerte seinem Freund zu und ließ ihn danach einfach stehen.

Der Holzkopf wartete, weil er dachte, Waldur hätte einen harmlosen Streich ausgeheckt, den er Fünf spielen wollte. Das wäre dem Holzkopf sogar ganz recht gewesen. Fünf war sein Erfolg zu Kopf gestiegen, und wo er früher noch viel von »wir« und »dem Volk« geredet hatte, sagte er in letzter Zeit verdächtig oft »ich« und »mein Reich«. Eine kleine Bloßstellung vor seiner Familie konnte da nicht schaden. Der Holzkopf rechnete mit einem ins Gesicht geschütteten Kelch Wein oder gar einem durch einen geschickten Hieb aufgeschlitzten Hosenboden. Mehr nicht.

Der Holzkopf hatte sich leider verrechnet. Bald gellten Schreie aus dem Schloss, und in den Fenstern leuchtete ein rotes Glühen. Dann schlugen auch schon die Flammen aus den Mauern hervor. Der Holzkopf sah verdattert zu, wie sich brennende Menschen in die Tiefe stürzten oder kreischend über den Hof rannten. Und er sah, wie das Feuer weiter nach diesen blind umhertaumelnden menschlichen Fackeln zu greifen schien, als besäße es eine Vielzahl langer Arme wie ein lodernder Krake. Und er hörte das Brüllen der unheimlichen Kreatur, deren Macht soeben entfesselt worden war. Es war wie das Fauchen und Knistern, wenn man einen großen Haufen Reisig anzündet, nur viel, viel lauter. Viel, viel hungriger. Der Feuergeist, der im Schloss wütete, war in so heißem Zorn entbrannt, dass die Wände barsten. Fetzen brennender Wandteppiche, kokelnde Tische und Stühle aus der großen Halle, halbgeschmolzene Krüge und Teller und glimmende Gliedmaßen wurden in den Nachthimmel emporgeschleudert. Als rauchender Regen gingen die Trümmer um den Holzkopf herum nieder.

Aus der feurigen Hölle eilte ihm Waldur entgegen, lachend und unversehrt.

»Was hast du getan?«, fragte der Holzkopf, den widerwärtig köstlichen Geruch von gut durchgegartem Fleisch in der Nase.

»Nur das, was du bisher doch auch so eifrig getan hast«, entgegnete ihm Waldur, der sich unbedarft auf sein Pferd schwang, als käme er nicht gerade von einem Massaker, sondern aus einem Hurenhaus. »Ich räume Arvid auf seinem Weg zum Thron den Schutt und den Unrat aus dem Weg. Ich mag ihn, und er hat mich höflich darum gebeten. Kommst du?«

Und Waldur gab seinem Pferd die Sporen. Und weißt du, was das Fürchterlichste ist? Der Holzkopf folgte ihm nach. Weil er dem tobenden Feuergeist entkommen wollte. Weil er daran glaubte, dass in dem neuen Arvid, der diesen feigen Verrat begangen hatte, noch immer ein Teil des alten Arvid steckte, der einst vorgegeben hatte, Unrechtes zu tun, um noch größerem Unrecht Einhalt zu gebieten. Und weil der Holzkopf meinte, Arvids Antrieb für diese Verfehlung zu kennen. Fünf hatte Arvid in ein willfähriges Werkzeug seiner eigenen Machtgier verwandeln wollen, und nun hatte dieses Werkzeug sich gegen seinen Meister gewandt. Wer ein Messer zu lange schärft, schneidet sich irgendwann daran, und wer eine Esse zu lange befeuert, verbrennt sich an ihr. Arvid hatte nur Rache geübt, so dachte der Holzkopf, und wenn Arvid nach Gubbes nahendem Tod erst einmal auf dem Thron saß, würde er kein schlechterer König sein als viele andere vor ihm. Vielleicht sogar ein besserer.

Dalarr verstummte und warf einen Ast ins Feuer.

»Ich verstehe es immer noch nicht«, sagte Namakan. »Wieso hat der Holzkopf gedacht, ein feiger Mörder wie Arvid könnte ein guter König werden?«

»Das würde mich auch interessieren«, pflichtete ihm Wikowar bei.

Dalarr seufzte. »Liegt es nicht auf der Hand? Ihr meint, ein guter König würde sich dadurch auszeichnen, dass er Gutes tut. Eine noble Auffassung. Der Holzkopf hingegen war einer von denen, die der Überzeugung sind, dass man einen guten König an seinem Durchsetzungsvermögen erkennt. An seinem unbeugsamen Willen, das zu tun, was er für richtig hält. In dieser Hinsicht hat ihn Arvid nicht enttäuscht.«

»Das ist Ziegendreck«, murmelte Wikowar und packte eine Decke aus seiner Kiepe aus. »Ziegendreck, den man als Gewürzknolle verkauft. Damit kenne ich mich gut aus.« Er wickelte sich in die Decke ein, gähnte schmatzend und machte sich lang.

Namakan sah nachdenklich in die Flammen.

In diesem Flackern ist mehr Ordnung und Sinn als in dem, was der Meister erzählt hat. Frauen, die ihre Säuglinge verkaufen. Männer, die sich am ganzen Leib aufschneiden, damit sie wie Schlangen aussehen. Huren mit Nadeln aus schwarzem Skaldat im Schoß. Entstellte Prinzen. Feuergeister. Böse Könige, die gute Könige sind. Die Götter der großen Menschen müssen grausam sein, dass sie solche Dinge zulassen. Wie viel Schlimmes hat der Meister in der Welt dort draußen erlebt? Wie viel Unheil hat er gesehen? Namakan stutzte. »Meister?«

»Hm?« Dalarr schüttelte erst die Weinflasche, dann den Kopf und warf die Flasche über die Schulter in die Dunkelheit.

»Woher weißt du das alles über Arvid? Hat Waldur dir das erzählt? Ich meine, wo ihr doch Freunde wart.« *Unfassbar! Wenn jemand wie Waldur ein Freund des Meisters gewesen ist, will ich nie einen seiner Feinde treffen.* »Oder hast du das von diesem Holzkopf? Hast du ihn auch gekannt?«

»Ja, besser als mir lieb ist«, räumte Dalarr ein.

»Was ist aus ihm geworden?«

»Er ist lange tot.« Dalarr stemmte sich in die Höhe. »Schlaf jetzt. Wir haben morgen einen anstrengenden Tag vor uns.« Er machte zwei, drei Schritte aus dem Schein des Feuers heraus. »Schlaf.«

»Was ist mit dir?«

»Ich? Ich halte Wache, damit die Spinnen dich nicht fressen. Es wäre wirklich schade um dich.«

Namakan streckte sich aus und schob sich den Rucksack als Kissen unter den Kopf. Seine leise Furcht vor krabbelnden Geschöpfen war der Schwere, die der Wein über sein Denken gebracht hatte, nicht gewachsen. Er spielte noch eine Weile mit dem Ring an seinem Finger, ehe er einschlief. Er fand sich rasch in einem Traum wieder, in dem er als Riese durch die Welt jenseits der Narbe schritt und alle Könige, denen er begegnete, unter seinen gewaltigen Sohlen zermalmte. Die bösen, aber auch die, die wortreich beteuerten, durch und durch gut zu sein. Er wollte nicht den gleichen Fehler begehen wie der Holzkopf.

8

*Warum schiltst du die Spinne, dass sie ihre Netze spinnt?
Schiltst du auch den Wind, dass er weht?*

Aus den *Zehntausend Fragen
auf dem Pfad zur steinernen Gelassenheit*

Das Wasser des Bächleins war kalt, und Namakan brachte damit anfangs kaum mehr fertig, als sich den Mund auszuspülen. Er wartete darauf, ob ihm vielleicht die Zähne von dem eisigen Nass zerspringen würden, doch zum Glück blieben sie ihm erhalten.

Erst eben, gleich nach dem Aufwachen, hatte er vorsichtig die Verbände um seine Hände gelöst, die Dalarr ihm nach dem Schaufeln des Grabs angelegt hatte. Seine Handflächen waren eine einzige Schicht Schorf, und Kühlung würde ihnen gewiss gut tun. Also krempelte er die Hemdsärmel hoch und steckte die Arme ins Wasser, tief genug, damit seine Finger den schlammigen Grund des Bachs aufwühlten. Er sah den braunen Schlieren nach, die von der Strömung mitgezogen wurden, hin zur nahen Narbe, in deren Tiefen sie unweigerlich hinabgerissen werden würden. *Sie sind fort, und sie kommen nie mehr zurück.*

Auf Namakans Schläfen lastete ein schmerzhafter Druck, den auch das kalte Wasser nicht zu lösen vermochte. Es war beinahe, als wäre sein Schädel an diesem Morgen zu klein für sein Hirn, das bei jeder heftigen Bewegung von innen gegen die Knochen zu schwappen schien. *Dieser verdammte Wein! Warum hat der Meister mich nicht aufgehalten?*

»Willst du dich nicht ordentlich waschen?« Dalarr kniete am Ufer des Bächleins. Er schöpfte das Wasser ohne jedes

Zögern mit den Händen und rieb sich damit den nackten Oberkörper ab. Nass wirkte das Haar auf seiner Brust gar nicht mehr so grau, sondern gewann wie durch Zauberei jene dunkle Farbe zurück, die es in seiner Jugend einmal gehabt haben musste.

»Ich … mir …«, setzte Namakan an, doch seine Zunge lag ihm schwer und träge im Mund wie eine dicke Raupe.

»Was haben die zu bedeuten?« Wikowar lenkte Dalarrs Aufmerksamkeit auf sich. Der Händler hockte neben den glimmenden Resten des Lagerfeuers und machte keinerlei Anstalten, irgendwelche Waschungen an sich vorzunehmen. Er war nach wie vor in seine Decke gemummelt, aus der er auch jetzt nicht mehr hervorgestreckt hatte als einen einzelnen Finger, mit dem er auf Dalarrs Rücken deutete. »Deine Hautschriften. Warum hast du die?«

Dalarr sah an sich herunter, auf die Linien und Wirbel, die ihm auf seiner Brust in die Haut geschrieben waren. Die Male hatten das blasse Graublau eines Winterhimmels, und ihre Form ließ grob erahnen, dass ihre verschlungenen Verästelungen keinen zufälligen Bahnen folgten. »Sie sind nichts Besonderes. Bei den Leuten, unter denen ich aufgewachsen bin, trägt sie jeder.«

Namakan nahm die Arme aus dem Bach und trocknete sie sich an seinem Umhang ab.

Dalarr wandte sich zu Wikowar um, ging einige Schritte auf den Händler zu und legte die Hand auf eines der Male, das unmittelbar über seinem Herzen lag. »Dieses Zeichen, das Negg Jonar, bezeugt vor der ganzen Welt, dass ich ein Mensch bin, kein Tier. Dass ich fühle, denke und handle, weil meinem Fleisch ein Geist innewohnt, der es antreibt.« Seine Finger wanderten unter seine rechte Brustwarze. »Diese Reihe von Wellen und Wogen steht für meine Atti Barmi, die Brüder und Freunde meines Vaters, die für den Namen meines Blutes einstanden, als meine Familie mich in die Freiheit entließ.« Seine Hand glitt quer zur anderen Seite seines Rumpfs. »Diese Zeichen zeigen meine Eida Jidis, die Schwestern und Freundinnen meiner Mutter, die ihr Wort gaben, dass ich aus ihrem Schoß gekommen bin.« Als Nächstes zeigte er auf eine Spur von Linien, die unter seinem Bauchnabel begannen und hinter dem Bund seiner Hose verschwanden. »Hier trage ich Tagarot, die Wurzel meines Geschlechts, die in die Zeit zurückweist, als die Zeit selbst noch jung war.« Seine Stimme nahm kurz einen spöttischen Tonfall an. »Und ja, das Mal reicht hinunter bis zu meinem Gondull, aber dass ich dir den zeige, dafür kennen wir uns noch nicht gut genug.« Er wurde umgehend wieder ernst und fasste sich an das vielspeichige Rad – vielleicht war es auch ein Stern –, das die Stelle zierte, an der sich seine Schlüsselbeine trafen. »Das hier sagt denen, die es wissen sollen, dass ich das Galin Run in mir berge, das alte Wissen über die Kräfte, die alles Sein zusammenhalten und die sich nur dem stärksten Willen beugen.«

Dalarr drehte sich um, doch er hatte seine Ausführungen noch nicht beendet. Er beugte sich ein Stück nach vorn und verdrehte einen gehobenen Arm so, dass er mit den Fingerspitzen zwischen seine Schulterblätter tippen konnte. »Dieses Geweih, das Hirindur, schützt mich vor Unbill, die sich mir in meinem Rücken nähert. Und das Geschöpf, das solch ein Geweih trägt, gab mir meinen Namen. Dalarr. Und ich bin, was mein Name ist: stark, frei und mein eigener König.«

Dalarrs Blick bohrte sich in den seines Schülers. Namakan lief ein Schauer über den Rücken, der noch kälter war als das Wasser, mit dem er sich so notdürftig gewaschen hatte.

Er redet gar nicht mit Wikowar. Er redet mit mir! Aber warum erklärt er mir jetzt die Zeichen, wo ich ihn früher so oft gefragt habe und er mir nie eine Antwort gegeben hat?

»So!« Dalarr richtete sich auf, klatschte in die Hände und trottete zu seinem Hemd, das er über einen Ast gehängt hatte. Er streifte es über und reckte das Kinn in Richtung des Händlers. »Und du? Hast du gar nicht vor, auch nur einen Finger ins Wasser zu stecken?«

Wikowar schlang die Decke noch fester um sich und hielt sie unter seiner Kehle von innen geschlossen wie einen Mantel, den er niemals abzulegen gedachte. »Ich friere doch auch so schon wie ein Schneider.«
Dalarr zuckte mit den Achseln. »Mir soll es gleich sein, aber wenn man sich morgens erhebt, weiß man nie, ob man bis abends seinem Tod begegnet. Und ich ginge lieber rein in den Tod.«
»Ich dachte, du wolltest mir einen Weg über die Narbe zeigen«, beschwerte sich der Händler. »Und jetzt redest du plötzlich vom Tod. Was soll das?«
Dalarr zögerte mit seiner Antwort und schaute Wikowar an, als hätte er es mit einem Schwachsinnigen zu tun. »Das wirst du noch früh genug verstehen, befürchte ich«, sagte er schließlich, ehe er Namakan auftrug, die verbliebene Glut des Feuers zu löschen.

Namakan hatte Mühe, mit seinem Meister Schritt zu halten. Seine zunehmend schlechte Laune war nicht nur dem Genuss von zu viel Pflaumenwein geschuldet. Das Gelände wurde seit einiger Zeit schon unwegsamer: Die Sträucher und Büsche des Unterholzes bildeten immer dichtere Hecken, an denen man sich Kratzer an den Händen und im Gesicht holte. Ständig mussten sie über die Stämme umgestürzter Bäume hinwegklettern, von Pilzen und Moos glitschige Barrieren, die nach Moder stanken und deren äußerste Schicht sich in feuchte Splitter auflöste. Zu allem Überfluss stieg der Untergrund nun auch recht steil an, an einigen Stellen sogar so sehr, dass sich Namakan an Wurzeln oder aus dem Boden ragenden Steinen den bewaldeten Hang hinauf ziehen musste.
Dalarr kannte jedoch keine Rücksicht. Er scherte sich weder um Namakans stillen Protest in Form eines immer lauter werdenden Keuchens noch um Wikowars unablässiges Gejammer. Der große Mensch bewegte sich zielstrebig wie ein Raubtier, das die Witterung seiner Beute aufgenommen hatte und sich

von nichts und niemandem davon abbringen lassen würde, es nun auch zur Strecke zu bringen.

Völlig unvermittelt blieb Dalarr stehen. Namakan prallte höchst unsanft gegen seinen Rücken.

»Da«, sagte Dalarr nur. »Da hast du deinen Tod.«

Das, was er meinte, hing ungefähr in seiner Augenhöhe in einer Astgabel. Es war der Hinterlauf eines Huftiers, aber es war zu wenig vom Fell zu sehen, um genau zu sagen, ob er einmal zu einer Gemse oder einem Steinbock gehört hatte. Bis auf den Huf selbst und das andere Ende, das offenbar glatt aus dem Gelenk gerissen worden war, war der Lauf von einem Gespinst aus grausilbrigen Fäden bedeckt. *Wie eine Garnrolle aus Fleisch und Knochen ...*

Dort, wo die Muskeln und Sehnen aus der grässlichen Wunde hingen, wehten zwei, drei der Fäden im verhaltenen Wind, der seinen Weg von der Narbe durch die Bäume fand. Sie waren so fein, dass Namakan die Augen zusammenkneifen musste, um sie genau zu erkennen. *Sie winken ... sie tanzen ... sie glitzern ... so schön ... so schön ...*

Ein jäher Schmerz in seinem Handrücken und Dalarrs gezischtes »Nicht anfassen!« brachten ihn zur Besinnung.

»Sind das ... das sind ...«, stammelte Wikowar.

»Genau.« Dalarr brach einen Zweig von einem Busch ab. »Spinnfäden.«

Ein unangenehmes Kribbeln breitete sich *unter* Namakans gesamter Haut aus – auf seinem Kopf, auf seinen Schultern, an den Beinen, selbst unter den Achseln und in seinem Schritt. *Ich hasse Spinnen!*

»Bei der drallen Titte der Untrennbaren«, flüsterte Wikowar. »Wie viele von den Viechern sind das gewesen? Wie viele braucht es, um einen Bock einzuspinnen?«

»Nur eine, wenn sie groß genug ist«, erwiderte Dalarr. Er wies mit dem Zweig nach rechts, wo eine Spur aus geknickten Ästen und plattgetretenen Farnen zur Narbe führte. »Und viele aus ihrer Brut sind allemal groß genug dafür, wie du siehst.«

»Wer ist *sie*?«, wollte der Händler wissen, dessen sonst so rosige Backen weiß wie Schneebälle waren.

»Die, der wir hoffentlich nicht begegnen, wenn es sich irgendwie vermeiden lässt«, antwortete Dalarr.

Namakan überwand mühsam seinen lähmenden Ekel. »Eine einzige Spinne hat das getan?«

»Ganz recht. Und sie wird sich ärgern, dass sie so einen Leckerbissen versehentlich in einem Baum hat hängen lassen. Hier.« Dalarr drückte Namakan den Zweig in die Hand, den er abgebrochen hatte.

»Was soll ich damit, Meister?«

»Einen der Fäden berühren.«

Namakan schluckte. Er hielt den Zweig vorsichtig wie einen brennenden Span zwischen seinen Fingern und stellte fest, dass sich das Zittern in ihnen auf die Spitze übertrug. Nach einem tiefen Atemzug, um sich innerlich gegen die hypnotische Wirkung des glitzernden Fadens zu wappnen, kniff er wieder die Augen zusammen und hob den Zweig. Die Spitze war noch eine ganze Handbreit von den Fäden entfernt, als die hauchdünnen Stränge des Gespinsts ihren Tanz einstellten. Sie strafften sich lauernd und zuckten kurz auf, ehe sie sich blitzschnell um das Holz schlangen, als besäßen sie einen eigenen, gierigen Willen.

»Meister!«, schrie Namakan überrascht auf.

»Da brat mir einer meine Wurst, aber schön knusprig bitte«, ächzte Wikowar.

»Lass gut sein«, wies Dalarr seinen Schüler an.

Das brauchst du mir nicht zweimal zu sagen. Kaum löste Namakan den Griff um den Zweig, zogen die Fäden sich zusammen und begannen, sich um das Stückchen Holz zu wickeln. Wie von unsichtbaren Händen getragen stieg es auf, dem abgerissenen Hinterlauf entgegen.

»Was für ein Glück«, murmelte Dalarr, der dem unheimlichen Schauspiel keine weitere Aufmerksamkeit schenkte. Stattdessen wandte er sich der breiten Spur zu, die die Spinne durchs Unterholz gezogen hatte.

»Glück?«, wunderte sich Wikowar. »Wieso Glück?«
Dalarr ging auf den Rand der Narbe zu. »Weil wir jetzt wissen, dass es nicht mehr weit sein kann.« Er blickte erst in den Abgrund hinunter, dann entlang seines Verlaufs die Steigung hinauf und nickte schließlich zufrieden. »Ja. Dort vorne ist es.« Mit einer Hand auf dem Knauf von Blotuwakar drehte er sich zu dem Händler um. »Das ist die letzte Möglichkeit für dich«, sagte er ernst. »Die letzte Möglichkeit, das Richtige zu tun und umzukehren.«
Wikowar blickte unsicher zu dem eingesponnenen Tierlauf hinauf. Der Zweig, mit dem Namakan nach den Fäden gestochert hatte, war inzwischen so fest verschnürt wie das Beutestück selbst. Wikowars Hand tastete über die Schubfächer seines Bauchladens, als wollte er sich durch das klobige hölzerne Monstrum hindurch an die Brust fassen. »Ich kann nicht umkehren«, sagte er. »Das wäre schlecht fürs Geschäft.«
»Das habe ich mir gedacht.« Dalarr schürzte die Lippen. »Aber sag hinterher nicht, ich hätte dich nicht gewarnt.«

Eine der schlimmsten Befürchtungen Namakans bewahrheitete sich. Ihr weiterer Weg führte nicht an der Narbe entlang. Er führte in die Narbe hinein.

Die Spur der Spinne endete nur wenige Schritte neben einem Einschnitt am Rand der Schlucht, der einen Abstieg ermöglichte. Es mochte durchaus sein, dass es sich hierbei einmal um eine Art Pfad gehandelt hatte, aber wenn dem tatsächlich so war, musste der Weg vor vielen, vielen Sommern angelegt worden sein. In der Zwischenzeit war er ohne jede Hege und Pflege den Elementen ausgesetzt gewesen. In zahllosen Kehren und Windungen führte er an der steilen Wand der Narbe entlang in die Tiefe.

Wir sind wie Ameisen, die auf einer alten Leiter krabbeln. Einer Leiter, deren Holme auseinanderklaffen und bei der jede einzelne Sprosse noch schiefer hängt als die davor.

Der Wind stürzte sich von den Hängen der Berge lustvoll in die gewaltige Erdspalte hinein, wo er um die Vorsprünge und Simse im Fels pfiff und heulte, als spielte er auf einem bizarren Instrument für die Ewigkeit.

Auf den schmaleren Abschnitten des Pfades wurde Namakan zu einem willfährigen Werkzeug seiner Angst vor dem lockenden Abgrund. Er ging seitwärts, mit dem Bauch zum Felsen, und suchte mit beiden Händen nach Halt in den Rissen. Er schaute nur nach vorn, zu Dalarr, der so selbstsicher voranschritt wie ein Mann auf einer breiten Brücke mit einem hohen Geländer.

Hinter ihm schnaubte und schnaufte Wikowar, und ab und zu hörte Namakan die Kiepe oder den Bauchladen des Händlers über den Stein schrammen.

Selbst hier – an der kahlen, nackten Wand der Narbe – stellte das Leben seine unbändige Kraft zur Schau. Wieder und wieder versperrten den Wanderern Bäume den Weg. Keine alten Waldriesen wie hoch über ihnen, sondern nur dürre, verwachsene Neuankömmlinge, die sich mit dünnen Wurzeln festkrallten und doch eines Tages von einem Sturm ausgerissen und hinab in die Narbe gewirbelt werden würden. Ihre Stämme waren dünner als ein Handgelenk und die Zahl ihrer kümmerlichen Äste und Blätter mitleiderregend, aber dennoch trotzten sie ihrem Schicksal mit beinahe rührender Beharrlichkeit.

Die Bäume, an denen sich die Wanderer nicht vorbeizwängen konnten, wurden auf andere Weise als durch den Sturm von ihrem elendigen Dasein erlöst. Dalarr zog Swiputir – die lange Klinge Blotuwakars wäre hier mehr Hindernis als Hilfe gewesen – und hackte mit kräftigen Schwüngen auf sie ein, bis er ihre Stämme durchtrennt hatte. Dann warf er sie achtlos beiseite, hinab zu jenem fernen Grund, zu dem Namakan nicht zu blicken wagte.

Es war nach der Beseitigung eines dieser Bäume, als Namakan das Netz zum ersten Mal sah. Es hatte nichts von der vollkommenen Symmetrie, wie er sie von vielen Spinnennetzen kannte – klare, feine Strukturen, die man mit einem schwachen Wischen zerstören konnte. Dieses Netz war anders. Seine Fäden – Hunderte? Tausende? Eine Zahl, für die es kein Wort mehr gab? – verliefen kreuz und quer von einer Wand der Narbe zur anderen, dick wie Taue. Als hätte eine wahnsinnige Näherin versucht, ein Loch in einem Hemd zu stopfen, und dabei ein Geflecht geschaffen, das noch hässlicher, noch entstellender war als der ursprüngliche Riss im Stoff. Es sah aus, als würden nur diese grauen Fäden die Narbe davor bewahren, noch weiter aufzureißen, weiter und weiter, bis die ganze Welt gespalten war.

Doch das war eine abwegige Vorstellung, denn der eigentliche Zweck des Netzes war nicht zu übersehen. Überall zwischen seinen Fäden hing die verschnürte Beute seiner Erbauer. Das Gespinst, das sie bedeckte, machte es schwer, ihre genaue Art auszumachen, aber in einigen Fällen genügte Namakans Fantasie, um die Formen zu deuten.

Das da sind die gespreizten Schwingen eines Adlers. Und das, das muss das Gehörn eines Elchs sein. Das große Knäuel ... steckt dort ein Bär drin? Bei den Untrennbaren, ja, ein Bär.

Selbst Wikowar verschlug es bei diesem Anblick die Sprache.

Dalarr hingegen nickte zufrieden. »Nur noch ein kleines Stück. Wir gehen über diesen Vorsprung dort unten hinein.«

Namakans Beinmuskeln zitterten mit einem Mal mehr als nur von der bloßen Anstrengung des Abstiegs. »Wo hinein?«

»Ins Netz natürlich«, antwortete Dalarr und ging weiter.

Am Vorsprung angekommen, setzte Dalarr seinen Rucksack ab und begann, etwas daraus auszupacken.

Aus der Nähe versetzte das Netz Namakan in noch größere Beunruhigung. Er ging in die Knie und kroch zum Rand des Vorsprungs, wo mehrere Dutzend der Fäden an der Felskante hafteten. Um kaum einen von ihnen hätte er die Hand schließen können. Sie waren straff gespannt und erinnerten ihn an die Zelte, die zum Fest der Tauenden Gletscher in den größeren Dörfern der Almen aufgestellt wurden. Als er noch kleiner gewesen war, hatten er und die anderen Kinder sich immer darauf gefreut, an den Seilen emporzuklettern. Einmal hatte er es sogar bis hinauf zum Dach des Zeltes geschafft, obwohl er in den Sommern davor mehrfach an dieser Aufgabe gescheitert war. Damals – als es endlich doch geklappt hatte – hatte er sich einfach gewünscht, seine Arme wären so lang wie die von Lodaja oder Dalarr. Zu seiner Überraschung hatte der Wunsch Wirkung gezeigt. Jedenfalls war er dann nicht wie ein nasser Sack an dem Seil gehangen wie sonst. Er hatte eine Kraft in seinen Armen gespürt, die ihm selbst ein wenig unheimlich gewesen war, aber als seine Finger das Öltuch des Zeltdachs berührt hatten, war dieses gruselige Gefühl – dieses Erschrecken vor sich selbst – verflogen gewesen. Er war nur noch stolz auf sich, stolz auf das, was er war. *Und jetzt? Jetzt macht mich dieses Netz doch nur wieder zu einem Feigling.*

Er lugte über den Rand des Vorsprungs. *Wenn wir hier abstürzen, fallen wir gar nicht ins Bodenlose. Wir landen im Netz.* Er schaute zu einem der umsponnenen Tierkadaver auf, der einen Steinwurf entfernt als formloser Klumpen in den Strängen hing: Der Größe nach hätte es sehr gut der Steinbock sein können, auf dessen abgerissenes Bein sie vorhin gestoßen waren. Aber das Netz war klebrig. Die Fäden hielten einen fest. Wie sollten sie da durchklettern können? Die Narbe war an dieser Stelle eher schmal – höchstens sechzig oder siebzig Schritt lagen zwischen der Stelle, an der er kniete, und der Felswand auf der anderen Seite. *Aber wir kommen da nie rüber. Wir hängen sofort fest, und dann kommen die Spinnen ...* Namakan schüttelte sich.

»Ich will ja nicht unhöflich sein, Kowal Dalarr«, sprach Wikowar. »Aber willst du aus uns die ersten Fliegen in der Geschichte der Welt machen, die sich aus freien Stücken in einem

Spinnennetz fangen lassen?« Der Händler hatte seinen Bauchladen abgesetzt und nutzte ihn als Hocker, während er Dalarr beim Wühlen im Rucksack zusah. »Oder war das mit dem neuen Weg über die Narbe nur ein Witz von dir, den ich nicht verstehe?«

»Ich habe nie von einem neuen Weg gesprochen.« Er förderte die zwei Paar Waffen oder Werkzeuge zutage, die Namakan nur einmal kurz gesehen hatte, als er ihm den Racheschwur abgenommen hatte. Die, die vorher irgendwo in der Nähe des Gehöfts vergraben gewesen waren, und die Dalarr nach dem Überfall gemeinsam mit seinen Schwertern und seiner Rüstung dem Boden wieder entrissen hatte. »Und ich habe auch nie gesagt, dass es ein Spaziergang werden würde, oder?«

Namakan stand auf, um die Gegenstände aus dem Rucksack näher in Augenschein zu nehmen. Das Auffälligste an ihnen waren die großen Haken, und Namakan wäre ein schlechter Schüler seines Meisters gewesen, wenn er nicht sofort den verwaschenen Glanz des Metalls hätte zuordnen können. *Blaues Skaldat! Der Stoff, aus dem Wasser und Wind sind …* In der Vergangenheit war er häufig Zeuge gewesen, wie sein Meister blaues Skaldat einer Legierung beimengte, aus der er anschließend Pflugscharen schmiedete. Wegen des Skaldats glitt solch ein Pflug sehr viel leichter durch einen harten Acker. Aber das waren keine Pflüge. Und bestimmt nichts, was man auf einem Feld einsetzen würde. Die Haken waren auf einen ungefähr unterarmlangen Stiel aufgesetzt, an dem wiederum etwa in der Mitte ein waagerecht aus dem Holz ragender Griff angebracht war. Dass diese Werkzeuge anscheinend paarweise eingesetzt wurden, ließ sich daran erkennen, dass Dalarr je zwei von ihnen zum Transport mit zwei Metallklammern verbunden hatte. Wie kleine Bärenfallen, deren Zacken stumpf waren. Auch die Klammern besaßen den verräterischen blauen Schimmer, und von ihren Enden baumelten kurze Lederriemen. *Wozu sind diese Dinger gut?*

Dalarr löste die Klammern an einem der Paare und hob seine beiden Teile an, wobei er die Fäuste um den Griff in der Mitte des Stiels schloss und die Haken von ihm wegwiesen. Namakan begann zu dämmern, wie man die Werkzeuge verwendete. *Man kann die Haken an etwas festmachen und sich dann daran hochziehen, wie bei einem Klimmzug.*

»Das sind Soli Notur«, erklärte Dalarr und scherte sich offensichtlich einen feuchten Kehricht darum, dass außer ihm keiner der Anwesenden die Sprache seiner fernen Heimat sprach.

»Ach so«, merkte Wikowar trocken an. »Klar.«

Dalarr trat zu einem Faden des Netzes und fuhr mit einem der Haken daran entlang.

»Er klebt nicht fest«, sagte Namakan verblüfft und zugleich zufrieden, dass er mit seiner Ahnung wohl nicht ganz falsch gelegen hatte.

»Wir haken uns an einen der Fäden und hangeln uns Stück für Stück weiter, bis wir drüben sind.« Dalarr klang, als wäre ein solcher Kraftakt das reinste Kinderspiel. »Das Skaldat sorgt dafür, dass wir nicht als Spinnenfutter enden.«

»Dazu sind meine Arme niemals stark genug«, wandte Namakan ein.

Dalarr ging zurück zu seinem Rucksack und deutete mit dem Haken auf das, was Namakan eben noch für Klammern gehalten hatte. »Du wirst dich nicht nur auf deine Arme verlassen müssen, du zauderndes Waschweib. Wir schnallen uns diese Kufen unter die Sohlen. Sie werden uns helfen, Halt zu finden. Komm her.«

Namakan trottete an die Seite seines Meisters.

»Nimm den Fuß hoch.«

Während Dalarr sanft, aber bestimmt die Lederriemen um den Fuß seines Schülers band und anzurrte, drängte sich Namakan eine Frage auf, die ihn seine Furcht vor der Narbe fast vergessen ließ. »Woher hast du diese Sachen, Meister?«

»Wenn man so lange lebt wie ich, häuft man allerlei nützliche und nutzlose Dinge an, mein Junge.« Dalarr drückte

Namakans Fuß auf die Erde. Die Kufe drückte sich schmerzhaft in seine Sohle, aber es war auszuhalten. Dalarr tätschelte seinen anderen Fuß. »So, weiter geht's. Stütz dich auf meine Schulter. Ja, gut so. Ich würde gern damit prahlen, ich hätte diese Soli Notur geschmiedet, aber ich neige nicht dazu, mich mit fremden Federn zu schmücken. Ich habe sie jemandem abgenommen.«

»Abgenommen?«, krächzte Wikowar. »Bin ich unter Diebe geraten?«

»Und das von einem Händler«, murmelte Dalarr. »Nein, bist du nicht. Ich habe sie zwei Mördern abgenommen. Zwei wahnsinnigen Mördern, die in der Zeit vor der Breitbrücke einen Weg suchten, um auf den Almen Jagd auf Halblinge zu machen. Heute glauben die Menschen, es würde Glück bringen, sich etwas ins Haus zu hängen, das einer aus dem Talvolk gemacht hat. Damals glaubten sie, man hätte noch viel mehr Glück, wenn man sich den Schädel eines kleinen Menschen übers Bett hängt.«

»Vor der Breitbrücke?« Wikowar lachte auf. »Kowal Dalarr, du bist ein Geschichtenerzähler. Vor der Breitbrücke warst du doch nicht mehr als ein Jucken im Sack eines deiner Urahnen.«

Dalarr schenkte dem Händler einen düsteren Blick. »Fertig«, verkündete er dann und ließ Namakans Fuß los.

Namakan setzte sich, um seine Sohlen zu entlasten, und schaute dabei zu, wie Dalarr anfing, das zweite Paar Kufen an seinen Stiefeln festzumachen.

»Äh …« Wikowar streifte die Trageriemen seiner Kiepe ab und schlich auf Dalarrs Rucksack zu. »Ist da zufällig noch ein Paar von diesen Soli-dingsbumsen drin? Ich sehe nämlich bisher nur zwei.«

»Finger weg von meinem Rucksack, wenn dir deine Finger lieb sind«, sagte Dalarr, ohne von seinen Füßen aufzusehen. »Und nein, Soli Notur sind nicht wie der Tand, den du mit dir herumschleppst. Sie sind selten. Aber wir haben ja genug davon.«

»Moment!« Wikowar hob einen Finger. »Moment. Wieso genug? Wir sind zu dritt, aber ich sehe nur zwei Paar.«

»Ich meine damit auch nur mich und den Jungen, und nicht dich.«

»Meister ...«, sagte Namakan gedehnt. »Aber du hast doch gesagt, es wäre meine Entscheidung, ob er uns begleitet oder nicht.«

»Richtig, richtig.« Wikowar nickte aufgeregt. »Und da war noch mehr. Du hast gesagt, du würdest mir den neuen ... Verzeihung, den *anderen* Weg über die Narbe zeigen.«

Dalarr richtete sich auf, ein breites Grinsen im Gesicht. »Worüber beschwerst du dich dann? Du hast uns begleiten dürfen, und ich habe dir den Weg über die Narbe gezeigt. Da ist er.« Er deutete auf das Netz. »Ob du diesen Weg gehen kannst oder nicht ... schert mich nicht.«

»Du ... du ...« Wikowars Züge nahmen einen sonderbaren Ausdruck an. Sein Unterkiefer klappte auf und zu wie ein Fensterladen, der im Wind klappert, während er die Augen so fest zusammenkniff, als wollte er Dalarr jeden Augenblick an die Gurgel gehen. *Dazu müsste er aber auf seinen Bauchladen steigen.* »Du hast mich übers Ohr gehauen. Du hast die ganze Zeit gewusst, dass man diese Soli-Dinger braucht, um auf die andere Seite zu kommen.«

»Du hast mich nie gefragt, ob man Soli Notur dafür braucht oder nicht«, sagte Dalarr und machte zwei kleine Probeschritte mit den Kufen unter den Füßen.

»Nie gefragt? Nie gefragt?« Eine pochende Ader erschien auf der Stirn des Händlers. »Das ist doch wohl die Höhe. Und wenn man ein Schwein, das Gold kackt, bräuchte, um da rüberzukommen, hätte ich da auch vorher danach fragen sollen? Oder eine Flöte ohne Löcher? Oder eine Hose mit kariertem Latz? Hätte ich da auch vorher danach fragen sollen? Hm? Hm?«

»Auch in diesen Fällen hätte es zumindest nicht geschadet.« Dalarr hob sein Paar Stielhaken auf und schaute Namakan an. »Fertig?«

»Meister, das können wir nicht machen.« Er schüttelte den Kopf. »Wir können ihn doch nicht einfach hier sitzen lassen.«
»Er ist nicht festgewachsen, oder?« Dalarr winkte ab. »Er weiß, wie er nach Hause kommt. Immer an der Narbe entlang.«
»Ich werde allen erzählen, was für ein Betrüger du bist«, zeterte Wikowar.
»Meister, bitte …«
Dalarr seufzte. »Nenn mir einen guten Grund, warum ich mir Gedanken darüber machen sollte, wie dieser Schreihals durchs Netz kommt. Zieh deinen Umhang aus und roll ihn zusammen. So ungeschickt, wie du dich sonst immer anstellst, bleibst du nur damit an einem der Fäden hängen, und dann muss ich dich da auf halber Strecke irgendwie rausschneiden.«
Namakan gehorchte, aber er gab sich noch nicht geschlagen. »Du willst einen Grund hören? Was ist damit, dass du mir beigebracht hast, dass ein Mann sein Wort halten muss, wenn er es erst einmal gegeben hat?«
»Wohl wahr, wohl wahr«, pflichtete ihm der Händler bei. »Vertrauen ist die fruchtbare Erde, aus der jeder Baum einer Gemeinschaft wächst.«
»Aber das tue ich doch. Wort halten. Deshalb regt sich unser dicker Freund hier auch so auf.« Dalarr zuckte mit den Schultern. »Er hat von mir genau das bekommen, was ich ihm versprochen habe.«
»Aber doch nur dem Laut der Worte nach und nicht ihrem Sinn. Und ich weiß, was du jetzt sagen willst. Jetzt willst du sagen, dass es nicht deine Pflicht ist, dich zu vergewissern, ob du richtig verstanden worden bist, sondern die desjenigen, der deine Worte hört. Eine Frage zu wenig ist ein Ärgernis zu viel. Der schlaue Schüler fragt, der Dumme nickt.« *Den Satz habe ich selbst schon oft genug von dir hören müssen, nicht wahr?*
»Das kann schon stimmen. Doch weißt du, was es wäre, wenn wir ihn hier zurücklassen? Grausam wäre das. Und ein Verstoß gegen deine eigenen Regeln.«

Dalarr horchte auf. »Ach ja?«

»Ja.« Namakan schaute seinem Meister hoch ins Gesicht und holte tief Luft. »Versprich niemandem eine Leistung, die du nicht erbringen willst, und nähre in niemandem eine Hoffnung, die du nicht erfüllen kannst.« Zwei, drei Wimpernschläge lang schwieg Dalarr und musterte Namakan, als würde er abwägen, ob er die anstehende Ohrfeige mit der Handfläche oder dem Handrücken austeilen sollte. Dann wurde sein Blick weicher. »Das hätte ich dir nicht so oft sagen sollen, was?«

»Vielleicht nicht«, flüsterte Namakan.

»Hör auf den Jungen.« Wikowar verlegte sich nun aufs Flehen und fiel auf die Knie. »Er hat recht. Wovon soll ich leben, wenn ich meine Waren nicht loswerde? Dann muss ich verhungern, Kowal Dalarr.«

Dalarr raunte eine Verwünschung in seiner alten Sprache. »Gut, Namakan, du sollst deinen Willen haben. Sobald du mir erklären kannst, wie wir diesen Jammerlappen auf die andere Seite befördern.«

9

*Die Wahl zwischen Freiheit und Tod, wie sie
Aufrührer zu entwerfen pflegen, verkennt, dass im Tod
bisweilen auch eine Form der Freiheit liegen kann.*

Aus den Betrachtungen des Königlichen
Ratschlägers Lot Zungspitz

»Ich bin ruiniert«, moserte der Händler wenige Augenblicke später. Missmutig versuchte er, eines der Fächer an seinem Bauchladen zu schließen. Es war ein hoffnungsloses Unterfangen, da das Bündel Stricknadeln, das er aus seiner Kiepe in den Laden umpacken wollte, viel zu sperrig für das Fach war. »Du machst mich zum Bettler.«

Das ist also sein Dank? »Die Kiepe muss hierbleiben, tut mir leid.«

Dalarr beobachtete das elende Schauspiel mit vor der Brust verschränkten Armen und wippte ungeduldig mit dem Fuß. »Können wir dann endlich?«

Namakan hätte nicht gedacht, dass sich sein Meister auf seinen Plan einlassen würde, aber anscheinend traute sich Dalarr zu, den dicken Händler auf seinem Rücken über die Narbe zu tragen. Namakan hatte Wikowar deutlich zu verstehen gegeben, dass er entweder auf die Kiepe oder den Bauchladen verzichten musste. Wikowar hatte sich für den Laden entschieden – genauer gesagt dazu, aus dem Bauchladen für die Dauer der Überquerung einen Rückenladen zu machen.

Namakan selbst hatte sich bereiterklärt, sich sowohl seinen eigenen als auch den Rucksack seines Meisters aufzusetzen. Zum Glück für Wikowar war Dalarr ein großer Mensch, sodass die Trageschlaufen seines Rucksacks weit genug für diese Entscheidung waren. Seit Namakan nun beide Rucksäcke aufhatte, hatte sich Dalarr dazu entschieden, ihn mit der wenig schmeichelhaften Bezeichnung Buckelochse zu belegen.

»Ich sage es kein drittes Mal«, warnte Dalarr. »Können wir jetzt?«

Grummelnd pfefferte der Händler die Stricknadeln in die Narbe und setzte sich den Bauchladen auf. »So, zufrieden?«

Bei aller Aufregung konnte Namakan nicht anders: Er lachte, als Dalarr in die Hocke ging, damit der Händler die Arme um die Brust des großen Menschen schlingen konnte.

»Was ist so komisch?«, knurrte Dalarr.

»Nichts. Ich dachte nur, ich müsste in die Welt dort draußen gehen, um wundersame Dinge zu sehen. Da habe ich mich geirrt. Ich bin noch auf den Almen und darf schon verfolgen, wie ein geiler Schrank einen graubärtigen Frosch besteigt.«

»Werd bloß nicht frech, Junge«, rügte Dalarr ihn, aber die Schelte war nicht frei von Heiterkeit. »Ich finde, du ...« Dalarr verstummte und zog ein Gesicht, als schösse ihm ein stechender Schmerz durch den Rücken. Er gab ein leises Ächzen von sich und richtete sich auf.

»Bin ich zu schwer?«, erkundigte sich Wikowar gepresst.

»Wir werden sehen«, gab Dalarr zurück. »Wir werden sehen.«

Kaum spürte Namakan unter seinen Kufen den Faden, den sein Meister für den Einstieg in das Netz ausgewählt hatte, griff eiskalte Furcht nach ihm. Stumm betete er zu den Untrennbaren um trockene Hände. *Wenn meine Finger vom Griff abrutschen, ist es aus mit mir.*

Der Faden war straff, aber nicht so straff, dass Namakan ihn nicht leicht hätte nachfedern fühlen, als er sich Fußbreit um Fußbreit vorantastete. Die Gurte der beiden Rucksäcke schnitten tief in seine Schultern. Ihr Gewicht zwang ihn, die Muskeln in seinem Rücken beständig anzuspannen, um nicht von der Last nach hinten gezogen zu werden.

Als er sich sechs oder sieben Schritte vom Rand des Vorsprungs vorgearbeitet hatte, traf ihn ein schlimmer Gedanke. *Was, wenn wir so heftig an den Fäden zupfen, dass die Spinnen auftauchen?*

Er verharrte, biss sich auf die Unterlippe und schaute nach rechts, zu seinem Meister, der den Händler auf dem Rücken trug. Dalarrs Geschick mit den Haken stand dem, mit dem er in der Esse den Hammer geschwungen hatte, in nichts nach. *Er macht das nicht zum ersten Mal, und er ist viel schneller als ich, obwohl Wikowar mindestens so viel wiegt wie drei Säcke Rüben.* Trotzdem war Dalarrs Gesicht von der Anstrengung verzerrt: Er hatte die Zähne gebleckt, die Stirn in tiefe Falten gelegt, und sein Atem ging rasch und keuchend. Es war nicht weiter verwunderlich, dass es ihm schwerfiel, Luft zu holen: Wikowar hatte nicht nur die Arme, sondern auch die Beine um seinen Oberkörper geschlungen.

Wenn die Spinnen kommen, sind wir alle tot! Ich schaffe das nicht. Um ein Haar hätte Namakan den Kopf zu tief hängen lassen und wäre mit der Stirn gegen einen querlaufenden Faden des Netzes gestoßen. *Doch! Ich kann das. Ich hätte auch nicht gedacht, dass ich es schaffe, bis zum Zeltdach zu klettern, aber ich war stark genug. Ich bin stark genug. Ich bin mehr, als ich von mir halte. Ich muss mehr sein.* Der verdrängte Grund, warum er sich hier in diesem Netz wiederfand, fiel wie mit reißenden Klauen über seinen Zweifel her. *Dort drüben ist meine Rache. Dort drüben kann ich es denen heimzahlen, die mein Leben in Stücke gehackt haben. Dort drüben darf ich keine Angst mehr kennen. Was ist los mit mir? Ich habe einen Mann getötet, der größer und stärker war als ich, und jetzt lasse ich mich von einem Spinnennetz einschüchtern?*

Er riss trotzig den Kopf hoch. Er sah zu einem der Beuteknäuel der Spinnen und glaubte, irgendwo unter dem dichten Gespinst ein schwaches Zucken auszumachen. Seine Finger schlossen sich noch fester um die Griffe der Soli Notur. *So werde ich nicht enden. So nicht.* Er hoffte, diesen stillen Schwur auch tatsächlich halten zu können.

Die riskantesten Augenblicke bei der Überquerung der Spalte waren die, in denen Namakan und Dalarr den Faden wechseln mussten, in den sie sich bis dahin eingehakt hatten. Der Aufbau des Netzes folgte scheinbar keinem festen Plan, keinem aus einem höheren Verstand geborenen Muster. Die Fäden kreuzten und überschnitten sich wie bei einem Teppich, den ein blinder und verrückter Weber geknüpft hatte. Alle paar Schritte wurde es nötig, vom einen Faden zum anderen zu wechseln, wenn man einen mehr oder minder geraden Kurs zur gegenüberliegenden Wand der Narbe halten wollte. Jedes Mal lastete ein Großteil von Namakans Gewicht für einen kurzen, fürchterlichen Moment auf nur einem der Haken, und seine Vorstellungskraft reichte aus, um sich dann die schrecklichsten Unglücke auszumalen. Wie der Stiel des einen Soli Notur sich Stück für Stück vom Haken, an dem sein Leben hing, löste und er den anderen Haken nicht rechtzeitig genug um den nächsten Faden bekam. Wie der Faden unter seinen Kufen plötzlich nachgab, weil er wider Erwarten doch riss. Wie ihn ein Windstoß schüttelte und gegen das Netz drückte, oder schlimmer noch, ihn vom Netz herunterschleuderte.

Aber jedes Mal ging alles gut, und Namakans Schreckensvisionen bewahrheiteten sich nicht.

Bis sie die Mitte des Netzes erreichten, wo Dalarr jäh innehielt und ihm einen verstörenden Befehl erteilte. »Bleib, wo du bist.«

Namakans Körper gehorchte, noch bevor die scharfe Anweisung in seinem Geist verklungen war. Die einzige Regung, die ihm noch gelang, war es, die Lippen einen winzigen Spalt zu öffnen.

»Warum hältst du an?«

In Wikowars Frage schwang die ungewisse Empfindung mit, die sich auch in Namakan erhob: überraschte Furcht oder furchtsame Überraschung.

»Weil ich es satt habe, einen Verräter zu schleppen.«
Ob der Anschuldigung nahm Wikowar erschrocken einen Arm von Dalarrs Rumpf. »Was? Ich ein Verräter? Bist du wahnsinnig?«
»Spar dir deine Lügen, du Made. Mir brennt jetzt schon der Rücken davon.«
Wikowars Kopf ruckte zu Namakan herum. Seine Augen waren die einer in die Enge getriebenen Ratte. »Hörst du das, mein Junge? Er ist verrückt geworden. Tu doch was!«
Was soll ich denn tun? Namakans sämtliches Gedärm zog sich zu einem einzigen, blubbernden Klumpen zusammen.
»Wie finden wir Skaldat, Namakan?«
Was meint er?
»Wie finden wir Skaldat?«, wiederholte Dalarr.
Das Drängen in den Worten seines Meisters rief Namakan unweigerlich vor Augen, was er früher – vor dem Morden, vor der Rache – am liebsten mit Dalarr unternommen hatte: früh morgens aufbrechen, hinauf in die Berge, in die Schluchten und Spalten, um dort Adern jenes Metalls zu suchen, das Zauberkraft in sich barg. *Wie finden wir Skaldat? Indem wir ein wenig zermahlenes Skaldat in die Luft streuen und sehen, wohin der Wind es weht. Skaldat findet anderes Skaldat.*
»Skaldat ruft nach Skaldat«, sagte Namakan tonlos.
»Richtig, Junge.« Dalarr nickte. »Skaldat ruft nach Skaldat. Und das Skaldat, das dieser fette Schuft um den Hals hängen hat, kreischt und tobt. Das Skaldat in meiner Haut ist fast schon taub davon.«
Nur langsam sickerte die Erkenntnis in Namakans Denken. *In seiner Haut? Er muss die Zeichen meinen, die er uns erklärt hat.*
»Verdammte Schafscheiße!«, fluchte Wikowar. Er klang nicht mehr ganz so verzweifelt. Eher zornig wie ein Kind mit blauen Lippen, das nicht begreifen will, warum man ihm nicht glaubt, dass es die Beeren nicht gegessen hat. »Was kannst du noch alles?«

»Alles«, antwortete Dalarr ernst. »Alles oder wenigstens genug, um zu wissen, was mir da den Rücken versengt.« Er wandte sich ein Stück in Namakans Richtung. »Weißt du noch, was wir dem Mörder abgenommen haben, der uns beim Schwur belauscht hat?«

»Das Amulett.« Die Untrennbaren hatten sein Gebet offenbar nicht erhört oder es zumindest nicht richtig verstanden. Ihm brach der Schweiß aus, wenn auch nur auf der Stirn. »Das Amulett mit dem Geist.«

»Er hat auch so eins«, sagte Dalarr ruhig.

»Verfluchter Hexer«, zischte Wikowar. Er schüttelte kurz seine freie Hand, als wollte er ein lästiges Insekt verscheuchen, und unter dem Stoff seines Hemdsärmels blitzte mit einem Mal die Klinge eines Messers auf. Schon war es an Dalarrs Kehle. »Trag mich rüber, hörst du?«

»Wikowar, nicht!«, rief Namakan. »Warum tust du das?«

»Warum tut ein Händler, was er tut?«, beantwortete Dalarr die Frage ohne auch nur den leisesten Hauch von Furcht in der Stimme. Da war Verachtung, schwärzeste Verachtung sogar, aber keine Furcht. »Er tut es des Gewinns wegen. Man hat ihm Gold versprochen.«

»Halt dein Maul und kletter weiter!« Wikowar spannte die Schenkel an wie ein Reiter, der ein Pony zur Eile antreibt. »Los, mach schon.«

»Dabei warst du doch eben noch so ein großer Freund wahrer Worte«, rügte ihn Dalarr, als gäbe es das Messer nicht. »Wie viel war es?«

»Wieso?«, kam es schrill von dem Händler. »Willst du ein besseres Angebot abgeben? Ich bin ganz Ohr.«

»Nein, ich möchte nur wissen, wie viel man dir bieten musste, damit du in den Tod gehst.«

»Kletter weiter«, knurrte Wikowar ungehalten.

Dalarr rührte sich nicht.

»Wikowar!« *Verflucht seist du, dass du mich so zum Flehen zwingst!* »Das ist nicht gerecht. Denk daran, dass du mir dein

Leben schuldest. Wenn dir das irgendetwas bedeutet, dann lass uns über diese Sache vernünftig reden.«

»Da gibt es nichts zu reden.« Der Händler presste sich noch enger an Dalarr. »Er trägt mich rüber, oder er stirbt.«

»Und dann?«, rief Namakan.

»Was und dann?«

»Sollen wir dich dann einfach laufenlassen, sobald wir drüben sind?«

Wikowar zog ein langes Gesicht. »Nun, ich … ich …«

»Sieht so aus, als wäre der Junge zu schlau für uns beide«, merkte Dalarr an. »Ich habe nämlich auch keine Ahnung, was er mit seiner Fragerei bezweckt. Es ist doch ganz einfach: Falls ich dich rübertrage, geht es nur noch darum, wer von uns beiden der Flinkere ist. Du wirst versuchen, mir die Kehle durchzuschneiden, und ich werde versuchen, dich in die Narbe zu werfen. Möge der Bessere gewinnen. Ich würde übrigens bei diesem kleinen Vergleich unserer Fähigkeiten auf mich wetten.«

»Meister?«, sagte Namakan. *Bitte hör auf mich. Bitte!*

»Ja?«

»Niemand muss sterben.« Namakan wollte nicht auf das Messer an der Kehle seines Meisters starren, aber es schien seine Blicke förmlich anzuziehen. Wie der Mond in manchen Nächten wirkte es zum Greifen nah und doch in unerreichbarer Ferne. »Er könnte uns das Amulett geben, wenn wir drüben sind. Dann gehen wir getrennter Wege. Er verzichtet auf seine Belohnung, und du verzichtest darauf, ihn umzubringen. Wie hört sich das an?«

»Wie der Plan eines Jungspunds, der nach dem Gras der Almen riecht, durch das er sein Leben lang getobt ist«, spottete Wikowar. »Ich habe meine Belohnung schon im Voraus erhalten, du Trottel, und die großen Menschen haben mir klipp und klar zu verstehen gegeben, was mit mir geschieht, wenn ich ihr Vertrauen enttäusche. Dann kommen sie zurück, suchen mich und machen kurzen Prozess mit mir. Das ist es mir nicht wert. Dafür habe ich mich nicht heimlich in ihr Lager gestohlen und ihnen erzählt, dass die Dörfler die Brücke in die Luft sprengen wollen. Schlimm genug, dass die Fässer doch noch hochgegangen sind.« Wikowars Hohn weckte einen Verdacht in Namakan. *O nein! Was habe ich getan? Kann es sein, dass ich ausgerechnet das Leben desjenigen verschont habe, der ...* »Wann hast du zum ersten Mal mit den großen Menschen geredet, die auf der Suche nach uns waren?«

»Verstehst du es jetzt, mein Junge?« Dalarr zeigte eine unvermittelte Sanftheit. »Verstehst du jetzt, warum wir ihn nicht einfach laufen lassen können?«

Er war es! Namakan sah alles so deutlich vor sich, als wäre er selbst dabeigewesen. *Er ist den großen Menschen schon begegnet, bevor sie zum ersten Mal über die Breitbrücke gekommen sind. In der Welt jenseits der Narbe.* ›Du bist vom Talvolk, oder?‹ – ›Sieht man das denn nicht?‹ – ›Und anscheinend bist du weitgereist und kennst dich gut aus, was?‹ – ›Aber natürlich.‹ – ›Das trifft sich gut. Wir suchen jemanden. Einen großen Menschen. Dalarr heißt er. Er ist ein ausgezeichneter Schmied. Schon mal etwas von ihm gehört?‹ – ›Kann sein. Was springt denn für mich dabei heraus, falls ich schon mal was von ihm gehört habe?‹

»Du Mörder. Du feiger, hinterlistiger Mörder.«

»Immer langsam mit den jungen Ponys, mein Freund.« Wikowars Mund teilte sich zu einem fiesen Grinsen. »Ich habe niemanden umgebracht. Noch nicht.«

»Wir vergeuden unsere Zeit«, bemerkte Dalarr. »Und außerdem werden mir langsam die Arme müde.«

»Dann würde ich vorschlagen, dass du endlich deinen knochigen Hintern in Bewegung setzt.« Wieder spannten sich Wikowars Schenkel, und er ließ sich überdies zu einem Zungenschnalzen hinreißen. »Na hopp, mein Grauer, na hopp.«

Dalarr rührte sich nicht.

»Du bist tot.« Ein kleiner Teil von Namakan war entsetzt über die düstere Endgültigkeit der Drohung, die er da ausstieß. Der weitaus größere Teil malte sich aus, wie er dem Händler seinen Jagddolch in die Eingeweide rammte. »Du bist tot.«

»Unfug«, gluckste Wikowar. »Wir machen es so, wie dein alter Meister hier es gesagt hat. Drüben auf der anderen Seite stellen wir dann fest, ob er wirklich denkt, schneller zu sein als mein Messer.«

»Warum so lange warten?«

In einer einzigen Bewegung so flink wie ein huschender Schatten riss Dalarr die Arme in die Höhe, löste die Haken vom Spinnfaden und ließ sich samt Wikowar rückwärts in die Tiefe fallen.

10

»Wahre Freundschaft währt ewig«, sprach der Weise.
»Die Ewigkeit kennt weder Wahrheit
noch Freundschaft«, entgegnete der Weisere.

Aus einem Fragment des Stummen Barden

Dalarr und Wikowar fielen nur ein, zwei Wimpernschläge lang ins Nichts. Dann lief ein heftiges Zucken durch das gesamte Netz, als ihr Sturz von den Fäden gebremst wurde. Der Schrei des Händlers verstummte. Er landete auf dem Laden, den er sich auf den Rücken geschnallt hatte. Einige der Fächer sprangen auf und spien Kurzwaren aus – Knöpfe, Garnrollen, Schnallen, von denen manche klein genug waren, um durch die Lücken im Gespinst im unergründlichen Dunkel der Narbe zu verschwinden.

Durch Wikowars Aufprall heruntergeschleudert, verfing sich Dalarr zwischen zwei gekreuzten Strängen, Arme und Beine seltsam verrenkt. Die Stielhaken seiner Soli Notur rutschten ihm aus den Händen. Wie zum Hohn fiel einer so, dass er sich um einen tieferliegenden, schräg laufenden Faden krümmte und daran, von seinem eigenen Gewicht gezogen, der anderen Seite der Narbe entgegenglitt.

»Meister!«, schrie Namakan und kämpfte gegen den widersinnigen Drang an, wegen des Zitterns und Bebens des Netzes mit bloßen Händen nach einem Faden zu greifen.

Wikowars Faust war nach wie vor um den Griff des Messers geschlossen, aber an der Klinge klebte kein Blut. Der Händler hob zu einem schauerlichen Wimmern an. Nun bekam Namakan doch noch Blut zu sehen: In dünnen Rinnsalen quoll es über Wikowars feiste Lippen, blähte sich in seinem Atem zu Blasen auf, die so rasch wieder platzten, wie sie entstanden.

»Habt Erbarmen, ihr Untrennbaren, habt Erbarmen«, jammerte Wikowar. Er versuchte, den Oberkörper aufzurichten, stieß ein schwaches Heulen aus und sank mit schmerzverzerrtem Gesicht auf den Laden zurück. Irgendetwas im Leib des Verräters musste schweren Schaden genommen haben, als die Wucht des abgefangenen Sturzes sich über das harte Holz des Ladens auf sein feiges Fleisch übertragen hatte. Womöglich hatte er sich das Rückgrat gebrochen oder ein paar Rippen, die dann seine Lungen durchstoßen hatten wie krude Knochenmesser. Sein Kopf pendelte einen Augenblick auf seinen Schultern hin und her. Er sah aus wie ein gerade aus einem Albtraum erwachter Schläfer, der sich umschaute, um sich zu vergewissern, dass er den Schrecken seines Traums entkommen war.

»Meister!«, schrie Namakan noch einmal.

Dalarr blieb völlig reglos, das Gesicht von seinem Schüler abgewandt.

Das Netz ... Ein kribbelndes Grauen fraß an Namakans Sorge um seinen Meister. *Das Netz ... es schwingt immer noch. Es hört nicht auf zu schwingen.* Der Faden, an dem er hing, und der Faden, auf dem er stand, bebten beide unter leisen Erschütterungen.

»Nein, nein, nein!« Wikowars Jammern gewann neue, von irrsinniger Panik getriebene Kraft. »Nein!«

Erst dachte Namakan, der Händler würde blind um sich schlagen, um irgendeinen unsichtbaren Gegner zu vertreiben, der ihm auf der Brust hockte. Dem war nicht so. Offenbar gehorchten Wikowar seine Arme nicht mehr richtig, denn seine abgehackten Bewegungen dienten einem anderen Zweck: Er tastete unbeholfen nach den Tragriemen seines Ladens.

»Nein, bitte, nein!«

Dann sah Namakan, was den Verräter in solche Angst versetzte.

Es war eine wahre Flut schwarzer, borstiger Leiber, die sich auf viel zu vielen Beinen aus viel zu vielen verborgenen Höhlen und Schlupfwinkeln in das Netz ergoss. Die Stränge erzitterten unter ihrem huschenden Ansturm. Die größten unter ihnen hätten keine Mühe gehabt, einen Ochsen davonzutragen, während die kleinsten sicherlich mit der flachen Hand leicht zu erschlagen gewesen wären.

Nun konnte Namakan sie sogar hören – das Schaben ihrer Panzer, wie sie nebeneinander, untereinander und übereinander wuselten, ihrer ohnmächtig zappelnden Beute entgegen.

Das Furchtbarste an ihnen waren die unübersehbaren Zeichen, dass diese hungrigen Bestien von einem Verstand beseelt waren, der weit über den eines gewöhnlichen Tiers hinausging. *Wie konnte ich nur denken, ihr Netz wäre ohne Plan und Sinn gesponnen?* Bei einigen glänzten auf den Beißwerkzeugen garstige, gezackte Klingen. Auf den geschwollenen Hinterleibern anderer prangten Bemalungen – Wirbel, Spiralen, Rauten und Dreiecke –, aufgetragen in schillernden Farben. *Sie sind ein Volk! Ein Volk von Spinnen! Achtbeinige Krieger, die keine Gnade kennen! Die jeden fressen, der ihr Reich betritt!*

Namakans Kopf fuhr zu dem Vorsprung herum, von dem aus sie ins Netz gestiegen waren.

»Meister!«, schrie er ein drittes Mal.

Und tatsächlich: Dalarr sah zu ihm hinauf. Vollkommen ruhig, vollkommen gefasst, und seine Lippen formten ein stummes Wort. *Still.*

Die im Laufe seiner langen Lehre erworbenen Reflexe setzten ein, von seiner Angst eher gestärkt denn gehindert. Namakan vertraute darauf, dass der Meister wusste, was er von ihm verlangte.

Dann waren die Spinnen heran. Als Erstes erreichten sie Wikowar. Ihr Strom spülte über ihn hinweg, teilte sich und floss in zwei Armen weiter, einer zu Dalarr, einer nach oben zu Namakan. Der Händler verschwand unter den Spinnen, deren Beine prüfend und gierig zugleich über seinen zerschmetterten Körper strichen. Die fremdartigen Gesten hätten fast zärtlich gewirkt, wenn nicht Wikowars verzweifelte Schreie gewesen wären. Eines der größeren Tiere – nein, es waren keine Tiere, sie waren viel mehr als das – brachte die Schreie schließlich zum Verstummen. Die Spinne schob ihren Hinterleib unmittelbar über den Kopf ihrer Beute und sonderte einen dicken Strang ihrer klebrigen Seide in den Mund des Halblings ab.

Die Spinnen fielen auf die gleiche, sonderbar zurückhaltende Weise über Dalarr her, der ihre hektische Begutachtung ohne jeden Widerstand über sich ergehen ließ. Gerade als Namakan den Geruch wahrzunehmen begann, der von den auf ihn zuschwärmenden Spinnen ausging – ein bittersüßes, stechendes Aroma wie von gärendem Heu –, geriet der widerwärtige Fluss ins Stocken. Die vorderste der Spinnen, groß wie ein Kettenhund, klackte mit den Beißscheren und schien ihn aus ihren Dutzenden von Augen kalt zu mustern. Sein eigener Herzschlag dröhnte Namakan in den Ohren wie Donner, aber er machte keinen Mucks. *Er ist mein Meister. Er weiß, was er tut.*

Namakan hörte ein Wispern. Raue, kantige Silben. Die alte Sprache, die nur Dalarr und Lodaja je verstanden hatten. »Kongulwafa mek unna.« Drängend, bestimmt, aber nicht streitlustig. »Kongulwafa mek unna.«

Ohne den Kopf zu bewegen, lugte Namakan nach unten. Aus den Augenwinkeln erhaschte er das Gewusel der großen und kleinen Spinnen, die damit beschäftigt waren, Wikowar samt seinem Laden einzuschnüren. Vor Dalarr waren die Spinnen indes ein Stück zurückgewichen und bildeten ein loses Rund um ihn. Dalarr hob das Kinn, so weit es seine Haltung zuließ, und nickte in Namakans Richtung. »Kongulwafa mek drengir«, wisperte er.

Die Spinne neben Namakan antwortete darauf mit einem Einziehen ihrer ausgestreckten Fangbeine und einem weiteren Klicken. Nach einem kurzen Moment winkelte sie die viel-

gelenkigen Beine auf einer Seite so an, dass sich ihr gesamter Körper zur Seite neigte.
Sie denkt nach, begriff Namakan. *Beim Busen der Nährenden Gattin, sie denkt tatsächlich nach. Sie hat Spinnengedanken. Ich schaue einer Spinne beim Denken zu. Soll ich das leckere Ding vor mir fressen, für später einspinnen oder ... oder was?*
Die Spinne traf eine Entscheidung.

Es war gleichermaßen faszinierend und beunruhigend, in welch genauen Dosen die Spinne die Kraft ihrer Beißscheren einzusetzen wusste. Sie umfingen Namakan unter den Achseln mit einem behutsamen Druck.

Worauf die Spinne auf ihrem Weg durch die finsteren Tunnel und Höhlen der Narbenwand weniger Rücksicht nahm, war eine Route zu wählen, die Namakans Gleichgewichtssinn und sein Orientierungsvermögen schonte. In einer düsteren, von leuchtenden Flechten und Pilzen überzogenen Kaverne galt es für sie eine Erdspalte zu überwinden. Sie tat es, indem sie schnurstracks zur Decke hinauf und einfach kopfüber weiterkrabbelte, vorbei an Tropfsteinen und bizarr verästelten Kristallgewächsen. In einem Tunnel, in dem der Durchgang immer wieder von riesigen Felsbrocken blockiert war, wechselte sie zwischen entsetzlich weiten Sprüngen von einem Brocken zum nächsten und kurzen Abschnitten, während derer sie sich seitlich an einer der Wände fortbewegte.

Zu Namakans Gefühl, im wahrsten Sinne des Wortes völlig verloren zu sein, trug bei, dass es viele Abschnitte gab, in denen absolute Finsternis herrschte. Wo die leuchtenden Flechten und Pilze sprossen – meist in dumpfem Rot, giftigem Grün und einem geisterhaften Blau –, bekam er vieles zu sehen, was es ihm erleichterte, der Anweisung seines Meisters weiterhin Folge zu leisten. Er blieb still und stumm. In dem Gang, der von aufgetürmten Knochen und Schädeln gesäumt war, sauber nach der Art getrennt, der die abgenagte Beute einmal angehört hatte. In der Höhle, in der mit Symbolen bemalte

Spinnen an Fäden von der Decke hingen und in einem hypnotisierenden Spiel aus Farben hin und her schwangen. In der gewaltigen Halle, wo in engen Reihen leuchtende Pilze dicht an dicht standen und die Bauern unter den Spinnen die reifen Früchte ihres eigentümlichen Feldes ernteten. Sein anfänglicher Ekel und seine Angst wichen nach und nach einer regelrechten Ehrfurcht vor diesen Geschöpfen, zu deren Gefangenem er geworden war.

Ich bin in der Welt jenseits der Berge, zuckte es ihm irgendwann durch den Schädel. *Nein, es gibt jenseits der Berge zwei Welten. Eine auf der Erde, wo wir hinwollten, und eine unter der Erde, in die wir verschleppt wurden. Ob ich die andere jetzt jemals sehen werde? Vielleicht schon. Die Spinnen verstehen die Sprache des Meisters.* Er warf einen Blick nach vorn zu der anderen Spinne, die Dalarr durch dieses verborgene, weitverzweigte Reich trug. *Ich hoffe nur, er hat ihnen das Richtige gesagt.* Irgendwo hinter ihm eilte wohl eine dritte Spinne hinter ihnen her, die sich vorhin im Netz den eingesponnenen Wikowar aufgeladen hatte. *Es wäre schade, wenn er schon tot wäre. Ich würde gern dabei zusehen, wie die Spinnen ihn sich einverleiben. Dieser fette Verräter. Sollen sie ihn ruhig in ganz kleine Happen schneiden, bevor sie ihn verspeisen. Zuerst den Sack und dann jeden Finger einzeln.*

Je tiefer sie in den Bau der Spinnen vordrangen, desto häufiger legte ihr kleiner Zug einen kurzen Halt ein. Zu diesen Gelegenheiten kamen von allen Seiten Spinnen angelaufen, die mit ihren Fangbeinen über Namakans Gesicht, seinen Bauch und seine Beine strichen. Mehrere zeigten daraufhin ein höchst wunderliches Verhalten. Sie fassten mit dem einen Fangbein gezielt nach seinem Scheitel, mit dem anderen nach seinen Fußsohlen. Sie erinnerten ihn dabei an Schneider, die die passende Größe für ein Kleidungsstück abschätzten – verunsicherte Schneider, denn die meisten Spinnen nahmen wieder und wieder Maß, als würden sie zu keinem zufriedenstellenden Schluss über seine Ausmaße gelangen. Woran die Spinnen außerdem große Neugier zeigten, war seine rechte Hand. Eine der größeren rückte ihren Vorderleib bei ihrer Inspektion dicht genug an ihn heran, dass sie mit einem ihrer Augen gegen seine Knöchel stieß. Er befürchtete schon, sie könnte ihm die Hand abzwicken wollen, doch letztlich begnügte sich die Spinne damit, die Riemen der Skaldatkufen an seinen Füßen zu durchtrennen. Sie ging dabei mit zielstrebigem, umsichtigem Geschick vor. Glatt und kühl strichen ihre Beißwerkzeuge über das dichte Haar auf seinem Fußrücken, und Namakan flüchtete sich in eine Illusion, um nicht vor der Berührung zurückzuweichen: Er malte sich aus, es wäre der kleine Tschesch, der ihm da neugierig an den Haaren zupfte, und nicht dieses Ungeheuer. Das Trugbild bewährte sich, und er behielt alle seine Zehen.

Ein anderes Mal hätte er beinahe doch gezuckt und womöglich sein Todesurteil besiegelt, weil eine winzigkleine Spinne gar nicht genug davon kriegen konnte, an seinem Finger mit dem Ring auf und ab zu krabbeln. Auf und ab, auf und ab, immer schneller, bis sie irgendwann verharrte und hektisch mit ihren Hinterbeinen auf ihrem eigenen Leib zu trommeln begann.

Als ihm auf der unheimlichen Reise die Blase zu zwicken und zu zwacken begann, stellte Namakan überrascht fest, wie lange sie schon unterwegs sein mussten. Er hatte vorhin auf dem Vorsprung noch eigens sein Wasser abgeschlagen, bevor sie ins Netz eingestiegen waren. Dennoch drängte der Harn in ihm jetzt recht heftig. *Wenn wir nicht bald dort ankommen, wo sie uns hinbringen wollen, muss ich es wohl oder übel laufen lassen.*

Diese demütigende Erfahrung blieb Namakan erspart. Der Druck auf seiner Blase war vergessen, als sie eine Halle erreichten, die größer war als alle anderen, die sie zuvor durchquert hatten. Ihr Grundriss beschrieb einen ungefähren Kreis, und die Wände stiegen als Ränder eines riesenhaften Schachts in eine hoch droben lauernde Dunkelheit empor. Im unteren Bereich der Halle herrschte indes ein gedämpftes blaues Licht, wie wenn schwache Sonnenstrahlen durch einen Saphir fielen. Es stammte von genau abgegrenzten Kolonien der leuchtenden Flechten, die in festen Mustern an den Wänden wuchsen. Das sanfte Licht selbst hätte womöglich eine beruhigende Wirkung entfaltet, wenn die Flechten die einzige Wandzierde gewesen wären. Doch dort hingen auch Aberdutzende gefangene Geschöpfe, die die Spinnen mit ihren klebrigen Fäden am Fels fixiert hatten. Nicht nur tierische Bewohner der Wälder und der Berge, wie sie Namakan auch schon draußen im Netz gesehen hatte – Hirsche, Wildschweine, Geier und Wölfe. Es waren auch Menschen darunter, große Menschen ebenso wie die kleinen Angehörigen des Talvolks. Alle Gefangenen hatten eines gemein: Ihre Köpfe lagen frei, unberührt von den Strängen, die ihre Glieder fesselten. Der Sinn dahinter war nicht zu übersehen, denn zwischen den Eingesponnenen krabbelten Spinnen umher, die die Gefangenen mit kleinen Pilzstücken fütterten. Die Gefangenen, die gerade nicht kauten, bewegten dennoch unablässig ihre Münder. Die gesamte Halle war von einem Murmeln und Raunen erfüllt, unterlegt mit den leisen Geräuschen, die tierische Kehlen hervorbrachten.

Ein Dachs brummte.

»Ich bin mit ihr in die Scheune gegangen«, flüsterte ein großer Mensch, der nicht viel mehr Sommer als Namakan gesehen haben konnte. »Erst wollte sie nicht, aber ich habe sie trotzdem geküsst. Sie hat geschrien. So laut. So laut. Ich wollte nur, dass sie leise ist. Dass uns niemand hört.«

Eine Fichtentaube zwitscherte.

»Das Feuer hat es mir erzählt.« Die helle Stimme einer Frau, von der Namakan nicht sagen konnte, ob sie nun zum Talvolk gehörte oder nicht. Klein genug wäre sie dafür gewesen. »Geh zur Spinne. Triff den König und den Prinzen. Sie bringen den Winter der Macht. Das Feuer hat mich noch nie belogen.«

Ein Fuchs winselte.

»Mutter hat mich darum gebeten«, schluchzte ein Mann mit den runden Wangen des Talvolks. »Sie war krank, und sie wusste, dass sie nicht wieder gesund werden würde. Da habe ich das Kissen genommen und es getan. Sie hat sich nicht gewehrt, und es war schnell vorbei.« *Sie verraten all ihre Geheimnisse.* Namakan erschauderte. *Sie reden und reden und geben ihr Innerstes preis. Hängen wir auch gleich dort oben? Was werde ich dann alles erzählen?*

Ihre Trägerspinnen steuerten auf eine Art Podest in der Mitte der Halle zu, vor dem unzählige Schädel so angehäuft waren, dass ihre leeren Augenhöhlen all jenen entgegenblickten, die sich dem Podest näherten. Als seine Spinne ihn davor absetzte, konzentrierte sich Namakan einige Herzschläge lang ganz auf das wunderbare Gefühl, wieder festen Boden unter seinen Sohlen zu spüren. Die Schädelpyramide und das Podest tanzten einen Moment vor seinen Augen, während sein hart auf die Probe gestellter Gleichgewichtssinn einen taumelnden Schwindel in ihm auslöste.

Er schielte zu Dalarr. Sein Meister stand so steif da, wie ihn seine Spinne aus ihren Beißscheren entlassen hatte. Einige Schritte rechts neben seinen Füßen zuckte und wand sich das grausige Bündel, zu dem die Spinnen Wikowar verschnürt hatten. Nur sein Kopf ragte noch aus dem Gespinst hervor, als wäre er eine verpuppte Larve, die nach ihrer Verwandlung gerade begonnen hatte, ihren Kokon abzustreifen. Im Gegensatz zu den Gefangenen an den Wänden der Halle war sein Mund versiegelt, und auf dem Knebel schimmerte es feucht. *Er blutet immer noch. Recht so.*

Namakans Blick pendelte zurück zu seinem Meister. Er bemerkte, dass Dalarr keineswegs auf die Schädel oder das Podest schaute. Er hatte die Augen weit geöffnet und so nach oben verdreht, dass er zu der in Dunkelheit verborgenen Decke aufsehen konnte.

Namakan machte es ihm nach – und beschloss sofort, sich auch bis auf Weiteres zu verhalten, als wäre er aus Stein. Alles andere wäre eine Torheit gewesen. Und womöglich sogar ein unverzeihlicher Frevel.

Die Spinne, die sich an einem Faden vom Durchmesser eines Gatterpfostens aus der Schwärze abseilte, stellte alle anderen buchstäblich in den Schatten. Zehn große Menschen hätten sich an den Armen fassen können und so ihren Hinterleib dennoch nicht umringt. Die Bemalung darauf – ein einziges, verschlungenes Symbol von purer Undeutbarkeit – hätte des Segels eines Windmühlenflügels als Leinwand bedurft, wenn man es hätte nachzeichnen wollen. *Und man würde darüber den Verstand verlieren, wenn man so wahnsinnig wäre, dieses Zeichen in all seinen Einzelheiten abbilden zu wollen.* Die Monstrosität verfügte nicht nur über ein Paar Beißscheren, sondern gleich über drei – gewaltige Sensen, die sicherlich Beine statt Kornhalme niedermähen konnten. In den Lücken zwischen den Paaren standen gebogene Stacheln lang wie Schwerter hervor, von deren Spitzen zäher Schleim troff. *Gift. Wenn sie zornig wird, rammt sie einem die Stacheln in den Bauch und pumpt einen mit ihrem Gift voll.* Namakan wehrte sich dagegen, doch sein Geist beschwor eine grässliche Vision, in der er den Stachel in sich pulsieren spürte. Wie sein ohnehin praller Bauch weiter und weiter anschwoll. Wie seine Eingeweide von der unvorstellbaren Masse an Schleim zusammengepresst wurden, bis sein Wanst sie nicht mehr zu fassen vermochte und er platzte wie eine überreife Frucht.

Wenn diese Spinnen ein Volk sind, muss das ihre Königin sein, verriet ihm sein Grauen. *Oder ihre Göttin.*

Unruhe entstand unter den Gefangenen an den Wänden, als sie selbst durch ihre unheimliche Entrücktheit der Präsenz dieser mächtigen Wesenheit gewahr wurden. Eine Präsenz, die beiläufig ein Netz zwischen Wachen und Träumen spann und die Gefangenen veranlasste, ihre Geheimnisse und ihr Wissen laut herauszuschreien.

Ein Wollbulle röhrte.

»Ich bin verrückt nach dem Geräusch, wenn Zähne unter Fäusten splittern!«
Eine Krähe stieß ein schrilles Krächzen aus.
»Das Gold ist in einer Höhle vergraben, neben dem Wasserfall mit den drei Weiden, eingeschlagen in ein blutiges Tuch!«
Ein Lamm blökte.
»Der Prinz weiß um sein Geschlecht, doch der König hält sich für einen Bettler!«
Erst als die acht Beine der Spinne das Podest berührten, wurde aus den wilden Rufen nach und nach wieder jenes Wispern und Flüstern, das die Halle zuvor schon einmal erfüllt hatte. Aus der Nähe betrachtet bot die Spinne einen noch scheußlicheren Anblick, der alles infrage stellte, was Namakan je über die klare Grenze zwischen Mensch und Tier gelernt hatte. Aus der Oberseite des Vorderleibs sprossen Büschel langen, weißen Haars, in das Bänder und Knochen geflochten waren. Während die Augen der anderen Spinnen vollständig schwarz waren, funkelten die ihrer Gottkönigin in einem kühlen Gletscherblau, und sie besaßen bleiche Lider mit geschwungenen Wimpern. Vor der Schnürung zu ihrem Hinterleib baumelten zwei schlaffe Hautlappen, die Namakan zunächst an Weinschläuche gemahnten, bis er die Zitzen an den Enden der nutzlosen Brüste bemerkte. Als die Spinne die Beine streckte, um ihren Hinterleib zwischen ihnen nach vorne zu drücken und so den Spinnfaden zu kappen, sah Namakan, dass sich die Spinndrüse aus den gespaltenen Lippen einer ins Unermessliche gedehnten Scham wölbte. *Bitte lass es nicht wahr sein. Bitte lass sie nie ein Mensch gewesen sein. Wie ist sie so geworden? War sie einmal eine ganz gewöhnliche Frau, in die eine Spinne ein Ei gelegt hat, so wie es manche Wespen mit Raupen tun? Bitte nicht. Bitte lass sie immer so gewesen sein. Bitte lass sie kein Ei in mich legen.*

Sein Grauen reichte aus, dass er den Befehl seines Meisters nun doch missachtete und den Kopf zu Dalarr drehte. Was er sah, raubte ihm den Atem. Was er sah, hätte er bisher ebenso wenig für möglich gehalten wie die Existenz dieser Bestie. Sein stolzer Meister senkte das Haupt und verneigte sich tief.

»Sei gegrüßt, Kongulwafa, Bewahrerin der Geheimnisse, Hüterin der Narbe, Mutter der Spinnen«, sagte Dalarr salbungsvoll und richtete sich auf.

Die Erwiderung der Spinne kam nicht aus ihrem Schlund. Stattdessen fuhr sie mit einem Beinpaar über die Borsten an ihrem Hinterleib. Wie der Bogen einer Fiedel die Saiten zum Klingen brachte, erzeugte Kongulwafas Schaben und Streifen Laute, die einer kratzigen Stimme glichen. »Du bist zurück, Wanderer. Du warst nicht allzu lange fort.«

»So aufmerksam wie immer.« Dalarr nickte. »Man kann dir eben nichts vormachen, nicht wahr?«

Kongulwafa verstand Dalarrs Bemerkung offenbar als eine versteckte Aufforderung. Sie kroch bis zum Rand des Podests und streckte eines ihrer Fangbeine aus. Es schwenkte zielsicher auf Namakan zu, der nicht anders konnte, als einen Schritt nach hinten zu stolpern. Nicht, dass ihn das aus der Reichweite der gezackten Klaue am Ende des Beins gebracht hätte. Es glitt nah genug an seinem Gesicht vorbei, dass er den Lufthauch spüren konnte, und verharrte schließlich dort an seinem Körper, wo auch die Beine der anderen Spinnen so oft verharrt hatten: an seiner rechten Hand. *Still,* rief er sich ins Gedächtnis, *still.*

Die Spitze der Klaue tippte gegen seinen Ringfinger.

»Ah«, machte Kongulwafa. »Er ist es.« Sie zog ihr Bein ein. Ihr Vorderleib wankte kurz von einer Seite zur anderen. »Wo ist die Einäugige?«

»Tot.«

»Tot? Ganz tot? Oder hat sie nur ihre Haut abgestreift?«

»Wir sind nicht wie du, Kongulwafa. Sie kommt nicht zurück. Sie ist in der Stillen Leere.«

Sie reden über Lodaja. Lodaja war auch hier. Namakan öffnete staunend den Mund.

»Auch der Rest meiner neuen Sippe ist dort«, fuhr Dalarr fort. »Der, dessen Treiben mich schon zu meinem letzten Besuch bei dir zwang, hat sie alle umbringen lassen. Und ich hätte dich eigentlich nicht belästigt, aber die Halblinge haben aus Angst vor den Schergen dieses Hundes die Breitbrücke zum Einsturz gebracht.«

Kongulwafa war nicht anzusehen, ob sie den Erklärungen Dalarrs irgendeine Bedeutung beimaß. Eine Weile saß sie einfach nur da und klackte mit den Beißscheren. »Die Einäugige ist tot?«, machte sie dann. »Schade. Ich mochte sie.«

Ein Lächeln huschte über Dalarrs Züge. »Ich weiß. Du hättest sie damals gerne bei dir behalten.«

»Sie hätte es gut bei mir gehabt«, behauptete die Spinne und wies mit einem Fangbein zu den Wänden der Halle. »Sehr gut. Besser als bei dir. Sie wäre dann jetzt bestimmt nicht tot.«

Als sich Dalarrs Miene zu verfinstern begann, konnte Namakan die Ungewissheit nicht mehr ertragen. »Wann bist du schon einmal hier gewesen, Meister?«, fragte er rasch. »Und wieso?«

Kongulwafa drehte sich halb zu ihm. »Er erinnert sich nicht?«

»Du hast zu viele schlaue Jungen aus Eiern schlüpfen sehen, um zu verstehen, wie dumm Kinder sind, die an einem Busen genährt werden müssen«, sagte Dalarr ernst.

Ich war dabei? Namakan runzelte die Stirn. *Wie kann ich damals dabei gewesen sein?*

Kongulwafa rieb so über ihre Borsten, dass ein Geräusch entstand, das fast wie ein keckerndes Lachen klang. Sie zuckte auf und nieder und brachte die ausgemergelten Hautlappen, die einmal ihre Brüste gewesen sein mussten, zum Schwingen. »Gefällt dir etwa nicht, was du siehst, Windmacher?«

»Der Sturm. Der Winter«, gellte eine helle Stimme durch die Halle. »Der Sturm bringt den Winter. Das Feuer hat es mir gesagt.« Die kleine Frau, die Namakan vorhin bereits aus dem makabren Chor der Gefangenen herausgehört hatte, legte den Kopf in den Nacken und rief: »Das Feuer lügt nie.«

»Du hast nicht genügend Pilze in sie hineingestopft«, bemerkte Dalarr und musterte die Gefangene neugierig. »Man könnte fast meinen, sie hört uns zu, anstatt den Stimmen in sich zu lauschen.«

Barsch winkte Kongulwafa ab. »Sie ist noch nicht lange hier. Sie wird noch lernen, wozu sie da ist.«

»Wo hast du sie her?«, fragte Dalarr. »Von wo haben sie deine Kinder gestohlen, du neugieriges Stück?«

Wieder erklang das kratzige Spinnenlachen. »Ich musste sie nicht stehlen. Sie ist mir zugelaufen. Sie hat nach mir gesucht, und sie hat mich gefunden.« Kongulwafa deutete auf Dalarr. »Aber genug von ihr. Lass uns über dich reden. Halt, sag nichts. Ich weiß, was du getan hast. Du hast einen Racheschwur abgelegt, ganz nach alter Sitte. Du willst ihn töten. Oder irre ich mich?«

Dalarr schüttelte stumm den Kopf.

»Nein, ich irre mich nie.« Ihr Vorderleib, der keine Schultern mehr hatte, ruckte in der fremdartigen Parodie eines Schulterzuckens. »Aber es könnte sein, dass dir eine Überraschung bevorsteht. Du hast mir damals erzählt, der Mann, den du jetzt töten willst, sei böse. Dass sein Herz schwarz und von eitler Liebe zu sich selbst verrottet sei. Wappne dich besser gegen die Erkenntnis, dass du dich getäuscht haben könntest.«

»Was meinst du damit?«, knurrte Dalarr. »Arvid hat den Tod verdient. Das stimmt doch, oder, Junge?«

»Ja.« Namakan war völlig überrumpelt davon, dass der Meister ihn als Zeugen berief. »Ja.«

»Mag sein, dass er dir die Sippe genommen hat«, wandte Kongulwafa ein. »Doch da sind viele, die ihn schätzen. Die, die mir ihre Geheimnisse offenbaren, wissen eine Menge von der Welt. Sie wissen, dass er viel für sein Reich getan hat. Keine Intrigen mehr, keine Zwietracht nach innen, nur Stärke nach außen.«

»Du gibst zu viel darauf, was dir deine Pilzfresser erzählen, meine Liebe.« Dalarr straffte die Schultern. »Und wenn alle

Menschen in seinem verfluchten Reich sich heute den Hintern mit Seide abwischen und von goldenen Tellern fressen würden, der Preis dafür wäre zu hoch.« Er machte einen Schritt zur Seite, um seine Hand auf Namakans Schulter zu legen. »Meine neue Sippe hat fast all ihr Blut vergossen, damit Arvids einfältiges Heer an Untertanen weiter daran glaubt, es hätte einen guten König.«

Namakan wollte nach der Hand seines Meisters fassen, doch der unerwartete Ausdruck von Zuneigung, den Dalarr gezeigt hatte, war bereits vorüber. Namakans Griff ging ins Leere.

»Ich verstehe.« Kongulwafa kroch halb über den Rand des Podests, und die obersten Schädel auf dem Haufen davor purzelten mit hohlem Klappern zu Boden. »Du denkst, es ginge Arvid um deine Sippe, dabei geht es ihm doch nur um seine. Wie dem auch sei, Windmacher, was fangen wir jetzt miteinander an?«

»Der König wird keinen König erschlagen«, rief die kleine Frau, die sich angeblich aus freien Stücken in die Gefangenschaft der Spinnen begeben hatte. »Er bringt die Toten zur Ruhe.«

Dalarr begegnete Kongulwafas Einschüchterung, indem er die Hände auf die Griffe seiner Schwerter sinken ließ. »Mach dich nicht unglücklich, Teuerste. Wir zwei werden keinen guten Faden miteinander spinnen, falls du versuchen solltest, mich hierzubehalten. Das weißt du auch.«

»Was ist mit ihm?« Kongulwafas Fangbeine wippten ein Stück in Namakans Richtung.

»Du hast ihn damals nicht angerührt, und du wirst es auch heute nicht tun«, antwortete Dalarr. »Falls doch …« Dalarr drehte sich zu den kleineren Spinnen um, die sich hinter ihm und Namakan auf leisen Beinen in großer Zahl versammelt hatten.

Sie sind alle gekommen, weil ihre Göttin spricht. Namakan tastete nach seinem Jagddolch. *Sie spricht ein Urteil über uns.*

»Wenn mir auch noch mein letztes Kind genommen wird«, sagte Dalarr ruhig, »soll auch niemand anders mehr welche haben.«

»Ich muss dich nicht töten, um dich zu töten, Windmacher.« Kongulwafa unterstrich ihre rätselhafte Drohung mit einem Spreizen der Beißscheren und einer Zurschaustellung der Giftzähne. »Ich kann selbst dann noch dein Untergang sein, wenn du mir schon den Garaus gemacht hast.«

Dalarr tat noch etwas, das Namakan bislang noch nie an ihm beobachtet hatte: Er hob entschuldigend die Hände. »Einigen wir uns doch am besten darauf, dass wir beide keine Freude an einem Zwist hätten, ja?«

Eine halbe Ewigkeit war es, bis auf das Flüstern und Wispern, das Knurren und Winseln, das Fiepen und Raunen der Gefangenen, totenstill in der großen Halle.

»Gut«, machte Kongulwafa endlich. »Aber es ist nur gerecht und alte Gepflogenheit, dass ich einen Wegzoll erhalte. Was bietest du mir, Windmacher?«

Dalarr zögerte keinen Augenblick. Er versetzte dem eingeschnürten Wikowar einen leichten Tritt. »Nimm ihn.«

Der Händler riss die Augen noch weiter auf und wälzte sich hin und her. Der Knebel dämpfte seine Schreie zu einem gepeinigten Stöhnen.

»Was weiß er?«, erkundigte sich Kongulwafa.

»Viele schmackhafte Geheimnisse«, gab Dalarr im Tonfall eines Bauern auf dem Markt zurück, der seine besten Früchte anpries. »Er ist weit gereist. Er weiß, was die Ewigen Reiter der Dornensteppe mit ihren Toten anstellen. Er weiß, wie die Barbaren der Pockenödnis Festungswände zum Einsturz bringen. Er weiß, warum manche Menschen aus der Stadt der Schleier nichts anderes mehr essen wollen als Feigen. Er ist sogar durch die Wispernden Dschungel gereist und hat den Rauch der Schwarzen Sternenblüte geatmet.« Verachtung machte seine Stimme schneidend. »Und von ihm kannst du auch erfahren, wie Arvids Häscher gewütet haben und warum er gewiss alles andere als ein guter König ist.«

»Der Bruder wird des Bruders Blut schmecken«, kreischte die kleine Frau. »Der Weg muss ein Ende haben.«

Dalarr sah kurz zu ihr hinauf, und Namakan glaubte eine Regung an seinem Meister zu erkennen, von der er nicht zu sagen wusste, ob es Erstaunen oder Erkennen war. Die Regung war nicht mehr als ein kurzes Aufflackern, der Schatten eines Schattens. Dalarr versetzte Wikowar einen neuerlichen Tritt und wandte sich wieder Kongulwafa zu. »Was sagst du zu meinem Angebot?«

Kongulwafa kroch noch ein Stück vom Podest herunter, und eine ganze Flanke des Schädelhaufens verwandelte sich in einen klackernden Abgang aus bleichem Gebein. Die Spinne unterzog Wikowar einer eingehenden Prüfung. Die Augen des Händlers drohten ihm aus dem Kopf zu platzen, als Kongulwafas Fangbeine die Ware inspizierten.

»Er hat Schaden genommen«, bemerkte sie. »Vielleicht hält er sich nicht lange genug, um mir all seine Geheimnisse preiszugeben.«

»Ratten wie er sind zäh«, hielt Dalarr dagegen. »Und wenn er doch seinen letzten Furz brunst, bevor du ihn ganz ausgesaugt hast, hat er etwas dabei, das dich trösten wird. Er trägt den Stoff an sich, der Träumen Form verleiht und den Willen einfängt.«

»Skaldat«, schabte Kongulwafa beeindruckt.

Dalarr nickte. »Mit der Hälfte eines Lichtgeists darin.«

»Wo ist die andere Hälfte?«, wollte die Spinne wissen.

Dalarrs Antwort wurde von einem letzten Tritt begleitet. »Das kann er dir sagen.«

»Schön.« Kongulwafa klackte mit allen drei Scherenpaaren auf einmal. »Schön. Dann bleibt mir wohl nicht mehr, als dir gutes Gelingen bei deiner Rache zu wünschen, Windmacher.« Ein Fangbein winkte über ihre versammelten Untertanen hinweg. »Meine Kinder werden euch sicher nach draußen geleiten.«

Kaum hatte Kongulwafa diesen Satz geschabt, spürte Namakan den sachten Druck von Beißwerkzeugen um seinen Rumpf. Namakans Erleichterung über den Handel drohte zu erlöschen, als er sah, wie Dalarr der Spinne, die sich ihm näherte, mit einem barschen Stoß Einhalt gebot. Die kleine Spinne verharrte unschlüssig und schien zu ihrer Gebieterin aufzusehen.
»Wir sind noch nicht fertig«, sagte Dalarr.
»Was denn noch?«, kratzte Kongulwafa ungehalten.
»Lass es gut sein, Meister«, flüsterte Namakan.
Dalarr hörte nicht auf ihn. Stattdessen stellte er eine höchst unverschämte Forderung. So unverschämt sogar, dass Namakan fest davon überzeugt war, gleich von Beißscheren in zwei Hälften zerteilt auf dem Boden zu landen. Hilflos spannte er den Bauch an und wartete auf sein Ende.

11

*Drei volle Monde stellte Smigand der Jäger
dem Weißen Hirsch nach. Als der Herrscher des Hains
dann zu Smigands Füßen lag, durchbohrt
von Dutzenden Pfeilen, ließ der Jäger seiner Gier
und seiner Leidenschaft freien Lauf.
Er schlug die Warnungen der Alten in den Wind und
brach den Leib seiner Beute auf. Doch was
aus dem Leib des Weißen Hirschen quoll, war nicht warm
und weich. Es war kalt und starr, und es begrub alles
unter sich: Smigand, die Bäume des Hains,
selbst die Spitzen der Berge. So kam der Winter
in die Welt, die bis dahin nichts als
ewigen Frieden gekannt hatte, und deshalb wählt kein
Vater mehr Smigand als Namen für seinen Sohn.*

Aus einer Legende der Bewohner des Schwarzen Hains

Weiß.
Weiß und kalt.
Das waren die ersten Eindrücke von der Welt jenseits der Narbe, die Namakan hatte. Wohin er den Blick auch wandte, war das Land von einer dicken Schicht Schnee bedeckt, die jeden Laut erstickte und jeden Gedanken an gedeihendes Grün vergessen machte. Nur vereinzelt ragten Baumstümpfe wie gedrungene schwarze Säulen aus dem eisigen Leichentuch hervor. Ganz am Horizont der nach Norden hin ansteigenden Einöde machte Namakan eine flache Linie aus verwaschenem Grau aus. Er schätzte, dass es mindestens ein halber Tagesmarsch bis zum Rand dieses Waldes war. Er schaute an sich herunter, auf

seine nackten Füße. *Einen halben Tag durch Eis und Schnee stapfen. Falls wir überhaupt in den Wald wollen ... Mir werden die Zehen abfrieren.* Es war beileibe nicht so, dass Namakan noch nie Schnee gesehen hätte. Aber in den Bergen hatten Dalarr und er die Gletscher an den Hängen stets gemieden, und wenn einmal ein Sturm Schnee bis hinunter in die Almen getrieben hatte, war er immer vom einen auf den anderen Tag wieder getaut. *Der Schnee hier sieht aus, als läge er schon sehr lange. Und er wird bestimmt nicht schmelzen, nur weil mir das lieber wäre.* Seine Sohlen waren dick, doch schon jetzt, nach wenigen Augenblicken und vielleicht einhundert Schritten, spürte er, wie der Schnee ihm die Wärme aus den Füßen saugte.

Hilfesuchend sah er hoch zu Dalarr. Der große Mensch hatte die Lippen zusammengekniffen und ließ den Blick über die Landschaft schweifen. Dann schüttelte er den Kopf und drehte sich zu der Stelle um, wo eben noch der Ausgang des Tunnels gewesen war, an dem die Spinnen sie abgesetzt hatten. Womöglich hätte man aus der Nähe den Rand der Klappe erkennen können, hinter der der Zugang in das unterirdische Reich verborgen lag. Nun, wo sich die Spinnen wieder zurückgezogen und die Klappe hinter sich geschlossen hatten, deuteten nur die Fußstapfen ihrer entlassenen Gäste darauf hin, dass der verschneite Hang ein Geheimnis barg. Dalarr schaute zurück zum Horizont. »Pack mich einer am Sack! Der Schwarze Hain ist auch nicht mehr das, was er einmal war«, knurrte er wie ein verärgerter Trunkenbold, dessen liebste Kaschemme überraschend in einen Schrein für das Untrennbare Paar umgebaut worden war. Er seufzte schwer und drehte sich zu Namakan um, der unsicher auf der Stelle trat, um immer nur einen Fuß im kalten Schnee zu haben.

Dalarr verzog verächtlich den Mund. »Ich habe nie verstanden, warum ihr kleinen Leute euch so beharrlich gegen eine nützliche Erfindung wie Schuhe wehren musstet.«

»Es fühlt sich besser an, barfuß zu gehen.« Namakans Einwand hätte gewiss überzeugender geklungen, wenn er nicht mit leicht bibbernder Stimme vorgetragen worden wäre. Unter Umständen lag seine mangelnde Überzeugungskraft auch darin, dass es ein Argument war, das Namakan nur von seinen Geschwistern übernommen hatte. Er selbst hatte als Kind manchmal heimlich die Stiefel des Meisters angezogen, um darin durch das nächtliche Haus zu stromern, als sei es etwas Verbotenes.

Dalarr wand sich aus den Schlaufen seines Rucksacks und streifte den Halblingsumhang ab. Staunend sah Namakan zu, wie der Meister sein Kurzschwert zog und begann, die Wolle in lange Streifen zu schneiden. Als er so viel von seinem Umhang abgetrennt hatte, dass er ihm nun nicht mehr bis zu den Knien, sondern höchstens noch bis über die Hüften gereicht hätte, hob er die heruntergefallenen Streifen in einem Knäuel auf und warf sie Namakan zu. »Hier. Wickel dir die um die Füße.«

Namakan hockte sich in den Schnee und tat, wie ihm geheißen. Nachdem er seinen einen Fuß ordentlich in den rauen Stoff verpackt hatte, wackelte er probeweise mit den Zehen, um zu überprüfen, ob er die Bänder auch nicht zu fest gewickelt hatte. *Nicht schlecht. Gar nicht schlecht.* Er griff zum ersten Streifen für seinen anderen Fuß und hielt inne. »Wirst du in deinem kurzen Umhang nicht frieren, Meister?«

»Ich habe schon schlimmer gefroren«, wiegelte Dalarr ab und steckte Swiputir zurück in die Scheide.

Namakan blickte vorsichtig zu ihrer neuen Begleiterin. »Und was ist mit ihr? Sie hat auch keine Schuhe.«

Dass die rothaarige Frau keine Schuhe trug, war zwar die Wahrheit, aber es war gewiss nicht ihre größte Sorge – sofern sie derzeit überhaupt dazu fähig war, sich um irgendetwas zu sorgen. Ihre Augen waren geweitet und glasig, und wenn Namakan es nicht besser gewusst hätte, wäre er vielleicht davon ausgegangen, dass die zwei starren Murmeln nur ein Ausdruck ihres eigenen Erstaunens über die wundersame Rettung waren. Die fassungslose Entrücktheit der Frau hatte indes einen völlig anderen Grund: Sie stand ohne jeden Zweifel noch immer unter der Wirkung der Pilze, mit denen die Spinnen sie die ganze Zeit über gefüttert hatten.

Namakan konnte immer noch nicht glauben, dass sie heil aus Kongulwafas Bau entkommen waren – geschweige denn, dass die Gottkönigin des Spinnenvolks tatsächlich auf Dalarrs dreiste Forderung eingegangen war. »Gib mir dieses Mädchen mit, und wir sind quitt«, hatte er gesagt und dabei auf die Rothaarige gedeutet, als würde er auf einem Ponymarkt Interesse an einem besonders vielversprechenden Fohlen zeigen. Kongulwafa hatte es sich nicht nehmen lassen, noch eine Spitze zu setzen, bevor sie eingewilligt hatte. »Suchst du frisches Fleisch?«, hatte sie keckernd geschabt. »Ersatz für die Einäugige?« Dalarrs einzige Antwort war ein langer, düsterer Blick gewesen.

Die Vorstellung, die Rothaarige könnte Lodaja ersetzen, war für Namakan vollkommen abwegig. *Sie ist viel zu jung für den Meister. Außerdem stehen ihre Ohren ab und ihre Nase ist ein ganzes Stück zu groß für ihr Gesicht. Und selbst wenn sie jemals das Gift der Pilze aus ihrem Leib schwitzen sollte, ist sie dem Meister sicher viel zu dürr. Sie muss doch immerzu frieren wie nichts Gutes.* Namakan betrachtete die merkwürdige lebende Beute aus dem Spinnenbau. Die Frau trug ein einfaches Kleid, das ihr wie ein Sack bis zu den bloßen Knöcheln hing und das sie ganz offenkundig selbst aus Fetzen von Leder und Pelz zusammengenäht hatte. Sie hatte etwas von einer kranken Katze, der das Fell ausging. Um die kantigen Hüften war lose ein geflochtener Gürtel geschlungen, an den ungefähr ein Dutzend Beutelchen und Säckchen gebunden waren. Namakan war noch unschlüssig, ob der strenge Geruch, der von der Frau ausging, etwas mit dem Inhalt der Säckchen zu tun hatte oder ob er nicht doch davon herrührte, dass sie zu lange eingesponnen gewesen war. *Wenn die Spinnen ihr oben etwas hineingestopft haben, muss es ja auch unten wieder herausgekommen sein.* Trotz ihres dürren Wuchses erweckte die Frau nicht den

Anschein, als würde sie die Kälte stören. Sie trippelte nicht einmal auf der Stelle, wie Namakan es getan hatte. Sie stand einfach nur stocksteif da, und Namakan stellte fest, dass der Schnee unmittelbar um ihre nackten Füße herum geschmolzen war. Unter ihren Sohlen hatte sich bereits Matsch gebildet, der von braunen Tannennadeln durchsetzt war.

»Sie wird sich den Tod holen«, sagte Namakan.

Dalarr brummte etwas in seiner kehligen Heimatsprache, das nicht unbedingt freundlich klang, zückte Swiputir und verarbeitete auch den Rest seines Umhangs in lange Streifen. »Da hast du Fußlappen für sie, Drengir«, verkündete er, als er damit fertig war.

Namakan nahm das neue Knäuel dankbar entgegen und hielt es der Rothaarigen vors Gesicht. »Da. Für dich.«

Die Frau blickte weiter in eine unergründliche Ferne.

»Setz dich hin, dann binde ich sie dir um«, bot Namakan an und zupfte an ihrem Ärmel. Er hätte genauso gut mit einem der Baumstümpfe reden können.

»Sie hört dich nicht.« Dalarr fasste die Frau mit dem einen Arm um die Schultern, mit dem anderen um die Knie und zwang sie mit sanftem Druck in den Schnee. »So.«

Behutsam säuberte Namakan ihr mit dem Saum seines Umhangs die Sohlen von Matsch und Nadeln, ehe er sich daranmachte, die Wollstreifen um die Füße der Rothaarigen zu wickeln. *Ihre Haut ist heiß wie Glut. Ob sie Fieber hat?* »Warum haben wir eigentlich ausgerechnet sie mitgenommen? Von all den Leuten, die in Kongulwafas Halle gefangen waren, warum ausgerechnet sie?«

»Weil es richtig war.« Dalarr setzte seinen Rucksack auf. »Sie hat von Prinzen und Königen gesprochen. Ein gutes Omen. Immerhin haben wir vor, die Welt um einen König zu erleichtern. Oder hast du Angst, dass sie uns zu sehr aufhalten könnte?«

»Nein. Aber ...« Daran hatte Namakan tatsächlich noch nicht gedacht. »Meinst du, dass sie für immer so bleiben wird?«

»Das wollen wir mal nicht hoffen.« Er legte beide Hände auf die Knäufe seiner Schwerter. »Ich gebe ihr ein, zwei Tage, und wenn ihr Geist sich bis dahin nicht erholt hat …«

Namakan fuhr zusammen, und der feuchte Fuß der Frau glitt zwischen seinen Fingern hindurch. »Du würdest sie erst retten und dann töten, Meister?«

»Was wäre ihr Leben noch wert, falls sie das Gift nicht abschütteln kann? Glaubst du, sie würde wollen, so geistlos wie ein Opfer der Plage durch die Gegend zu wandeln? Ich denke nicht.«

»Der weise Prinz kennt sein Volk, obwohl ihn sein Volk nicht kennt.« Die Worte der Frau stiegen gemeinsam mit ihrem Atem in den Himmel auf, jede Silbe flüchtiger als der weiße Nebel von ihren Lippen. »Der weise Prinz weiß, wann er Held und wann er Mörder ist. Und er kennt die Zeiten, in denen er beides zugleich sein muss. So sagt es das Feuer.«

»Da hast du es.« Dalarr nickte. »Sie sieht die Dinge wie ich. Kluges Mädchen. Also gut, zwei Tage hat sie.«

Nachdem Namakan der Rothaarigen die Füße umwickelt hatte, zogen er und sein Meister sie gemeinsam auf die Beine. Sie nahmen sie zwischen sich wie ein Kind, Namakan an ihrer rechten Hand, Dalarr an ihrer Linken. Dann zogen sie los, dem grauen Streif am Horizont entgegen.

Namakan war auf ihrer Wanderung bald von zwei Dingen überzeugt. Zum einen erhärtete sich sein Verdacht, dass im Körper der Rothaarigen ein schlimmes Fieber wütete. Ihre dürren Finger in seiner Hand fühlten sich an wie glimmender Reisig. Zum anderen würde er echte Schuhe brauchen – am besten Stiefel mit hohem Schaft –, falls die ganze Welt jenseits der Narbe nichts weiter als eine einzige, kalte Ödnis war. Der Schnee haftete zu gut an den Wollstreifen, und jeder neue Schritt fiel ihm schwerer als der davor. Wenn er vor sich nach unten blickte, sah er anstelle des gewohnten Anblicks seiner nackten Füße nur noch zwei unförmige, weiße Klumpen. *Ich spüre meine Zehen nicht mehr. Ich weiß, dass sie noch da sind – aber nur, weil sie ja nicht aus den Lumpen fallen können.* Er beschäftigte sich eine Weile mit der verzweifelten Aussicht, schon bald ein Gasthaus am Waldrand zu finden, in dem er seine Füße in einem schönen Bottich heißem Wasser aufwärmen konnte. Sein Sehnen schlug in bittere Ernüchterung um, als ihm gewahr wurde, wem er die Tortur dieses Marsches letztlich zu verdanken hatte. »Es tut mir leid, Meister.«

Obwohl sie seit Beginn ihrer Wanderung kein Wort gewechselt hatten, geriet Dalarr nicht aus dem Tritt. »Was?«

»Dass wir bei den Spinnen gelandet sind. Du wolltest nur durch das Netz klettern, aber du hattest nie vor, Kongulwafa zu begegnen.«

»Kann schon sein.«

»Wir hätten ihr aus dem Weg gehen können, wenn ich nicht darauf bestanden hätte, dass sich Wikowar uns anschließen darf, dieses fette Stück Dreck. Wenn ich ihn doch nur gleich abgestochen hätte ...«

»Mach dir doch nichts vor«, entgegnete Dalarr milde. »Wenn du ihn gleich abgestochen hättest, dann wärst du nicht der, der du bist.«

»Bist du nicht zornig auf mich?«

»Ich habe dir erlaubt, die Entscheidung zu treffen, ob wir dieses Schwein mitnehmen oder nicht«, erklärte Dalarr. »Also wäre es wohl angemessener, auf mich selbst zornig zu sein, und das versuche ich mir schon seit ewigen Zeiten abzugewöhnen. Es lohnt sich nicht, um ein Pferd zu weinen, sobald man es zu Tode geritten hat.«

Schweigend gingen die drei eine Weile lang weiter. Da er feststellte, dass er die Kälte leichter ertrug, wenn er die Stimme seines Meisters zur Ablenkung hatte, fragte Namakan schließlich: »Wohnt Arvid sehr weit hinter diesem Wald?«

»Ich muss dich enttäuschen. Er wohnt gar nicht hinter diesem Wald.« Dalarr wies mit dem Daumen über die Schulter hinter sich. »Silvretsodra liegt im Süden. Dort steht sein Palast.«

»Und warum laufen wir dann auf diesen Wald zu?«, erkundigte sich Namakan ein wenig beunruhigt.

»Weil der beste Weg zu einem Ziel nicht immer der kürzeste ist«, antwortete Dalarr in jenem Tonfall, von dem Namakan nur allzu gut wusste, dass jedes weitere Nachbohren eine vergeudete Mühe gewesen wäre.

Als sie am Waldrand ankamen, hatte Namakan sich beinahe schon damit abgefunden, dass die Welt jenseits der Berge keine Wunder mehr für ihn bereithalten würde. Bis hierhin hatte sie ihm stattdessen nur Dinge geboten, auf die er gut und gerne hätte verzichten können: kalte Luft, die ihm bei jedem Atemzug in den Lungen brannte. Müde Beine, die vor Anstrengung zitterten. Plötzlich einsetzende Böen, die den Schnee aufwirbelten und ihn ihm wie unzählige winzige Dolche aus Eiskristallen ins Gesicht bliesen.

Insofern war er dankbar für die Bäume. Nicht nur, weil sie zumindest ein wenig Schutz vor dem Wind versprachen. Sie waren anders als die Bäume, die er von den Immergrünen Almen kannte. Die Rinde an ihren kerzengeraden Stämmen war schwarz und glatt, sodass sie eher an Säulen aus Basalt oder Marmor oder irgendeinem anderen Gestein und nicht so sehr an Teile einer Pflanze erinnerten. Sie stießen gewiss dreißig oder vierzig Schritt in den verhangenen Himmel hinauf, wobei sie erst nach dem untersten Drittel überhaupt Äste und Zweige zeigten. Ihre Nadeln – schwarz oder vielleicht auch nur von einem sehr, sehr tiefen Blau – waren fingerlang und wuchsen so dicht an dicht, dass am Boden ein beständiges Zwielicht herrschte. *Als wäre alles in diesem Wald in einer Dämmerung gefangen, die niemals aufhören wird und die nicht einmal weiß, ob sie der Nacht oder dem Tag Platz machen soll.*

Namakan ließ die Hand der Rothaarigen los und wankte zu einem der Bäume, um sich dagegen zu lehnen. Erst hielt er es für Einbildung, doch als er den Stamm eingehend betastete und schließlich seine Wange auf die Rinde presste, wusste er, dass ihm seine Sinne keinen Streich spielten. *Die Bäume sind warm!* Es war beileibe keine glühende Hitze, die sie verströmten. Im Grunde genommen fühlten sie sich nicht wärmer an als ein Stein an einem Herbstabend. Angesichts der eisigen Luft war das dennoch höchst erstaunlich. Nakaman sah nach oben, um festzustellen, dass auf den Ästen und Nadeln des Baums kein Schnee lag. Auch um den Fuß des wagenraddicken Stamms herum war der Schnee fast vollständig weggeschmolzen. Wenn Namakan nicht seine behelfsmäßigen Fußlumpen getragen hätte, wäre ihm sofort aufgefallen, dass er einen weichen Untergrund aus herabgefallenen, verrottenden Nadeln unter den Sohlen hatte.

»Was sind das für Bäume?«, fragte er Dalarr, der sich mit der Rothaarigen an der Hand suchend umsah.

»Barttannen. So nennen sie die Leute, die in diesem Wald wohnen.«

»Barttannen? Wieso Barttannen?«

Während Dalarr mit schmalen Augen weiter links und rechts am Wald entlangspähte, klärte er seinen Schüler über die Herkunft des Namens auf. Er klang dabei, als kreisten seine Gedanken gerade um etwas wesentlich Bedeutenderes als die Gründe, aus denen irgendwelche Waldbewohner Tannen, die offenkundig keine Bärte hatten, Bärte andichteten. »Sie glauben, dass der Gott, der mit seiner Axt die Narbe ins Antlitz der Erde geschlagen hat, von den anderen Göttern bestraft wurde. Sie waren erzürnt, weil er ihre Schöpfung verschandelt hat. Also haben sie ihn gemeinsam niedergestreckt und ihn dort vergraben, wo er sein Unrecht begangen hat. Er ist zwar tot, aber so wie bei manchen Menschen nach dem Tod noch die Nägel und die Haare weiterwachsen, so ist das zumindest für die Leute aus dem Wald wohl auch für die Götter. Sie meinen, der Bart des Gottes sei weitergewachsen und in der Gestalt dieser Bäume aus der Erde gesprossen.«

»Glaubst du das?«

Dalarr schüttelte den Kopf. »Ich glaube, tot ist tot, und Bäume sind Bäume. Mir ist es gleich, wo sie herkommen. Für mich ist nur wichtig, dass sie da sind. Und hier gibt es zu wenige.«

Namakan genoss die Wärme des Stamms, und so lange er seinen Meister am Reden halten konnte, so lange brauchte er sich auch nicht von der Quelle seines Genusses zu lösen. »Zu wenige? Es ist doch ein ganzer Wald von ihnen da, Meister.«

»Mag sein.« Dalarr zeigte den Hang hinunter, den sie sich durch den Schnee hochgekämpft hatten. »Aber als ich das letzte Mal hier gewesen bin, lag der Eingang zu Kongulwafas Bau auf dieser Seite der Narbe noch mitten im Schwarzen Hain. Und jetzt gibt es da unten nur noch ein paar Baumstümpfe.«

Dalarrs Erwähnung seines letzten Besuchs bei der Spinnenkönigin erinnerte Namakan daran, dass es noch ein Rätsel gab, das nur sein Meister für ihn lösen konnte. Er beschloss, später danach zu fragen. Erst wollte er wissen, was dem Wald so zugesetzt hatte. »Was ist geschehen?«

»Die Äxte des Königs töten den Wald«, sagte die Rothaarige unvermittelt, als wäre sie dem Gespräch aufmerksam und mit klarem Verstand gefolgt. Doch bereits ihr nächster Satz stellte unter Beweis, dass sie noch weit davon entfernt war, eine sinnvolle Unterhaltung zu führen. »Sie verschleppen ihn aufs Meer und in die Berge und in die Wüsten.«

»Wovon redet sie da?«, fragte Namakan.

»Holzfäller«, kommentierte Dalarr. »Arvid lässt den Wald abholzen, um damit Schiffe und Wälle zu bauen, die wahrscheinlich die Reichsgrenzen sichern sollen.«

Namakan sah auf die Einöde, die sie durchquert hatten. Wie groß war Arvids Reich nur? Mit so viel Holz konnte man doch Tausende von Schiffen bauen und einen Wall, der rund um die Welt reichte. Es sah danach aus, als hätte er noch mehr als genug andere Feinde außer ihnen.

»Freunde dich nicht zu sehr mit der Tanne da an«, sagte Dalarr. »Wir gehen weiter.«

»Wohin?«

Dalarr zeigte nach rechts. »Ich hoffe, dass ich da etwas finde, das mir verraten kann, wo wir genau sind. Wenn wir in den Wald hineingehen, ohne dass ich eine Ahnung habe, verlaufen wir uns nur. Komm.«

Schweren Herzens trennte sich Namakan von der Barttanne und nahm wieder die Hand der Rothaarigen. Sie kam ihm nun nicht mehr ganz so heiß vor.

Die Frau lieferte aber umgehend den Beweis, dass sie immer noch fiebrig war. »Du bist kleiner, als du bist, mein König.«

Sie fanden kein Gasthaus am Waldrand, wie Namakan es sich erhofft hatte. Dennoch stießen sie auf eine menschliche Behausung, als das Licht außerhalb des Waldes so trüb geworden war wie das unter dem Dach aus Zweigen und Nadeln. Namakan wünschte sich sofort, der Meister hätte sich zuvor für die andere Richtung entschieden.

Die Hütte selbst wirkte trügerisch einladend. Sie war aus Holzstämmen gebaut, mit Moos als Dichtung zwischen den Ritzen und einem Ofenrohr, das aus dem Grat des flachen Firsts ragte. Unter der vorkragenden Traufe waren an der Wand allerlei Werkzeuge aufgehängt: große Äxte, Schrotsägen mit hölzernen Griffen an beiden Enden des Blattes, wuchtige Hämmer mit gedrungenen Köpfen. Die Tür stand trotz der Kälte offen, als wollten die Bewohner den Wanderern deutlich zur Schau stellen, dass sie jederzeit willkommen waren.

In Wahrheit gab es hier niemanden mehr, der sie noch hätte willkommen heißen können. Zwanzig Schritte von der Hütte entfernt, inmitten der ersten Barttannen, lagen die Leichen von vier großen Männern im blutigen Schnee. Es war schwer zu sagen, wie lange es her war, seit sie der Tod ereilt hatte, weil die Kälte den Verfall ihrer Leiber sicherlich verlangsamt hatte. Es konnte erst an diesem Morgen oder auch bereits vor einigen Tagen passiert sein. Woran kein Zweifel bestand, war, dass ein Kampf stattgefunden hatte – ein erbittert geführter Kampf, bei dem sich die Männer heftig zur Wehr gesetzt hatten. Alle hatten sich mit Äxten bewaffnet, deren Köpfe von gefrorenem Blut überzogen waren. Alle Gegenwehr war letztlich umsonst gewesen, und die Angreifer hatten schrecklich gewütet. Einem der Männer hing der Unterkiefer nur noch an einer Seite am Schädel, einem anderen war mit einer schartigen Klinge das rechte Bein unter dem Knie abgetrennt worden. Allen waren die Bäuche zerfetzt und die Eingeweide daraus hervorgezerrt worden.

Das waren keine anderen Menschen, begriff Namakan. *Das waren Tiere. Aber welche Tiere kämpfen mit schartigen Klingen?*

Nun sah er auch, dass der zertrampelte Schnee rings um die Leichen nicht nur die Spuren der schweren Stiefel der Getöteten aufwies. Da waren noch andere Abdrücke, von breiten Tatzen oder Pranken, die nur eine Kralle hatten. Sie saß ganz außen an der Pfote, von der sie in einem nahezu rechten Winkel abstand. Den Spuren nach zu urteilen, war die Kralle doppelt so lang wie Namakans Hand. *Damit kann man hervorragend Beine abschneiden. Oder sich in einen Bauch hineingraben. Ihr Untrennbaren, was sind das für Ungeheuer?*

Um von den Opfern dieses grausigen Massakers fortzukommen, wollte Namakan einer der Spuren ein Stück folgen. Doch er kam nicht weit. Er schaffte nur zehn Schritte, ungefähr auf einen der nächsten Bäume zu, den Oberkörper weit vornübergebeugt, um die Fährte nicht zu verlieren.

»Bleib stehen, du Fifl!«, befahl Dalarr scharf. Er schaute mit ernster Miene zu den Wipfeln der Barttannen hinauf. »Schaff dich in die Hütte. Und nimm die Kleine mit. Sieh zu, dass du Feuer machst.«

Namakan richtete sich auf. »Was ist mit dir, Meister?«

»Du hast mich gehört«, knurrte Dalarr. »In die Hütte!«

Namakan gehorchte, und es fiel ihm leicht, weil er auch so mehr Abstand zwischen sich und die Leichen brachte. Was ihm nicht leicht fiel, war, die Rothaarige, die sich bisher so folgsam hatte führen lassen, zum Gehen zu bewegen. Sie sträubte sich, als Namakan nach ihrer Hand griff, und erst nachdem ihr Dalarr einen Stoß gegen die Schulter versetzte, riss sie den Blick von den Leichen los.

»Geh mit dem Jungen, verflucht!«, herrschte sie Dalarr an. Die Frau entspannte sich, und Namakan rechnete damit, dass sie seinem Zerren und Ziehen endlich nachgeben würde. Tatsächlich hob sie einen Fuß, aber was dann geschah, erfüllte Namakan mit blankem Entsetzen. Die Frau trat einem der toten Männer gegen den Kopf. Es war der, dessen Kiefer gebrochen und halb aus dem Gesicht gerissen worden war. Der Tritt brachte zu Ende, was die Monstren mit den Klauen begonnen hatten. Die Rothaarige fletschte wild die Zähne, dann spuckte sie auf die Leiche. Anschließend war es plötzlich sie, die Namakan auf die Hütte zuzog, und nicht umgekehrt.

An der Tür angekommen, ließ sie wieder Namakan den Vortritt, als wäre nichts geschehen. Mit dem Bild des im Schnee liegenden Kiefers noch vor Augen trat Namakan über die Schwelle. Im Innern roch es nach Schweiß, Holz und kalter Asche. Die Hütte war karg eingerichtet: drei Stockbetten mit Pelzen zum Zudecken, sechs kleine Truhen aufgereiht an einer Wand, ein Tisch, an dem zwei lange Bänke standen, ein Regal mit Essgeschirr aus Steingut. Und ein Ofen! *Das Untrennbare Paar sei mit Küssen überschüttet, ein Ofen!*

Namakan setzte die Rothaarige auf einem der Betten ab und machte sich daran, ein Feuer zu entzünden. Es war alles da: sauber gestapeltes Brennholz, Flint und Zunder. Namakan versuchte, nicht auf die Geräusche zu achten, die von draußen hereindrangen – das Schleifen starrer Leiber über gefrorenem Schnee, den keuchenden Atem und die Flüche seines Meisters. Als die ersten Flämmchen züngelten, jauchzte Namakan beinahe laut auf.

Er hörte ein Geräusch hinter sich und drehte sich um. Die Rothaarige war aufgestanden und hatte den Kopf schiefgelegt, als würde sie einer Stimme lauschen. Ihre Augen verfolgten den Tanz des Feuerscheins, der aus der geöffneten Ofenklappe auf die gegenüberliegende Wand fiel, und sie strahlte glücklich. Nach einem kurzen Moment nickte sie und flüsterte: »Ich weiß, ich weiß.«

Namakan schauderte es. *Sie ist vollkommen verrückt. Am Ende sind es gar nicht Pilze. Am Ende war sie schon vorher verrückt. Hat Kongulwafa nicht gesagt, sie sei freiwillig zu ihr gekommen? Ja, sie ist verrückt.*

Namakan vergewisserte sich, dass das Feuer nicht mehr ausgehen würde, und setzte seinen Rucksack ab. Er hockte sich auf eines der Betten, warf sich einen Pelz über und wartete darauf, dass der Meister draußen fertig war.

Als Dalarr in die Hütte kam, trug er in jeder Hand ein Paar gefütterte Stiefel. Das eine stellte er vor die Rothaarige, die nach wie vor vom Feuerschein gebannt war, das andere reichte er Namakan.

Zu seiner Bestürzung stellte Namakan fest, dass seine Hände schon ohne sein Zutun damit begonnen hatten, die nassen Wollstreifen um seine Füße zu lösen. »Was ist nur aus uns geworden, Meister? Leichenfledderer ...«

»Der, dem sie gehört haben, braucht sie nicht mehr«, sagte Dalarr ruhig.

»Danke, dass du die Leichen fortgeschafft hast.« Namakan schlüpfte in den ersten Stiefel und hätte um ein Haar geweint – nicht aus Trauer oder Ekel, sondern vor Glück. Das wollene Futter der Stiefel war noch kalt, aber das würde nicht lange so bleiben.

»Wenn die Bar Gripir wiederkommen, um den Rest ihrer Beute zu holen, ist es mir lieber, wenn sie nicht zu nahe an der Hütte sind.« Dalarr trat an den Ofen und wärmte sich die Hände. »Wer weiß, wie viele es sind. Wahrscheinlich ein ganzes Rudel.«

»Bar Gripir?«, fragte Namakan.

»Ich weiß nicht, wie sie beim Talvolk heißen.« Dalarr zuckte mit den Achseln. »Könnte sein, dass ihr nicht einmal einen Namen für sie habt. Sie leben in den Bäumen. Stell dir einen

riesigen Marder vor, dem zu große Klauen gewachsen sind. Und Häute zwischen den Vorderläufen und den Hinterläufen, auf denen er durch die Luft gleiten kann.«
»Durch die Luft?«
Dalarr nickte. »Lästige Viecher. Früher haben sie sich von den Menschen ferngehalten, aber da war der Wald auch noch größer.« Dalarr ging zu einer der aufgereihten Kisten, öffnete sie und wühlte darin herum. »Aber das scheint mir ein harter Winter zu sein, und diese Männer da draußen waren leichtere Beute als ein Waldbulle oder ein Elch.« Er zog einen halben Schinken aus der Truhe und grinste übers ganze Gesicht. »Na bitteschön. Die Bar Gripir sind nicht die Einzigen, die hier gut essen werden.«

Bei allem Unbehagen, das die Ausführungen zu den Bar Gripir ihm bereitet hatten, gab es eine Frage, die Namakan nun unbedingt stellen wollte. Wenn Dalarr nicht die früheren Ausmaße des Schwarzen Hains erwähnt hätte, wäre sie ihm womöglich erst später in den Sinn gekommen, doch so wollte er die Gelegenheit nicht erneut verstreichen lassen. »Kongulwafa hat mich gekannt. Sie hat mich schon einmal gesehen.« Namakan sprach schnell, damit ihn der Mut nicht verließ. »Aber das kann nicht sein. Ich war doch noch nie in der Welt jenseits der Berge, oder?«

Dalarr ging schweigend zum Ofen und nahm eine Pfanne und ein langes Messer von den Haken, die darüber hingen. Er setzte sich an den Tisch und schnitt den Schinken auf. Nachdem er die Klinge dreimal durch das Fleisch gezogen hatte, sah er zu Namakan und sagte: »Es ist wohl Zeit, dass du erfährst, wie du wirklich zu mir und Lodaja gekommen bist. Aber beschwer dich nicht, wenn dir diese Geschichte nicht so gut gefällt wie die Lüge, die wir dir immer erzählt haben.«

12

Überall in Tristborn wird der Ausgang der Schlacht von Kluvitfrost bis heute als triumphaler Sieg gefeiert. Böse Zungen behaupten, dies geschähe nur, da niemand sich darauf versteht, angemessene Feierlichkeiten für den Ausbruch einer Plage auszurichten.

Auszug aus den Verbotenen Spitzzüngigkeiten

Du bist nach einer Schlacht zu uns gekommen. Manche würden sagen, dies sei ein gutes Omen – ein Verweis auf ein stolzes, ruhmreiches Schicksal. Doch damit würden sie letztlich mehr über sich selbst verraten, als ihnen wahrscheinlich lieb wäre: dass sie noch nie auf einem Feld gestanden haben, dessen Grund vom Blut der Erschlagenen in einen roten Sumpf verwandelt worden war. Dass sie noch nie die Schreie der Sterbenden gehört haben, die allein von Pein und Entsetzen künden und nicht von Edelmut und Standhaftigkeit. Dass sie noch nie mit ansehen mussten, wie Aberhunderte Leben auf dem Altar der Zwietracht und der Unvernunft geopfert wurden.

Die großen und die kleinen Schlachten dieser Welt – die, über die Lieder geschrieben und Epen gedichtet werden, ebenso wie die, von denen kein einziger Überlebender mehr zu berichten weiß – sind alle gleich. Sie sind Gemetzel, Kinder des Chaos, Ausgeburten dieser unheiligen Kraft, die ein Wesen dazu antreibt, das andere auszulöschen und zu vernichten.

Mit der Schlacht von Kluvitfrost verhält es sich nicht anders. Ich mache mir keine Illusionen darüber, dass Arvid seine Chronisten dazu angehalten hat, in den Annalen ein freundli-

cheres Bild zu zeichnen. Die Chronisten werden der Bitte ihres Königs gewiss gerne nachgekommen sein. Immerhin werden ihre Schreibstuben mit dem Gold aus seinen Schatzkammern eingerichtet. Sei's drum …
Der Feste Kluvitfrost fällt seit jeher eine besondere Bedeutung zu. Sie schützt den einzigen Pass durch die Drachenschuppen, über den eine Armee von Osten her ins Reich einfallen könnte. Daher wäre es sinnvoll gewesen, Kluvitfrost stets gut bemannt zu lassen. Aber wenn die Menschen – und vor allem ihre Könige – mehr Wert auf den Sinn und weniger auf die Wirkungen ihrer Handlungen legen würden, müsste man vermutlich kaum noch Schlachten schlagen. Jedenfalls war das Grauen der Späher groß, die von Kluvitfrost auf die Hochebene hinter dem Pass entsandt wurden, als sie sahen, welche Woge der Vernichtung dort auf sie zurollte. Es war der Sommer, in dem etwas Beispielloses geschah: Zum ersten Mal in der Geschichte gelang es einem der Häuptlinge, sämtliche Pferdestämme hinter sich zu vereinen. Bisher hatte das Reich die heißblütigen Wilden, die die Steppen des Südostens bevölkerten, nur ab und an in ihre Schranken weisen müssen. Doch nun hatte Oktar, den sie den Fetten Hengst nannten, das Unmögliche vollbracht. Er hatte die Anführer seiner fernen Brüder im Nordosten, die über Hunderte von Sommern friedlich geblieben waren, besucht und sie auf seinen Feldzug gegen das Reich eingeschworen. Niemand weiß genau, wie Oktar die Nordstämme davon überzeugte, dass die Zeit für sie gekommen war, gegen das Reich zu ziehen. Vielleicht hatte er einen geachteten Seher im Gefolge, der aus dem Flug der Adler deutete, dass das Reich anfällig und Kluvitfrost leicht im Sturm zu nehmen war. Vielleicht besiegte er andere Häuptlinge im Zweikampf, erschlug ihre Söhne und nahm sich ihre Weiber. Oder vielleicht brauchten die Nordstämme nicht einmal ein Zeichen, da es zu viele junge Krieger unter ihnen gab, die danach gierten, die Sehnen ihrer Bögen singen zu hören.

Wie dem auch sei, die Späher kehrten nach Kluvitfrost zurück, und der Kommandant der Garnison entsandte einen Kurier an den Hof von Silvretsodra. Sieben Tage und sieben Nächte soll er geritten sein, und als er und sein Pferd mehr tot als lebendig in der Hauptstadt eintrafen, stand zu befürchten, dass Kluvitfrost bereits gefallen war. Arvid zögerte nicht lange. Er erkannte, dass die Zukunft des Reichs in die Waagschale geworfen worden war. Um all seinen Untertanen vor Augen zu führen, was in jenen Tagen auf dem Spiel stand, wagte er einen mutigen Schritt: Er zog sämtliche Truppen aus Silvretsodra ab und machte sich nach Osten auf – mit seinem gesamten Hofstaat im Gefolge. Sogar die Königin, deren Bauch rund und prall vom Thronfolger war, hatte ihn zu begleiten. Zugleich schickte er Herolde in alle Provinzen aus, um weitere Truppen anzufordern. Die Provinzen hörten seinen Ruf. Aus allen Himmelsrichtungen strömten Streiter herbei, die willens waren, ihre Kampfeskunst mit der der Barbaren zu messen.

Als Arvids gewaltige Streitmacht in Kluvitfrost eintraf, hatten die tapferen Verteidiger der Feste bereits zwei Angriffe abgewehrt. Doch zu welch schrecklichem Preis? Neun von zehn Männern der kleinen Garnison hatten ihr Leben gegeben, damit die Tore der Feste nicht barsten, und der kümmerliche Rest war ausgehungert und am Ende seiner Kräfte.

Schlimmer noch: Der Kommandant teilte Arvid mit, Oktar hätte die ersten Attacken nur mit einem Bruchteil seiner Krieger geführt. Sie seien nicht mehr gewesen als unschuldige laue Lüftchen, die einem verheerenden Orkan vorausgingen.

Arvid erteilte einer Handvoll seiner ältesten Getreuen einen Auftrag. Er trug ihnen auf, das Werkzeug zu beschaffen, mit dem diesem drohenden Sturm Einhalt geboten werden konnte. Einer dieser Getreuen war es auch, der ihm von der Existenz jenes Werkzeugs berichtet hatte – nicht ohne den König vor den Gefahren zu warnen, die mit seinem Einsatz verbunden waren. Arvid schlug nun all diese Warnungen in den Wind. Er war bereit, einen neuen Sturm zu wecken, um einen alten hinwegzufegen. Die Getreuen zogen los, und sie holten ihm, wonach es ihn verlangte.

Ich will nicht viel von der Schlacht erzählen. Wie gesagt, du kamst erst danach zu uns. Doch lass dir gesagt sein, dass die Erde unter dem Donner Zehntausender Hufe bebte, als der Fette Hengst seine blutrünstige Herde gegen die Tore Kluvitfrosts anrennen ließ. Dass im Schrein der Feste sogar das Abbild des Kriegsgotts den Erschütterungen nicht standhielt und Stridus von seinem Podest stürzte, um Staub und Asche zu fressen. Dass die Pfeile der Krieger wieder und wieder in schwarzen Wolken zum Himmel aufstiegen und sirrend Tod und Vernichtung säten. Im Reich erzählt man sich, die Barbaren hätten die Spitzen ihrer Pfeile in einen üblen Sud aus verkochten Leichen getaucht, um sie zu vergiften, und dass sie so die Plage in die Welt geholt hätten. Die Plage, die den Toten ihre Ruhe nimmt und in ihre Leiber einfährt, auf dass sie sich erheben und die Lebenden verschlingen. Es ist besser, den Menschen des Reichs diese Lüge zu lassen. Sie würden daran zerbrechen, wenn sie begriffen, womit ihr König ihr Überleben erkaufte und welche Entscheidung er gefällt hatte.

So oder so war es die Geburtsstunde der Plage, und es war dennoch die einzige Wahl, die Arvid treffen konnte, um das Reich zu retten. Bald nachdem sich die ersten Toten erhoben hatten – als beide Tore Kluvitfrosts letztlich doch noch geborsten waren –, herrschte überall heilloses Durcheinander. Auf dem Schlachtfeld, auf den Zinnen der Feste, im Feldlager des Königs.

Zelte brannten. Ganze Einheiten warfen wie ein Mann Waffen und Rüstungen von sich und suchten ihr Heil in der Flucht. Tote, von so vielen Pfeilen durchbohrt, dass sie aussahen wie riesige, missgestaltete Igel, zuckten und richteten sich schauerlich stöhnend auf. Ritter riefen nach ihren Knappen und Knappen nach ihren Rittern. Ich irrte umher, auf der Suche nach deiner Ziehmutter. Ich fand sie am vordersten Wall des Lagers, einen Fuß auf der Brust eines am Boden liegenden Barbaren, dem sie ihre Klinge durch den ledernen Panzer stieß, einmal, zweimal, dreimal.

»Warum stirbst du nicht? Warum stirbst du nicht? Warum stirbst du nicht?«, brüllte sie bei jedem Stoß, und beim Schwertarm meines Vaters, sie war noch immer schön, obwohl ihr das Haar in blutigen Strähnen ins Gesicht fiel.

Es war ihr Anblick, der mich lehrte, dass es hier keinen Triumph mehr für mich zu erringen gab. Ich packte sie am Arm und zerrte sie von dem Plageopfer fort. Alles, was ich nun noch wollte, war, mich mit ihr auf ein Pferd zu schwingen und diesen furchtbaren Ort für immer hinter uns zu lassen.

Es schmerzt mich, doch ich muss gestehen, dass Lodaja mehr von Ehre wusste, als ich jemals wissen werde. »Wir können nicht fort«, sagte sie, während ich sie hinter mir her zog. »Was ist mit unseren Freunden? Willst du sie im Stich lassen?«

Sie hatte sicher recht. Wir waren nicht allein nach Kluvitfrost gekommen, und ja, ich muss mir vorwerfen lassen, zu feige gewesen zu sein, auch nur einen Gedanken daran verschwendet zu haben, was aus den anderen wurde. »Sie werden es allein schaffen müssen«, sagte ich. »Wir können ihnen nicht mehr helfen.«

Nun wäre gewiss ein heftiger Streit zwischen uns entbrannt, dessen Ausgang von vornherein feststand. Sie hätte sich irgendwann aus meinem Griff gewunden und wäre losgelaufen, um nach den anderen zu suchen. Und ich, ich wäre ihr gefolgt. Ins Herz des Wahnsinns, wo wir beide umgekommen wären. Doch das Schicksal hatte anderes mit uns vor.

Aus einem nahen Zelt trat eine Frau hervor. Ich würde gern behaupten, sie wäre voll Würde und unberührt von dem Grauen um uns herum auf uns zugeschritten. Dem war nicht so. Ihr Blick flatterte unstet, sie wankte und hielt das Bündel Stoff, das sie an ihre Brust drückte, so fest umklammert, dass der Säugling darin klagend heulte. So klein, so verlassen, so verloren wirkte sie, als wäre sie nur ein Mädchen, das ein Geschwisterchen hütet. Angesichts der Bedrohung durch

die Pferdestämme hatte Arvid einen seiner Kuriere sogar auf die Immergrünen Almen entsandt, und einige der kleinen Menschen dort hatten beschlossen, den großen Menschen in ihrer Not beizustehen. Das war tapfer von ihnen. Tapfer und dumm.
»Habt ihr meinen Gatten gesehen?«, fragte die kleine Frau. »Er hat schwarzes Haar und kämpft an vorderster Front.«
Ich hatte nichts zu erwidern. Lodaja schüttelte stumm den Kopf.
Die kleine Frau sah an uns vorbei, hinüber zu den Wällen, wo die Plageopfer getrieben von ihrem Hunger nach Fleisch auf die letzten verbliebenen Kämpfer eindrangen. »Er muss dort drüben sein«, sagte sie. »Er wird nie aufhören zu kämpfen. Ich will nicht ohne ihn sterben.«
Ich war wie gelähmt, und Lodaja erging es nicht anders. Ich hörte keine Schreie und kein Waffenklirren mehr, roch keinen Rauch und kein Blut. Für einen Moment nahm ich nichts anderes mehr wahr als das Gesicht dieser Frau, die um etwas so Hehrem wie bedingungsloser Treue willen in den sicheren Tod zu gehen gedachte. Ich konnte mich erst wieder rühren, als sie das Bündel mit dem Säugling an Lodaja übergeben und im Gewühl der Flüchtenden verschwunden war. Zwei Dinge an ihrem aus dem Strom der Zeit gerissenen Abschied werde ich niemals vergessen: wie sich die Menge der von den Wällen herabeilenden großen Menschen einen winzigen Augenblick um sie teilte, als würde sie alle überragen und nicht unter ihnen wie ein Kind wirken. Und die letzten Worte, die sie Lodaja zurief, ehe sich eine Wand aus Leibern um sie schloss: »Bringt ihn nach Hause!«
Wie hätten wir diesem Wunsch nicht entsprechen können? Dir mag es so erscheinen, als hätten wir dich gerettet. In Wahrheit jedoch glaube ich, dass es umgekehrt war. Wärst du nicht zu uns gekommen, hätte ich Lodaja nachgegeben und wir wären zurück zu den Wällen gegangen, um unseren Freunden beizustehen. Ein hoffnungsloses und noch dazu unnützes

Unterfangen wäre es geworden, denn keinen unserer Freunde hätten wir dort gefunden. Nur den Tod und einen Mann, der nicht länger unser Freund war.

Er war es auch, der Lodaja und mich stellte, als wir uns an den Rand des Lagers vorarbeiteten, wo wir ein Pferd zu finden hofften. Man nannte Waldur schon damals oft den Krieger in Weiß, doch wenn ihn nun ein Fremder zum ersten Mal gesehen hätte, wäre ihm dieser Name höchst rätselhaft erschienen. Nichts mehr an Waldurs Rüstung war weiß. Sie war schwarz von Ruß, rot von Blut und braun von Erde, ebenso wie seine Haut und sein Haar. Aus dem strahlenden Recken war eine Kreatur geworden, der man in Albträumen über Dämonen und böse Geister begegnet. Es war nicht die Plage, die von ihm Besitz ergriffen hatte – es war lediglich so, als würde er uns das erste Mal so gegenüberstehen, wie er in seinem Innersten schon immer gewesen war. Dem Schein von Anmut und Schönheit beraubt, legte er uns den innersten Kern seines Wesens bloß, das grausam und hässlich war.

»Wo willst du hin?«, rief er und deutete mit seinem Bogen auf mich. »Wir haben all das hier angerichtet, und es ist an uns, dem ein Ende zu setzen.«

Heißer Zorn wallte in mir auf, der sich in gleichen Teilen gegen ihn wie auch gegen mich selbst richtete. »Welches Ende sollte das sein, von dem du da faselst? Siehst du nicht, dass all das hier bereits das Ende ist? Wir haben genug getan. Mehr als genug.«

Waldur mochte alles Schöne an sich verloren haben, aber weder seine Flinkheit noch das Geschick seiner Hände. Schneller als ein Blitz vom Himmel fährt, war sein Bogen gespannt und die Spitze eines Pfeils auf mein Herz gerichtet. »So einfach kommst du mir nicht davon, Bruder. Das ist meine letzte Warnung: Hilf mir, unser Werk zu vollenden, oder ich schicke dich in die Stille Leere.«

Ich gab ihm die einzige Antwort, die er verdient hatte: Ich zog meine Schwerter.

Der Pfeil schnellte von der Sehne und überbrückte die fünfzehn Schritte zwischen ihm und mir binnen eines Wimpernschlags. Er war gut geschossen, und er hätte meinen Panzer durchschlagen, aber Waldur hatte die Rechnung ohne meine Klingen gemacht. Ich wischte das Geschoss mit Blotuwakar beiseite und war bereit, diesem Dämon, den ich so viele Sommer meinen Freund geheißen hatte, den kranken Kopf von den Schultern zu trennen.

»Deine Augen sind wohl trüb und deine Finger zittrig geworden. Beim nächsten Mal versuchst du es besser aus dem Hinterhalt«, rief ich ihm höhnisch zu und wollte auf ihn einstürmen.

Doch ich zögerte, als ich bemerkte, dass sein Blick nicht mehr auf mir lag und ein sonderbarer Ausdruck sich auf seinem besudelten Gesicht ausgebreitet hatte. Die Wut über meine Abkehr von Arvid und ihm war einer jähen Bestürzung gewichen. Seine Lippen bebten und formten ein ums andere Mal ein und dasselbe Wort: »Nein.«

Ich wandte den Kopf, um zu sehen, was diese Veränderung in ihm angestoßen hatte – und es brach mir schier das Herz.

Der sture Pfeil, den ich abgewehrt hatte, war nicht zu Boden gefallen, ohne vorher Blut zu kosten. Lodajas Blut. Es rann ihr die Wange herab und tropfte von ihrem Kinn auf das Bündel, das sie trug. Ihr Auge war fort, mitgerissen von dem Geschoss, das sich ihr in den Schädel gebohrt hätte, wenn ich Blotuwakars Klinge bei meinem abwehrenden Hieb nur einen Deut schräger gehalten hätte. Sie zeigte keinen Schmerz, als hätte sie noch gar nicht begriffen, welch schreckliche Wunde ihr zugefügt worden war. Sie stand aufrecht, dich in ihren Armen geborgen, wie wenn sie dich um nichts in der Welt je wieder hergeben würde.

Von irgendwo jenseits der Wälle hörte ich ein dumpfes Pochen und Wummern, und ich weiß noch, dass ich es für die Kriegstrommeln der Barbaren hielt. Wie töricht von mir, wo ich doch selbst vorher Zeuge geworden war, wie jeder Gedanke an geordnete Schlachtreihen in tausend Stücke zerfetzt wurde, als Arvid sein verheerendes Werkzeug zum Einsatz brachte.

Die Trommeln, die keine waren, trieben mich dennoch dazu, meinen Kampfesmut wiederzufinden. Waldur würde für Lodajas verlorenes Auge bezahlen.

Er hat der Plage viel zu verdanken. Sie ist es, die ihn davor rettete, von mir ausgeweidet zu werden.

Ich habe dir davon erzählt, wie die Erde zu Beginn der Schlacht unter den Hufen der Pferde erbebte, und nun tat sie es ein zweites Mal. Eine neue Flut von Leibern, in denen die Plage wütete, ergoss sich über die Wälle.

Bei der Metzelei an jenem Tag hatten nicht nur Tausende Menschen ihr Leben ausgehaucht. Denk daran, wer da versucht hatte, Kluvitfrost zu nehmen und über den Pass ins Reich einzufallen. Die Pferdestämme. Und so hatte die Plage reichlich Gelegenheit, in tote Geschöpfe einzufahren, die statt auf zwei auf vier Beinen gingen. Pferde, denen das Gedärm aus den Flanken baumelte. Pferde, deren Köpfe über den Boden schleiften, weil ihre Hälse halb abgehackt oder gebrochen waren. Pferde, die von Lanzen durchbohrt und mit Pfeilen gespickt waren. Pferde, denen kochendes Pech die Haut weggebrannt hatte. Eine grausige Herde, die im gestreckten Galopp durch das verwüstete Lager hetzte. Wen sie nicht unter ihren donnernden Hufen zermalmte, der fiel ihrem Hunger zum Opfer. Denn das war das Unvorstellbarste, das, was das Gefüge der Welt selbst ins Wanken zu bringen schien: Diese toten Pferde fraßen Fleisch. Je tiefer die Herde ins Lager vorpreschte, desto mehr dünnte sie sich aus, weil Teile von ihr innehielten, um sich an den Sterbenden gütlich zu tun.

Lodaja rief meinen Namen, und ich wandte mich ab von den Pferden, in denen die Plage hauste. Noch immer lief ihr das Blut über die Wange, als weinte ein Auge, das es nicht mehr gab, rote Tränen.

»Dalarr«, sagte sie flehend, und in ihrer Stimme klang der Schmerz mit, den ihr gefasstes Äußeres nicht verriet. »Denk an das Versprechen, das du mir gegeben hast. Du wolltest der Held sein, der den Mut in seiner Feigheit findet.«

Meine Pflicht und mein Rachedurst fochten in mir einen erbitterten Kampf. »Was ist mit ihm?«, fragte ich. »Was ist mit Waldur? Soll er ungestraft davonkommen?«

Ich drehte mich um, in der festen Erwartung, dass der Freund, der zu meinem Feind geworden war, seine Erstarrung überwunden hatte und mit gezücktem Schwert auf mich zurannte. Er hatte tatsächlich blank gezogen, doch nicht, um den Zweikampf mit mir zu suchen. Er hatte es mit einem anderen Gegner zu tun.

Ein toter Rappe, dem die Streitaxt eines Reichssoldaten im Schädel steckte wie ein makabrer Kopfputz, hatte sich aus der Herde gelöst. Er stieg auf die Hinterbeine auf und trat mit wirbelnden Hufen auf Waldur ein. Waldur tauchte jedoch unter dem wilden Angriff hindurch und rammte dem Hengst das Schwert bis zum Heft in den Bauch. Ein lebendiges Pferd hätte dieser Treffer gefällt. Dieses Monstrum nicht. Es tänzelte nur ein Stück nach hinten und riss Waldur die Klinge aus den Händen. Dann trat es erneut zu und erwischte den schutzlosen Waldur an der Schulter. Die Wucht des Tritts warf ihn zu Boden.

Wenn ich mir heute eines vorwerfen kann, was an diesem Tag geschehen ist, dann das: Ich hätte warten müssen, um zu sehen, ob der Rappe Waldur auch wirklich zu Tode trampelte. So hätte ich uns und unzähligen anderen viel Leid ersparen können. Doch ich wartete nicht. Warum? Ich vermag es nicht mit Gewissheit zu sagen. Die Sorge um Lodaja trug ihren Teil dazu bei, aber ich befürchte, es war auch falsches Mitleid im Spiel – Waldur war ein Krieger von edlem Geblüt, und bei allem, was er getan hatte, hatte er es nicht verdient, so zu sterben. Ich war ein Holzkopf. Ich hätte es besser wissen müssen. Ich hätte wissen müssen, dass ein Mann wie Waldur sich nicht von einem Gaul vom Antlitz der Erde tilgen lassen würde – ganz gleich, ob der Gaul nun tot, lebendig oder irgendetwas dazwischen ist.

Nun, ich schaute nicht bis zum Ende zu. Ich steckte meine Schwerter weg, warf mir Lodaja samt dir über die Schultern und lief los.
Der Rest ist rasch berichtet. Wir nahmen uns ein Pferd und ritten davon. Ich versorgte Lodajas Wunde und leistete einen neuen Eid. Ich würde ihr ihr Auge zurückgeben, und wenigstens das habe ich geschafft. So, wie wir es gemeinsam geschafft haben, dich nach Hause auf die Immergrünen Almen zurückzubringen. Diese beiden Taten sind miteinander verflochten, denn ich brauchte weißes Skaldat und eine Esse, um ihr ein neues Auge zu machen. Ich wusste, dass ich beides beim Spinnenvolk finden würde. So gingen wir zu Kongulwafa, und im Tausch gegen Skaldat und Esse verriet ich ihr all die großen und kleinen Geheimnisse, die ich in meiner Zeit mit Waldur und Arvid in Erfahrung gebracht hatte. Du hast sie gesehen, mein Junge, und du kannst dir leicht ausmalen, wie begeistert sie diesem Handel zustimmte. Sie konnte gar nicht genug davon kriegen – von den Lügen, den Täuschungen, den vertuschten Verfehlungen.
Jetzt kennst du also die Wahrheit. Jetzt weißt du, woher du kommst.

Unberührt lagen die Schinkenscheiben auf dem Teller, den Dalarr neben Namakan auf das Bett gestellt hatte. Sie dufteten köstlich, aber Namakan war der Appetit vergangen. Er glaubte nicht, jemals wieder Hunger zu haben. Er hob die Hand und starrte auf seinen Ring.

Sie sind tot. Meine Eltern sind tot. Sie sind keine Zauberer, die mich nur beim Meister und Lodaja ausgesetzt haben, um auf eine lange Queste zu gehen, die zu gefährlich für einen Säugling wäre. Sie sind einfach nur tot.

»Warum bist du traurig?« Die Rothaarige trat an sein Bett und kniete sich davor hin. »Das war nichts, was das Feuer erzählt hat. Das war doch nur eine Geschichte.«

Namakan sah ihr in die glasigen Augen. »Ja, aber das war meine Geschichte. Verstehst du denn gar nichts, du verrücktes Ding?«

Ein kleiner heller Funke sprühte im tiefen Braun ihrer Pupillen auf. »Ich verstehe das, was ich verstehen muss.«
Sie nahm seine Hand, und erst wollte er sie zurückziehen, doch die Wärme ihrer Finger und das Gefühl, berührt zu werden, waren zu angenehm. Ihre Fingerkuppen streichelten sanft über den Ring, der so gut wie mit seiner Haut verwachsen war.
»Ich verstehe das, was ich fühle.«
Ein metallisches Poltern schreckte sie beide auf.
»So sehr es mich freut, dass du ein wenig zu dir kommst, Kleine, jetzt ist nicht die Zeit für euch beide, aneinander herumzuspielen.« Dalarr deutete auf den Topf, den er in eine der Ecken der Hütte geworfen hatte. »Sperrt eure Ohren auf. Da rein könnt ihr heute Nacht euer Wasser abschlagen. Kommt mir ja nicht auf die Idee, da rauszugehen, solange es dunkel ist. Die Bar Gripir könnten jederzeit zurückkehren. Und ihr wollt nicht so enden wie die Holzfäller, oder?«
Namakan schüttelte den Kopf.
»Gut«, brummte Dalarr zufrieden. »Die waren nämlich nicht so schlau. Ich verwette meinen Hintern darauf, dass einer von ihnen nachts allein zum Kacken raus ist und die anderen blöd genug waren, ihm nachzulaufen, als die Bar Gripir über ihn hergefallen sind. Drecksbiester.«
Als wollte sie Dalarr versichern, dass sie die von ihm gesetzte Frist bis zu einem Aufklaren ihres Verstands nicht voll ausreizen würde, fragte die Rothaarige: »Redest du von den Klauenschatten?«
»So heißen die Bar Gripir also bei euch Waldleuten«, entgegnete Dalarr und begann, seine Rüstung abzulegen. »Wie poetisch.« Er zeigte wieder auf den Topf. »Denkt daran: Wenn's euch zwackt, nur da rein.«
Nachdem er sich seines Panzers entledigt hatte, schob Dalarr den Tisch vor die Tür und stellte ihn dort hochkant, um den Eingang zu verrammeln. Danach legte er Holz im Ofen nach und verkroch sich anschließend in eines der Betten. »Macht mir keine Dummheiten«, murmelte er beim Einrollen in die Pelze.

Namakan mummelte sich fester in seinen Pelz, streckte sich aus und drehte das Gesicht zur Wand. *Er tut so, als wäre nichts geschehen. Als wäre alles wie immer. Für ihn stimmt das ja auch. Er hat die Wahrheit gekannt, all die Sommer. Er kann nicht wissen, wie sich das für mich anfühlt. Nichts ist mehr sicher. Ich weiß nicht mehr, wer ich bin. Vor drei Tagen war ich der Lehrling eines Schmieds. Vor drei Tagen hatte ich eine Familie. Und jetzt? Was bin ich jetzt? Ein rachsüchtiges Findelkind, ein einsamer Streuner. Ein ...*

»Was?«, entfuhr es ihm, als er spürte, wie sich jemand neben ihn legte und zu ihm unter den Pelz kroch.

»Leise. Der Alte schläft«, wisperte die Rothaarige tadelnd.

»Was machst du da?« Namakan hätte sich gern auf die andere Seite gewälzt, um ihr ins Gesicht zu sehen. Dafür war es bereits zu spät: Sie hatte sich schon so dicht an ihn gedrängt, dass ihre Brüste gegen seinen Rücken drückten. Eines ihrer Beine schob sich quer über seine Hüfte, und wenn er nicht so verdattert über die jähe Nähe gewesen wäre, hätte sich sein Gondull gewiss erfreut darüber gezeigt. Sie mochte dürr und ihre Nase lang sein, aber sie war das erste Mädchen, das ein Bett mit ihm teilte und keines seiner Geschwister war. »Was soll das?«

»Ich will dich wärmen«, erklärte sie flüsternd. »Du bist traurig wegen der Geschichte. Das habe ich nun verstanden. Daran kann ich nichts ändern. Doch du sollst wenigstens nicht frieren.«

»Danke.«

»Sch, sch«, zischelte es an seinem Ohr. »Nicht reden. Schlafen.«

Er hätte ihr den Gefallen gern getan, doch Namakan lag in dieser Nacht noch lange wach und lauschte ihrem Atem.

13

Der König ist stets mehr als ein Mensch.
Er ist sein fleischgewordenes Reich höchstselbst,
ein greifbarer Ausdruck all dessen, was auf
seinem Land gedeiht. Leidet der König, so leidet das
Reich, und leidet das Reich, so leidet der König.

Aus den *Geboten weiser Herrschaft*

Am nächsten Morgen brauchten Namakan und Dalarr die Rothaarige nicht länger an der Hand zu führen. Sie folgte ihnen bereitwillig und lief mal ein paar Schritte voraus, mal ein paar hinterher, als wäre sie ein zutrauliches Waldgeschöpf, das sich aus einer Laune heraus entschlossen hatte, zwei Wanderer ein Stück des Wegs zu begleiten.

Das erste Stück dieses Wegs führte die breite Schneise entlang, die die Holzfäller hinter ihrer Hütte in den Schwarzen Hain geschlagen hatten. Bald ragte neben einem murmelnden Bachlauf, dessen Wasser in der Kälte dampfte, ein Stapel Baumstämme auf, der von dem Fleiß der toten Männer kündete.

Die Miene der Rothaarigen verfinsterte sich bei diesem Anblick, und sie spie geräuschvoll aus.

Ist das das gleiche Mädchen, das sich gestern Nacht so sanft an mich geschmiegt hat?, wunderte sich Namakan, doch es war eine andere Frage, mit der er sich laut an seinen Meister wandte. »Wie holen sie das Holz von hier weg, um diese vielen Schiffe und Wälle zu bauen?«

Dalarr antwortete, ohne innezuhalten. Der schwarze Pelz von einem der Betten in der Hütte, den er sich als Ersatz für seinen zerschnittenen Umhang übergeworfen hatte, wippte schwer bei jedem seiner Schritte. »Ich vermute, es wird getreidelt.«

»Getreidelt?«

»Ist es nicht so?«, erkundigte sich Dalarr bei ihrer Begleiterin.

»So ist es. Sie laden das Holz auf flache Kähne in den Flüssen und lassen die Boote dann von Pferden ziehen.« Die Rothaarige klang, als beschriebe sie ein unvorstellbares Verbrechen – die Schändung einer Priesterin oder das Verspeisen kleiner Kinder. »Die Säulen meiner Welt schwimmen davon.«

Ihre Worte erweckten den Anschein, als hätte sie einigermaßen zurück zu Sinn und Verstand gefunden. Ihr Verhalten, das sie im weiteren Verlauf des Morgens zeigte, ließ daran jedoch erhebliche Zweifel aufkommen.

Einmal rannte sie urplötzlich auf eine der Barttannen zu, um deren Stamm fest in die Arme zu schließen und ihre Wange einen Moment voller Leidenschaft an die glatte Rinde zu pressen. Wie eine Frau, die einen verloren geglaubten Geliebten wiederfand, überschüttete sie den Baum mit Küssen und gurrte süße Laute.

Ein anderes Mal verharrte sie an einem Felsen, um den Schnee von ihm herunterzuwischen und dabei beruhigend auf das leblose Gestein einzumurmeln. Namakan glaubte die Worte »Bruder« und »Schlaf« zu verstehen.

Um die Mittagszeit schließlich stimmte sie ein Lied an, dessen zwei kurze Strophen sie beständig wiederholte. Die Melodie war wehmütig, doch sie tanzte dazu ausgelassen, wirbelte mit den Armen und drehte sich im Kreis, wie wenn sie eine überschäumende Freude verspürte.

»Der Wald freit um mein Herz,
und ich bin schon verloren.
Er lehrt mich seine Zauber,
bin dazu auserkoren.

Der Wald teilt meine Seele,
zum Wohl und zum Verderben.
Er weckt meine Mächte,
und ich will für ihn sterben.«

»Glaubst du, sie ist verrückt?«, wandte sich Namakan nach der dutzendsten Wiederholung leise an Dalarr.

»Wenn man bedenkt, dass sie freiwillig in Kongulwafas Bau gelaufen ist, weil sie das alte Achtbein für ihr Geistertier gehalten hat ...« Dalarr schürzte die Lippen. »Aber wer sind wir schon, darüber zu urteilen? Unser Vorhaben hat vielleicht einen triftigeren Grund, was jedoch nicht heißt, dass man uns dafür nicht genauso für verrückt halten könnte. Am Ende kommt es doch nur darauf an, was man aus seiner Verrücktheit macht.«

Als sie tief genug in den Schwarzen Hain vorgedrungen waren, bekam Namakan doch noch einige Wunder zu sehen, wie er sie sich von der Welt jenseits der Narbe versprochen hatte.

Auf das erste Wunder musste ihn sein Meister hinweisen, denn sonst hätte er es glatt übersehen. Im Wipfel einer Tanne hing etwas, was auf den ersten Blick so aussah, als hätte ein Riese versucht, den Kopf eines Morgensterns aus Ästen und Ranken zu bauen. Namakan fragte sich kurz, ob das runde, stachelige Ding womöglich eine Art Frucht der Tanne sein konnte – immerhin reiften ja auch Zapfen an Tannen, warum dann nicht auch diese vage kastanienartige Kugel?

»Das ist ein Kobel, in dem die Eichkatzen den Winter über ruhen«, löste Dalarr das Rätsel für ihn.

»Ein Kobel? Wie groß werden die Eichkatzen denn hier in diesem Wald, dass sie so gewaltige Nester brauchen?«

»Die Eichkatzen hier sind nicht so wie die, die du von den Almen kennst, du Fifl.« Dalarr sah unverwandt nach oben. »Sie werden zwar nicht viel größer, aber sie sind viel schlauer.

Sie bauen ihre Kobel gemeinsam, um sich vor ihren Feinden zu schützen. Daher auch die Stacheln. So halten sie die Bar Gripir fern.«

Die Rothaarige, die erst vor wenigen Augenblicken endlich – *endlich!* – das Singen eingestellt hatte, trat neben sie und winkte zu dem Kobel hinauf. »Ihr braucht heute keine Angst zu haben, ihr Feiglinge. Die Klauenschatten haben sich die Bäuche schon vollgefressen.« Dann streichelte sie rasch einen tief hängenden Zweig der Barttanne und ging weiter.

Auch das nächste Wunder stand mit einem der sonderbar warmen Bäume in Verbindung, deren Wurzeln der Schnee trotz seiner Übermacht nur einzukreisen und nicht unter sich zu begraben vermochte. Um seinen Stamm herum lag eine dicke Schicht schwarzer, grünlicher und bräunlicher Fetzen, die man leicht mit trockenem Herbstlaub hätte verwechseln können. Dagegen sprach natürlich, dass die Bäume im Schwarzen Hain Nadeln anstelle von Blättern trugen, und Namakan schüttelte sich vor Ekel, als er erkannte, was da um diese Tanne aufgehäuft war. *Schlangenhäute! Es müssen Hunderte sein! Manche sind sogar noch vollkommen heil!*

Er hätte am liebsten einen großen Bogen darum gemacht. Leider packte ihn die Rothaarige unversehens an der Hand und eilte schnurstracks mit ihm im Schlepptau darauf zu.

»Wie schön!«, jauchzte sie. »Wie schön! Meine großzügigen Schwestern haben mir ein Geschenk dagelassen, bevor sie sich schlafen gelegt haben.«

Schlafen gelegt? Hilflos stolperte Namakan hinter der frohlockenden jungen Frau her. *Hier? Ich stehe auf schlafenden Schlangen?*

Ihm blieb nichts anderes übrig, als darauf zu hoffen, dass die in der Erde schlummernden Kreaturen das Stampfen seiner Schritte nicht als Störung ihrer Ruhe erachteten.

Mit angewidertem Gesicht beobachtete er, wie die Rothaarige begeistert in dem Haufen aus schuppigen Häuten wühlte. Nach einigem Suchen und Graben zog das Mädchen eine

Schlangenhaut – rabenschwarz und gut anderthalb Schritt lang – aus dem Haufen und präsentierte sie Namakan freudestrahlend. »Ist die nicht ganz entzückend? Da koche ich mir gleich etwas Leim auf und klebe sie mir auf den Gürtel, wenn ich daheim bin.«

Namakan stutzte. *Darüber habe ich noch gar nicht nachgedacht. Sie muss ja irgendwo herkommen. Es ist ja nicht so, als wäre sie aus dem Nichts an der Wand in Kongulwafas Halle gelandet, nur damit der Meister sie aus ihrer Gefangenschaft freihandeln kann.* »Wo ist denn dein Daheim?«

»Na, hier, im Wald«, gab sie abwesend zurück, da ihre volle Aufmerksamkeit ihrer neuen Gürtelzierde galt.

Danke für die Auskunft. Namakan schüttelte den Kopf. »Können wir dann weitergehen? Dalarr wartet schon.«

»O nein. Wie furchtbar«, säuselte sie spöttisch. »Hast du Angst, dass du dich ohne deinen Meister verläufst?«

»Nein«, log Namakan ärgerlich. »Er wird nur schnell ungemütlich, wenn er zu lange wartet. Das ist alles.«

»So?«

»Ja.«

Sie begann, die Haut vorsichtig aufzuwickeln, und klemmte sie sich hinter den Gürtel. »Wer zu eilig durch den Hain hastet, bleibt nur an seinen Ästen hängen.«

»Gesprochen wie eine echte weise Frau.« Namakan bedachte den albernen Sinnspruch mit einem schiefen Grinsen. »Ich nehme an, das hat dir das Feuer gesagt, was?«

»Nein.« Sie sah ihn durchdringend an, und ihr Blick ähnelte auf einmal denen, mit denen Lodaja allzu kecke Frechheiten gestraft hatte. »Nein, das hat mir meine Mutter gesagt.«

Namakan kniff die Lippen zusammen. »Ich wollte deine Mutter nicht beleidigen.«

»Das hast du nicht«, versicherte sie ihm kühl. »Sie war zu Lebzeiten schon nicht leicht zu beleidigen, und das hat sich inzwischen wohl kaum geändert.«

Einen Moment wäre Namakan gern vor Scham im Boden versunken, doch dann fiel ihm ein, wer da gerade unter seinen Füßen schlief.

»Jetzt komm«, sagte sie und wandte sich endgültig von dem Haufen aus Schlangenhäuten ab. »Wir wollten deinen Meister doch nicht zu lange warten lassen, dachte ich.«

Namakan stapfte ihr verdrossen nach, und er plagte sich noch über seine misslungene Neckerei, als der Schwarze Hain ihm sein drittes Wunder an diesem Tag enthüllte. Diesmal brauchte er niemanden, der ihn darauf hinwies oder ihm seine Herkunft erläuterte, denn es war schlicht und ergreifend zu offenkundig.

Auf einer felsigen Lichtung sammelte sich Wasser, das aus dem Bauch der Erde nach oben drang, in einem von der Natur geschaffenen steinernen Becken. Namakan schätzte, dass er mindestens fünfzig Schritte gebraucht hätte, um einmal um das ungefähre Rund herumzulaufen. Dass die Ränder dieses Beckens vollkommen frei von Schnee waren und das Wasser darin noch heftiger dampfte als das des Bachlaufs, dem sie bei ihrem Aufbruch von der Holzfällerhütte gefolgt waren, ließ nur einen vernünftigen Schluss zu: Namakans Hoffnung auf einen Bottich mit warmem Wasser, in den er seine frierenden Füße stecken konnte, hatte sich in gewisser Weise doch noch erfüllt.

Dalarr beurteilte die Lage allem Anschein nach nicht anders. Schon streifte er seinen Pelzumhang ab und nestelte an den Riemen seiner Brustplatte. »Waschtag, meine Lieben«, kündigte er an. »Wir stinken wie die Eber.«

Weitere Ermunterungen waren für die Rothaarige gar nicht erst nötig. Sie rannte zum Rand des Beckens und riss sich die Stiefel von den Füßen. Binnen weniger Wimpernschläge hatte sie sich aus ihrem schlackernden Kleid geschält.

O ihr Untrennbaren! Sie ist nackt! Ohne einen einzigen Faden an ihrem dürren Leib. Obwohl ... so dürr ist er ja doch nicht. Hier und dort ist er schön rund. Und wer hätte vermutet, dass ihr Haar unten vom gleichen Rot ist wie ihr Haar oben? Schau da nicht hin! Das gehört sich nicht. Ihm klappte der Mund auf, und er spürte, wie ihm das Blut aus den Wangen wich und in tiefere Regionen seines Körpers zu schießen drohte. *Nein! Bitte nicht! Nicht jetzt. Ich muss mich doch gleich ausziehen. Bei allen Seelen im Haus der Fülle. Ich muss mich ausziehen.*

Begleitet von einem freudigen Schrei sprang das Mädchen ins Wasser, und Namakan war froh, dass ihre bloße Haut – *weiß wie Milch und gewiss zart wie Samt* – seinen Blicken nun wieder verborgen war.

Sein Meister kannte derlei Scham und Hemmnisse nicht. Dalarr spurtete mit blankem Hintern durch den Schnee und stürzte sich kopfüber ins warme Nass. Prustend und schnaubend tauchte er auf und strich sich die Strähnen zurück, die ihm auf der Stirn klebten. »Was dauert da so lange?«, rief er Namakan lachend zu. »Das Wasser ist herrlich.«

Namakan trat von einem Bein aufs andere und entschied sich, etwas Zeit zu schinden, indem er umständlich seinen Rucksack absetzte. Er löste langsam den Knoten, der ihm den Umhang um die Schultern hielt. Bedauerlicherweise hatte die Rothaarige offenbar nicht das Geringste dagegen, ihn in all seiner zweifelhaften Pracht zu bewundern. Zwei kräftige Züge brachten sie zurück an den Beckenrand, wo sie das Kinn auf die Felsen stützte und interessiert zu Namakan herübersah. Das wiederum rief Dalarr auf den Plan. »Was ist los? Zier dich nicht so. Sie wird dir nichts abschauen. Oder sorgst du dich, dass dir der Gondull abfriert? Keine Angst. Hier drin wird er sich schön wohlfühlen.«

Warum muss er sich da einmischen? Namakan zog seine Stiefel aus. *Und warum muss er immer so barsch sein?*

»Schämst du dich etwa vor mir?«, fragte die Rothaarige ein bisschen ungläubig.

Namakan knöpfte sein Hemd auf. Seine tauben Finger zitterten.

»Vor mir schämt er sich jedenfalls nicht«, meinte Dalarr. »Ich habe an ihm schon alles bestaunt, was es zu bestaunen gibt. Und das ist wahrlich nicht viel.«

»Vor mir brauchst du dich nicht zu schämen«, sagte die Rothaarige.

Vermutlich wollte sie ihm Mut zusprechen, aber bei Namakan lösten ihre Worte nur neue Befangenheit aus. »Wundert es dich wirklich, dass ich mich dir nicht zeigen will?«, rang er sich zu einer Antwort durch – in erster Linie deshalb, weil sie noch immer keinerlei Anzeichen machte, wenigstens kurz den Blick abzuwenden. Ihre Augen sahen gar nicht mehr glasig aus. Leider. So waren sie ihm lieber. Nicht so wie jetzt. So wach. So ... neugierig. »Ich weiß ja nicht einmal, wie du heißt.«

»Oh, wenn es nur das ist.« Sie lächelte. »Ich bin Morritbi. Kommst du nun ins Wasser?«

Namakan holte tief Luft.

Eins, zwei, drei.

Er zerrte sich die Hose herunter, beugte den Oberkörper weit nach vorne, um mit seinem Wanst seinen Schritt zu verhüllen, und rannte los wie ein Stier. Als er sich vom Beckenrand abstieß, schloss er die Augen. Das Wasser umfing ihn. Es brannte und prickelte auf seiner Haut, die nicht mehr an solch köstliche Wärme gewohnt war.

Seine Sohlen schabten über den harten Grund am Boden des Beckens. Er winkelte die Beine an und ließ sich hinuntersinken. Er genoss das Gefühl, wie schwerelos sich sein ganzer Leib anfühlte. Dieser Leib, der ihm – seit er denken konnte – stets viel zu klein für seine großen Wünsche und Träume erschienen war, und viel zu ungelenk und grobschlächtig für die glorreichen Kämpfe, die er in seinen Sehnsüchten ausfocht.

Ich tauche nie wieder auf. Ich bleibe einfach hier.

Ein sanfter Druck an den Hinterbacken verriet ihm, dass es vorbei war mit dem sachten Sinken. Trotzdem blieb er noch einen Augenblick auf dem Grund sitzen, bis seine Lungen aufbegehrten und er hinauf an die Oberfläche musste.

Er fand sich schneller mit dem Gedanken ab, gemeinsam mit diesem verrückten Mädchen – *Morritbi, so heißt sie, die jetzt ein Zuhause, eine Familie und einen Namen hat* – nackt zu baden, als er ursprünglich angenommen hatte. Aber Morritbis Blick haftete gar nicht an ihm, wie er befürchtet hatte, sondern an Dalarrs Rücken, und als Namakan um seinen Meister herumschwamm, verstand er auch, weshalb. Unmittelbar unter dem verästelten Hautzeichen, das ihm Dalarr als Abbildung eines Hirschgeweihs gedeutet hatte, prangte ein neues Mal. Flammendrot und geschwollen wölbte sich die Haut dort in einem etwa talergroßen Ring. *Wie wenn jemand ein glühendheißes Kettenglied auf seinen Rücken gedrückt hätte.*

»Das sieht schmerzhaft aus, was du da hast«, sagte Morritbi besorgt.

»Was?« Dalarr drehte sich halb zu ihr um und verrenkte den Arm, um auf die mysteriöse Stelle zu zeigen. »Das da?«

Morritbi nickte. Ihr Blick huschte kurz zum Beckenrand, wo ihr Gürtel mit den vielen Beutelchen und Säckchen lag. »Wenn du magst, könnte ich eine heilende Salbe anrühren.«

»Lass mal.« Dalarr nahm den Arm herunter und spritzte spielerisch ein wenig Wasser in ihre Richtung. »Das ist doch nicht mal eine richtige Wunde.« Womöglich lag es daran, dass der Bart seines Meisters klitschnass und daher wesentlich dunkler also sonst war, doch Namakan hätte schwören können, dass mindestens eine Handvoll Sommer von Dalarrs Zügen abgefallen waren, so gelassen wirkte er in diesem Moment. »Und es ist eine gute Erinnerung daran, dass ich niemandem auf der Welt weiter trauen sollte, als ich ihn werfen kann. Den Fettsack, der diese Schramme zu verantworten hat, hätte ich selbst an einem guten Tag keine zwei Schritte gewuchtet.«

Morritbi musterte Dalarr nur verständnislos, während Namakan eine Erkenntnis dämmerte. *Skaldat ruft nach Skaldat. Das ist es.* »Wikowars Amulett«, sagte er. »Sein Abdruck hat sich dir in den Rücken gebrannt, weil das eine Skaldat das andere finden wollte, nicht wahr, Meister?«

»Ja.« Unbeeindruckt begann Dalarr, sich in einem flacheren Teil des Beckens die Arme und unter den Achseln zu waschen. »Macht euch ordentlich sauber, ihr beiden.« Namakan gesellte sich an Dalarrs Seite, schöpfte eine Handvoll Wasser und rieb sie sich über die Brust. »Warum kannst du deine Rüstung tragen, ohne dass sie dir die Haut verbrennt? Ihrem Stahl wurde doch auch Skaldat beigemengt, oder?«

»Du hast ein gutes Auge, aber ein schlechtes Gedächtnis.« Dalarr seufzte. »Was haben wir damals mit deinem Dolch gemacht, bevor er noch richtig erkaltet war?«

»Wir haben Tropfen von meinem Blut darauf verspritzt«, antwortete Namakan.

»Richtig.« Dalarr nickte. »Und mein Blut wurde auf meine Rüstung verspritzt, als sie fast fertig war. Deshalb kann ich sie tragen. Das Amulett allerdings hat mein Blut nie gesehen.«

»War es gut, das Amulett bei der Spinne zu lassen? Ich meine, sie ist doch so furchtbar neugierig. Was, wenn sie es auseinanderbricht? Dann fliegt doch die Hälfte des Lichtgeists, der in dem Amulett gebannt ist, zu seiner anderen Hälfte. Und dann weiß Arvid, dass wir über die Narbe gekommen sind.«

»Umso besser«, erwiderte Dalarr. »Dann weiß er nämlich auch, dass mich selbst eine Spinnenkönigin mit ihrem gesamten Wuselvolk im Rücken nicht davon abhalten konnte, dorthin zu gehen, wo ich hingehen will.«

»Wo geht ihr denn hin?«, erkundigte sich Morritbi und schlüpfte flink wie eine Forelle in die Lücke zwischen ihnen beiden.

»Nach Silvretsodra«, entgegnete Dalarr im Plauderton. »Einen König erschlagen.«

Eben erzählt er noch davon, dass er gelernt hat, niemandem mehr voreilig zu vertrauen, und jetzt gibt er ihr einfach so den Grund unserer Reise preis? Ausgerechnet ihr, die bis heute Morgen nur wirres Gerede von sich gegeben hat und womöglich ohne-

hin nicht alle Schindeln auf dem Dach hat? Ihr? O nein, schau nicht zu ihr hin! Dann versuchen deine Augen nur wieder, einen Blick auf ihre Brüste zu erhaschen. Zu spät ... Namakan setzte sich und tat so, als würde er sich unter Wasser den Dreck zwischen den Zehen herauspulen.

»Ihr wollt König Arvid töten?«, fragte Morritbi, der entgangen zu sein schien, wohin Namakans Blicke gerade einen Streifzug unternommen hatten.

»Er hat es nicht anders verdient«, antwortete Dalarr so leichthin, als spräche er vom Wetter. »Ich hatte gehofft, er würde mich und die Meinen in Ruhe lassen. Es hat sich gezeigt, dass Hoffnungen wie Reisig sind. Leicht vom Wind des Schicksals zu zerstreuen und noch leichter in Brand zu stecken, damit nichts als Asche von ihnen bleibt. Der feine Herrscher von Tristborn hat in seiner unermesslichen Weisheit entschieden, meine gesamte Sippe bis auf diesen schamhaften Knilch da niedermetzeln zu lassen. Da ist es nur gerecht, wenn ich ihn schleunigst einen Kopf kürzer mache, findest du nicht auch?«

»O ja.« Morritbi lächelte versonnen und enthüllte dabei zwei Reihen kleiner Zähne, die Namakan sehr, sehr spitz vorkamen. »O ja. Ich bin dabei.«

»Du willst dich uns anschließen?« Dalarr zeigte sich eher amüsiert als verblüfft. »Was verschafft uns die Ehre? Was schert dich das Los zweier Fremder?«

»Es geht mir nicht um euer Los«, gestand Morritbi offen ein. »Es geht mir um meins. Es ist Arvid gewesen, der den Befehl gegeben hat, meinen Wald zu töten. Was dir deine Sippe ist, sind mir die Bäume. Ich will dir aber nicht deine Beute streitig machen. Es genügt mir, wenn ich dabei sein kann, wenn er sein Leben aushaucht. Ich würde mich nur darüber freuen, wenn du mir hinterher seinen Kopf überlässt.«

»Was hast du damit vor?«, fragte Dalarr.

»Ihn ins Herz des Hains tragen, zum höchsten Baum, und ihn ganz oben auf die Spitze setzen, damit er für immer ansehen muss, was er verbrochen hat«, erklärte Morritbi.

»Ich werde sehen, ob wir deinen Wunsch erfüllen können.« Dalarr legte ihr die Hand auf die Schulter. »Es ist schön, dich an unserer Seite zu wissen.«

Namakan ächzte ungläubig.

Morritbi griff nach Dalarrs Hand und drückte sie. »Danke. Wäre es sehr dreist, euch zu bitten, einen kleinen Umweg zu machen?«

14

Fleischliche Zuwendung ist niemals freimütig zu vergeben. Wer aus einer Laune heraus das Bett mit einem anderen Menschen teilt, darf nicht klagen, wenn die Laken am Morgen von Blut getränkt sind.

Aus den Lehren des Alten Geschlechts

Namakan verstand nicht ganz, weshalb sein Meister sich darauf einließ, einen Umweg einzuschlagen. Andererseits hatte Dalarr ja auch noch immer nicht verraten, warum sie überhaupt tiefer in den Wald gingen anstatt nach Süden. Dorthin, wo der wartete, an dem sie Rache üben wollten.

Während er spürte, wie die unerbittliche Kälte ihm nach und nach die behagliche Wärme des Wassers aus den Knochen sog, lenkte Namakan seine Gedanken auf ein anderes Rätsel. *Wenn es stimmt, was die Leute aus dem Wald sagen ... wenn es stimmt, dass die Tannen die Barthaare eines unter dem Hain vergrabenen Gottes sind ... worin habe ich dann eben gebadet? In seinem Schweiß, weil er sich immerzu windet und gegen seine Fesseln aus Erde und Stein aufbegehrt? In seinen Tränen, weil er vor Verzweiflung über seine Gefangenschaft weint? Oder in seiner Spucke, weil ihm im Schlaf der Speichel aus dem offenen Mund rinnt? Mir soll es gleich sein. Ob Schweiß, Spucke oder Tränen – das Wasser hat den Schorf an meinen Händen weich gemacht. Er lässt sich gut herunterkratzen. Und darunter ist schon wieder gesunde Haut. Ich wünschte nur, mit dem Schorf auf meiner Seele wäre es genauso ...*

Ein Geräusch, das ihm in der gefrorenen Stille des Schwarzen Hains fremd geworden war, klang über das Knirschen seiner Stiefel und das Keuchen seines Atems hinweg. Es war das aufgeregte Rufen und Lachen, in das größere Menschenansammlungen anlässlich eines freudigen Ereignisses ausbrachen. *Eine Feier? Hier?*

Dalarr blieb kurz stehen, drehte den Kopf zweimal hin und her wie eine nach dem Trippeln einer Maus lauschende Eule und stapfte nach rechts eine kleine Anhöhe hinauf. Morritbi folgte ihm ohne Zögern, Namakan hingegen erst, als sein Meister ihn vom Grat der Kuppe aus ungeduldig heranwinkte.

Das Rufen und Lachen kam aus einer Siedlung in der Senke. Spitz behauene Palisaden zäunten rund zwei Dutzend Häuser ein, wie Namakan sie noch nie gesehen hatte. Die hölzernen Gebäude wirkten, als wären sie halb im Erdboden versunken, und selbst ein Halbling hätte sich bücken müssen, um durch die niedrigen Türen in ihr Inneres zu gelangen. Auf den flachen, vom Schnee geräumten Dächern standen allerlei Bänke und Tische um die rauchenden Abzüge von Feuerstellen herum, als ob sich das Leben in diesem Dorf nicht in oder vor, sondern auf den Häusern abspielte. Von der anderen Seite der Senke wand sich ein von Wagenspuren zerfurchter Weg – eine braune Schlange im Weiß des Schnees – auf ein offenes Tor in den Palisaden zu.

Das Sonderbarste an dieser Siedlung jedoch waren die überall kreuz und quer gespannten Stricke – von hohen Stangen an den Ecken jedes Dachs zu den umliegenden Dächern, zu den Palisaden, zu den Stützpfeilern des Tors. *Als hätte es ein wahnsinniges Waschweib zu gut mit Wäscheleinen gemeint ...*

»Ist das Tanngrund?«, fragte Dalarr Morritbi im Tonfall eines Reisenden, der nach langen Sommern an einen Ort zurückkehrte, den er aus seiner Jugend zu kennen glaubte.

»Ja.«

»Was sind das für Seile?«

»Sie schützen vor den Klauenschatten«, sagte Morritbi.

Namakan runzelte die Stirn. »Sind das nicht eher Kletterhilfen für diese Biester?«

»Die Leute sind nicht dumm«, erwiderte Morritbi. »Sie bestreichen die Seile mit Harz, und wenn ein Klauenschatten darauf landet, bleibt er daran kleben. Dann brauchst du ihn nur noch mit Pfeilen zu spicken oder mit einer Lanze abzustechen.«
»Dridd«, fluchte Dalarr. »Ist es so schlimm mit den Bar Gripir geworden?«
»O ja«, bestätigte Morritbi. »Es wird schlimmer und schlimmer, seit *die* da sind.«
Sie deutete auf den Ursprungsort der Laute, die die Wanderer auf den Grat gelockt hatten. Ungefähr in der Mitte von Tanngrund gab es eine freie Fläche, auf der sich Scharen von Dörflern – Männer, Frauen und Kinder in dicken Jacken und mit Pelzmützen auf den Köpfen – um einen Pferdewagen drängten. Die Tiere des Gespanns – zwei Rappen, die Mähnen struppig, der Wuchs eher gedrungen – stampften ob all der lärmenden Zweibeiner um sie herum nervös mit den Hufen. In die Seitenwand des Wagens war das Reichswappen eingebrannt, und der feuerspeiende Drachenkopf ließ vor Namakans innerem Auge sofort das schreckliche Bild von Lodajas zerschundenem Leichnam aufziehen. Voller Groll sah er dabei zu, wie die Abgesandten des Königs – eine in zerschlissene schwarze Roben gehüllte, alte Frau mit weißem Haar und ein schlaksiger junger Mann, der eine von großen und kleinen Dellen übersäte Brustplatte trug – pralle Säcke von der Ladefläche herunter in die wartenden Arme der Dörfler wälzten. Die beiden Gestalten erweckten nicht den Anschein, als wären sie zu blutrünstigen Untaten fähig, doch das linderte Namakans aufwallenden Rachedurst nicht im Mindesten.

»Sie verteilen Korn«, erklärte Morritbi, und zum ersten Mal freute sich Namakan über den Abscheu in ihrer Stimme. »Die Leute freuen sich so, weil sie sonst kaum noch Nahrung finden. Die Samen aus den Zapfen reichen nicht mehr.«

Wie ein Funke, der von einem lodernden Feuer übersprang, breitete sich Namakans Verachtung auf die Dörfler aus. »Wie faul sind diese Nichtsnutze? Hier steht doch alles voller Bäume.

Sie lassen sich wohl lieber von Arvids Schergen mästen wie die Gänse, anstatt selbst für ihr Auskommen zu sorgen.«

»So einfach ist das nicht.« Morritbi wies auf eine der Tannen. »Unter den Bäumen wie unter den Menschen gibt es Männer und Frauen. Die Samen der Männer sind giftig, und man kann nur die Frucht der Frauen zu Mehl mahlen. Und bei den Tannen kommt auf zwanzig Männer nur eine Frau. Die Holzfäller tun ihr Übriges: Sie töten lieber die Frauen, weil ihr Holz härter ist. Die Dörfler haben nur die Wahl zwischen Arvids Korn und dem Hungertod.«

Ich würde eher verhungern, dachte Namakan grimmig. *Dieses Korn schmeckt nach unschuldigem Blut.*

»Irgendetwas stimmt da nicht«, merkte Dalarr an, der dem kurzen Austausch zwischen Namakan und Morritbi anscheinend nicht gefolgt war. »Ich sehe keine Soldaten, die den Wagen begleiten. So viel Leichtsinn kann sich im Schwarzen Hain schnell rächen. Nicht nur wegen der Bar Gripir. Falls den Leuten aus Tanngrund einfällt, dass sie mehr Korn brauchen könnten, als dieses merkwürdige Pärchen da ihnen zuteilen will, zahlen sie für diesen Leichtsinn vielleicht sogar mit ihrem Leben.«

»Dafür sind die Dörfler zu feige«, knurrte Morritbi.

»Ist das dein Dorf, dass du es so gut kennst?«, fragte Namakan.

Morritbi schüttelte den Kopf.

»Wie weit ist es dann noch zu deinem Dorf?«

Morritbi sah zu Dalarr. »Er hat tatsächlich keine Ahnung, was ich bin, oder?«

»Nun«, sagte Dalarr gedehnt. »Er kann nichts dafür. Auf den Immergrünen Almen gibt es keine Hexen.«

»Wir sind da!«, sagte Morritbi lächelnd.

Namakans begrenztes Wissen über Hexen beruhte auf einigen wenigen Erzählungen aus Lodajas umfangreichem Schatz an Geschichten. *Sie sind leicht reizbar, stehen mit mächtigen*

Geistern im Bund und können Männer in Frösche oder Schweine verwandeln.

Keine der Geschichten hätte Namakan auf das vorbereiten können, was ihn in Morritbis Haus erwartete, an dem sie gegen Einbruch der Dämmerung anlangten. Es war wie die Häuser von Tanngrund halb in die Erde hineingebaut, und drinnen war es stockdunkel.

»Wartet an der Schwelle, bis ich ein Feuer gemacht habe, ja?«, bat Morritbi, ehe sie in einer hockenden Haltung durch die niedrige Tür verschwand.

Aus der Öffnung schlug den Wartenden ein beißender Geruch von scharfen Kräutern entgegen. Ein Rumpeln und Quietschen war zu hören, und Schnee rieselte vom Dach, als dort die Luke eines Feuerstellenabzugs aufklappte. Darauf folgte ein unheimliches Rascheln und Flüstern. Namakan schluckte. *Mit wem redet sie da? Mit den Geistern, die ihr ihre Zaubermacht verleihen?*

Wenig später flackerten die ersten Flämmchen eines Feuers und tauchten das Innere des Hauses in ein warmes Halbdunkel.

»Mach schon.« Dalarr schob Namakan voran. »Rein da.«

Namakan musste tatsächlich den Kopf einziehen, um ihn sich nicht am Türrahmen zu stoßen. Er machte zwei Schritte in den Raum hinein und blieb stehen.

Über der Feuerstelle, an der Morritbi kniete und ihr Ohr dicht an die Flammen hielt, hing ein eiserner Kessel, in dem Namakan bequem ein weiteres Bad hätte nehmen können. An allen Wänden rings um die Feuerstelle herum waren Borde angebracht, auf denen Hunderte, wenn nicht gar Tausende Gegenstände in allen Formen und Größen aufgereiht waren. Namakan sah Tiegel und Töpfe, gehörnte Schädel, funkelnde Gesteinsbrocken, vertrocknete Kröten, leere und volle Säckchen und Beutel, offene und geschlossene Kisten und Kästchen, Lumpenpuppen, geschnitzte Figürchen von Menschen und Tieren, ausgebreitete und gefaltete Decken und Tücher, einen gesprungenen Spiegel …

»Gefällt es dir?«, erkundigte sich Morritbi, nachdem ihr das Feuer anscheinend nichts mehr zu sagen hatte.

Namakan nickte, mehr aus Angst davor, die Wahrheit einzugestehen, als aus der Höflichkeit eines Gastes heraus. *Wenn sie hier großgeworden ist, wundert es mich nicht, dass sie den Verstand verloren hat.*

Hinter ihm schob sich Dalarr durch die Tür. Der große Mensch schaute sich um und legte dabei Rucksack und Umhang ab. »Hübsch gemütlich hast du's hier.«

Gemütlich? Hier herrscht doch das reinste Chaos! Namakan suchte nach einer Sitzgelegenheit und erspähte ein Lederkissen, das einigermaßen weit genug von den unheimlicheren Schaustücken aus Morritbis Sammlung entfernt war. Er entledigte sich seines Gepäcks und ließ sich auf dem Kissen nieder. »Bleiben wir lange hier?« *Bitte nicht!*

Dalarr stapfte gebückt durch den Raum zu einer Bettstatt, auf der eine Armee von Lumpenpuppen saß. Er räumte sie mit einer Bewegung seiner Arme, als würde er durch zähe Molasse schwimmen, etwas beiseite und streckte sich auf der weichen Unterlage aus. »Nur für heute Nacht.«

Namakan brauchte eine Weile, um sich mit dem Gedanken abzufinden, die Nacht im Haus der Hexe zu verbringen. Dass Morritbi darauf bestand, ihnen in einem kleineren Kessel ein Mahl zuzubereiten – einen Brei aus Tannensamen, allerlei Kräutern und Trockenbeeren, in den sie die Reste des Schinkens aus der Holzfällerhütte schnitt –, war keine Hilfe dabei.

Seine Sorge, vergiftet zu werden, schien jedoch töricht. Nicht nur war der Brei recht schmackhaft, sondern auch Morritbi löffelte eine ordentliche Portion in sich hinein. Mit angenehm vollem Magen reckte Namakan die Füße in Richtung des Feuers und ließ noch einmal den Blick über die Wände schweifen. »Weshalb genau mussten wir denn nun eigentlich diesen Umweg machen?«

Dalarr, der im Liegen gegessen hatte, deutete mit seinem Löffel auf ein Kistchen auf einem der Borde unmittelbar über der Bettstatt, das mit roten Holzperlen verziert war. »Deshalb, nehme ich an.«

»Richtig.« Morritbi stand auf und nahm das Kistchen an sich. »Woher weißt du das?«

»Weil du vorhin ständig hier rübergeschielt hast«, meinte Dalarr. »Ich fühlte mich schon fast geschmeichelt, bis mir klar wurde, dass du nicht meinen alten Prachtleib bewunderst.«

Morritbi lächelte verschämt und löste eines der vielen Beutelchen von ihrem Gürtel. Es war mit Perlen der gleichen Machart bestickt, wie sie auch auf dem Kistchen zu finden waren.

»Ich bin sicher, dass früher viele Mädchen deinen Leib bewundert haben.«

»Ich konnte mich nicht beklagen.«

Morritbi öffnete das Kistchen. Das Feuer flackerte heftig auf, und Namakan zog erschrocken die Beine an.

Dalarr richtete sich halb auf, um einen Blick auf den Inhalt des Kästchens zu erhaschen. »Hab ich's mir doch gedacht.«

»Was, Meister?«

»Rotes Skaldat.«

Mit zusammengekniffenen Lippen, zwischen denen ihre Zungenspitze glänzte, beförderte Morritbi das zu feinem Pulver zerstoßene Blutskaldat Fingerspitze für Fingerspitze aus dem Kistchen in das Beutelchen.

Namakan musterte sie fasziniert. *Sie geht so ehrfürchtig damit um. Viel ehrfürchtiger als der Meister.*

Beim Verschnüren des Beutels sang sie wieder, doch diesmal war es ein anderes Lied, das noch kürzer war als das, das sie über den Wald gesungen hatte.

Rot wie Feuer, rot wie Blut,
Schatz der alten Götterbrut,
in dem die Macht des Todes ruht.

Sie schaute auf und Namakan in die Augen. »Willst du nicht fragen, ob meine Mutter mich dieses Lied gelehrt hat?«

Namakan kratzte sich verlegen am Ohr.

»Das hat sie nämlich«, zischte Morritbi. »Bevor sie umgebracht wurde. Lass mich dir erzählen, wie es dazu gekommen ist.« Sie stellte das leere Kistchen zurück auf das Bord und umrundete die Feuerstelle halb, um sich auf eine zweite Bettstatt niederzulassen. »Komm, setz dich zu mir.« Sie klopfte neben sich auf die Decke. »Oder hast du Angst vor der Hexe?«

Es geschah im letzten Sommer. Der letzte Sommer war so lang, so heiß und so trocken, dass an den Tannen die Nadeln verdorrten. Selbst Mutter sagte, sie könne sich nur an einen einzigen Sommer wie diesen erinnern – den, in dem mein Vater zu ihr kam und mich in ihren Schoß pflanzte.

Sie ist ihm an einer der heißen Quellen begegnet. Mein Haar und die Hitze in mir habe ich von ihm. Er war kein gewöhnlicher Mann. Er war ein Teil des Feuers selbst, das menschliche Gestalt angenommen hatte, weil es so betört vom Liebreiz meiner Mutter war und ihr beiwohnen wollte. Meine Mutter meinte, es hätte sie keine Überwindung gekostet, sich mit ihm einzulassen. Sie empfand es als Ehre, dass ein derart mächtiger Geist Gefallen an ihr gefunden hatte. Außerdem liebte er sie mit einer Leidenschaft, wie sie ein Sterblicher niemals hätte aufbringen können. Heiß, begehrend, unersättlich.

Womöglich hätte er meine Mutter unter seinen Zuwendungen irgendwann verbrannt, wenn ihnen nicht immer nur eine begrenzte Zeit beschieden gewesen wäre, in denen sie ihrer Liebe zueinander Ausdruck verleihen konnten. Im Winter war seine Macht geschwächt, und es war ihm verwehrt, in stofflicher Form durch die Welt zu gehen. Nur im Sommer – wenn die Sonne auf ihrem Lauf über den Himmel am höchsten steht, an den längsten Tagen – konnte er bei ihr sein und sie bei ihm.

Im Sommer nach ihrer ersten Begegnung brachte sie mich zu ihm, um ihm zu zeigen, dass ihre Liebe neues Leben in die Welt geholt hatte. Mein Vater nahm mich an und weckte die

Kraft seines Atems in mir. Gemeinsam mit meiner Mutter lehrte er mich in allzu kurzen Sommern, mit seinem Erbe umzugehen – wie ich seine Abkömmlinge, die nicht in Fleisch gebunden sind, bitten kann, mir beizustehen. Wie ich meinen Geist öffnen kann, um den Sinn hinter ihrem Prasseln, Fauchen, Knistern und Zischen zu begreifen. Wie ich den Stoff, der die Regeln der Welt meinem Willen unterwirft, nutzen kann, um die Glut in mir zu bündeln und zu lenken.

Wir hätten glücklich sein können, doch uns war kein langes Glück beschieden. Vielleicht hat das Schicksal meinen Vater für die stets in ihm lodernde Eifersucht bestraft. Zu den Pflichten, die sich eine Hexe selbst auferlegt, zählt, dass sie einsamen Menschen neue Zuversicht schenkt. Verliert ein Mann seine Frau oder eine Frau ihren Mann oder ist ein Mensch so lange ohne die Wärme eines anderen Menschen, dass sein Herz kalt und bitter zu werden droht, kommt die Hexe zu ihm und schenkt ihm neue Zuversicht.

Meine Mutter nahm diese Pflicht sehr ernst – so ernst, dass sie sogar zu den Männern ging, die der von seiner eigenen Gier und Bösartigkeit verblendete König geschickt hatte, um die Bäume zu fällen. Mein Vater verstand nicht, dass dies ihre Liebe zu ihm nicht schmälerte, und noch weniger verstand er, wie sie die, die gekommen waren, um den Wald zu töten, des Nachts in ihre Arme schließen konnte.

Wenn sie darüber in Streit gerieten, wütete und tobte mein Vater, und der Wald stand in Flammen – wie der Wald es seit der Morgenröte der Zeit immer tat, wenn sich der Zorn meines Vaters Bahn brach. Die Bäume kennen meinen Vater, und sie wissen um sein unbeherrschtes Wesen, sodass sie ihm stets verziehen und sich als grüne, junge Triebe aus der Asche ihrer alten Leiber erhoben. Sie sind ihm sogar dankbar dafür, dass er sie wieder und wieder vom Joch des Alters – ihren starren Stämmen, ihrer harten Rinde und ihren spitzen Nadelkleidern – befreit und auf wunderbarste Weise verjüngt. Sie waren Teil des uralten Tanzes von Zwietracht und Vergebung, Vergebung und Zwietracht, den alle Dinge tanzen, weil sie ihn tanzen müssen, um nicht in sich selbst gefangen zu sein.

Die Mörder der Bäume jedoch ahnten nichts von dem Band zwischen meinem Vater und dem Wald. Sie sahen meinen Vater nur als eines: einen Feind, der ihnen die Arbeit zunichte macht und ihnen ihr Brot raubt. Sie fanden eine Verbündete in Swartjuka, einer Frau aus Tanngrund – sie war die neue Gattin eines Mannes, dem meine Mutter Trost gespendet hatte, nachdem seine erste Gefährtin heim in die Erde gegangen war, um die Bäume zu nähren. Swartjuka konnte es nicht verwinden, dass ihr Mann immerzu davon sprach, wie ihm meine Mutter dabei geholfen hatte, seinen schweren Verlust zu verwinden. Sie hasste meine Mutter.

Also ging Swartjuka letzten Sommer zu den Mördern des Waldes, um ihnen davon zu erzählen, wo die Quelle zu finden war, an der meine Mutter und mein Vater zueinander fanden. Die Mörder des Waldes sind allesamt feige, und sie fürchteten sich, meinem Vater selbst entgegenzutreten. Sie flehten den König um Hilfe an, und er schickte ihnen seinen mächtigsten Getreuen – einen Krieger, dessen Rüstung, Klinge und Haar weißer ist als frischgefallener Schnee, wenn er sich gerade erst auf die Äste und Zweige der Bäume gelegt hat.

Der Krieger lauerte meinen Eltern auf. Er bot ihnen an, meine Mutter zu verschonen, wenn mein Vater sich aus freien Stücken in einen Reif aus rotem Skaldat binden lassen und dem Krieger fortan zu Diensten sein würde. Meine Mutter verlachte ihn, doch ihr Lachen erstarb auf furchtbare Weise, als der Krieger ihr einen Pfeil durch die Kehle schoss. Während sie auf die Knie sank und ihr das Blut aus dem Mund sprudelte, sah sie mit an, wie das Fleisch, in das mein Vater gehüllt war, sich in rasende Flammen verwandelte. Sie glaubte, dass er sie rächen und den Krieger in Weiß zu einem Häuflein Asche verbrennen würde, doch sie hatte die Verschlagenheit ihres Feindes unterschätzt. Er hatte seine Reise in der festen Absicht angetreten, meinen Vater zu binden, und er hatte Vorbereitungen getroffen. Als mein Vater sich brüllend und rauchend auf ihn zuwälzte, griff der Krieger in Weiß nach einer Kette aus weißen und blauen Gliedern an seinem Hals. Er sprengte sie auf, ein Zittern und Beben fuhr durch die Welt, und mein Vater sah sich einem Heer minderer Geister gegenüber – Geistern der Luft und Geistern des Wassers.

Mein Vater wehrte sich tapfer, und viele seiner Gegner zerstoben unter seinem Ansturm in Dampf und Seufzer, doch letztlich war die Übermacht zu groß. Der Krieger in Weiß – der mehr ist als ein einfacher Mensch, denn er verstand sich darauf, die im Skaldat geborgenen Mächte so mühelos zu formen, als wären sie nur Lehm – zwang meinen Vater in den Reif und entführte ihn aus dem Hain.

Meine Mutter sandte ihm stumm den Fluch hinterher, den Hexen gegen all jene aussprechen, die einen unverzeihlichen Frevel begangen haben: *Mögest du von der Hand eines Menschen sterben, der dich liebte.* Dann hauchte sie ihr Leben aus.

So hat es mir das Feuer berichtet, und seitdem sinne ich auf Rache.

Namakan blickte unsicher auf seine Hände, dann zu Dalarr. Sein Meister drüben auf der anderen Bettstatt war mit dem Kinn auf der Brust eingenickt, als hätte ihn Morritbis Geschichte nicht zu fesseln vermocht, weil er sie schon Hunderte Male gehört hatte.

»Der Krieger in Weiß hat auch meine Mutter umgebracht«, sagte Namakan schließlich leise. *Wann bin ich nur so nah an diese Hexe herangerutscht, dass ich die Hitze ihrer Haut durch den Stoff meiner Hose fühlen kann?*

»Ich weiß. Das kleine Feuer im Ofen der Holzfäller hat es mir zugeflüstert«, antwortete sie ebenso leise. »Darum will ich euch ja begleiten. Eure Rache ist auch meine Rache.«

»Was ist mit der Frau, die den Holzfällern verraten hat, wo man deinen Vater findet?«, fragte Namakan. *Ob ich sie in den Arm nehmen soll? Wenn mir ein anderes Mädchen so etwas*

Trauriges erzählt hätte, hätte ich das doch schon lange getan. Aber einem anderen Mädchen wären sicher auch die Tränen gekommen, und in ihren Augen ist keine Trauer. Nur Mut und Entschlossenheit. »Hat diese Frau nicht auch deine Rache verdient?«

»Swartjuka?« Ein Lächeln huschte über Morritbis Züge, und einen Augenblick hatten sie große Ähnlichkeit mit denen einer Katze, die eben eine Maus gefangen hatte. »Swartjuka wurde von einem Unglück ereilt. Sie ist in ihrem Haus in ihre Feuerstelle gestürzt. Ihr Mann war darüber sehr traurig, doch ich konnte ihn gut trösten.« Ihre warme, kleine Hand wanderte auf Namakans Knie, und ungeachtet all seiner heimlichen Furcht vor ihr spürte er seine Rute wachsen. »Sehr gut sogar.«

Ein Teil von ihm wollte aufspringen, ein anderer wünschte sich nichts mehr, als dass ihre Hand blieb, wo sie war, und womöglich gar einen streichelnden Weg seinen Schenkel hinauf suchte. Bilder flackerten wild in seinem Kopf: Morritbis blanker Busen, von dem Wasser perlte; ihr nackter Fuß, wie er auf den halb abgerissenen Kiefer des toten Holzfällers traf; ihre beim Singen wild umherwirbelnden Arme; ihre glasigen Augen, als sie in der Halle der Spinnenkönigin hing. »Sag mal«, keuchte er fast. »Wenn du auf Rache aus warst, wie bist du dann beim Spinnenvolk gelandet?«

»Das Feuer hat mich dorthin geschickt.« Sie wandte ihm den Kopf zu und beugte sich so nah zu ihm herab, dass ihr Atem durch die ersten Andeutungen eines Barts auf seinen Wangen strich. »Geh zur Spinne. Das hat es gesagt. Dort ist das Gift, das dem Krieger in Weiß und seinem ruchlosen König ein schreckliches Ende bereiten wird. Ich dachte, das Feuer meinte das Gift der Spinne. Ich habe mich geirrt. Du bist das Gift. Du und dein Meister.« Nun schob sich ihre Hand tatsächlich in seinen Schritt und drückte sanft und fordernd zugleich gegen das, was sich dort so bereitwillig emporgerichtet hatte. »Bist du einsam, Namakan?«

15

Behagar, der Gefallene Axtschwinger, dessen Bart die Bäume sind, schläft keinen ruhigen Schlaf. Er träumt Träume von blutiger Vergeltung an seinen Brüdern und Schwestern, die ihn in die Erde gezwungen haben. Doch die Träume der Götter sind mächtiger als die der Sterblichen, und so verhält es sich auch mit Behagars Rachegelüsten. Sie steigen auf und gewinnen im Mondlicht Gestalt – auf lautlosen Schwingen gleiten sie wie Schatten durch die Nacht und reißen all jene mit ihren Klauen in Stücke, die töricht genug sind, sich zu weit vom Feuerschein ins Dunkel zu wagen.

Aus einer Legende der Bewohner des Schwarzen Hains

Namakan fuhr von der Bettstatt und aus den Armen eines erschöpften Schlafs hoch. *Was war das?* Sein Herz wummerte in seiner Brust, und sein Atem ging schnell und heftig wie ein Blasebalg, der die brennenden Kohlen in einer Esse anfachte. *Habe ich es nur geträumt?*

Da war es wieder – ein schrilles Pfeifen, das ihm das Mark in den Knochen erschütterte. Stürmte es? War das nur ein brausender Wind, der sich durch eine Ritze in den Wänden des Hauses zwängte?

Namakan riss die Augen auf. Ein weiterer, kurzer Schrecken bemächtigte sich seiner, als sich der ausgestreckte Leib neben ihm regte und nackte Haut warm über seine Beine strich. »Was hast du?«, murmelte Morritbi.

Das Pfeifen erklang ein drittes Mal, und nun erkannte Namakan, dass auf der anderen Seite des Raumes eine finstere Gestalt in lauernder Stellung aufragte. »Meister?«, flüsterte Namakan.

»Still jetzt«, zischte Dalarr. »Du hast heute Nacht schon genug Lärm gemacht.«

Er hat uns gehört! Namakan spürte seine Wangen vor Scham brennen. *Am Ende hat er gar nicht geschlafen!* Er blieb reglos sitzen und beobachtete den lauschenden Schemen, bis das schrille Pfeifen sich erneut wiederholte. »Was ist das?«

»Die Klauenschatten.« Morritbi griff über ihn hinweg, um auf dem Boden nach ihrem Kleid zu angeln, aus dem sie vorhin so geschmeidig geschlüpft war.

»Sie sind hungrig.« Dalarr machte einen Schritt auf die Tür zu, und ein leises Klirren verriet Namakan, dass sein Meister schon eine Weile länger wach sein musste – lange genug, um seine Rüstung anzulegen. »Und sie sind auf der Jagd.«

»Hier? Vor dem Haus?« Namakan rutschte ein Stück zur Seite, damit Morritbi sich ihr Kleid überstreifen konnte. Eine beklemmende Ahnung erwuchs in ihm. »Wollen sie hier rein? Haben sie es auf uns abgesehen?«

»Sie müssen weiter weg sein.« Ungeachtet dessen glomm nun auf einmal Swiputirs Klinge vom Widerschein der Glut in der Feuerstelle. »Ihre Rufe sind zu leise, als dass sie über uns in den Wipfeln hängen würden.«

Zu leise? Sie waren laut genug, um uns alle aus dem Schlaf zu reißen ... Gebannt schaute Namakan zu, wie Dalarr zur Tür ging, sich neben ihr gegen die Wand presste und den Riegel mit der Schwertspitze aufschob, um die Tür anschließend durch einen Knaufhieb aufzustoßen.

Kälte wehte herein, umso beißender nach der süßen Wärme, die Namakan in Morritbis Schoß gekostet hatte. Die Kälte war nicht das Einzige, was seinen Weg ins Innere des Hauses fand. Nach zwei rasch aufeinanderfolgenden Pfiffen vernahm Namakan weitere Laute: trotzige Schreie, die wegen der Entfernung an das wilde Zetern eines zornigen Däumlings erinnerten. In sie mischte sich immer wieder ein ähnlich leises, aber nicht minder panisches Wiehern.

Morritbi erhob sich von der Bettstatt, hielt sich mit einer Hand das lange Haar im Nacken zusammen und beugte sich über die Glut in der Feuerstätte.

»Zieh dich an!«, blaffte Dalarr von der Tür aus.

»Wieso?«, fragte Namakan zögerlich. Trotzdem tastete er bereits nach seiner Hose, fand aber zuerst sein Hemd. Er schälte sich aus der Decke, die noch deutlich nach dem roch, was er und die Hexe getrieben hatten.

»Wir müssen da raus.« Dalarr deutete mit dem Kinn in Richtung des dunklen Ungewissen, das vor Morritbis Haus auf sie wartete. »Wir können diese Leute, die da schreien, nicht einfach sterben lassen. Und ehe ich vor einem Schwarm fliegender Pelze den Schwanz einziehe, darfst du mir gern meine eigenen Schwerter durch die Brust stechen. Komm!«

Schon war der große Mensch über die Schwelle getreten, und seine eiligen Schritte knirschten auf dem überfrorenen Schnee.

Namakan stieg eilig in seine Hosen und schloss seinen Gürtel. Einmal mehr kam ihm der daran baumelnde Jagddolch viel zu klein, viel zu ohnmächtig für die bevorstehende Aufgabe vor.

Namakan wollte seinem Meister sofort folgen, doch an der Tür drehte er sich noch einmal zur Feuerstelle um. Morritbis große Augen funkelten ihn an. »Willst du wirklich gehen und dein Leben für ein paar Fremde aufs Spiel setzen? Das Feuer meint, wir würden nur ein anderes Ungeziefer retten, wenn wir die Klauenschatten töten.«

Obwohl ihm Morritbi erst in dieser Nacht ein großes Geschenk gemacht hatte, fühlte Namakan bei ihren Worten eine ernüchternde Enttäuschung. »Du und dein dämliches Feuer! Du solltest ihm nicht alles glauben. Dein Feuer hätte Dalarr und mir nämlich bestimmt geraten, dich bei der Spinne noch bis in alle Ewigkeit Pilze fressen zu lassen. Da warst du doch auch nur eine Fremde für uns.«

Er schüttelte grimmig den Kopf und rannte davon, hinaus in die eiskalten Arme der Nacht.

Sich draußen zurechtzufinden, fiel Namakan bei Weitem nicht so schwer, wie er befürchtet hatte. Der allgegenwärtige Schnee sog das Mondlicht in sich auf und wurde so zu einem hellen Untergrund, auf dem sich die dunklen Stämme der Tannen deutlich abhoben. Wo der Himmel zwischen dem düsteren Gespinst der Baumwipfel zu erkennen war, glitzerten die Sterne nicht länger vor dem reinsten Schwarz der tiefsten Nacht, sondern vor dem Blau eines sich zaghaft nähernden Morgens.

Namakan hätte den Blick gern an den huschenden Schatten seines Meisters geheftet, der durch den Hain voranstürmte, dem Pfeifen, Schreien und Wiehern entgegen. Er schaffte es nicht, weil sein Kopf wie der einer Marionette von unsichtbaren Fäden gezogen immer wieder nach oben schweifte. *Fliegende Riesenmarder, die sich von hoch droben aus den Bäumen auf ihre Beute stürzen ... Wenn ich jemals wieder nach Hause auf die Almen komme, habe ich viele unglaubliche Geschichten zu erzählen. Fragt sich nur, wem ich sie erzählen will. Die, die mir wahrscheinlich gern gelauscht und mir bei jedem meiner Worte an den Lippen gehangen hätten, sind alle tot.* Um ein Haar wäre er über eine Wurzel gestolpert.

Er hetzte weiter, zitternd vor Anspannung und Kälte. Erst jetzt wurde ihm bewusst, dass er seine Stiefel vergessen hatte. Er warf einen schnellen Blick über die Schulter. *Umkehren kommt nicht infrage. Ich muss die Stiefel später holen.*

Er glaubte, weit hinter sich einen Schemen auszumachen, der mit langen Schritten langsam zu ihm aufschloss. *Ist sie das? Ich dachte, das Feuer hätte gesagt, sie soll bleiben, wo sie ist.*

Namakan richtete den Blick wieder nach vorn, um seinen Meister nicht aus den Augen zu verlieren.

Einen kräftigen Steinwurf entfernt, wo die Bäume weniger dicht beieinander standen, blitzte ein helles Licht auf. Es währte nur einen Wimpernschlag – bläulich und grell –, dann flackerte und erlosch es. Namakan hielt in seinem Lauf inne und blinzelte gegen die hartnäckigen Nachbilder von Stämmen und Ästen an, die sich wie ein Netz aus dicken, schwarzen Strängen über seine Sicht gelegt hatten. Als er sich halbwegs sicher war, welche der vor ihm liegenden Hindernisse tatsächlich existierten und welche nur das verwirrende Überbleibsel des plötzlichen Lichts waren, eilte er wieder voran.

Er kam nur wenige Schritte weit, da erstrahlte das Licht erneut. Zwar verlor es auch diesmal rasch wieder sein blendendes Leuchten, doch es wurde beileibe nicht von der umliegenden Dunkelheit verschlungen. Es war beinahe, als ginge inmitten des Schwarzen Hains eine weiße Sonne auf – auch wenn es nur die müde Sonne eines langen Winters war.

Namakan rannte auf das dumpfe Gleißen zu, während aus dem schrillen Pfeifen der Klauenschatten ein geradezu beleidigtes Fauchen und Keckern wurde. Er begriff nun, weshalb die Bäume vor ihm lichter wurden: Ein Weg durchschnitt den Wald – unbefestigt und matschig wie der, der nach Tanngrund geführt hatte. Womöglich war es sogar ein und derselbe Weg, denn der Wagen mit dem Drachenwappen, den sie im Dorf gesehen hatten, stand mitten auf ihm.

Das Gefährt war wohl durch einen Achsbruch oder ein ähnlich schlimmes Missgeschick gleichsam zu einer Seite eingesackt. Einer der Rappen seines Gespanns lag zuckend und schnaubend im Schnee, die Hinterläufe im Todeskrampf ganz an den Leib herangezogen. Helles Blut schoss aus schrecklich klaffenden Wunden, die vom Geschirr bis zum Genick über den gesamten Hals des Tiers verliefen. Namakan musste unwillkürlich an den Nachgang der Schlacht von Kluvitfrost denken und richtete ein Stoßgebet an das Untrennbare Paar. *Bitte, bitte, bitte, lasst es so liegenbleiben. Bitte, bitte, bitte, lasst es nie wieder aufstehen.*

Das zweite Pferd – die Ohren angelegt, die Augen schier aus ihren Höhlen springend – bäumte sich unablässig auf. Sein

Wiehern hatte etwas verstörend Menschliches an sich und erinnerte an die verzweifelten Hilfeschreie eines Kindes, das auf einem zugefrorenen See im Eis eingebrochen war.

Die weißhaarige Frau in den schwarzen Roben, die in Tanngrund mitgeholfen hatte, das Korn zu verteilen, stand vor dem Wagen. Sie hielt die Quelle des Lichts, die den Schwarzen Hain erhellte, in den Händen: einen Stab, der auf seiner gesamten Länge von innen heraus glühte und an beiden Enden in gekrümmte Krallen wie von einem zupackenden Greifvogel auslief.

»Hüterin des Wissens, Mutter alles Kommenden«, rief die Frau und hielt den Stab dabei hoch über ihren Kopf. »Breite deine Schwingen schützend über mich und errette mich aus meiner Not!«

In die Wipfel von drei oder vier der Barttannen geriet Bewegung. Sie federten nach, als wären sie soeben von einer schweren Last befreit worden, und Schnee wirbelte von ihnen zu allen Seiten davon. Die Klauenschatten waren schlagartig verstummt, als ob man ihnen allen auf einmal die Hälse umgedreht hätte.

»Ja, fürchtet mich und die Macht meiner Göttin!«, schrie die Frau mit dem Stab triumphierend. »Hier gibt es nichts für euch zu holen, ihr Bestien!«

Wo ist ihr Begleiter von vorhin? Der Mann mit der zerbeulten Rüstung. Warum hilft er ihr nicht? Fasziniert von dem magischen Schauspiel – denn was anderes als Zauberei konnte hier wirken und den Stab zum Leuchten bringen? – näherte sich Namakan dem Wagen. *Die Klauenschatten müssen ihn schon geholt haben!*

»Runter, du Narr!«

Reflexhaft befolgte Namakan den harsch gebellten Befehl seines Meisters. Er warf sich nach vorn in den matschigen Schnee. Ein Schatten glitt über ihn hinweg und auf Dalarr zu, der sich gerade aus der Deckung eines Baumstamms gelöst hatte. Ein zweiter Schatten kreuzte die Gleitbahn des ersten, und Namakan hörte die Frau in den schwarzen Roben entsetzt aufschreien.

Die Bestie – groß wie ein Pony, die ledrigen Häute zwischen den Vorder- und Hinterbeinen straff gespannt wie Segel – prallte gegen seinen Meister. Dalarr wurde angehoben und fünf, sechs Schritte durch die Luft getragen. Dann wurden Räuber und Beute von ihrem gemeinsamen Gewicht zurück auf den Waldboden geholt. Sie rollten ein Stück ineinander verkeilt weiter, das Tier fauchend, Dalarr vor Wut oder Schmerz oder beidem heiser brüllend.

Namakan rappelte sich auf. Aus den Augenwinkeln nahm er wahr, wie die Frau vor dem Wagen zu einem weiten Schlag ausholte. Er bekam nicht mit, ob sie traf. Er spurtete auf den Klauenschatten zu, der seinen Meister inzwischen unter sich begraben hatte, eine zuckende, mit den Klauen scharrende Decke aus schwarz glänzendem Fell und sehnigen Muskeln.

Im Laufen packte Namakan den Griff seines Dolchs mit beiden Händen und hob ihn hoch über den Kopf. Er schnellte vor und stieß dem Untier die Klinge in den Rücken. Vom heftigen Schwung seines Angriffs getragen, landete Namakan halb ausgestreckt auf dem unfassbar weichen Pelz der Bestie. Sie stank nach scharfen Ausdünstungen, die Namakan sofort würgen ließen.

Bittere Galle quoll ihm in den Mund und über die Lippen. Er zerrte hustend an seiner Waffe, die ins Fleisch seines Gegners versenkt war. Die scharfe Klinge des Dolchs schnitt tiefer und tiefer in den Leib des Klauenschattens, und Namakan spürte es heiß und nass um seine um den Griff verschränkten Finger sprudeln.

Ich darf nicht loslassen. Wenn ich loslasse, bin ich wehrlos.

Der Klauenschatten drehte blitzschnell seinen erstaunlich langen Hals und biss nach der Quelle des Schmerzes in seinem Rücken. Keinen Fingerbreit vor Namakans Gesicht klackten zwei Reihen Reißzähne aufeinander, und aus dem Maul des Ungetüms schlug ihm grässlichste Fäulnis entgegen. Aus dem dreieckigen Schädel funkelten ihn die riesigen Augen des Klauenschattens an. Das Tier richtete einen Kamm aus stacheligen Borsten auf, der vom Scheitel das Rückgrat hinunter bis fast zu der Stelle reichte, in die sich Namakans Dolch gegraben hatte. Schlangengleich ruckte der Hals des Tiers zurück, um einen neuen Biss anzusetzen.

Noch mal verfehlt er mich nicht!

Die Bestie brachte ihren Angriff nie zu Ende. Dicht neben Namakans Ohr schob sich plötzlich die blutverschmierte Spitze eines Schwerts aus dem Pelz, und der Klauenschatten stieß ein rasselndes Winseln aus, statt Namakans Kopf zwischen seinen Kiefern zu zermalmen.

Der Meister!

Der Anblick der Schwertspitze, die nun auf- und abfahrend wie eine winzige Säge seitlich durch den Rumpf des Klauenschattens wanderte, stachelte Namakans Mut an. Er stemmte die nackten Füße in den Schnee und riss seinen Dolch mit aller Macht nach unten. Der Schnitt im Rücken der Bestie begann, an den Rändern aufzuklaffen und dampfendes Fleisch freizulegen.

Es platschte, als würde eine Handvoll nasser Tücher auf einen Stein geworfen. Zu dem scharfen Gestank des Pelzes gesellte sich eine widerlich säuerliche Note. Die Schwertspitze stieß knirschend auf einen harten Widerstand.

In grauenhafter und zugleich erleichternder Deutlichkeit spürte Namakan, wie der gesamte Körper des Klauenschattens unterhalb der Schwertspitze von einem Augenblick zum nächsten erschlaffte. Dafür hämmerte das kreischende Geschöpf umso wilder mit den Pranken auf den unter ihm begrabenen Dalarr ein. Zum ersten Mal sah Namakan die gebogenen Klauen, die diesen Wesen ihren Namen gaben. Sein Herz setzte einen Schlag aus.

Eine überraschende Empfindung löste seine Aufmerksamkeit von den wirbelnden Klauen: Der Schneematsch unter seinen Füßen schmolz unter einer heißen Flut. Namakan drohte auf der rutschigen Masse auszugleiten, und um nicht endgültig die Balance zu verlieren, verlagerte er sein ganzes Gewicht nach vorn, auf seine Arme und auf seine Hände, die den Dolchgriff umklammert hielten. Mit jedem neuen Aufbäumen des Klauenschattens wuchs die klaffende, dampfende Wunde.

Namakans Arme wurden bis über die Ellenbeugen in Blut gebadet, während die gegen Dalarr gerichteten Klauenhiebe nach und nach schwächer wurden.

Schließlich wurde die Bestie irgendwann von einem wilden Zucken geschüttelt. Sie gab ein letztes, gurgelndes Knurren von sich, dann brach sie unversehens zusammen. Namakan sank erschöpft auf sie nieder, nur um sofort wieder aufzuspringen, da er ein Schieben und Drücken unter sich spürte.

»Meister«, keuchte er. »Meister.«

Von irgendwo hinter sich hörte er sattes Klatschen und angestrengtes Stöhnen. Er achtete nicht weiter darauf. Er musste wissen, wie es Dalarr ging. Er wankte zwei Schritte nach vorn, packte den langen Hals des toten Klauenschattens und zog an dem Kadaver.

Ächzend wühlte sich Dalarr unter der Last hervor und nutzte Swiputir als Stütze, um sich auf die Knie zu stemmen. Er wirkte wie ein Dämon aus den finstersten Unterwelten: Dampf stieg von ihm auf, das Haar klebte ihm blutig am Schädel, und das glitschige Gedärm des Tiers, dem er so mühsam den Bauch aufgeschlitzt hatte, hing ihm von Armen und Schultern.

»Bist du verletzt?«, fragte Namakan.

Dalarr schüttelte den Kopf und schlug sich mit der Faust schwach vor seinen Brustpanzer. »Dem Skaldat sei Dank. Hilf mir auf.«

Dalarrs ausgestreckter Arm mit den besudelten Schienen fühlte sich schlüpfriger an als eine Bachforelle, aber Namakan gelang es, seinen Meister auf die Füße zu ziehen.

Dalarr schüttelte die Eingeweide von sich ab und schaute in Richtung des Wagens. »Hüte dich vor den Krallen der Nebelkrähen«, murmelte er.

Die Frau in den schwarzen Roben drosch mit ihrem Stab beharrlich auf einen Klauenschatten zu ihren Füßen ein. Das Tier regte sich nicht mehr. Angesichts der Tatsache, dass auf seinem Hals nur noch ein zu Brei geschlagener Klumpen anstelle eines Kopfes saß, war das keine sonderlich große Überraschung.

Namakans Verblüffung erwuchs aus einer anderen Frage. *Wie hat sie dieses Ungetüm ganz allein besiegt?*

Ein blutiger Fleck an der Seitenwand des Wagens, als wäre ein riesenhaftes Insekt daran von einer noch riesenhafteren Fliegenklatsche zerschmettert worden, gab ihm den entscheidenden Hinweis. *Sie muss sich im letzten Augenblick zur Seite geworfen haben, als dieses Ding auf sie zugeflogen kam. Es ist gegen den Wagen geklatscht und lag einen Augenblick hilflos da … einen Augenblick zu lang, wie es scheint.*

Das Strahlen des Stabs hatte zwar ein wenig an Kraft verloren, doch das war ohne jede Frage ein guter Tausch gegen die Fetzen von Fell und Fleisch, die nun in seinen Krallen verfangen waren. Völlig ohne Gegenwehr hatte sich der Klauenschatten jedoch nicht in sein Schicksal ergeben: Die schwarze Robe der Frau war an der linken Seite vom Schenkel bis unter die Achsel aufgeschlitzt und gab den Blick auf die bleiche Haut darunter frei.

»Flikka mek!«, zischte Dalarr neben ihm.

Er folgte dem Blick des Meisters hinauf zu den Baumwipfeln. *Sie jagen in Rudeln!*, fiel Namakan siedendheiß ein. *Und zwei sind noch kein Rudel!* Er zählte mindestens noch vier huschende Schemen dort oben, die aufgeregt keckerten, während sie nach einem geeigneten Ast suchten, von dem aus sie herabstoßen konnten.

»Weg da! Weg da!« Morritbi tauchte am Wegesrand auf, eine Hand schon in einem der Beutelchen an ihrem Gürtel. »Weg vom Wagen, du irres Weib!«

Sie ist doch noch gekommen. Obwohl das Feuer sie gewarnt hat. Hat sie das meinetwegen getan?

Die weißhaarige Frau bemerkte offenbar weder Morritbis jähes Erscheinen noch ihre Warnungen. Aus geistloser Panik oder zügelloser Kampfeslust hieb sie weiter auf ihren bereits bezwungenen Gegner ein.

Dalarr spie einen neuerlichen Fluch in seiner Heimatsprache aus und rannte los.

»Dann eben nicht! Selbst schuld!«, giftete Morritbi laut. Sie zog die Hand aus dem Beutelchen und schwang den Arm wie eine Bäuerin, die auf dem Feld in hohem Bogen eine Handvoll Saat ausbringt.

Die Luft flirrte einen Moment von dem Pulver, das viel, viel langsamer zu Boden sank, als es den üblichen Gesetzen der Welt entsprach.

Das rote Skaldat! Das muss der Beutel mit dem roten Skaldat gewesen sein!

Die Hexe holte tief Luft, spitzte die Lippen und blies kraftvoll in die rötlich schillernde Wolke hinein. Ihr Atem entfesselte die im Skaldat geborgene Macht: Eine wie aus dem Nichts heraus entstehende Kugel aus Feuer und Rauch, ob deren Hitze Namakan instinktiv die Arme vors Gesicht riss, raste auf den Wagen zu.

Dalarr sprang die weißhaarige Frau an und zerrte sie nieder. Sie lagen noch nicht im Matsch des Weges, da fuhr der flammende Ball schon über sie hinweg. Er zerplatzte an der Seitenwand des Gefährts und sandte zahllose feurige Arme über das Holz. Überall, wo sie es trafen, geriet der Wagen sofort in Brand. Der Stab war zwar erloschen, doch das Feuer spendete genug Licht, um die Dunkelheit im Zaum zu halten.

Die Weißhaarige dankte Dalarr ihre Rettung mit einem Tritt, der ihn von ihr herunterschleuderte. »Kjell!«, kreischte sie. »Kjell!« Sie kämpfte sich in die Höhe und tat etwas, was Namakan das Blut in den Adern gefrieren ließ: Sie kletterte auf den Bock des Wagens, über den schon gierig das Feuer leckte, und von dort auf die Ladefläche, wo sie sich suchend vornüberbeugte. »Kjell! Kjell!«

Auch Dalarr war rasch wieder auf den Beinen. Zuerst vermutete Namakan noch, sein Meister würde auf die Frau in der zerschlitzten Robe zulaufen, um sie daran zu hindern, sich in die Flammen zu stürzen. Dann begriff er, das Dalarr genau in die entgegengesetzte Richtung am brennenden Wagen entlang hetzte, auf das Gespann zu. Der überlebende Rappe geriet nun vollends in die Fänge seiner Furcht. Mit schäumendem Maul warf er sich erst einen Augenblick lang verzweifelt in sein Geschirr, doch wegen der gebrochenen Achse gelang es ihm nicht, den Wagen weiter als vielleicht einen halben Schritt durch den Matsch des Weges voranzuziehen. Also begann er in einer sinnlosen Geste gegen das Feuer blind nach hinten auszukeilen.

Dalarr rammte Swiputir in den Boden und zog sein Langschwert. Einen röhrenden Schrei auf den Lippen, holte er aus und durchtrennte mit einem einzigen Hieb die Kette am Gespann, die den Rappen an den Wagen fesselte. Danach wartete er einen Moment ab, in dem die Hinterläufe des Pferdes nicht in der Luft waren, und versetzte dem Tier einen Stich in die linke Hinterbacke. Erschrocken preschte der Rappe los. Als wollten sie ihn anfeuern, verfielen die Klauenschatten in den Wipfeln wieder in ihr schrilles Pfeifen.

Die Weißhaarige wuchtete ein schweres Bündel über die brennende Wand des Wagens, das mit einem metallischen Klirren im Dreck landete. Dem Bündel folgte ein Vogelzwinger wie der, in dem manche Händler Singvögel auf den Markt feilboten. Dem Wesen, das zwischen den Gitterstäben fahrig hin und her flitzte, fehlten jedoch Schnabel, Schwingen und Federn. Dafür besaß es graues Fell und einen langen Schwanz von der Farbe einer unreifen Himbeere.

Eine Ratte! Namakan starrte ungläubig auf das Tier, das nun versuchte, die Gitterstäbe hinaufzuklettern, weil sein Käfig stetig tiefer in den Matsch sank. *Diese Frau lässt sich wegen einer Ratte verbrennen! Was Morritbis Feuer wohl dazu sagen würde?*

»Ja! Verschwindet!«, rief die Hexe und ballte die Fäuste. »Oder wollt ihr noch mehr?«

Sie sprach zu den verbliebenen Klauenschatten in den Bäumen. Die Bestien spreizten die Gliedmaßen und stürzten sich von den Wipfeln. Ihr Gleiten führte sie jedoch nicht hinunter zum Wagen. Stattdessen flogen sie in schwindelnder Höhe den Weg entlang und nahmen die Verfolgung des fliehenden Rappen auf. Sie brauchten nicht lange, um ihn einzuholen. Namakan wandte den Blick rechtzeitig ab, doch die Geräusche des erfolgreichen Endes ihrer Jagd – das rasch ersterbende Wiehern des Pferdes, das Fauchen und das Reißen von Haut und Fleisch – blieben ihm nicht erspart.

Morritbi trat zu ihm heran, und gemeinsam sahen sie zu, wie die Weißhaarige vom Bock des Wagens sprang. Ihre Robe rauchte, und rund um den Saum hatte sie Feuer gefangen. Dalarr lief zu der Frau, und einige gut gezielte Stiefeltritte seinerseits halfen dem Schneematsch dabei, die Flammen rasch zu löschen.

»Hat man dir ein paar Federn zu viel gerupft, du dummes Huhn?«, blaffte Dalarr.

Sie ließ ihn stehen, um den Käfig mit der Ratte aufzuheben. »Ganz ruhig, ganz ruhig«, redete sie auf den Nager ein, der sichtlich erfreut war, sie zu sehen: Er machte Männchen und griff mit seinen winzigen Pfoten nach dem Finger, den sie durch die Stäbe steckte. »Sie sind fort.«

Namakan und Morritbi mussten gerührt lächeln, doch Dalarr fehlte der nötige Sinn, um so viel Possierlichkeit etwas abzugewinnen.

»Was treibst du irre Vettel mitten in der Nacht im Freien?«, erregte er sich. »Glaubst du, die Leute in Tanngrund spannen ihre Stricke nur zum Vergnügen? Ich sollte dir den Hintern versohlen. Und wo steckt überhaupt diese Bohnenstange, mit der du unterwegs warst?«

»Geh dich waschen, du Bauer!«, fuhr sie ihn an. »Du stinkst nach Blut und Unrat.«

»Oho«, höhnte Dalarr verärgert und breitete die Arme aus. »Bin ich dir etwa nicht hübsch genug?« Er zeigte auf den Riss in ihrer Robe. »Dafür, dass du gerade mehr Haut zeigst als so manche Hafenhure, führst du dich schlimmer auf als jede Hofschranze!«

»Mäßige dich, du Lümmel!« Sie raffte mit ihrer freien Hand den Stoff zusammen, um ihre Blöße notdürftig zu bedecken. »Es ziemt sich nicht, solch ungebührliche Worte im Mund zu führen, wenn Menschen von edlem Geblüt zugegen sind.«

»Meint sie uns?«, fragte Morritbi lachend.

Namakan zuckte mit den Achseln.

»Aha, du bist also von edlem Geblüt, ja?« Die Häme in Dalarrs Worten war nicht zu überhören. »Wer warst du denn, bevor dich dein werter Herr Vater ins Kloster gesteckt hat, hm? Herzogin Zank von Bohnenstroh? Oder bist du schon immer Baronin Alt von Faltenberg gewesen?«

»Ich spreche nicht von mir, du Trottel«, wies die Frau Dalarr zurecht.

»Ob sie doch einen von uns beiden meint?« Ehrlicher Unglaube schlich sich in Morritbis Stimme.

»Ich spreche von ihm«, erklärte die Robenträgerin und hob den Käfig in ihrer Hand vor Dalarrs Gesicht. Die Ratte packte ihren eigenen Schwanz und legte ihn sich über die Schulter, als wäre sie ein König und ihr Schwanz ein purpurner Überwurf. »Du befindest dich in der Gegenwart des ehrenwerten Graf Kjell hus Tamiller.«

Wie kam ich nur jemals auf die Idee, niemand könnte verrückter sein als Morritbi?, dachte Namakan und wartete darauf, dass Dalarr dieser armen kranken Alten eine schallende Ohrfeige verpasste.

16

Es hat sich als Mittel der Respektpflege bewährt, Störenfriede nicht sogleich dem Beil des Scharfrichters zu überantworten. Die Achtung vor der herrschenden Ordnung bleibt ebenso gut und womöglich besser gewahrt, gibt man die Zweifler daran auf einfallsreiche Art der Lächerlichkeit preis.

Aus den Betrachtungen des Königlichen
Ratschlägers Lot Zungspitz

Es gab keine Ohrfeige.

Stattdessen führte Dalarr sie zurück zu Morritbis Haus, und die Frau mit dem Käfig folgte ihnen unaufgefordert. Sie schleppte das Bündel, das sie aus dem brennenden Wagen geborgen hatte, hinter sich her, wobei sie immer lauter zeterte. Dalarr gab sich ungefähr auf der Hälfte der Strecke geschlagen und nahm ihr die Last ab. Als Lohn für seine Mühen handelte er sich ein »Besser spät als nie« ein, das aber immerhin nicht mehr ganz so giftig klang wie ihre vorherigen Beschimpfungen. Die Frau ließ sich sogar zu einer förmlichen Vorstellung herab, und so erfuhren sie ihren Namen: Ammorna.

Was sie ebenfalls ungefragt erfuhren, war die Ursache für die missliche Lage, in der Ammorna sich wiedergefunden hatte. Sie behauptete, Kjell – die Ratte, in deren Adern angeblich blaues Blut floss – hätte am vergangenen Abend zu recht später Stunde darauf bestanden, die Fahrt aus Tanngrund ins nächste Dorf anzutreten.

»Ich habe gesagt, dass ich das für keinen guten Einfall halte«, maulte Ammorna und schüttelte den Käfig. »Aber der Junge hat noch nie auf mich gehört. Als hätte ich ihn zu heiß gebadet oder als wäre er mir beim Windelwechseln einmal zu oft auf den Boden gefallen.« Ihr Seufzen hallte weit durch den nächtlichen Wald. »Anfangs sah alles danach aus, als könnten wir es schaffen. Die Pferde schienen zu ahnen, dass wir unser Ziel besser erreichen sollten, bevor es richtig dunkel wurde. Nun, das Glück war uns nicht lange hold. Der Wagen war alt, und der Weg war schlecht. Dann saßen wir fest, und die Sonne ging unter. Ich habe den Jungen gleich in seinen Käfig gesteckt, damit ihm nichts zustößt. Ich habe zu Kroka gebetet, dass sie die Klauenschatten von uns fernhält. Nach einer Weile war sie es wohl leid, dass ich ihr immer mit der gleichen Bitte in den Ohren lag. Nun ja, ich sollte mich nicht beklagen. Sie ist die Mutter alles Kommenden, also hat sie gewusst, dass ihr erscheinen würdet, um die Bestien zu verscheuchen.« Sie nahm den Kopf hoch und sprach zum Himmel. »Ein kleines Omen, dass wir nicht zerfleischt werden, wäre allerdings zu gütig gewesen, Herrin.«

Namakan fasste sich ein Herz, um seine quälende Neugier zu befriedigen. »Wie kann eine Ratte ein Graf sein?«

Ammorna blieb stehen, um ihn von oben bis unten zu mustern, und Namakan fühlte sich trotz der Dunkelheit noch nackter als bei seinem Bad in der heißen Quelle. »Wie kann ein so kleiner Mensch so dumme Fragen stellen?«

Sie ging kopfschüttelnd weiter.

Am Haus angekommen, machte Morritbi ein neues Feuer und schmolz eine Kesselladung Schnee. Während Namakan und Dalarr sich das Blut des Klauenschattens abwuschen, bat Ammorna in gemäßigt herrischem Tonfall um Nähzeug. Sie zog sich in den hintersten Winkel des Raums zurück, um ihre Robe abzulegen und den langen Riss im Stoff zu flicken.

Namakan nahm sein Hemd und begutachtete die verkrusteten, rotbraunen Flecken darauf. »Wenn wir nicht wollen, dass uns die halbe Welt für Plageopfer hält, müssen wir unsere Sachen dringend waschen.«

Dalarr, der in seiner gewohnten Schamlosigkeit nackt seine Rüstung säuberte, schaute auf. »Wir haben hier schon genügend Zeit vergeudet. Ich will beim Morgengrauen weiter.« Er wies mit der Beinschiene, die er gerade polierte, zu Morritbi. »Hast du Kleidung für uns?«

»Natürlich.« Sie ging zu einer Truhe an der Bettstatt, auf der Dalarr geruht hatte, und klappte ihren Deckel auf.

»Aber sind das auch Sachen für Männer?«, wollte Namakan wissen.

»Selbstverständlich.« Morritbi zog ein langes Hemd aus weißem Leinen aus der Truhe, das über und über mit Ranken und Vögeln bestickt war. »Das hier habe ich von einem einsamen Mann, den ich besucht habe.«

Sie warf das Hemd zu Namakan. Er fing es auf und beäugte es skeptisch. *Sie hat einsame Männer besucht … wissen die Untrennbaren wie viele … und einsame Frauen, hat sie die auch besucht?* »Der Mann hat dir sein Hemd geschenkt, nachdem ihr … fertig wart?«

Morritbi lachte ein helles, ungläubiges Lachen. »Nein. Ich habe es ihm gestohlen, als er eingeschlafen war. Das machen wir immer so, um dafür zu sorgen, dass die Menschen, die wir besuchen, unser Erscheinen am nächsten Morgen nicht nur für einen schönen Traum halten. Wenn ihnen etwas fehlt, wissen sie, dass wir wirklich da gewesen sind.« Sie deutete auf das Hemd. »Na los. Zieh es an.« Dann beugte sie sich wieder über die Truhe. »Fehlt nur noch eine Hose für dich, und dann kümmere ich mich um Dalarrs Blöße.«

Ihre Wortwahl, die ihn an ihre flinken Hände in seinem Schritt erinnerten, beschäftigte Namakan noch, als er sich längst das Hemd übergestreift hatte und auf die versprochene Hose wartete. Sie war aus einem groben, grünen Stoff, den er nicht kannte, und letztlich ein ordentliches Stück zu lang. Er musste die Hosenbeine viermal umschlagen, um seine Füße ganz freizulegen. Dafür spannte sie oben am Bund, weil sein Bauch kaum hineinpasste.

»Nicht schlecht«, sagte Morritbi trotzdem zufrieden. »Steht dir ausgezeichnet. Aber dir steht ja so manches ausgezeichnet. Auch wenn du noch zu lernen hast, wie man damit einem anderen Menschen höchste Lust verschaffen kann, anstatt gleich sein Harz zu verströmen.«
Namakan wurde rot, Dalarr lachte dreckig, und Ammorna warf flehend die Hände in die Höhe. »Kroka hab Erbarmen und errette mich aus dieser Lasterhöhle!«

Eine kleine Weile nach diesem peinlichen Zwischenfall war auch Dalarr neu eingekleidet. Hemd und Hose waren ebenso schwarz wie seine Rüstung, die er inzwischen wieder angelegt hatte. Die Wirkung, die davon ausging, war kaum zu übersehen: Zum einen hatte Namakans Meister mit einem Mal etwas von einem fleischgewordenen Schatten, fast so, als wäre er der Zuchtmeister der klauenbewehrten Bestien, die in diesem Hain auf Beutefang gingen. Zum anderen schien ihn diese neue Kluft um viele Sommer zu verjüngen.

Ich bin mir nicht mehr sicher, ob ich mir nur einbilde, dass sein Haar und sein Bart dunkler geworden sind, seit wir von den Almen aufbrachen, bemerkte Namakan, als er seinen Ziehvater im Licht des Feuers betrachtete. Die Härchen in seinem Nacken und an seinen Armen richteten sich auf, als ihm gewahr wurde, dass er nicht der Einzige in diesem Haus war, der Dalarr verblüfft taxierte.

Die in ihre mittlerweile geflickte Robe gehüllte Ammorna ließ Dalarr nicht aus den Augen. *Was hat sie? Warum starrt sie ihn so an wie ein Schaf, wenn es donnert?*

Namakans Blick pendelte zwischen seinem Meister und der Weißhaarigen, um schließlich an der Erscheinung hängenzubleiben, die ihm unheimlicher war: Ammorna. *Ich schätze, es liegt an diesem verkniffenen Zug um ihre Lippen. An ihren Falten. Ihre Haut ist wie ein Stück ausgebleichtes Leder. Und an ihrer Nase. Wie der Schnabel eines Geiers, nur nicht gar so krumm.*

»O nein!« Morritbis trauriger Ausruf ließ Namakan zusammenzucken.

»Was ist?«, fragte er.

Die Hexe hielt einen schlaffen, schwarzen Schlauch in den Händen, der ihr zwischen den Fingern knisternd zerfiel. Die Schuppen der Schlangenhaut rieselten herab wie sonderbar düsterer Schnee. »Die Hitze meines Zaubers war zu groß.« Ehe Namakan etwas Aufmunterndes sagen konnte, meldete sich Ammorna aus ihrer Ecke. »Das ist ein Omen, mein Kind.« Ihre Stimme war weder spöttisch noch empört wie bisher sonst, sondern brüchig vor Ehrfurcht. »Kroka lehrt uns, unser Herz nicht an eitle Dinge zu ketten, denn das Eitle ist vergänglich. Alles ist stets im Wandel. Nur die Gefiederte weiß, welche Schnellen und Untiefen auf dem Strom der Zeit lauern.«

Morritbi streute die Reste der Schlangenhaut ins Feuer. »So? Alles ist im Wandel, meinst du? Du täuschst dich. Das Alter hat deinen Blick für die Welt getrübt. Manche Dinge haben Bestand. Eine Schlange häutet sich und bleibt dennoch eine Schlange.«

»Mag sein«, entgegnete Ammorna ruhig. »Doch wenn sie danach noch dieselbe wäre, was triebe sie dann an, ihr Schuppenkleid abzustreifen?«

»Dridd«, murmelte Dalarr, der Blotuwakars Spitze vom Blut des Rappen reinigte. »Steck zwei fromme Weiber in einen Sack, und sie balgen sich wie die Katzen.«

Dalarrs Prophezeiung bewahrheitete sich nicht. Ein jämmerliches Quieken aus dem Rattenkäfig bereitete dem sich anbahnenden Streit ein Ende. Das Tier trippelte aufgeregt im Kreis umher und schnupperte dabei nach allen Seiten.

»Was hat sie?« Namakan ging vor dem Käfig in die Hocke. Die zitternde Schnauze der Ratte zuckte kurz in seine Richtung. »Hat sie Hunger?«

»Sie ist ein er«, berichtigte ihn Ammorna, während sie an ihm vorbei zur Tür schritt. Sie öffnete sie einen Spalt, um einen Blick nach draußen zu werfen. »Der Morgen graut.« Sie drehte sich um, hob den Käfig vom Boden und stellte ihn auf der Bettstatt ab, wo Morritbi und Namakan beieinander gelegen hatten. »Es wird Zeit.«

»Dass ihr Nebelkrähen immer in Rätseln sprechen müsst«, murrte Dalarr.

»Du kennst dich doch mit Rätseln aus, oder nicht?«, erwiderte Ammorna, setzte sich auf das Bett und machte eine kleine Klappe am Käfig auf. »Die wichtigen hast du bis jetzt immer gelöst, nicht wahr?«

Sie tut so, als würde sie den Meister nicht erst seit ein paar Stunden kennen, wunderte sich Namakan, doch dann galt seine uneingeschränkte Aufmerksamkeit Ammorna und der Ratte.

»Komm, komm«, flüsterte die Alte beruhigend, während sie das Tier aus seinem Gefängnis holte und es sich in den Schoß legte. »Du weißt doch, wie es ist. Es muss sein. Wir können nichts dagegen tun.«

Die Ratte fiepte und rollte sich unter Ammornas sanften Liebkosungen auf die Seite. Ihr flaumbedeckter Bauch hob und senkte sich in raschen Atemzügen, und ihr langer Schwanz peitschte unruhig hin und her.

Plötzlich riss die Ratte ihr linkes Vorderbein nach oben, wie ein Ertrinkender nach einem rettenden Seil griff. Es knackte und knirschte laut, und nun streckten sich auch die winzigen Finger der Pfote, wurden länger und länger.

Die Ratte pfiff und strampelte einen Moment mit den Hinterbeinen. Dann sah es so aus, als würden zwei unsichtbare Hände sie an Hals und Schwanz packen, um sie unerbittlich auseinanderzureißen.

»Sie stirbt!«, schrie Namakan entsetzt.

»Halt deinen dummen Mund, Junge!«, raunte Ammorna. »Er hat es auch so schon schwer genug, ohne dass du ihm Angst einjagst.«

»Flikka mek«, kam es als raues Flüstern von Dalarr. »Ein Warmusir ...«

Namakan hatte nicht die geringste Ahnung, wovon sein Meister redete, doch es war ihm gleichgültig. Das, was mit der Ratte vor sich ging, war alles, worauf er achten konnte. Mit offenem Mund verfolgte er, wie die Ratte wuchs und wuchs. Sie wurde jedoch nicht nur von Herzschlag zu Herzschlag größer. Nein, es gingen weitaus erstaunlichere Veränderungen an ihr vor: Ihr graues Fell fiel ihr büschelweise aus, und an den kahlen Stellen kam rosige, wie von Schlachterhaken gespannte Haut zum Vorschein. Die Schnauze bildete sich zurück, wie wenn jemand sie mit einem Hammer bearbeitete. Ihre Ohren schrumpften, zogen sich zu faltigen Muscheln zusammen und glitten wie Wachstropfen an einer Kerze ein Stück tiefer den Schädel hinab. Schmatzend löste sich ihr Schwanz vom Rücken und verging zu etwas, das große Ähnlichkeit mit einem von der Sonne verschmurgelten Wurm hatte. Aus den Hinterläufen wurden dürre Beine, aus den Vorderläufen sehnige Arme. Aus den Pfoten vor Schmerz gekrümmte Hände, aus dem klaffenden Maul ein weit aufgerissener Mund, aus dem Pfeifen ein gellender Schrei der Qual.

Dann war es vorbei.

Quer über Ammornas Beinen lag der nackte Leib eines jungen Manns von hagerem Wuchs. Er hatte die Lider geschlossen, doch darunter zuckten die Augen wie im Fieberwahn. Ammorna tupfte ihm mit dem Saum ihres Ärmels die schweißnasse Stirn und die tränenfeuchten Wangen. »Du hast es geschafft«, wisperte sie zärtlich. »Du hast es geschafft, Kjell.«

In erschütterter Faszination beobachtete Namakan jede Regung des Verwandelten. *Er sieht aus wie ein gewöhnlicher großer Mensch. Er isst und trinkt so. Er spricht auch so. Aber sein Haar hat dieselbe Farbe wie die Ratte, und seine Augen auch. Braun. Er muss derselbe Mann sein, den wir in diesem Dorf mit Ammorna am Wagen gesehen haben. Ich erkenne die Rüstung wieder. Die vielen Dellen und Schrammen. Dass Ammorna dafür noch einmal ins Feuer gegangen ist ...*

Kjell schabte den letzten Rest Zapfenbrei aus seiner Schale und steckte sich den Löffel so gierig in den Mund, als wäre der

Brei eine seltene Köstlichkeit. Er schluckte, stellte die Schale weg und blickte in die Runde. »Danke«, sagte er dann mit weicher Stimme. »Danke, dass ihr uns gerettet habt.«

Dalarr verschränkte die Arme vor der Brust. »Dein Dank kümmert mich nicht. Was mich kümmert, ist, ob du schon immer warst, was du bist. Ob du deiner Mutter als Ratte oder als Mann aus dem Schoß gefallen bist.«

Ammorna, die neben ihrem Schützling oder ihrem Herrn, oder was immer er nun genau war, auf der Bettstatt saß, schnaubte verächtlich. »Glaub mir, alter Wanderer, ich hätte ihn sofort erstickt, wenn er mit einem Rattenschwanz geboren worden wäre. Noch bevor ich ihm seinem Vater gezeigt hätte.«

»Was mich befallen hat, ist kein Makel des Blutes.« Eine traurige Verbitterung färbte Kjells Erklärung. »Es ist ein Fluch. Jedes Mal, wenn die Sonne untergeht, werde ich in die Gestalt einer Ratte gezwungen, und jedes Mal, wenn die Sonne sich wieder erhebt, erhalte ich unter Schmerzen meine alte Gestalt zurück.«

»Wer hat diesen schrecklichen Fluch über dich gesprochen?«, wollte Morritbi wissen, eine Hand auf ihre Brust gelegt, als verspürte sie einen Stich im Herzen.

»Ein Vertrauter meines … Königs.« Das letzte Wort kam Kjell über die Lippen gekrochen wie eine widerwärtige Raupe voller Stacheln. »Zur Strafe für mein unverzeihliches Vergehen.«

»Das da wäre?«, bohrte Dalarr nach.

»Den Menschen zu essen zu geben«, antwortete Kjell.

Namakan wusste nicht, was das heißen sollte, doch er blieb nicht lange unwissend, denn Kjell fing an zu erzählen.

Ich bin noch unerfahren in der Ausübung meiner Pflichten. Mein Vater wurde erst vor drei Sommern in seine Gruft gelegt. Drei Sommer reichen nicht aus, um alles zu lernen, was zum Verwalten eines Lehens nötig ist.

Ich dachte, ich würde nichts falsch machen, wenn ich mich an den Leitspruch meines Hauses halte: Wachsamkeit und Treue.

Also war ich wachsam. Ich bereiste meine Ländereien, und was ich sah, weckte meine Treue.

Die Leute im Schwarzen Hain hungern, seit der König die Bäume fällen lässt. Die Felder in meinem Besitz sind nicht die fruchtbarsten, aber sie werfen genügend Erträge ab, um alle Menschen zu ernähren, denen ich Fürsorge schuldig bin. Das heißt, das würden sie, wenn ich nicht ein Viertel des Ertrages an meinen Lehnsherrn abzuführen hätte.

Ich schrieb einen Brief an den König nach Silvretsodra, um ihm meine Lage zu erklären. Ich schrieb ihm, es sei eine Schande für jeden Mann von edlem Blut, dass in einem so stolzen Reich wie Tristborn Menschen lebten, denen die Bäuche vor Hunger anschwollen. Und ich legte ihm dar, wie einfach dieser Missstand zu beheben war.

Mein König hat mir nie geantwortet, und ich musste weiter zusehen, wie meine Menschen litten. Ich hatte nur eine Wahl, meine Ehre zu retten und dem Erbe meines Geschlechts gerecht zu werden: Ich ließ das Korn, das meinem Lehnsherrn zugedacht war, an die Menschen im Schwarzen Hain verteilen. Die Wahl, die mein Gesicht und meine Würde bewahrte, war meine Verdammnis.

Als die Tributeintreiber kamen, fragten sie mich, wo das Korn geblieben sei. Ich sagte es ihnen, und sie nahmen mich fest. In Ketten brachten sie mich an den Hof des Königs.

Ich schäme mich nicht zu gestehen, dass ich Haupt und Knie vor dem König beugte. Dass ich ihm mein Schreiben in Erinnerung rief. Dass ich ihm mit Tränen in den Augen schilderte, welche Not im Schwarzen Hain herrschte.

Doch nichts rührte ihn.

Es ist merkwürdig. All die Sommer dachte ich, der König von Tristborn müsse ein Mann sein, wie mein Vater einer war: rau, aber nicht ohne Wärme. Leicht zu erzürnen, aber dabei nie ungerecht. Seiner eigenen Macht stets bewusst, aber in einer seinem Volk zugetanen Weise.

Arvid – Arvid der Große, wie ihn seine Speichellecker nennen – ist nichts von alldem.

Nachdem ich geendet hatte, wandte sich der König an einen Mann, der zur Rechten seines Throns stand. Ich werde ihn nie vergessen, solange ich lebe. Sein Herz und sein Blick sind finsterer als die schwärzeste Nacht, doch er trägt Weiß, wie um der Reinheit selbst zu spotten. Oder vielleicht ist es ein Fehler von uns allen, das größte Übel im größten Dunkel zu vermuten, wenn es sich in Wahrheit hinter den am hellsten strahlenden Masken verbirgt.

Der König fragte diesen Berater, wie nun am besten mit mir zu verfahren sei. Er antwortete ihm:»Dieser Welpe, der da von Hunger und Not jault, hatte dank der Gnade seines Königs doch immer eine sprudelnde Zitze, an der er saugen konnte. Dennoch hat er Korn gestohlen wie eine Ratte. Korn, das seinem König zusteht. Womöglich ist die rechte Zeit gekommen, da er lernt, was Hunger ist, und was es bedeutet, eine Ratte zu sein. Nicht nur dem Handeln, sondern auch dem Wesen nach.«

Ich verstand nicht, welches Urteil da über mich gesprochen worden war, und noch weniger verstand ich, was als Nächstes mit mir geschah. Zwei Männer aus der Garde des Königs rissen mir die Kleider vom Leib und schleiften mich in die große Banketthalle des Palasts. Ich wurde in einen herbeigeschafften Käfig eingeschlossen, man warf Seile über die Deckenbalken der Halle und zog den Käfig mit mir daran in die Höhe.

Und da blieb ich. Viele, viele Tage lang. Unter mir tafelte jeden Morgen, jeden Mittag und jeden Abend der König mit seinen Granden. Oh, und was er alles für seine Gäste auffahren ließ! Saftige Braten, süße Kuchen, in Öl gebackene Krebse aus dem Fluss Silvret, herrlich duftenden Käse, dazu Weinbrand und Met und Bier …

Anfangs, als meine Kraft noch ausreichte, fand ich mich nicht so leicht mit meiner Gefangenschaft ab. Mal rüttelte ich an den Gitterstäben und warf mich von einer Seite zur anderen, dass der ganze Käfig schwankte. Mal brüllte ich den versammelten hohen Herren und Damen zu, ob sie denn blind seien für das Unrecht, das einem ihrer Brüder im edlen Blute angetan wurde. Dann wieder spuckte ich trotzig auf sie herab, weil sie mein Toben nicht beachteten.

Doch je länger ich dort oben war, desto mehr wurde mein Toben zum Jammern und mein Brüllen zum Flehen. Die Glieder wurden mir schwach und der Mund zu trocken, um meine Quälgeister zu bespucken.

Irgendwann brachte ich nicht mehr zustande, als nur noch dazuliegen. Dazuliegen und mir die Nägel abzukauen. Dazuliegen und mir das Haar auszureißen, um es zu verschlingen und das Loch zu stopfen, das der erbarmungslose Hunger in meine Eingeweide fraß.

Warum ich nicht verdurstete, fragt ihr? Nun, sie gaben mir zu trinken. Abends, nach dem letzten Mahl des Tages, kletterten zwei oder drei der geschickteren Männer der Palastgarde an den Stützpfeilern der Halle nach oben und von dort auf die Querbalken. Sie machten sich immer einen großen Spaß daraus, ihr Wasser auf mich abzuschlagen. Stillt das euren Wissensdurst? Zumindest mein Durst wurde so grausam gestillt.

Ich drohte, den Verstand zu verlieren. Selbst nachts noch glaubte ich, das Lachen und die Stimmen von unten zu hören. Ich habe viel gelernt, während ich besudelt in meinem Käfig lag. Über das Reich. Über den König.

Ich hörte von den Gerüchten, der Fette Hengst der Pferdestämme sei endlich tot, sein Herz zerquetscht unter der Last seiner Brust. Und dass die Priester der Barbaren den Kadaver ihres großen Häuptlings aufgeschnitten hätten, um aus seinen Eingeweiden zu lesen und zu begreifen, was ihre blutrünstigen Götter von ihnen nun verlangten. Was konnten sie aus dem Gedärm eines Mannes entnehmen, der für nichts als seinen Hass auf Tristborn und den Krieg gelebt hatte? Nur noch mehr Hass und neuen Krieg.

Ich weiß noch, dass ich lachte, als ich das hörte, denn in mir stieg ein Bild auf, dem ich nur mit Gelächter begegnen konnte: wie neue Herren in diese Halle einzogen. Kleine Männer mit schwarzem Haar, die Beine gekrümmt von ewigen Ritten, spitze Fellkappen auf den Häuptern und pfeilgefüllte Köcher auf dem Rücken. Einer trug Arvids Kopf auf seiner Lanze, ein anderer den des Mannes in Weiß. Und diese fremden Eroberer setzten sich auf die Bänke und feierten ihr eigenes Festmahl. Doch was nutzte das mir? Nichts. Selbst wenn das Reich fiel, so war ich mir sicher, würde ich dennoch nur in meinem Käfig verhungern – der letzte Zeuge, wie Arvids ach so ruhmreiche Herrschaft ihr Ende fand, das Reichsbanner zerfetzt und zerrissen von Barbarenhand.

Und ich hörte noch viel mehr, als ich da hing. Ich hörte, wie Arvid darunter litt, dass ihm das Schicksal keinen Sohn schenken wollte. Gleich welcher Frau er auch seinen Samen in den Schoß pflanzte, seine Saat weigerte sich, in ihnen aufzugehen. Sie starben allesamt, sobald ihr Bauch sich wölbte, als würde in ihnen statt neuen Lebens ein todbringendes Geschwür wachsen. So war es schon seit der Schlacht von Kluvitfrost, in der er den Fetten Hengst bezwungen hatte. Jener Schlacht, bei der er seine Königin verlor – das letzte Weib, das ihm ein Kind geboren hat.

Und ich hörte, was der Mann in Weiß Arvid riet, um zu verhindern, dass jenes Bild, das in mir aufgestiegen war, Wirklichkeit wird. Er sprach von etwas, das Arvid unbedingt finden müsse. Die Ketten der Ewigkeit nannte er es. »Um den Tod auf unserer Seite zu haben«, sagte er. »Hat er uns nicht schon einmal gute Dienste geleistet?«

Es war jener Augenblick, da ich diese Worte hörte, als jeder Zweifel in mir starb: König Arvid, Arvid der Große, ist nichts als ein kranker Wahnsinniger, dessen Haupt leider eine Krone ziert.

Es ist reine Häme des Schicksals, dass diese Erkenntnis eintrat, während ich selbst am Rande des Wahnsinns taumelte. Geschwächt von meinem Hunger, die zitternden Hände nach den Köstlichkeiten ausgestreckt, die so nah und doch ferner waren als die Verlockungen der entlegensten Provinz.

Heute denke ich, dass ich keinen Tag länger ausgehalten hätte, ehe mein Verstand von meiner Qual endgültig zerfressen worden wäre. Hoffnung ist eine trügerische Geliebte, die sich grell die Wangen und die Lippen bemalt, um sich ihre Küsse zu erschleichen. Wieso ich das sage? Weil ich meinte, meine Strafe verbüßt zu haben, als endlich, endlich der Morgen kam, an dem man meinen Käfig zurück auf den Boden der Halle holte. Dabei war sie noch lange nicht verbüßt. Noch lange nicht.

Der Mann in Weiß trat an meinen Käfig. »Weißt du jetzt, was Hunger ist?«, fragte er, die Schändung eines gütigen Lächelns auf den Lippen.

Ich nickte nur, weil Tränen mir die Stimme erstickten, und ich empfinde nur Abscheu für mich, dass es Tränen der Dankbarkeit waren. Sicher war er gekommen, um mich zu erlösen.

»Gut«, sagte der Mann in Weiß. »Du hast genug gehungert.«

Er griff in den weiten Ärmel seiner Robe und holte daraus das hervor, was zu meiner ersten Speise nach so langer Zeit werden sollte. Er warf es mir in den Käfig, und angesichts der Aussicht, meinem Hunger zu entfliehen, flutete neue Kraft durch meine Glieder. Ich stürzte mich auf das, was da vor mir landete, und schlug die Zähne hinein. Fetzen für Fetzen riss ich los und schlang sie in mich hinein. Ich lachte. Leckte mir das Blut von den Fingern. Knackte die Knochen und saugte das Mark aus. Ich schluchzte glücklich.

Es scherte mich nicht, dass es eine tote Ratte war, die ich da fraß.

Nachdem ich mein Mahl beendet hatte, teilte mir der Mann in Weiß mit, dass ich meines Lehens enthoben war und der König einen neuen Herrn für meine Ländereien bestimmt hatte. Ich empfand keinen Verlust, nur Freude über das Rumoren in meinem Bauch, die wohligen Krämpfe meines Magens.

Der Mann in Weiß eröffnete mir, dass es jemanden gab, der seit meiner Gefangennahme jeden Tag vor den Toren des Palasts auf mich gewartet hatte. »Deine Amme scheint eine tapfere Frau zu sein. Ich überstelle dich gern in ihre Obhut, weil es mir stets eine Freude ist, die vermeintliche Tapferkeit anderer einer schweren Prüfung zu unterziehen. Du wirst sehen, wie tapfer dieses Weib tatsächlich ist, sobald ihr beide begreift, worin deine eigentliche Strafe liegt.«

Mit diesen Worten ging er, und die Wachen zerrten mich aus der Halle und aus dem Palast.

Der Mann in Weiß hatte nicht gelogen: Dort wartete Ammorna auf mich. Ich brach in ihren Armen zusammen. Sie legte mir Kleider und eine meiner alten Rüstungen an. Es war, als wäre ich wieder der kleine Junge, der zu ihr gerannt kam, wenn sein Vater ihn wegen eines umgestoßenen Bechers oder seiner Angst vor dem ausgestopften Bären im Trophäensaal gescholten hatte. So hilflos war ich. Ohne sie wäre ich nicht hier. Ohne sie wäre ich irgendwo in den Elendsvierteln der Hauptstadt gestrandet. Halb wahnsinnig und halb verhungert, wie die meisten Leute dort.

Ammorna ist in Silvretsodra geboren, und sie hatte viele Freundschaften geschlossen, ehe sie als Jungfrau ins Kloster gegangen war. Nun forderte sie einen Gefallen ein, den ihr ein Mann seit vielen Sommern schuldete. Als einer der Verwalter des königlichen Fuhrparks besorgte er uns einen alten Wagen, den Arvid nicht vermissen würde.

So traten wir die Heimreise an, obwohl ich doch eigentlich kein Zuhause mehr hatte. Dann kam der Sonnenuntergang und mit ihm die Offenbarung, welche zweite Strafe der König und sein ruchloser Berater mir zugedacht hatten. Ich erfuhr am eigenen Leib, was es heißt, eine Ratte zu sein, und ich erfahre es noch immer jede Nacht.

»Das ist eine tränenreiche Geschichte«, sagte Dalarr misstrauisch, nachdem der Graf ohne Land geendet hatte. »Ein Dichter sollte eine Tragödie für die Bühne daraus machen. Ich fände es allerdings gut, wenn er die Lücken darin schließen würde.«

»Wie ich sehe, haben dich all die Sommer noch immer keinen Anstand gelehrt«, erwiderte Ammorna anstelle ihres Schützlings.

»Ich bin nun mal ein sturer Schüler.« Diese Eigenschaft hatte er ansonsten mit Vorliebe Namakan zugeschrieben.

»Ich kann ihn verstehen«, mischte sich Morritbi ein und wandte sich an Kjell. »Du bist angeblich deines Lehens enthoben. Trotzdem haben wir dich in Tanngrund Korn verteilen sehen. Wie geht das zusammen?«

»Mein Titel ist mehr als mein Lehen«, sagte Kjell ernst. »Das Land mag mir nicht mehr gehören, doch was für ein Mann wäre ich, wenn ich darüber die Leute vergessen würde, die auf und von ihm leben? Und ich kann mit Stolz sagen, dass einige dieser Leute mich nicht vergessen haben.« Er straffte die Schultern. »Mehr als ein Müller öffnet seinen Speicher für mich, wenn ich ihn darum bitte. Und die, die es nicht tun ... Nun, sagen wir, es hat auch seine Vorzüge, eine Ratte zu sein. Man kommt an so manchen Ort, den die Leute lieber verschlossen halten wollen, insbesondere nachts. Und wenn dann der Morgen anbricht, habe ich wieder die Hände, die ich brauche, um Türen und Tore zu öffnen.«

»Du bist ein Dieb«, stellte Namakan nüchtern fest.

»Was erlaubst du dir, du Wicht?«, grollte Ammorna.

»Der Stachel der Wahrheit war schon immer spitz.« Dalarr lächelte, doch das Misstrauen war aus seinen Zügen gewichen. »Immerhin stiehlst du für eine gute Sache, Kjell, und das kann nicht jeder Dieb behaupten. Andererseits lastet auch auf den wenigsten Dieben ein solch schrecklicher Fluch.«

»An deiner Stelle würde ich alles tun, um ihn zu brechen.« Morritbi bleckte die Zähne. »Alles.«

»Das ist nicht so leicht, wie du denkst«, entgegnete ihr Kjell. Ein deutlicher Anflug von Furcht legte sich wie ein Schatten auf sein Gesicht. »Ich befürchte sogar, es ist unmöglich.«

»Dridd«, wandte Dalarr kopfschüttelnd ein. »Hat dir das die Nebelkrähe eingeredet? Ich will dir etwas sagen: Damit der

Bann gebrochen wird, muss nur ein einziges Herz aufhören zu schlagen. Das desjenigen, der ihn auf dich gesprochen hat.«

»Du kennst diesen Mann nicht.« Kjell senkte die Stimme zu einem atemlosen Flüstern. »Du weißt nicht, wozu er fähig ist.«

»O doch«, widersprach Dalarr scharf. »Ich kenne ihn. Besser als mir lieb ist.«

»Ich kenne ihn auch.« Einmal mehr tat sich in Namakan jener dunkle Abgrund auf, in den er seine wahrhaftigsten Gefühle hinabgestoßen hatte. Einen kurzen Augenblick nur, der seine nach außen so standhaft verteidigte Gefasstheit dennoch schier zerriss, schmeckte er Blut und roch kalte Asche. »Er hat meine Mutter und meine Geschwister getötet. Er muss sterben. Er wird sterben.« Namakan griff nach Morritbis Hand, weil er sich plötzlich nach ihrer Wärme sehnte. »Für alles, was er mir und so vielen anderen angetan hat.«

»Warum kommst du nicht mit uns?« Dalarrs Frage war eine einzige Herausforderung. »Warum siehst du nicht wenigstens dabei zu, wie wir dieses Stück Dreck vom Antlitz der Erde tilgen? Ihn und diesen Narren, der sich für seinen Herrn und Meister hält. Du redest von Ehre, und doch lässt du dich zu einem Dieb machen. Warum? Hast du etwa vergessen zu erwähnen, dass sie dir in Silvretsodra die Eier abgeschnitten haben, bevor du in deinem Käfig gelandet bist?«

»Ich habe Angst«, gestand Kjell mit bebenden Lippen und sandte einen hilfesuchenden Blick zu Ammorna. »Ich habe einfach zu viel Angst vor ihm.«

»Ich weiß.« Ammorna strich ihm übers Haar. »Das brauchst du nicht mehr.« Sie sah zu Dalarr, ein eigentümliches Funkeln in den Augen. »Kroka hat uns jemanden gesandt, der es mit dem Weißen Wind aufnehmen kann.«

Sie kennt ihn! Namakan war sich nun ganz sicher. *Sie kennt den Meister irgendwoher.*

»Dieser Jemand müsste ein unbezwingbarer Held sein«, sagte Kjell nachdenklich. »Ein strahlender Recke wie aus den alten Sagen. Ein wahrer Bilur Imir.«

»Nein.« Ammorna seufzte schwer. »Bilur Imir ist lange fort, und er kommt nicht wieder. Das muss er auch nicht. Wir brauchen keinen Helden. Wir brauchen jemanden, der weiß, wie man einen Sturm entfesselt, der Reiche hinwegfegt.« Sie deutete auf Dalarr. »Und er ist uns gesandt worden.«

Als sie wenig später von Morritbis Haus in den Schwarzen Hain hinauszogen, schritt Namakan an Dalarrs Seite. Er grübelte lange darüber, was Ammorna gesagt hatte und was sie wohl in seinem Meister sah. Schließlich machte er seinen Gedanken Luft. »Sind wir denn keine Helden, wenn wir ein Unrecht sühnen?«

Dalarr drehte sich zu Ammorna um, die mit Kjell die Nachhut ihrer kleinen Gruppe bildete, als wollte er sehen, ob ihn die Weißhaarige belauschte. »Darüber sollen andere entscheiden. Viele, die Helden waren, gelten als Schurken, und viele Schurken werden als Helden gefeiert.«

»Wie Waldur?«, fragte Namakan.

Dalarr hob die Augenbrauen. »Waldur …«, setzte er grimmig an und verstummte sofort wieder.

»Wie konnte er jemals dein Freund sein, Meister?« Da waren sie wieder – der Geschmack von Blut und der Geruch von Asche. »Du hast gesagt, er sei nicht immer so gewesen, wie er heute ist. Dass er sich verändert hat. Und trotzdem … Er hat Arvid auf den Thron gehoben. Er hat unsere Familie ausgelöscht. Er hat Kjell verflucht. Er hat Morritbis Mutter umgebracht und ihren Vater verschleppt. Wie konnte er so bösartig und so grausam werden, ohne dass du je geahnt hast, wie finster sein Herz ist?«

»Weil auch ich nicht immer der gewesen bin, den du heute vor dir siehst«, antwortete Dalarr und schlug ein eiligeres Tempo an, um Namakan zu zeigen, dass er die Vergangenheit besser hinter sich ließ.

17

*Warum plagst du dich beständig mit dem Gedanken,
wie weit der Weg deines Lebens sich noch hinziehen wird?
Grämst du dich denn auch darüber,
dass auf jeden Tag eine Nacht folgen muss?*

Aus den *Zehntausend Fragen auf dem Pfad
zur steinernen Gelassenheit*

Dalarr führte sie drei Tage lang immer tiefer in den Schwarzen Hain. Keiner der anderen brachte ihn dazu, das Ziel ihres Vorstoßes ins Herz des Waldes preiszugeben. »Euch werden die Augen übergehen«, sagte er nur rätselhaft, und bei allzu drängenden Fragen erklärte er: »Jeder Schritt, den wir machen, bringt uns unserer Rache ein Stück näher, auch wenn es euch jetzt wie ein Umweg erscheinen mag.«

Umso erstaunlicher war es, dass kein Unmut über seine mangelnde Auskunftsfreudigkeit ausbrach. Namakans Vermutung nach hing die ruhige Folgsamkeit der Wanderer damit zusammen, dass Dalarr den Eindruck vermittelte, sehr genau zu wissen, wohin er ging. Dass er ein ums andere Mal – für die kurzen Verschnaufpausen ebenso wie für die Nachtlager – bestens geeignete Rastplätze fand, schadete auch nicht.

Es ist nicht mehr so wie damals auf dem abgeholzten Hang, nachdem uns die Spinnen aus ihrem Bau getragen haben, fiel Namakan rasch auf. *Der Meister sieht sich immer noch oft um, aber nicht mehr, als wäre er fremd hier. Eher wie jemand, der immer das findet, wonach er sucht. Wie ein Wolf, der mit einem neuen Rudel in eines seiner alten Reviere zurückkehrt und nicht lange Witterung aufnehmen muss, um sich zurechtzufinden.*

Ihre erste Nacht verbrachten sie an einer Stelle, an der heißes Wasser aus dem Boden sprudelte, fast wie das von der Natur geformte Becken, an dem Namakan seine Scham überfallen hatte. Da das Gelände hier jedoch wesentlich abschüssiger war und der Untergrund kaum Felsen aufwies, hatte das Wasser keine Gelegenheit, sich zu sammeln. Stattdessen hatte es sich ein schmales Bett in die Erde gegraben, in dem es munter plätschernd ins Tal hinunter floss.

Kurz bevor die Sonne unterging, zogen sich Ammorna und Kjell wortlos von der Lichtung zurück und verschwanden zwischen den Bäumen. Sie brauchten keine Entschuldigung, und selbst wenn sie eine ausgesprochen hätten, hätte sie angesichts der gequälten Schreie, die die Stille der Dämmerung schon bald zerrissen, nur wie Hohn gewirkt. Weder Kjell noch seine treue Amme trugen schließlich die Schuld an dem, was mit ihm jede Nacht geschah.

Die lauten Schreie wurden nach und nach zu einem leisen Pfeifen, und kurz darauf kam Ammorna wieder zwischen den Bäumen hervor. Sie setzte Kjell in seinen Käfig und gab ihm etwas von dem harten Fladen aus Tannenmehl zu essen, den Morritbi ihr reichte.

»Warum sperrst du ihn ein?«, fragte die Hexe. »Hat er nicht lange genug in einem Käfig zugebracht?«

»Sie sperrt ihn nicht ein«, sagte Namakan vorsichtig, nachdem Ammorna lediglich mit einem Kopfschütteln und einem ihrer tiefen Seufzer geantwortet hatte. »Dieser Käfig ist kein Gefängnis. Er dient seinem Schutz. Denk daran, wo wir sind. Es gibt hier viele Tiere, die in Kjell nichts anderes sehen als eine schmackhafte Mahlzeit.«

»Stimmt«, mischte sich Dalarr ein und grinste Ammorna an. »Nebelkrähen zum Beispiel.« Er stocherte mit einem Stock im Feuer. »Und jetzt hör auf, kluge Sprüche zu klopfen, sondern sieh zu, dass du noch etwas Holz zum Nachlegen findest. Sonst enden wir nämlich noch als schmackhafte Mahlzeit für die Bar Gripir, wenn das Feuer ausgeht.«

Bis Namakan zwei Arme voll Holz gesammelt hatte, war Ammorna eingeschlafen und auch Dalarr hatte sich schon in seine Decke gewickelt. Nur Morritbi saß noch aufrecht und lauschte dem knisternden Flüstern und Knacken der Glut. Namakan legte etwas Holz nach, holte seine Decke, breitete sie aus und setzte sich neben die Hexe. Der Schein des Feuers glühte auf ihren Wangen, und ihre dichten Locken sahen aus wie erstarrte Flammen.

Da er Morritbi nicht stören wollte, spielte Namakan unschlüssig mit dem Saum seiner Decke und dachte daran, dass er nun besser ausgerüstet war als zu Beginn seiner Reise. Zwischen all dem harmlosen Schnickschnack und dem unheimlichen Gerümpel in Morritbis Haus hatten sich genug Dinge gefunden, die ihnen bei ihrer Wanderung zur Hauptstadt gewiss noch nützlich sein konnten: Angelhaken und Leinen, fingerlose Handschuhe, allerlei Nahrung sowie insgesamt 17 Taler in großen und kleinen Münzen. Er musste daran denken, wie Morritbi sich von ihrer Heimstatt verabschiedet hatte. *Sie hat die Tür gestreichelt und die Fensterläden. Und sich von ihrem Kessel verabschiedet und von den Betten. Sie hat mit ihnen gesprochen, als wären sie lebendig. Ob sie glaubt, dass wirklich alles eine Seele hat? Dass in allen Sachen Geister wohnen? Mir wäre nicht wohl dabei.*

»Du bist anders zu mir, seit ich dich getröstet habe.« In Morritbis leisen Worten lag ein lauter Vorwurf, wie wenn Namakan aus einer Laune heraus etwas zerbrochen hätte, das ihr irgendwie kostbar war. »Du siehst mich anders an, und du redest anders mit mir.«

»Es ist doch auch alles anders, oder?«, meinte er.

»Und was ist so schlimm daran?«

»Ich weiß nicht.« Namakan zog die Knie an und verschränkte die Arme auf ihnen. »Du bist das erste Mädchen, mit dem ich …« Er stockte. »Es ist albern. Ich hatte immer gedacht, es würde etwas Großartiges geschehen, sobald es so weit ist.«

»Hat es dir nicht gefallen?«

»Doch, doch«, beeilte er sich zu sagen, und es war nichts als die Wahrheit. »Aber ... weißt du, ich hatte die Hoffnung, dass ich mich vollkommen neu fühlen würde, sobald ich ein echter Mann bin. Und tue ich das? Nein. Es ist genauso wie vorher.« Er hob den Kopf, um mit dem Kinn auf Dalarrs ruhende Gestalt zu deuten. »Er ist und bleibt mein Meister. Ich bin genauso ungeschickt wie davor, ich weiß genauso wenig über die Welt wie davor, und ich komme mir genauso hilflos vor.«

Sie sah ihn lange aus ihren großen Augen an, in denen sich die Flammen des Feuers spiegelten. »Das hört sich so an, als wärst du nicht gerne der, der du bist.«

»Sieh mich doch an.« Namakan lachte bitter auf. »Was bin ich denn schon? Ein kleiner, halber Schmied mit einem dicken Bauch und haarigen Füßen, der glaubt, er könne dabei helfen, einen König zu töten. Das ist doch jämmerlich. Was könnte ich denn gegen einen wie Arvid oder Waldur ausrichten? Dir gehorcht das Feuer, Ammorna wirkt ihre eigene Magie, und selbst der arme Kjell weiß offenbar wenigstens mit einem Schwert umzugehen. Ihr seid dem Meister eine Hilfe bei unserer Rache. Aber ich? Ich bin für ihn doch nur ein Klotz am Bein. Er hätte mich auf den Almen lassen sollen.«

Morritbi schlug rasch die Augen nieder. »Dann wären wir uns nie begegnet. Wäre dir das etwa lieber?« Sie wandte sich ab und kroch unter ihre Decke.

Namakan biss sich auf die Unterlippe und legte sich neben sie – so dicht, dass sein Bauch gerade ihren Rücken berührte. »Bedeutet es dir etwas, dass wir ...« *Wie hat sie es genannt?* »Dass du mich getröstet hast?«

»Es muss uns so viel bedeuten, wie wir wollen, dass es uns bedeutet.« Ihm war, als würde der sachte Druck auf seinen Bauch eine Winzigkeit zunehmen, weil sie einen Fingerbreit auf ihn zurutschte.

Er rang zwei, drei Herzschläge mit sich, dann wanderte seine Hand auf ihre Hüfte. Er rechnete fest damit, dass sie versuchen würde, seine versöhnliche Geste zurückzuweisen, doch er irrte sich. Mit einem Mal spürte er die Wärme ihrer Finger auf seinen, und er gab sich gern der Hoffnung hin, dass sie ihm verziehen hatte.

Flüsternde Stimmen weckten ihn noch vor dem Morgengrauen. Es war nicht jene Art des Erwachens, bei der man vor Schreck hochfuhr und der Schlaf von einem abfiel, als hätte es ihn nie gegeben. Es war vielmehr ein sanftes Aufsteigen zu einer völligen Klarheit, das immer wieder von zeitlosen Augenblicken unterbrochen wurde, in denen die Grenzen zwischen Traum und Wirklichkeit verschwammen. Nur weil er glaubte, einmal kurz seinen Namen gehört zu haben, zwang sich Namakan, an den Empfindungen festzuhalten, die ihm der wachen Welt entsprungen schienen: die Kälte des Morgens an seiner Nasenspitze, der klamme Waldboden unter ihm, der Geruch von brennendem Holz – und eben die zwei Stimmen, die einen murmelnden Disput führten.

»Nicht so laut.« Dunkel. Rau. Warnend. Der Meister. »Weck sie nicht.«

»Wann willst du es ihm sagen?« Heller. Weicher. Ammorna?

»Du musst es ihm irgendwann sagen.«

»Sobald es Zeit ist. Jetzt noch nicht.«

»Warum nicht? Hast du Angst, dass er es nicht versteht?«

»Er hat genug mitgemacht. Es ist so schon schwer für ihn.«

»Je länger du wartest, desto verletzter wird er sein.«

»Was kümmert dich das eigentlich? Du hast doch dein eigenes Mündel, oder nicht?«

Ein Fiepen und Scharren.

»Ja, ja.« Das Rascheln von Stoff. »Du bist so halsstarrig wie eh und je.«

Schnee knirschte unter raschen, zielstrebigen Schritten.

Worüber streiten sie sich da? Namakan wälzte sich auf die Seite. *Über mich?* Er öffnete die Augen.

Der nahende Tag schob sich als tristes Grau in den aufhellenden Himmel. Namakan sah seinen Meister an der Glut des Feuers sitzen, den Kopf gesenkt, die Hände im Schoß.
»Meister?«, flüsterte er.

Dalarr schaute auf, betrachtete Namakan einen Moment mit sorgenvoller Miene und öffnete dann so langsam den Mund, als kostete es ihn schier übermenschliche Kraft, seine Kiefer auseinander zu zwängen.

Dann erhoben sich aus dem Wald furchtbare Schreie. Morritbi schreckte auf und sprang auf die Beine, eine Hand schon an dem Beutelchen mit Skaldat, das an ihrem Gürtel baumelte.

»Es ist nur Kjell«, erklärte Dalarr der Hexe ruhig, doch sein Blick ruhte weiterhin auf Namakans Gesicht. »Nichts, worüber es sich lohnt, große Worte zu verlieren.«

Namakan kannte seinen Meister gut genug, um zu begreifen, dass er an diesem Morgen nicht mehr erfahren würde, wozu Ammorna ihn hatte drängen wollen. *Und wenn ich Pech habe, werde ich es niemals erfahren. Eher würde man einen Stein zum Sprechen bringen, als ihm etwas zu entlocken, das er für sich behalten will.* Also schwieg Namakan, stand auf und schlurfte zur Quelle, um sich den Schlaf aus den Augen zu waschen.

Der zweite Tag ihres Marsches zu einem Ziel, das allein Dalarr kannte, war noch anstrengender als der erste. Der Grund dafür war das Gelände: Immer steiler wurden die Hänge, die sie erklommen, und mehr als einmal mussten sie die Wurzeln der allgegenwärtigen Tannen als Kletterhilfen nutzen. Bald waren alle außer Atem, und an längere Wortwechsel war nicht zu denken.

Selbst bei ihrer kurzen Mittagsrast verhinderte die allgemeine Erschöpfung jegliche Plauderei. Sie kauerten sich einfach nur im Schutz eines umgestürzten Baumriesen zusammen, aus dessen verrottender Rinde Schwammpilze von der Größe von Schweinehälften sprossen, und kauten an ihren Tannenfladen und ihrem Dörrobst. Danach rieben sie sich noch eine

Weile die brennenden Muskeln in Armen und Beinen, ehe ihr unerbittlicher Antreiber das Zeichen zum neuerlichen Aufbruch gab. Weiter und weiter ging ihr steiler Anstieg, höher und höher hinauf, bis jeder Schritt und jeder Atemzug eine Qual war. Namakan entwickelte ein ausgesprochen großes Verständnis dafür, warum die kleinen Esel, die so manchen Mühlstein auf den Almen antrieben, manchmal einfach stehengeblieben waren – und warum sie weder gutes Zureden noch Peitschenhiebe wieder hatten in Bewegung setzen können.

Umso dankbarer war er dann, als Dalarr endlich verkündete: »Für heute reicht es.«

Als Lagerplatz hatte er offenbar eine Gruppe dorniger Sträucher auserkoren. Zuerst wunderte sich Namakan darüber, doch er stellte schnell fest, dass die Sträucher einige hilfreiche, wenn auch ungewöhnliche Eigenschaften aufwiesen: Sie wuchsen in einem vollkommenen Rund, sodass sie nicht wie zufällig gewachsen wirkten, sondern von der Hand eines vernunftbegabten Wesens angepflanzt. Verstärkt wurde diese Wirkung durch eine auffällige Lücke, wo ein Strauch hätte sein sollen, aber keiner war. So entstand ein schmaler Durchlass ins Innere des Kreises, wo der Boden anstelle von Schnee mit trockenem Laub bedeckt war. Dieser Umstand ergab sich, weil die Zweige der Sträucher sich dort ungefähr in Dalarrs Kopfhöhe nach innen neigten und zu einem schützenden Dach verflochten waren. Unmittelbar über der Mitte des Runds befand sich wie als Abzug für eine Feuerstelle ein Loch in diesem Geflecht, was ein weiterer Beleg dafür war, dass diese sonderbare Laube ihre Entstehung wahrscheinlich keiner bizarren Laune der Natur zu verdanken hatte.

Namakan war zu erschöpft, um sich lange den Kopf über dieses Rätsel zu zerbrechen. Noch dazu trug ihm sein Meister auf, Feuer zu machen, und bis er das dafür nötige Holz gesammelt und die Flammen entfacht hatte, war er zu der Überzeugung gelangt, dass jemand, der einen solchen hervorragenden Unterschlupf für Wanderer schuf, gewiss keine durch und durch bösartige Kreatur sein konnte.

Dalarr beschloss derweil, auf die Jagd zu gehen. »Heute Abend gibt es Fleisch. Mir hängen die Tannenfladen zum Hals raus«, sagte er verächtlich, und so wunderte es Namakan ein wenig, dass Morritbi darauf bestand, sich seinem Meister anzuschließen.

Kjell hingegen strich immer unruhiger durch die Laube. Er ging auf und ab, kratzte sich an Armen und Rumpf, als müsste er gegen ein ganzes Heer von Flöhen ankämpfen. Er begann, sich bis auf die nackte Haut auszuziehen. Dabei spähte er immer wieder ängstlich durch die winzigen Lücken in den Zweigen hinauf zum Himmel, der sich zunehmend verfinsterte. Schließlich brachen auch er und Ammorna in den Wald auf, und Namakan fand sich allein mit dem Feuer wieder.

Eine überraschende Erkenntnis sickerte in sein Bewusstsein. *Ich bin allein. Zum ersten Mal auf dieser Reise bin ich wirklich ganz allein.* Er spielte mit dem Ring an seiner Hand, drehte ihn das kleine Stückchen hin und her, das er sich mit viel Mühe bewegen ließ. Er hörte Kjell schreien und erinnerte sich daran, dass es anderen noch schlimmer erging. Er grub seine Hände in das Laub, auf dem er saß. Tiefer und tiefer wühlte er, in der Hoffnung, es würde ihm neue Kraft schenken, den festen Boden unter seinen Fingerspitzen zu fühlen.

Ein stechender Schmerz wie von einer Nadelspitze fuhr ihm in die Kuppe seines Daumens. Er steckte sich den Daumen in den Mund und scharrte mit der anderen Hand vorsichtig nach dem Ding, das ihn gestochen hatte. Es war keine Nadelspitze, die ihm die winzige Wunde beigefügt hatte. Es war eine Pfeilspitze, dreieckig und aus kastanienbraunem Holz, das glänzte, als wäre es eben erst mit einem Tuch poliert worden. An ihrem breiteren Ende ragte ein Stück des abgebrochenen Pfeilschafts hervor, kürzer als ein Fingerglied. Namakan hielt sein Fundstück näher ans Feuer. Da war nichts, womit die Spitze am Schaft festgemacht war. Keine Schnüre, kein kleiner Ring aus

Metall ... als wäre der ganze Pfeil aus einem einzigen Stück Holz geschnitzt worden. Er prüfte die Härte des Holzes mit dem Daumennagel, doch so sehr er sich auch bemühte, es gelang ihm nicht, auch nur den kleinsten Abdruck im Material zu hinterlassen. *Es ist hart wie Stein. Ob man es im Feuer gehärtet hat?*

»Wusste ich's doch.« Ammorna stand im Eingang der Laube, Kjells Käfig unter dem Arm. »Da will der alte Wanderer also hin.«

»Du weißt, was das ist?« Namakan hielt der Weißhaarigen seinen Fund entgegen.

»Eine Pfeilspitze«, sagte sie nur und stapfte zu dem an ihren Stab gebundenen Beutel, den ihr Morritbi gegeben hatte, um darin ihren Proviant zu transportieren. »Das sieht man doch.«

»Du weißt, wer solche Pfeile macht, meinte ich.«

Ammorna nickte und schnürte den Beutel auf. »Ja. Deshalb bin ich mir jetzt auch sicher, wohin dieser ungehobelte, griesgrämige Klotz uns bringen möchte.«

Namakan betrachtete die Pfeilspitze. »Und wohin wäre das?«

»Ich will dir die Überraschung nicht verderben«, brummte Ammorna, nahm einen Tannenfladen, bröselte ihn klein und fing an, die Krümel an Kjell zu verfüttern. »Außerdem wird dieser Stinkstiefel bestimmt noch stinkstiefeliger, wenn ich es dir verrate. Er hatte schon immer eine ungesunde Vorliebe für große Auftritte und überraschende Enthüllungen. Ich nehme an, er hätte auch einen guten Gaukler abgegeben.«

»Woher kennst du ihn?«

»Hm?« Ammorna beugte sich über den Käfig, als verspürte sie plötzlich eine unbändige Neugier, ob Kjell die dargebotenen Leckerbissen auch wirklich fraß.

So leicht kommst du mir nicht davon. »Tu nicht so. Mir ist klar, dass du mich für dumm hältst. In mancherlei Hinsicht stimmt das vielleicht sogar. Aber ich müsste dümmer als das dümmste Huhn sein, um nicht zu merken, dass du meinen Meister kennst. Von irgendwann früher, als er noch nicht auf den Almen gelebt hat. Als er noch jung war.«

Ammorna verharrte einen Moment reglos. Dann kicherte sie und nickte anerkennend. »Sieh an, sieh an. Ich sollte mir dringend abgewöhnen, die Schärfe des Geists meines Gegenübers anhand der Schönheit seiner stofflichen Hülle einzuschätzen. Na gut, ja, ich kenne ihn.«

»Ha!« Namakan konnte sich ein triumphierendes Grinsen nicht verkneifen.

»Und wen ich noch besser gekannt habe«, führte Ammorna aus, »ist deine Mutter. Natürlich nicht deine leibliche Mutter. Du hast die Ehre, der erste Halbling zu sein, mit dem ich mehr als ein paar Worte wechsle. Nein, ich meine Lodaja. Sie und ich waren einmal Freundinnen. Sehr gute Freundinnen sogar. Wir waren durch ein Band verbunden, wie es nur durch geteiltes Leid entsteht.«

»Lodaja …«, wisperte Namakan ungläubig. *Sie treibt einen bösen Scherz mit mir!*

»Ich war nicht immer die freundliche, beherrschte Person, die du heute vor dir siehst.« Ammorna seufzte. »Ich war als junge Frau das, was manche Männer gern einen Wildfang und die meisten anderen eine Kratzbürste nennen. Mein Vater zählte leider nicht zu den Freunden von Wildfängen. Es kam der Punkt, an dem er zähneknirschend eingestehen musste, dass mir mein Ruf als Kratzbürste in den Reihen vielversprechender Ehemänner zu weit vorauseilte, um mich für ihn gewinnbringend zu verheiraten. Also tat er das, was alle Väter aus gutem Hause tun, wenn sie eine ihrer Töchter nicht unter die Haube bringen und um den tadellosen Ruf ihrer Familie fürchten müssen: Er steckte mich in ein Kloster. Zu den Nebelkrähen, wie dein Meister sagen würde. Dort bin ich Lodaja begegnet. Wir haben alles miteinander geteilt: unsere Zelle, unsere kleinen und großen Geheimnisse, unsere Verachtung für unsere Väter, unser Aufbegehren gegen das strenge Regiment der älteren Schwestern …«

»Dann willst du also dabei gewesen sein, als Dalarr im Kloster aufgetaucht ist, um Lodaja zu befreien?«

»Er hat sie befreit?« Tiefe Falten zerfurchten Ammornas Stirn. »Hat er das gesagt?« Sie winkte ab. »Natürlich hat er das gesagt. Aber so war es nicht. Sie hat sich von ihm befreien lassen. Das ist ein gewaltiger Unterschied, wenn du verstehst. Doch du hast ganz recht. Ich war dabei, als diese beiden Rabauken durch den See geschwommen kamen, um um sie zu werben. Mehr noch: Wir haben die Prüfung, die sie bestehen mussten, schon lange vorher gemeinsam ausgeheckt. So wollten wir dafür sorgen, dass es auch der Richtige für uns ist, falls sich doch einmal ein Freier auf unsere Insel verirren sollte. Und Lodaja hatte Glück. Für sie ist jemand erschienen. Für mich jedoch … nun, sagen wir der Einfachheit halber, es war nie der Richtige für mich dabei.«

Das kann nicht wahr sein. Namakan presste die Lippen zusammen. *Sie lügt.*

»Du glaubst mir wohl nicht?« Ammorna deutete Namakans Miene völlig zutreffend. »Schön, dann lass es eben bleiben. Ich bin nur eine Aufschneiderin, die zufällig weiß, dass Lodaja gekochten Kohl nicht ausstehen konnte. Dass sie immer, wenn ihr etwas herunterfiel oder ihr ein sonstiges Missgeschick unterlief, dreimal laut ›Diese verfluchten Kobolde!‹ schimpfte. Oder dass sie nur über solche Zoten richtig lachen konnte, die auf irgendeine Art und Weise mit einem Abort oder wenigstens einem krachenden Furz zu tun hatten. Schon recht, schon recht, kleiner Mann. Du weißt es besser, und ich bin eine Lügnerin.«

Namakan sah sie fassungslos an. *Es stimmt. Es stimmt alles. Sie war ihre Freundin. Sie sieht doch sogar ein bisschen aus wie sie, nur nicht so hübsch und viel, viel faltiger.* Binnen eines Wimpernschlags fand sich Namakan in den Fängen seiner Trauer wieder. *O ihr Untrennbaren! Ich vermisse sie so sehr.* Er wandte sich von Ammorna ab und vergrub sein Gesicht in den Händen. *Ich vermisse sie alle so sehr. Und wir könnten Arvid noch so oft töten, keiner kann sie mir je zurückgeben.*

»Sie hat ihren Frieden gefunden«, sagte Ammorna ruhig. »Aber es ist dennoch unsere Pflicht, sie und deine Geschwister zu rächen. Nichts wird deinen Meister davon abhalten, und er wird uns alle mitreißen. Wir sind nur Treibgut in der Flut seines Zorns. Ich wusste seit Tagen, dass unsere Wege sich kreuzen würden.«

»Wie das?« Namakan schluchzte fast.

»Auf der Fahrt von der letzten Mühle in den Hain schaute ich in den Himmel. Am Morgen war er noch ganz klar gewesen, doch nun ... Ein Sturm braute sich zusammen. Wolkenfetzen wirbelten umeinander, immer schneller, als würden sie in einen Strudel hinabgezogen. Düsterer und düsterer wurden sie, als malte jemand mit schwarzen Pinselstrichen ein Bild, in das er seine gesamte Bitternis zu bannen suchte. Und dann sah ich, wozu die Wolken sich da ballten. Es war ein Hirsch, wie aus dem Gewand der Nacht selbst gewoben, das ausladende Geweih mit den unzähligen Enden zu einem tödlichen Stoß gesenkt. Da wusste ich, dass er nicht fern sein kann, denn Dalarr trägt den Namen des stolzen, wilden Geschöpfs, das ich da vor mir sah.«

Namakan wischte sich die Tränen aus den Augen. »Bist du eine Seherin? Blickst du in die Zukunft?«

Ammorna zeigte ein beinahe schamhaftes Lächeln. »So viel Hochmut ziemt sich nicht. Ich bin nur eine einfache Frau, die danach strebt, die Zeichen zu deuten, die mir meine Herrin in ihrer unerschöpflichen Gnade sendet. Bisweilen gelingt es mir, doch allzu oft scheitere ich daran. Kroka gefällt es, das Licht der Erkenntnis, mit dem sie uns aus der Düsterkeit des Unwissens erlöst, nach ihrem Willen zu kräftigen. Mal erstrahlt es gleißend wie die Sonne selbst, mal ist es nur das schwache Flackern einer kleinen Flamme im Wind. Und das ist gut so. Würde sie es anders halten, wären wir törichten Menschen versucht, genau die Zukunft herbeizuführen, die uns am günstigsten für uns erscheint. Dabei gibt es die Zukunft nicht. Es gibt nur das Zukünftige, das in unendlicher Zahl aus dem Keim des Gegenwärtigen sprießt. Es übersteigt unsere Vorstellungskraft ebenso wie jede andere Facette unseres Vermögens, genau dem Pfad in diesem Gewirr zu folgen, der uns mit Sicherheit an unser Ziel bringt.« Ammorna hob die Hände in einer entschuldigenden Geste. »Selbst dein Meister kann das nicht, ganz gleich, wie sehr er sich auch weigert, diese Lektion zu lernen. Sicher, er wird seine Rache bekommen, doch es könnte auf eine andere Art geschehen, als dass er Arvid und Waldur seine Schwerter in die Brust stößt.«

Eine Weile war nur Kjells Schmatzen zu hören.

Nachdem er seine Fassung zurückgewonnen hatte, wagte sich Namakan, Ammornas Redseligkeit und Dalarrs Abwesenheit gleichermaßen auszunutzen. »Habt ihr über mich geredet?«

»Wer?«

»Du und mein Meister. Habt ihr über mich geredet? Heute Morgen?«

Ammorna zupfte an einer Strähne ihres Haars, die ihr in die hohe Stirn gefallen war. »Wir haben eigentlich mehr über ihn geredet. Über etwas, das er meiner Ansicht nach dringend tun sollte. Er sollte dir seine Vergangenheit darlegen.«

»Er sagt, er sei früher anders gewesen. Stimmt das?«

»O ja.« Etwas Abschätziges lag mit einem Mal in Ammornas Worten. »Wenn du glaubst, er wäre heute aufbrausend und streitlustig, dann hättest du ihn damals sehen sollen. Er ließ sich von nichts anderem leiten als von seinen Leidenschaften. Und nicht alle seiner Leidenschaften waren für die um ihn herum ein Vergnügen. In dieser Hinsicht ist er keinen Deut besser gewesen als sein Bruder. Er hat …« Sie brach ab und legte den Kopf schief. »Still«, zischte sie.

Und tatsächlich: Draußen näherten sich Schritte.

»Na?«, platzte Morritbi in die Laube. »Was hockt ihr da stumm wie die Fische ums Feuer?«

Hinter ihr trat Dalarr durch den Durchlass, warf zwei tote Hasen neben die Feuerstelle und knurrte: »Da! Abziehen! Mir knurrt der Magen. Wenn ich nicht bald was zu fressen kriege, werde ich ungemütlich.«

Namakan stand auf, zog seinen Jagddolch und griff nach einem der Hasen. Als er das weiche Fell des Tiers berührte, hielt er kurz inne und schaute zu seinem Meister hoch.

»Habe ich etwa Rotze an der Nase hängen?«, blaffte Dalarr.

»Oder was ist los?«

»Nichts.« Namakan schüttelte den Kopf und richtete sich auf. »Gar nichts.« Er ging an Dalarr vorbei, hinaus in die Nacht, um den Hasen abzuziehen und dabei darüber zu grübeln, welche Geheimnisse sein Meister wohl vor ihm verbarg.

Am Morgen darauf bestand nach einer Stunde Wegstrecke berechtigter Anlass zur Freude unter den Wanderern: Sie kletterten einen letzten Steilhang hinauf, hinter dem das Gelände flacher, fast schon eben wurde – ganz so, als hätte ein Riese dem Hang einen Fausthieb versetzt und seine obere Hälfte einfach umgeschlagen. Auf dieser Hochebene standen zudem die Tannen nicht mehr so eng beieinander wie zuvor, und dementsprechend dicht wuchs das Unterholz.

Die Wanderer bahnten sich einen Weg durch kahle Büsche und Sträucher, wobei sie langsam den nötigen Atem wiederfanden, um Unterhaltungen zu führen. Morritbi und Dalarr schritten voran, in ein lautstarkes Gespräch vertieft, das halb giftiger Streit, halb heiteres Geplänkel darüber war, wer von ihnen bei der gestrigen Jagd die Hasen als Erster gesehen hatte. Dahinter mischte sich Ammorna hier und da mit einer spitzen Bemerkung in die Debatte ein, während Kjell und Namakan die Nachhut bildeten.

Kjell erwies sich nicht nur als ausgesprochen wortkarg, sondern wirkte insgesamt eher abwesend. Wenn ihm ein Zweig das Gesicht streifte, fuhr er sich so träge über die Wange, als würde er an einem heißen Tag kaum die Kraft aufbringen, eine lästige Fliege zu vertreiben. Wenn er über eine Wurzel stolperte, gab er nur ein kurzes Murren von sich, ohne die Füße für die nächsten Schritte höher zu heben. Wenn Namakan

ihn freundlich anlächelte, erntete er dafür nicht die geringste Regung.
Ich halte das nicht mehr aus. Das ist ja wie neben einem Plageopfer herzugehen. »Woran denkst du?«
Kjell schaute sich verwirrt um. »Verzeihung. Hast du etwas gesagt?«
»Ich wollte wissen, woran du denkst.«
»An meine Leute. Ich mache mir Sorgen. Wer soll ihnen jetzt Korn geben?«
Das ist es also. Namakan wusste keine Erwiderung, die den Grafen ohne Land aufgeheitert hätte. Er steckte die Hand in die Hosentasche und förderte die Pfeilspitze zutage. »Schau mal. Die habe ich in der Laube gefunden.«
»Schön.« Kjell würdigte sie kaum eines Blicks.
»Sie ist aus Holz, das hart wie Stein ist«, erklärte Namakan, weil er lieber wenigstens der eigenen Stimme lauschte, als wieder das dumpfe Schweigen zu ertragen. »Das ist merkwürdig. Findest du nicht?«
»Es heißt, die Barbaren von manchen der Pferdestämme würden ihre Pfeile ganz aus Holz schnitzen«, sagte Kjell achselzuckend und ohne echtes Interesse.
»Dann ist das wohl von so einem Pfeil, was?«
»Nein.«
»Nein?«
Kjell blies die Backen auf. »Nein«, sagte er noch einmal in schulmeisterlichem Ton. »Erstens hat er keine Widerhaken, und zweitens steht in keiner Chronik, die ich gelesen habe, dass es jemals eine Barbarenrotte bis in den Schwarzen Hain geschafft hätte.«
»Wer hat ihn denn sonst gemacht?«
»Ich habe keine Ahnung.«
»Dann ist Ammorna aber keine gute Lehrerin.«
»Wieso? Hm? Wie kommst du auf so einen Unfug?«
Namakan senkte den Kopf und inspizierte die Pfeilspitze. *Hoppla, jetzt bin ich ihm anscheinend auf die Zehen getreten.*

»Na ja ... sie weiß, wer diesen Pfeil gemacht hat, aber sie wollte es mir nicht sagen. Und wenn du jetzt meinst, dass du es nicht weißt, dann ...«

»Gib her!« Kjell riss ihm die Pfeilspitze aus der Hand.

»Ammorna!« Seine Amme drehte sich um, und auch Dalarr und Morritbi blieben stehen, um nachzusehen, was es mit dem scharfen Ruf auf sich hatte.

Kjell präsentierte Ammorna die Pfeilspitze auf seiner Handfläche. »Der Kleine sagt, du wüsstest, welches Volk mit solchen Pfeilen schießt.«

Ammorna funkelte Namakan an. »Dir gehört wirklich der vorlaute Mund zugenäht.«

Dalarr kam näher heran. »Wenn die Nebelkrähe es nicht weiß, ich weiß es bestimmt.« Sein Grinsen war wie weggewischt, als er die Pfeilspitze sah. »Dridd!«

»Was ist ein Dridd?«, wollte Morritbi wissen.

Namakan bedeutete ihr mit einem Finger an den Lippen, dass sie besser schwieg, anstatt Dalarr – ob nun bewusst oder unbewusst – zu reizen.

Glücklicherweise galt Dalarrs Groll der Kroka-Dienerin. »Du musstest mir unbedingt die Freude rauben, meinem Schüler in all diesem verfluchten Elend etwas Gutes zu tun und ihm eine schöne Überraschung zu bereiten, was, du eitle Stute?«

»Wen nennst du hier eitel, du Gockel?« Ammorna stampfte zornig auf. »Und meine Lippen waren versiegelt, so wahr mir die Gefiederte helfe.«

»Worüber streitet ihr euch?« Kjell schnippte die Pfeilspitze zurück zu Namakan. »Was geht hier vor? Ich verlange eine Antwort. Auf der Stelle!«

»Oho«, schnaubte Dalarr. »Der hohe Herr hat den Beutel zwischen seinen Beinen wiederentdeckt!«

Morritbi musste lachen, während Kjells Gesicht puterrot wurde. »Antworte mir!«

»Lass dich von diesem Grobian nicht provozieren«, mahnte Ammorna ihren Schützling.

»Dann sag du mir, warum ihr euch in den Haaren liegt!«, verlangte Kjell.

»Gern.« Ammorna machte einen Knicks. »Wir gehen zu …«

»Untersteh dich, Weib!« Dalarr hielt der Alten den Mund zu, doch sie knallte ihm geschickt ihren Stab in die Kniekehlen.

Während Dalarr um sein Gleichgewicht rang und dabei Ammornas Mund freigab, vollendete sie rasch ihren Satz. »Den Elfen. Wir gehen zu den Elfen.«

18

*Hat mein Volk nicht viele feste Dinge geschaffen,
deren Anmut euch Rundohren den Atem raubt,
sobald ihr ihrer gewahr werdet? Doch erkennt ihr nicht,
dass sie doch nur Teil unserer größten Täuschung sind?
Wisst ihr etwa nicht, dass unser Herz nicht
an den festen Dingen hängt? Dass es das nie tat und
dass es das niemals tun wird? Schlägt es nicht
vielmehr für all das, was nicht zu greifen ist?
Den Klang eines Liedes, das einen zu Tränen rührt?
Oder die Eleganz, mit der ein Windhauch ein
Blütenblatt auf seinen unsichtbaren Händen trägt?
Oder den flüchtigen Anschein des Garstigen, mit
dem eine stachelige Raupe verbirgt, welche Schönheit
wirklich in ihr schlummert?*

Aus den Offenbarungen des Elfenstreuners
Blad bon Talare, von seinem Volk Tschijasch Kirkobinak Membal
genannt, der Sprudelnde Mund der Geheimnisse

Bis zum nächsten Rastplatz – einer weiteren Laube wie der, in der sie die letzte Nacht verbracht hatten – war Dalarrs Groll so weit verflogen, dass Namakan glaubte, seinen Meister gefahrlos ansprechen zu können.

»Ich freue mich auf die Elfen«, sagte er. »Ehrlich, Meister.«

Dalarr stocherte sich mit dem Fingernagel Reste eines Tannenfladens aus den Zähnen. »Natürlich freust du dich, du Spertill. Darum geht es doch gar nicht.« Er warf Ammorna einen frostigen Blick zu, vor dem sich weniger sture Köpfe sicher abgewandt hätten. »Es geht darum, dass es eine Überraschung hätte werden sollen.«

»Ich weiß nicht, warum du dich anstellst wie ein Bär, dem man den Honig gestohlen hat«, meinte Morritbi frei heraus, noch ehe Namakan etwas auf die Erklärung seines Meisters hätte erwidern können. »Es ist doch auch so eine Überraschung.«

»Du ...«

»Ich hätte nie gedacht, einmal einen Elfen zu Gesicht zu bekommen«, sprach Morritbi unbeirrt weiter. »Selbst hier im Hain kann sich niemand, mit dem ich je geredet habe, noch daran erinnern, einem Elfen begegnet zu sein. Die meisten meinen, sie wären alle fort.«

»Sie haben schon immer sehr zurückgezogen gelebt«, warf Kjell ein. »Es ist auch früher nur selten vorgekommen, dass sie einen ihrer Abgesandten an einen Adelshof schicken.«

»Oh«, brummte Dalarr und zeigte anklagend auf Ammorna. »Hat sie dir das etwa auch erzählt? Dann muss sie ja eine waschechte Chronistin sein, wo sie doch so viel über die Kinder des Dunstes weiß.«

»Mir ist so einiges über sie bekannt, ja«, gab Ammorna spitz zurück. »Beispielsweise, dass sie es anderen nicht erlauben, ihr Reich zu betreten.«

»Stimmt. Eine Nebelkrähe hat wahrscheinlich noch nie einen Fuß auf ihren Boden gesetzt«, spöttelte Dalarr. »Aber es gibt durchaus Leute, für die sie gern eine Ausnahme machen.«

»Und du bist einer von diesen Leuten?« Kjell verhehlte seinen Zweifel nicht. »Ausgerechnet du?«

Dafür, dass ihm jede Nacht hässliche Haare auf ihr wachsen, trägt er seine Nase ziemlich hoch, ärgerte sich Namakan. »Wenn der Meister sagt, dass es so ist, dann ist es auch so. Er würde uns nicht anlügen. Warum sollte er das auch?«

Ammornas schmale Lippen zuckten, doch sie schluckte das, was ihr offenbar auf der Zunge lag, mühsam hinunter.

»Ich glaube ihm.« Morritbi tätschelte Namakan das Knie. »Wer mit einer Riesenspinne feilscht, ohne eingesponnen an ihrer Wand zu landen, kann auch ein Freund der Elfen sein.«

»Von diesem Fohlen kannst du noch was lernen, Amme.« Dalarr lächelte versonnen. »Ich erinnere mich noch sehr genau an meinen letzten Besuch bei den Elfen, und wir sind tatsächlich als Freunde auseinandergegangen. Alles andere wäre ja auch geradezu unverschämt von ihnen gewesen, wenn man bedenkt, dass ich ihrer Königin einen Mann besorgt habe.«

»Du hast was?«, entfuhr es Ammorna entgeistert.

Dalarr lehnte sich zurück, stützte sich auf den Ellenbogen ab und schlug die Beine übereinander. »Richtig gehört. Ich darf mir auf die Fahnen schreiben, zwei verwandte Seelen zueinandergeführt zu haben. Und ich will euch auch gerne erzählen, wie es dazu kam.«

Unser Weg führte uns nicht aus reiner Neugier oder Abenteuerlust zu den Kindern des Dunstes. Wir suchten sie, weil wir etwas von ihnen brauchten. Und zwar dringend. Etwas, was nur einer der ihren uns geben konnte. Das Schicksal ganz Tristborns, wenn nicht gar der gesamten Welt hing davon ab, dass wir auf unserer Suche Erfolg hatten.

Wir, das waren damals …

Halt! Ich will euch nicht mit Einzelheiten über Menschen langweilen, von denen ihr noch nie etwas gehört habt. Es reicht, wenn ich zwei meiner Begleiter erwähne.

Der eine ist dieser verschlagene Hund, den ich damals meinen Bruder hieß. Ja, Waldur. Doch er spielt in dieser Geschichte keine sonderlich große Rolle.

Der andere hingegen hat meine Wertschätzung nie verloren. Wie könnte er auch? Galt Songare ist ein Mensch, wie er viel zu selten geboren wird. Einer, der die Sanftmut eines Lamms und den Mut eines Löwen in sich vereint. Einer, dessen starker Schwertarm der Schärfe seines Geistes in nichts nachsteht. Einer, der trotz alldem trinkfest und einem Sprung in offene Arme oder zwischen gespreizte Schenkel nie abgeneigt ist.

Manche meinen, gerade diese letzten beiden Eigenschaften machten einen unterhaltsamen Gefährten aus, und lasst euch gesagt sein: Sie täuschen sich nicht.

Nun muss ich der Ehrlichkeit halber erwähnen, dass Galt einen entscheidenden Vorteil gegenüber anderen Menschen genießt, wenn es darum geht, die richtigen Entscheidungen zu treffen. Seine Augen sind von unterschiedlicher Farbe, das eine von hellem Grün wie ein junger Trieb, das andere eigentümlich gelb, wie wenn man Dotter durch ein Stück Bernstein betrachtet. Und dort, wo ich in meiner Mutter wuchs, erzählt man sich seit jeher, dass Menschen mit zwei ungleichen Augen die Welt anders sehen. Sie können hinter, durch und zwischen die Dinge blicken, auf die Fäden, die Rädchen, die Pendel und die Federn, die dieses ehrfurchtgebietende Werk, das wir als Wirklichkeit bezeichnen, auf ewig am Laufen halten. Das ist womöglich nur dummes Gewäsch, aber wenn man eine Weile mit Galt unterwegs gewesen ist, ist man zumindest in Versuchung geführt, es für bare Münze zu nehmen. Genug geschwätzt. Ihr werdet es bald selbst erfahren, und ihr werdet ihn mögen, weil man gar nicht anders kann. Ach, dieser widerliche, vom Glück verfolgte Schönling ...

Ich erspare es mir, euch davon zu berichten, wie wir über die Grenzen in das Reich der Elfen gelangten. Ich müsste mir nur wieder von gewissen dummen Gänsen anhören, ich wäre ein prahlerischer Lügner.

Wir fanden uns also – getrieben von der Eile, das Leben Abertausender aufs Spiel gesetzt zu wissen – in der Heimstatt der Kinder des Dunstes wieder. Ein zauberhafter Ort, im allerwahrsten Sinne dieses Wortes. Uns fielen vor staunendem Glotzen schier die Augen aus dem Kopf, so viel gab es dort für uns zu sehen. Da waren die kühnen Bauten, die in geschwungenen Formen in den Himmel strebten. Keine Fuge, keine Nut war an ihnen zu erkennen, als verstünden sich die Kinder des Dunstes darauf, das Holz, aus dem sie ihre Häuser bauten, formbarer zu machen als geschmolzenes Glas.

Da waren die Kanäle, die das Reich der Elfen durchzogen. Nicht die geraden, kantigen Verschandelungen des Grunds, in die die Menschen das Wasser zwingen, nein. Dieses Wasser floss in sanften Bahnen, die an den freimütigen Lauf von Bächen erinnerten, und wo sie zusammenliefen, schwammen Schwärme von Fischen, die Flossen fein wie ein Nebelhauch und die Schuppen schimmernd wie Edelsteine. Die Luft war vom freudigen Gesang von Vögeln erfüllt – einer Art, wie ich sie nur dort gesehen habe. Diese Geschöpfe besaßen den Liebreiz und das prächtige Gefieder der Bunttauben, wie sie in den Baumkronen des Wispernden Dschungels nisten, doch ihr Flug war so schnittig und elegant wie der der Schwalben von den Donnerklippen. Zudem waren diese Vögel zahm, und sie schienen großen Gefallen daran zu finden, sich einem auf die Schultern zu setzen und süßeste Melodien ins Ohr zu zwitschern.

Kurzum: Wenn man sich ein erfülltes Leben so vorstellt, den lieben langen Tag von einem gewundenen Turm aus verzückt in die Wolken zu schauen, schönen Fischlein beim Schwimmen zuzusehen und sich von netten Vögelchen auf den Kopf kacken zu lassen ... dann, ja dann kann man in diesem Reich gewiss glücklich werden. Männern von meinem Schlag hingegen würden vor Langeweile rasch die Eier im Beutel faul, da wette ich drauf.

Jedenfalls hatten wir kaum die Grenze dieses wundersamen Reichs passiert, da sahen wir uns auch schon einer kleinen Heerschar gegenüber. Aus den Augen eines gewöhnlichen Kriegers betrachtet, der im Kampf nur auf die Wucht der eigenen Hiebe setzt und der die Gefahr, die von einem Gegner ausgeht, gern anhand des Wuchses seines Feindes einschätzt, ist so ein Elf eine traurige Erscheinung. Zugegeben, die meisten von ihnen sind ein oder zwei Köpfe größer als ein Mensch, aber ihre Statur ist derart schmächtig, dass man meint, sie ohne viel Federlesens über einem Knie in zwei Hälften brechen zu können. Selbst ihre Rüstungen bieten scheinbar nur einen höchst unzureichenden Schutz, da sie aus dünnen Holzteilen gefertigt sind, die sich wie eine zweite Haut um die flachen Oberkörper und die mageren Gliedmaßen ihrer Träger legen. Doch dieser Eindruck täuscht gewaltig, und wenn unser gewöhnlicher Krieger sich von ihm täuschen lässt, ist er wahrscheinlich bald ein toter Krieger.

Denn nicht nur sind die Panzer der Elfen härter als der Gondull eines Jünglings, der im Badehaus in den Weiberzuber steigt! Die Kinder des Dunstes führen Waffen, die jeden unvorsichtigen Schlagedrauf blutigste Lektionen lehren. Ich spreche nicht von ihren Pfeilen. Jedes Kind weiß, dass die Elfen meisterhafte Bogenschützen sind. Nur die wenigsten kennen jedoch ihre Elal Tscheb Kemikal, den Flüsternden Todesregen, Wurfringe mit messerscharf geschliffenen Kanten und ringsum darin platzierten Löchern, damit das Letzte, was man hört, wenn einem ein solcher Ring den Hals aufschlitzt, ein höhnisches Pfeifen ist. Oder die Tschusch Tijik, der Stechende Zorn, ihre Schwerter, die gleich drei Klingen haben, jede biegsam wie eine Peitsche und von dornigen Widerhaken überzogen.

Wir hätten diese zwei, drei Dutzend Elfen, die uns da nun umzingelt hatten, womöglich sogar in die Flucht treiben können. Doch wozu? Wir waren ja nicht in ihre Heimstatt vorgedrungen, um uns ein paar spitze Ohren an den Gürtel hängen zu können. Wir wollten um einen Gefallen bitten.

Also verhandelte Waldur mit ihnen. Damals wie heute ist er ein Mann, der stets die richtigen Worte findet, um andere seinem Willen gehorchen zu lassen. Das muss man ihm zugestehen.

Er verlangte von den Elfen, sie mögen uns zu ihrem Anführer bringen. Die Elfen steckten ihre Köpfe zusammen und tuschelten, und ich durfte begreifen, dass ein Achselzucken unter ihnen genau das Gleiche aussagt wie unter uns Menschen – mal Unwissenheit, mal Gleichmut, mal beides zusammen. Sie gaben Waldur eine Antwort, und er versicherte uns: »Wir gehen zu ihrer Königin.«

Eskortiert von unseren neuen Freunden gingen wir bald etwas hinunter, was ungefähr einer Prachtstraße in Silvretsodra entspricht, denn dieser Weg führte auf das größte Bauwerk im Reich der Elfen zu. Und wie eine Prachtstraße in der Reichshauptstadt war dieser Weg von Statuen gesäumt. Doch hier standen keine toten, steinernen Abbilder lange vergessener Helden, die grimmig in die Welt hinausstarrten. Das sanftmütige Wesen dieser verehrten Ahnen war in lebendigem Holz eingefangen, und sie waren in die prächtigsten Gewänder gehüllt. Ich rechnete fast damit, dass sich die Elfen einen Scherz mit uns erlaubten und sich die Statuen als Täuschung entpuppen würden. Dass sie in Wahrheit gleich wieder von ihren Podesten herabsteigen würden, sobald wir an ihnen vorübergeschritten waren. Sie taten es nicht. Ich habe mich eigens umgesehen.

Wir marschierten eine ganze Weile an dieser Zurschaustellung elfischer Wunderkunst entlang. Hierzu sei gesagt, dass die Kinder des Dunstes offenbar eine große Abneigung gegen gerade, gepflasterte Straßen besitzen. Sie ziehen unbefestigte Pfade vor, die sich in zahllosen Windungen dahinziehen. Ich befürchte fast, das spiegelt ihre verworrene Art zu denken wider. Warum das Einfache tun, um ein Ziel zu erreichen? Warum überhaupt etwas tun, wenn man genauso gut nichts tun kann?

Elfen ...

Wo war ich? Ah ja. Der Weg zur Halle der Zusammenkunft. Fragt mich nicht, wie die Elfen sie in ihrem Kauderwelsch nannten. Wahrscheinlich hört es sich so an wie alles andere auch, was ihnen über die Lippen kommt. Dieses zischelnde Singen, wie von einem heiseren Knaben, dessen Stimme immerzu bricht. Irgendetwas mit Tscha oder Tschi am Anfang.

Wie auch immer ...

Ich kann die Halle der Zusammenkunft nicht erwähnen, ohne ihre Bauweise zu preisen, denn das wäre ein unverzeihliches Versäumnis. Nirgendwo sonst steht ein Gebäude wie dieses. Es ist einer riesigen Knospe nachempfunden, die sich gerade erst öffnet, um preiszugeben, was sie zwischen ihren Blättern bewahrt: eine glatte, nicht minder riesige Kugel aus blauschwarzem Stein. Diese äußere Erscheinung hat einen triftigen Grund, aber dazu gleich mehr.

Die Elfen geleiteten uns in die Halle hinein, zu einem Geschöpf, dessen Schönheit ihresgleichen sucht. Nimarisawi. Wogendes Haar, das ihr wie ein Umhang aus geronnenem Quecksilber bis weit über die Hüften fiel. Ihre Haut ist Milch, eine frische Schneedecke, ein Laken, das sich nie beflecken ließe. Ihre goldenen Augen sind die einer Katze, eine einzige Einladung, sich in ihnen zu verlieren und zu ihrem fernen Grund hinabzutauchen. Ihr Kleid, aus blühenden Blumen geflochten, umfließt ihre Schultern und Hüften in der Art, in der ein Strom behutsam über die Felsen in seinem Bett gleitet.

Ich kann von Glück reden, dass Lodaja uns nicht begleitet hatte, da sie an einem anderen Ort dringender gebraucht wurde, um darüber zu wachen, dass ein neues Leben seinen Weg in diese Welt fand. Meine Blicke hätten mich verraten und ihre Eifersucht geweckt. Dennoch spüre ich keine Schuld über das plötzliche Begehren, das in mir aufwallte. Allen anderen erging es genauso, und wer weiß schon, ob selbst Lodaja den Reizen Nimarisawis mit kühler Gleichgültigkeit begegnet wäre. Flikka mek, ich hätte ein verschnittener Sklave sein müssen, um dieses Kind des Dunstes mit müden Augen zu betrachten.

Dann geschahen zwei Dinge zur gleichen Zeit. Waldur, der sich seit jeher selbst am liebsten reden hört, begann damit, wortreich unser Ansinnen vorzutragen. Galt dagegen ging auf die Knie und beugte das Haupt, wie man es in seiner Heimat nun einmal hält, wenn man vor eine Königin tritt.

Die Elfen sahen alle reichlich verdattert aus.

»Was tust du da, Rundohr?«, fragte Nimarisawi.

Ich wollte später einmal von ihr wissen, wo sie die gemeine Sprache aufgeschnappt hatte, die man in Tristborn und in manchen der angrenzenden Länder spricht. Sie behauptete steif und fest, sie hätte die Worte dafür aus dem Geist eines träumenden Wanderers gestohlen, der eines Nachts ganz in der Nähe der Grenze zu ihrem Reich sein Lager aufgeschlagen hatte. Ich hielt das für Unfug, obwohl mir die Legenden nicht unbekannt waren, in denen einsame Wanderer im Schwarzen Hain unvermittelt einem Elfen begegnen. Diese Legenden enden alle gleich: Dem Menschen verschlägt es die Sprache, und er kann nie über das berichten, was er gesehen hat, weil er für immer stumm bleibt. Unfug. Ich bin ja nun bei den Elfen gewesen, und trotzdem sitze ich hier bei euch am Feuer und schnattere wie ein Ganter. Andererseits ... womöglich hatten wir alle damals auch einfach nur Glück, und die Elfen mochten uns so sehr, dass sie uns unsere Worte gelassen haben. Falls dem so sein sollte, dann ist das einzig Galts Verdienst.

»Ich knie nieder, wie es sich vor einer Königin gebührt«, antwortete mein Freund auf Nimarisawis Frage.

Sie lächelte kurz, wie man über den dummen Schabernack eines Kindes lächelt, das es nicht besser weiß, als einfältige Witze zu erzählen. »Warum erhebst du dich nicht? Wie kann ich eine Königin sein, wo es unter den Kal Majul keine Könige und keine Königinnen gibt?«

Ich kann nicht anders, als noch einmal die ungewöhnlichen Sitten der Kinder des Dunstes zu erwähnen, damit ihr begreift, was da vor sich ging. Eine ihrer Unarten ist, dass sie all ihre Aussagen als Fragen treffen. Aber was soll man von einem Volk, das sich weigert, gerade Straßen zu bauen, auch anderes erwarten?

Zu den erfreulichen Traditionen, die sie vorzuweisen haben, zählt ein Ritual, das sie jeden Neumond durchführen. Sie finden sich alle in der Halle der Zusammenkunft ein. In deren Mitte entspringt aus dem Boden die Knospe mit dem Stein darin, die der Halle zum Vorbild diente. Die echte Knospe ist kaum weniger imposant – drei Männer mit Armen lang wie die von Kjell könnten sie wohl nicht ganz umfassen. Das

Ritual ist schlicht und ergreifend zugleich – sofern man zu der Sorte gehört, die sich von Ritualen ergreifen lassen. Die Elfen treten an die Knospe – einer nach dem anderen –, singen eine einzige Silbe zu einer Melodie, die ihnen gerade zwischen den Ohren herumschwirrt, und streichen mit den Fingerspitzen über ein Blatt der Knospe. Bei einem von ihnen zeigen Knospe und Stein eine erstaunliche Regung: Die Knospe entfaltet eines ihrer Blätter, und der Stein führt den gesungenen Klang fort. Das Kind des Dunstes, das von Knospe und Stein auserkoren wird, trägt bis zum nächsten Neumond zwei Ehrentitel. Tschelal Kulaschi, die schönste Stimme, und Tschun Koschijal, die zarteste Blüte. Nun ist es nicht so, dass die anderen ihm in irgendeiner Weise Gehorsam leisten müssten. Sie streben nur danach, dem Auserkorenen mit besonderer Zuneigung und Aufmerksamkeit zu begegnen, was sie durch allerlei Geschenke zum Ausdruck bringen – Blumenketten, Lieder, Gedichte, kleine Schnitzereien und dergleichen Tand mehr.

Ich habe Nimarisawi nie danach gefragt, um mir meine Selbstachtung zu wahren, doch ich sollte mich wohl damit abfinden, dass uns die anderen Kinder des Dunstes nur zu ihr gebracht haben, weil sie ihr ein besonders ausgefallenes Geschenk präsentieren wollten.

Nun, Galt stand auf, und Waldur räusperte sich, um seinen Vortrag fortzusetzen. Er kam nicht sehr weit. Diesmal war es Galt, der ihm über den Mund fuhr.

»Etwas bedrückt dich«, sprach er die Auserkorene an.

Waldur und ich verdrehten zunächst die Augen, weil wir dachten, unser Begleiter ziele unbedingt darauf ab, ins Bett einer Elfenkönigin zu gelangen. Umso verblüffter waren wir, als Nimarisawi erneut lächelte – und es entging uns nicht, dass dieses Lächeln von einem Blick begleitet war, den tiefe Trauer tränkte.

»Sag mir, was es ist«, verlangte Galt. Es war keine unverschämt hinausgerufene Forderung. Es war ein betroffenes Flüstern, das seine Wirkung nicht verfehlte.

»Wie kann ich es zeigen, ohne dass du es siehst?« Nimarisawi bedeutete uns, ihr zu folgen, und so verließen wir die Halle der Zusammenkunft.

Sie zeigte uns die Quelle ihres Leids: Auf einer Wiese, wie sie sogar auf den Almen nicht schöner grünt, stand ein Schimmel. Nimarisawi mag dem Verständnis eines Tristborners nach keine richtige Königin sein, aber dieses Pferd wäre einer richtigen Königin mehr als würdig gewesen. Schließt die Augen und denkt an das schönste Pferd, das ihr euch vorstellen könnt, und ihr nähert euch dieser edlen Kreatur, die wir vor uns sahen, womöglich ein wenig an. Ein anmutig geschwungener Hals. Ein kurzer, kräftiger Rücken. Die Kruppe angenehm flach, dahinter ein stolz erhobener Schweif. Ein kleines, fast vornehmes Maul, darüber große Nüstern und eine vorgewölbte Stirn, die von großer Gelehrsamkeit zeugte. Es war ein Tier, für das so manch leidenschaftlicher Reiter so manch liederliches Verbrechen begangen hätte, um es in seinen Besitz zu bringen.

Nimarisawi strich dem Schimmel durch die Mähne. »Warum frisst Sus Atschil nicht mehr? Warum trinkt er nicht mehr? Warum ist ihm nicht mehr danach, dass ich ihn reite?«

Sus Atschil, der Wolkenfreund, gab ein verhaltenes Schnauben von sich.

»Denn liebt er mich nicht noch immer so wie an dem Tag, als er als Fohlen zu mir kam?«, beteuerte Nimarisawi.

Und wieder war es Galt, der durch, hinter und zwischen die Dinge schaute. Er betrachtete den Schimmel eine Weile schweigend. Seine Lippen bebten, wie wenn er Zeuge eines großen Unrechts würde. Dann sah er zu der Elfe. »Du hast dieses Pferd mit Zaubern belegt.«

»Wie konnte ich das nicht?«, entgegnete Nimarisawi. »Wie konnte ich das nicht, wo mein geliebtes Wesen doch so sehr litt?«

»Heb sie auf. Heb sie alle auf.« Die Spur eines Flehens lag in Galts Stimme. »Lass ihn endlich gehen.«

»Wie kann ich das?« Nimarisawi war den Tränen nahe, und allen um sie herum ging es nicht anders. Nicht einmal mir oder Waldur. »Wie lasse ich ihn gehen, ohne dass mir das Herz zerspringt? Wie kann ich das?«

Galt verstand den Kummer der Elfe, und er verstand auch, wie Abhilfe zu schaffen war. Er bat Waldur um Bogen und Köcher. Waldur, in einem letzten Akt des Mitgefühls für eine andere Kreatur, dessen Zeuge ich werden sollte, gab der Bitte unseres Freundes nach. Ich begann zu ahnen, was Galt vorhatte.

»Ein eitler Käfig ist die Welt«, sang er und nahm einen weißbefiederten Pfeil aus dem Köcher. »Das Fleisch, das uns gefangen hält.« Die Bogensehne glitt in die Nocke. »Gib mir den Schlüssel in die Hand.« Galt spannte den Bogen. »Und hol mich in das fernste Land.« Der Pfeil schnellte von der Sehne und bohrte sich tief in die Brust des Schimmels.

Nimarisawi schluchzte auf, ein einziges Mal nur, doch das reichte, um die Wangen der anderen Kinder des Dunstes mit Tränen zu benetzen.

Langsam, ganz langsam sank der Schimmel auf die Seite nieder. Er legte den Kopf ins Gras und tat seinen letzten Atemzug. Als seine Brust sich senkte und nicht wieder hob, fielen alle Zauber von ihm ab, mit denen Nimarisawi ihn belegt hatte. Ich weiß nicht, wie viele Sommer Sus Atschil gesehen hatte, doch es müssen viele gewesen sein. Zu viele. Sein Fell – eben noch seidig und glänzend – war stumpf und sein Rücken von kahlen Stellen übersät. In seinem geöffneten Maul waren keine Zähne mehr, und seine Zunge ähnelte einem grauen, trockenen Lappen. Das Alter hatte ihm Fesseln und Knie anschwellen lassen wie volle Weinschläuche. Jede Rippe stach wie ein Felsgrat aus der Haut hervor.

Wir alle schwiegen, ins Mark erschüttert vom Anblick dieser aufgehobenen Täuschung, dieses aus inniger Liebe geborenen Elends, das nun endlich vorüber war.

Die Verse, die Galt gesungen hatte, stammten übrigens nicht von ihm. Dieser schlaue Fuchs zitierte lediglich den Stummen

Barden. Das habe ich Nimarisawi nie offenbart. Nicht aus bösem Willen. Nur, weil ich den leidvollen Augenblick, als etwas so Schönes wie Sus Atschil dahinging, in ihrer Erinnerung nicht noch leidvoller machen wollte.

Doch ein Wunder erwartete uns noch. Namakan weiß, woran ich glaube. An die Stille Leere, die Ursprung und Ende eines jeden von uns ist. Aber was für uns Menschen gilt, muss vielleicht nicht für alle Geschöpfe so sein. Wie sonst sollte ich mir erklären, was nun geschah?

Sus Atschils Leib zerfiel vor uns, wohl weil die Zeit, die so lange ihres ureigensten Anrechts beraubt worden war, in aller Eile nachholte, was sie ohne die Zauber der Elfe schon längst angerichtet hätte. Es klingt schaurig, doch das war es nicht, denn aus dem Staub und den Knochen stob ein gleißender Dunst hervor. In trägen Wirbeln verdichtete er sich zu einer Gestalt, und vor uns erstand Sus Atschil auf, in Nebel und Licht. Frei, an nichts in dieser Welt mehr gebunden.

Die Erscheinung währte nur kurz. Ein Windstoß nahm sie mit sich, hin zum Toschoschik Sibal, den Fallenden Nebelwassern, von denen die Elfen glauben, sie wären der Ursprung ihrer Existenz. Doch ihr könnt euch bald selbst ein Urteil darüber bilden, was ihr auf die Geschichten gebt, die sich die Kinder des Dunstes über ihre Herkunft erzählen.

Der Rest ist schnell berichtet. Galt und Nimarisawi waren fortan unzertrennlich. Ob sie nun durch die Umstände von Sus Atschils Erlösung verbunden waren oder weil sie wechselseitig der unvergleichlichen Anziehung des Fremden und Unbekannten erlagen? Wer weiß das schon ... Fragt sie selbst, wenn ihr euch traut. Ich weiß nur, dass sie ihm einen neuen Namen verlieh: Tschun Kas Rikkach Kab, die Stimme der schmerzlich süßen Wahrheit.

Der Klang dieser neuen Stimme muss indes Anreiz genug für sie gewesen sein, unserer Bitte, wegen der wir sie eigentlich aufgesucht hatten, nachzukommen. Sie willigte ein, einen ganz besonderen Zauber für uns zu wirken. Mehr noch: Sie begleitete uns sogar hinaus in die Welt jenseits ihrer Heimstatt, um zu sehen, welche Absichten wir mit ihrer großzügigen Gabe verfolgten. Ihr Wagemut wurde belohnt. Sie erlebte binnen weniger Wochen mehr Aufregendes als in all der unendlich langen Zeit, die sie in ihrem langweiligen Zuhause damit zubrachte, Blumenkränze zu flechten und hilflosen Gäulen einen gnädigen Tod zu verwehren.

Ach, ich denke, am Ende war es ein bisschen zu viel Aufregung für das alte Spitzohr. Warum sonst hätte sie Galt danach dazu drängen sollen, mit ihr zurück zu den bunten Vögeln und schillernden Fischen zu gehen?

Nun ja, das, was für uns im Augenblick zählt, ist, dass sie mir zum Abschied verraten hat, wie man in ihrem Reich Einlass findet, auch ohne dass man sich mit Skaldatklingen den Weg freihacken muss. Ich stoße ungern so laut in mein eigenes Horn, aber vor euch sitzt ein Vertreter einer erlesenen Gemeinschaft, der weniger Menschen angehören, als man Finger an den Händen hat: ein Atschil Bekischak, ein ewiger Freund der Kinder des Dunstes.

So, denkst du Nebelkrähe da drüben immer noch, ich sei nichts als ein Aufschneider?

Ammorna ließ sich mit ihrer Antwort Zeit. Sie zupfte erst gemächlich ein paar Tannennadeln vom Saum ihrer Robe, ehe sie sagte: »Ob ich dir glaube oder nicht, entscheide ich, sobald wir durch die Dornige Hecke gegangen sind.«

»Was ist die Dornige Hecke?«, fragte Namakan seinen Meister.

»Die Hecke?« Dalarr rieb sich über die Brustplatte seiner Rüstung und schürzte die Lippen. »Belassen wir es doch einfach dabei, dass es diese faltige Vettel noch nicht geschafft hat, dir jede Überraschung zu verderben.«

19

*Der kluge König weiß in seinen bedeutsamsten
Entscheidungen sein Volk stets hinter sich.
Der klügste König wendet sich von Zeit zu Zeit um,
um zu sehen, wer es ist, der da hinter ihm steht.*

Aus den *Geboten weiser Herrschaft*

Das ist keine Hecke. Das ist eine lebendige Wand.
Namakan betrachtete das gewaltige Hindernis, das vor ihnen lag. Auf einer freien Schneefläche türmte sich ein dichtes Gestrüpp gewiss mehr als hundert Schritte in den Himmel auf. Es zog sich linker wie rechter Hand bis zum Horizont dahin, gleich einem unüberwindlich scheinenden Wall, der die Welt in zwei Hälften teilte. Die Hecke trug kein Laub an ihren armdicken, ineinander gewundenen Zweigen, doch dafür Abertausende der Dornen, denen sie ihren Beinamen verdankte. Lang und spitz wie Dolche, und unübersehbar aus dem dunklen, harten Holz, aus dem auch die Pfeilspitze gefertigt war, die Namakan in der ersten Laube gefunden hatte. Die Dornen allein hätten die Hecke bereits zu einem beunruhigenden Anblick gemacht, doch es gab noch etwas, das Namakan ein flaues Gefühl im Magen bescherte: Die Ranken der Hecke bewegten sich. Es war den Untrennbaren sei Dank kein wildes Peitschen, denn dann hätte Namakan wahrscheinlich niemals den Mut gefunden, sich ihnen weiter zu nähern. Ihre Bewegungen ähnelten eher dem geruhsamen Schwanken und Neigen von Wasserkraut, das in der sanften Strömung eines Bächleins gewiegt wurde.

»Ist das die richtige Stelle?«, fragte Namakan seinen Meister.
»Ich sehe keinen Durchgang.«

»Es ist wie mit einem schönen Busen«, erklärte Dalarr, die Arme in die Hüften gestemmt. »Jede Stelle ist so gut wie die andere.«

»Das kann schon sein«, meinte Morritbi. Sie hatte den Kopf schiefgelegt, als würde sie dem Flüstern des Feuers lauschen. »Aber die Geister dieses Buschs sind unruhig. Wie werden wir sie besänftigen? Mit Blut?«

Kjell kniff die Augen zusammen und rieb sich mit Daumen und Zeigefinger die Wurzel seiner stolzen Nase. »Wenn wir bis zur nächsten Nacht warten, finde ich vielleicht einen Weg da durch. Wohl ist mir bei dem Gedanken allerdings nicht. Diese Dornen wären dann ja genauso lang wie ich als Ratte.«

»Und was, wenn wir in einer Richtung daran entlanggehen?«, schlug Ammorna vor. Sie deutete mit dem Daumen erst zur einen, dann zur anderen Seite. »Das Gestrüpp ist womöglich nicht überall so dicht.«

»Nur zu«, ermunterte sie Dalarr. »Lauf ruhig los. Tu so, als wäre das hier ein ganz gewöhnlicher Strauch und nicht eine von Zauberhand geschaffene Grenze, für die die Regeln von Zeit und Raum gebeugt wurden. Wer weiß? Mit etwas Glück finden wir dein Gerippe, wenn wir später aus der Hecke treten, sobald wir die Elfen wieder verlassen.«

»Aber was machen wir dann?«, wollte Namakan wissen.

Ammorna kennt ihn wirklich gut. Es stimmt. Er hat eine wahre Freude daran, sich als Schausteller aufzuführen.

»Es ist ganz einfach«, sagte Dalarr gönnerhaft, ehe er sich zur Hecke hinwandte. Er räusperte sich, legte die Hände um seinen Mund wie ein übereifriger Marktschreier und rief: »Atschil Bekischak!«

Nichts geschah, außer dass am Waldrand ein paar erschrockene Vögel aus den Bäumen aufflogen.

Dalarr taxierte das Gestrüpp einen Moment, als könnte er es nur mit seinen Blicken durchbohren und so einen brauchbaren Durchgang schaffen. Dann runzelte er die Stirn. »Dridd!«

Was hat er erwartet?, wunderte sich Namakan. *Dass sich die Hecke mir nichts, dir nichts auflöst? Dass eine Gesandtschaft der Elfen darüber hinweggeflogen kommt? Was?*

»Atschil Bekischak!«, rief Dalarr ein zweites Mal. Lauter, ungeduldiger und mit einer anderen Betonung der fremdartigen Silben.

Es tat sich nichts, außer dass Morritbi sich ein Kichern nicht verkneifen konnte und Ammorna etwas von »Prahlhansen und Pfauenhähnen« murmelte.

Dalarrs Miene verfinsterte sich weiter. Namakan kannte diesen halb zornigen, halb enttäuschten Ausdruck, der immer dann auf seine Züge trat, wenn sich das Skaldat nicht nach seinem Willen mit dem geschmolzenen Metall verband.

»Atschil Bekischak! Atschil Bekischak!«, brüllte Dalarr trotzig aus voller Lunge. Darauf folgte ein Raunen hinter zusammengebissenen Zähnen. »Pack mir einer an den Beutel. Seid ihr taub auf euren spitzen Ohren?«

Namakan wappnete sich schon gegen erneuten Spott von Ammorna, da ertönte ein überraschtes »Beim heißen Atem meines Vaters!« von Morritbi.

Die Hecke durchlebte eine erstaunliche Verwandlung. Unmittelbar vor ihnen begannen die Ranken sich nun heftiger zu bewegen, wie wenn sie Dalarrs Brüllen eingeschüchtert hätte. Raschelnd und schabend wichen sie an einer Stelle immer weiter auseinander, bogen und spannten sich hierhin und dorthin, bis zu erahnen war, was sie damit bezweckten: Sie formten einen Durchlass, eine Art Torbogen, an den sich ein gewundener Gang durch das trockene Gestrüpp anschloss.

»Nun denn.« Dalarr rieb sich die Hände und schritt auf die Öffnung zu. »Wollen wir doch einmal nachsehen, was da so lange gedauert hat.«

Die dornigen Ranken wuchsen dicht genug, dass kein Sonnenlicht den Weg durch dieses verworrene Gestrüpp fand. Es wäre ein düsterer Marsch für die Wanderer geworden, wenn nicht Ammorna gewesen wäre. Sie wisperte ein Gebet an ihre Göttin, und Krokas Macht brachte ihren Krallenstab zum Leuchten.

Verirrt hätten sich Dalarr und seine Begleiter jedoch in keinem Fall, denn es zweigten von diesem Durchgang keine anderen Wege ab. Dafür schien er regelrecht dazu gemacht zu sein, Dalarrs Einschätzung über die Abneigung der Elfen gegen alles Gerade zu bestätigen. Anstatt in einer klaren Bahn durch die Hecke zu stoßen, wand sich der Gang, als wäre er die Fraßspur einer riesigen Raupe, die sich in ihrem Hunger nicht einmal von Dornen hatte abschrecken lassen. Insofern war es schwer für Namakan nachzuvollziehen, wie lang die Strecke war, die sie zu bewältigen hatten. In ihm rang die Vorfreude auf seine Begegnung mit den Elfen mit einem starken Gefühl der Beklemmung. *Ich bin nur froh, dass die Ranken, die die Decke und die Wände bilden, hier hübsch stillhalten. Man bekommt wegen all der Dornen, die aus ihnen hervorragen, auch so schon das Gefühl, in den Schlund eines Neunauges hineinzumarschieren. Falls die Hecke es sich anders überlegt und wir doch keine willkommenen Gäste sind, kann sie uns zerraspeln wie Käse auf einer Reibe.*

Gerade als das Leuchten von Ammornas Stab verglomm, machte der Gang eine letzte Biegung und ihnen schien blasses Tageslicht entgegen. Vor ihnen öffnete sich ein Tal, zu beiden Seiten von steilen Felswänden begrenzt, die in einem spitzen Winkel aufeinander zuliefen, ohne sich jedoch ganz zu berühren. Wie Korn, das in einer Mühle in den Trichter fiel, schlugen sie die einzige Richtung ein, die sich ihnen bot – hin zu den Bauten, von denen Dalarr erzählt hatte.

Niemand sagte ein Wort, doch Namakan war sicher, dass sie alle das Gleiche dachten. *Nichts ist so, wie er es gesagt hat.*

In Namakans Vorstellung war das Elfenreich ein grünender, sonnendurchfluteter Ort gewesen. Nun biss ihm eine trockene Kälte ins Gesicht, und das Gras unter seinen Stiefeln war von klirrendem Frost verdorrt. Die Bauwerke, die sich kühn in die

Lüfte hätten schwingen sollen, lagen als verrottete Trümmer da, von einem wütenden Sturm kurz und klein geschlagen. Die Kanäle waren von einer dicken Schicht aus klarem Eis überzogen, die schillernden Fische darin eingeschlossen wie in Glas. Von den nackten Ästen der Bäume und den verwitterten Geländern der Brücken hingen Eiszapfen. Vor Namakans Mund gefror ihm der Atem zu flirrenden Kristallen, die in einem verhaltenen Knistern zu Boden sanken. *Es ist, als hätten die Elfen den Winter selbst gegen sich aufgebracht.*

Schweigend zogen die Wanderer durch diese trostlosen Ruinen, als befürchtete jeder von ihnen, ein unbedachtes Wort könnte dieses ganze tote Reich von einem Wimpernschlag zum nächsten zerspringen lassen. Sie folgten dem gewundenen Pfad, der von Standbildern gesäumt war und den Dalarr schon einmal beschritten hatte, jeder in seine eigenen Gedanken versunken. Namakan vermutete, dass sie sich dennoch stumm die gleichen Fragen stellten. Was war hier nur geschehen? Was hatte dazu geführt, dass die einst so prächtigen Gewänder der Statuen zerschlissen waren und in Fetzen herabhingen? Welche Macht hatte hier dem Holz befohlen, verkrüppelte Triebe auszubilden, die den elfischen Helden aus Brust und Gesicht wuchsen wie knollige Pestgeschwüre?

Ein lautes Knacken durchbrach die Stille.

Alle blieben wie angewurzelt stehen und schauten sich fragend an – alle bis auf Kjell.

»Ich glaube, das war ich«, sagte der Graf ohne Land leise und hob seinen Fuß an. Darunter kam eine Handvoll dünner Knochen zum Vorschein, die unter seiner Stiefelsohle zersplittert waren. »Da ist ein Schnabel dabei«, stellte Kjell fest. »Jetzt wissen wir, was aus den Vögeln geworden ist.«

»Der zertretene Schädel eines zarten Vogels.« Ammorna raffte die Robe und beugte sich über die zermalmten Überreste. »Das ist kein gutes Omen.«

»Was du nicht sagst ...« Dalarr verzog den Mund. »Wie lange muss man Kroka in den Rabenhintern kriechen, um eine solche Weisheit zu erlangen?« Er drehte sich einmal um die eigene Achse, langsam, die Schultern gespannt, die Hände an den Griffen seiner Schwerter, als rechnete er damit, dass irgendwo in der tristen Szenerie um ihn herum ein zum Sprung bereites Raubtier auf der Lauer lag. »Man muss beileibe nicht in einem Kloster studiert haben, und man braucht schon rein gar nichts von albernen Omen zu verstehen, um zu bemerken, dass hier mächtig etwas aus den Fugen geraten ist.«

Nun, da der Bann des erschütterten Schweigens offenbar endgültig gebrochen war, fragte Namakan: »Warum ist hier niemand mehr? Wo sind die Elfen hin?«

»Wenn sie angegriffen worden sind, wohin würden sie sich dann zu ihrem letzten Gefecht zurückziehen?« Morritbi schlang die Arme um ihren Leib und schüttelte sich. An einem Ort wie diesem reichte wohl sogar die unbändige Hitze in ihr nicht aus, um sie vor einem Frösteln zu bewahren. »Ich meine, sie müssen doch angegriffen worden sein, oder?«

»Oder es war eine Seuche«, warf Ammorna düster ein. »Die Plage ...«

»So oder so werden sie sich in ihrer Halle der Zusammenkunft versammelt haben.« Er wies auf das imposante Gebäude, das die schmalste Enge des Tals beherrschte. Wenn man Dalarrs Geschichte Glauben schenkte, hätte es an eine Knospe erinnern sollen, die ihre Blätter entfaltete. Die Art und Weise, in der das Bauwerk verfallen war, verlieh ihm allerdings eher die Anmutung einer Flusskrabbe, die im Tod sämtliche Beine von sich gestreckt hatte. Die Kuppel in der Mitte, die einer Steinkugel nachempfunden war, war der runde Leib, dessen harte Schale unter dem unablässigen Picken eines Möwenschnabels aufgebrochen war.

»Wir sollten hier nicht rumstehen. Das nutzt uns nichts. Gehen wir weiter. Dann werden wir herausfinden, was sich hier abgespielt hat.« Dalarr ging forsch den Pfad weiter hinab, und die anderen folgten ihm, wenn auch zögerlicheren Schrittes. Sie hatten vielleicht fünf oder sechs der nächsten Statuen passiert, da knackte es erneut laut und vernehmlich.

»Diesmal war ich's nicht!«, verteidigte sich Kjell auf der Stelle.

Er sprach die Wahrheit, was leicht zu erkennen war: Obwohl er sich nicht rührte, knackte es nun wieder. Und wieder. Und wieder. Das Knacken von Gelenken, die keine Gelenke aus Knochen, Sehnen und Muskeln waren. Das Knacken von Gelenken, die ganz aus Holz bestanden.

Ihr Untrennbaren! Es sind die Statuen!

Wankend und steif wie alte Männer traten sie von ihren Podesten herunter, die Aberdutzenden von hölzernen Elfen, die doch einem völlig anderen Zweck als Zierde und Erinnerung dienten.

»Atschil Bekischak! Atschil Bekischak!«, rief Dalarr sofort in der Stimme eines Mannes, der in einer Schänke danach trachtet, ein hitziges Wortgefecht nicht in eine blutige Messerstecherei ausarten zu lassen.

Wenn die Statuen ihn hörten, so zeigten sie es nicht. Mit ausgestreckten Armen staksten sie voran, die edlen Züge grausam in ihrer lebensechten Teilnahmslosigkeit.

»Sie wollen uns einkreisen!« Kjell zog sein schartiges Schwert und hieb auf das wandelnde Standbild ein, das ihm und Ammorna am nächsten gekommen war. Die Klinge grub sich seinem Gegner schräg neben dem Hals bis zur Brust in den Rumpf. Ein Feind aus Fleisch und Blut wäre auf der Stelle tot zusammengebrochen, doch dieser Widersacher nicht. Die Nachbildung eines besonders hageren Elfen, der eines der Peitschenschwerter trug, von denen Dalarr berichtet hatte, schlurfte weiter voran und stieß sich dabei Schritt für Schritt Kjells Schwert tiefer in den Leib. Die Statue holte zu einem Schlag mit ihrer Waffe aus. Ihre Bewegungen waren abgehackt und eher bedächtig, aber Namakan zweifelte keinen Augenblick daran, dass ein Treffer mit dem Peitschenschwert selbst bei einer solchen Ausführung schreckliche Wunden reißen konnte.

Er muss sein Schwert loslassen! Ehe Namakan eine Warnung aussprechen konnte, wurde er seinerseits von einer der Statuen bedrängt: Eine Elfe, deren Finger in Nägeln wie Bärenkrallen ausliefen, griff mit einer Hand nach der Kapuze seines Umhangs. Namakan wurde nach hinten gerissen und kippte von seinem Rucksack gezogen um. Die Statue hob ihre freie Klaue zum Schlag.

Er handelte, ohne zu überlegen. Sein Jagddolch flog ihm förmlich in die Hand, und Namakan schlug zu, um die Klaue beiseite zu wischen. Er erreichte viel mehr, nämlich dass die Klinge des Dolchs das Holz glatt durchschnitt und abgetrennte Finger auf ihn herabregneten.

Das Skaldat! Nichts ist härter als Skaldat!, begriff er.

»Atschil Bekischak!« Dalarrs Ruf hatte den Anschein von blankem Irrsinn: Während er beteuerte, ein ewiger Freund der Elfen zu sein, ließ er Blotuwakar über seinen Kopf kreisen, sprang an Namakans Seite und hieb zu. Namakan spürte den Druck der Klaue in seinem Nacken ein wenig weichen. Aus der rechten Schulter der Statue, die ihn bedrängt hatte, ragte nur noch ein Stumpf.

Namakan rappelte sich auf, schüttelte den losen Arm ab, der von seiner Kapuze baumelte, und sah zu, wie sein Meister sich zweier weiterer Statuen annahm. Dalarr nutzte die Reichweite seines Langschwerts voll aus: Er ging halb in die Hocke und führte zwei, drei weitgeschwungene Hiebe aus, als würde er mit einer Sense Heu machen. Die Statuen gingen zu Boden, aber obwohl ihnen nun die Beine fehlten und auf dem Boden verstreut lagen wie makabres Brennholz, krochen die unheimlichen Wächter dieses Reichs weiter auf Dalarr zu. *Sie können nicht sterben, weil sie nicht leben!*

Namakan sah sich nach den anderen um. Er erwartete fast, Kjell von hölzernen Händen in Stücke gerissen zu sehen. Stattdessen war es ihm mit Ammornas Hilfe gelungen, die Statue, in der sein Schwert steckte, zu Fall zu bringen. Ammorna hielt

den hilflos um sich schlagenden Wächter mit ihrem Krallenstab nieder, während Kjell seine Waffe freizerrte.
Wo ist Morritbi? Da! Da ist sie! Da die Wächter sich nur langsam bewegten, war es der flinken Morritbi irgendwie gelungen, ihren Kreis zu durchbrechen. Sie stand nun geduckt hinter einer Gruppe von fünf oder sechs Statuen, die ihr den Rücken zuwandten.

»Ihr seid nur Holz!«, schrie die Hexe. Ihre Hände schossen an ihren Gürtel.

»Nicht!«, warnte sie Dalarr, doch es war zu spät.

Eine Wolke rotes Skaldatpulver flirrte in der Luft, Morritbi stieß kräftig Luft aus, und eine Flut aus Flammen wusch über die Wächter hinweg. Ihr Holz mochte hart sein, aber es war auch trocken wie Zunder und bot dem Feuer reichlich Nahrung. *Ja! Ja!,* jubelte Namakan innerlich auf. *Das ist es! Verbrenn sie alle!* Der Jubel währte nur kurz. Obwohl die Handvoll Wächter, die von dem Feuerstoß erwischt worden waren, in Flammen standen, wankten sie immer noch voran wie Feuersäulen, denen plötzlich Beine gewachsen waren. *Sie hat alles nur noch schlimmer gemacht!*

»Atschil Nimarisawi!« Dalarr setzte über seine kriechenden Gegner hinweg, um sich der neuen Bedrohung in den Weg zu stellen. »Atschil Galt!«

»Katalik!«, gellte es mit einem Mal über das Prasseln der Flammen, das Keuchen der Kämpfenden und das Knacken der Wächter hinweg.

Namakan wusste nicht, woher der schrille Schrei kam. Es scherte ihn auch nicht. Was ihn scherte, war seine Wirkung: Sämtliche Statuen, die auf erschreckende Weise zu einem Scheinleben erweckt worden waren, verharrten mitten in der Bewegung. Selbst die Wächter, aus denen die Flammen schlugen, blieben stehen und ließen sich einfach vom hungrigen Feuer verzehren.

Auch Namakan und die anderen Eindringlinge ins Elfenreich waren einen Moment lang wie gelähmt. Dalarr überwand seine Überraschung über das unerwartete Ende des Gefechts als Erster.

»Das wurde aber auch Zeit«, grollte er und steckte Blotuwakar zurück in die Scheide. Er schaute sich suchend um. »Empfangen die Kinder des Dunstes neuerdings so einen alten Freund?«

Namakan bemerkte eine Gestalt, die sich aus dem Schutz einer nahen Ruine löste. »Dort, Meister!«

Wer da mit gespanntem Bogen auf sie zukam, war eine Frau, die eine jener engen Holzrüstungen trug, wie Dalarr sie erwähnt hatte. *Sie kann keine Elfe sein,* dachte Namakan. *Sonst würde ich doch nicht gleich sehen, dass sie eine Frau ist, denn der Meister hat ja gesagt, Männlein und Weiblein wären unter den Elfen arg schwer auseinanderzuhalten. Und ihre Hüften sind breit, und ihre Brüste ... Außerdem hat sie kein langes Haar. Elfen müssen doch feines, langes Haar haben, glänzend wie Silber. Ihres ist kurz und struppig und stumpf wie billiges Messing. Nicht mal richtig spitze Ohren hat sie.* Namakan stellte sich eine höchst unbequeme Frage: *Was, wenn sie zu denen gehört, die die Elfen von hier vertrieben und ihr Reich verwüstet haben?*

Dalarr teilte die Bedenken seines Schülers offenbar nicht. »Nichts für ungut, ja? Ich weiß, dass ich nicht mehr so stattlich bin wie früher. Man kann mich leicht für jemand anderen halten.« Er breitete die Arme aus und machte einen Schritt auf die Frau zu. »Ich würde vorschlagen, wir ...«

Der Pfeil sirrte von der Sehne und bohrte sich keinen Fingerbreit vor Dalarrs Stiefelspitzen in die Erde.

»Würdet ihr euch besser nicht bewegen?« Die Frau hatte bereits den nächsten Pfeil aufgelegt. Sie hatte einen sonderbaren Akzent, in dem sie die Zischlaute über Gebühr betonte. »Oder wollt ihr aussehen wie Stachelschweine?«

Sie ist schnell. Namakan zeigte sich wider Willen beeindruckt. *Und sie sieht zwar nicht aus wie eine Elfe, aber sie redet wie eine.*

»Wer seid ihr? Was wollt ihr hier?«, fragte sie, und sie klang dabei wie der erfahrene Oberst einer Stadtwache, der schon so manchen Landstreicher mit einem kräftigen Fußtritt davongejagt hatte.
»Ich bin Dalarr att Situr.« Dalarr verneigte sich. »Ich bin ein ewiger Freund der Elfen. Und dies sind meine Begleiter, für deren Ehrbarkeit ich bürge.«
»Ein Atschil Bekischak willst du sein?« Die Worte troffen vor Verachtung. »Hätte sich die Setom Kisch sonst vor mir geöffnet? Tut sie sich nicht nur für diejenigen auf, die das Vertrauen der Kal Majul erworben haben?«
Die Frau lächelte, und obwohl es ein spöttisches Lächeln war, machte es ihre Züge sanfter. Namakan erkannte, dass sie wesentlich jünger war, als es ihre kriegerische Erscheinung vermuten ließ. Sie konnte höchstens ein paar Sommer mehr als Morritbi gesehen haben, vielleicht so viele wie Kjell. »Du glaubst also, dein Rufen hätte die Setom Kisch geöffnet? Bist du dumm? Wie oft hast du rufen müssen?«
»Dreimal.« Dalarr nahm die Beleidigung hin, anstatt aus der Haut zu fahren, und sein Tonfall wurde nachdenklich. »Dreimal. Ich dachte ...« Er geriet ins Stocken. »Flikka mek, das alte Wort öffnet die Hecke gar nicht mehr. Ihr habt ein neues Wort dafür ausgewählt. Und ich dachte, ich hätte nur Mühe, nach all der Zeit die Sprache deines ...« Ein neuerliches Stocken. »Du bist doch ein Kind des Dunstes? Oder?«
Ihr Lächeln wurde breiter und abschätziger zugleich. »Hätten mir die Atschan Tschajinel gehorcht, wenn ich das nicht wäre?«
»Ich mische mich nur ungern ein.« Ammorna hob die Hände, als wäre der Bogen der Frau auf ihr Herz gerichtet.
»Halt dich da raus, Nebelkrähe!«, knurrte Dalarr.
»Unser unwissender Führer«, sagte Ammorna unbeirrt, »hat uns recht glaubhaft versichern können, euer Reich schon einmal betreten zu haben. Vor vielen Sommern, in friedlicher Ab-

sicht. Ich nehme an, ihm war nicht bewusst, wie es euch seitdem ergangen ist, aber ich bin überzeugt, es trifft ihn schwer, all diese Verwüstungen zu sehen. Ist es nicht so?«

Dalarr nickte stumm.

Die Frau musterte Ammorna kurz, ohne den Bogen sinken zu lassen. Dann wanderte ihr Blick über Kjell, an dem er um einiges länger haften blieb, dann zu Morritbi und schließlich zu Namakan. Ihre dünnen Augenbrauen, zwei messingfarbene Striche auf bleicher Haut, zuckten. *Was sieht sie mich so merkwürdig an? Stimmt etwas nicht mit mir? Oh ... das muss es sein. Sie hat noch nie einen Halbling gesehen.* Namakan bemühte sich um eine freundliche Miene. *Sie hat schöne Augen. Groß und ...* Seine Züge entglitten ihm zu einer Maske des Staunens. *Eins ist grün, das andere gelb!*

»Sind da nicht zwei unter euch, die nicht das sind, was sie scheinen?« Sie reckte fordernd das Kinn.

»Das ist richtig«, antwortete Ammorna hastig. Sie drehte sich – die Hände nach wie vor erhoben – zu Kjell. »Auf diesem jungen Mann lastet ein Fluch, der ihn jede Nacht in die Gestalt einer Ratte zwingt. Aber er stellt keine Gefahr für sich oder andere dar, das schwöre ich im Namen aller Götter.« Ammorna nickte mit dem Kopf in Dalarrs Richtung. »Und was der alte Wanderer ist, soll er dir selbst erklären.«

Einer der brennenden Wächter brach in einem Funkenregen in sich zusammen, und sein Kopf rollte Namakans Meister vor die Füße. Dalarr seufzte. »Hör zu«, sprach er die Frau an. »Du solltest deine Freunde wirklich dringend löschen. Und du solltest wissen, dass ich nur hier bin, um einem guten Freund einen Besuch abzustatten. Galt Songare. Ein Mensch wie wir. Er hat das Herz einer Elfe gewonnen. Nimarisawi heißt sie. Wo finde ich Galt?«

Das spöttische Lächeln auf den Lippen der Frau mit dem Bogen starb einen jähen Tod. »Ist das nicht eine Frage für meine Mutter?« Eine vorwurfsvolle Trauer lag nun in ihren Worten. »Ist das nicht eine Frage für Nimarisawi?«

Das Innere der Halle der Zusammenkunft hatte nicht weniger gelitten als ihr Äußeres. In den gewundenen Gängen, die zu ihrem Mittelpunkt führten, wucherten abgestorbene Triebe aus verrottendem Holz, und mehrfach mussten die Wanderer Stellen ausweichen, an denen der Boden sichtlich morsch oder gar schon eingebrochen war. Die Luft roch nach Moder, verfaulten Blüten und vergessenem Aas. Der Zerfall, so schleichend er auch wegen der Kälte voranschreiten mochte, machte offenkundig nicht einmal vor dem Allerheiligsten der Kinder des Dunstes Halt.

In dem Saal, in dem die Wanderer schließlich ankamen und dessen Decke sich in luftiger Höhe verlor, sahen sie die Knospe und den Stein, dem das Bauwerk seine Form verdankte. Die verdorrten Blätter der Knospe hingen schlaff und braun herab wie gegerbte Häute, und der Stein war von einem Netz aus Rissen überzogen, wo der unnachgiebige Frost seine eisigen Zähne in ihn geschlagen hatte.

»Nan? Empfängst du Besucher?«, rief die Frau, die sie hierhergeleitet hatte, in die Stille hinein. Und noch einmal: »Nan?«

Hinter der eingegangenen Knospe trat ein gespenstisches Geschöpf hervor, und bei ihm zweifelte Namakan keinen Wimpernschlag daran, dass es sich um eine Elfe handelte. Sie war gewiss noch zweieinhalb Köpfe größer als Dalarr, und ihr Kopf ruhte auf einem Hals, der zu lang und zu zerbrechlich für diese Last schien. Alles an ihren Proportionen wirkte, als hätte ein kindlicher Gott erst einen gewöhnlichen großen Menschen aus Ton erschaffen wollen und sich dann aus einer Laune heraus dazu entschieden, überall an seiner Puppe zu ziehen, wo seine Fingerspitzen Halt fanden: an den Armen und Beinen, an den Fingern, am Haar und an den Ohren.

Was in Namakans Geist nun unaufhaltsam aufstieg wie das kochende Wasser aus den heißen Quellen des Schwarzen Hains, war keineswegs die unbändige Erregung, die Dalarr erwähnt hatte. Dieses Gefühl war nicht einmal ein entfernter Verwandter dieser wilden Fleischeslust. Es entstammte einer vollkommen anderen, düstereren Sippe. Trauer. Niederschmetternde, entwaffnende Trauer wie die, die er wegen des Verlusts seiner Lieben empfand.

Und wie hätte er bei dem Anblick Nimarisawis auch etwas anderes fühlen können? Die Elfe ging bucklig auf einen Stock aus weißem, knorrigem Holz gestützt. Ihr Haar, das ihr Haupt einst voll und schimmernd umflossen hatte wie Quecksilber, fiel ihr in dünnen Strähnen ins Gesicht, die die öde Farbe von Raureif auf grauem Fels besaßen. Die aschfahle Haut auf ihren hohen Wangen war ein zerklüftetes Auf und Ab von Pocken und Kratern. Über ihren tief in die Höhlen gesunkenen Augen lag ein gelblicher Schleier, und so war es fast ein Wunder, dass sie erkannte, wer da vor ihr stand.

»Dalarr?« Ihre Stimme war das Knistern von Eis auf einem zugefrorenen See. »Bist du es?«

»Ja.« Dalarr eilte zu ihr wie ein Sohn an das Totenbett seiner Mutter. Sanft nahm er eine Hand der Elfe in seine und hauchte einen Kuss darauf. »Ja, ich bin es.«

»Sie muss tausend Sommer gesehen haben«, flüsterte Morritbi ergriffen und packte Namakans Hand fester.

»Ja.« Namakan konnte die Augen nicht von der uralten Elfe lassen. »Aber heißt es nicht, die Elfen blieben auf ewig jung?«

»Nicht alle Legenden sind wahr, mein Junge«, raunte Ammorna, doch auch ihr war ihre Betroffenheit deutlich anzuhören.

»Du kennst diesen Menschen, Nan?«, fragte die Elfe, die keine Elfe war, voller Unglaube.

»Wie kann ich ihn nicht kennen?« Nimarisawi zupfte spielerisch an Dalarrs Bart. »Verzeihst du meiner Tochter? Ist Tschumilal nicht zu jung, um zu begreifen, was es bedeutet, alte Freunde zu haben?«

»Es gibt nichts, was ich ihr verzeihen müsste«, erwiderte Dalarr.

»Zeigt Dalarr att Situr sich nicht großmütig?«, wandte sich Nimarisawi an ihre Tochter.

»Ist Großmut nicht dankenswert?«, gab Tschumilal zurück und schlang sich wie als Zeichen ihrer Demut den Bogen über die Schulter.

»Du hast dich verändert«, sagte Dalarr vorsichtig.

»Verändert?« Nimarisawis Lachen war Wind, der durch Risse in Gletschern pfiff. »Und was ist mit dir? Ist dein Bart nicht grau?« *Nicht so grau wie noch vor ein paar Tagen,* dachte Namakan. *Wie lange ist es wohl her, seit sie ihn zum letzten Mal gesehen hat?*

»Weiß ich nicht, warum ich alt bin?« Nimarisawi reckte den Hals, um Dalarr näher zu mustern. »Doch warum bist du alt geworden? Hast du etwa Wurzeln geschlagen?«

»Ja, aber sie wurden mir ausgerissen, und so hat mich die Zeit aus ihrer Umarmung entlassen«, antwortete Dalarr. »Du weißt, wie es bei einem Tegin ist.«

»Wovon redet dein Meister da?«, wollte Kjell wissen.

Namakan zuckte nur mit den Achseln. Die leise Bewegung reichte aus, um Nimarisawis Aufmerksamkeit auf sich zu ziehen. Das Klacken ihres Stocks hallte durch den Saal, als sie auf ihn zu humpelte.

Sie sieht mich genauso an, wie mich ihre Tochter angesehen hat. Namakan unterdrückte den Reiz, rasch an sich herabzublicken, um vielleicht das zu erhaschen, was ihn für die Elfen so interessant machte. *Nicht nur für die Elfen. Kongulwafa hat mich auch schon so gemustert. Was sehen sie nur alle in mir?*

»Ich bin Namakan, der Schüler Dalarrs«, stellte er sich vor, weil ihm das stille Starren dieser zweiten Königin, der er auf seiner Reise nun schon gegenüberstand, unheimlich war. *Sie ist gar keine echte Königin, du Dummbatz! Du brauchst nicht gleich wieder stumm zu werden wie ein Fisch.* »Ich komme von den Immergrünen Almen.«

»So? Tust du das?« Nimarisawi neigte bedächtig den Kopf hin und her. »Groß wird man auf den Almen nicht, hm?«

»Es kommt nicht auf die Größe an.« Zurückhaltung zählte nicht zu Morritbis Stärken. »Es kommt darauf an, was man daraus macht.«

Nimarisawi lachte ihr pfeifendes Lachen. »Hat dich ein Mann diesen Spruch gelehrt?« Sie wandte sich ab und winkte Dalarr zu sich. »Ist es nicht erstaunlich?«

»Was?«

»Dass Kinder – ganz gleich, ob sie Elfen oder Menschen oder beides sind – sich stets für weiser als ihre Eltern halten? Und dass dieser Zauber so lange gehalten hat?«

»O ja«, gab ihr Dalarr recht. »Du hast dich selbst übertroffen.« Dann versuchte er augenscheinlich, die Unterhaltung in eine andere Richtung zu lenken. »Nimarisawi, ich bin verwundert. Wo ist Galt? Wo sind all die anderen Kinder des Dunstes? Warum höre ich nicht das Donnern und Rauschen der Fallenden Nebelwasser? Warum ist es so kalt, dass es mir den Beutel zusammenzieht? Was ist hier geschehen?«

Nimarisawi warf einen traurigen Blick zu Tschumilal, ehe sie einen Satz wiederholte, den Namakan zuvor aus Dalarrs Mund gehört hatte: »Wie kann ich es zeigen, ohne dass du es siehst?«

20

Wisst ihr Menschen nicht, dass die Kal Majul niemals sterben? Stirbt der Regen, wenn er fällt? Stirbt der Nebel, wenn er sich lichtet? Stirbt der Fluss, wenn er fließt?

Aus den Offenbarungen des Elfenstreuners Blad bon Talare, von seinem Volk Tschijasch Kirkobinak Membal genannt, der Sprudelnde Mund der Geheimnisse

Galt Songare lag aufgebahrt in einer Kammer am höchsten Punkt eines der blattartigen Ausläufer der Halle der Zusammenkunft. Sein Haupt mit dem Haar wie Messing, das er an Tschumilal weitergegeben hatte, ruhte auf einem Kissen aus trockenem Laub. Seine Arme waren auf der gewappneten Brust verschränkt, sodass seine Hände den Knauf seines Langschwerts umfassten. Ein Überwurf aus grünem Samt, auf den eine silberne Leier gestickt war, bedeckte seine linke Schulter. Seine Züge schienen trotz der wächsernen Haut weich und edel zugleich: Ein sanfter Schwung um die vollen Lippen und ein Grübchen im Kinn stahlen seiner kühnen Nase und seinem kantigen Kiefer viel von ihrer Dominanz. Seine Augen waren offen, doch sie blickten nicht länger hinter, durch und zwischen die Dinge. Sie blickten ins Nichts, und nur allzu leicht hätte man dem Glauben verfallen können, sie gehörten einem Leichnam. Doch dagegen sprachen, sobald man ihn näher betrachtete, das trotzige Pochen einer Ader an seinem kräftigen Hals und das sachte Beben seiner Nasenflügel.

Er ist tot und doch nicht tot ... Namakan sah zu seinem Meister. Dalarr mahlte mit den Zähnen, wie er es immer tat,

wenn er gegen einen Zorn ankämpfte, der in ihm aufwallte. *Und das sind Schlachten, die er nur selten gewinnt.*
Keiner der anderen sagte ein Wort. Nicht, als Nimarisawi ihrem so schrecklich still daliegenden Geliebten die Stirn küsste. Nicht, als Tschumilal ihrem Vater ein verirrtes Haar von der Wange wischte. Und auch nicht, als Dalarr an die Bahre trat, um das Gesicht seines Freundes in beide Hände zu nehmen und in seiner fremden Sprache etwas zu murmeln, das ob seiner Dringlichkeit und seiner Härte nur ein weiterer Eid sein konnte. Doch Namakan entging nicht, dass Ammorna einen Arm um Kjells Schultern gelegt hatte und dass Morritbi den Kopf gesenkt hielt.

»Wer hat das getan?« Dalarr richtete sich auf, die Fäuste geballt, die Zähne gebleckt. »Wessen Leib werde ich dafür in tausend Stücke reißen? Wem werde ich dafür das Herz aus der Brust schneiden?«

Ich weiß es, dachte Namakan. *Und er weiß es doch auch.*

»Ist es Waldur gewesen?« Nimarisawi bestätigte Namakans Verdacht. »Ist er zu uns gekommen, bald nachdem du das letzte Mal bei uns gewesen bist, Dalarr? Hat er die Worte gesprochen, die ihm die Setom Kisch öffneten? Worte, die aus seinem Mund nichts als Gift waren, weil sie ihm in falscher Absicht über die Lippen kamen? Führte er eine Rotte Männer mit sich, die wie tollwütige Wölfe immer nur seinen alten Namen heulten, während sie unter uns wüteten? Skra Gul? Skra Gul?«

»Der Weiße Wind aus der Zeit, als die Welt jung war«, sagte Ammorna düster. »Der Weiße Wind, der alles auslöscht, alles verdirbt, worüber er hinwegstreift.«

»Dieser eitle Hund, der sich am Klang seines Namens aufgeilt«, spie Dalarr aus.

»Brachte er geknechtete Geister mit, die er zwang, sich an unserem Reich zu vergehen?« Je tiefer Nimarisawi in ihre quälenden Erinnerungen tauchte, desto lauter und klagender wurde ihre Stimme. »Geister des Winters? Geister der Starre? Geister des Hasses? Fielen sie über unser Land her und raubten ihm alle Wärme, alles Lebendige und alles Schöne? Trotzte nur das Toschoschik Sibal mit seinem Rauschen und Tosen dieser Heerschar des Bösen? Griffen wir zu den Waffen und wirkten wir unsere Zauber, um uns ihr entgegenzustemmen?« Nimarisawi wandte sich der Bahre zu und strich Galt übers Haar. »Zog mein Geliebter sein Schwert und warf sich in die Bresche? Streckte er ein halbes Dutzend der gedungenen Mörder nieder? Sang er stolze Lieder zu ihren Schreien? Badete er sie in ihrem Blut?«

»Er hat sicher tapfer gekämpft«, sagte Dalarr. »Doch der gute Tod auf dem Schlachtfeld blieb ihm verwehrt.«

»Wäre es ein guter Tod gewesen?« Nimarisawi fuhr herum und schleuderte ihren Stock von sich. »Musst du so etwas sagen, Dalarr, weil du ein Tegin bist und ihr euch nach nichts mehr sehnt als nach einem Ende? Auch wenn ihr immer beteuert habt, das Leben zu lieben und seine Hüter zu sein? Was zählt eine gewonnene Schlacht, in der man seinen Liebsten verliert? Drängten wir die Horde Skra Guls zurück? Zähmten wir seine Geister? Und was hat es uns genutzt? Was hat es mir genutzt? Was hat es Galt genutzt? Ertrug Waldur seine Niederlage? Schoss er einen seiner Pfeile, deren Spitzen er aus dem schmutzigen Dreck formte, den ihr Menschen Skaldat nennt? Aus Kowilasch Ulef? Aus der Erde der Macht? Traf sein schwarzer Pfeil meinen Liebsten und bohrte sich in seine Schulter? Saugte er ihm jegliche Kraft aus? Sank er darnieder und rührte sich nicht mehr, obwohl sein Herz noch schlug? Verdammte es mich nicht zur Hoffnung, er könnte sich wieder erheben, wenn meine Liebe zu ihm nur stark genug ist? War sie stark genug?« Nimarisawi schluchzte und ging vor der Bahre auf die Knie. Sie fasste nach Galts Arm, um flehend daran zu schütteln. »Warum erhebst du dich nicht? Warum machst du mich einsam? Warum?«

»Nan?« Mit den strengen und dennoch sanften Bewegungen, mit denen man ein tobendes Kind beruhigt, brachte

Tschumilal ihre Mutter dazu, von ihrem Vater abzulassen.»Wie willst du ihn wecken, Nan? Ist er nicht taub für jede Bitte?«

In der kleinen Weile, die es dauerte, bis Nimarisawi sich so weit wieder gefangen hatte, dass ihre Tränen versiegten, nahm Namakan Morritbi in den Arm. Er wollte unbedingt ihre Stimme hören, weshalb er sagte:»Es gibt etwas, das ich an ihrer Geschichte nicht verstehe.«

»Was?«

»Die Elfen haben die Geister doch gebändigt. Trotzdem ist ihr ganzes Reich immer noch verwüstet und kalt.«

»Ach, Namakan.« Morritbi drückte sich enger an ihn.»Manchmal könnte man meinen, du hättest eine hohle Nuss auf den Schultern. Nur weil man einen Geist bändigt, macht man seine Taten noch lange nicht ungeschehen. Wenn du Holz in ein Feuer wirfst und das Feuer danach irgendwann ausgeht, verwandelt sich dann die Asche wieder in Holz?«

»Nein, natürlich nicht.«

»Eben.«

Dalarr half Nimarisawi auf.»Warum seid ihr allein? Wo sind die anderen?«

»Die anderen?« Die Elfe geriet erneut ins Wanken, doch dank Dalarrs Arm als Stütze hielt sie sich aufrecht.»War alles gut, als die Schlacht vorüber war? Schalten die anderen mich und verfluchten meinen Namen, weil ich es gewesen war, die Skra Gul zu uns gelockt hatte? Weil ich es gewesen war, die einem Ischik Banolkasch, einem bösen Traum, einem Menschen verfallen bin? War ich nicht die, die einen Zauber wirkte, den ich nie hätte wirken sollen?«

Sie haben ihr die Schuld an allem gegeben, nur weil sie sich in Galt verliebt hat!, empörte sich Namakan. *Als ob sie hätte ahnen können, dass Waldur kommt ... als ob sie gewollt hätte, dass er ihre Heimat schändet.*

»Fühlten sie so entsetzliche Trauer über das, was uns und unserem Reich angetan worden war, dass sie nicht länger in der starren Welt bleiben wollten?« Mit einem Mal blickten

Nimarisawis Augen in die gleiche Leere wie die ihres Geliebten. »Zogen sie zum Toschoschik Sibal, um wieder eins mit dem zu werden, woraus sie geschaffen waren? Verklang sein Rauschen und Tosen mit jedem, der den Sprung wagte, ein wenig mehr, bis seine Wasser ganz zu Eis gefroren? Trugen viele dabei einen Gefallenen auf ihren Armen, den sie mit sich nehmen wollten, um ihn in das neue Leben zu holen?«

Das kann nicht sein! Namakan konnte nicht mehr an sich halten. »Sie haben sich alle den Wasserfall hinuntergestürzt? Sie haben sich alle umgebracht bis auf dich?«

Nimarisawi bedachte Namakans Erschütterung mit einem Kopfschütteln, das man sich für die größten Tollheiten eines Narren aufspart. »Sind sie nicht heimgekehrt, dorthin, wohin ihnen kein sterbliches Geschöpf aus dieser Welt folgen kann? Sind sie dort nicht glücklicher als hier?«

»Das ist nicht das, was du wirklich denkst«, entgegnete Namakan. »Sonst wärst du nämlich auch dort, oder etwa nicht?«

»Deine Vorhaltungen sind unverschämt«, meinte Kjell und musterte Namakan dabei wie einen Schwachsinnigen, der einem Händler das Rechnen erklären wollte. »Nimarisawi hatte einen guten Grund, dem Rest ihres Volkes nicht zu folgen: die Treue zu dem Grund und Boden, auf dem sie geboren wurde. Ich weiß, wovon ich rede.«

»Warum hätte meine Mutter gehen sollen?« Tschumilal sah abwechselnd von Kjell zu Namakan. Sie nestelte am Gefieder eines der Pfeile in ihrem Köcher. »Was, wenn sie nicht ging, weil sie die Verantwortung für mehr als ein Leben trug? Für das halbe Leben meines Vaters? Und für meines, das in ihrem Schoß heranwuchs?«

Oh! Namakans Wangen glühten vor Scham.

Kjell verbeugte sich tief genug, dass die Spitze seiner Schwertscheide über den Boden scharrte. »Ich bitte um Vergebung.«

Einen Moment blickte Tschumilal kühl auf den Grafen ohne Land. Dann sagte sie lauernd: »Soll meine Vergebung ohne Gegenleistung bleiben?«

Kjell blinzelte verwirrt. »Was verlangst du dafür?«

»Lässt du mich zusehen, wie aus dir eine Ratte wird?«

Kjell schloss die Augen und atmete schwer. »Wenn es mir deine Vergebung sichert, dann werde ich es dir erlauben.«

Morritbi schaute Tschumilal skeptisch an. »Selbst schuld, wenn du dir das anschauen willst. Es ist schlimmer, als einer Hirschkuh beim Kalben zuzusehen.« Sie ließ Namakans Hand los, wandte sich Tschumilals Mutter zu und stemmte die Arme in die Hüften. »Das, worüber du uns berichtest ... All dem fehlt etwas.«

»So?« Nimarisawi hob brüskiert eine Augenbraue. »Was fehlt denn, Rundohr?«

»Der Grund, warum Waldur überhaupt hier erschienen ist«, sagte Morritbi. »Er ist bösartig, aber nicht wie ein Bär, dem ein eingetretener Dorn in der Tatze eitert und der deshalb ziellos um sich schlägt. Er ist der Falke, der am Himmel kreist und auf den richtigen Zeitpunkt wartet, um auf seine Beute herabzustoßen. Und ich frage mich, welche Beute er hier bei euch Elfen machen wollte.«

»Darauf kann ich dir antworten«, sagte Dalarr ernst. »Er hat nach mir gesucht. Das, was ich getan habe, damals nach der Schlacht bei Kluvitfrost, ist für ihn nichts anderes als feiger Verrat. Und niemand mag es, verraten zu werden. Schon gar nicht jemand wie er.« Dalarr sah zu der alten Elfe auf. »Ich habe dir und den Deinen unendlich viel Leid beschert. Ich hätte Waldur töten müssen, bevor es so weit kommen konnte.«

Huldvoll neigte die Elfe ihr Haupt. »Habe ich die Freundschaft zu dir nicht frei gewählt, Dalarr att Situr? Und wurde mein Mut dadurch belohnt, dass mir eine Liebe vergönnt ist, wie sie die Kal Majul und die Ischik Banolkasch beide für unmöglich erachteten? Entsprang dieser Liebe meine Tochter, die mir das größte Glück und der größte Stolz ist?«

Sie spricht weise wie eine Königin, urteilte Namakan. *Nein. Nicht wie eine Königin ... sie ist die Letzte ihres Volkes, und* damit ist *sie seine Königin, auch wenn sie nur noch über sich selbst zu gebieten hat.*

»Warst du nicht so frech, nach Gründen zu wühlen?«, wandte sich die Elfe an Morritbi.

»Schon«, räumte die Hexe kleinlaut ein. »Doch warum lasse ich mir von euch denn nicht sagen, was der Grund für euer Erscheinen ist?«

»Sag du es ihr«, bat Morritbi Dalarr. »Ihr zwei scheint euch besser zu verstehen.«

So erzählte Dalarr der letzten Elfe und ihrer Tochter von der Rache, die er an Waldur üben würde. Von dem Gemetzel auf den Immergrünen Almen. Vom Mord an Morritbis Mutter und der Entführung ihres Vaters. Von der Folter und dem grausamen Fluch Kjells. Und schließlich gab er einen Teil der Lösung eines Rätsels preis, vor dem nicht nur Namakan bereits eine Weile gestanden hatte.

»Ich bin hierhergekommen, um etwas zu holen.« Er wandte sich der Bahre zu. »Von Galt. Ich will nicht lügen, Nimarisawi. Nicht nur, weil ich schlechter lüge als eine vermeintliche Jungfrau, die ein blutiges Laken auswäscht. Ich spreche die Wahrheit aus, um Galt zu ehren. Er hätte es sich nicht nehmen lassen, mich zu begleiten, um Waldur bei lebendigem Leib zu häuten. Aber jetzt ...« Er brach ab und rieb sich den Bart. Als er die Stimme wieder hob, war sie voll fordernder Kraft. »Warum begleitest du mich nicht an seiner Stelle, Nimarisawi? Wir teilen das gleiche Schicksal. Unser beider Heim ist verwüstet, unsere Liebsten sind tot, und uns ist nur ein Kind geblieben, dem wir den rechten Weg durch die Welt zeigen müssen. Komm mit uns. Zeig Waldur, dass er dich nicht gebrochen hat und dass er dich niemals brechen kann.«

Ein Ruck ging durch Nimarisawis gesamten Leib. Sie reckte den Hals und blickte verständnislos zu Dalarr herab. »Wieso teilen wir ein Schicksal? Wieso ist mein Liebster tot? Liegt er da nicht? Atmet er nicht? Schlägt nicht sein Herz? Wie könnte er da tot sein? Lebt er nicht?«

»Nimarisawi …« Dalarr versagte die Stimme. »Das ist kein Leben.«

»Was redest du da? Will ich von dir hören, dass mein Liebster tot ist?« Sie löste sich von Dalarr, der sie festzuhalten versuchte, doch sie zog nun anstelle seines Arms Galts Bahre als Stütze vor. »Doch bist du nicht ein Atschil Bekischak? Und würde ich dich nicht grämen, wenn ich das Angebot, dich zu begleiten, nicht zumindest bedenken würde?«

»Nan, du würdest nicht wirklich gehen?« Es war das erste Mal, dass Namakan Furcht in Tschumilals Stimme hörte. *Ich kenne diese Furcht. Ich habe sie auch gefühlt. Es ist die Angst vor der Fremde. Die Angst, sich in einer großen Welt zu verlieren, wenn man viel zu lange in einer kleinen Welt gelebt hat. Aber mir geht es dennoch besser als ihr. Meine kleine Welt war schön, und ihre ist ein Albtraum, aus dem es kein Erwachen gibt.*

»Was bedrängt ihr mich so?«, tadelte die alte Elfe sowohl ihre Tochter als auch ihren Gast. »Wollt ihr mich nicht noch einmal fragen, wenn der Morgen jung ist?« Sie zeigte mit einem wie von Gicht gekrümmten Finger auf Morritbi. »Und du, Flammenhaar, was hältst du davon, mir meinen Stock zu suchen, damit ich dir deine Frechheiten von eben verzeihe?«

Die Überraschung lag für Namakan nicht darin, dass die Hexe gehorchte. Sie bestand vielmehr darin, dass sie es schweigend tat, und Namakan zweifelte daran, ob die alte Elfe begriff, welch erstaunliche Leistung sie damit vollbracht hatte.

Die Räume, in denen die Gäste Nimarisawis Bedenkzeit verbringen sollten, lagen in einem Flügel der Halle der Zusammenkunft, der die Fallenden Nebelwasser überblickte.

Der Name passt nicht mehr. Namakan stand so dicht vor dem Fenster, dass sein Atem auf dem Material beschlug, aus dem die Scheibe beschaffen war – ein harter, durchsichtiger Stoff mit einem Gelbstich wie von geronnenem Baumharz. *Die Wasser fallen nicht mehr, und es gibt auch keinen Nebel.*

Namakan fühlte sich von den gefrorenen Wassermassen, die mitten in ihrem Sturz erstarrt schienen, an die kalbenden Gletscher an den höchsten Berghängen seiner Heimat erinnert. *Kann es sein, dass die Zeit hier stillsteht? Ist es das? Wärmt der Fluss der Zeit die Welt, und wird sie mit einem Mal kalt und leer, wenn sich dieser Fluss irgendwie staut? Nein, das ist dummes Zeug. Ich brauche mir nur den Himmel anzusehen. Er wird dunkler, weil die Nacht näher rückt. Und solange man den Tag noch von der Nacht und die Nacht vom Morgen unterscheiden kann, kann auch die Zeit nicht stillstehen. Sie hält für niemanden an. Nicht einmal für die, von denen es heißt, sie seien unsterblich.*

»Sie wird nicht mitkommen«, sagte Morritbi. Sie saß auf einer der Bänke, die in dieser Aussichtskammer aus dem Boden wuchsen. Sie waren von einer weichen Rinde überzogen, die glücklicherweise kaum morsch und verhältnismäßig trocken war. »Sie wird hierbleiben wollen, und vielleicht ist das auch ganz gut so.«

»Was sollte daran gut sein?« Dalarr hatte Blotuwakar quer über die Knie gelegt und säuberte die Klinge des Langschwerts mit dem Saum seines Pelzmantels von den klebrigen Holzsplittern, die seine Hiebe gegen die Wächterstatuen auf dem Metall hinterlassen hatten. »Sie muss hier fort, ehe sie endgültig den Verstand verliert.«

»Aber sie ist alt und sie geht am Stock.« Morritbi warf verzweifelt die Hände in die Höhe. »Bis wir mit ihr im Gepäck in Silvretsodra sind, wachsen uns doch allen graue Haare.«

»Du übertreibst«, erwiderte Dalarr. »Schau dir unsere Nebelkrähe an. Die geht doch auch am Stock und hält tapfer mit.«

»Hört, hört.« Ammorna schaute auf. Sie hatte in einer Schale mit Äpfeln, die Tschumilal ihnen gebracht hatte, offenbar nach einem noch nicht vollständig verschrumpelten Stück Obst gewühlt und ihre Suche nun ohne Ergebnis eingestellt. »Es ehrt dich, dass du neben Schmähungen auch ab und an ein Lob verteilen kannst.«

Auch wenn es selten vorkommt. Namakan plagte ein schlechtes Gewissen gegenüber Morritbi, doch er sah sich gezwungen, ihr zu widersprechen. »Lass Nimarisawi alt sein. Und? Was macht das schon? Man kann für jeden von uns hier etwas finden, weshalb er sich besser nicht auf eine lange Reise begeben sollte. Schon gar nicht, wenn am Ende dieser Reise ein toter König steht. Schau nur mich an.« Er zeigte an sich herunter. »Zu kurze Beine. Und du, du mit deinem roten Haar, du fällst überall zu sehr auf. Was, wenn wir uns irgendwann irgendwo einschleichen müssen? Das können wir glatt vergessen.«

Morritbi wickelte sich eine ihrer Locken um den Finger. »Mein Haar ist dir also zu rot, ja? Ich kann mir nicht vorstellen, dass es mehr auffällt als eine uralte, lahme Elfe, aber wenn du meinst …« Sie stand auf und schritt erhobenen Hauptes zu einer der beiden runden Türen, die von der Kammer abgingen. »Wenn ich die Einzige bin, die sich daran stört, dass uns Nimarisawi begleiten soll, kann ich mich genauso gut gleich aufs Ohr legen.«

Nachdem die Tür sich hinter ihr geschlossen hatte und das gedämpfte Rascheln verklungen war, mit dem sich die Hexe in einen der Laubhaufen verkrochen hatte, die den Elfen als Bettstätten dienten, sagte Dalarr: »Da hast du einen ganz schön stacheligen Fisch an der Rute, mein Junge.«

Namakan zuckte mit den Achseln. »Ich kann ihr schlecht recht geben, wenn ich denke, dass sie im Unrecht ist.«

»Die Torheit junger Männer …«, murmelte Dalarr und rieb weiter über Blotuwakars Klinge.

Jetzt erhob sich auch Kjell, gepackt von einer sichtlichen Unruhe. »Was machen wir, wenn sie nicht kommt?«

»Wer?«, fragte Ammorna.

»Tschumilal.« Kjell ging vor einer der Bänke auf und ab. »Sie wollte doch meine Verwandlung sehen. Soll ich vielleicht losgehen und sie holen?«

»Willst du mich holen, obwohl ich schon da bin?« Am Absatz der wie eine Spirale gewundenen Treppe, die in die Kam-

mer hinaufführte, erschien Tschumilal. Die Elfe, die keine Elfe war, hatte Bogen und Köcher abgelegt, was aus ihr gleich eine viel freundlichere Erscheinung machte. »Ist es bald so weit?«
»O ja.« Kjell legte hastig sein Schwert ab. »O ja.«
»Wirst du es hier tun?«
»Nein, nein.« Fahrig wischte sich Kjell übers Gesicht und nickte zu einer der Türen. »Ich ziehe mich lieber da drin aus.«
Tschumilal ging zur Tür und hielt sie ihm auf. »Wir müssen uns beeilen?«
Ammorna warf einen Blick zu dem Fenster aus Harz. »Das will ich meinen.« Sie nahm Kjells Käfig und drückte ihn Tschumilal in die Hand. »Dort muss er hinein, sobald es vorbei ist.«
»Was ist es?« Tschumilal runzelte die Stirn und drehte den Käfig hin und her. »Ein Rattenhaus?«
»Es ist mein Käfig«, erklärte Kjell. Er trat an ihr vorbei über die Schwelle. »Komm.«
Tschumilal folgte ihm und zog die Tür hinter ihnen zu.
»Willst du sie wirklich alleinlassen?«, erkundigte sich Dalarr bei Ammorna. »Er ist kein hässlicher Kerl, und die Kleine hat wahrscheinlich noch nie einen nackten Mann gesehen. Neugier ist der ärgste Feind der Keuschheit. Sagt man das nicht so bei dir und deinen Schwestern?«
Ammorna, die sich nun endlich für einen Apfel entschieden hatte, biss in das Obst und kaute umständlich. Erst, als sie den Mund wieder leer hatte, antwortete sie Dalarr. »Du hast einen schmutzigen Verstand, alter Wanderer. Und ich kann dich beruhigen: Sie werden nicht die Zeit für irgendwelche Dummheiten haben.«
Die Schreie! Namakan wurde blass. *Gleich gehen die Schreie los.* »Ich bin müde«, verabschiedete er sich und huschte zu der Tür, durch die sich Morritbi zuvor zurückgezogen hatte. Er fand die Hexe zu einem warmen Ball auf dem Laub zusammengerollt.
»Schläfst du?«, flüsterte er.

Sie rührte sich nicht.

Er legte sich neben sie, presste vorsichtig die Stirn in ihren Nacken und dämmerte in einen unruhigen Traum hinüber, in dem Dalarr und er die Rollen tauschten. Nun war Namakan der Meister und Dalarr sein Schüler, doch sie gingen nicht der Schmiedekunst nach. Namakan war ein Schlachter, der Dalarr zeigte, wie man das Messer durch die Kehle eines Lamms zu ziehen hatte, damit das Tier schnell ausblutete und sein Blöken möglichst rasch verstummte.

21

*Eine Wahrheit, der man sich selbst stellt,
ist oft nicht die, die man mit anderen teilt.*

Aus den Lehren des Alten Geschlechts

»Namakan.« Drängend zischte das Flüstern an seinem Ohr. »Namakan, wach auf.«
Morritbi? Namakan schlug die Augen auf. Es war stockdunkel, aber er spürte eine weiche Last auf den Hüften. *Was ist los? Warum sitzt sie halb auf mir? Will sie mich wieder trösten?*
»Wach auf.«
»Ich bin wach«, murmelte er.
Laub raschelte, und das Gewicht wich von ihm. »Was weckst du mich auf?«
»Er ist fort.«
»Wer?«
»Dalarr. Da stimmt etwas nicht. Wir müssen ihn suchen.«
Namakan stützte sich auf die Ellenbogen und sah dorthin, wo er Morritbis Gesicht vermutete. »Wie kommst du denn darauf?« *Hat ihr das Feuer das eingeflüstert?* »Hör mal, vielleicht ist er sich nur erleichtern.«
Morritbi antwortete mit einem leisen Fauchen. »Ja, aber vielleicht auch nicht. Ich will wissen, wo er hin ist.«
Zögerlich zog sich der Schlaf aus Namakans Geist zurück und erlaubte ihm, klarere Gedanken zu fassen. »Es lohnt sich nur, etwas zu suchen, wenn man ungefähr weiß, wo man es findet. Diese Halle ist riesig. Vom Tal ganz zu schweigen.«
»Ich will nur sehen, ob er mit der Königin spricht. Ob er ihr zuredet, dass sie mit uns kommt.«

»Sie ist keine echte Königin.«
»Das tut doch nichts zur Sache.« Morritbi begann ungeduldig an Namakans Ärmel zu zupfen. »Steh auf. Wir schauen nur in dem großen Saal mit der Knospe nach. Und in der Kammer, in der sein Freund aufgebahrt ist. Den Weg dorthin finde ich schon. Wenn er da nicht ist, lassen wir es sein, ja?«
»Warum gehst du nicht allein?«, fragte Namakan.
»Hast du etwa Angst?« Morritbi ächzte. »Wovor? Dass er dir die Ohren langzieht, wenn er uns erwischt?«
»Nein«, log Namakan. »Ich sehe bloß nicht mal die Hand vor Augen.«
»Wenn es nur das ist ...«
Namakan hörte erst ein feines Schaben und Knistern, dann etwas, das der leiseste Windhauch hätte sein können. In der Dunkelheit der Schlafkammer flackerte eine schwache Flamme auf. Sie saß auf der Spitze eines schwefelholzdünnen Zweigs, den Morritbi in Händen hielt und der kaum halb so lang wie ihr Zeigefinger war.
»Besser?« Die Hexe grinste zufrieden.
Namakan betrachtete das Feuer. Winzigste Funken zerstoben in der Flamme wie blutrote Sternschnuppen. *Skaldat ... sie hat eine Prise kostbarstes Skaldat auf das Stöckchen gerieben ... es muss ihr wirklich eine Menge daran liegen, den Meister zu finden.*
Namakan gab nach, und so huschten sie bald durch das runde Zimmer mit dem Harzfenster und den Bänken. Aus der einen Spalt weit geöffneten Tür, hinter die sich Kjell für seine Verwandlung zurückgezogen hatte, drang Ammornas Schnarchen wie das schwache Grunzen träumender Ferkel.
Morritbi ging voran und führte Namakan die gewundenen Stufen hinab in einen Gang, in dem die Hexe sich entschlossen nach links wandte. *Sie wird wissen, was sie tut*, mutmaßte Namakan und versuchte nicht daran zu denken, wie ziellos Morritbis Verhalten in der Zeit nach der Befreiung aus ihrer Gefangenschaft beim Spinnenvolk gewesen war.

Namakan hatte nicht die geringste Ahnung, ob sie sich tatsächlich dem Knospensaal näherten, als er etwas hörte, das ihn innehalten ließ.

»Warte!«

Morritbi drehte sich verwundert zu ihm um. »Hast du doch die Hosen voll? Brauchen wir eine größere Fackel?«

»Sch«, machte Namakan. »Hörst du das nicht?«

Morritbi lauschte einen Moment, dann weiteten sich ihre Augen. »Da singt jemand.«

»Ja. Mein Meister.« *Und ich kenne dieses Lied ...*

»Es kommt von dort.« Morritbi schlug ein schnelleres Tempo an, als sie auf eine nahe Abzweigung zusteuerte. »Von oben.«

Je länger sie dem Klang von Dalarrs Stimme folgten, desto deutlicher wurden die Worte. »En bara oskir er var eldar«, verstand Namakan, nachdem sie eine weitere gewundene Treppe hinter sich gelassen hatten. Und dann: »I stena bidum soktu ek, jarta mitt.«

Er wird es nicht nur einmal singen, wusste Namakan.

Dalarr sang zum zweiten Mal davon, wie Regen zu Tränen wurde, da gesellte sich zum Flackern der Flammen ein Stück vor ihnen den Gang hinunter ein weiteres Licht. Doch wo das Leuchten der Flamme warm und weich war, war dieses neue Licht kalt und hart, der Glanz einer Wintersonne auf nacktem Eis.

»Hier!« Morritbi hielt Namakan das brennende Stöckchen unter die Nase. »Spuck drauf!«

»Was?«

»Spuck die Flamme aus!«

»Wieso?«

»Du weißt nicht, wo wir sind, oder?«

»Nein«, gestand Namakan.

Morritbi zeigte mit ihrer freien Hand zu dem kalten Licht. »Dort vorn, um die nächste Biegung, da kommt das Zimmer, in dem Galt liegt. Ich nehme an, dass dein Meister dieses traurige Lied für ihn singt. Willst du, dass er uns bemerkt?«

Namakan sammelte Spucke und spie sie auf das Flämmchen. Er hatte nicht sonderlich gut gezielt, und der Großteil landete gefährlich nahe an Morritbis Fingerspitzen, doch die paar Tropfen, die das Flämmchen trafen, reichten völlig aus. Es verlosch mit einem wütenden Zischen.

»Gut.« Morritbi ließ das Stöckchen fallen. »Warte hier.«

Sie presste sich an die Wand des Gangs und pirschte sich Schritt für Schritt an das Licht heran. An der Biegung angekommen, ging sie in die Hocke und spähte dicht über dem Boden um die Ecke. Danach kam sie zurück zu Namakan gehuscht.

»Ich hatte recht«, flüsterte sie aufgeregt. »Dalarr ist da drin. Nimarisawi auch.«

»Und jetzt?«

Dalarr sang zum dritten Mal von Asche und Feuer.

»Jetzt hören wir uns an, ob dein Meister nur zum Singen hier ist.«

Sie fasste ihn am Arm und zog ihn den Gang hinunter. An der Ecke bedeutete sie ihm, sich hinzuknien. Er tat es, und sie stützte die Hände auf seine Schultern. »Bleib so weit unten, wie es geht«, wisperte sie.

Sie lugte über ihn hinweg in die Kammer.

Namakan hielt den Atem an und schaute ebenfalls um die Ecke. Er war sehr wohl gewappnet, seinen Meister und die alte Elfe zu sehen. Worauf er nicht vorbereitet war, war die Quelle des kalten Lichts: Es schien unmittelbar aus den Wänden der Trauerkammer selbst zu kommen, aus den feinen Rillen der Maserung des Holzes, das nach dem Willen der Elfen gewachsen war. *Zauberei. Alles hier steckt voller Zauberei.*

Das Licht, das sie von allen Seiten umgab, raubte Dalarr und Nimarisawi die Schatten. Namakans Meister stand am Fußende der Bahre seines Freunds, den Kopf in den Nacken gelegt, und sang die letzte Zeile seines Lieds mit der steten Inbrunst, mit der er auch die anderen Verse vorgetragen hatte.

»Bist du nicht ein guter Sänger?« Nimarisawi hatte die Augen geschlossen, als hallte die gerade verklungene Melodie noch in ihr nach. »Ist es nicht ein ergreifendes Lied?«

»Ich habe dieses Lied schon viel zu oft gesungen«, erwiderte Dalarr bitter. Sein Gesicht war eine ausdruckslose Felswand. *O Morritbi! Wenn er uns in dieser Laune erwischt, bin ich nicht der Einzige, dem er die Ohren langziehen wird.*

»Hast du es für Lodaja gesungen?«

»Ja, auch für sie.« Dalarr straffte die Schultern. »Hör zu, Nimarisawi. Ich bin nicht hier, um mir Lob für meine Sangeskünste abzuholen.«

»Nein? Was ist es dann?« Die Elfe löste eine Hand vom Knauf ihres Stocks, um sich mit einem Finger über das spitze Kinn zu streichen. »Verlangst du wieder einen Zauber von mir?«

»Nein.«

Wieder? Wie viele Zauber hat er sich von ihr wirken lassen?

Ein Schaudern packte Namakan, als Nimarisawi es ihm unwillentlich verriet. »Sind wir uns nicht nur zweimal begegnet, und hast du nicht jedes Mal nach einem Zauber verlangt?«

»Ich bin nicht wegen deiner Zauber gekommen.« Dalarr sah zu Galts im Todesschlaf liegender Gestalt. »Ich bin wegen ihm gekommen. Es gibt noch jemanden, den ich finden muss, und ich hatte die Hoffnung, dass Galt mir dabei helfen wird.« Er blickte wieder zu der Elfe auf. »Aber Galt wird nie wieder jemandem helfen, nicht wahr?«

»Warum tust du, als wäre ich dumm?«, fragte Nimarisawi enttäuscht. »Denkst du, ich weiß nicht, wie es mit meinem Liebsten ist? Dass es mit ihm ist wie mit Sus Atschil? Dass ich an etwas festhalte, das nicht festzuhalten ist? Das mir durch die Hände rieselt wie Sand? Ganz gleich, wie verzweifelt ich auch die Finger schließe?«

Das Zittern von Morritbis Händen auf seinen Schultern zeigte Namakan, dass die Hexe und er von derselben Erkenntnis ereilt wurden. *Das schwarze Skaldat von Waldurs Pfeil! Es hätte Galt schon lange töten müssen. Es sind nur ihre Zauber, die ihm diesen letzten Rest kläglichen Lebens schenken. Und was für ein schreckliches Geschenk das ist!*

»Galt hat dich an Sus Atschil gelehrt, wie man loslässt.« Dalarr bleckte die Zähne und hieb mit der Faust auf die Bahre. »Verflucht! Du stehst hier und verweigerst einem Mann, der für dich die Welt aus den Angeln gehoben hätte, das, was er damals deinem Gaul gegeben hat. Ist das gerecht? Ist das ehrenhaft? Ich verstehe dich nicht, Nimarisawi. Tausende Sommer auf dem krummen Buckel und du führst dich auf wie ein Kind.«

»Kennst du keine Vorsicht?« Das Licht aus den Wänden blitzte auf, eine flüchtige Spiegelung des Zorns, den Dalarr in der Elfe angestachelt hatte. »Bist du in meinem Tal? In meinem Haus? Ist Galt mein Liebster?«

»Denk doch nach«, beschwor Dalarr die Elfe. »Denk nicht nur daran, was du willst. Denk an das, was Galt wollen würde. Du bist nicht die Achse, um die diese Welt sich dreht. Ich weiß, dass Geschöpfe, für die Sommer wie Herzschläge sind, das allzu leicht vergessen, aber wir sind nicht die Herren des Schicksals.«

Wir?

»Warum musst du immer die Wahrheit sprechen, Tegin?« Nimarisawis Kinn sackte auf ihre Brust, und das kalte Licht verlor an Strahlkraft. »Hat mein Liebster dir das vorgemacht?«

»Er hat zumindest seinen Teil dazu beigetragen«, sagte Dalarr in einem versöhnlicheren Tonfall. »Lass ihn gehen. Lass ihn gehen, so wie du Sus Atschil hast gehen lassen.«

Eine Weile standen sich der große Mensch und die Elfe schweigend gegenüber. Dann führte Nimarisawi ihren Stock an die Lippen und murmelte etwas, das zu leise war, als dass Namakan es auf diese Entfernung – gut zehn, wenn nicht gar fünfzehn Schritte – hätte hören können. Er hätte es ohnehin nicht verstanden, denn es mussten Worte aus der Sprache der Elfen gewesen sein. Mächtige Worte, die das vermeintlich Feste wandelbar machten.

Der Stock streckte sich, die knorrigen Auswüchse daran wurden glatt. Mehr und mehr verjüngte sich seine Spitze, bis sie in einem langen Dorn auslief, wie man ihn an den Blättern einer Distel fand.

»Bei allen Geistern!«, hauchte Morritbi.

Namakan nahm den Kopf ein Stück zurück, da er befürchtete, die Hexe könnte sie unbedacht verraten haben, doch seine Sorge war unbegründet. Sowohl Dalarr als auch Nimarisawi richteten ihre Blicke auf Galt.

Ich will das nicht sehen. Sie kann ihn doch nicht einfach erstechen. Sie liebt ihn doch!

Morritbis Finger krallten sich in seine Schultern.

»Warte!«, sagte Dalarr. »Sollte seine Tochter nicht dabei sein, wenn er geht?«, fragte Dalarr.

Nimarisawi schüttelte den Kopf. »Fordert Tschumilal nicht schon lange die Erlösung ihres Vaters ein, ohne zu wissen, was das bedeutet? Was dafür getan werden muss? Glaubt sie nicht, sie könnte es, aber ist sie nicht jung und würde es nicht ihren Geist beflecken, den zu töten, dessen eine Hälfte sie ist?«

»Wie du meinst.« Dalarr hob entschuldigend die Hände. »Sie ist dein Kind, nicht meins.«

Nimarisawi trat dicht an die Bahre. Sie streichelte Galts Wange. »Liebster? Liebster? Tschun Kas Rikkach Kab? Hörst du mich denn wirklich nicht?«

Namakan hoffte auf ein Wunder. Auf ein Seufzen Galts. Ein Zucken seiner Hände. Ein Blinzeln. Doch alle Götter – seine und die unbekannten Wesen, zu denen Nimarisawi womöglich betete – legten die Hände in den Schoß, anstatt einzugreifen. Galt rührte sich nicht.

Nimarisawis Stimme war das traurige Plätschern schmelzenden Schnees, als sie sich an Dalarr wandte. »Wie kann ich es tun? Wie kann ich heute tun, was ich damals nicht konnte?«

Wortlos streckte Dalarr den Arm aus, die Handfläche nach oben, die Finger bittend gekrümmt.

Nimarisawi verstand. Sie reichte Dalarr den Stock, der sich durch ihren Zauber in eine Waffe verwandelt hatte.
Er wird es tun! Er wird es für sie tun!
Dalarr schob die Elfe sanft beiseite und fasste mit einer Hand nach Galts Kinn, um es zwischen Daumen und Zeigefinger wie in eine Schraubzwinge zu nehmen. Die andere Hand hob er zum Stoß.
»Was machst du da?« Nimarisawi fuhr ihm in den Arm.
»Ein Stich durchs Auge ins Hirn erlöst ihn am schnellsten«, erklärte Dalarr ruhig. »Vertrau mir. Er wird nichts spüren.«
»Kannst du ihm nicht sein Auge lassen?«, bettelte Nimarisawi. »Sind es nicht seine Augen, die ihn so schön machen?«
Dalarr kam dem Wunsch der Elfe nach. Er klemmte sich den Stock unter die Achsel und löste Galts Finger um den Griff seines Schwertes. Es ging ganz leicht, ohne das Geräusch brechender Knochen, das gewiss erklungen wäre, wenn dort auf dieser Bahre tatsächlich schon ein Leichnam geruht hätte. Mit der Behutsamkeit, mit der ein Vater seinen schlafenden Sohn in eine angenehmere Haltung bringt, nahm Dalarr Galt die Arme von der Brust. Dann griff er das Schwert und legte es seinem Freund an die Seite. Er überließ es Nimarisawi, die Schließen an der hölzernen Brustplatte zu öffnen und die Schnürung des Steppwamses darunter aufzunesteln.
Die Elfe beugte sich herunter, um Galts bloße Brust zu küssen. »Wird sein Herz nicht auf meinen Lippen weiterschlagen?«, fragte sie danach voll unsicherer Hoffnung.
Dalarr antwortete ihr nicht.
Er glaubt nur an die Stille Leere. An dieses schreckliche Nichts, wo meine Mutter und meine Geschwister jetzt sein sollen. Und da schickt er nun auch Galt hin ...
Wie ein Steinmetz, der prüfte, an welcher Stelle er den Meißel in den Fels treiben wollte, fuhr Dalarr mit zwei Fingern der linken Hand über Galts Brust. Schließlich verharrten sie, er schwang den anderen Arm in einer kräftigen Bewegung und der Dorn bohrte sich ins Fleisch.

Da war kein Aufbäumen, kein Schwall Blut, der Galt über die Lippen schoss, kein ersticktes Röcheln. Nur ein leises, feuchtes Schmatzen, als Dalarr den Dorn aus der tödlichen Wunde zog, von dessen glattem Weiß rote Perlen tropften. Und ein unterdrückter Aufschrei Morritbis – der ohnmächtige Laut einer hilflosen Beobachterin. Er ging völlig in dem Geräusch unter, das aus Nimarisawis weit aufgerissenem, zahnlosem Schlund emporraste. Das Heulen und Tosen eines eisigen Orkans, der Baumriesen entwurzelte und ganze Häuser in die Luft riss.

Das Licht aus den Wänden flackerte heftiger, als es das kleine skaldatgenährte Flämmchen je getan hatte. Der rasche Wechsel aus Grelle und Finsternis weckte in Namakan die lähmende Furcht, die Welt selbst könnte vor dem traurigen Zorn der Elfe nicht bestehen. Als Nimarisawi endlich verstummte und einen furchtbar langen Augenblick düsterste Schwärze herrschte, brach Namakan zusammen. Er spürte kaum, wie ihn die Hände auf seinen Schultern noch fester packten und ihn nach hinten zogen.

Morritbi hielt ihn umklammert, die Lippen an seinem Ohr, und wisperte: »Es ist vorbei. Es ist vorbei.«

In einem schwachen Abglanz seines früheren Strahlens kehrte das Licht zurück.

Ich will hier weg. Namakan drückte Morritbi so sanft von sich, wie es ihm seine Erschütterung erlaubte. Er zog sich an der Wand des Gangs in die Höhe und sah die Hexe an. Das neugierige Funkeln in Morritbis Augen war erloschen.

Namakan zeigte mit dem Daumen den Gang in die Richtung hinunter, aus der sie gekommen waren.

Morritbi nickte knapp und nahm seine Hand.

Sie hatten die nächste Treppe noch nicht erreicht, als sie Nimarisawis Stimme aus der Trauerkammer verfolgte: »Warum geschieht es nicht, Dalarr?«

Namakan ahnte, wovon die Elfe sprach. *Sie wartet darauf, dass mit Galt dasselbe passiert wie mit ihrem Schimmel. Dass dieses Licht – sein Geist, seine Seele – aus seinem Leichnam aufsteigt.*

»Er ist schon lange fort gewesen«, hörte Namakan seinen Meister sagen. »Nicht wir haben ihn getötet. Waldur hat es getan, vor vielen Sommern.«

Leiser und leiser wurden Dalarrs Worte, je weiter sich Namakan von Morritbi in den dunklen Gang hineinführen ließ. »Ich möchte dich darum bitten, etwas an mich nehmen zu dürfen, was Galt gehört hat.«

»Zur Erinnerung an ihn oder weil es dir hilft, deine Pläne voranzutreiben, Tegin?«, erwiderte Nimarisawi, und in ihrem Raunen wog die Bitternis schwer.

»Beides«, vermeinte Namakan zu hören, aber er konnte nicht mehr sicher sein, ob er dieses Wort seinem Meister nicht nur in den Mund legte.

Auch der kommende Morgen begann für Namakan damit, dass er aus einem unruhigen Schlaf geweckt wurde. Es geschah nicht so sanft wie zuvor durch Morritbi, sondern so forsch und fordernd, wie es die Art seines Meisters war. Das Rütteln und Schütteln machte ihn sofort hellwach.

»Komm!«

Namakan hatte gelernt, die seltenen Bitten von den häufigen Befehlen Dalarrs zu unterscheiden, doch diese Aufforderung war anders, denn sie lag irgendwo zwischen diesen beiden Polen.

Dalarr führte ihn durch das noch verlassene Zimmer mit den Bänken die Treppe hinunter und dann über eine Abfolge von Biegen und Kehren ins Freie.

Der Ort, an den Dalarr ihn brachte, musste einmal ein blühender Garten gewesen sein. Namakan erkannte einige der Pflanzen wieder – Mandelbäume und Rosensträucher etwa –, aber die meisten waren ihm fremd. Sie hatten jedoch alle eine Gemeinsamkeit: Sie trugen weder Blätter noch Blüten. In einer dicken, verrottenden Schicht lag alles Laub auf den Wurzeln der kahlen Gewächse.

Der Garten war um einen See herum angelegt, in dem sich das Wasser aus den künstlichen Bächen, die das Elfenreich durchzogen, sammelte, ehe es über den Rand einer Klippe in die Schlucht am Ende des Tals hinabstürzte. Zumindest hätte es das getan, wenn nicht die Eiseskälte alles Sammeln und Stürzen angehalten hätte.

Sie gingen einen Weg am Ufer des Sees entlang, wo Dalarr seine langen Schritte schließlich bremste. »Du hast gesehen, dass ich mit Nimarisawi gesprochen habe.« Er hob einen warnenden Finger. »Leugne es nicht, du Spertill!«

Ja, und ich musste mit ansehen, wie du deinem Freund diesen Dorn in die Brust gestoßen hast, hätte Namakan am liebsten erwidert. Stattdessen nickte er stumm.

Dalarr blieb stehen, bückte sich und hob etwas vom Boden auf. Einen Knochen, so klein und zerbrechlich scheinend, dass er nur von einem der bunten Vögel stammen konnte, die nur noch in seiner und Nimarisawis Erinnerung sangen. »Ich habe getan, was getan werden musste. Ich könnte ein großes Fass aufmachen und behaupten, so hätte ich es Zeit meines Lebens schon immer gehalten. Dann hätte ich es allerdings verdient, dass man mich in diesem Fass ersäuft.« Dalarr brach den Knochen entzwei und warf die beiden Hälften über die Schulter. »Erinnerst du dich noch an den Holzkopf?«

Der Holzkopf? Der Freund von ihm, der Waldur geholfen hat, Arvid auf den Thron zu hieven? »Was ist mit ihm? Du hast doch gesagt, er sei tot.«

»Gewissermaßen stimmt das auch.« Dalarr verzog das Gesicht, als hätte ihm jemand ins Gekröse getreten. »Der Holzkopf, der ich einmal gewesen bin, ist hoffentlich tot und kehrt nie wieder.«

»Du ... du warst der Holzkopf?« Namakan schüttelte fassungslos den Kopf. »Aber der Holzkopf war doch dumm und hat sich vor Waldurs Karren spannen lassen wie ein Ochse. Der Holzkopf hat nicht durchschaut, wie Waldur wirklich ist. Und auch nicht, was für ein König Arvid werden würde.«

Dalarrs ohnehin gepeinigte Miene wurde noch grimmiger. »Dann begreifst du vielleicht jetzt, warum ich dir nicht die

Wahrheit sagen konnte. Ich bin nicht stolz auf das, was damals geschehen ist. Ich schäme mich dafür, weil ich es hätte verhindern können. Nein, ich hätte es sogar verhindern müssen. Und nur, weil ich damals so dumm gewesen bin, sind jetzt Lodaja und Tschesch und Miska und Wutschak und ...« Dalarr beschaute seine Hände, drehte sie hin und her. »Sie alle sind wegen meiner verfluchten Dummheit in der Stillen Leere. Ihr Blut klebt auch an meinen Händen, nicht nur an denen von Waldur und Arvid. Es ist, als hätte ich sie selbst umgebracht.«

Das passt nicht zusammen. Namakan kramte in seinem Gedächtnis nach den Einzelheiten der Geschichte, die ihm Dalarr über die Rolle des Holzkopfs bei Arvids Machtübernahme erzählt hatte. »Du hast gesagt, in der Zeit, in der der Holzkopf auf Waldur hereingefallen ist und Arvid unterstützt hat, hättest du nur Augen für Lodaja gehabt. Was stimmt denn nun?«

»Das eine ist wahr, ohne dass das andere falsch ist«, entgegnete Dalarr. »Es stimmt, dass ich mich habe blenden lassen, und es stimmt auch, dass ich viele schöne Tage damit verbracht habe, mit Arvids Tochter durch die Kissen zu toben.«

»Halt!« Ein Druck breitete sich in Namakans Schädel aus, ein Druck, der nicht von außen, sondern von innen auf ihn einzuwirken schien. »Wieso Arvids Tochter? Warst du Lodaja untreu? Ich verstehe das alles nicht, Meister, tut mir leid.«

»Wir haben dich viel, viel zu behütet aufwachsen lassen.« Dalarr seufzte. »Du bist wie ein Kind, das darüber erschrickt, dass ein Küken aus einem Ei schlüpft. Begreifst du es denn wirklich nicht?«

»Lodaja war doch die Tochter dieses Gräflings«, sagte Namakan. »Und jetzt ist sie mit einem Mal Arvids Tochter. Wie kann ein Mädchen zwei Väter haben?«

»Ach, Junge ...« Dalarr legte Namakan eine Hand auf die Schulter. »So, wie ich früher der Holzkopf gewesen bin, war Arvid früher der Gräfling.«

Er hat mich angelogen. Namakan wurden die Knie weich. *Er hat mich die ganze Zeit über angelogen.*

»Gehen wir noch ein paar Schritte.« Dalarr schob Namakan sanft an. »Ich weiß, wie du dich fühlst. Bewegung wird dir gut tun.«

Namakan setzte schlurfend einen Fuß vor den anderen. Der Druck in seinem Kopf war zu einem Sog aus widerstreitenden Gefühlen geworden, von dem er in eine unbekannte Tiefe gezogen zu werden drohte. *Warum hat er mir nicht die Wahrheit gesagt? Warum war er so feige? Ich liebe ihn doch. Er ist der einzige Vater, den ich je hatte. Weshalb die ganzen Täuschungen? Und Lodaja ... sie hat auch nur gelogen. All die Sommer. Was hat sie immer gesagt? Ja, dass ihr Vater gestorben ist, als sie noch klein war. Dass sie deshalb wusste, wie es ist, niemanden auf der Welt mehr zu haben. Darum hat sie uns alle bei sich aufgenommen. Warum? Warum wollte sie uns nie sagen, wer ihr Vater ist?* Plötzlich ging nacktes Entsetzen als Sieger aus dem wilden Ringen der Regungen in ihm hervor. »Er hat sie töten lassen! Arvid hat sein eigen Fleisch und Blut töten lassen!«

»Ich weiß«, sagte Dalarr ruhig.

Angestoßen durch diese Eröffnungen wirbelten immer mehr von Namakans Gedankenfetzen umeinander und fügten sich nach und nach zu einem löchrigen Geflecht. »Sie hat doch noch für ihn gekämpft. In dieser Schlacht gegen die Pferdestämme. Du doch auch. Warum hat er sie danach so gehasst, dass er ihr Waldur auf den Hals hetzte? Und warum hat er so lange damit gewartet?«

»Ich habe einen Verdacht, was Arvid dazu gebracht haben könnte, uns erst nach dreißig Sommern nachzustellen. Ich werde ihn nicht aussprechen. Waldur soll ihn mir bestätigen, bevor ich ihm die Zunge aus dem Maul schneide.« Dalarr spie aus. »Und die Wurzel von Arvids Hass? Es ist dieselbe wie die Wurzel seines bösartigen Irrsinns. Er hat bei Kluvitfrost ein Reich gewonnen, aber eine Königin verloren. Er hätte sie zu Hause im Palast in Silvretsodra lassen sollen, denn dann wäre alles anders gekommen. So jedoch ...« Dalarr zuckte mit den Achseln. »Es nutzt nichts, dem Schicksal zu zürnen. Tausende haben ihr Leben in Kluvitfrost ausgehaucht. Was schützt eine Königin davor, dass es ihr genauso ergeht? Es zählt nur, dass Berguvens Tod der letzte Hammerschlag war, den es brauchte, um Arvid zu einer Klinge der Zerstörung zu schmieden.«

»Aber dann muss er …« Die Feststellung fiel Namakan nicht leicht. »Er muss sie sehr geliebt haben.«

»Spar dir dein Mitleid!«, rügte Dalarr ihn scharf. »Was für eine Liebe ist das gewesen, die so viel Hass und Leid gebiert? Ich habe Lodaja auch geliebt, und doch gehe ich nicht los, um meinen Schmerz mit dem Blut Unschuldiger zu betäuben. Ich gehe los, um über den zu richten, der mir den Schmerz zugefügt hat, nicht mehr und nicht weniger. Das ist gerecht. Das ist ehrenhaft.«

Sie schwiegen einen langen Moment.

Du kannst ihn das nicht fragen, quälte sich Namakan. *Er wird nur noch zorniger werden. Doch! Du musst ihn fragen. Du hast keine Wahl.* »Und war es auch gerecht und ehrenhaft, mir Lügen anstelle der Wahrheit aufzutischen, Meister?«

Namakan hätte mit allem gerechnet – mit einer Ohrfeige, einem Tritt, günstigstenfalls mit grimmigem Schweigen –, doch mit einem hätte er nicht gerechnet. Dalarr lachte, was angesichts der toten Tristheit um sie herum doppelt fehl am Platz erschien. »Flikka mek! Schau uns an, Junge! Wir lustwandeln durch einen Garten und streiten wie die Könige!«

Wenn man als König so viel lügen und verheimlichen muss, dann pfeife ich auf jede Krone!

»Nein, natürlich war das nicht ehrenhaft von mir«, gestand Dalarr. »Und ich könnte mir in den Hintern beißen, dass es etwas braucht, was die Welt noch nicht gesehen hat, um das zu erkennen. Eine faltige Elfe, die über einen lebenden Leichnam wacht! Ich habe es nicht besser gemacht als sie.« Er lachte noch einmal auf und fuhr sich über die Augen. »Keinen Deut besser.«

Weint er? Aber nur vom Lachen … oder?

»Ich habe die Dinge so gesehen, wie ich sie sehen wollte, und nicht so, wie sie sind«, erklärte Dalarr. Er wich vom Weg ab, um am Ufer des gefrorenen Sees in die Hocke zu gehen. »Wie eine alte, törichte Elfe, die Zauber um Zauber wirkt, um einen Traum weiterzuträumen, aus dem sie längst hätte erwachen müssen.« Er nahm einen Kiesel und wog ihn in der Hand. »Oder wie ein Greis, der sich einredet, seine Frau sei noch immer ein junges Mädchen, auch wenn das Haar in ihrem Schoß weißer als das auf seinem Kopf ist.« Er warf den Stein, der zwei-, dreimal über das Eis hüpfte, bevor die Kraft des Wurfs nicht mehr ausreichte, ihn weiter voranzutreiben.

Angefacht durch die Bemerkung über Haar, das seine Farbe nicht behielt, gab sich Namakans aufgekratzter Geist der Aussicht hin, womöglich die Lösung eines Rätsels durchschaut zu haben. »Das ist es!« Nun war es sein Lachen, das dem Eis und der Kälte trotzte. »Damit hat sie dich verzaubert, als du das letzte Mal bei ihr gewesen bist, nicht wahr?«

»Womit?« Dalarr runzelte die Stirn.

»Du musst dich gar nicht verstellen, Meister! Dein Haar. Es wird dunkler und dunkler. Das ist von ihrem Zauber. Du hast geahnt, dass Waldur und Arvid eines Tages nach dir und Lodaja suchen würden. Du hattest Angst, du könntest zu alt sein, um sie zu verteidigen, wenn es so weit ist. Deshalb hat Nimarisawi einen Zauber gesprochen, der dir deine Jugend und deine Kraft zurückgeben würde, falls dein Haar schon grau ist, wenn die Häscher kommen. Ist es nicht so?«

Dalarr erhob sich und musterte Namakan, deutliche Belustigung auf den Zügen. »Mach dich nicht lächerlich, du Fifl. Sie kann den Strom der Zeit stauen, aber seinen Lauf umkehren? Dafür reicht selbst ihre Macht nicht aus. Niemand kann das. Kein Mensch, der Skaldat schmiedet, und erst recht keine Elfe, die ihre Träume in Worte gießt. Vor der Zeit sind wir alle gleich, und du solltest zu deinem fetten Pärchen beten, das nicht voneinander lassen kann, damit das auch bis in alle Ewigkeit so bleibt. Nein, Nimarisawis Zauber erfüllt einen vollkommen anderen Zweck.«

»Und welchen?«, wollte Namakan ernüchtert wissen.

Dalarr sah seinen Schüler prüfend an, fast so, als wären sie einander eben erst begegnet und er würde einzuschätzen versuchen, wen er da vor sich hatte. »Der Zauber ist Teil unserer Rache.« Der düstere Ton, den Dalarr wählte, gab dem Garten seine Ödnis zurück. »Ich würde sie gefährden, wenn ich dir verrate, was dieser Zauber bewirkt.«

Das reicht mir nicht, Meister. Nicht mehr. »Wieso?«

»Weil du mir womöglich nicht mehr folgen wollen würdest, wenn du wüsstest, was geschieht, wenn der Zauber aufgehoben wird.« Dalarr senkte traurig den Blick. »Weil du mich darum bitten würdest, ihn schon jetzt aufzuheben und seine Kraft verfliegen zu lassen.«

»Der Zauber ist gefährlich«, folgerte Namakan.

»Ja, ist er. Das muss er sein, um meine Rache vollendet zu sehen.« Dalarr nickte. »Und ich werde einen Preis dafür bezahlen. Einen sehr hohen Preis.«

Namakans Mund dörrte aus. *Er meint doch nicht, dass …* »Wirst du daran sterben?«

»Was ist das für eine Frage, mein Junge? Alles stirbt irgendwann«, erwiderte Dalarr ruhig.

Eine Gänsehaut, die nicht der Kälte geschuldet war, kroch Namakans Arme hinauf. *Ich werde ihn verlieren. Er wird sterben. Wir werden unsere Rache bekommen, aber er wird dafür sterben. Und was ist dann mit mir? Bleibt mir dann nur Morritbi? Oder kommen wir alle um und ich erfahre, ob er recht mit seiner Stillen Leere hat? Ziehen wir in den Tod?* Namakan biss sich auf die Unterlippe. »Was ist ein Tegin?«

»Hm?« Dalarr ruckte mit dem Kopf, als hätte er sich verhört.

»Tegin«, wiederholte Namakan. »Nimarisawi hat dich so genannt. Was heißt das?«

»Oh …« Dalarr winkte ab. »Es ist nur ein Wort, das die Elfen für bestimmte Menschen verwenden.«

»Was für Menschen?«

»Menschen, die sie für weise halten«, erläuterte Dalarr. Ein schmales Lächeln teilte seinen Bart. »Und da siehst du, was die Elfen zwischen ihren spitzen Ohren haben. Nichts. Oder einen schönen dampfenden Haufen Kacke. Wenn ich mich weise nennen darf, dann darf es jeder, der denkt, mit einem Igel wäre gut den Rücken bürsten ...« Dalarr nahm die Hände wie eine Muschel vor den Mund und blies seinen Atem hinein. »Genug gelustwandelt und gestritten, findest du nicht? Mir wird kalt, und uns wird noch eine Weile lang kalt genug sein, bis wir in Silvretsodra sind.«

Sie traten den Rückweg an. Als sie aus dem Garten der toten Blumen in den Irrgarten gelangten, den die Gänge der Halle der Zusammenkunft darstellten, kam Namakan zu dem Schluss, dass seine Neugier noch nicht ganz gestillt war. »Du hast etwas von Galt genommen. Was war es?«

»Etwas, womit man findet, wonach man sucht. Genauer gesagt, etwas, womit ich finden kann, wonach ich als Nächstes suchen muss.«

Wir sind zu lange hier. Er hört sich an wie eine Elfe ... »Und wonach musst du suchen?«

»Nach jemandem, der uns hilft, Arvid und Waldur zu bezwingen.«

Es wird nicht besser. Aber wenigstens ist es keine Lüge. So, wie ... »Meister?«

»Ja?«

»Was ist eigentlich daraus geworden, dass man kein Heer braucht, um einen König zu töten? Dass ein einzelner Mann, der entschlossen ist, Blut fließen zu sehen, dafür genügt?«

»Das, mein Junge«, sagte Dalarr ernst, »ist nach wie vor die Wahrheit und nichts als die Wahrheit. Ich habe aber nie behauptet, dass es diesem Mann verboten wäre, sich zunächst die schärfste Waffe zu besorgen, die er kriegen kann, damit das Blut auch ordentlich sprudelt.«

22

Grollend vor Zorn steigt Guloth hinab,
Grottengrund zu finden.
Verwesung umfängt verlorene Gänge,
verzehrende Verdammnis des Plagenvaters.
Slahis Sabbas feister Leib schlängelt sich heran,
Seelen zu schinden.
Fäulnis ficht des Bären Sohn nicht an,
forsch schwingt er den Hammer.
Zersplittert ist der morsche Zahn,
zerschlagen und zertreten.
Winselnd weicht der ekle Wurm,
Wahnsinn in die Flucht geschlagen.
Lachend läuft Guloth zur lodernden Esse,
lässt die Knochen mahlen.
Glühend gerinnt die Gandus Ajirtha,
Gliederketten sind rasch geschmiedet,
reiht Guloth rachsüchtige Tote um sich auf,
Ringen Wurm und Recke um Rache und Recht.
Ketten trägt nun das kranke Übel,
Kerker ist ihm nun sein Bau.
Schleichend sinkt Guloth in Todes Schlaf,
schließt er auch ein den Slahis Sabba.
Hütet ihr treu das hohe Tor,
hat er sein Heil euch gern gegeben.

Aus einem Sagenlied jener Sippe von Drauhati,
die in Tristborn Zwerge geheißen werden

Der Abschied von Nimarisawi vollzog sich rasch und ohne viel Aufhebens im Knospensaal.

»Wäre es nicht Verrat an meinem Volk, mit euch zu gehen?«, fragte die alte Elfe. »Muss das Letzte nicht dort bleiben, wo es auch das Letzte sein kann? Wo das Letzte letztlich ins Vergessen übergeht?«

Wenn Tschumilal schon davon erfahren hatte, dass ihr Vater von Dalarr erlöst worden war, so war es ihr nicht anzumerken. Sie stand neben ihrer Mutter, den Rücken aufrecht, die Züge entspannt. Nur ihre ohnehin blasse Haut schien noch etwas blasser. *Falls sie es gehört hätte,* dachte Namakan, *dann würde sie wohl eher Dalarr nicht aus den Augen lassen. Er hat Galt getötet. Aber Dalarr ist ihr genauso gleichgültig wie wir anderen auch. Bis auf Kjell. Den starrt sie an.*

»Wird eure Reise das Ziel finden, das ihr euch wünscht?« Das waren die Worte, mit denen Nimarisawi sich in die verzweigten Gänge der Halle der Zusammenkunft zurückzog. Wegen der eigentümlichen Art, wie die Elfen sprachen, war nicht eindeutig zu beurteilen, ob sie ihren scheidenden Gästen nun Mut zusprechen oder Zweifel in ihren Herzen wecken wollte.

So oder so änderte es nichts daran, dass die Wanderer aufbrechen mussten. Sie packten ihre Rucksäcke und schnürten ihre Bündel. Dann schritten sie durch das in seiner stillen Starre gefangene Tal, vorbei an den Trümmern der einst so stolzen Häuser der Kinder des Dunstes, vorbei am unheimlichen Spalier der Wächter, von denen manche noch die Spuren des kurzen Kampfes trugen, den sie sich mit den vermeintlichen Feinden der Elfen geliefert hatten. Einmal mehr lastete bedrückendes Schweigen auf den Wanderern.

Es hielt an, bis sie die gewaltige Hecke erreichten. Dicht geschlossen rieben sich die kargen Ranken aneinander, und der Gang durch das dornige Hindernis war verschwunden.

»Ich hoffe sehr, dass Nimarisawi dir das neue Wort verraten hat, mit dem wir die Hecke passieren können«, sagte Ammorna spitz.

»Nein, hat sie leider nicht«, gab Dalarr gereizt zurück.

»Und jetzt?«, fragte Morritbi. »Hacken wir uns einen Weg da durch?« Sie schüttelte das Beutelchen mit Skaldat an ihrem Gürtel. »Oder rufen wir die Hilfe des Feuers an?«

»Dridd«, fluchte Dalarr.

»Soll jemand von uns zurücklaufen und nach dem Wort fragen?« Namakan sah sich unschlüssig um, zuerst auf beiden Seiten an der Hecke entlang. Danach drehte er sich um und schaute zurück ins Tal. *Was macht sie denn hier?* Mit einem »Da!« machte er die anderen auf seine Entdeckung aufmerksam.

Tschumilal näherte sich ihnen auf dem Pfad, an dessen Ende sie ratlos vor der Hecke standen. Die Elfe, die keine Elfe war, legte keine besondere Eile an den Tag, doch sie schlenderte auch nicht. Sie ging eher wie eine Frau, die ihre Wäsche an den nächsten Fluss trug – das Ziel und ihre Aufgabe klar vor Augen, ohne dass sie darüber Aufregung oder gar Freude empfinden würde. Über ihre linke Schulter war der lange Gurt einer Ledertasche geschlungen, neben dem Köcher an ihrer Hüfte baumelte eine Handvoll Wurfringe.

Erwartungsvoll blickten ihr die Wanderer entgegen, und sie erlebten eine Überraschung, als sich Tschumilal an Kjell wandte.

»Kann ich euch begleiten?«, fragte sie. »Kann ich mit euch Rache an denen üben, die ein ganzes Volk der Auslöschung preisgegeben haben?«

»Verbieten können wir es dir schlecht«, antwortete Kjell in vorsichtigem Tonfall. »Du hast allen Grund, auf Rache zu sinnen. Doch bist du dir ganz sicher, dass du deine Mutter allein mit deinem Vater zurücklassen willst?«

»Ist mein Vater nicht tot?«, erwiderte Tschumilal wie beiläufig.

»Tot?« Kjell runzelte die Stirn. »Er liegt nur in einem langen Schlaf, aus dem es womöglich kein Erwachen mehr gibt, dachte ich.«

»Sie sagt die Wahrheit«, sprach Dalarr. »Galt ist tot. Ich habe ihn erlöst. Gestern Nacht. Es war richtig so.«

»Und du hattest nicht vor, uns das irgendwann zu erzählen?«

Es war schwer abzuschätzen, worüber sich Kjell erschütterter zeigte: über Dalarrs Geständnis oder über dessen Zeitpunkt.

»Der alte Wanderer hat viele Geheimnisse, die er lieber für sich behält, nicht wahr?«, merkte Ammorna an.

Dalarr schwieg.

»Was sorgst du dich so?«, erkundigte sich Tschumilal bei Kjell. »Ist die Einsamkeit meiner Mutter nicht bald vorüber? Wird sie nicht noch heute zu ihren Geschwistern gehen?«

»Heißt das …?« Kjells Blicke wanderten suchend von Tschumilal zu Dalarr. »Heißt das das, was ich befürchte?«

»Ja.« Dalarr nickte. »Nimarisawi wird den Leichnam Galts in ein Tuch hüllen und ihren toten Gatten zu den Fallenden Nebelwassern bringen. Sie wird denselben Sprung wagen, den die anderen Kinder des Dunstes vor ihr gewagt haben. Und glaub mir, du könntest eher den Lauf der Gestirne anhalten, als Nimarisawi von ihrem Vorhaben abzubringen.«

»Sollen wir gemeinsam durch die Setom Kisch gehen?« Tschumilal deutete auf die Hecke.

»Es wäre mir eine Ehre, dich an unserer Seite zu wissen.« Kjell verbeugte sich tief. »Und du sollst wissen, dass ich deine Trauer teile. Deine Mutter war eine ehrbare Frau und dein Vater ein tapferer Mann. Du kannst stolz auf sie sein.«

Tschumilal erwiderte die Verbeugung nicht. Stattdessen drehte sie sich zur Hecke und flüsterte: »Bajisch!«

Die dornigen Ranken gerieten in Bewegung und schufen rasch jenen Durchlass, durch den die Wanderer zuvor das Elfenreich betreten hatten. Tschumilal schritt voran auf die Öffnung zu, und die anderen folgten ihr.

»Was war das Wort?«, wollte Namakan von seinem Meister wissen.

»Verdorren«, entgegnete Dalarr dumpf. »Bajisch bedeutet verdorren.«

Auf der anderen Seite der Hecke war es erneut Dalarr, der die Führung der Gruppe übernahm. Sie gingen über die schneebedeckte freie Fläche zurück in den Schwarzen Hain, und Namakan konnte sich nicht des beunruhigenden Gefühls erwehren, dass sein Meister mehr oder minder ziellos zwischen den Bäumen umherzog. Schließlich steuerte er auf einen großen Felsen zu, der sich in nichts von den anderen Findlingen unterschied. Dort angekommen, setzte er seinen Rucksack ab, schnürte ihn auf und begann, darin herumzuwühlen.

»Warum halten wir an?«, stellte Morritbi die Frage, die gewiss allen auf den Lippen lag.

»Damit ich das hier benutzen kann.« Dalarr holte einen kleinen Gegenstand aus dem Rucksack, der sich gut als Forke für einen Däumling geeignet hätte: Aus einem fingerlangen Stiel wuchsen drei dünne Zinken. Ein blauer Schimmer überzog das Metall, aus dem das winzige Ding geschmiedet war, auf dem Stiel befanden sich fremde Schriftzeichen.

Skaldat! Blaues Skaldat! Namakan hielt ehrfürchtig den Atem an.

»Ich habe mir erlaubt, etwas an mich zu nehmen, was deinem Vater gehört hat«, erklärte Dalarr Tschumilal.

»Habe ich es nicht oft an ihm gesehen?« Sie machte einen Schritt auf Dalarr zu, um das sonderbare Werkzeug zu mustern. »Wozu ist es gut?«

»Es ist ein Bigitan Hajirthera«, sagte Dalarr. »Ein Herzfinder. Ein Zwerg hat ihn gemacht.«

»Der Zwerg, der der Freund meines Vaters war?«

»Deine Mutter hat dir von ihm erzählt?«

»Was hat mir meine Mutter nicht erzählt über jene Zeit, in der ihr Glück am größten war?«

»Bitte sag mir nicht, dass wir in eine Zwergenbinge müssen«, mischte sich Morritbi ein. »Ich war bei den Spinnen nun wirklich lange genug unter der Erde und habe den Himmel vermisst.«

»Ich weiß nicht, wo wir hinmüssen, aber der Herzfinder wird es mir verraten.«
»Wie das, Meister?«, fragte Namakan. *Das kleine Ding birgt Zauberkraft. Aber welche?*
»Wenn ein Zwerg einen anderen Zwerg sehr schätzt und sich ihre Wege trennen, gibt der eine dem anderen einen Herzfinder mit«, erklärte Dalarr. »Wenn der, der den Herzfinder hat, nun Sehnsucht nach seinem Freund bekommt und er nicht weiß, wohin es diesen verschlagen hat, führt ihn der Herzfinder an den richtigen Ort.« Dalarr zog verächtlich die Oberlippe hoch. »Warum man nicht gleich zusammenbleiben kann, wenn einem so viel aneinander liegt, wissen die Zottelbärte wahrscheinlich selbst nicht. Sie haben mehr sinnlose Traditionen als ein Straßenköter Flöhe.«
»Wie hilft einem diese winzige Mistgabel dabei, jemanden zu finden?«, fragte Kjell.
»Ganz einfach«, feixte Morritbi. »Du stichst sie jedem Menschen, dem du begegnest, in den Hintern und fragst, ob er deinen Freund irgendwo gesehen hat.«
»O ihr kleingeistigen Zweifler an der Macht des Skaldats«, rügte Dalarr. »Passt auf!«
Er schlug die Zinken des Herzfinders sachte gegen den Felsen, vor dem sie standen. Das Geräusch, das nun ertönte, schien aus einer Vielzahl verschiedener Klänge zusammengesetzt. Das satte Klirren des Hammers auf dem Schmiedegut. Das dumpfe Trommeln wie von einer in gemächlichem Takt gehauenen Pauke. Ein fernes Seufzen voller Wehmut und schöner Erinnerungen. Helles Gelächter, selig von Met und guter Gesellschaft.
Dalarr schwenkte den Herzfinder hin und her, als wäre die Forke eine Fackel und er in einem dunklen Stollen auf der Suche nach einem Ausgang.
»Bei den samtenen Schwingen der Gefiederten«, ächzte Ammorna. »Hört ihr das auch?«
»Es wird leiser und lauter«, plapperte Morritbi aufgeregt.

»Gebt Ruhe!«, knurrte Dalarr.

Es stimmte. Namakan riss die Augen auf und spitzte die Ohren. *Das Geräusch wird leiser und lauter. Je nachdem, wohin der Meister die Forke richtet.*

Nach einer Weile und mehrmaligem Drehen um die eigene Achse hatte Dalarr herausgefunden, wann der Ton am lautesten war. Er lächelte zufrieden und schloss die Faust um die Zinken der Forke. Der seltsame Laut hallte noch einen Wimpernschlag gedämpft nach, dann war seine Kraft gebrochen.

»Wie geht das, Meister?« Namakan war verwirrt. »Du hast mir beigebracht, das blaue Skaldat wäre das Skaldat des Wassers und des Windes. Hier fließt kein Wasser, und es weht kein Wind, und trotzdem übt diese Forke Macht auf die Welt aus.«

»Der Wind muss nicht wehen, um die Worte von meinem Mund an dein Ohr zu tragen, oder?« Dalarr verstaute den Herzfinder in seinem Rucksack und setzte sein Gepäck wieder auf. »Aber er ist trotzdem immer da, und auf all das, was ist, wirkt das Skaldat.« Er tippte sich gegen die Schläfe. »Für all das, was sein könnte, sind wir allein zuständig. Und genau das verleiht dem Skaldat seine Macht. Dass es das, was ist, mit dem verbindet, was sein könnte. Es verleiht schierem Willen, reinstem Traum und unaussprechlichsten Wünschen gleichermaßen Gestalt.«

»Und dein Wunsch?«, wollte Tschumilal wissen. »Was ist dein Wunsch, dem die Kowilasch Ulef Gestalt verleiht?«

»Das liegt doch wohl auf der Hand.« Ammorna stemmte die Fäuste in die Hüften. »Wir laufen kreuz und quer durch die Welt, immer diesem grässlichen Lärm hinterher, bis wir den Zwerg aufgespürt haben, den dieser Schausteller da sucht.«

»Völlig richtig«, bestätigte Dalarr in ungewohntem Gleichmut. »Ich kann euch nicht einmal sagen, wie lange es dauern wird.« Er hakte die Daumen unter die Riemen seines Rucksacks. »Lasst uns weitergehen, und dann sage ich euch wenigstens, wer es ist, dem wir nachlaufen werden wie der Hengst dem Duft der rossigen Stute.«

Der, den wir suchen, gilt als Verräter an seinem Volk. Das stimmt vielleicht sogar, wenn man die Maßstäbe der Zwerge anlegt. Zum Glück gibt es außer seinem Volk aber noch andere Völker, und wenn die Menschen von Tristborn um seine Rolle beim Zurückdrängen der Pferdestämme vor so vielen Sommern wüssten, würden sie ihn wohl als Helden feiern. So ist das eben. Man kann es nie allen recht machen, und Schande gegen Lobpreisung aufzuwiegen ist in solchen Fällen eine törichte Übung.

Eisarn Bairasunus ist ein Sohn jenes Volkes, das man hierzulande die Zwerge nennt. Wer von Zwergen spricht, beschwört damit in den Köpfen seiner Zuhörer oft ein ganz bestimmtes Bild herauf: von streitsüchtigen, goldgierigen Bartträgern, die kaum eine Handbreit höher als ein Hausschwein sind und in Hügeln und Bergen unter der Erde leben. Nun, alles an diesem Bild trifft durchaus auf die Zwerge zu, auch auf Eisarn. Er führt gern Zwiste, beim Anblick von glänzendem Geschmeide schlägt sein Herz höher, die Spitze seines geflochtenen Barts kitzelt ihn fast am Gondull, und er ist in einem Berg geboren. So weit, so gut. Doch die Zwerge sind noch viel mehr als das, was dieses krude Bild beinhaltet. Würde man einem Hirsch gerecht, wenn man ihn zu beschreiben versucht und nur erwähnt, dass er Fell hat, ein Geweih trägt und röhrt, wenn ihn die Geilheit überfällt? Ich denke nicht ...

Es gibt noch einiges mehr, das man wissen muss, um zu begreifen, wie die Zwerge sind. Und zunächst sind sie ohne jeden Zweifel ein sterbendes Volk. Es gab eine Zeit, die nun schon Hunderte von Sommern zurückliegt, da konnte man kein Loch graben, ohne nicht auf einen ihrer Stollen zu stoßen – oder gar auf eine ihrer Kammern der Verschmelzung, wo sich alle Angehörigen einer ihrer Sippen einmal im Zeitengeviert zusammenfanden, um übereinander herzufallen wie die Hasen und neue Zwerge zu machen. Wer weiß? Womöglich ist es genau diese Eigenart gewesen, das Blut ihrer Sippen möglichst rein halten zu wollen, die sie zum langsamen Untergang verdammt hat. Sie wären besser beraten gewesen, mit ihren Traditionen zu brechen und ihr Blut ordentlich zu durchmischen, denn nach und nach kamen aus den Schößen der meisten Zwerginnen nur noch missgestaltete Kümmerlinge gekrochen, von denen viele nicht einmal Münder hatten, um an den Brüsten ihrer Mütter zu saugen. Immer mehr Bingen wurden erst zu Heimen, in denen nur noch Greise hausten, und dann zu stillen Grüften, die von allem Atem des Lebens verlassen waren. Dass die Zwerge so langlebig sind, dass die Älteren unter ihnen Abertausende Klagelieder über das Ausbleiben der Jüngeren schreiben konnten, nährte ihren Kummer nur umso mehr.

Es hätte ihnen mehr genutzt, sich die Köpfe über ihre starren Gebräuche zu zerbrechen, anstatt ohnmächtige Reime zu schmieden. Doch dort liegt die größte Schwäche dieses Volkes: Sie tun alles so, wie sie es schon immer getan haben, und befolgen die Unzahl ihrer Gebote und Verbote blind. Iss nichts, was nicht aus der Erde kommt. Trag kein Gewand mit mehr als zehn Knöpfen. Vergrab jeden Sommer ein Zehntel deines Besitzes an einem sicheren Ort. Achte das Wort deiner Mutter und deren Mutter. Bestreicht die Tore eurer Bingen mit Fett aus dem Bürzel des Stinkmulls. Ich könnte noch endlos fortfahren ...

Bei aller Sturheit, die die Zwerge besitzen, gibt es jedoch zwei Dinge, die man ihnen gewiss nicht vorwerfen kann: faule Arme und ein feiges Herz. Das spiegelt sich allein in dem Namen, den sie für sich selbst verwenden: Drauhati. Die Unerschrockenen. Sie meinen damit, dass sie es als heilige Aufgabe verstehen, sich tiefer und tiefer in die Erde hinein zu wühlen, auf der Suche nach einem Ort aus ihren Sagen und Legenden. Den Grund aller Geheimnisse. Um diesen Grund zu erreichen, ist ihnen seit jeher jedes Mittel recht, und sie haben dabei Erstaunliches geleistet.

So nehmen die Drauhati für sich in Anspruch, die Ersten gewesen zu sein, die jemals Skaldat geschmiedet haben. Es wird euch nicht überraschen, dass sie ihre eigenen Regeln aufgestellt haben, wofür die Gandus Arjitha verwendet werden darf und wofür nicht. Es ist ihnen verboten, Waffen und Rüstungen daraus zu fertigen oder irgendetwas, das den einzelnen Drauhati über seine Sippe erhebt. Man könnte das für klug erachten. Ich erachte es für eine weitere Fessel, die sich die Drauhati selbst angelegt haben.

Worin sie allerdings ausgesprochen klug sind, ist das Bauen von Maschinen und Apparaturen. Schrauben, die sich endlos drehen und warmes Wasser aus dem Schoß der Erde in ihre Bingen fördern. Zeitmesser, die auf einen Wimpernschlag genau das Verstreichen der Stunden nachvollziehen, damit jede Arbeit unter ihnen gerecht auf alle Schultern verteilt werden kann. Schlösser für Truhen und Kisten, an denen sich jeder noch so geschickte Dieb die Zähne ausbeißt – wenn sie ihm nicht sogar die klebrigen Finger kappen, falls er zu dreist in ihnen herumstochert.

Ihre Neugier und ihr Forscherdrang hat sich für sie aber auch immer wieder als zweischneidiges Schwert erwiesen – ein höchst scharfes Schwert noch dazu. Mehr als einmal sind die Zwerge auf Dinge gestoßen, die nie dazu bestimmt waren, ans Licht gezerrt zu werden – und sei es nur das schwache Licht ihrer Fackeln und Laternen anstelle des sengenden Lichts der Sonne.

Auch der Sippe, der Eisarn angehörte, bevor sie den Stab über ihm brach, wurde einst eine bittere Lektion über die Gefahren erteilt, die bei einem allzu beherzten Vordringen in die Welt unter der Welt lauern. Sie befreiten unabsichtlich den Slahis Sabba, den Plagenvater.

Was ist der Plagenvater? Ein Gott, der trunken von seiner eigenen Macht nur noch seinen niedersten Gelüsten nachging und den das Ausleben seiner Triebe zu einer Ausgeburt des Zerfalls machte? Ein Dämon, der vom Anbeginn der Zeit an nur Hass für alles Schöne empfand und sich schwor, mit seinem ätzenden Samen die gesamte Welt zu vergiften? Eine einst unscheinbare und unschuldige Kreatur, die sich durch die

Erde grub, bis sie auf ein großes Vorkommen von schwarzem Skaldat stieß und sich durch dessen Einfluss in ein Geschöpf aus den übelsten Albträumen verwandelte? Niemand kann es sagen. Doch eines steht fest: Alles, was mit dem Plagenvater in Berührung kommt, läuft Gefahr, einen grässlichen Tod zu sterben. Einen Tod, der niemals endet. Sein Einfluss frisst sich durch jedes lebendige Fleisch wie eine Made. Nur verzehrt diese Made ihren Wirt nicht. Sie lässt ihn umgehen wie einen Geist, der nicht aus seiner Hülle entweichen kann, und wenn eines ihrer Opfer seine Zähne oder Krallen in anderes Fleisch schlägt, dann springt die Plage auch auf dieses Fleisch über und verflucht es mit einem unstillbaren Hunger.

Der größte Held, mit dem Eisarns Sippe je gesegnet war, trotzte dem Plagenvater. Guloth Bairasunus stieg in die Grotte hinab, in der sich der Slahis Sabba wand, stellte sich dem Ungetüm und hieb ihm einen Zahn aus dem Maul. Heulend und zischend zog sich das Ungetüm in eine Spalte zurück, aber Guloth war sich bewusst, dass er keinen endgültigen Sieg über den Plagenvater errungen hatte.

Dazu brauchte es die Macht des Skaldats. Guloth ließ den Zahn zermahlen und verband ihn in der Glut seiner Esse mit schwarzem Skaldat und Stahl, um daraus eine lange Kette zu schmieden – die Ketten der Ewigkeit. Der Wunsch, mit dem er sie besprach, war der, dass diese Ketten den Slahis Sabba auf ewig binden würden.

Doch um etwas zu binden, das so gewaltig ist wie der Plagenvater, muss man es zunächst dazu bringen, still zu halten. Und dazu wiederum bedarf es einer ganzen Armee. Guloth fand sein Heer, indem er sich in die Grüfte seiner Binge aufmachte. Er schlang sich die Ketten um die Arme, denen nun ja ein Bruchteil jener Macht innewohnte, mit der der Plagenvater die Grenzen zwischen Leben und Tod verwischte. Ja, ihr habt richtig gehört: Guloth rief die Gefallenen, die Dahingerafften, die Entschlafenen zu den Waffen. Es muss eine schaurige Streitmacht gewesen sein, die da in die Schlacht zog: Reihe um

Reihe fauliger Leiber in rostigen Panzern. Halbe Gerippe, die mehr krochen, als sie gingen. Gerade erst zur Ruhe Gebettete mit leeren Gesichtern und erloschenen Augen.

Die holprigen Lieder der Zwerge schweigen sich darüber aus, wie viele dieser wandelnden Leichen letztlich vom Plagenvater zerquetscht, zerrissen und zermalmt wurden. Wahrscheinlich lohnt es sich nicht, zweimal um dieselben Toten zu trauern, oder eines der abwegigeren Gebote der Drauhati verbietet es ihnen.

Wie dem auch sei … Guloth legte dem Plagenvater die Ketten der Ewigkeit an, seine Sippe versiegelte das Tor zur Grotte des Slahis Sabba mit dem vertracktesten Schloss, das sich je ein Stummelbein ausgedacht hat, und alles hätte gut geendet, wenn nicht wir gewesen wären.

Wir. Dieser zusammengewürfelte Haufen aus Narren und Schurken, die in den Pferdestämmen das größere Übel als in Arvids noch junger Herrschaft sahen. Die Herde des Fetten Hengstes stürmte gegen die Feste Kluvitfrost, und wir suchten verzweifelt nach irgendeiner Möglichkeit, irgendeinem Wunder, irgendeinem Fluch, um die Flut von Reitern aufzuhalten, die auf das Blut unschuldiger Tristborner versessen war.

Ich würde allen Göttern, an die ich nicht glaube, danken, wenn ich nur sagen könnte, es wäre dieser räudige Hund Waldur gewesen, der uns die Ketten der Ewigkeit als Ausweg aus unserer hoffnungslos scheinenden Lage aufzeigte. Das würde sich nur zu gut fügen. Doch es wäre eine Lüge. Ausgerechnet Galt war es – der sanftmütige, schöne Galt –, der uns davon überzeugte, dass etwas, das von der Widerwart selbst berührt worden war, zu etwas Hehrem benutzt werden konnte. Als ließe sich aus Pisse eine schmackhafte Suppe machen oder aus einem Mann ohne Arme ein guter Schütze …

Galt kannte die Legende vom Slahis Sabba und seinem Bezwinger. Einige Zeitgeviert zuvor hatte es ihn einmal in die Binge der Bärensippe verschlagen. Wenn ich mich recht entsinne, ging es da um eine Maid, deren angeblichen Reizen Galt erlegen war. Bedauerlicherweise hatte der Vater des Mädchens sie in ihrem Turmzimmer einschließen lassen. Dem Hörensagen nach war sie so schön, dass man den Verstand verlor, sobald man sie erblickte. So etwas schreckte Galt nicht ab. Im Gegenteil. Es stachelte seine Lust nur weiter an. Deshalb suchte er nach jemandem, der ihm die Tür zu dieser Kammer auftat, von der es hieß, kein Mensch könnte das Schloss daran je öffnen. Und wie gesagt, Zwerge und Schlösser sind wie Arsch und Eimer. Folglich musste ein Zwerg her, koste es, was es wolle.

Galt – und nun könnt ihr selbst entscheiden, ob ihr da von Glück oder Pech reden wollt – fand nicht irgendeinen Zwerg, der sich bereiterklärte, ihn zu begleiten. Nein, er fand den gelangweilten Sohn einer Sippenmutter, der es überdrüssig war, nur Gänge zu graben, den Blasebalg zu pumpen und Steine zu klopfen.

So lernte Galt Eisarn kennen, und ich habe euch schon davon berichtet, was für ein gewinnendes Wesen Galt hatte. Sie wurden Freunde, und sie blieben es auch, nachdem Eisarn das Schloss für ihn öffnete. Obwohl die Frau hinter der Tür sich als greulich genug herausstellte, dass Milch sauer wurde und Katzen einen Buckel machten, wenn sie in der Nähe war. Eisarn war das vermutlich ganz recht, denn ich hatte immer die leise Ahnung, dass der kleine Kerl einen gehörigen Narren an Galt gefressen hatte – einen Narren von der Sorte, die nicht zu verdauen sind und einem im Bauch herumhüpfen und nachts nicht mehr schlafen lassen. Deshalb hat er ihm auch den Herzfinder geschenkt, als sie auseinandergingen. Vermutlich hoffte er, Galt könnte sich seinerseits ein Leben ohne ihn gar nicht mehr vorstellen. Nun ja, ich wurde schon Zeuge noch ungewöhnlicherer Begierden, aber das gehört nicht hierher ...

Was hierher gehört, ist, dass Galt auf uns einredete, bis wir ihm zur Binge der Bärensippe folgten. Dort bin auch ich dann Eisarn zum ersten Mal begegnet. Damals war er noch nicht verstoßen. Das sollte sich bald ändern, und wahrscheinlich werdet ihr denken, ich wäre nicht ganz unschuldig daran. Denkt, was ihr wollt. Jeder trifft seine eigenen Entscheidungen. Keiner von uns ist eine Handpuppe, in die ein anderer ungefragt seine Finger stecken und sie nach seinem Willen bewegen kann.

Abgesehen davon käme mir selbst im Traum oder im Suff nie der Einfall, meine Finger in jemanden wie Eisarn zu stecken. Ich hätte viel zu viel Angst, dass sich meine Finger in ihm verlaufen könnten. Am besten stellt ihr ihn euch vor wie ein Fass, an das ein irrer Küfer viel zu kurz geratene Arme und Beine geschraubt hat. Und der seiner Schöpfung ein protziges Kettenhemd übergestreift und einen Helm auf den Deckel gesetzt hat. Einen prächtigen Helm mit allerlei Schnickschnack: ein halbes Dutzend Hörner, ein goldener Schutz für die mächtige Nase, links und rechts zwei silberne Spangen für die knolligen Ohren, hinten ein Kettengeflecht für den Stiernacken.

Galt erklärte dem Zwerg wortreich, weshalb wir ihn aufgesucht hatten.

»Ihr habt doch alle einen Stein zu viel auf den Kopf bekommen«, lautete Eisarns erstes Urteil. »Ihr wollt die Welt der Menschen retten, indem ihr sie in die Verdammnis stürzt. Ihr wollt einen einstürzenden Stollen mit morschen Balken stützen. Lasst das bleiben!«

Ein wahrlich vernünftiger Einwand. Allerdings hatte Eisarn die Rechnung ohne gleich zwei Wirte gemacht: seine Gier und Waldurs verführerische Zunge.

Waldur erwähnte nämlich, dass der König sich bestimmt für jede geleistete Unterstützung bei der Rettung seines Landes auf großzügigste Weise erkenntlich zeigen würde.

»Euer König hat eine gut gefüllte Schatzkammer«, meinte Eisarn da.

Nicht nur Waldur, wir alle nickten eifrig.

Eisarn strich sich den Bart länger, als ein alter Mann braucht, um nachts sein Wasser loszuwerden, und ich musste mich zusammenreißen, damit ich seine Entscheidung nicht aus ihm herausprügelte.

Und dann stellte er seine Forderung: »Ich will die freie Auswahl aus allen Schätzen, die euer König und seine Ahnen angehäuft haben.«

»So viel wie du tragen kannst«, kam ihm Waldur sofort entgegen.

Das zog. Wahrscheinlich hätte es bei jedem Zwerg gezogen. Eisarn machte sich also auf, um mit seiner Mutter zu sprechen und um die Herausgabe des Schlüssels für das Tor zu bitten, mit dem die Grotte des Plagenvaters verschlossen worden war.

Bei seiner Rückkehr hatte Eisarn keine guten Neuigkeiten für uns.

»Meine Mutter weigert sich, den Schlüssel herzugeben«, erklärte er. »Sie versteht eure Verzweiflung, aber sie will nicht riskieren, für einen Streit auf der Oberwelt die Zukunft der Unterwelt zu gefährden. Das ist das eine. Das andere ist, dass sie so oder so nicht daran glaubt, dass man dem Slahis Sabba mir nichts, dir nichts die Ketten abnehmen könnte. Er wird von den ruhelosen Toten bewacht, die sein Treiben geschaffen hat, und diese Toten kennen nur die Toten. In alle, die sie nicht kennen, schlagen sie nur ihre Zähne.«

»Wie kann sie da so sicher sein?«, wollte ich wissen. »Das sind doch nur die üblichen Warnungen aus uralten Legenden, mit denen man Feiglingen Angst einjagen will.«

»Halt meine Mutter nicht für feige!«, warnte mich Eisarn. »Die Mutter ihrer Mutter hat das Tor einmal öffnen lassen. Für einen übereifrigen Krieger, an den sie ihr Herz verloren hatte und der beweisen wollte, dass der Slahis Sabba ebenso tot ist wie seine Opfer. Nun, er täuschte sich, und für seine Täuschung hätte um ein Barthaar meine gesamte Sippe mit dem Leben bezahlt. Mag sein, dass der Slahis Sabba sich nie wieder rühren wird. Der finstere Keim, den er anderen eingepflanzt hat, treibt jedoch immer noch Wurzeln aus.«

»Dann war unsere Reise hierher völlig für den Wind?«, fragte Galt zerknirscht.

»Nein«, entgegnete Eisarn. »Zerschlagt eure Hoffnungen noch nicht! Ich werde euch den Schlüssel schon besorgen. Aber nur, wenn ihr mich davon überzeugen könnt, lebend an den Toten vorbei und auch wieder zurück zu kommen. Ohne die Plage aus der Grube mit euch zu schleppen, versteht sich.«

Was die kleine Tonne da von uns verlangte, war nur auf eine einzige Art zu erreichen: durch Zauberei. Mächtige Zauberei, die einer Sache einen anderen Anschein geben kann als das, was sie im Kern ihres Wesens ausmacht. Wir mussten einen Weg finden, als Lebende unter die Toten zu gehen, ohne dabei aufzufallen.

Waldur und mir war klar, dass es nur einen Ort auf dieser Welt gab, den wir rechtzeitig erreichen konnten und an dem Geschöpfe lebten, die uns diesen Wunsch erfüllen konnten. Dass es Geschöpfe waren, um die unheimliche Sagen kreisten, wonach sie mit ungebetenen Gästen nicht gerade zimperlich umsprangen, spielte da keine Rolle.

Doch diesen Teil der Geschichte kennt ihr bereits, und es lohnt sich nicht, ihn zu wiederholen. Ihr wisst, dass wir mehr als nur die bloße Unterstützung der Elfen gewinnen konnten. Einer von uns gewann das Herz einer Elfe …

Nur so viel: Nachdem Nimarisawi ihren Zauber auf uns gewirkt hatte, hätten uns unsere eigenen Mütter kaum wiedererkannt. Das Fleisch hing uns schlaff und weich um die Knochen, unsere Haut hatte die Farbe ranziger Butter, und unsere Augen waren tiefer in die Höhlen gekrochen als ein Kaninchenjunges, wenn es draußen die Hunde bellen hört. Und wir stanken. Dridd, wie erbärmlich wir stanken. Wie eine Gerbergrube an einem schwülen Sommertag.

Unsere Erscheinung war eindrucksvoll – oder widerwärtig oder beides – genug, um Eisarn davon zu überzeugen, dass die ruhelosen Toten uns für ihresgleichen halten würden.

Nun galt es also für ihn, seinen Teil der Abmachung zu erfüllen. Er gelangte auf zwergische Art ans Ziel: Er lockte seine Mutter und die Günstlinge, die beständig um sie herumscharwenzelten, in einen Trinkwettbewerb. Habe ich nicht erwähnt, dass Eisarn ein Fass auf zwei Beinen ist? Doch, habe ich. Was das Saufen angeht, ist er ein Fass ohne Boden. Ich war selbst dabei, als er einmal – Halt! Das kann ich später einmal zum Besten geben.

Machen wir's kurz: Eisarn leerte Horn um Horn und soff einen nach dem anderen unter den Tisch. Zwei volle Tage hat das Gelage gedauert, und wenn man Eisarn Glauben schenken kann, sind weder er noch seine Mutter noch deren Schranzen dabei ein einziges Mal aufgestanden. Sie haben sich einfach einen Eimer bringen lassen, wenn das Gesöff wieder aus ihnen herauswollte. Kann gut sein, dass das die Regeln für ein solches Kräftemessen der Gurgeln unter den Zwergen sind. Wer aufsteht, hat verloren. Wer keinen Zug mehr schafft, sobald ein Trinkspruch ausgerufen wird, hat verloren. Wer sich einnässt, hat verloren. Und wer einschläft, hat erst recht verloren.

Eisarns Mutter muss eingeschlafen sein, denn wie sonst hätte er ihr den Schlüssel stehlen können, der ihr an einer Kette um den Hals hing? Stellt man sich vor, dass Eisarn kaum noch aufrecht gehen konnte, alles doppelt und dreifach vor sich sah und sich die Welt um ihn herum vermutlich drehte, als säße er auf einer Töpferscheibe ... nun, dann ist es traurig und komisch zugleich, dass er ausgerechnet in diesem Zustand den Frevel beging, der ihn seine Heimat kosten sollte.

Volltrunken wie er war, suchte Eisarn uns auf. Wir schlichen uns an das Tor zur Grotte des Plagenvaters. Eisarn steckte den Schlüssel ins Schloss und drehte ihn. Es knirschte, knackte und krachte fürchterlich, als das alte Tor aufschwang. Aus dem Zwielicht dahinter wehte uns ein Gestank entgegen, gegen den unser eigener wie der Duft von feinstem Rosenwasser war. Der Gestank eines Todes, der kein echter Tod war, weil ein echter Tod ein Ende hat.

Nachdem Eisarn uns lallend Glück gewünscht hatte – im Kopf war er wohl schon in Arvids Schatzkammer –, drangen wir in die Grotte vor. Waldur, Galt, Lodaja, Nimarisawi und ich. Fünf Lebende, die sich nur deshalb nicht in tintiger Schwärze durch das Reich der ruhelosen Toten vorantasten mussten, weil die Wände der Gänge hier von Adern eines sonderbaren Gesteins durchzogen waren. Einem Gestein, das in beunruhigenden Farben glühte: eitrigem Gelb, blutigem Rot und leichenblassem Weiß.

Ich will ehrlich sein. Ich habe in meinem Leben viele Reisen angetreten – lange und kurze, beschwerliche und bequeme. Keine andere jedoch war wie diese, die ich an jenem Tag antrat. Sie führte zu einem Abgrund, der noch tiefer war als die Narbe. Einem Abgrund in mir. Zu der Erkenntnis, dass wir alle in einer Welt leben, in der es keine endgültigen Wahrheiten gibt, weil selbst der Tod sich als Lüge entpuppen kann.

Wir bahnten uns unseren Weg durch ein schweigendes Meer von Toten. Nimarisawis Zauber schützte uns davor, von ihnen in Stücke gerissen zu werden, doch er bot uns keinerlei Schutz vor den erschütternden Anblicken, den dieses stumme Heer bot. Kriechende Rümpfe ohne Glieder. Auf ewig verwesende Leiber, die für immer aneinander gebunden waren, weil die Spitze des Speers, der sich dem einen durch die Brust gebohrt hatte, dem anderen während ihres ziellosen Schlurfens in den Rücken gefahren war. Gekrümmte Finger, die immerzu über freiliegende Rippen strichen, als spielte der, dem Finger und Rippen gehörten, sich selbst wie ein schauriges Instrument. Verdorrte Zungen, die gierig über das siech leuchtende Gestein leckten, weil der kranke Ungeist, der die Toten antrieb, ihnen vorgaukelte, daran ihren Hunger nach Fleisch stillen zu können.

Nach einer Weile, in der draußen und droben genauso gut Reiche hätten geboren werden und wieder vergehen können, stießen wir am Grund der Grotte auf das, was vom Plagenvater noch übrig war. Seine Hülle war vertrocknet wie die eines Wurms, den die Sonne versengt hat, aber selbst in diesem Zustand war noch zu erkennen, dass wir vor den Überresten einer durch und durch monströsen Bestie standen. Es war, als hätten sich im Plagenvater alle Kreaturen vereint, deren Anblick Ekel in einem auslöste. Er hatte die dornigen Fühler eines Käfers und die Scheren eines Krebses, aus seinem Hals sprossen die saugnapfüberzogenen Fangarme eines Tintenfischs, die Haut war geschuppt wie die einer Schlange. Du musst mir verzeihen, Kjell, aber manche der schartigen Zähne, die in seinen unzähligen Mäulern saßen, erinnerten an die einer Ratte, und auch mit seinem Schwanz verhielt es sich so, auch wenn dieses Ding dick wie ein Baumstamm war.

Wir hielten uns nicht lange damit auf, die Bestie genauer zu betrachten. Wir waren nicht wegen ihr gekommen. Uns ging es um das, was ihr ein tapferer Zwerg dereinst um den Hals geschlungen hatte, als ob er das Untier damit hatte erwürgen wollen. Nun war es Lodaja, die am Leib des Plagenvaters hinaufkletterte, um die Ketten der Ewigkeit zu lösen. Die Ketten laufen an beiden Enden in zwei gebogenen Haken aus, die Guloth sicherlich tief in das Fleisch des Unholds getrieben hatte. Da dieses Fleisch inzwischen verdorrt war, ließen sie sich jetzt erstaunlich leicht herausziehen, und schon rutschten die Ketten klirrend und rasselnd zu Boden.

Waldur hob sie auf. Ich habe sie erst später einmal gehalten, und sie wogen trotz ihrer Länge kaum mehr als eine Handvoll Taler. Das ist die wundersamste Eigenschaft des schwarzen Skaldats – dass es dem Metall, mit dem es sich verbindet, die Schwere nimmt. Ganz so, als wollte es sich bei seinem Schmied einschmeicheln, damit er vergisst, was er da verarbeitet. Den Stoff, der sich regelrecht danach sehnt, Albträume und die Sehnsucht nach Tod und Zerstörung in sich gebannt zu wissen …

Wir traten den Rückweg an, und ich schwöre euch jeden Eid, dass er noch schauriger war als unser Abstieg in die Grotte. Warum? Weil jeder Einzelne der ruhelosen Toten verharrte, wenn wir vorübergingen, und uns den Kopf zuwandte. Dass viele von ihnen keine Augen mehr hatten, aus denen sie uns hätten anstarren können, sondern stattdessen nur aus leeren Höhlen in unsere Richtung blickten, steigerte den Schrecken noch. Sie beobachteten uns. Was mögen sie empfunden haben, wenn sie überhaupt noch zu Empfindungen fähig waren, die einem Lebenden etwas bedeuteten? Ich weiß es nicht, und ich will es auch nicht wissen ...

Ich war heilfroh, als wir diese Welt, in der die Regeln und Gesetze von Werden und Vergehen auf so furchtbare Weise aufgehoben schienen, verließen. Auf unser Klopfen und Rufen hin öffnete uns Eisarn das Tor, das er hinter uns wieder verschlossen hatte, damit keine Streuner unter dem schrecklichen Gesinde des Plagenvaters sich in die belebten Stollen der Bärensippe verirrten.

Nimarisawi beeilte sich sehr, ihren Zauber aufzuheben, der uns hatte aussehen lassen wie lebende Tote. Als er von uns abfiel, hatte ich das erleichternde Gefühl, als ob ich ein Hemd abstreifte, das mir von saurem Schweiß getränkt am Körper klebte.

Meine Freude war jedoch nur von kurzer Dauer. Hinter Eisarn tauchte eine breitschultrige Gestalt auf, wankend wie ein Baum im Sturm, aber dennoch eine Armbrust im Anschlag.

»Du hast dich versündigt«, spie Eisarns Mutter ihrem Sohn in einer vom Saufen rauen Stimme entgegen. Sie war vielleicht noch vom Rausch benebelt, aber es gab nicht genügend Bier in der Binge, um sie vergessen zu machen, was zwischen der Frucht ihres gewaltigen Leibes und uns Fremden gerade vor sich ging. »Du hast die Gebote gebrochen. Du hast dich dem Wort des Weibes widersetzt, das dich unter Schmerzen aus ihrem Schoß ins Leben schob.«

»Mutter, lass es mich dir erklären«, verlangte Eisarn.

»Aus dem Maul eines Frevlers können nur Lügen kommen.« Die alte Zwergin, den Bart vor Bierschaum verkrustet, bebte vor Zorn, doch wenigstens schleuderte sie nun grollend die Armbrust beiseite. Noch bevor die Waffe an der Stollenwand zerschellte, schlug sich die Sippenmutter auf die gewölbte Brust. »Und nenn mich nicht Mutter, du Made! Dieses Recht hast du verwirkt. Mein Herz ist kalt für dich. Meine Augen sehen nichts als Trug an dir. Meine Nase wittert nichts als Fäulnis. Du bist kein Kind des Bären mehr. Du bist ein Dämon, der in Fleisch von meinem Fleisch eingefahren ist. Und ich halte es, wie es zu halten ist. Ich schneide das verseuchte Fleisch aus dem Leib meiner Sippe, bevor alles brandig wird!«

Dann vollführte sie eine verworrene Geste, bei der sie die Arme so bewegte, als würde sie ein Schwein am Fleischerhaken ausnehmen. Ich muss gestehen, auf mich wirkte sie albern, aber ich bin nun einmal kein Zwerg. Auf Eisarn zeigte sie nämlich eine ganz andere Wirkung. Er sank auf die Knie, legte den Kopf in den Nacken und heulte auf, wie wenn ihm sämtliche Nägel an den Fingern ausgerissen würden.

Eine andere Mutter hätte dieses Gejammer vielleicht erweicht. Seine nicht. Sie kam auf ihn zu, zerrte ihm den gestohlenen Schlüssel aus der Hand, drehte sich einfach um und ging taumelnden Schrittes den Stollen hinunter, aus dem sie erschienen war.

Und so wurde Eisarn Bairasunus zu einem Heimatlosen, einem Stück Treibgut auf dem Strom seines Schicksals ... weil er für eine Bande von Abgesandten aus der Oberwelt ein ehernes Gesetz seines Volkes gebrochen hatte. Und trotzdem: Ohne ihn würden Abertausende Häute von Tristbornern in den Zelten der Pferdestämme hängen, und wer weiß? Der Fette Hengst hätte es vermutlich auch über kurz oder lang auf die haarigen Bälger der Drauhati abgesehen. Ach, wenn es nicht so viele unbesungene Helden gäbe, wäre ich fast versucht, ein Lied über den armen Eisarn zu dichten ...

»Die Ketten«, meinte Kjell tonlos, nachdem Dalarr geendet hatte. »Es sind die, nach denen Arvid suchen lässt. Die, von denen ich gehört habe, als ich in seinem Palast im Käfig unter der Decke hing.«

Dalarr nickte.

Dafür? Namakan ballte die Fäuste. *Dafür mussten sie also alle sterben? Für eine Kette aus Stahl, Skaldat und dem Zahn eines Dämons? Für etwas, das nur Unheil bringen kann?* Ein scharfer Hass brodelte in ihm hoch, der sich nicht nur gegen Arvid und Waldur richtete. »Warum hat sie euch einfach mit den Ketten ziehen lassen, Meister?«

»Wer? Die Sippenmutter?« Dalarr bewegte die Schultern auf und ab, um das Gewicht des Rucksacks auf seinem Rücken etwas zu verlagern.

»Ja. Ihr habt ihr doch etwas gestohlen, und ihr habt sie dazu gebracht, ihren Sohn zu verstoßen.« Namakan machte einen Bogen um eine aus dem Boden ragende Wurzel. »Ich an ihrer Stelle ...«

»Was hätte sie denn tun sollen?« Dalarr schüttelte den Kopf. »Das Tor zur Grotte des Plagenvaters war wieder verschlossen. Und dass wir überhaupt von dort wiedergekommen sind – mitsamt der Ketten –, hat ihr wohl verraten, dass der Plagenvater selbst keine allzu große Gefahr mehr für ihre Sippe darstellt. Solange das Tor auch zu bleibt und keiner die ruhelosen Toten freilässt. Deshalb konnte sie gar nicht anders, als Eisarn aus der Sippe zu werfen. Wenn sie es ihrem Sohn hätte durchgehen lassen, den Schlüssel zu stehlen, hätte das ein schlechtes Beispiel abgegeben und Nachahmer angespornt. Die Drauhati sind von Natur aus neugierig. Aber sie sind nicht dumm. Was hätte sie davon gehabt, einen handfesten Streit mit uns vom Zaun zu brechen? Einen Haufen toter Zwerge: Denn kampflos hätten wir die Ketten bestimmt nicht wieder herausgerückt. Ich vermute, sie war im Grunde sogar froh darüber, dass wir die Ketten mitgenommen haben. Ein Bär beschwert sich nicht, wenn man ihm einen Dorn aus der Pfote zieht.«

»Was ist aus Eisarn geworden?« Der wehmütige Ton in Kjells Stimme ließ keinen Zweifel daran, dass er in dem ausgestoßenen Zwerg eine Spiegelung seines eigenen Loses erkannte. »Ich hoffe, er durfte wenigstens in Arvids Schatzkammer und hat diesen Tyrannen ein winziges Stück ärmer gemacht.«

»Du weißt, wie Lodaja war«, wandte sich Dalarr an Namakan. »Weichherzig.« Dann schloss er die anderen wieder mit ein. »Sie hat uns andere genötigt, den Zwerg mitzunehmen. Mich hat sie sogar genötigt, ihm ein Lied zu singen, als sie sah, wie verzweifelt er war. Ich sang ihm das Lied, das wir beide – du und ich – für sie und deine Geschwister gesungen haben.« Dalarrs Miene wurde finster. »Der Zwerg ist mit uns nach Kluvitfrost gegangen. Das, was dort geschah, hat nicht nur mir die Augen geöffnet. Auch Eisarn hat verstanden, dass Arvid dem Wahnsinn verfallen war. Und dass es ein unverzeihlicher Fehler gewesen wäre, ihm die Ketten zu überlassen.«

Dalarr schwieg zehn, fünfzehn Schritte, bis ihn Namakan mit einem »Und dann?« dazu brachte, weiterzureden.

»Ich weiß noch genau, was er zu mir gesagt hat, als ihm klar wurde, dass wir die Ketten aus Arvids Fängen reißen mussten. ›Ich bin einmal zum Dieb geworden, weil ich dachte, das Richtige zu tun. Jetzt, wo ich nichts mehr zu verlieren habe, weil mein Leben ohne meine Sippe ohnehin keinen Mullschiss mehr wert ist, kann ich mir das Stehlen auch gleich zur Gewohnheit machen.‹ Das war kurz nach der Schlacht, noch lange bevor ich Lodaja ein neues Auge schenken konnte. Kaum einen Tagesritt von der Feste sind wir ihm begegnet. Und dieser dreiste Kerl machte tatsächlich wieder kehrt, um Arvid die Ketten förmlich unter dem Kissen wegzuklauen. Ich hatte ihm versprochen, auf ihn zu warten, und ich hielt mein Versprechen. Lodajas Wunde musste so oder so erst heilen, ehe ich ihr das wiedergeben konnte, was ihr Waldur geraubt hatte. Ich wartete drei Tage und drei Nächte lang, nur mit einem wimmernden Säugling und einer Verwundeten im Fieberwahn als Gefährten.«

Dalarr drohte offenbar, sich erneut schweigend in seinen Erinnerungen zu verlieren. Diesmal war es Kjell, der ihn in die Gegenwart zurückholte. »Und seitdem hast du ihn nicht mehr gesehen.«

»O doch«, widersprach Dalarr. »Erinnert ihr euch daran, dass man sagt, ein alter Hund würde keine neuen Kunststücke mehr lernen? Dieses Gebot gilt auch für junge Zwerge. Eisarn war zu Arvid und Waldur zurückgelaufen und forderte sie auf, ihren Triumph über den Fetten Hengst mit einem ordentlichen Gelage zu feiern. Es muss sehr, sehr ordentlich gewesen sein – ordentlich genug, um alle im Lager so betrunken zu machen, dass Eisarn an die Ketten kam.«

»Die Gefiederte rät nicht umsonst zum Maßhalten in allen Dingen«, meinte Ammorna.

»Eisarn bat mich noch einmal um etwas.« Dalarr kniff die Lippen zusammen. »Darum, die Ketten gemeinsam mit ihm an einem sicheren Ort zu verwahren. Wie hätte ich ihm diese Bitte ausschlagen können? Ich trug ja eine gewisse Schuld daran, was sich in Kluvitfrost ereignet hatte, und wer einen Haufen in die Ecke scheißt, sollte wenigstens das Abwischen nicht vergessen. Erst danach haben wir uns aus den Augen verloren. Mich zog es zu der ruhigen Beschaulichkeit auf den Immergrünen Almen, und Eisarn ...« Dalarr klopfte auf seinen Rucksack, in dem er den Herzfinder verstaut hatte. »Wir werden bald sehen, wohin es Eisarn getrieben hat.«

Bisher war an Tschumilals Miene nicht abzulesen gewesen, ob sie Dalarrs langer Geschichte folgte oder ihren eigenen Gedanken nachhing. Nun zupfte sie versonnen am Gefieder eines der Pfeile in ihrem Köcher und fragte: »Aber ist all das, was du da berichtest, nicht viele Sommer her? Kann es dann nicht sein, dass wir nur einen Toten suchen?«

»Sei unbesorgt«, wiegelte Dalarr die Bedenken der Elfentochter ab. »Zwerge werden alt. Fast so alt wie das Gestein, das ihr Zuhause ist. Und wenn Eisarn tot wäre, wäre der Herzfinder zersprungen und stumm. Ich mache mir eher Sorgen darum, ob er noch beide Hände hat, falls sich diese dicke Tonne das Stehlen wirklich zur Gewohnheit hat werden lassen.«

»Aber was ist an Eisarn überhaupt so wichtig?«, hakte Ammorna nach. »Suchen wir nur nach einem alten Freund von dir? Ist dir nach einem schönen Wiedersehen zumute? So einem, wie wir es bei den Elfen erleben durften?«

Abgesehen von einem scharfen Blick ging Dalarr nicht weiter auf die Spitze ein, die die Kroka-Dienerin zu setzen versucht hatte. »Falls Arvid so feige sein sollte, dass er sein ganzes Heer gegen uns wendet, dann setzen wir die Ketten der Ewigkeit ein, um unser eigenes Heer auszuheben. Und ohne Eisarn kommen wir nicht an die Ketten. Wir haben es damals so eingerichtet, dass wir sie nur gemeinsam wieder ans Tageslicht holen können.«

Das will er also? In Namakan zog sich alles zusammen. Er glaubte, das Donnern von Hufen zu hören, und vor seinem inneren Auge zog eine Herde toter Pferde vorüber. »Ist das nicht viel zu gefährlich, Meister?«

»Ich bilde mir ein, dass ich heute schlauer bin als früher«, sagte Dalarr ernst. »Ich habe mich noch nie zweimal an derselben Fackel verbrannt.«

23

Das Leben ist wie das Moosbeerenpflücken.
Man beginnt es nass und mit viel Geschrei, und man
beendet es mit einem krummen Rücken.

Weisheit der Swemmanger Bauern

So wussten alle Wanderer nun, wen sie suchten. Der Herzfinder gab ihnen die Richtung vor, in die sie ihre Schritte zu wenden hatten. Was das zwergische Zauberwerk ihnen jedoch nicht verriet, war, wie oft sie noch die Füße heben mussten, bis sie ans Ziel ihrer Reise gelangt waren.

Viele Tage zog sich ihre Suche hin. Zu Beginn führte sie sie durch einen Ausläufer des Schwarzen Hains, den der nahende Winter noch nicht in seinen kalten Griff genommen hatte. Womöglich lag die Veränderung, die sich nach und nach in Namakans Gemüt vollzog, daran, dass die bittere Kälte wich und er statt harschem Schnee nun einen weichen Nadelteppich unter den Sohlen seiner Stiefel spürte. Vielleicht fand sie ihren Grund auch in jenem festen Ablauf, dem ihre Tage folgten: Sobald die Dämmerung einsetzte und der Fluch, der auf Kjell lastete, in seiner Wirkung nachließ, wickelten sich die Wanderer aus ihren Decken, bauten ihr Lager ab und marschierten los. Alle tausend Schritte sah sich Dalarr nach einem Stein um, mit dem er den Herzfinder zum Klingen bringen konnte, und nachdem ihnen so der Weg gewiesen worden war, marschierten sie wieder. Wenn die Sonne am höchsten stand, legten sie eine Rast ein. Daran schloss sich erneutes Marschieren an, bis der Abend anbrach und Kjells Unruhe wuchs. Dann wählte Dalarr einen günstigen Platz aus, um die Nacht zu verbringen.

Er ging mit Tschumilal und Morritbi auf die Jagd, während es Namakans Aufgabe war, in der Umgebung nach Feuerholz und Essbarem zu suchen. Darin, womit sie ihre knurrenden Mägen füllten, bestand die einzige Abwechslung auf ihrer Reise: Mal waren es schwammige Pilze und dürre Wachteln, mal harte Nüsse und das Fleisch eines fetten Baumnagers, mal halb vertrocknete Beeren und ein paar aus dem Nest gefallene Eier.

Schließlich ließen sie den Wald hinter sich und gelangten in eine Landschaft, die den Anschein erweckte, als sei eine grüne Decke aus saftigem Gras über verstreut liegende, felsige Hügel geworfen worden. Am weiten Himmel schwebten feine Wolken wie gerupfte Daunen, und die Sonne besaß noch genügend Kraft, um hier und da rote und blaue Blüten am Leben zu erhalten. Kleine Herden von wilden Schafen und Ziegen ergriffen blökend und meckernd schon von weitem die Flucht, wenn sie die Wanderer am Horizont herannahen sahen. Erst dort bemerkte Namakan, was so schleichend in ihm vorging.

Ich finde mich damit ab. Es tut nicht mehr so weh, wenn ich an sie denke. Vorher war es, als würden mir brennende Finger jede Faser meines Herzens zerpflücken. Und jetzt ... jetzt brennen die Finger nicht mehr. Sie sind kalt. Die Wunden der Trauer, über denen sich in seinem wachen Verstand langsam Schorf bildete, bluteten nachts allerdings noch immer. In seinen Träumen erhielt Namakan Besuch von denen, die er verloren hatte. Wie um ihn besonders zu quälen, stand am Beginn dieser Träume stets ein verheißungsvolles Idyll: Lodaja, die lächelnd einen dampfenden Laib Brot aus dem Ofen holte. Selesa, wie sie lachend die Betten aufschüttelte. Tschesch, der ihm glucksend entgegenrannte, um ihm etwas zu zeigen, das er auf dem Hof gefunden hatte. Dieser gute Anfang endete allerdings jedes Mal in einer grauenhaften Enttäuschung: Lodaja griff beherzt zu einem Messer, aber nicht um duftende Scheiben von dem Laib herunterzuschneiden, sondern sich die Klinge in die eigene Brust zu stoßen. Die Laken auf den Betten, die Selesa aufschüttelte, waren plötzlich von Blut getränkt. Und das, was

Tschesch in seinen Stummelfingern hielt, war anstelle eines glänzenden Kiesels ein zerquetschtes Auge.

Wenn Namakan aus diesen Albträumen aufschreckte – mit pochendem Herzen und Tränen in den Augen –, war er froh, dass er nur die Hand auszustrecken brauchte, um Morritbis Wärme zu spüren. Er wälzte sich dann ganz dicht an die Hexe heran, legte einen Arm um sie und atmete den Duft ihres Haars. Mehr konnte er nicht tun, aber mit jeder weiteren Nacht, die verstrich, brauchte er weniger von diesem süßen Schlafmittel, um zurück in den Schlaf zu finden.

In einer Nacht, noch inmitten der Bäume des Schwarzen Hains, wurde Namakan vom Rumoren in seinem Gedärm geweckt, und so stand er rasch auf, um weg vom Schein der Glut des herabgebrannten Feuers ein Stück tiefer in den Wald zu hasten. Hinter einer Tanne zog er die Hosen herunter, hockte sich hin und verrichtete seine Notdurft. Danach suchte er etwas, mit dem er sich den Hintern abwischen konnte. Zum Glück fand er in Reichweite seiner kurzen Arme einen Farn, dessen Blätter es ihm ersparten, in höchst unwürdiger Haltung umherzuwatscheln und sich womöglich sogar die Hosen zu verschmieren.

Als er zum Lager zurückkehrte, stellte er fest, dass außer ihm noch jemand erwacht war: Tschumilal saß im Schneidersitz nah an der Glut, den Kopf nach vorn gebeugt, als studierte sie etwas, was unmittelbar vor ihr im warmen Schein auf dem Waldboden lag. Sie schien keine Notiz von Namakan zu nehmen. Er war bereits auf dem Weg zu seiner Decke, als ihm auffiel, dass sie ein Tier streichelte, das sich auf ihrem Schoß zusammengerollt hatte.

Ist das …? Namakan schaute zu der Stelle, wo leise schnarchend Ammorna schlief. Die Tür des Käfigs, den sie neben ihrem Kopf aufgestellt hatte, stand offen.

»Du hast ihn aus seinem Käfig geholt«, sagte Namakan halblaut, um die anderen nicht zu wecken. Er zeigte auf Ammorna. »Hat sie dir das erlaubt?«

Tschumilal blickte von ihrem rätselhaften Treiben auf und streichelte Kjell dabei unbeirrt weiter. »Hätte ich sie um Erlaubnis bitten müssen?« Ihre Stimme, klar und hell, hatte einen verwunderten Unterton. »Tust du immer nur das, was dir erlaubt ist?«

»Sei leise. Die anderen schlafen«, rügte Namakan sie. Er machte zwei Schritte auf sie zu. »Ich gebe mir jedenfalls Mühe, nichts zu tun, was jemand anderem missfallen könnte.«

Tschumilal legte den Kopf schief. »Ist das nicht ein trauriges Dasein? Bist du dann nicht ein Sklave der anderen, wenn du deine Bedürfnisse den ihren unterwirfst?«

Wenn sie doch nur einmal etwas sagen könnte, ohne gleich eine Frage zu stellen! Namakan beschloss, dem sich anbahnenden Streit – denn worauf sonst hätte diese Unterhaltung hinauslaufen sollen? – zuvorzukommen. Er wies auf das, was Tschumilal eben noch so eindringlich gemustert hatte. Es handelte sich um eine Handvoll Steine, keiner größer als ein Taler, die die Elfentochter in einer Art Wellenlinie vor sich ausgelegt hatte. »Was tust du da eigentlich?«

»Sammle ich Steine?«, gab Tschumilal zurück. »Nicht für jeden Tag unserer Reise einen?«

Als Namakan begriffen hatte, was sie ihm da mitteilen wollte, fragte er: »Gut. Du sammelst diese Steine. Aber wieso?«

Tschumilals Worte mochten nie feste Aussagen treffen, doch der Blick, mit dem sie Namakan nun bedachte, tat es umso mehr: Sie hielt ihn unübersehbar für ziemlich dumm. »Muss ich nicht wissen, wo ich gewesen bin, damit ich nichts vergesse, was ich erlebe? Stützen die Steine nicht mein Gedächtnis?«

In diesem Moment gingen Namakan zwei Dinge auf: Das eine war, dass Tschumilal offenkundig alles daran setzte, einen Streit vom Zaun zu brechen – ganz gleich, wie sehr Namakan sich auch dagegen wehrte oder wie zärtlich ihre Finger auch Kjells Fell zu streicheln schienen. Das andere war die Erkenntnis, dass Tschumilals Vorhaben zwar eine gewisse dichterische Schönheit besaß, aber zugleich kurzsichtig war. »Schon gut,

schon gut.« Namakan winkte ab und kehrte zu seiner Decke zurück. Er wickelte sich absichtlich besonders gründlich darin ein, um Tschumilal zu zeigen, dass ihm sein Schlaf wichtiger als ihre Streitlust war. »Sammel du ruhig weiter deine Steine. Aber eines Tages wird dir deine Tasche vor lauter Steinen zu schwer werden. Warte es nur ab.«
Tschumilal zischte einige barsche Laute, die nichts anderes als eine Verwünschung sein konnten. Das Letzte, was Namakan vom Feuer her hörte, war das sachte Klicken von Stein an Stein, als Tschumilal ihre Erinnerungsstücke entweder wegpackte oder neu sortierte. Dann schlief er ein und blieb für den Rest der Nacht gnädigerweise sowohl von aufwühlenden Träumen als auch von Aufruhr in seinem Gedärm verschont.

Der Herzfinder führte die Wanderer weiter und weiter nach Süden, vom Rand des Reichs in dessen Kernland. Neben der weichenden Kälte zogen die Wanderer noch einen anderen Gewinn aus ihrer Route: Hatten sie sich im Schwarzen Hain noch über schmale Pfade und bestenfalls notdürftig befestigte Wege vorangekämpft, reisten sie nach zwei Tagesmärschen durch die hügeligen Wiesen über gepflasterte Straßen. Diese waren beileibe nicht alle hervorragend in Schuss, aber sie beschleunigten das Vorankommen dennoch ungemein. Sie passierten auch erste Weiler und andere kleine Ansiedlungen von Lehmhäusern mit grasgedeckten Dächern. Die Viehbauern, die in ihnen lebten, waren ein schweigsamer Menschenschlag mit wettergegerbter Haut und verschlossenen Gesichtern. Sie beäugten die Wanderer misstrauisch und erwiderten Grüße allem Anschein nach nur äußerst widerwillig.
Namakan wunderte sich nicht sehr darüber. *Wir sehen aus wie abgerissene Vagabunden. Die Leute hoffen wahrscheinlich nur, dass wir schnell weiterziehen, ohne sie anzubetteln. Oder auszurauben.*
Über eine Sache staunte er dann doch nicht schlecht: An einer Wegkreuzung war ein steinernes Standbild aufgestellt,

das seine Aufmerksamkeit stärker auf sich zog als der hölzerne Wegweiser, der die Entfernung in die nächsten Städte in Tagesmärschen angab. Es war eine Statue Arvids, und was Namakan am meisten daran erschütterte, war die Tatsache, dass die Menschen zu seinen Füßen Zeugnisse ihrer Zuneigung und Dankbarkeit hinterlassen hatten: Sträuße von Wildblumen, kleine Schnitzereien von edlen Rössern, Ketten aus Holzperlen und allerlei Tand mehr.

Namakan musste zugeben, dass Arvids Abbild nicht der Vorstellung entsprach, die er sich vom Herrscher Tristborns bislang gemacht hatte. Der unbekannte Künstler, der den Stein behauen hatte, hatte Arvid eine aufrechte Haltung verliehen, einen Arm dem Betrachter so entgegengestreckt, als wollte der König einem Gestürzten aufhelfen oder einen Verirrten an die Hand nehmen. Die starren Falten seines granitenen Umhangs, der bis zum Podest der Statue hinabreichte, verliehen Arvids Erscheinung eine erhabene Strenge. Sie wurde durch den offenen Blick und das angedeutete Lächeln aufgewogen, das auf den verwitterten Lippen lag.

Er wirkt nicht wie jemand, vor dem man Angst haben müsste. Respekt ja, aber keine Angst. Wie ein Vater. Als Namakan sich daran erinnerte, dass die Tochter dieses Königs seine Ziehmutter gewesen war, blieb er stehen, um auf Arvids Zügen nach Ähnlichkeiten zu Lodaja zu suchen. *Wenn er wirklich so aussieht wie diese Statue, dann haben sie die gleiche Stirn. Hoch und über den Augen leicht gewölbt. Und der Mund ... manchmal hat Lodaja so gelächelt. Wenn sie uns Kinder angesehen hat ...*

»Geh weiter, du Fifl!«, rief Dalarr, der die Statue keines Blickes gewürdigt hatte.

Namakan rührte sich nicht. Seine Beine waren ihm mit einem Mal unglaublich schwer.

»Was hast du?«, fragte ihn nun auch Morritbi, die sich neben ihn stellte und zu der Statue aufsah, als wollte sie versuchen zu begreifen, was ihn so an ihr fesselte.

»Er sieht gar nicht aus wie ein wahnsinniges Monstrum, das Frauen und Kinder abschlachten lässt«, sagte Namakan vorsichtig. »Er sieht aus wie ein gewöhnlicher Mensch.«

»So?«, knurrte Dalarr. »Da kann ich Abhilfe schaffen.« In einem plötzlichen Ausbruch seines nur schwer zu bändigenden Zorns zog Dalarr sein Kurzschwert, sprang auf das Podest und hieb mit dem Sporn auf das Antlitz aus Stein ein. Einmal, zweimal, dreimal. Scharfe Splitter spritzten nach allen Seiten weg, während Dalarr jeden Spornstoß mit einem »Besser?« unterlegte. Als er fertig war, hatte die Statue ihre Nase eingebüßt und es klafften Krater auf ihren Wangen.

»Und jetzt?«, höhnte Dalarr, ein wildes Funkeln in den Augen. Er stieg von dem Podest herab und fegte die Gaben von Arvids Untertanen in den Staub der Straße. »Und jetzt?«

Namakan senkte den Kopf und ließ zu, dass Morritbi ihn sanft weiterzog, fort von dem beschönigten Bild Arvids, das sein Meister für ihn berichtigt hatte.

Es blieb nicht das letzte Standbild Arvids, an dem die Wanderer vorübergingen, aber das einzige, vor dem Namakan innehielt.

Nachdem Tschumilal zehn oder zwölf Steine gesammelt hatte, stießen die Wanderer auf ein neues Anzeichen dafür, dass sie in das Herz des Reichs vordrangen: An jeder dritten, vierten größeren Wegkreuzung war am Straßenrand ein krude gemauerter Flachbau errichtet, auf dessen Dach das Drachenbanner flatterte. Ammorna erklärte ihnen, dass in diesen kleinen Garnisonen üblicherweise ein Trupp Soldaten untergebracht war, der auf dem umliegenden Straßenabschnitt für Ruhe und Sicherheit sorgen sollte. Nun jedoch waren die Stationen verwaist, die Türen und Fenster mit Bohlen vernagelt.

Die Erklärung, warum die Posten nicht besetzt waren, lieferte den Wanderern wenig später eine Gruppe Pilger, die sie ein Stück des Weges begleitete – rund ein Dutzend Männer und Frauen jeden Alters, die sich Blumen ins Haar geflochten hatten und barfuß gingen. Sie waren in weite, weiße Gewänder gehüllt, die mit roten Händen bestickt waren: das Zeichen Rovils, des Gottes der Liebe, des Friedens und der Versöhnung. Ihr Anführer war ein bärtiger Bekehrter namens Frellis, der, den Narben an seinen Fingern und Händen nach zu urteilen, sein Geld als Soldat oder Mietklinge verdient hatte, bevor er von Rovil auf einen unblutigeren Pfad geführt worden war. Frellis erwies sich als ungemein höflich und redselig.

»Der König ist unruhig, und wenn der König unruhig ist, sind alle unruhig«, berichtete er von der Lage im Reich. »Er hat einen Großteil der Armee zusammengezogen. Im Osten. Er will nicht den gleichen Fehler begehen, der seinem Vorgänger unterlaufen ist. Der Schlohbart hat die Barbaren damals unterschätzt. Arvid nicht, und er tut gut daran. Ich ziehe zwar zum Tempel der Sanftmut, um mich zu versenken und für einen friedlichen Winter zu beten, aber ich bin kein Narr. Die Söhne des Fetten Hengstes scharren mit den Hufen, und wenn es hart auf hart kommt, wird es mehr als Gebete brauchen, um sie an die Kandare zu nehmen. Ich habe gehört, dass sie schon erste Späher entsendet haben, die über schmalere Pässe als den bei Kluvitfrost die Drachenschuppen überwunden haben. Ohne ihre Gäule, was heißt, dass es die Barbaren diesmal wirklich ernst meinen. Sie sind in einige der Dörfer am Fuß der Berge eingefallen und haben Klöster und Höfe in Brand gesteckt. Und mit jeder Haut, die sie einem armen Mönch abziehen, werden sie dreister. Wie gesagt, ich bete für den Frieden, aber mein Herz wappnet sich für den Krieg.«

Danach vertiefte sich Frellis in ein langes Gespräch mit Ammorna, das sich in erster Linie darum drehte, ob die Kroka-Dienerin irgendwelche zuverlässigen Omen gesehen hatte, die auf den Ausgang der angespannten Lage hindeuteten.

Namakan hörte nur mit halbem Ohr hin, da ihm die beiden zu viele Demutsformeln und andere hohle Sätze austauschten, doch eine Bemerkung Ammornas sollte er dennoch nie mehr vergessen: »Die meisten Könige sterben im Winter, denn dann sind die Throne besonders kalt.«

Als die sanften Hügel schleichend, aber stetig in flache Auen übergingen, wurde der Klang des Herzfinders nach und nach lauter, und Dalarr musste den anderen Wanderern nicht erklären, was es damit auf sich hatte: Die Entfernung zu ihrem Ziel schrumpfte, womit sich Namakans Meister sehr zufrieden zeigte. »Ich hatte schon befürchtet, er könnte als Streuner durch die Gegend ziehen und wir würden ihm noch Wochen hinterherhecheln wie Rüden hinter einer läufigen Hündin.« Er freute sich sichtlich. »Es sieht ganz danach aus, als hätte er sich fest an einem Ort niedergelassen, und ich wette, dass es ein Ort ist, an dem man sich jeden Abend ordentlich besaufen kann.«

Nur einen Tag nach dieser Feststellung erreichten die Wanderer das Ufer des Silvrets. Namakan hatte erwartet, der Strom würde als breites, silbriges Band den feuchten, fruchtbaren Boden zerteilen. Was er nun vor sich sah, war allerdings kein Band. Es war mehr, als hätte der Gott, der den Fluss geschaffen hatte, irgendwann die Geduld verloren und gleichsam ein halbentwirrtes Knäuel aus Wasser in die Welt geworfen. Die Wassermassen des Silvrets wurden durch unzählige Inselchen und Halbinselchen, um die sie sich träge in sumpfigen Seitenarmen und schmalen Nebenflüssen herumwälzten, in ihrem Lauf gebremst.

Die Wanderer orientierten sich gemäß dem Klingen des Herzfinders stromaufwärts, und nach zwei Tagen schallte aus der Ferne ein Lied heran, das das verhaltene Rauschen und Gluckern des Silvrets übertönte.

He, ho, zieht flink die Rechen!
He, ho, auf dass sie nie zerbrechen!
He, ho, fangt sie ein, die Beeren!
He, ho, dann lasst uns Becher leeren!

Es waren Bauern auf ihren Feldern, die da sangen, ein Brauch, der auch in Namakans Heimat nichts Ungewöhnliches war. Das ließ sich von den Feldern, die dort von fleißigen Händen abgeerntet wurden, beim besten Willen nicht sagen. Die Pflanzen, die hier Früchte trugen, waren nicht einmal zu sehen, weil die Äcker vollständig überflutet waren. Nicht aus einer Laune des Flusses heraus, denn sie waren von niedrigen Deichen eingeschlossen. In den Deichen gab es Schleusentore, mit denen sich allem Anschein nach die Wasserzufuhr sehr genau regeln ließ. An jedem Tor standen zwei kräftige Bauernburschen, die die Kurbeln bedienten, mit deren Hilfe man die Flügel der Tore auf- und zusperrte.

»Flikka mek.« Dalarr rieb sich verwundert den Schopf. »Die Kurbeln sind neu. Und diese Gespanne da auch.«

Namakans Meister meinte von Ochsen gezogene Gefährte, die auf den Feldern im Einsatz waren und deren Räder so groß waren, dass die Achsen trocken blieben. Zwischen den Achsen drehte sich eine Art Spindel oder Trommel mit langen Zinken daran. Ihr Zweck wurde für Namakan erst ersichtlich, als er die sonderbare Spur betrachtete, die die Gespanne hinterließen: Vom Grund der gefluteten Äcker stiegen Tausende leuchtend rote Perlen auf, die dicht gedrängt auf dem Wasser tanzten.

Keine Perlen! Die wachsen nicht aus dem Boden. Das sind Beeren! Die Beeren aus dem Lied!

Nun begriff Namakan auch, wozu der Gesang gut war. Er spornte die Bauern an, die hinter dem Gespann hergingen, in ihrem Treiben nicht müde zu werden. Sie schoben die Beeren mit Rechen zum Rand der Felder, wo die Früchte mit Köchern gleichsam abgefischt und in große Schütten gefüllt wurden. Die Schütten wiederum wanderten auf gewöhnlichere Fuhrwerke, und es war der Lenker eines dieser Gefährte, den Dalarr durch Rufen und Winken dazu brachte, die Ochsen zu zügeln und einen Plausch zu halten.

Das Lächeln des Bauern hatte trotz aller Freundlichkeit etwas Unheimliches: Seine wulstigen Lippen glänzten in einem dunklen Rot, da er es sich anscheinend nicht nehmen ließ, ab und an eine der Beeren zu naschen.

»Ist schon Moosbeerenzeit?«, erkundigte sich Dalarr.

»I wo«, murmelte Ammorna hinter seinem Rücken. »Die Leute hier tun nur so, damit wir was zu glotzen haben.«

»Schon eine Woche schwingen wir die Rechen, edle Damen und Herren.« Der Bauer war wirklich bester Dinge. »Und es ist ein gutes Zeitgeviert für uns. Der ganze Markt in Swemmanger duftet nach Beeren, und in den Keltern platschen schon die Füße in der Maische.«

»Ich hätte es wissen müssen«, seufzte Dalarr. »Eisarn hat sich dort verkrochen, wo der Wein in Strömen fließt.«

»Dir ist er wohl zu süß, Fremder, was?« Der Bauer lachte.

»Nein, ich muss davon nur scheißen wie ein Reiher«, entgegnete Dalarr in seiner gewohnt entwaffnenden Aufrichtigkeit. »Aber verrat mir eins.«

»Gern auch zwei oder drei. Nur zu.«

»Was sind das für Wagen, die die Beeren nach oben treiben? Die habe ich hier noch nie gesehen.«

»Dann warst du lange nicht mehr hier.« Der Bauer blickte den Silvret hinunter und lupfte seinen Strohhut. »Unser guter König Arvid – möge er noch lange herrschen – hat sie uns schon vor zehn Sommern geschenkt.«

Die Freude des Bauern und seine Ehrerbietung an Arvid versetzte Namakan einen Stich, was dem Bauern nicht entging.

»Was schaut der Verwachsene so?«, fragte er Dalarr. »Habe ich etwas Falsches gesagt?«

24

*Im Spiel der Bunten Augen gibt es nichts,
was nicht als Einsatz gereichen könnte – manchmal
sogar die Augen der Spieler selbst.*

Aus einer Warnung des Swemmanger Stadtkämmerers
Wies bon Dampening vor den Verlockungen des Glücksspiels

Wahrscheinlich war es die falsche Erklärung des Bauern für Namakans gedrungenen Wuchs, die Dalarr dazu veranlasste, seinem Schüler noch unmittelbar vor der Ankunft in Swemmanger einen wichtigen Ratschlag zu erteilen. »Falls dich jemand fragen sollte, warum du so klein bist, antwortest du ihm, du seist ein Verwachsener, verstanden?«

Tschumilal zeigte sich über diese Aufforderung zur Lüge verwundert, woraufhin Ammorna die Halbelfe über die genauen Gründe dafür aufklärte. »Heute«, schloss sie ihre Ausführungen, »haben es die Leute zwar üblicherweise nicht mehr auf die Schädel des Talvolks als Glücksbringer abgesehen, aber wir wollen doch nicht, dass der arme Junge beständig um Fingernägel oder Haarsträhnen angebettelt wird. Und wir können nicht ausschließen, dass es in Swemmanger noch den einen oder anderen wahnsinnigen Traditionalisten gibt, der daran glaubt, dass sich sein Leben verlängert, wenn er seinen Wein aus einem beinernen Becher trinkt.«

Zugegebenermaßen erweckte Swemmanger dann ganz und gar nicht den Eindruck, als könnten sich dort irgendwelche Schurken versteckt halten, die nur darauf lauerten, einem Jüngling aus dem Talvolk den Kopf von den Schultern zu schlagen. Geschützt von einer niedrigen Stadtmauer, die dem Ansturm eines echten Heeres wahrscheinlich nicht sehr lange standgehalten hätte, lag es an einer Ausstülpung des Silvrets, die geradezu danach schrie, sich als natürliches Hafenbecken nutzen zu lassen.

Reet auf den Dächern, kunstvoll geschwungenes Fachwerk in den Wänden, blau und grün gestrichene Fensterläden: Die Häuser des Städtchens wirkten höchst einladend, und die kopfsteingepflasterten Straßen waren so sauber gekehrt, dass es Namakan fast wie eine Beleidigung vorkam, sie mit seinen dreckigen Stiefeln belästigen zu müssen. Als ihm auffiel, dass neben jeder Tür ein Besen stand, fühlte er sich gleich noch schmutziger.

Aufgrund Dalarrs Schilderungen der Reichshauptstadt, in denen viel die Rede von erbärmlichstem Elend gewesen war, war Namakan davon ausgegangen, dass es in jeder Stadt der großen Menschen vor Bettlern wimmeln musste. Zumindest in Swemmanger sah er jedoch keine einzige abgerissene Gestalt, die an einer Ecke oder vor einem Brunnen kauerte und die Vorbeigehenden um Almosen anflehte. Im Gegenteil waren überall die Anzeichen des Wohlstands zu erkennen, den die Moosbeeren den Bewohnern Swemmangers einbrachten. Männer wie Frauen trugen Jacken und Kniebundhosen aus dunklem Loden, an denen polierte Knöpfe blitzten. Die Damen zierten sich das Haupt mit federgeschmückten Hüten, die Herren mit eng anliegenden Kappen, auf die winzige rote Perlen genäht waren. Rings um die Brunnen waren Blumenkübel aufgestellt, aus denen Herbstblumen betörende Düfte verströmten. Auf jedem einzelnen Ladenschild strahlte die Farbe so frisch, als wäre sie erst gestern aufgebracht worden, und die Auslagen waren allesamt prall gefüllt.

Als die Wanderer auf den Marktplatz kamen, erwies sich die Begeisterung des Bauern mit den rotglänzenden Lippen über die reiche Ernte als vollkommen angemessen: Es gab keinen Stand, der die süßen Beeren nicht feilbot – als lose Ware, in Kuchen gebacken, in Quark gerührt, zu Saft gepresst oder zu Marmelade eingekocht. Es handelte sich zudem um eine Spezialität, für die sich nicht nur die Einheimischen begeisterten. Namakan bemerkte an diesem Tag viele Trachten, die er zuvor noch nie gesehen hatte und über deren Herkunft ihm Ammorna bereitwillig Auskunft gab: Die Mädchen, die sich die zu Zöpfen geflochtenen Haare mit spitzen Tugendpfeilen hochgesteckt hatten, stammten aus der Möwenmark. An wessen Gürtel eine Messertasche aus fransigem Leder hing, war von den Hirschfurten angereist. Schuhe, deren perlmuttene Schnallen in allen Farben des Regenbogens schillerten, wiesen ihren Besitzer als einen Besucher von den Austerklippen aus.

Die Vielzahl an Fremden auf dem Markt hatte einen Vorteil für die Wanderer: Man schenkte ihnen nicht mehr Beachtung als anderen Auswärtigen, und die, die ihnen zuteil wurde, war von der freundlichen Geschäftstüchtigkeit der Händler geprägt. »Wo kommt ihr her?«, war die erste Frage, die man ihnen stets zurief. Dalarr schien sich einen Spaß daraus zu machen, unterschiedlichen Fragestellern gegenüber unterschiedliche Herkunftsorte anzugeben. Doch ungeachtet dessen, welche Heimat er auch nannte – mal die Almen, mal den Schwarzen Hain, mal Städte oder Gegenden, die Namakan unbekannt waren –, fiel die nächste Frage, die die Händler an Dalarr richteten, gleich aus: »Kennt man dort unsere Moosbeeren?«

Namakan entging nicht, dass die Händler alle Dalarr ansprachen, obwohl sie sich doch genauso gut an jeden anderen der Wanderer hätten wenden können. Namakan hatte außer Dalarr und seiner Ziehmutter noch nicht viele große Menschen gesehen, weshalb er zunächst davon ausging, das Interesse der Händler läge in Dalarrs auffälliger Rüstung oder seinen beiden Schwertern begründet. Erst nach und nach dämmerte ihm, dass es etwas anderes sein musste. Trug nicht auch Kjell eine Rüstung und ein Schwert?

Er sieht anders aus, erkannte Namakan, nachdem er die Erscheinung seines Meisters mit der einiger Swemmanger verglichen hatte. *Größer. Und er geht anders. Wie jemand, der genau weiß, wohin er seine Schritte setzt. Und sein Haar und sein*

Bart ... sie schimmern wie Seide. Aber das ist es nicht. Nicht nur. Es sind seine Augen. Man will unbedingt, dass sich dieses Blau auf einen richtet. Dass er einen ansieht. So, wie man einen Freund betrachtet ... oder einen Geliebten. Die Augen eines Königs ...

Namakan wurde aus seinen Gedanken gerissen, als er einer eiligen Marktgängerin ausweichen musste, die ihm um ein Haar ihren vollen Korb gegen den Kopf geschlagen hätte. Es war nicht der erste Vorfall dieser Art, und auch nicht der letzte. Aus Namakans Blickwinkel heraus war alles in Swemmanger groß – nicht nur die Menschen. Er sah sich gezwungen, sich auf die Zehenspitzen zu stellen, wenn er die an den Ständen ausgelegte Ware begutachten wollte, und auf den Stufen, die zum Marktplatz hinunterführten, hatte er genau darauf achten müssen, nicht ins Straucheln zu geraten. Er wehrte sich beharrlich gegen die bedrückende Vorstellung, er könnte auf eine ähnlich unerklärliche Weise, wie sein Meister die Farbe in Haar und Bart zurückerhalten hatte, auf seiner Reise geschrumpft sein. Die Wahrheit indes – die, dass die Welt um ihn herum gewissermaßen gewachsen war – war nicht unbedingt tröstlicher.

Die Wanderer kämpften sich durch den Trubel zur Mitte des Marktplatzes vor, zu einem Brunnen, der mit einer Statue verziert war. Sie zeigte – wie hätte es auch anders sein können? – einen Mann mit breitkrempigem Hut, der sich auf einen Moosbeerenrechen stützte. Namakan brauchte ein gegrolltes »Flikka mek!« seines Meisters, um sich darüber klar zu werden, dass dort droben über den springenden Fontänen kein gewöhnlicher Bauer verewigt worden war. *Arvid! Es ist wieder Arvid!*

Er kam nicht dazu, sich lange darüber zu grämen, dass der Mann, der am Ende ihrer Rache in seinem Blut liegen sollte, sich unter seinen Untertanen solch großer Beliebtheit erfreute.

»Wo suchen wir jetzt hier nach deinem Freund?«, rief Tschumilal etwas zu laut. Sie hielt sich dabei die Ohren zu, wie sie es fast den ganzen Weg über durch die Stadt bereits getan hatte.

Die Elfentochter erinnerte Namakan an ein Kind, das sich zu nah an eine läutende Schreinglocke gewagt hatte. *Das muss furchtbar für sie sein. Noch furchtbarer als für mich. Ich habe auch noch nie so viele Menschen auf einem Haufen gesehen, aber sie? Sie hatte bisher ja nur ihre Eltern zur Gesellschaft, und ihr Vater zählt dabei nicht einmal richtig.*

Ammorna pflichtete der Elfentochter bei. »Ja, wo steckt dein Zwerg denn nun? Sollen wir jedes Haus einzeln nach ihm absuchen?«

»Nein, nicht jedes Haus«, sagte Dalarr. »Aber eine ganz bestimmte Sorte Häuser schon.«

Dalarr ging zum nächsten Stand, um sich eine kleine Weile mit dem Händler zu unterhalten.

Wenig später hatte Dalarr seine Begleiter auch schon durch schmale Gassen hinunter zum Hafen geführt. Drei lange Piere, an denen Fischerboote und Frachtkähne vor Anker lagen, ragten wie die hölzernen Finger einer verkrüppelten Hand einen Steinwurf weit in die seichten Wellen des Silvrets hinein. Die Gebäude dieses Viertels waren nur gut zur Hälfte von jener Art, wie sie im Rest der Stadt das Straßenbild prägen. Die Zeichen auf den Schildern über den Eingängen dieser Häuser waren vielsagend: überschäumende Bierhumpen, sprudelnde Weinschläuche, grinsende Säue mit langen Zitzen, nackte Frauenbeine. Die andere Hälfte der Gebäude waren Lagerhäuser und luftige Hallen, wo auf hohen Holzgestellen Fisch getrocknet wurde. Demzufolge mischten sich andere Gerüche in das süße Aroma der Beeren, und so mancher von ihnen – scharfer Essig, altes Fett, Schweiß und Pisse – bot ausreichend Anlass zum Naserümpfen.

In einer Sackgasse zwischen zwei Kaschemmen, wo sowohl die Huren ihre Laken als auch ein paar Fischer ihre Netze zum Trocknen aufgehängt hatten, packte Dalarr den Herzfinder aus. Er schlug ihn gegen das Pflaster und folgte seinem Klingen zurück auf die Straße und dort nach links, an einer Reihe heruntergekommener Tavernen vorbei.

»Gleich«, murmelte er. »Gleich.«

In genau dem Augenblick, als er sich der Tür eines Gasthauses zuwandte, wurde diese unter großem Gejohle und Gegröle aufgestoßen. Unter Verwünschungen und Spottrufen beförderte eine Horde Besoffener jemanden mit Fußtritten und Schlägen über die Schwelle. Der Hinausgeworfene – ein gedrungener, haariger Fettkloß – taumelte noch bis zur Mitte der Straße, wo er unmittelbar vor Dalarrs Füßen mit einem Grunzen und einem Furz zusammenbrach.

Namakan konnte nicht anders, als das Gesicht zu verziehen und erschrocken einen Schritt zurückzuweichen. Der kleine dicke Mann, der vor ihm lag, trug keinen Bart, sondern eine verfilzte Matte am Kinn, die ein wenig aussah, als hätte er sich eine von einem Wagenrad plattgefahrene, verwahrloste Katze ins Gesicht geleimt. Auf der Spitze seiner riesigen Nase prangte eine nicht minder riesige Warze, deren Gewicht anscheinend ausreichte, um eine seiner Nüstern zuzudrücken. Die Augen, unter buschigen Brauen halb versteckt, rollten in ihren Höhlen hin und her, als der Kerl anscheinend versuchte, herauszufinden, wo oben und unten war.

»Eisarn?«, ächzte Dalarr entsetzt.

Als hätte es noch einer Bestätigung bedurft, wer sich da nach bitterem Wein stinkend auf der Straße wälzte, wurde die Tür des Gasthauses noch einmal aufgerissen. In hohem Bogen flog ein verbeulter Helm durch die Luft und landete scheppernd neben seinem Besitzer. Auch seine Pracht hatte schwer gelitten: Vier der sechs Hörner waren nur noch splittrige Stumpen. Der goldene Nasenschutz fehlte ganz und war offenbar mit Gewalt herausgebrochen worden. Zudem konnte sich Eisarn nicht mehr darauf verlassen, dass der Helm sein linkes Ohr vor Treffern schützte, denn auf dieser Seite war ihm die Spange abhanden gekommen.

»Kroka lehrt uns, die Ehre eines Mannes danach einzuschätzen, wie ehrenhaft seine Freunde für gewöhnlich auftreten«, merkte Ammorna betont sachlich an.

Morritbi verfiel daraufhin in keckerndes Gelächter, nur hier und da unterbrochen von einem gejapsten »O ihr Geister!«. Kjell sah betreten zu Boden, und Tschumilals Gesicht war eine Maske vollkommenen Unverständnisses.

»Dridd!« Dalarr stupste den Zwerg mit der Stiefelspitze an. »Steh auf!«

»Lass mich!«, brüllte Eisarn, wie wenn ihm Dalarr einen glühenden Stab in die Rippen gerammt hätte. »Lass mich liegen, du Mullficker!«

»Reiß dich zusammen!«, mahnte ihn Dalarr drohend.

Der Zwerg blinzelte, ehe er wieder aus Leibeskräften brüllte. »Geh weg! Geh weg! Du bist nicht echt!«

»Hol's doch der Morulfur!« Dalarr bückte sich, packte die Knöchel des Zwergs und schleifte ihn quer über die Straße auf einen der Piere zu. Das Gejohle und Gegröle von eben fand seinen Widerhall in den Pfiffen und begeisterten Schreien einiger Fischer und Stauer, die großen Gefallen an dem ulkigen Schauspiel fanden. Die grobe Behandlung, die ihm widerfuhr, verleitete Eisarn lediglich zum Ausstoßen weiterer Beschimpfungen und einem lautstarken Festhalten an der Überzeugung, Dalarr wäre nicht mehr als ein vom Weinrausch heraufbeschworenes Gespenst aus seiner Vergangenheit. Dass dieses Gespenst in der Lage war, ihn durch die Gegend zu zerren, schadete der Illusion offenkundig nicht.

Auf halber Länge des Piers ließ Dalarr Eisarns Beine los, ging um ihn herum und rollte ihn wie einen Sack von den Bohlen herunter. Ein sattes Platschen ertönte, dann schlossen sich die Wasser des Silvrets über dem betrunkenen Zwerg. Sein Kettenhemd, das mehr durch verkrusteten Rost als die ineinander gefügten Glieder zusammengehalten wurde, zog ihn rasch in die Tiefe. Das Publikum spendete artig Beifall.

Dalarr klopfte sich die Hände ab und schlenderte gelassen zurück zu den anderen.

»Er wird ersaufen.« Kjell zeigte sich besorgt.

»Wird er nicht.« Dalarr schüttelte den Kopf. »Hast du sein Gebrüll nicht gehört? Er hat Lungen wie ein Stier.«

Namakan, der die Zuversicht seines Meisters nicht ganz teilen wollte, behielt die Stelle im Auge, an der Eisarn in den Fluten verschwunden war. Luftblasen blubberten munter an die Oberfläche. Sie wurden rasch zu einer Kette, die sich in Richtung des Ufers fortzusetzen begann. Schließlich durchstieß ein nasser Scheitel das Wasser, dann waren eine nasse Stirn und schließlich der komplette, kantige Schädel Eisarns zu sehen. Mit missmutiger Miene stapfte der Zwerg die flache Uferböschung hinauf, hustend und keuchend.

Kaum hatte er wieder Luft in den Lungen, ballte er die Fäuste, schüttelte sie wild und krakeelte: »Mauer mir einer den Kackstollen zu! Du bist ja doch echt! Du bist echt!«

Dalarr war die Lust auf lange Begrüßungsumarmungen anscheinend ordentlich vergangen. Stattdessen wartete er, bis der zornige Kerl vor ihm stand, krallte die Hände in dessen Bart und zog die Matte mit einem Ruck in die Höhe. »Wo ist der Schlüssel?«, donnerte er über Eisarns Schmerzgeheul hinweg.

Der Zwerg tänzelte auf Zehenspitzen und schlug schwach um sich, doch seine Arme waren zu kurz, um seinen Quälgeist zu erreichen.

»Wo ist der Schlüssel? Spuck es aus!«

Endlich brachte Eisarn eine Antwort heraus, aber es war keine, die Dalarr gefiel.

Dass er seinen Meister in die Kaschemme begleitete, war für Namakan keine Frage. Die Tatsache, dass sich auch Tschumilal ihnen anschloss, anstatt wie die anderen draußen zu warten, überraschte ihn. Möglicherweise ertrugen ihre halbspitzen Ohren das Gejammer des Zwergs nicht, und ihr Verhalten war eher eine Flucht als ein Zeichen der Unterstützung.

Sämtliche Gespräche verstummten, als Dalarr den düsteren Schankraum durchquerte, um jene Nische zu erreichen, in der um einen runden Tisch drei große Menschen saßen. Sie lieferten einen weiteren Beleg für Namakans Vermutung, wonach Dalarr für seine Art ausnehmend anziehend war.

Der Erste der drei, der aufsah, hatte eine eitrige Pustel unter dem rechten Auge, die jeden Moment aufzuplatzen drohte. Er stellte seinen Würfelbecher ab, musterte Dalarr von oben bis unten und sagte: »Ganz in Schwarz? Bist wohl in einen Kohlenkeller gefallen, was?«

Der Erste von Pustelauges Mitspielern – ein dürres Weib mit strähnigem Haar und viel zu großen Zähnen – wieherte vor Lachen, der zweite, der es an Leibesfülle fast mit Eisarn aufnehmen konnte, grunzte amüsiert.

»Keinen Streit, ja?«, warf der bullige Mann ein, der hinter dem Schanktresen stand und einen Lappen benutzte, um den Dreck darauf noch tiefer ins Holz zu reiben.

»Ich bin deswegen hier.« Dalarr deutete auf einen Gegenstand, der vor Pustelauge neben drei Türmchen aus bunten Würfeln auf dem Tisch lag.

Pustelauge nahm das Ding in die Hand. Es musste der Schlüssel sein, nach dem Dalarr Eisarn gefragt hatte, aber er war von einer ungewöhnlichen Sorte. Sein Griff, der aus einem glänzenden schwarzen Stein gefertigt war, ähnelte eher einem Schwertknauf, und von dem handlangen Stiel gingen so viele gezackte Barten in alle Richtungen ab, dass man beinahe hätte meinen können, es handele sich bei ihm eigentlich um den Ast eines besonders dornigen Strauchs. »Was ist damit, edler Herr?«, erkundigte sich Pustelauge in überzogener Höflichkeit.

»Du hast diesen Schlüssel von einem Zwerg gewonnen«, sagte Dalarr ruhig.

»Stimmt. Und?«

»Er hätte ihn nie als Einsatz wählen dürfen.«

»Oha«, machte Pustelauge. »Und warum nicht?«

»Weil er ihm nur zur Hälfte gehört. Die andere Hälfte gehört mir.«

Namakan hörte das Scharren und Schaben von Holz auf Holz, als hinter ihm die restlichen Gäste begannen, Tische und

Bänke zu verrücken – die einen sicherlich, um Abstand zwischen sich und den drohenden Zwist zu bringen, die anderen, um näher an das Geschehen zu gelangen.

»Tja«, schmatzte der Dicke. »Was machen wir jetzt? Soll mein Freund hier das Teil etwa in zwei Hälften brechen?« Die Strähnenhaarige wieherte erneut, und das schrille Geräusch kratzte Namakan in den Ohren.

Dalarr beugte sich vor und stützte die Hände auf den Tisch. »Rück es raus. Es soll dein Schaden nicht sein. Zwei Taler scheinen mir Lohn genug für etwas, womit du nicht das Geringste anfangen kannst.«

Tschumilal hatte sich bisher in dem von Pfeifenrauch und Weindunst stickigen Raum umgesehen wie ein Kind, das zum ersten Mal in einen fürs Fest der Tauenden Gletscher geschmückten Schrein geführt wurde. Jetzt legte sie die Stirn in Falten. »Warum verhandelst du über etwas, das dir gehört?«

»Misch dich da nicht ein«, raunte Namakan ihr zu.

Pustelauge schenkte der Elfentochter einen langen Blick und leckte sich die Lippen. Seine rechte Hand rutschte in seinen Schoß. »Ich sag dir was, Mann aus dem Kohlenkeller«, meinte er, schaute dabei aber weiter zu Tschumilal. »Du hast etwas mitgebracht, mit dem ich durchaus was anfangen könnte. Ich hab da einen anderen Schlüssel dabei, der gut in ein enges Schloss passt.«

Wiehern von links, Grunzen von rechts. Namakan sah die Kiefer seines Meisters mahlen.

»Dauert auch nicht sehr lange«, führte Pustelauge sein Angebot aus. »Und du kannst ruhig zusehen, wenn du willst. Vielleicht lernst du ja noch was. Oder liege ich falsch und du wedelst lieber mit deiner Rute in dem Arsch von dem Krüppel da?«

Dalarr riss sein Knie hoch. Die Tischplatte kam Pustelauge so schnell entgegen, dass er nicht einmal mehr schützend die Arme heben konnte. Ein Regen aus bunten Würfeln, Humpen und verschüttetem Wein prasselte auf den Nischenboden nieder.

Während der Dicke nur quietschte, sprang die Strähnenhaarige fauchend auf, um Dalarr in die zum Schlag erhobene Faust zu fallen.

»Schluss, Schluss!«, rief der Wirt drängend. Die Gäste, die nicht in das Handgemenge verwickelt waren, klatschten und jubelten.

Dalarr drückte das zeternde Weib gegen die Wand, indem er sie mit seinem quergelegten Unterarm auf ihrem Hals von sich wegschob. Pustelauge krabbelte hinter dem umgekippten Tisch hervor, die Nase blutig, das Geschwür daneben erstaunlicherweise nach wie vor unversehrt.

Namakan ging rasch auf alle viere und kroch unter die Bank, die sich unter der Last des Dicken bog. *Da muss er irgendwohin sein.* Seine Hände tasteten nach dem Schlüssel, fanden aber nur klebrige Flecken, Staub und etwas Kaltes, Weiches, von dem er nicht wissen wollte, was es war.

Namakan hörte ein Klatschen, gefolgt von einem zweiten, das von erhitzter Zustimmung der Zuschauer begleitet wurde. Es rumste zu seiner Linken. Die Strähnenhaarige war zu Boden gegangen, auf ihren Wangen glühte der gespreizte Abdruck von Dalarrs Pranke.

Gut so, Meister. Namakan kroch ein Stück voran und presste sich so eng an den Boden, wie es ihm seine kleine Wampe gestattete. *Wo bist du, du verfluchtes Ding?*

Seine Fingerkuppen streiften über Metall. *Hab ich dich!* Er reckte sich wie eine Schlange. Einer seiner Nägel verfing sich an einem spitzen Zacken. Vorsichtig begann er die Hand zurückzuziehen. *Es klappt! Es klappt!*

»Hat er nicht ein Messer?«, rief Tschumilal eine Warnung auf elfische Art.

Ein Messer? Namakan erstarrte einen Wimpernschlag vor Sorge um seinen Meister. Er glaubte, wie von fern einen Vogel pfeifen zu hören.

Dann ging ein Raunen durch den Raum, wie es Menschen von sich gaben, wenn sie Zeugen von etwas schier Unglaublichem oder besonders Beeindruckendem wurden. Doch schon wurde das Raunen von einem viehischen Gekreisch verschlungen, das jemand unmittelbar in Namakans Nähe ausstieß.

Namakan drehte den Kopf, um unter der Bank hervorzulugen. Er schaffte es gerade noch rechtzeitig, einem dünnen, gelben Strom auszuweichen, der seine Quelle zwischen den Beinen des Dicken hatte. *Igitt!*

Es war nicht der einzige Strom, der sich nun auf den Boden ergoss. Der andere war dicker, dicker und rot. Aus dem Schritt von Pustelauges Hose wölbte sich der Bogen eines Wurfrings, wie sie Tschumilal am Gürtel trug. Auf dem dunklen Lodenstoff breitete sich ein noch dunklerer, schnell wachsender Fleck aus.

Ihr Untrennbaren!

»Raus! Raus mit euch!«, schrie der Wirt. »Ich hol die Wache! Ich hol die Wache!«

Namakan schaffte es nicht, den Blick abzuwenden, als Pustelauge in die Knie ging. Der Mann, der jetzt kein Mann mehr war, kreischte noch immer wie am Spieß. Seine bebenden Hände zuckten zu der in seinem Gemächt steckenden Waffe, aber er brachte nicht den Mut auf, sie herauszuziehen.

»Raus! Ich hol die Wache«, beteuerte der Wirt noch einmal.

»Namakan, du Fifl!«, schalt Dalarr. »Was dauert da unten so lange?«

Getrieben von der Erschütterung – und von der Angst, mit Pustelauges Blut in Berührung zu kommen, das auf ihn zukroch – renkte sich Namakan beinahe die Schulter aus. Endlich spürte er den glatten Griff des Schlüssels in seiner Handfläche. »Ich hab ihn! Ich hab ihn!«

Ein Ring aus fassungslosen, bleichen Gesichtern begrüßte ihn, nachdem er eilig rückwärts unter der Bank hervorgekrochen war und sich von seinem Meister hatte aufhelfen lassen. Keiner der Gäste war bislang der Aufforderung des Wirtes nachgekommen.

»Gut gemacht«, lobte Dalarr knapp. »Wir gehen.«

Er fasste mit der einen Hand nach Namakans Arm, mit dem anderen nach Tschumilals, als wäre er eine Keuschheitshüterin bei einem Maskenball, und zog die beiden mit sich zur Tür.

»Wir gehen? Wir gehen?«, schnatterte Tschumilal aufgeregt. »Was ist mit meinem Elal Tscheb Kemikal?«

»Der ist dort, wo er nun ist, doch bestens aufgehoben«, antwortete Dalarr und trat die Tür auf.

Morritbi kam ihnen entgegengelaufen, aufgeregt mit den Armen rudernd und Kjell mit gezogenem Schwert im Schlepptau. »Habt ihr da drin ein Schwein geschlachtet?«

»Könnte man so sagen, ja.« Dalarr ließ Namakan und die Halbelfe los, damit er Eisarn und Ammorna zuwinken konnte, die auf der anderen Straßenseite zurückgeblieben waren. »Wachst da nicht fest! Wir sollten Land gewinnen!«

Der Zwerg trottete noch vor der Frau los, wenn auch nicht ohne Gejammer. »Beiß mir einer in den Arsch! Es ist genau wie früher, Dalarr att Situr. Wo du hinkommst, stiftest du Unheil. Man könnte meinen, du würdest keine anderen Freuden kennen.«

25

*Binde dich nicht an die, die dir nicht folgen können,
weil ihre Zeit begrenzt ist.*

Aus den Lehren des Alten Geschlechts

Die ersten beiden Tage auf ihrer Reise an jenen Ort, an dem Eisarn und Dalarr die Ketten der Ewigkeit sicher verwahrt hatten, erwiesen sich für die Wanderer als schwere Probe ihrer Geduld. Ihr neuer Begleiter wurde nicht müde, immer Neues zu finden, worüber er jammern konnte. So beschwerte sich Eisarn darüber, dass er abgesehen von dem, was er an seinem feisten Leib trug, seinen gesamten restlichen Besitz in Swemmanger hatte zurücklassen müssen. Darüber, dass er Blasen an den Füßen bekam. Dass es ihm tagsüber zu heiß und nachts zu kalt war. Über das angeblich viel zu laute Rauschen des Silvrets, dessen Lauf sie stromabwärts folgten. Über die letzten Mückenschwärme des dahinscheidenden Sommers, die in der Dämmerung aus den Auen aufstiegen, gierig nach süßem Zweibeinerblut. Und immer wieder darüber, dass ihm die Kehle ganz trocken war und das Wasser allein niemals ausreichen würde, um seinen Durst zu stillen.

Namakan fragte sich ernsthaft, ob das Gejammer des Zwergs leichter zu ertragen gewesen wäre, wenn Eisarn es in der Zunge seines Volkes vorgetragen hätte. Leider hatte Eisarn so lange unter großen Menschen gelebt, dass ihm deren Sprache in Fleisch und Blut übergegangen war. Nur ab und an schlichen sich manche Ausdrücke in sein Klagen ein, die offensichtlich aus jener Zeit stammten, in der er noch kein Verstoßener gewesen war. Bei einigen glaubte Namakan nach einer Weile sogar, den Sinn dahinter zu begreifen. Wenn Eisarn etwas von »Smarna« brabbelte, fluchte er in der gleichen Weise, wie wenn Dalarr ein »Dridd« entfuhr. »Leithu« bezeichnete wohl irgendeine Form von berauschendem Getränk. Und in den Momenten, in denen er Dalarr als einen »Ausahadandis« beschimpfte, weil der nach einer Rast zum Aufbruch drängte, unterstrich der Zwerg sein Ungemach, indem er das dumpfe Muhen von Ochsen und das scharfe Knallen von Peitschen nachahmte.

Nur während der Rasten selbst verfiel Eisarn ab und an in dumpfes Brüten – immer dann, wenn er den Herzfinder, den Dalarr ihm zurückgegeben hatte, vom Gürtel nahm und sanft über die Zinken der zaubermächtigen kleinen Forke streichelte. Namakan war sicher, der Zwerg hätte es lieber gesehen, wenn der Herzfinder nicht Dalarr zu ihm geführt hätte. Schließlich war er nicht derjenige, dem er den Herzfinder einst geschenkt hatte. Bestimmt hatte der Zwerg darauf gehofft, Galt eines Tages wiederzusehen – Galt, der ihm doch laut Dalarr mehr bedeutet hatte, als so manche Frau ihrem Gatten bedeutete. Und nun war diese sieche Hoffnung genauso tot wie Galt.

Am zweiten Tag hatte die Sonne den Schatten der Wanderer die Beine schon zu dünnen Stelzen langgezogen, als ein Stück die Straße hinunter Bratenduft von einem Gasthaus zu ihnen herüberwehte. Die klugen Erbauer des hölzernen Gebäudes hatten der Unberechenbarkeit des Silvrets Rechnung getragen und eine von dicken Pfählen getragene Plattform errichtet, die man über eine wacklig aussehende Treppe erreichte.

Eisarn, dessen Füße ihm nach eigener Aussage eben noch schwer wie Mühlsteine gewesen waren, wuselte vom Schwanz der Gruppe, den er höchstselbst bildete, nach vorne an Dalarrs Seite. »Nur ein Humpen. Ein einziger Humpen nur«, quengelte er, die Hände vor der Tonnenbrust flehentlich gefaltet.

Namakan, dem beim Bratenduft das Wasser im Mund zusammengelaufen war, hoffte auf einmal, dass sich sein Meister vom Greinen des Zwergs erweichen lassen würde.

»Es ist spät«, sagte Morritbi, deren Blicke ebenfalls sehnsuchtsvoll auf das Schild des Gasthauses gerichtet waren, das einen Storch beim Verspeisen eines Frosches zeigte. »Wir könnten dort übernachten, oder nicht?«

»Nein, können wir nicht«, gab Dalarr nüchtern zurück. »Es sei denn, du möchtest, dass uns die Leute da drin für Dämonenanbeter halten, sobald unser Herr Graf seine Abendgarderobe anlegt.«

»Smarna!« Eisarn, der eine von Kjells Verwandlungen bisher nur gehört, aber nie gesehen hatte, raufte sich den Bart. »Aber ich will ja auch gar nicht da drin übernachten. Nur was gegen meinen Durst tun. Jetzt erbarm dich doch, Dalarr!«

»Warum können wir nicht beides tun?«, fragte Tschumilal. »Durst löschen und in diesem Haus schlafen?« Sie lächelte Kjell zu, der schon den Kopf hatte hängen lassen. »Warum gehen wir beide nicht wohin, wo dich keiner hören kann, wenn du eine Ratte bist, und ich trage dich später in meiner Tasche zurück hierher?«

»Das klingt doch gut«, bemerkte Morritbi. »Worauf warten wir noch?«

»Ich bin gerettet!« Eisarn schmatzte genüsslich mit den Lippen, als würde ihm bereits ein feiner Tropfen die Kehle hinunterrinnen.

»Einverstanden.« Ammorna band den Käfig von ihrem Krallenstab los und drückte ihn der Elfentochter in die Hand. »Solange du daran denkst, morgen früh rechtzeitig aufzustehen. Sonst wird es für alle ein unsanftes Erwachen.«

»Wozu brauche ich den?« Tschumilal stellte den Käfig auf die Straße und klopfte gegen ihre Tasche. »Ist darin nicht genügend Platz für ihn?«

»Kinder ...«, murmelte Ammorna und bückte sich nach dem Käfig. »Kinder ...«

»So kommst du also deinen Pflichten als fürsorgliche Amme nach«, merkte Dalarr sauertöpfisch an.

»Ach, erzähl du mir nichts von Pflichten«, seufzte Ammorna. Sie sah Kjell nachdenklich an. »Ich weiß nur, dass es nichts nützt, sich gegen das Knüpfen zarter Bande zu stellen, wenn die ersten Knoten schon geschnürt sind.«

»Danke.« Kjell errötete tatsächlich schamhaft.

Ihr Untrennbaren, was bin ich dumm! Namakan vergaß vorübergehend seinen knurrenden Magen. *Deshalb holt sie ihn nachts aus dem Käfig. Er ist der erste Mann außer ihrem Vater, den sie je zu Gesicht bekommen hat. Und Angst vor Ratten scheint sie nicht zu haben, die Glückliche!*

»Wohlan …« Dalarr schnürte sich die Geldbörse vom Gürtel und zählte die Münzen darin. »Aber freut euch nicht zu früh. Das reicht höchstens für Hängematten im Schlafsaal.«

»O nein.« Ammorna schüttelte energisch den Kopf. »Ich will ein Bett. Ein richtiges Bett. Und etwas zu essen, das in einem Topf zubereitet wurde.«

»Hurra!«, jubelte Eisarn. »Ein Weib ganz nach meinem Geschmack!«

»Mir ist neu, dass man bei den Nebelkrähen das Geheimnis des Goldscheißens gelüftet hat«, murrte Dalarr. »Oder hoffst du auf Spenden für eine fromme Pilgerin?«

»Ich hätte jemandem wie dir mehr Einfallsreichtum zugetraut«, sagte Ammorna nur und stieg flugs die Treppe zum Gasthaus hinauf.

Ich verstehe das einfach nicht. Namakan nippte an seinem Becher Moosbeerenwein. Er stand auf einem Schemel und sah Ammorna dabei zu, wie sie Runde um Runde in einem Würfelspiel gewann, dessen genaue Regeln ihm ein Mysterium blieben. Er vermutete, dass es das gleiche Spiel war, bei dem Eisarn in Swemmanger seinen Schlüssel an Pustelauge verloren hatte, denn auch über diesen Tisch rollten bunte Würfel. Offenbar konnte man die Würfel einer Farbe, mit der man die gleiche Augenzahl gewürfelt hatte, zu einem Türmchen vor sich aufstapeln, und je höher das Türmchen wurde, umso besser. So weit, so leicht ersichtlich. Zu welchen Gelegenheiten man dann jedoch die Würfel aus einem Türmchen wieder in den Becher geben konnte, wollte Namakan nicht in den Kopf. Ebenso wenig wie der Umstand, wann und wie man seinen Einsatz, der in der Tischmitte zu einem Haufen aus Münzen und Schmuckstücken zusammengeschoben wurde, erhöhen durfte. Was Namakan nach einigen Partien sonst noch offenbar wurde, war der Umstand, dass die Türmchen sinnbildlich für etwas vollkommen anderes standen: Wer eine Runde mit nur zwei gestapelten Würfeln beendete, dem war ein Mückerling gewachsen, während ein Spieler mit fünf gleichen Würfeln einen schönen Riemen vorzuweisen hatte.

Er wusste nicht, worüber er sich mehr wundern sollte. Über die Gewinne, die Ammorna einheimste, oder dass die schmutzigsten Bemerkungen am Tisch ausgerechnet aus ihrem Mund kamen.

Es kam Bewegung in die Runde, als die drei Männer, die Ammorna in der letzten Stunde ausgenommen hatte wie die Gänse, endlich genug hatten. Anscheinend waren es Händler von den Hirschfurten, denn einer von ihnen hatte eine Messertasche aus fransigem Leder verwettet.

»Wer hat noch nicht, wer will noch mal?«, rief Ammorna gutgelaunt über ihre Schulter in den Schankraum hinein.

Namakan nutzte die kurze Pause, bis sich neue Mitspieler gefunden hatten. »Hast du keine Angst, mit den Leuten in Streit zu geraten?«, flüsterte er ihr zu.

»Streit? Wieso das?«

»Weil du so unverschämtes Glück hast. Die meisten Leute verlieren nicht so gern.«

»Ja, ja.« Ammornas Augen funkelten lebhaft, als sie sich eine verirrte Strähne aus ihrer Stirn wischte. »Mach dir um mich mal keine Sorgen, Junge. Ich habe etwas, das mich schützt.«

Namakan hob fragend die Brauen.

»Das hier.« Ammorna zupfte grinsend an ihrer Robe. »Kein Mensch, der bei Verstand ist, stürzt sich in einen Zwist mit einer Frau, die das Kleid der Gefiederten trägt.«

Oh. Ob sie ... Namakan schluckte. »Kannst du als eine Dienerin Krokas auch beim Würfelspiel Omen deuten?«

»Was?« Ammorna versetzte Namakan einen Knuff gegen die Schulter. Moosbeerenwein schwappte über den Rand seines Bechers. »Du hast eine seltsame Art, schlimme Beleidigungen in höfliche Fragen zu kleiden.« Sie kniff die Lippen zu einem schmalen Spalt zusammen. »Diese besondere Begabung spricht man sonst nur Hohepriestern und Königen zu, weißt du?«

»Und wenn schon.« Namakan hatte nicht vor, sich von ihrem Verteidigungsversuch ablenken zu lassen. »Allen, die solche Gewinne einstreichen wie du hier, unterstellt man nun einmal gern Betrug. Und betrügst du?«

»Scht«, machte Ammorna, weil ihre nächsten Opfer nahten. Ihre Hand wedelte vor Namakans Nase herum. »Schaff dich fort, du Störenfried. Dein Meister vermisst dich doch bestimmt schon.«

Namakan verzog sich an den Tisch am anderen Ende des gut gefüllten Schankraums, an dem Dalarr, Eisarn und Morritbi saßen. Durch ein Fenster, das mit einem Fischernetz anstelle eines Vorhangs geschmückt war, fiel das letzte, rötliche Licht des sterbenden Tages.

»Sie gewinnt, oder?«, fragte die Hexe, als Namakan herantrat.

Er setzte sich neben sie, Schenkel an Schenkel. »Nein, sie veranstaltet ein Gemetzel.«

»Flikka mek!«, zischte Dalarr. »Jetzt darf ich mir von ihr bis zum Ende unserer Reise anhören, was für eine tolle Stute sie ist.«

»Ist sie doch auch!« Der Zwerg nahm einen kräftigen Zug aus seinem Humpen. »Ist sie doch auch!«

Dann setzte sich die Unterhaltung fort, die durch Namakans Ankunft unterbrochen worden war und letztlich nur einen einzigen Redner hatte: Die ohnehin lockere Zunge des Zwergs war durch den Wein regelrecht entfesselt, und so gab Eisarn Episode um Episode seines Lebens als Verstoßener unter den großen Menschen wieder. Wie er einmal einen Preisschinken beim Armdrücken gewonnen hatte. Von einer Schlägerei in einem Hurenhaus, bei der er nicht einem, nicht zwei und nicht drei, sondern gleich vier vorlauten Soldaten die Nase plattgehauen hatte. Über den Sommer, den er sich als Mietklinge bei einer Gauklertruppe verdingt und nach einem Auftritt in einem Provinznest hinter irgendeiner Scheune den Bürgermeister verführt hatte, indem er sich als kleinste bärtige Dame der Welt ausgegeben hatte. Doch ganz gleich, von welchem Erfolg er auch berichtete, am Ende stand immer das Wehklagen über die Heimat, aus der er verbannt worden war.

Namakan entging nicht, dass Morritbi am lautesten über Eisarns Geschichten lachte. *Sie mag ihn.* Er versuchte, möglichst unauffällig eine Hand unter den Tisch zu bringen und ihr das Knie zu streicheln. *Sehr sogar. Und – er ist einsam! Ein Verbannter! Hat sie nicht erzählt, Hexen würden die Einsamen trösten? Doch, hat sie ... Bitte nicht ...*

»Ist es mal gut jetzt?«, unterbrach Dalarr Eisarn. »Mir dröhnen die Ohren von deinem Geschwafel!«

Eisarn stellte seinen Humpen ab, mit dem er hatte andeuten wollen, wie groß der Stör gewesen war, den er einmal aus dem Silvret gezogen hatte. »Bürst mir einer den Bart aus! Für einen Tegin, an dem die Sommer glatt vorüberziehen, mangelt es dir wirklich an Geduld!«

Tegin? Namakan horchte auf. »Sprichst du Elfisch?«, fragte er den Zwerg.

»Namakan ...«, kam es leise mahnend von Dalarr.

»Da sei aber doch bitte die Mutter aller Sippen vor, dass ich so rede wie die Nutho Ausija! Dieses elende Gezwitscher!«, empörte sich Eisarn.

»Meister?« Namakan sah zu Dalarr, auf dessen Zügen eine Regung zu erkennen war, die er bei jedem anderen großen

Menschen sofort für Scham gehalten hätte. »Hast du nicht gesagt, Tegin sei ein Wort aus der Sprache der Elfen?«

Bevor Dalarr darauf antworten konnte, kam Ammorna an den Tisch spaziert und warf eine übervolle Geldbörse auf den Tisch. »Die Hängematten bleiben uns erspart!«, frohlockte sie. Sie schlug beiläufig Eisarn auf die Finger, der nach der Börse greifen wollte, und zwängte sich neben Dalarr auf die Bank. Dann schien sie zu spüren, dass eine Spannung wie von einem nahenden Gewitter über der Runde lag. »Was ist denn hier los?«

»Meister ...« *Er hat mich auch da belogen! Ich weiß es.* Namakan musste blinzeln, weil ihm die Augen feucht wurden. Vor Wut. Vor Enttäuschung. Vor der Furcht, dass es nichts mehr gab, worauf er sich mehr verlassen konnte. Nicht einmal das Wort jenes Mannes, den er wie einen Vater liebte. »Meister ... Tegin ... was heißt das wirklich?«

»Die Gefiederte sei über mir!« Ammornas Kinn klappte herunter. »Du hast es ihm immer noch nicht gesagt?«

»Die Wahrheit ist oft schärfer als jede Klinge«, sagte Dalarr, aber seine Worte klangen kraftlos und müde. »Ich wollte nicht, dass du dich zu tief daran schneidest, Namakan.«

Morritbi griff nach Namakans Hand. »Was meint er?«

»Das wirst du gleich erfahren«, sagte Eisarn, der seinen Humpen mit beiden Händen umfasst hielt.

»Was ist mit Kjell und Tschumilal?«, fragte Morritbi. »Sollen die es nicht auch erfahren?«

»Das brauchen sie nicht.« Dalarr senkte den Kopf. »Sie wissen es beide schon. Er von seiner Amme, sie von ihrer Mutter. Sie wissen, wer ich bin. Was ich bin ...«

»Und was bist du, Meister?«, fragte Namakan erstickt. »Was bei allen Teufeln bist du?«

Ich bin Dalarr att Situr. Der, den das Talvolk Kowal nennt, den Schmied. Und ich trage noch viele weitere Namen. Einen davon kennt jeder hier am Tisch. Du, Ammorna, Eisarn, Mor-

ritbi. Dridd! Wahrscheinlich kennt ihn sogar jeder in diesem Gasthaus. Bilur Imir, der Dunkle Sturm.

Und doch habe ich nicht all das getan, was man Bilur Imir in den Legenden zuschreibt. Die lange Fehde gegen die Kaiserin der Zimtinseln, die in einer Liebesnacht endete. Das war nicht ich. Sie wurde von einem jungen Seeräuber geführt, dessen wahren Namen die Zeit aus allen Köpfen gefressen hat. Andere Dinge, von denen es heißt, Bilur Imir hätte sie vollbracht, sind nie geschehen. Das Ringen mit der Brennenden Schlange? Eine ersonnene Geschichte, mehr nicht.

Wie kann das sein, wirst du jetzt denken? Wie kann er hier sitzen und von sich behaupten, ein Held zu sein, über den man zahllose Lieder gedichtet hat? Hat Bilur Imir nicht vor vielen, vielen Sommern sein Leben gegeben, in einer Schlacht, in der er versuchte, die Plage aus der Welt zu merzen? Ist das, was er mir als Wahrheit auftischt, nur der nächste Gang in einem Bankett aus Lügen? Ja und nein. Bilur Imir ist damals gestorben. Ich bin es nicht.

Viele der Namen, die ich einst trug, sind gestorben. Manche wurden in Stein gemeißelt und sind doch längst verwittert. Manche wurden auf Pergament geschrieben, das vor Hunderten von Sommern zu Staub zerfiel. Und manche habe selbst ich vergessen …

Ich bin ein Tegin. Und ja, ich habe gelogen, als ich dir sagte, die Kinder des Dunstes hätten dieses Wort erfunden. Das haben sie nicht. Es ist ein Wort aus der Sprache meines eigenen Volkes. Es ist nicht einfach zu übersetzen, weil es alles und nichts bedeutet. Herren, die Knechte sind. Was sollte jemand wie du damit anfangen? Die Menschen von Tristborn haben eine andere Bezeichnung für uns, die dir eher helfen wird. Das Alte Geschlecht. Nicht sehr schmeichelhaft, will man meinen. So in der Art, wie man bei einer hässlichen Frau die Güte ihres Herzens lobt. Das Alt bezieht sich auf zweierlei – darauf, dass es meine Art schon sehr, sehr lange gibt. Und auf die Zahl der Sommer, die die allermeisten von uns gesehen haben.

Wir sterben nicht. Nicht sehr einfach jedenfalls. Nicht von allein, wie die meisten anderen Kreaturen. Flikka mek! Höre ich mich nicht an wie ein Lügner? Ein Prahler? Begreifst du nun ein bisschen, weshalb ich geschwiegen habe? Wir sterben nicht, es sei denn, man tötet uns. Uns zu töten wiederum ... nun, lass dir gesagt sein, dass ein Tegin in der Regel von der Hand eines anderen Tegin den Tod findet, wenn er nicht selbst beschließt, dass es genug mit ihm ist. Auch dafür haben wir unsere eigenen Wege, auf denen nur Geschöpfe wie wir wandeln können.

Wie kann es sein, dass Geschöpfe wie wir überhaupt existieren? Eine Frage, viele Antworten – wie wenn man von einer Horde Söldner wissen will, wer von ihnen das meiste Blut an der Klinge und den längsten Gondull hat. Eitelkeit. Pure Eitelkeit, doch darin unterscheiden sich Söldner nicht von Gelehrten. Die einen sagen, die Tegin wären aus dem Schweiß der Götter nach der Erschaffung der Welt entstanden, und weil nun einmal selbst der Schweiß eines Gottes für die Ewigkeit ist, wären auch wir für die Ewigkeit. Andere meinen, wir wären Verbannte, Wesen reinen Geistes aus einer unendlich fernen Sphäre, die zur Strafe für ein unaussprechliches Vergehen in Gefängnisse aus Fleisch und Blut gesperrt wurden. Und es gibt welche, die in uns nichts als die Überreste eines gewöhnlichen Stammes aus grauer Vorzeit sehen. Ein Stamm, der erst ein Reich errichtete, das die ganze Welt umspannte, und sich dann in blutigsten Zwisten zerstritt, nachdem unsere Zauberer das Rätsel der Unsterblichkeit entschlüsselt hatten, weil kein Reich unsterbliche Könige verträgt.

Welcher dieser Mythen ist nun wahr? Ich weiß es nicht. Mein Volk war schon alt, als ich geboren wurde. Aber ich mag den Mythos am liebsten, der von unserer verlorenen Glorie erzählt. Er klingt so, als würde er die größte Gerechtigkeit in sich bergen. Außerdem hat er für mich den Anschein, als hätte ihn einer von uns selbst in Umlauf gebracht. Erinnerst du dich noch, wie ich die Drauhati dafür verunglimpft habe, dass sie all ihre Regeln und Gebote einhalten? Da hat ein Schwein das andere borstig genannt.

Auch für uns gelten Regeln. Und mehr noch als die Drauhati müssen wir sie befolgen, weil sie sich unserem Einfluss entziehen. Wir können sie nicht brechen, selbst wenn wir es wollten. Herren, die Knechte sind, siehst du? Eine der Auswirkungen dieser Regeln hast du selbst beobachtet. Kanntest du mich daheim nicht nur mit grauem Bart, grauem Haar und Falten, in die du deinen kleinen Finger hättest legen können? Schau mich jetzt an. Die Haut glatt und glatter, das Haar pechschwarz. So wirkt das Logmal Rata, das Gesetz des Unendlichen Weges. Wir müssen weiterziehen, immer weiter. Es gibt für uns keinen Stillstand. Bleiben wir stehen, altert unser Leib. Nehmen wir unseren Weg wieder auf, erhalten wir unsere Jugend zurück.

Das Logmal Rata, wer immer es auch so eingerichtet haben mag, ist ein weises Gesetz. Nicht, weil es uns auf ewig jung macht, wenn wir uns ihm beugen. Es hindert uns daran, einen Wangirr Falura Morna, einen Garten der Welken Blüten, anlegen zu wollen. So heißen die anderen Völker bei uns. Welke Blüten. Für uns erblüht und vergeht ihr in einem Wimpernschlag. Es wäre falsch von uns, uns zu euren Herrschern aufschwingen zu wollen. Falsch und töricht. Eure Leben folgen einem anderen Takt als unsere. Das heißt nicht, dass einige von uns es nicht versucht hätten, euch unseren Tanz aufzuzwingen. All die Sagen von weisen Königen, die von einer Nacht auf die andere auf Nimmerwiedersehen verschwanden. Von gefallenen Kriegerfürstinnen, die angeblich in verwunschenen Bergen schlafen. Von großen Heerführern, die zu Feldzügen ins Nirgendwo aufgebrochen sind. Viele von ihnen waren Tegin, und nicht alle sind selbst zur Einsicht gekommen, dass sie keine Dynastien unter euch begründen dürfen. Einige mussten durch ihre Brüder und Schwestern erst dazu gebracht werden, von euch abzulassen. Schmerz lehrt Demut ...

So wie uns das Logmal Rata dazu nötigt, unser Streben nach Macht gegen die Aussicht abzuwägen, die Früchte unseres Einflusses nur in einem schwächlichen, alten Leib auskosten zu können, bewahrt uns ein anderes Gesetz davor, Kinder mit euch zu zeugen. Das Logmal Skirr bestimmt, dass unser Same nur unter unseresgleichen verfängt, und selbst dann nur schwer. Auch das ist gut so. Wir sind nicht frei von Neid und Missgunst, blindem Hass und großem Blutdurst. Gäbe es zu viele von uns … die Welt wäre nur deshalb nicht Asche, weil das Feuer nie verlöschen würde.

Wir haben gelernt, dass es nur Leid nach sich zieht, wenn wir uns zusammenrotten und zu viel Zeit in unserer eigenen Gesellschaft verbringen. Wir kommen nur einmal alle fünfzig Sommer zusammen. An einem Ort, an den nur wir gehen können. Einen Ort hinter der Welt, in jenen Reichen, in die nur manche Menschen einmal alle hundert Sommer einen kurzen Blick erhaschen. Menschen wie Galt.

Bei den Mot Romir legen wir Zeugnis voreinander ab. Über unsere Errungenschaften, über unsere Fehler, über alles, was man mit stolzgeschwellter Brust vorträgt, und über alles, wobei man lieber das Gesicht vor Scham verhüllt. Früher sind diese Reden nicht einfach verhallt. Es gab einen unter uns, der sie festhielt, und alle begegneten dem Wordur Romir mit einer Achtung, wie man sie unter euch nur den Königen zollt. Ich besuche diese Treffen nicht mehr, seit es keinen Wordur Romir mehr gibt, und dass dem so ist, daran trage ich ein schreckliches Maß an Schuld.

Vielleicht tue ich es zu spät. Viel zu spät. Aber ich will, dass du eine der Geschichten hörst, die man sich unter den Tegin von mir erzählt. Wahrscheinlich ist es die wichtigste Geschichte von allen. Sie beginnt nicht bei meinem letzten Mot Romir. Sie beginnt ein Treffen davor. Ich weiß noch, dass mein Herz vor Freude übervoll war, als ich am Ort der Zusammenkunft eintraf. Ich hatte nur Gutes zu berichten – von einem Frieden, den ich zwischen zwei Stämmen aus dem tiefen Süden gestiftet hatte, den Schneckenessern und den ... den ... Sieh an, der zweite Name ist mir entfallen. Ausgelöscht.

Wie dem auch sei ...

Ich ahnte nicht, dass der Wordur Romir mir eine große Ehre zuteil werden lassen wollte. Er hegte die Absicht, mich zu seinem Nachfolger auszurufen, wie er mir bei einem Gespräch unter vier Augen mitteilte. Ich lehnte ab. Warum? Der Wordur Romir muss jeglicher Gewalt und jedem Verhalten abschwören, in dem er auch nur im Geringsten in die Geschicke der kurzlebigeren Völker eingreift. Und dazu fühlte ich mich schlichtweg noch nicht bereit. Hatte ich nicht eben erst den Beweis dafür angetreten, dass wir Tegin euch vor großem Unheil bewahren konnten? Hatte ich nicht gerade einen Krieg beendet, bei dem Tausenden von Menschen auf den Opfersteinen hüben wie drüben über Generationen hinweg das Herz aus den Leibern gerissen worden war?

Außerdem befürchtete ich, dass in meinem Bruder, der mir viel bedeutete, ein Groll gegen mich gewachsen wäre, wenn ich das Amt übernommen hätte, das mir da angeboten wurde. Mein Bruder ... er liebte mich ... und wir beide liebten das Abenteuer und die Gefahr. Wie hätte ich das von einer Nacht zur anderen aufgeben können?

Der Wordur Romir war bestürzt über die Zurückweisung, die er von mir erfuhr. Er bettelte mich an, meine Entscheidung zu überdenken. Und so bat ich ihn schließlich, bis zum nächsten Treffen zu warten. Dann, so sagte ich, bekäme er meine endgültige Antwort. Er beherzigte meine Bitte. Lächelnd. Doch ich hätte sehen müssen, dass es ein trauriges Lächeln war.

Ich zog fünfzig weitere Sommer durch die Welt, und ich zwang mich, keinen Gedanken daran zu verschwenden, was mich beim nächsten Mot Romir erwartete. Und wenn mir das einmal nicht gelang, dann redete ich mir ein, ich würde es einfach genauso machen wie beim letzten Mal. Mehr Bedenkzeit erbitten. Das würde schon klappen. Er konnte mich ja schlecht zwingen, ihm im Amt nachzufolgen. Gewalt war ihm ja verboten.

Doch ich täuschte mich. Nicht der Wordur Romir erwartete mich mit seinem Drängen. Meine Mutter trat mir entgegen, das Haupt verschleiert, die Haare geschoren. In ihren Händen hielt sie einen blanken Schädel. Sie weinte nicht, als sie mir sagte, was ihr der Wordur Romir aufgetragen hatte. Ich hätte ihm Weisheit geschenkt. Die Zeiten, in denen die Geschichten der Tegin festgehalten wurden, seien vorüber. Alle Geschichten seien erzählt, weil jede neue Geschichte, die er auf dem letzten Mot Romir gehört hatte, sich so schon Tausende Male zuvor zugetragen hätte. Wir würden nur immer das gleiche Stück aufführen, und nur die Rollen würden darin wechseln. Kein schändlicher Mord und keine ruhmreiche Heldentat, die nicht schon einmal begangen worden war. Keine Entdeckung, die nicht schon einmal einer von uns gemacht hätte. Und kein Frieden, der nicht schon einmal gestiftet worden wäre.

Wir sterben nicht. Nicht von allein. Doch wir kennen Wege, unserem Leben ein Ende zu bereiten.

Alles, worum mich meine Mutter noch ersuchte, war ein Trauerlied für den Wordur Romir zu singen. Ich sang das Lied, und dann floh ich von dem Ort hinter der Welt. Erst danach, als ich meinem Volk den König genommen hatte, weil ich kein König sein wollte, wurde ich der Dunkle Sturm, und wenn du möchtest, kläre ich dich mit Freuden darüber auf, welche Taten und Untaten ich unter diesem Namen begangen habe. Aber nicht heute ... Lass es nicht heute sein ...

Jetzt magst du über mich denken, was du willst, Namakan. Dass ich weiser sein müsste. Dass ich ehrlicher sein müsste. Bei all den Sommern, die ich gesehen habe, sollte ich gelernt haben, zu wem ich Vertrauen fassen kann und zu wem nicht. Und in all dem hast du recht. Aber ich habe dir nun diese Geschichte erzählt, damit ich nicht das schlimme Los teile, das dem Wordur Romir widerfahren ist. Ich will nicht enden wie er. Ich will meinen Sohn nicht verlieren.

Obwohl es das weichste Kissen auf der ganzen bisherigen Reise war, auf das Namakan in dieser Nacht sein weinschweres Haupt betten durfte, fand er dennoch keinen Schlaf. Er starrte an die Decke und trieb ziellos auf dem aufgewühlten Meer in seinem Innern.

Er sagt, er liebt mich. Er sagt, ich sei sein Sohn. Aber was kann ich ihm wirklich bedeuten, wenn er für immer weiterleben wird und ich sterben muss? So schnell, dass ich für ihn wie eine Blume bin, die nur einen Sommer blüht. Was kann ihm dann Lodaja bedeuten? Was kann ihm irgendeiner von uns bedeuten? Er wird uns alle vergessen. Erst unsere Namen, dann unsere Gesichter. Und was wäre geschehen, wenn Waldur uns nie gefunden hätte? Er wäre trotzdem nicht bei uns geblieben. Er hätte uns verlassen. Irgendwann ... Und er lügt schon wieder. Die ganze Zeit. Er belügt sich selbst. Er meint, er wäre schuld am Tod seines Vaters. Dabei sagt er immer, dass jeder seine eigenen Entscheidungen trifft. Sein Vater hat sich umgebracht, weil er sterben wollte. Weil er es so wollte. Oder ist das auch gelogen? Hat er das nur erzählt, damit ich bei ihm bleibe? Nein, was hätte er davon? Ob Lodaja das alles über ihn gewusst hat? Bestimmt. Und sie hat ihn trotzdem geliebt ...

Neben ihm stöhnte Morritbi, als träumte sie schlecht. Er drehte sich zu ihr und küsste sie sanft auf die glühende Wange.

»Namakan?«, murmelte sie schlaftrunken und fasste nach seinem Gesicht.

»Du hast bloß geträumt. Alles ist gut.«

»Ich vermisse den Wald.« Sie zog seinen Kopf auf ihre Brust. Ihr Herz flatterte wie ein Vogel in einem Käfig. »Ich vermisse die Bäume.«

»Du wirst sie wiedersehen.«

»Das weißt du nicht.«

Die Wehmut in ihrer Stimme war ihm unerträglich. »Warum vermisst du sie denn so sehr?«

»Sie geben mir Ruhe. Sie sind so alt ...«

»Wie viele Sommer hast du gesehen?«

»Dein Kopf ist ein Sieb.« Sie seufzte, weil sie nicht wissen konnte, worauf seine Frage abzielte. »Sechzehn.«

»Dann bin ich doch fast doppelt so alt wie du.« Er rieb seine Nasenspitze an ihrem Nippel, und sie lachte auf, wie er es geplant hatte. *Ich weiß, wo man dich kitzeln kann, meine Hexe ...* »Noch lange nicht so alt wie einer von deinen Bäumen, aber beileibe alt genug für dich.«

»Es sind nicht nur die Bäume«, gestand sie.

»Was ist es noch?«

»Das Feuer ...« Sie stockte. »Wenn ich mit dem Feuer spreche ... es flüstert mir zu, dass ich nicht weitergehen darf. Dass ich zurück in den Wald soll ...«

»Ich weiß, warum es das sagt.« Namakan wählte einen heiteren Ton, der gar nicht zu dem Schauer passte, der ihm über den nackten Rücken jagte. »Dein blödes Feuer will mich loswerden. Es ist eifersüchtig auf mich.« Er knurrte und wälzte sich auf sie. »Weil ich so heiß auf dich bin!«

Sein albernes Spiel entlockte Morritbi tatsächlich ein gequetschtes Lachen, und ihm wurde kurz schwindelig vor Freude, dass er einen Weg gefunden hatte, sie zu trösten. Es sollte nicht das letzte Mal in dieser Nacht gewesen sein.

Bei ihrem Aufbruch am nächsten Morgen herrschte Aufruhr vor dem Gasthaus. Die Tochter des Wirtes – ein blondes, pausbäckiges Mädchen von vier oder fünf Sommern – weinte bitterlich. Sie vergoss ihre Tränen wegen des grausamen Schicksals eines anderen zarten Geschöpfs. Ein Reh war von den Kräutern im kleinen umzäunten Garten neben dem Gasthaus angelockt worden und hatte seinen Kopf durch eine Lücke zwischen den Brettern gesteckt, um an die Leckerbissen heranzukommen. Es hatte ausgiebig an den Pflanzen geknabbert, doch dann musste es bemerkt haben, dass es gefangen war, weil es den Kopf nicht wieder aus der Lücke herausziehen konnte. In seiner Panik hatte es wohl versucht, auf und abzuspringen. Mit furchtbaren Folgen: Ein Nagel, der aus einem der Bretter hervorstand, in dem sein Hals eingequetscht war, hatte dem armen Tier den Hals aufgerissen.

Namakan wollte schnell an der schrecklichen Szene vorübergehen, doch Ammorna hielt ihn am Kragen fest. »Du hast mich gestern gefragt, ob ich beim Spielen die Zeichen missbrauche, die mir die Gefiederte schickt«, zischte sie. »Das tue ich nicht. Aber das, mein Junge, das da ist ein Omen.«

»Für uns?«

»Für wen sonst?«

26

*Warum ringst du in Gedanken beständig mit dem Tod?
Meinst du nicht, dass der Sieger in
diesem Wettstreit von Beginn an feststeht und du ihm
einen Triumph nie streitig machen wirst?*

Aus den *Zehntausend Fragen auf dem Pfad
zur steinernen Gelassenheit*

Je näher der Silvret seiner fernen Mündung kam, desto auffälliger veränderte er die Gestalt seines Laufs. Sie passte sich immer öfter Namakans ursprünglicher Vorstellung an: Der Strom wurde zu einem breiten Band aus silbrigem Wasser, das eine Ufer so weit vom anderen, dass es mehr eine verschwommene Ahnung als eine feste Gewissheit war.

Fünf Tagesmärsche von Swemmanger erhoben sich inmitten der Fluten die steilen, zerklüfteten Felswände einer großen Insel, auf der das Tal der Elfen gewiss zweimal Platz gefunden hätte. Dank seiner Kindheit auf den Immergünen Almen wusste Namakan genug über Berge, um zu verstehen, dass es sich bei der Insel wohl entweder um den kümmerlichen Stumpf eines ehemals stolzen Gipfels oder den verwitterten Krater eines erloschenen Vulkans handelte. So oder so weckte der Anblick des Eilands in ihm eine sonderbare Regung: eine Art ergriffene Ehrfurcht vor der Macht der Zeit, die irgendwann jeden noch so großen Berg zu Staub zermalmte und jedes noch so heiße Feuer erstickte.

Er ahnte, dass sie auf diese Insel übersetzen würden, um die Ketten der Ewigkeit aus ihrem Versteck zu holen, und seine Ahnung täuschte ihn nicht. Am Rande eines kleinen Dorfes – eine Handvoll schäbiger Bauten auf morschen Pfählen – fanden sie einen alten Fischer, der bereit war, ihnen seinen Kahn zu überlassen. Nicht gegen schöne Worte, sondern gegen einen geradezu unverschämten Teil des kleinen Vermögens, das Ammorna ihren Opfern im *Schluckstorch* abgeknöpft hatte.

»Ihr wollt zur Insel der Sterbenden Schwingen«, rechtfertigte der nach faulem Fisch und aufgewühltem Schlamm stinkende Mann seine Forderung. »Also sehe ich mein Boot wohl nicht wieder.«

Der Strom mochte mit seiner Breite prahlen, doch tief war er nicht. Dalarr übernahm die Stakstange, und er führte sie erst etwas ungelenk, aber dann mit einigem Geschick. *Er macht das nicht zum ersten Mal,* wurde Namakan klar. *Aber wahrscheinlich gibt es für jemanden wie ihn, der so lange gelebt hat, nichts mehr, was er zum ersten Mal machen könnte ...*

Für Namakan jedoch gab es etwas, das er zum ersten Mal erlebte: Verständnis für Eisarns Gejammer. Während der gesamten Überfahrt – Namakan saß mit Morritbi im Bug, Eisarn kauerte im Heck zu Dalarrs Füßen – malte sich der Zwerg laut und in den schlimmsten Farben aus, wie der durch die Passagiere schwer beladene Kahn kenterte und sie allesamt ertranken. Namakan hegte ähnliche Befürchtungen, da er noch nie einen so breiten Fluss wie den Silvret überquert hatte. Mit seinen kurzen Ruderfahrten auf stillen Bergseen war dieses Übersetzen nun wirklich nicht zu vergleichen.

Die Untrennbaren hatten Erbarmen und hielten ihre schützenden Hände über die Wanderer: Sie erreichten die Insel letztlich wohlbehalten und landeten an einer kleinen Bucht an, wo der Strom den Fels des toten Berges zu einem schmalen Strand aus grauschwarzem Geröll zerrieben hatte.

Von dort führte sie Dalarr über die Stiegen eines natürlichen Pfads die nächste Felswand hinauf und schließlich über deren Kante hinweg, wo unerwartet heftige Winde an ihrer Kleidung und an ihrem Haar zerrten. Namakans Einschätzung über das Wesen der Insel erwies sich als zutreffend: Sie befanden sich tatsächlich am Rand eines Vulkankraters. Der Krater war allerdings weder mit brodelndem, geschmolzenem Gestein gefüllt, noch war sein Grund nahtlos mit einer erstarrten Ascheschicht bedeckt.

Wie ein bleicher, kahler Wald lagen dort drunten gewaltige Gerippe verstreut. An manchen Stellen türmten sie sich zu riesigen beinernen Haufen auf, unter denen das Schwarz des erkalteten Vulkanbluts kaum mehr zu erkennen war. An anderen waren die Knochen größtenteils zu weißem Staub zerfallen, den die Fallwinde in zerfaserten Wolken aufnahmen, zu Kreisen verwirbelten und als rieselnde Schleier wieder freigaben.

Trotz ihrer Ausmaße wirkten die Gebeine sonderbar zerbrechlich, als wären sie nie dazu geschaffen worden, ein immenses Gewicht zu tragen. Zudem entdeckte Namakan unter den sterblichen Überresten auch solche, die nicht zu einem menschenähnlichen Geschöpf gehört haben konnten: schartige Klauen, gebogen wie Krummsäbel und scheinbar lang genug, um selbst den Himmel damit aufzuschlitzen. Merkwürdige Knochensegel, hoch wie die Wände eines kleinen Hauses, die ungefähr die Form von Pflugscharen hatten. Und Schnäbel ... Aberdutzende von Hakenschnäbeln, die ein Pferd mühelos in zwei Teile hätten schneiden können.

»Vögel«, nahm ihm Morritbi die Worte aus dem Mund. »Die Geister stehen mir bei. Es sind Vögel gewesen.«

»Falken«, bestätigte Dalarr, und auch in seiner Stimme schwang eine seltene Ehrfurcht mit. »Die großen Falken, die auf der Nadel nisten. Früher, bevor die Tristborner sie zähmten, sind sie hierhergekommen, um zu sterben.« Dalarr schürzte die Lippen. »Das ist lange her ...« Er setzte sich wieder in Bewegung. »Kommt! Mir war es hier oben schon immer zu windig.«

Ihr Abstieg dauerte länger als der Aufstieg, da der Kraterboden deutlich tiefer lag, als seine Wände aufragten.

Alle schwiegen, bis auf Eisarn. Er redete unablässig auf Dalarr ein. »Ich bin wirklich aus weichem Lehm! Wirklich! Ich hätte dich damals zwingen sollen, die Ketten woanders zu verstecken. Irgendwo, wo es schön ist. Am besten unter der Erde! In der Höhle der Klingenden Steine. In den Traumgrotten. In der Glitzerspalte. Oder meinetwegen auch draußen. Nur eben irgendwo – *irgendwo* anders! Vielleicht in einem freundlichen Wäldchen, wo die Vöglein zwitschern. Nicht wie hier, wo alles nur hingeht, um zu krepieren! Sogar die Vögel!«

Dalarr schenkte seinem grummelnden Gefährten keinerlei Beachtung. Unbeirrt hielt er auf ein Ziel zu, das nur er kannte.

Es stellte sich heraus, dass es in diesem Krater nicht nur Zeugnisse der Vergänglichkeit gab. Mitten auf einer Fläche, die nach Namakans Schätzung ungefähr die Größe des Marktplatzes in Swemmanger hatte und auf der das schwarze Gestein von Wind und Knochenstaub spiegelglatt poliert worden war, stand ein trotziger Torbogen. Er war aus hellen Steinen gemauert, die allem Anschein nach eigens hierhergebracht worden waren. Auf den Steinen prangten Symbole, die Dalarrs Hautschriften ähnelten: Wellen, Kreise, Dreiecke … Es war ein verwirrendes Tor, da es nirgendwo hin zu führen und nirgends Einlass zu erlauben schien. Es war einfach nur ein krudes Halbrund, das leere Luft umspannte, vor dem leere Luft lag und hinter dem auch nichts weiter wartete als leere Luft.

Ungeachtet dessen hätte der Torbogen ein beruhigender Anblick sein können, insbesondere da Dalarr am Rand der glatten, schwarzen Fläche anhielt. Was konnte das anderes heißen, als dass sie ihr Ziel fast erreicht hatten? Dass der Torbogen keine Erleichterung in Namakan auslöste, lag an einem anderen grausigen Umstand: Überall auf dem dunklen Spiegel rings um das Tor hatten Menschen den Tod gefunden. Dutzende. Von den meisten waren nur noch grinsende Schädel und blanke Knochen übrig. Die anderen, denen die Verwesung noch nicht alles Fleisch geraubt hatte, gaben bereitwillig Aufschluss darüber, dass es kein schnelles, kein leichtes Sterben für sie gewesen war: Dort hatte die ausgezehrte Leiche eines Mannes, der der Federstickerei auf seinem Wams nach zu urteilen ein Schreiber gewesen sein musste, die Hände um den eigenen Hals gekrallt. Hier hatte sich ein stolzer Krieger im vollen Plattenpanzer in seiner Todesqual zu einem Ball zusammengekrümmt, als wäre er eine Raupe, die ein grausames Kind auf einen heißen Ofen geworfen hatte. Unmittelbar vor ihnen war ein Priester im blutroten Kettenhemd eines Stridus-Dieners auf dem Bauch bis an den Rand des blankpolierten Areals gekrochen. Aus dem weitaufgerissenen Mund hing ihm die von seinen eigenen Bissen zerfetzte Zunge. Nichts sprach dafür, dass er weniger Pein erfahren hatte als diejenigen, die näher am Tor ihr Leben ausgehaucht hatten.

»Was ist mit ihnen geschehen?« Kjell machte einen winzigen Schritt nach vorn, um den Leichnam des Priesters näher in Augenschein zu nehmen. Das tat er jedoch erst, nachdem er sich mit einem Blick nach unten versichert hatte, dass er nicht auf das glatte Schwarz getreten war. »An den Frischeren sehe ich keine Wunden, die sie hätten töten können. Und die Schädel der Älteren sind heil. Was hat sie umgebracht?«

»Ihre Neugier«, sagte Ammorna vorsichtig.

Eisarn schluckte laut. »Smarna ...«

»Es sind Narren, die sich von den Legenden über uns blenden lassen.« Dalarr seufzte und setzte seinen Rucksack ab. »Die sagenumwobenen Schätze des Alten Geschlechts haben schon viele in ihr Verderben gelockt. Waffen, mit denen man jede Schlacht gewinnt. Bücher, in denen alle Zauber dieser Welt stehen. Tränke, die das Herz jedes noch so kalten Weibs in heißester Lust entflammen.« Er spie aus. »Jeder dieser Menschen hat sich seine eigene Schlinge geknüpft.«

Namakan schaute zum Tor. *Und warum sind sie dann hierhergekommen? Ich sehe hier keine Schätze. Nur aufeinandergeschichtete Steine ...*

»Du willst wissen, weshalb sie gestorben sind?«, fragte Dalarr bei Kjell nach.

Der Graf ohne Land nickte.

»Sie sind gestorben, weil sie ihr Ziel schon vor Augen hatten, ohne den Weg dorthin zu kennen«, sagte Dalarr ohne allzu großes Mitgefühl. »Die Tore der Tegin zeigen dummen Räubern keine Gnade.« Er holte den Zwergenschlüssel aus seinem Rucksack und reichte ihn Eisarn. »Kennst du den Weg noch, du Stumpen?«

Eisarn blies die Backen auf. »Ich war zu sehr damit beschäftigt, meine Hinterbacken zusammenzukneifen. Da achte ich doch nicht auf den Weg.«

»So soll es sein.« Dalarr lächelte grimmig. »Namakan, du wirst uns begleiten!«

»Ich?« Ihm dorrte der Mund aus. »Brauchst du mich denn, Meister?«

»Zwischen uns soll es keine Geheimnisse mehr geben.« Dalarr legte ihm die Hand auf die Schulter. »Nie mehr.«

»Und was ist mit uns anderen?« Morritbi stemmte die Arme in die Hüften. »Sollen wir uns derweil die Beine in den Bauch stehen?«

»Nein, natürlich nicht.« Dalarr wies in die Richtung des nächsten größeren Falkenknochens. »Ihr dürft euch ruhig setzen.«

»Kommst du?« Tschumilal nahm Kjells Hand. »Warum bleiben wir, wo es nach totem Fleisch stinkt?«

Arm in Arm zog sich das ungleiche Paar unter die Rippenbögen eines Falken zurück, wo sie sich einander gegenüber auf den Boden setzten wie Liebende in einer makabren Laube.

»Na wunderbar«, sagte Morritbi enttäuscht. »Jetzt muss ich mir auch noch anhören, wie die zwei Tauben gurren, als gäbe es kein Morgen mehr.« Sie küsste Namakan zum Abschied auf die Wange, und noch ehe er auf die Idee hätte kommen können, sie auch nur einen Moment festzuhalten, war sie ihm entglitten. Ein schreckliches Gefühl der Leere bedrängte ihn, als er seinen Rucksack neben dem seines Meisters deponierte.

»Das kannst du mir nicht antun, alter Wanderer.« Ammorna baute sich vor Dalarr auf, ein wütendes Blitzen in den Augen. Sie hielt ihren Krallenstab fest umklammert, und die Finger ihrer Knöchel traten schneeweiß unter ihrer blassen Haut hervor. »Nimm mich mit. Kroka wird ihren Blick sonst für immer von mir abwenden. Lass mich sehen, was nur wenige sehen. Ich bitte dich …«

»Ammorna …« Das ganze Mitgefühl, mit dem er bei den Toten noch gegeizt hatte, spendete Dalarr nun der Kroka-Dienerin in einem einzigen Wort.

»Nein.« Sie bleckte die Zähne. »Nein, Dalarr.« Sie löste eine Hand von ihrem Stab, hob sie und formte sie zu einer Kralle. »Die Gefiederte sei meine Zeugin: Ich gehe selbst, wenn du mir das verwehren willst, auch wenn es mein Tod ist.«

Sie meint es ernst! Kalte Gewissheit machte Namakan frösteln. *Sie meint es wirklich ernst.* Ein weiteres Mal sah sie zu dem Torbogen. *Wenn ich nur wüsste, warum sie so einen Aufstand veranstaltet. Sie wird doch sehen, wo wir hingehen.*

Dalarr verschränkte einen Augenblick die Arme vor der Brust. Dann nickte er. »Gut. Aber du fasst nichts an, hörst du? Nichts. Gar nichts. Sonst schlage ich dir die Finger ab, verstanden?«

Sämtliche Spannung wich aus Ammornas Zügen. »Danke.« Tränen schimmerten ihr in den Augen. Sie senkte das Haupt und beugte das Knie. »Danke.«

Dalarr, der so viel Ehrerbietung lediglich mit einem Stirnrunzeln bedachte, wandte sich an Eisarn und Namakan. »Das gilt auch für euch, und ganz besondere für dich, mein kleiner Freund mit den klebrigen Fingern. Es wird nichts angefasst, außer ich sage es euch.«

»Ich kenne die Regeln«, knurrte der Zwerg. »Ich erinnere mich nämlich nur zu gut, dass du so ein furchtbarer Geizkragen bist. Wie wahrscheinlich deine ganze Brut auch …«

Dalarr winkte ab und stellte sich an den Rand der glatten Fläche, das Gesicht auf den Torbogen gerichtet. »Ihr geht mir nach. Setzt jeden eurer Schritte genau dahin, wohin ich meinen vorher gesetzt habe.«

Eisarn, Ammorna und Namakan reihten sich hinter dem Mann vom Alten Geschlecht auf wie drei Gänseküken hinter ihrer Mutter.

»Bereit?«, fragte Dalarr.

»Tu nicht so, als hätten wir eine Wahl«, moserte der Zwerg.

Namakan nickte, und Ammorna tat es ihm gleich.

Dalarr holte tief Luft und begann in dunkler Stimme aus vollem Hals zu singen:

Motir sum, hofut min munda barar,
wigit fara a rit sotir afangar,
wist gall er wetir, wist gall er sumar.

Mit jeder neuen Silbe aus seinem Mund ging er einen Schritt voran, das Kinn stolz gereckt, die Schultern breit. Namakans anfängliche Angst, trotz bester Bemühungen vom Weg seines Meisters abzukommen, wurde durch ein Wunder des Alten Geschlechts zerstreut. Dalarr hinterließ auf der glattschwarzen Oberfläche eine deutlich sichtbare Spur: Seine Fußstapfen glommen drei, vier Herzschläge lang in einem milchigen Leuchten nach. *Ich muss nur den Kopf unten halten, dann kann ich gar nicht danebentreten.*

Dalarr sang weiter. Immer waren es die gleichen drei Zeilen, und die Melodie stand an Traurigkeit dem Lied, das er für Lodaja und Galt gesungen hatte, in nichts nach. Es schnürte einem die Kehle zu und hallte in den wundesten Stellen der Seele nach. Selbst Eisarn konnte sich diesem wehmütigen Zauber nicht entziehen und stellte sein Murren ein.

Den Blick starr auf Dalarrs Fußabdrücke fixiert, konnte Namakan dennoch nicht anders, als Ammorna eine Frage zuzuraunen. »Verstehst du, was er da singt?«

»Nicht alles.« Die Antwort kam als heiseres Flüstern, das in ein Schluchzen umzuschlagen drohte. »Aber er ist müde, singt er. Und dass er schlafen will, weil … weil … ihm alle Sommer und alle Winter bitter sind.«

Namakan zwang sich, an etwas Schönes zu denken, um nicht in Tränen auszubrechen. An Morritbi. An ihr Haar. Ihre Wärme. Wie ihre Lippen schmeckten. Er biss die Zähne zusammen und rang die Trauer in sich nieder. Als er sie bezwungen hatte, fiel ihm etwas auf. *Wir müssten schon längst am Tor sein. Es sah nicht so weit aus.* Dann begriff er, welchen Fehler die armen Menschen begangen hatten, deren Überreste er passierte. *Wir laufen nicht in einer geraden Linie darauf zu. Wir gehen in Kreisen. Erst in die eine und dann in die andere Richtung und wieder zurück. Wie wenn wir Läuse wären, die an einem gekräuselten Haar entlangkrabbeln.*

Schließlich erreichten sie das Tor. Dalarr trat hindurch, dann bemerkte Namakan den Schatten des Bogens über seinen Kopf gleiten. Er spürte das feinste Prickeln an seinem ganzen Körper, beinahe wie in jenen süßen und zugleich wehmütigen Momenten, unmittelbar nachdem er Morritbis Trost erfahren hatte.

Dalarr verstummte und hielt an. »Wir sind da.«

Namakan hob den Blick – und erstarrte. Sein Herz setzte einen Schlag aus. *Wo sind wir?* Sie standen in einem Gang, dessen sanft nach außen gewölbte Wände nicht minder schwarz und nicht minder glatt waren wie der Boden unter seinen Füßen. Soweit Namakan sehen konnte, öffnete sich der Gang bereits nach wenigen Schritten zu einer hohen Halle, in der ein warmes, weiches Licht schien. Er wirbelte herum.

Ihr Untrennbaren! Hinter ihm setzte sich der Gang nicht fort, hinter ihm lag noch immer der von den riesigen Knochen bedeckte Kratergrund. Jenseits der glatten Schwärze konnte er die anderen – Tschumilal, Kjell und seine Morritbi – in ihrer Gerippelaube sehen. Sie waren alle aufgesprungen und gestikulierten wild, wobei ihre Finger wie Dolche in Namakans Richtung stachen. Er winkte mit beiden Armen und rief »Was ist?«, ohne dass die drei Notiz von ihm nahmen.

»Hampel nicht so herum.« Eisarn lachte ihn aus. »Sie hören dich nicht, und sie sehen dich nicht, du Trottel!«

»Die Welt hinter der Welt«, wisperte Ammorna wie eine Entdeckerin an den Gestaden eines neuen Reichs.

»Wo sind wir, Meister?«, fragte Namakan.

»Die Falken sind auf diese Insel gekommen, um zu sterben«, antwortete Dalarr. »Und wir Tegin sind ihnen gefolgt.«

Das trügerisch angenehme Licht in der Totenhalle des Alten Geschlechts stammte aus länglichen Ausstülpungen an der Decke, die Namakan an junge Tropfsteine erinnerten. Die Luft war jedoch trocken und schmeckte schwach nach Leder.

Eisarn eilte sofort zur nächsten Wand des grob eiförmigen Raumes. Es waren unzählige Nischen, die den Zwerg anlockten, oder vielmehr das, was in diesen Nischen zu finden war: prunkvolle Gewänder in allen Farben und allen Stoffen, mit goldenen und silbernen Fäden durchwirkt; glänzendes Geschmeide, auf dem jeder edle Stein, der je im Bauch der Erde gewachsen war, zu funkeln schien; ein wahres Arsenal an Waffen und Rüstungen, die alle den unverkennbaren Schimmer des Skaldats zeigten ...

Erst auf den zweiten Blick wurde Namakan klar, dass die Nischen nicht nur Kostbarkeiten beherbergten. Auch alltäglichere Gegenstände waren dort verwahrt: Pfeifen, Taschen, Handschuhe, Umhänge, kleine Töpfe und Pfannen, Angelruten – schlichtweg alles, was sich bei einem niemals enden wollenden Leben auf der Wanderschaft als nützlich erweisen konnte.

»Hier findet jeder seinen Platz«, sagte Dalarr, lauschte offenbar kurz dem Widerhall seiner Worte und schritt dann auf das Erschütterndste zu, was es in der gewaltigen Halle zu sehen gab: Reihen um Reihen von niedrigen Bahren, auf denen nackte Leichname lagen. Sie waren schwarz wie die Leichen, die man manchmal beim Torfstechen aus dem Moor grub. Männer und Frauen, Kräftige und Schmächtige, Dicke und Dünne, Kleine und Große, Junge und Alte ...

Nein, dachte Namakan, als er seinem Meister nachging. *Sie sind alle alt gewesen. Uralt. Das Äußere zählt beim Volk meines Meisters nichts, wenn man sich fragt, wie viele Sommer jemand schon gesehen hat.* Sommer zählen für sie nichts. *Sie messen ihr Alter bestimmt nicht in Sommern. Wir messen unseres doch auch nicht in Atemzügen.* Namakans Blick schweifte über die toten Tegin, und er stellte fest, dass er sich in einer Sache getäuscht hatte. *Sie sind nicht schwarz vor Verwesung. Es sind ihre Hautschriften. Sie sind über und über davon bedeckt. Sie tragen die Kunde von ihrem langen Leben noch im Tod, mit Skaldat in ihre Haut gestochen.*

Tiefer und tiefer ging Dalarr in die Halle hinein, bis er die erste Reihe von Bahren erreichte, die noch leer waren. Nun bemerkte Namakan, dass auf dem leicht erhöhten Kopfende jeder Bahre ein Dorn aus schwarzem Skaldat saß, fingerlang und garstig spitz, wie der Sporn am Fuß eines Hahns. *Wenn man sich auf so eine Bahre legt ... dieses Ding ... es muss sich einem dann in den Kopf bohren. Hinten ... über dem Nacken.* Namakan wurde schwindelig. Er erinnerte sich daran, was sein Meister bei dem langen Geständnis über seine wahre Natur darüber erzählt hatte, wie die Tegin für gewöhnlich aus der Welt schieden. *Der eine tötet den anderen, hat er gesagt. Oder einer beschließt ... dass es genug ist. Das hat er gemeint. Die Mittel, die nur sie verwenden, weil keine anderen Geschöpfe so sind wie sie.*

Dalarr blieb lange, lange vor einer der freien Bahren stehen, mit gesenktem Kopf und die Arme hinter dem Rücken verschränkt. Namakan musterte seinen Meister genau. Dessen Züge hatten eine Jugend wiedererhalten, die Namakan nach wie vor fremd war, doch Dalarrs Augen konnten sein Alter nicht verleugnen. Und nun waren sie mit einem Mal zu den Augen eines müden Greises geworden, der sich nach einem weichen Bett sehnte, von dem er sich nie mehr zu erheben brauchte.

Ein Scheppern und Klappern riss Dalarr aus seiner Starre. Sein Kopf ruckte hoch, und seine Stimme donnerte. »Flikka mek!

Eisarn Bairasunus, du Nachgeburt einer räudigen Hündin! Du eitler, gieriger Frevler. Was habe ich dir draußen gesagt?«

»Du redest viel, wenn der Tag lang ist«, giftete der Zwerg zurück, das Gesicht rot vor Scham oder Entrüstung. Er stand vor einer der Nischen, und um seine Füße häuften sich die Einzelteile einer Rüstung. »Tauchst aus dem Nichts auf, schleifst mich hierher und verschwendest nicht mal einen einzigen Gedanken daran, dass ich nicht einmal einen Zahnstocher habe, um meinen fetten Hintern zu verteidigen! Das ist der echte Frevel hier! Ein schöner Freund bist du.« Er wedelte mit einer wuchtigen Waffe, die er offenkundig aus der Nische gezerrt hatte – einem Kriegshammer aus blauem Skaldat, dessen Kopf zwei brüllenden Löwen nachempfunden war. »Mir war die freie Auswahl aus Arvids Schatzkammer versprochen. Ich nehme mir nur, was mir zusteht.«

»Sieht das hier etwa aus wie Arvids Schatzkammer?« Dalarr ballte die Fäuste und steuerte schnurstracks auf den Zwerg zu. Namakan hastete ihm hinterher.

»Ich habe keine Ahnung, wie es da aussehen könnte«, grantelte Eisarn. »Ich hatte ja leider nie die Ehre.«

»Na warte, du Ratte!« Dalarr hob die Faust zum Schlag.

Eisarn reckte ihm das Kinn entgegen. »Nur zu! Hau mir ruhig den Schädel zu Klump! Wollen doch mal sehen, wie du die Kiste ohne mich aufkriegst.«

»Dridd!« Dalarr bremste sich und hieb mit der flachen Hand klatschend gegen die Wand der Halle.

»Und nur zu deiner Erinnerung«, fuhr der Zwerg fort und wog den Hammer in seiner Rechten. »Der, der diese Waffe einmal geführt hat, braucht sie jetzt nicht mehr.«

»Meister …« Namakan schaute betreten auf seine Stiefelspitzen. »Er sagt genau das Gleiche, was du bei den Holzfällern gesagt hast.« *Und was damals richtig gewesen war, kann jetzt nicht falsch sein.*

Ammorna, die in einem entrückten Schlendern ganz bis zum anderen Ende der Halle vorgestoßen war, näherte sich ihnen mit besorgter Miene. »Lasst uns die Ruhe der Toten nicht länger stören«, schlug sie vor, wobei sie fahrig ihre Hände knetete. »Meinst du nicht, Dalarr, dass der frühere Besitzer der Waffe stolz darauf wäre, wenn er wüsste, dass sie noch einmal für das Gute streitet?«

Dalarr lachte, laut und lange, bis Namakan sich schon Sorgen machte, ob Dalarrs Geist durch Eisarns Frevel vielleicht Schaden genommen hatte. Dann seufzte er und rieb sich grinsend den Bart. »O du alte, dumme Nebelkrähe. Noch einmal für das Gute? Der Kerl, der diesen Hammer geschmiedet hat, war ungefähr so gut zu den Menschen wie ein Schlachter zu den Lämmern.«

Ammorna zog die Grimasse einer Frau, die in einen zu sauren Rollmops biss.

»Gut«, sagte Dalarr zu Eisarn. »Behalt das Ding. Gratungir kommt schon nicht aus der Stillen Leere zurück, um es zurückzufordern.« Er warf einen Blick zu den Nischen. »Hast du die Kiste gefunden?«

»Selbstredend!« Eisarn fädelte seinen Gürtel durch die Schlaufe am Griff des Hammers. »Sie steht da drüben.«

Die Nische, die er meinte, war zwei Armlängen breit und eine Armlänge hoch. Sie wurde von einer nietenverzierten Truhe aus schwarzem Holz ausgefüllt, deren auffälligstes Merkmal der silberne Beschlag mit einem gut faustgroßen Schlüsselloch auf der Vorderseite war.

Eisarn strich vorsichtig über den Knauf seines Schlüssels. »Bist du dir ganz sicher, Dalarr?« Es war die erste und einzige Frage, die Namakan je aus dem Mund des Zwergs hören sollte.

»Ganz sicher«, antwortete Namakans Meister ohne zu zögern.

Das Öffnen der Truhe war ein Vorgang, den Eisarn ausnahmsweise einmal nicht mit Jammern und Nölen begleitete. Stattdessen verlegte er sich auf Anzüglichkeiten.

»Ja, ich habe genau das Richtige für dich, mein Schatz«, flüsterte er der Kiste zu, als er den Schlüssel behutsam an das Loch heranführte. »Und schön warme, geschickte Finger.« Das erste Drittel des Schlüssels verschwand in der Öffnung. Eisarn drehte die Hand am Knauf. Es klickte leise.

»Ah«, machte er. Auf seiner gedrungenen Stirn traten dicke Schweißtropfen aus den Poren. »So ist's recht. Ganz langsam und mit ganz viel Genuss.« Er drückte den Schlüssel ein Stück weiter und legte den Kopf schief. »Rechts. Nach rechts, ja.«

Ein Klicken.

»Hihi«, kicherte er. »So gefällt's dir.«

»Warum ist er so vorsichtig?«, erkundigte sich Namakan bei Dalar.

»Wenn er einen Fehler begeht, platzt der Knauf des Schlüssels auseinander und reißt ihm die Hand ab.«

Namakan wurde blass und huschte einen Schritt zur Seite, um sich aus der Flugbahn möglicher Splitter zu bringen.

»Keine Angst, Junge.« Eisarn grinste. »Ich mache keine Fehler. Schon allein, weil mir meine Rechte lieber ist als meine Linke. Da ist die Faust fester und enger, wenn du verstehst.« Erneut ruckte der Schlüssel nach vorn. »Nicht eifersüchtig sein, meine Kleine. Du bist die schönste Tundi Galuknan, die die Welt je gesehen hat. Kein Wunder. Du bist ja auch von mir.« Er keuchte und rammte den Schlüssel bis zum Knauf in das Schloss. »Jetzt! Jetzt!«

Namakan nahm schützend den Ellenbogen vors Gesicht.

Es klackte, und der Deckel der Truhe sprang einen Spalt auf.

»So.« Eisarn nahm die Hand vom Schlüssel, schloss die Augen und wischte sich den Schweiß ab. »Dir hab ich's besorgt.«

Die vier drängten sich vor die Truhe. Dalarr fasste links und rechts an den Deckel und klappte ihn auf.

Einen Augenblick fürchtete Namakan, in der Truhe hätte eine schillernde Schlange nur darauf gelauert, ihr Gift zu verspritzen. Dann sah er die Ketten der Ewigkeit als das, was sie waren: eine lange Reihe erstaunlich feiner Glieder aus mit schwarzem Skaldat versetztem Stahl. Sie verströmten einen leichten Duft: der Rauch eines abgebrannten Zündholzes, vermischt mit einem Hauch von Moder.

Eisarn stieß eine wortreiche Verwünschung in der Zwergenzunge aus – deutlich konnte Namakan den Namen des Plagenvaters heraushören: Slahi Sabbas.

»Nimm du sie!«, forderte Dalarr Namakan auf.

»Ich?« Wie auf den flinken Beinen einer Spinne huschte Angst durch Namakans Verstand.

»Du hast das reinste Herz von uns allen«, sagte Dalarr.

Auf dieses Lob hätte ich gerne verzichtet ... Er steckte dennoch die Arme in die Truhe und tat, was ihm sein Meister aufgetragen hatte.

Sie ... Er zuckte vor Ekel zusammen, aber er schreckte nicht zurück. *Sie fühlen sich feucht an. Ganz leicht nur. Wie die Klinge eines Messers, wenn man rohes Fleisch geschnitten hat. Aber sie sind nicht kalt. Nein. Überhaupt nicht. Sie sind warm.*

Das Blut rauschte ihm in den Ohren. Darunter – weit, weit entfernt, an den äußersten Rändern seiner Wahrnehmung – hörte er noch etwas anderes. Ein hungriges Heulen und Toben, ein begieriges Kreischen und Schreien. *Sie wollen fressen! Sie müssen fressen*, durchzuckte es Namakan. *Und haben sie es nicht verdient? Nach so vielen Sommern, eingesperrt im Dunkel dieser verfluchten Truhe ...* Der Ruf der Kette erklang lauter in Namakans Schädel. *Und ich weiß auch schon, was ich ihnen zu fressen gebe. Waldur ... und Arvid ... und jeden seiner Höflinge ... und alle, die je vor ihm in die Knie gegangen sind ... und die, die ihm vor seinen Statuen huldigen ... alle ... alle ... die Bauern, die Geschenke von ihm annehmen ... die Frauen, die davon träumen, an seiner Seite auf dem Thron zu sitzen ... die Kinder, die Lieder für ihn singen ... alle ...*

»Namakan?«

»Was?«, fauchte Namakan und schnappte nach der Hand auf seiner Schulter. *Schade! Nicht schnell genug!*

»Namakan!«

Die Barschheit, mit der sein Name gebellt wurde, brach den unheimlichen Bann. Namakan ächzte und starrte von den Ketten in seinen Händen zu seinem Meister, auf die Ketten, zum Meister, auf die Ketten ...

»Ich kann sie nicht lange tragen.« Es war nichts als die Wahrheit.

»Dann los!«

Dalarr schob ihn vor sich her auf den Gang aus der Totenhalle zu. »Nur noch ein kleines Stück, mein Junge. Nur ein kleines Stück. Ich kann dir das nicht abnehmen.«

Aus den Augenwinkeln sah Namakan Ammornas Gesicht – kreidebleich, die Augen groß wie Teller.

»Es ist nicht richtig, Dalarr«, hörte Namakan den Zwerg jammern. »Es ist nicht richtig. Denk doch nur daran, was es aus mir gemacht hat, sie zu tragen! Ich saufe und saufe und saufe, aber ich werde ihr Wispern nicht los!«

»Halt den Mund!« So hart er Eisarn anfuhr, so sachte redete Dalarr weiter auf Namakan ein. »Wir sind gleich da ... gleich da ... du machst das gut.«

Sie traten durch das Tor aus der Welt hinter der Welt hinaus.

»Da sind sie!«, jubelte Morritbi vom Rand des dunklen Spiegels aus. »Allen Geistern sei Dank! Da sind sie!«

Namakan spürte den Wind in seinem Haar. Er wehte einen abscheulichen Gestank – oder war es doch ein köstliches Aroma – in seine Nase. Verbranntes, fauliges Fleisch. Er löste den Blick von den Ketten, die er wie ein Bündel Reisig in den Armen trug. Zwischen ihm und Morritbi, die aufgeregt auf und ab sprang, loderten Flammen wie grelle Inseln auf einem finsteren Meer. Ihre Nahrung waren die Kadaver der glücklosen Schatzsucher.

Was war hier los?

Immer mehr Einzelheiten sickerten zu Namakan durch. Dass in einigen der brennenden Leichen Pfeile steckten – in denen, die noch genügend Fleisch hatten, um den Pfeilspitzen Halt zu

bieten. Dass Tschumilal den Bogen von der Schulter geschlungen und Kjell sein Schwert gezogen hatte. Dass Dalarr diesmal nicht sang und sie bei ihrer Flucht nicht den verschlungenen Weg gingen, dem sie beim Gang zum Tor gefolgt waren.
Schneller! Wir müssen schneller laufen!, feuerte Namakan sich selbst an. *Ja, schneller! Nur zu ihnen! Die Ketten sind hungrig...* Aus seiner Kehle stieg ein gehetzter Schrei. »Nein! Nein!«
»Einen Rucksack!«, brüllte Dalarr. »Einen Rucksack verflucht!«
Kjell verstand als Erster. Er schnappte sich einen der Rucksäcke – *Ist es meiner? Der des Meisters? Wen schert es?* – und schnürte ihn auf.
»Komm, Junge! Komm!«, schrie Dalarr. »Nur noch ein paar Schritte!«
Der Meister. Er ist da. Er ist bei mir. Er verlässt mich nicht. Namakan hatte das Gefühl, als würden sich die Ketten in seinem losen Griff winden. *Er lügt. Er liebt dich nicht. Er liebt niemanden. Nur sich selbst. Du bist nur Staub für ihn! Ein Fliegenschiss!*
Dann prallte Namakan gegen Kjell. Ein trockenes Würgen schüttelte ihn, als er die Ketten in den geöffneten Rucksack gleiten ließ. »Schnürt ihn zu!«, bettelte er. »Schnürt ihn zu!«
Er kippte vornüber, in Morritbis Arme.
Sie ist da. Sie ist da. Sie liebt mich. Er hörte keinen Widerspruch in sich. Also presste er sein Gesicht an ihre Brust und schluchzte erleichtert, bereit, sich im Schlagen ihres Herzens zu verlieren. *Sie liebt mich.*
»Warum brennen die Toten?« Das war Ammorna, irgendwo hinter ihm.
»Haben sie sich nicht bewegt?« Tschumilals zitternde Stimme. »Haben sie sich nicht bewegt?«
»Es war so, Dalarr.« Morritbi. Voll ernstem Zorn. »Hätte ich sonst meinen Feuerstaub vergeudet?«

»Sie haben recht, Dalarr.« Kjell, drängend und forsch. »Ich habe es mit eigenen Augen gesehen. Nachdem ihr verschwunden wart. Sie haben sich bewegt. Als ob sie aufstehen wollten. Wie Opfer der Plage.«

Was haben wir getan? Namakan schlang die Arme fester um Morritbi. *Was haben wir getan?*

27

*Nur die Mutigsten unter allen Menschen erkennen
die läuternde Kraft der Pein, die rauschhafte Wahrheit
der Schlacht und die betörende Anmut der Grausamkeit.*

Aus einer Ansprache des Skra Gul an seine Männer
vor der Schleifung der abtrünnigen Stadt Südwart

Der alte Fischer, der den Wanderern sein Boot überlassen hatte, behielt recht: Er sah seinen Kahn nie wieder, denn sie brauchten ihn noch.

Getragen von den glitzernden Wassern des Silvrets, reisten sie mehrere Tage gen Süden. Niemand unter ihnen musste aussprechen, wo ihr neues Ziel lag. Der Weg ihrer Rache näherte sich seinem Ende, dem Königspalast in Silvretsodra.

Dalarr, der den Kahn steuerte, sorgte dafür, dass sie sich nie zu weit vom Ufer entfernten, wo die Strömung schwach und gut zu beherrschen war. Immer, wenn die von den Auen aufsteigenden Nebel vom Nahen der Dämmerung kündeten, landeten sie an. Dann war es inzwischen stets Tschumilal, die sich mit Kjell einige Hunderte Schritte vom Lager zurückzog, um ihm bei seiner Verwandlung beizustehen. Ammorna duldete stumm, dass die Elfentochter nun ihre alte Rolle für den Grafen ohne Land erfüllte – und zudem, so waren sich die anderen sicher, erfüllte Tschumilal Kjell nun auch Wünsche, die eine anständige Amme ihrem Mündel nicht erfüllt.

Namakan war froh, dass sie in dem Kahn unterwegs waren. Es bedeutete, dass er seinen Rucksack nicht aufsetzen musste. Er verstaute ihn jeden Morgen aufs Neue so weit von sich entfernt, wie es der begrenzte Platz auf den Planken zuließ. Trotzdem vergaß er nie, was in ihm lauerte, und ebenso wenig konnte er die schrecklichen Einflüsterungen vergessen, mit denen die schwarze Kette ihn bedrängt hatte.

Am ersten Abend ihrer Fahrt beschloss er, sich Morritbi anzuvertrauen. Er führte sie vom Lager weg, am Ufer entlang, bis unter den Stamm einer alten Weide, deren Zweige so kraftlos in den Fluss hinabhingen, wie er sich fühlte. Den Kopf im Schoß der Hexe geborgen, erzählte er ihr alles. Zunächst stockend, dann befreiter, als er erkannte, dass er sich vor ihr nicht zu schämen brauchte. Wie die Ketten sich angefühlt hatten. Was für ein abstoßender Geruch von ihnen ausgegangen war. Von ihrem furchtbaren Ruf, ihrem Hunger und den Gelüsten nach Tod und Vernichtung, die über ihn hereingebrochen waren.

»Ich habe Angst, Morritbi«, endete er. »Davor, was dieses Ding in mir angerichtet hat. Davor, was ich bereit gewesen wäre, anderen anzutun. Unschuldigen Leuten, die nicht wissen können, wie ihr König wirklich ist. Und davor, dass Dalarr mir noch einmal befiehlt, die Ketten zu tragen. Das stehe ich nicht durch. Die Macht des Plagenvaters ist zu groß.«

»Ach, Namakan.« Sie streichelte ihm das Haar, halb wie einem Geliebten, halb wie einem verunsicherten Kind. »Das glaube ich nicht. Was ich aber ganz fest glaube, ist, dass diese Macht des Plagenvaters, wie du sie nennst, nur ein Feuer in dir anfacht, das dort ohnehin schon brennt. Du hast deine Mutter und deine Geschwister verloren. Natürlich hasst du die Welt dafür, auch wenn es dir nicht immer bewusst ist. Denkst du, ich hätte diese Gedanken nicht auch schon gehabt? Als Waldur meine Mutter umbrachte … Meinst du, da hätte ich nur ihn gehasst?«

Namakan schloss die Augen und dachte an eines seiner ersten Erlebnisse mit Morritbi. Vor der Hütte der Holzfäller, als sie noch unter dem Einfluss der Pilze gestanden hatte, mit denen sie von den Spinnen gefüttert worden war. An den Tritt, den sie einem der Toten versetzt hatte. An den abgerissenen Kiefer im Schnee.

Der Schatten eines tief in ihr vergrabenen Grolls verdüsterte ihre Stimme. »Damals, da musste ich mich im Zaum halten, nur diese eine Frau zu verbrennen, die Waldur den Treffpunkt meiner Eltern verraten hatte. Ich war kurz davor, ihr ganzes Dorf in Flammen zu setzen.«

»Wie hast du es geschafft, das nicht zu tun?«

»Ich habe lange mit dem Feuer gesprochen.«

»Und das Feuer hat dir geraten, deine Wut zu zügeln?«

»O nein.« Zwischen ihren Lippen blitzten ihre kleinen, spitzen Zähne auf. »Da kennst du das Feuer aber schlecht. Es will brennen. Immerzu.«

»Was war es dann?«

»Der Gedanke daran, wozu mich meine Mutter erzogen hat. Trost zu bringen und kein Elend.« Sie seufzte. »Ich will nicht lügen. Ich habe viel geweint und geschrien damals. Am Anfang wollte ich es nicht einsehen. Aber es ist so: Man wiegt das Leid, das einem widerfahren ist, nicht dadurch auf, dass man es anderen antut. Versteh mich nicht falsch. Ich predige gewiss keine vollkommene Friedfertigkeit. Doch wenn man tötet, sollte man darauf achten, dass man sich nicht in der Lust daran verliert.«

Sie schwiegen eine Weile. Er lauschte ihrem Atem und sog den klaren Duft der Auen in seine Nase. Von irgendwo in den Tiefen seines Verstands tauchte das Bild des Mannes auf, dem er auf der Brücke über die Narbe den Kopf gespalten hatte. *Ich habe schon getötet, und es hat mir nicht gefallen.* »Du meinst also, ich stehe nicht unter dem Bann eines Geists?«

»In den Ketten wohnt bestimmt kein Geist. Höchstens ...« Sie zuckte mit den Schultern. »Der Geist eines Geistes.«

»Woher willst du das so genau wissen?«

»Weil ich mir nicht vorstellen kann, dass man einen Geist, der so mächtig ist wie der Plagenvater, in einem einfachen Rucksack aus Sauleder gefangen halten kann.«

Sie grinste, und er lächelte zurück.

»Morritbi, ich ...«, setzte er an, doch bevor er weiterkam, beugte sie sich zu ihm herunter und erstickte seine Worte mit einem Kuss. Als sich ihre Zungenspitze in seinen Mund schob, kitzelte sie in ihm eine gänzlich andere Lust als die nach Blut wach. Ein Windstoß brauste durch das Weidenlaub, und Namakan warf ihm seine Sorgen gern hinterher. Er wusste, dass sie zu ihm zurückgekrochen kommen würden, doch die Zeit bis dahin gehörte nur ihm und seiner Hexe.

Zwei – oder waren es drei? – Etappen später auf ihrer Reise den Fluss hinunter fand Namakan erneut Gelegenheit, über seine beunruhigenden Erfahrungen mit der Kette zu sprechen.

Eisarn hatte im Kahn Angelschnur und Haken gefunden und sich eine behelfsmäßige Rute aus einem Haselzweig gebaut. *Ein Zwerg beim Angeln,* dachte Namakan, als er Eisarn so im Dämmerlicht am Ufer sitzen sah. *Die Wunder auf dieser Reise ...*
Eisarn drehte sich zu ihm.
Habe ich das etwa gerade laut gesagt? Namakan lächelte verhalten.

Eisarn klopfte neben sich auf den Boden.»Komm. Dir lastet etwas auf der Seele.«

»Wir werden die Fische verscheuchen«, sagte Namakan, doch er setzte sich trotzdem zu dem ungeschickten Angler.

»Es gibt Wichtigeres.« Eisarn sprach mit ungewohntem Ernst. »Du hast sie berührt.«

Namakan wusste sofort, wovon die Rede war.»Ja.«

»Ich auch.« Eisarn blähte die Nüstern.»Diese verfluchten Ketten. Sie haben mich zu dem gemacht, was ich heute bin. Ein verstoßener Säufer.«

»Dalarr sagte, du seist schon immer sehr trinkfest gewesen.«

»Wohl wahr, wohl wahr«, bestätigte der Zwerg.»Doch es gibt einen Unterschied zwischen Trinken und Saufen. Zumindest in der Sprache meines Volkes. Trinken tut jeder, saufen tun nur die, die etwas in sich ertränken wollen.«

»Den Ruf der Kette ...« Namakan zog die Knie an und schlang die Arme darum.

»Du bist schlau«, merkte Eisarn an. »Schlauer als ich in jedem Fall, und vielleicht sogar schlauer als dein Meister. Ich habe dich beobachtet, wie du im Boot sitzt. Wo du hinschaust. Wie du da hinschaust. Wenn es nach dir ginge, hätten wir deinen Rucksack schon längst in den Fluss geworfen.«

»Was wäre falsch daran? Dalarr und du, warum seid ihr davon überzeugt, dass wir die Ketten brauchen, um Arvid zu besiegen? Sie sind ...« Namakan fiel kein besseres Wort ein. »Böse.«

»Mächtig«, entgegnete Eisarn. »Du hast es selbst gespürt. Du spürst es immer noch. Smarna! *Ich spüre es immer noch, und ich habe sie seit Dutzenden von Sommern nicht mehr getragen.*« Er zog ungeduldig an der Angelrute. »Du musst sie sehen wie eine Waffe. Ein Schwert ist auch nicht gut oder böse. Der, der es führt, entscheidet darüber, ob er damit Gutes oder Böses tut.«

»Ein Schwert will einen nicht dazu verleiten, die ganze Welt auszulöschen«, widersprach Namakan.

»Sei dir da nicht so sicher.« Eisarn hob einen seiner dicken Finger. »Erst rammt man es womöglich nur in einen einzigen Bauch, aber wenn man danach sieht, wie der Feind tot vor einem liegt, will man den nächsten Feind so sehen. Und den nächsten. Und noch einen. Und immer so weiter. Dann steckt man das Schwert zum ersten Mal in den falschen Bauch. Es spielt keine Rolle, ob man sich darüber grämt oder nicht. Man hat es getan, und man hat wahrscheinlich eine ganze Horde neuer Feinde. Ehe man sich versieht, tötet man schneller, als man denkt. Bis man nur noch Feinde hat. Und seine Feinde muss man töten, bevor sie einen töten. Ich könnte dir so manche Sippe nennen, die auf diese Weise vernichtet wurde.« Er atmete einmal schwer. »Es ist ein Graus ...«

»Vielleicht musst du so reden.« Es war ein garstiger Gedanke, den Namakan da entwickelte. *Lass es sein,* riet ihm sein

Gewissen. *Er hat dir nichts getan.* Namakan ließ es nicht sein. »Vielleicht musst du vor dir und mir rechtfertigen, dass wir die Ketten benutzen – wie immer das auch genau aussehen mag. Du hast keine andere Wahl, weil sie ohne dich noch immer irgendwo tief unter der Erde am Plagenvater hängen würden.«

»Vielleicht«, sagte Eisarn, und zu Namakans Überraschung klang er nicht gekränkt. »Ich habe damals in bester Absicht gehandelt. Das zählt für mich.«

»Um Tristborn zu retten.«

»Tristborn!« Eisarn blies einen lauten Lippenfurz, der gewiss auch noch den letzten Fisch im Silvret in die Flucht schlug. »Ich wusste damals kaum etwas von den Reichen der Menschen. Ich habe es nicht für sie gemacht, sondern für uns. Für mein Volk. Meine Sippe. Darum habe ich meiner Mutter den Schlüssel gestohlen, und nicht weil sich auf der Oberwelt ein paar Langbeine in die Haare gekriegt haben.«

Lügen. Ausflüchte und Lügen. Hätte ich für jede, die ich auf dieser Reise gehört habe, auch nur einen Taler, könnten wir in einem Prunkwagen nach Silvretsodra fahren. »Du hast es aus reiner Gier getan. Um in Arvids Schatzkammer zu kommen. So hat es Dalarr erzählt.«

»Und einmal mehr die Hälfte weggelassen«, parierte der Zwerg. »Ich wollte unseren Ehrenschild zurückholen.«

»Ehrenschild?«

»Die Unwissenheit der Jugend.« Eisarn schüttelte so heftig den Kopf, dass ihm sein ramponierter Helm ein Stück in den Nacken rutschte. »Als König Erowar – das müsste der Urururgroßvater vom Schlohbart gewesen sein, wenn ich mich nicht irre – den letzten Aufstand der freien Zwerge niederschlug, entführte er den Ehrenschild meiner Sippe und hängte ihn bei sich in der Schatzkammer auf. Es ist der Schild, auf dem wir unsere Sippenmutter in die Kammer der Verschmelzung tragen, wenn es neue Zwerge zu machen gilt. Ohne den Schild kann es keine Verschmelzung geben, und auch keine neuen

Zwerge.« Er rückte seinen Helm gerade. »Schau nicht so geklöppelt! Es schert mich nicht mehr. Für meine Sippe bin ich schon tot, und sie ist tot für mich.«

Namakan rang nach Worten, doch da klatschte Eisarn aufgeregt in die Hände, beugte sich vor und zog an seiner Angel. »Es hat einer angebissen! Es hat einer angebissen!«

Der große Fang, der dem Lärm am Ufer getrotzt hatte, stellte sich rasch als mickriger Stichling heraus, den Eisarn zurück in den Fluss warf. »Mir ist die Lust vergangen«, grummelte er danach und wickelte seine Angelschnur auf.

Er bot dabei ein so jämmerliches Bild, dass Namakan ihn mit einer Entschuldigung aufzuheitern versuchte. »Es tut mir leid, dass ich dir Gier unterstellt habe.«

»Geschenkt!« Kies knirschte unter den Stiefeln des Zwergs, als er ein paar Schritte davonstapfte, um die Rute in den Kahn zu schleudern. »Aber du kannst deinem feinen Meister von mir mal bestellen, dass er die Wahrheit nicht immer wie ein Stück Ton behandeln soll!«

»Was schreit der Zwerg so?«, erkundigte sich Dalarr bei Namakan, als dieser ins Lager zurückkehrte.

»Er hat kein Glück beim Angeln«, antwortete Namakan und setzte sich neben Morritbi ans Feuer.

»Er hat kein Glück bei nichts«, murmelte Dalarr.

Ammorna hockte etwas abseits, die Hände unter den Achseln, und starrte ins Leere.

»Frierst du?«, fragte sie Namakan.

»Meine Hände sind kalt«, gab die Kroka-Dienerin abwesend zurück.

»Dann wärm sie am Feuer!«, forderte sie Morritbi auf. Ohne Erfolg. Morritbi stand auf, doch sie ging nicht zu der Alten, wie Namakan erwartet hatte. Stattdessen huschte sie eilig vom Ufer weg auf ein Gebüsch zu.

»Wohin willst du?«

»Dorthin, wo du auch am liebsten allein bist!«

Dalarr lachte, und der fröhliche Laut stieß Namakan übel auf.

»Warum hast du mich die Ketten tragen lassen, Meister?«

»Das habe ich dir doch gesagt.« Dalarrs Miene wurde ernst. »Du hast das reinste Herz von uns allen.«

»Ist das der einzige Grund?«

»Hat dir Eisarn etwa irgendwelche Flausen in den Kopf gesetzt?«

»Ist das der einzige Grund?«, wiederholte Namakan.

»Ja.« Dalarr sah ihm fest in die Augen. »Mein Herz ist alles, aber nicht rein. Wer so lange lebt, behält kein reines Herz. Das ist unausweichlich. Ich kenne mich. Ich kann mir sehr gut ausmalen, wozu mich die Ketten bringen würden, wenn ich sie je berühre. Deshalb habe ich sie damals Eisarn tragen lassen, und deshalb hast du sie jetzt getragen. Ich habe sie nicht umsonst so versteckt, dass ich sie nie wieder allein hätte bergen können.«

»Dieses Versteck …« Sowohl Dalarr als auch Namakan zuckten zusammen, als plötzlich Ammornas brüchige Stimme erklang. »Warum hast du diesen Ort in der Welt hinter der Welt gewählt? Waldur muss doch auch von ihm gewusst haben?«

»Waldur?« Namakan runzelte die Stirn. »Wieso Wal…?« Dann fügten sich blitzschnell neue Teile des Mosaiks in seinem Kopf, wie wenn sie nur darauf gewartet hätten, an den passenden Platz zu purzeln. *Ein alter Freund des Meisters, mit dem er viele Sommer auf Abenteuersuche durch die Welt gezogen ist. Der Skaldat schmieden und Geister bannen kann. Der einen König auf den Thron hievt, als wäre es ein Kinderspiel.* »Er ist wie du!«

»Skra Gul. So nennen ihn die Mörder, die er um sich geschart hat«, sagte Ammorna. »Der Weiße Wind. Ein uralter Name für ein uraltes Geschöpf. Ich bin ihm begegnet.«

»Im Kloster!« Namakan riss die Augen auf. »Als Lodaja zwischen ihm und Dalarr gewählt hat. Und dann noch einmal, als er Kjell aus seinem Käfig geholt hat. Seitdem wusstest du, was er ist. Wegen des Fluchs!«

»Ich wünschte, es wäre so«, erwiderte Ammorna. »Ich wünschte wirklich, es wäre so.«

Es war in der Zeit, kurz nachdem ich endlich aus dem Kloster in die Welt hinausdurfte. Ich hatte meine Eide und Prüfungen abgelegt und mich dem Urteil der Krähen gestellt. Und anstatt mir die Augen auszuhacken, als ich mich zu ihrer Brut ins Nest legte, fütterten sie mich wie eines ihrer Jungen.

Es war eine Zeit großen Aufruhrs im Reich. Nicht jeder war mit den Gesetzen einverstanden, die Arvid erließ. Oh, seine Segnungen nahm man gern, doch mein armer Kjell ist nicht der Erste und nicht der Einzige gewesen, der sich jemals geweigert hätte, Tribut an Arvid zu entrichten.

Kroka lehrt uns, dass Blut fließt, wenn das Hohe mit dem Niedrigen verschmilzt. So geschah es damals in Südwart. Der Baron dort schloss einen Pakt mit den Händlern. Adlige und Kaufleute gleichermaßen waren zu der Überzeugung gelangt, dass es ungerecht war, dass sie überhaupt auch nur den kleinsten Teil ihrer Seide an Arvid abtraten. Ihnen war bewusst, wie Arvid dieser Schmach begegnen würde: mit Waffengewalt. Also wappneten sie sich dagegen, indem sie die Gewinne aus dem Verkauf der Seide, auf die Arvid Anspruch erhob, in die Anwerbung und Ausrüstung einer Armee von Söldnern steckten. Sie igelten sich hinter den Stadtmauern ein und warteten auf den Hieb von Arvids stählerner Faust.

Ich war nur eine von vielen in dem Tross, der von Silvretsodra nach Süden aufbrach. Soldaten auf dem Marsch ziehen immer einen Schwanz hinter sich her, in dem die Hohen und die Niederen Seite an Seite marschieren, und diesmal war es nicht anders: geschäftstüchtige Wanderhuren, die in den Soldaten ihre besten Kunden haben; eifrige Schreiber, die sich mit glühenden Schilderungen der Schlacht ewigen Ruhm erwerben wollen; die Hohepriester des Kriegsgottes, die dem blutigen Wirken ihres strengen Herrn huldigen wollen; und ich, eine einfache Dienerin Krokas.

Allen voran jedoch ritt Waldur. Anführer und Teil des Skra Gul zugleich. Ja, er nennt sich der Weiße Wind, doch so heißt auch die finstere Truppe seiner üblen Gesellen. Ich mag nicht entscheiden, ob er dies aus Eitelkeit oder aus Verschlagenheit so hält. Ob er sich heimlich daran ergötzt, seinen eigenen Namen auf so viele Sterbliche übertragen zu sehen. Oder ob ihm eher daran gelegen ist, seine wahre Natur zu verschleiern und andere Tegin zu verwirren, die vielleicht nicht mehr wissen, welcher Skra Gul nun der echte ist.

Auf diesem Feldzug habe ich erfahren, dass sich niemand mehr für die Deutung von Omen interessiert als Männer und Frauen, die erfahren wollen, ob sie in den Tod oder zum Sieg schreiten. Dies trifft auch auf die Skra Gul zu. Als sie hörten, dass eine Gesandte der Gefiederten in der Nähe war, holten sie mich zu sich.

Ich habe ihnen viele Zeichen gedeutet, und ich kann mich rühmen, dem einen oder der anderen zutreffend vorausgesagt zu haben, wie er sein Ende findet. Und ich habe von vielen gehört, wie sie für den Weißen Wind auserwählt wurden.

Der Skra Gul hat sich zwar in der Hauptstadt eine Bastion errichten lassen, doch er weht von einer Provinz des Reichs zur nächsten. Und überall, wo er auftaucht, sucht er nach Menschen, für die Schmerzensschreie und Waffengeklirr die süßesten Klänge sind. Menschen, die ihre höchste Lust darin finden, Blut und Gedärm spritzen zu sehen. Sie alle unterzieht der Skra Gul einer Prüfung, um die Prahler von den Aufrichtigen zu trennen.

Ein Mann, der damals zu mir kam, hatte auf das Geheiß des Skra Guls einer Mutter die Kehle aufgeschlitzt, die Brot für ihre Kinder gestohlen hatte – und er zertrat den Kindern die Schädel, weil der Skra Gul ihm sagte, aus dem Schoß einer Diebin würden nur weitere Diebe kriechen.

Eine Frau mit dem sonnengebleichten Haar, wie man es nur in den Wüsten findet, hatte eine ganze Karawane von vermeintlichen Ketzern zu einer vergifteten Oase geführt – und als Beweis für ihre Tat verschonte sie einen der Frevler vor dem Gift, um ihn nackt hinter ihrem Kamel bis zum wartenden Skra Gul zu schleifen.

Solche Menschen waren es, die in mir eine Verbündete zu erkennen begannen. So kam ich zu der Ehre, *dem* Skra Gul von Angesicht zu Angesicht gegenüberzustehen. Wir erkannten einander nicht. Viele Sommer waren seit unserer flüchtigen Begegnung im Kloster vergangen, und mir dämmerte nur langsam, dass dieser Krieger in Weiß ebenjener war, den ich schon einmal ohne einen Faden am Leib erblickt hatte. Ich vermute, für ihn war und blieb unser Aufeinandertreffen in seinem Zelt unsere allererste Begegnung. Auch er bat mich, ihm Omen zu deuten, doch er tat es nicht mit dem gleichen Ernst wie die anderen. Er lächelte unentwegt. Er nannte mir heiter Zeichen, die ich für ihn auslegen sollte. Den aufgebrochenen Ameisenhügel am Wegesrand, auf den sein Blick gefallen war. Das schorfige Muttermal auf der Brust einer Hure, die er unlängst besprungen hatte. Die Schmetterlingslarve am Zweig eines Baumes, die er bei der letzten Rast aus einer Laune heraus aus ihrem Kokon geschält hatte und die in seiner Hand verendet war.

Ich besann mich auf das Rauschen der Schwingen Krokas und befolgte meinen heiligsten Eid: Ich sprach die Wahrheit für ihn, und ich sagte ihm, es lägen Tod und Vernichtung am Ende seines Weges. Ich rechnete damit, dass ihm sein Lächeln verging. Ich irrte. Es wurde breiter, und er lobte mich für meine Weisheit, wie man einen Hund dafür lobt, wenn er ein possierliches Kunststück vollführt.

Erst in Südwart begriff ich, warum er gelächelt hatte.

Es stellte sich heraus, dass die Mauern der Zitadelle bei Weitem nicht allen Bewohnern der Stadt Platz boten. Für den Baron und seine verbündeten Kaufleute gewiss, doch nicht für die einfachen Seidenpflücker. Ihnen blieben die Tore verschlossen, und sie hegten einen berechtigten Zorn auf ihre Herren. Sie warteten in den Seidenbaumhainen auf die Ankunft von

Arvids Armee, und ich schwöre, sie jubelten, als sie die Drachenbanner am Horizont flattern sahen.

Sie jubelten nicht lange. Waldur gab den Befehl, sie alle niederzumetzeln, und wo die gewöhnlichen Soldaten zögerten, wüteten die Skra Gul mit verzückten Gesichtern. Sie hackten die armen Leute in Stücke und breiteten ihr Fleisch in der Sonne aus.

Der Baron schickte einen Unterhändler, der schluchzend anbot, Südwart würde in den nächsten fünf Sommern alle Seide der Stadt an Arvid abtreten, wenn die Angreifer nur Gnade zeigen würden. Waldur band ihn höchstselbst an einen Seidenbaum, ehe die Skra Gul sämtliche Haine anzündeten. Es ging nicht mehr um die Seide. Es ging nie um die Seide. Es ging darum, dass es jemand gewagt hatte, an Arvids Ordnung zu zweifeln, die letztlich Skra Guls Ordnung ist.

Der Krieger in Weiß wartete, bis das Fleisch der toten Pflücker reif von Maden und Geschmeiß war. Dann holte er einen Reif aus einer Truhe in seinem Zelt und zerbrach ihn. Ein tosender Wind kam auf, das sichtbare Antlitz der Kreatur, die der Skra Gul entfesselte. Mit Tausenden Fingern nahm sie das Aas auf und wirbelte es in die Stadt hinein.

Als der Wind sich Stunden später gelegt hatte, wies der Krieger in Weiß sein Heer an, die Tore der Zitadelle zu stürmen. Sie stießen auf keinerlei Gegenwehr. Die Rammböcke brachen durch die Tore, ohne dass Pfeile, Steine oder brennendes Öl auf die Männer an ihnen herabregnete. Drinnen war niemand mehr am Leben. Die Toten lagen überall – in den Gängen und Kammern, auf den Treppen und Zinnen. Die Söldner, die Händler, der Baron und deren Weiber und Kinder. Ihre Hälse quollen von dem stinkenden Aas über, das sie allesamt erstickt hatte.

Bevor er die Stadt schleifte, rief mich der Krieger in Weiß noch einmal zu sich. Wir standen auf dem Hügel, auf dem sein Zelt aufgeschlagen war. Er hieß mich freundlich willkommen, küsste mir Stirn und Wangen. Dann wandte er sich von mir ab, die Arme ausgebreitet, legte den Kopf in den Nacken und lachte schallend.

Es gibt eine Frage, die mich bis heute quält: Wäre ich schnell genug gewesen, um ihm in diesem Augenblick mit meinem Stab niederzustrecken, und wie viel Leid hätte ich wohl damit verhindert?

Ich darf nicht verschweigen, dass unser Tross auf dem Weg zurück in die Hauptstadt mehr Opfer zu beklagen hatte als auf dem gesamten restlichen Feldzug. Die Schreiber wurden einer nach dem anderen von Unfällen und Krankheiten dahingerafft, und auch die Stridus-Priester wurden von ihrem Gebieter überraschend in seine Waffenkammer geholt, um sich für die Schlacht am Ende aller Zeiten zu rüsten. Die Wanderhuren und die einfachen Soldaten blieben indes verschont. Wer von den hohen Herren daheim hätte ihnen auch geglaubt, wenn sie von den Gräueln berichteten, die sie in Südwart gesehen hatten? Alles Hurengeschnatter. Schauergeschichten, wie sie Bauerntölpel nun einmal erzählen, wenn man sie in einen Waffenrock steckt und in ferne Lande schickt, um Krieg zu führen.

Namakan legte Holz aufs Feuer nach. Morritbi, die nur die letzten Teile der Geschichte mit angehört hatte, spielte mit dem Beutel an ihrem Gürtel, in dem sie das rote Skaldat verwahrte.

Ammorna, die Hände noch immer unter den Achseln, wiegte ihren Oberkörper vor und zurück, wie sie es von Beginn ihrer Erzählung an getan hatte. »Warum, Dalarr? Wie konntest du die Ketten an einem Ort verwahren, an den außer dir und Waldur nur die wenigsten gehen können?«

»Weil er niemals dorthin gehen würde«, sagte Dalarr. »Er ist zu feige dafür.«

»Sprich nicht in Rätseln, Meister«, verlangte Namakan.

»Er fürchtet diesen Ort wie ein Kalb das Brandzeichen, weil er nicht sterben will.« Dalarr schaute Namakan ernst an. »Du hast mich gesehen, wie ich vor den Bahren stand. Sie verheißen etwas, das meinesgleichen nur schwer findet. Ruhe. Die Stille Leere. Und je mehr Zeit an uns vorüberfließt, desto schwerer wird es für uns, dieser Verheißung zu widerstehen. Ich war mir sicher, dass Waldur es hält wie der treue Gatte, der den weitesten Bogen um die Hurenhäuser macht, weil er sich nicht beherrschen kann, wenn der Rock erst einmal gehoben ist.«

»Ein gefährliches Spiel«, meinte Morritbi.

»Es ist aufgegangen«, erwiderte Dalarr.

»Eines fällt mir schwer zu glauben, Ammorna«, sagte Namakan.

Die Weißhaarige blickte auf. »Warum überrascht mich das nicht?«

»Ich will nicht glauben, dass er sich nicht an dich erinnern konnte, als du nach Silvretsodra gegangen bist, um darauf zu warten, dass Kjell freigelassen wird.«

»Ach ...« Ammorna verzog das Gesicht, als hätte er ihr einen Dolch ins Herz gestoßen. »Du mit deinen schlimmen Fragen, kleiner König. Aber du vergisst, dass er mich kannte, als mein Haar noch schwarz, meine Haut noch glatt und meine Brüste noch straff waren. Und später stand ich so vor ihm, wie du mich hier sitzen siehst. Als graue Vettel. Und weißt du was?«

»Was?«

»Ich *will* glauben, dass er mich vergessen hat.« Ihre Stimme begann zu zittern. »Weil ich sonst damit leben müsste, dass er mir vielleicht einen Gefallen erweisen wollte, als er Kjell freigegeben hat. Würdest du in der Schuld dieses Ungeheuers stehen wollen?«

28

*Krieg spült Unrat an, der auf zwei Beinen geht
und ein hungriges Maul hat.*

Berühmte Äußerung des Reichsverwalters von Silvretsodra
aus der Zeit der Ersten Schlacht von Kluvitfrost

Selbst der Silvret schien sich der Macht zu beugen, die von der Hauptstadt Tristborns in die Welt hinaus wirkte: Lange bevor die Silhouette Silvretsodras sich am Horizont abzuzeichnen begann, verzweigte sich der Strom erneut in ein vielstrangiges Gewirr aus Seitenarmen und Nebenflüssen.

Die profanere Erklärung für diese Verästelung war der Veränderung in der Landschaft links und rechts des Ufers zu entnehmen: In der Kernmark wurden die flachen Auen von steileren Böschungen abgelöst. Um Swemmanger herum war das breite Tal des Silvrets, das er in unzähligen Sommern in die Erde geschliffen hatte, noch eben wie ein Brett gewesen. Hier nun wellten sich in ihm langgestreckte Hügel, wie auf einem Pergament, das zu lange an einem feuchten Ort aufbewahrt worden war.

Wenn ihr Kahn das einzige Boot auf dem Fluss gewesen wäre, hätten die Wanderer womöglich irgendwann eine falsche Abzweigung genommen und sich statt in Silvretsodra in einem mückenverseuchten, toten Seitenarm wiedergefunden. Glücklicherweise brauchten sie nur dem Schwarm anderer Schiffe zu folgen, um die Reichshauptstadt anzusteuern. Stolze Segler mit hohen Masten, von denen ihnen der eine oder andere Ausguck freundlich zuwinkte; schnittige Ruderer, auf denen stämmige Taktgeber auf die Pauken eindroschen; kleine Staker wie ihrer, die von den Bugwellen ihrer großen Verwandten durchgeschüttelt wurden. Sie alle waren in beachtlicher Zahl vertreten, und sie alle transportierten Lasten, die dazu bestimmt waren, auf dem Markt von Silvretsodra Abnehmer zu finden – Moosbeeren und andere Erntefrüchte, Stoffballen, Käfige mit gackerndem, schnarrendem und gurrendem Geflügel, Stapel mit versiegelten Kisten, die die prunkvollen Wappen von Gewürzhändlern trugen ...

Als Namakan schließlich nach einer letzten, weiten Schleife Silvretsodra in seiner ganzen atemberaubenden Erhabenheit vor sich sah, kam ihm ein düsterer Gedanke. *Eine Zecke! Die ganze Stadt ist eine riesige Zecke, die dem Land das Blut aussaugt, und der Hügel, auf dem sie gebaut ist, ist ihr aufgeblähter Leib.*

Als manifestierte sich in dieser einen Metropole die gesamte Ordnung, für die Arvid stand, schwand die Pracht der Stadt je weiter man den Blick nach unten zum Fuß des Hügels senkte. Hoch droben strahlten die Türme und Dächer des Palasts, glänzendweiß und wie aus Träumen von Macht und Herrlichkeit gesponnen. Dort gingen all die, die angeblich von edelstem Blut waren, ihrem Tagwerk nach – spannen Ränke, feierten Feste und bestimmten im Rausch aus Wein und Rauchkraut über das Los ihrer Untertanen.

Darunter war der Hügel zu Ringen aus Terrassen abgetragen, auf denen die reichsten Bürgerfamilien ihre Stammsitze errichtet hatten. Obwohl einige dieser weitläufigen Anwesen sicherlich den Bewohnern ganzer Dörfer auf den Almen Platz geboten hätten, vermochten sie der Imposanz des Palasts nichts entgegenzusetzen. Ihre Türme nahmen sich neben denen von Arvids Heim wie Grashalme neben Baumstämmen aus.

Eine steile Mauer auf einer Höhe von ungefähr zwei Dritteln des Hügels, die Krone gezahnt wie ein Sägeblatt, schied die, die herrschten und von goldenen Tellern speisten, von denen, über die geherrscht wurde und die fressen mussten, was vom Tisch ihrer Gebieter für sie herabfiel.

Es war ein Meer aus Häusern, das gegen diesen Wall brandete. Über die Generationen hinweg waren wahre Menschenmassen zum Mittelpunkt der Macht des Reichs geströmt. Sämtliche Bäume, die einmal im Umkreis von fünf Tagesmärschen um die Stadt herum gestanden haben mochten, schienen gefällt worden zu sein, um sie in Behausungen für die weniger wohlhabenden Bürger Silvretsodras zu verwandeln. Namakan erschauerte bei diesem Anblick wegen eines Einfalls, der nicht weniger grausam als die Einflüsterungen des Rufs der Ketten war. *Schau sich das einer an! Sie haben freiwillig einen Scheiterhaufen aufgeschichtet, für sich und für ihre nichtsnutzigen Gebieter ...*

Und es machte wahrlich den Eindruck, als könnte Silvretsodra nur vergehen, wenn der Funke der Zerstörung in seinem Inneren entfacht wurde, denn von außen wirkte es unantastbar. Die Stadtmauer, die den Ort umspannte, war ganz anders als die in Swemmanger. Ihre Zinnen kragten über, als hätten die Steinmetze versucht, den steilsten Überhang an den Felshängen der Almen nachzuahmen. Alle fünfzig Schritte erhoben sich wuchtige Wachtürme, zwischen denen mit Piken bewaffnete Soldaten patrouillierten. Vor der Mauer war im ansteigenden Gelände ein hundert Schritt breiter Graben ausgehoben, gefüllt mit dichtgesetzten, spitzen Pfosten aus Stahl, die mögliche Angreifer daran hinderten, Sturmleitern und anderes Belagerungsgerät sinnvoll einzusetzen. Wer zu den gewaltigen Toren wollte – hoch genug, dass selbst Götter hier hätten Einzug halten können –, musste über eine Zugbrücke schreiten, auf der drei Fuhrwerke nebeneinander fahren konnten. Namakan konnte nur Mutmaßungen anstellen, wie schwer die Gewichte an den Ketten sein mussten, die diese Brücke im Ernstfall hoben, um das Maul Silvretsodras zu verschließen.

Und irgendwo weit, weit in der verwaschenen Ferne stach die Felssäule, die man die Nadel nannte, in den Himmel, umkreist von den Schemen der gigantischen Raubvögel, die auf ihr nisteten. Sie hätten Geier sein können, die darauf warteten, dass ihre Beute verendete, denn vor den Mauern der Stadt kampierten Abertausende weitere Menschen in Zelten.

Nachdem die Wanderer auf ihrem Boot so nahe an die Stadt herangekommen waren, dass Namakan sie *hören* konnte – ein höllischer Lärm aus Stimmen, Hufschlägen, Musikfetzen, Hämmern und Klopfen –, stauten sich die Schiffsschwärme. Als Dalarr den Kahn ans Ufer lenkte und die Wanderer die Böschung hinaufgeklettert waren, erkannten sie auch, warum: Der Hafen Silvretsodras war gesperrt.

Die Piere, die hier in den Fluss hineinragten, waren aus Stein gemauert, nicht aus Holz gebaut wie in Swemmanger. Zwei besonders lange Piere, die Enden aufeinander zugekrümmt wie die Backen einer Zange, bildeten eine Klammer um das eigentliche Hafenbecken. Zwischen ihnen war ein Netz gespannt, das aus metallenen Fäden geflochten und zur Außenseite hin mit abschreckenden Widerhaken versehen war. Das Netz war an zwei großen, bauchigen Rundtürmen auf den gekrümmten Pieren befestigt. Aus dem Fundament beider Türme wuchsen knapp oberhalb der Wasseroberfläche eiserne Falkenköpfe, deren Schnäbel weit aufgerissen waren.

»Flikka mek!«, lautete Dalarrs Kommentar.

»Wozu sind die Falkenköpfe da, Meister?«

»Die Türme sind voller Öl«, sagte Dalarr. »Wenn die Stadt vom Fluss her angegriffen werden sollte, lassen es die Verteidiger ab und stecken die ganze Soße in Brand.« Er strich sich über den Bart. »Was mir mehr zu denken gibt, ist diese Kette da. Warum lässt Arvid den Hafen sperren? Die Pferdestämme reiten ja nicht auf Fischen.«

»Sie soll nicht die Barbaren abhalten«, meinte Kjell verächtlich. »Der König schützt sich vor seinem eigenen Volk.«

Die Behauptung des Grafen ohne Land wurde bestätigt, als die Wanderer zu Fuß in die Zeltstadt vor den Toren Silvretsodras vorstießen. Man brauchte kein weitgereister Gelehrter zu sein, um zu erkennen, worum es sich bei den Menschen handelte, die hier hausten: Es waren Flüchtlinge aus dem Osten. Ganze Familien hatten aus Furcht davor, die Barbaren könnten über die Drachenschuppen kommen, ihr gesamtes Hab und Gut in Planwagen gepackt und waren in einem langen Zug aus der Büffelsteppe aufgebrochen. Sie hatten sich gewiss Besseres erhofft, als vor der Reichshauptstadt zu stranden – ohne festes Dach über dem Kopf, mit dem nahen Fluss als Abort, die Ochsen, die die Wagen gezogen hatten, längst geschlachtet und gegessen.

Ausgezehrte, schmutzige Gesichter erwarteten die Wanderer, und Augen, in denen jede Hoffnung blind geworden war. Die Leute saßen um Feuerstellen herum, für die die Besitztümer von den Ladeflächen als Brennmaterial herhalten mussten: Schemel und Hocker, Schaukelstühle, kleine Kommoden, Wiegen, Bettzeug, Bücher und Schriftrollen, Puppen und Holzsoldaten ...

Wie bereits auf dem Markt in Swemmanger war es Dalarr, der von den Flüchtlingen angesprochen wurde, als die Wanderer an ihnen vorüberschritten. Doch anders als bei den Moosbeerenhändlern nahm sich Namakans Meister hier die Zeit, auf die Belange der Menschen einzugehen, die sich an ihn wandten.

Aus einem Dutzend Münder hörten die Wanderer die gleiche Geschichte. Von dem schweren Herzens unternommenen, tränenreichen Abschied von der Heimat. Von der beschwerlichen Reise durch die Steppe. Von den Gräbern, die für die Alten und Schwachen ausgehoben werden mussten, für die sich die Entbehrungen als zu hart erwiesen. Und von der bitteren Enttäuschung am Ziel keine Erlösung, sondern nur noch schlimmeres Elend zu erfahren.

»Manchmal«, beichtete ihnen eine Frau, die die rote Hand Rovils als Hautzeichen auf der Stirn trug, »manchmal geht einer der hohen Herren vom Gipfel des Hügels durch unsere Reihen. Er nimmt eine Handvoll Kinder – mal Knaben, mal Mädchen –, und er verspricht, dass er ihnen jenseits der Mauern ein neues Zuhause sucht. Doch er hat bei der Auswahl der Kleinen ein Funkeln im Blick, von dem man sich abwenden muss, wenn man weiß, was Sitte und Anstand sind.«

»Diese götterlosen Missgeburten am Tor lassen niemanden mehr herein«, fluchte ein gebeugter Greis. »Sie sagen, sie wollen nicht, dass Spitzel der Barbaren es in die Hauptstadt schaffen. Sehe ich etwa aus wie jemand, der sein Pferd ficken würde? Stehen meine Augen so schief? Das ist alles nur eine Ausrede. Ich habe gehört, bei der Nachtwache gibt es einen, der alle mit blauen Augen trotzdem hereinlässt. Andererseits ... salben die Alchemisten nicht Amulette zum Schutz vor bösen Geistern mit dem Gallert von blauen Augen?«

»Wenn der König hier wäre, müssten wir nicht im Schlamm verrecken«, greinte ein pickliger Jüngling. »Er würde uns nicht im Stich lassen. Aber er ist schon auf dem Weg zur Feste Kluvitfrost, heißt es, um die Barbaren zu zähmen. Er hat einen Statthalter eingesetzt, einen Krieger in einer weißen Rüstung. Ich habe ihn gesehen. Dort drüben auf diesem Turm hat er gestanden. Er hat mit einer Schleuder einen Schinken ins Lager geschossen. Und ich schwöre euch, er hat mit den Soldaten auf den Zinnen gescherzt und gelacht, als er dabei zusah, wie wir uns um ihn geprügelt haben.«

Die Aussagen des Jünglings veranlassten Namakan, seinen Meister sachte am Umhang in eine Lücke zwischen zwei Zelten zu ziehen. »Arvid ist nicht mehr hier?«

»Und wenn schon«, sagte Dalarr ruhig. »Dann holen wir uns eben zuerst Waldur.«

»Liebend gern«, stimmte ihm Morritbi zu. »Mich schert die Reihenfolge nicht, in der ihre Köpfe rollen.«

»Sagte der Henker und schärfte seine Axt«, fügte Eisarn hinzu.

Kjell sah zu den Türmen der Stadt hinauf. »Wenn Waldur stirbt, fällt sein Fluch von mir ab ...«

»Das mag ja alles richtig sein.« Namakan zuckte mit den Achseln. »Aber das Tor ist zu.«

»Waldurs Hals bekommt trotzdem bald Blotuwakars Klinge zu spüren.« Dalarr verzog den Mund zu einem schiefen Grinsen. »Ein Fuchsbau hat nicht nur einen Eingang.«

In einem Marsch, der den halben Tag dauerte, führte sie Dalarr auf die andere Seite der Stadt, immer entlang des Grabens an der Stadtmauer. Der Wald aus Wagen und Zelten lichtete sich mehr und mehr, je weiter sie sich vom Tor entfernten.

Sie erreichten irgendwann eine Stelle, an der der Graben unterbrochen war. Der Grund dafür war ein stinkender, zäher Fluss, der mehr aus Unrat als aus Wasser bestand. Sein gerader Lauf zum Silvret hin legte den Verdacht nahe, dass er in einem künstlich angelegten Graben dahinkroch. Er entsprang einer Öffnung am Fuß der Stadtmauer, die ungefähr die Größe einer durchschnittlichen Tür in den Almen hatte und die Form eines halbierten Apfels besaß. Ein engmaschiges Gitter aus Eisenstreben, an dessen unterem Rand sich allerlei Widerwärtiges verfangen hatte, diente als Abwehr gegen Eindringlinge.

Das Gitter hätte man sich sparen können. Wer würde dort hineinwollen, der noch bei klarem Verstand ist? Der bestialische Gestank der Brühe trieb Namakan die Tränen in die Augen, und er musste würgen, als er die vereinzelten Flüchtlinge sah, die ihr Hunger zu schier Unvorstellbarem trieb: Sie wateten durch die Brühe und fischten in der Suppe aus Exkrementen und Abfällen nach Essbarem. Gerade hatte einer – ein schrecklich hagerer Kerl in einer zerschlissenen Kutte – etwas gefunden, das wie ein Kohlblatt aussah. Der Mann schüttelte das Blatt ein wenig aus und steckte es sich in den Mund.

»Was sollen wir hier, Meister?«, keuchte Namakan.

»Das ist unser Eingang«, gab Dalarr nüchtern zurück.

»Nur über meine Leiche!«, protestierte Ammorna, die Hände in die Ärmel ihrer Kutte zurückgezogen, wo sie sie seit ihrer Kahnfahrt beständig wärmte. »Das ist mein voller Ernst!«

»Mach keine Angebote, die du dann nicht erfüllen willst, Nebelkrähe.« Dalarr lachte.

»Wir sollen da rein?«, fragte Tschumilal in einem ungläubigen Tonfall. »Ist es das, was du meinst?«

»Ja, das meine ich«, bestätigte Dalarr.

»Was ist mit dir?«, blaffte Morritbi, die sich schon seit geraumer Zeit die Nase zuhielt, Eisarn an. »Warum beschwerst ausgerechnet du dich nicht?«

»Weil ich schon Schlimmeres erlebt habe«, erwiderte der Zwerg unverwandt. »An ein bisschen Scheiße zwischen den Fingern ist kaum einer gestorben.«

»Da ist ein Gitter davor«, sagte Namakan vorsichtig. »Was willst du dagegen tun? Es ausreißen?«

»Es lässt sich anheben.« Dalarr unterstützte seine Erläuterung durch eine passende Geste. »Von innen. Mit einer Kurbel, ein kleines Stückchen weiter drinnen. Für den Fall, dass die Öffnung von zu großem Treibgut verstopft ist. Einer Leiche oder einem Tierkadaver.«

»Woher weißt du das alles?«, fragte Kjell.

»Das ist nicht mein erster unangekündigter Besuch in dieser Stadt. Denk daran, wie alt ich bin.«

»Das ist ja alles schön und gut, Meister.« Namakan hatte die Hoffnung noch nicht aufgegeben, dass er einem Bad in der üblen Suppe noch entgehen konnte. »Aber die Kurbel ist da drin. Und davor ist und bleibt das Gitter. Da passt doch keiner von uns durch. Nicht einmal ich.«

»Du bist aber nicht immer der Kleinste von uns«, sagte Dalarr lächelnd. »Nur die Hälfte der Zeit.«

Kjell nickte wissend, und Namakan ahnte, welchen Plan sein Meister ausgeheckt hatte, um durch die Mauern von Silvretsodra zu gehen.

Sie tauschten die Reste eines Hasen, den Dalarr am Vorabend mit Tschumilals Bogen geschossen hatte, gegen die Plane vom Wagen einer Flüchtlingsfamilie ein. Zunächst kam es Namakan wie ein gerechter Handel vor, doch auf dem Rückweg zu der Öffnung mit dem Gitter setzte ein kalter Nieselregen ein.

Da fragte er sich, ob ein voller Magen wirklich besser war, als keinerlei Unterschlupf vor den Elementen mehr zu haben. Er tröstete sich mit der Einsicht, dass die Familie genauso gut unter statt in ihrem Wagen schlafen konnte.

Namakan selbst sollte die Nacht kaum bequemer verbringen. Während Tschumilal mit Kjell aus der Zeltstadt verschwand, um über seine Verwandlung zu wachen, baute Dalarr aus der Plane, deren Außenseite mit Wachs behandelt war, Ammornas Krallenstab und Blotuwakar einen einfachen Unterstand. Die Wanderer drängten sich unter dem Dach aneinander und warteten darauf, dass der Regen aufhörte.

Als es so weit war, teilte Dalarr die Plane mit seinem Kurzschwert in sieben Stücke. Er musste nicht viel erklären. Er legte seinen Rucksack, seine Rüstung und seine Waffen ab und schlug sie sorgsam in eines der Planenstücke ein.

Die anderen folgten seinem Beispiel. Eisarn summte eine beschwingte Melodie – wahrscheinlich weil es unter die Erde ging. Ammorna übernahm derweil die angestammte Rolle des Zwergs, was das Jammern und Klagen anbelangte. Morritbi und Namakan halfen einander, und Tschumilal ließ es sich nicht nehmen, Kjells Bündel zu schnüren, der dabei aufgeregt fiepend auf ihrer Schulter hockte.

Die Elfentochter ächzte, als sie sich das große Bündel auf den Kopf packte und es mit beiden Händen stützte.

»Na, hab ich dir nicht gesagt, dass dir deine Tasche vor lauter Steinen noch zu schwer werden wird?« Namakan grinste und erhielt eine gezischte Verwünschung in der Sprache der Kinder des Dunstes als Entgegnung.

Dann gab Dalarr das Zeichen zum Aufbruch. Leise pirschten sie sich durch das Lager, und in Namakans Aufregung mischte sich ein wenig Traurigkeit: Für jeden Flüchtling, den er schnarchen hörte, gab es auch einen, der im Schlaf wimmerte. Viele waren auch schon – oder immer noch? – wach, aber sie schenkten den Wanderern kaum Beachtung, nur leere Blicke aus regungslosen Mienen. *Sie sehen aus wie tot. Lebende*

Tote. Fast schon wie die, die am Grund der Grotte umgehen, in der der Plagenvater liegt.

Bei ihrer Ankunft an dem Fluss aus Abwässern nahm ein kleines Mädchen in einem weißen Kleid vor ihnen Reißaus. Das Kind machte keinen Laut, und wenn Ammorna nicht »Das arme Ding!« gewispert hätte, hätte Namakan vielleicht geglaubt, ein Gespenst zu sehen.

Der Gestank war nach wie vor kaum zu ertragen. Sie näherten sich der Öffnung in der Mauer von der Seite. Dalarr hatte ihnen vorhin unter der Plane versprochen, dass er den Weg durch die Abwässer so kurz wie möglich halten würde, und er hielt sein Versprechen. *Jeder Schritt, den ich nicht durch diesen ekligen Sumpf mache, ist ein Geschenk der Untrennbaren.*

Tschumilal kniete sich hin, und Kjell hüpfte von ihrer Schulter auf den Boden. »Es ist nur mein Körper, der sich verwandelt, nicht mein Geist«, hatte Kjell gegenüber Morritbi und Namakan einige Male beteuert, wenn sie auf ihrer Reise über seinen Fluch gesprochen hatten. Namakan betete darum, dass dem auch wirklich so war.

Die Zielstrebigkeit, mit der Kjell vorantrippelte und sich beherzt in die abstoßenden Fluten stürzte, strafte Namakans Bedenken Lügen. Tapfer schwamm Kjell los, die Schnauze hoch aus dem Wasser gereckt. Die Dunkelheit sorgte dafür, dass Namakan die Ratte aus den Augen verlor, noch ehe er erkennen konnte, ob sie das Gitter passiert hatte.

»Er schafft das schon«, munterte Morritbi Tschumilal auf, die den Blick einfach nicht von der Brühe abwenden wollte.

»Der Junge hat richtig große Steine im Beutel«, pflichtete Eisarn der Hexe bei.

»Und einige von uns haben sie sogar schon leibhaftig gesehen«, witzelte Dalarr.

Als die ersten Strahlen der aufgehenden Sonne den Tag wachküssten, hallten Kjells Schreie aus der Öffnung.

Endlich!, dachte Namakan und schämte sich sofort dafür.

Die Schreie riefen niemanden herbei, wie Namakan insgeheim befürchtet hatte. Weder Soldaten auf den Zinnen noch Flüchtlinge aus dem Lager. *Sie sind alle taub für Schreie geworden. Sie bedeuten ihnen nichts mehr. Sie haben zu viele gehört.*

»Kjell?«, rief Tschumilal in die stinkende Finsternis.

»Mir geht es gut«, kam eine gekeuchte Antwort. Nasse Schritte tappten. »Da ist die Kurbel.«

Es quietschte aus der Öffnung, und das Gitter zitterte erst und begann sich dann zu heben.

»Na dann.« Dalarr stieg in die Abwässer wie in einen klaren Bergsee, und auch Eisarn zögerte nicht, obwohl ihm das Wasser gleich bis ans Kinn schwappte.

Namakans Beine wurden wackliger als ein Kartenhaus, das ein Besoffener baute.

»Seht ihr«, sagte Dalarr zufrieden. »Hier ist gleich ein Steg. Es ist nicht weit.«

Namakan hielt instinktiv den Atem an und machte den Schritt, für den er in seinem Leben bislang die meiste Überwindung aufwenden musste. Es half Namakan nicht gegen seinen haarsträubenden Ekel, dass die Abwässer, die ihm an die Brust strömten, wärmer als die Nachtluft waren. Bittere Galle kroch ihm den Hals hinauf, als er etwas Langes, Weiches an der Innenseite seines Oberschenkels vorbeigleiten spürte. *Ich verbrenne meine Kleider, wenn das vorbei ist!*

Das Furchtbarste war nicht, wie seine Kleider an ihm klebten. Nicht, wie er kaum die Hand vor Augen sah. Und auch nicht, dass ihm die Stiefel vollliefen. Das Furchtbarste war, wie glatt und rutschig der Boden war und dass er die Arme wegen des Gepäcks, das er auf dem Kopf balancierte, nicht freihatte. *Wenn ich jetzt ausrutsche, gehe ich unter. Ich gehe in dieser Scheiße unter.*

Es stellte sich heraus, dass er nur zehn Schritte gehen musste, bis er den gemauerten Steg an der Seitenwand des Tunnels sah. Er warf den Gepäckballen darauf ab und zog sich hoch. Die

Steine waren schmierig und kalt, doch das störte ihn nicht. Was ihn eher störte, war der Umstand, dass der Steg nicht viel breiter als ein gewöhnlicher Dachbalken war. Die Gefahr, auszugleiten und ganz in den Abwässern unterzutauchen, war noch nicht gebannt.

Einer nach dem anderen ging den abscheulichen Weg, Ammorna ganz zum Schluss und erst nach einigem Zureden, mit dem man auch einen Esel durch eine Flammenwand getrieben hätte.

Die Kroka-Dienerin brachte etwas mit sich, wofür ihr Namakan ungemein dankbar war: Licht. Sie murmelte ein Gebet an die Gefiederte Hüterin des Wissens, und das Leuchten ihres Krallenstabs verscheuchte die Finsternis. So kam Namakan in den zweifelhaften Genuss, Tschumilal den splitternackten Kjell zur Begrüßung küssen zu sehen. Während der Graf ohne Land sich danach Hemd und Hose aus dem Bündel holte, das die Elfentochter für ihn getragen hatte, hockte sich Namakan auf den Steg und schaffte es unter gewagten Verrenkungen, seine Stiefel auszuziehen und sie auszuschütten.

Kaum hatte er sie wieder an den Füßen – der Pelz darin widerlich vollgesogen –, nahm Dalarr sein Bündel auf und setzte sich an die Spitze ihres Zuges. Nach etwa fünfzehn Schritten ging er an einem nach oben führenden Schacht vorbei, ohne diesen auch nur eines Blickes zu würdigen.

Namakan hingegen schaute sehnsuchtsvoll auf die ins Mauerwerk eingelassenen eisernen Sprossen, die den Aufstieg in reinere Luft versprachen. »Meister«, sagte er. »Hier ist ein Schacht!«

»Geh weiter!«, knurrte Dalarr. »Ich will nicht im Hinterhof einer Garnison der Stadtwache landen.«

Und so zogen die Wanderer tiefer in die Eingeweide Silvretsodras hinein. Vorbei an den ersten Löchern in der Tunneldecke, die den Strom aus Unrat speisten. Tiefer und tiefer. Vorbei an Abzweigungen und Kreuzungen, aus denen bei manchen noch ein grässlicherer Hauch wehte als der, der ihnen bislang entgegengeschlagen war. Tiefer und tiefer. Über Brücken ohne Geländer, auf denen Namakan versucht war, sie kriechend oder rittlings zu überqueren. Tiefer und tiefer ...

Es mochte am unablässigen Glucken und Glitschen, am Spritzen und Platschen liegen, das sie in diesem Irrgarten umfing, doch langsam weitete sich ein Gefühl in Namakan zu zaghafter Gewissheit aus. *Wir sind hier nicht allein! Wir werden beobachtet!*

Mehrfach glaubte er neben sich, auf dem Steg an der anderen Seite der Tunnelwand oder in den Abwässern selbst, eine huschende Bewegung wahrzunehmen, doch wenn er genauer hinsah, war nichts zu sehen. Floh da womöglich irgendetwas oder gar irgendjemand vor dem Leuchten von Ammornas Stab?

Nachdem er auf einer besonders schmalen Brücke um ein Haar ausgeglitten wäre, weil er vor lauter Spähen nach versteckten Beobachtern zu wenig darauf achtete, wohin er seine Schritte lenkte, hielt er es nicht mehr aus. »Kann es sein, dass es hier Geister gibt?«, wisperte er.

»Keine, von denen du eine nähere Beschreibung haben willst, glaub mir.« Morritbi dämpfte ihre Stimme nicht, was Namakans Beklemmung nur noch verschlimmerte. »Hier leben nur Geister, die sich im Dreck wohlfühlen. Keine, vor denen wir uns fürchten müssen. Sie tun uns nichts. Sie würden uns nie etwas tun.«

»Wieso?«, raunte Namakan zweifelnd.

»Weil wir zu denen gehören, die dafür sorgen, dass ihre Art erhalten bleibt«, sagte Morritbi im Brustton der Überzeugung. »Oder fallen dir etwa Blüten und süße Früchte aus dem Hintern, wenn du dich erleichterst?«

»Das hätte er wohl gern«, merkte Dalarr von vorn an. »Als jemand, der mehr als einmal nach ihm auf dem gleichen Abort gewesen ist, kann ich nur sagen, dass ...«

»Meister!«, flehte Namakan.

»Was für eine Pottsau!«, meckerte Ammorna.

»Dalarr ...«, kam es gedehnt in der tiefen Stimme Eisarns von weiter hinten.

»Was gibt's?«, wollte Dalarr wissen. »Fängst du auch an Geister zu sehen?«

»Nein. Ich mache mir so meine Gedanken über etwas, das ich nicht sehe.« Eisarn klang aufrichtig besorgt. »Die Ratten fehlen. Hier müsste es doch Ratten geben. Kein Stollen und kein Tunnel, der so viel Fresschen für sie zu bieten hat, bleibt ohne Ratten.«

»Dridd!«, zischte Dalarr.

Dann hörte Namakan irgendwo vor ihnen aus der Dunkelheit ein leises Schaben und einen grellen Pfiff, und im nächsten Augenblick löste sich das Rätsel der verschwundenen Nager.

29

*Der Aufrechte folgt der Einladung seines Feindes,
sei es nun zum Freundschaftsschluss oder zum Kampf.*

Aus den Lehren des Alten Geschlechts

Aus einem Seitenschacht am Rand der von Ammornas Stab geschaffenen Lichtinsel huschte eine geduckte Gestalt auf den Steg. Ihr weiter Überwurf war aus grauen und braunen Fellfetzen zusammengeflickt. Um ihren Hals baumelte eine Kette aus Rattenschwänzen. Dort, wo ihre Haut nicht dreckverkrustet war, war sie bleich wie der Bauch einer Unke. Das verfilzte, dunkle Haar, das ihr ins Gesicht hing, machte es schwer, ihr Geschlecht zu erkennen. Ihre Hände jedoch, die einen spitzen Stock auf Dalarrs Brust gerichtet hielten, hatten die schmalen Handgelenke und dünnen Finger einer jungen Frau.

Sie ist kein Geist!, bändigte Namakan den wilden Schrecken, der ihn befiel. *Sie ist nur ein Mädchen.*

»Wir suchen keinen Streit«, sagte Dalarr in beschwörendem Tonfall. »Lass uns passieren, ja?«

Das Mädchen senkte seinen primitiven Speer ein Stück. Es legte den Kopf in den Nacken, schob die Schneidezähne über ihre Oberlippe und stieß eine Folge hoher Pfiffe aus.

Die Brühe im Kanal spritzte auf.

Das Licht wirbelte im Tunnel umher, als Ammorna ihren Stab zur Seite riss und auf den Mann richtete, der aus dem Wasser aufstand. Auch er hatte langes, zottiges Haar, und auch er trug einen Überwurf aus Rattenfell, doch seiner war zusätzlich mit Aberdutzenden winziger Nagerschädel behängt. Er hatte breitere Schultern als Eisarn, und in jeder seiner Pranken hielt er ein hässliches, schartiges Messer. Aus seinem Mund ragte ein blassgelbes Rohr, das offensichtlich aus einem Knochen gefertigt war – ein Knochen, der viel zu lang und dick war, als dass er von einer Ratte hätte stammen können.

»Was wollt ihr von uns?«, fragte Dalarr, und Namakan bewunderte seinen Meister dafür, wie fest seine Stimme klang.

»Falls wir eine Grenze überschritten haben, die wir nicht hätten überschreiten sollen, biete ich euch meine ehrliche Entschuldigung.«

Der Mann spie das Rohr aus. Anstatt im Wasser zu landen, schlug es ihm gegen die Brust, gehalten von einem Lederband, das am Mundstück befestigt war.

Er war es!, verstand Namakan. *Dieser Kerl hat uns beobachtet. Er ist neben uns geschwommen – nein, getaucht –, und er muss durch das Rohr geatmet haben.* Die Folgerung, die Namakan daraus zog, ließ sein ohnehin pochendes Herz noch schneller schlagen. *Er lebt hier unten, wissen die Untrennbaren wie lange schon. Hier, in dieser erbärmlich stinkenden Dunkelheit.*

»Keine Entschuldigungen«, sagte der Rattenfresser. Er schüttelte den Kopf, und Tropfen verseuchten Wassers flogen ihm aus Haar und Bart. »Keine Entschuldigungen.«

»Was dann?«

»Wegezoll.« Es war unheimlich, dieses Wort zu hören. Es gehörte nach oben in die Welt der Sonne, in den Mund eines Uniformierten hinter einer Schranke. Nicht in diese Finsternis, wo es über die blassen Lippen eines verwilderten Mannes kam, der Ratten fraß. Und doch hatte Namakan es auf seiner Reise schon einmal in der Finsternis gehört, geschabt von den Beinen einer Spinnenkönigin. »Wegezoll.«

Neue Gestalten schälten sich langsam aus dem Dunkel. Von vorn auf dem Steg näherte sich eine hagere Frau, einen Lumpen so um den Kopf gewickelt, dass ihr linkes Auge von dem braunfleckigen Stoff bedeckt wurde. Mit ihrem einen Arm führte sie ein nacktes Kleinkind hinter sich her, mit dem anderen schwang sie einen mit Scherben gespickten Holzknüppel. »Verirrt?«, raunte sie. »Verirrt?«

Hinter dem Riesenkerl standen nun zwei junge Männer, deren Gesichter wenig mehr als eine Ansammlung von schwärenden Pusteln waren. Einer der beiden schnupperte wie ein Tier, das Witterung aufnahm. »Oben«, stellte er fest. »Sie riechen nach oben.«

»Lass das!«, brüllte der Anführer plötzlich und zeigte mit einem seiner Messer auf Tschumilal. »Lass das!«

Die Halbelfe hatte ihr Planenbündel vor sich auf dem Steg abgesetzt, um es aufzuschlagen. »Wollt ihr nicht Wegezoll?«

»Doch.«

»Ist das nicht etwas, das man bezahlt, wenn man bei den Menschen über Grenzen geht?«, rückversicherte sie sich.

»Doch.«

»Warum willst du dann nicht meinen Wegezoll?« Sie wühlte unbeirrt in dem Inhalt ihres Bündels und flüsterte Laute in ihrer zischenden Sprache.

»Ist das genug Wegezoll?« Tschumilal zog die Hand aus der Tasche und zeigte dem Rattenfresser, was sie hervorgeholt hatte. Fünf kleine Klumpen Gold, die im Schein von Ammornas Stab verführerisch glänzten.

Wann hat sie die gesammelt? Namakan blieb die Luft weg.

Das Mienenspiel des Rattenfressers war faszinierend. Die zuvor misstrauisch zusammengekniffenen Augen weiteten sich, seine Nasenspitze zuckte, sein Mund klappte auf. Dann rückten seine Brauen wieder enger zueinander, als er die Stirn runzelte, wohl weil ihm sein Gedächtnis verriet, dass Tschumilal ihm da etwas völlig Unverhofftes auf ihrer Handfläche präsentierte: eine plötzliche Errettung für ihn und seine Sippschaft aus jämmerlichstem Elend. Ein Ende des Rattenfressens. Den Beginn eines neuen Lebens in Würde. Ein Ausweg aus dem Dunkel. »Gold.«

Tschumilal drehte ihre Hand um.

»Nein!« Der Mann mit den Messern machte einen Satz nach vorn, doch es war zu spät. Die Goldklumpen platschten in die Brühe. »Sucht sie! Sucht sie!«, herrschte er die beiden Jünglinge hinter sich an, die Arme bis zu den Schultern im Wasser. Die Pustelgesichter befolgten den irren Befehl.

Dalarr handelte. Er riss sein Bündel vom Kopf und stürmte damit wie mit einem Rammbock auf das Mädchen vor sich auf dem Steg zu. Sie nahm den Speer hoch. Seine Spitze glitt an der Plane ab. Dann prallten Namakans Meister und die junge Rattenfresserin zusammen. Dalarrs größere Masse setzte sich durch: Das Mädchen wurde vom Steg geschleudert.

Die Frau dahinter – ihre Mutter? – fauchte entsetzt auf. Dalarr nutzte den Schwung seines Sturms und haute ihr das Planenbündel ins Gesicht. Die in den Stoff eingeschlagene Rüstung schepperte gedämpft. Die Frau wankte einen Schritt nach hinten. Beim zweiten verfehlte ihr Fuß den Steg. Sie kippte seitlich in den Kanal, wobei sie das Kind an ihrer Hand mit sich in den Fluss aus Unrat zog.

»Lauft!«, rief Dalarr. »Lauft!«

Namakan hetzte los, ständig nach unten zu seinen eigenen Füßen schauend, um ja nicht das Schicksal der Rattenfresserin und ihrer Kinder zu teilen. Dass er ins Dunkel jenseits von Ammornas Licht eilte, erschwerte die Sache. Die Bedrängnis verlieh ihm zum Glück einen erstaunlichen Gleichgewichtssinn.

»Das gute Gold! Das gute Gold!«, hörte er Eisarn hinter sich jammern. Der Zwerg klang, als würde er sich jeden Moment an der Suche beteiligen, die die Rattenfresser aufgenommen hatten.

»Beweg dich endlich, du Tonne!«, fuhr ihn Kjell an.

»Morritbi?«, fragte Namakan panisch, ohne sich umzudrehen.

»Ich bin da!« Atemlos, aber ganz in seiner Nähe.

Gut!

Nun wurde es auch wieder etwas heller um ihn, was nur bedeuten konnte, dass auch Ammorna losgelaufen war. Mehr noch: Die Kroka-Dienerin holte offenbar zu ihm auf.

Tschumilals Lachen geisterte durch die Tunnel, viel zu fröhlich und viel zu laut.

Nachdem sie vielleicht einhundert oder zweihundert Schritte so gelaufen waren, warf sich Dalarr jäh nach links. Morsches Holz splitterte unter seiner Schulter. Einmal, zweimal, dreimal, dann war die uralte Tür, die den scharfen Augen des Tegin nicht entgangen war, aus ihren rostigen Angeln gedrückt.

»Mir nach!« Dalarr stürmte weiter voran.

Hinter der zerborstenen Tür führte eine schmale Treppe steil nach oben. Ihre Stufen waren eine Qual für Namakan. Sie waren rutschig und zu alledem nicht für die kurzen Beine eines Halblings gemacht. Immer wieder stieß er sich an ihren Kanten Knie, Schienbeine und Zehen, doch er spürte den Schmerz kaum. Es ging nach oben, und mehr war für ihn nicht wichtig.

Als sich das Brennen in seinen Beinen in eine lähmende Taubheit zu verwandeln begann, nahm er die ersten Anzeichen wahr, dass die Welt droben nicht mehr weit sein konnte. Die Luft, die er keuchend in seine Lungen sog, wurde frischer, und es waren das erste Klappern von Wagenrädern und ferne Wortfetzen zu hören. Dann drang durch eine Gittertür das fahle Licht des Morgens in den Treppenschacht hinein.

Die Wanderer fanden sich letztlich in einer Gasse wieder, die auf einen weiten Platz hinauswies, in dessen Mitte ein hünenhafter, steinerner Arvid wohlwollend zu einem nahen Rovis-Tempel blickte. Der Platz war noch recht leer bis auf einige Wäscherinnen mit ihren Körben, eine Handvoll Straßenfeger und vereinzelte Kutscher, die pfeiferauchend auf den Böcken ihrer Gefährte hockten.

Namakan ließ sich auf das Kopfsteinpflaster plumpsen und streckte alle viere von sich, und Eisarn machte es genauso. Ammorna löschte das Licht ihres Stabes erst, als sie Kjell daran erinnerte. Morritbi und Tschumilal waren zwar ebenfalls erschöpft, strahlten aber beide schelmisch.

»Woher hattest du das Gold?«, fragte die Hexe.

»War es Gold?«, fragte Tschumilal zurück.

»Wie? War es Gold?«

»Sie ist eine Elfentochter.« Dalarr, der an der nächsten Hauswand lehnte, lächelte anerkennend. »Meinst du, sie hätte nicht von ihrer Mutter gelernt, wie man eine Sache wie eine andere aussehen lässt?«

Die Steine! Namakans Bauch hüpfte unter seinem einsetzenden Gelächter. »Wie gut, dass deine Tasche so schwer war, was, Tschumilal?«

Es war kein langes Bad, das die Wanderer wenig später in einem Badehaus unweit des Platzes nahmen. Sie hockten gemeinsam in einem großen Zuber im heißen Wasser und versuchten hastig, sich den Dreck aus jeder Falte ihrer Körper zu schrubben. Namakan war sicher nicht der Einzige unter ihnen, der gern alle Seifen und Duftöle ausprobiert hätte, die das Haus zu bieten hatte. Dalarr jedoch drängte sie zur Eile.

Nachdem Ammorna ihm unmissverständlich klargemacht hatte, dass sie auf keinen Fall ihre schmutzige Robe wieder anziehen würde, zeigte Dalarr in dieser Frage jedoch Erbarmen. Er schickte einen der Bediensteten des Badehauses los, ihnen frische Kleidung und neues Schuhwerk zu kaufen. Das alte Zeug hingegen, so stellte es ihm Dalarr frei, durfte er ruhig verbrennen. Der feingliedrige Mann, dessen Oberlippe von einem sorgsam gezupften Bärtchen geziert wurde, hatte ein ausgezeichnetes Auge für die Maße von nackten Körpern: Die Sachen, die er ihnen brachte, passten tatsächlich wie angegossen, und zumindest Dalarrs Geschmack traf er genau: Hemd, Hose und Stiefel waren pechschwarz.

Auch Ammorna war damit zufrieden, ihre geflickte dunkle Robe gegen eine unversehrte auszutauschen, und sie hatte außerdem um Handschuhe gebeten, die sie auch bekam. Ganz elegante aus Echsenleder, die ihre kalten Finger allerdings kaum wärmen würden.

Sowohl für Eisarn als auch für Kjell hatte der Einkäufer ein geckenhaftes Grün mit gelben Streifen gewählt. Angesichts der

Tatsache, dass Kjells Rüstung im Grunde eine einzige Delle und die des Zwergs ein einziger Rostfleck war, wirkten die feinen Schnitte an ihnen umso befremdlicher.

Morritbi und Tschumilal fühlten sich in ihren neuen Kleidern mit den ausladenden Röcken und den hohen Krägen sichtlich unwohl, auch wenn diese nach Angaben des Einkäufers voll der jüngsten Mode entsprachen.

Auf ein besonderes Kleidungsstück, das ihm der Bedienstete des Badehauses angedeihen ließ, war Namakan regelrecht stolz. Ein Kapuzenumhang aus rotem Samt. *Der macht sich bestens zur Klinge meines Dolchs und dem Blut, das bald von ihr tropfen wird.*

Sie verließen das Badehaus und tauchten in den Trubel ein, der inzwischen auf den Straßen Silvretsodras herrschte. Ihr ungewöhnlicher Weg in die Stadt hatte die Wanderer anscheinend in eines der besseren Viertel geführt. Es lag dicht unterhalb der gezackten Mauer, mit der sich die Granden gegen den Pöbel abschotteten.

Dalarr lotste sie in eine Straße, in der sich ein Laden an den nächsten reihte. Vor einem Geschäft für Schreibwerkzeug bat er seine Gefährten, kurz draußen zu warten. Er kehrte mit einer kleinen Rolle Pergament, einem Kohlegriffel und der Wegbeschreibung zu dem Ort zurück, an dem Waldur sich für gewöhnlich aufhielt.

»Ich nehme nicht an, dass du vorhast, deinen letzten Willen zu schreiben«, sagte Eisarn.

»Nein, habe ich nicht«, erwiderte Dalarr, aber er gab keine weitere Auskunft darüber, was es mit Pergament und Griffel auf sich hatte.

Der Weiße Wind hatte seine Bastion nicht in den oberen Gefilden Silvretsodras errichtet. Die Wanderer mussten den Hügel hinabsteigen, ganz in die Nähe des Hafens.

Auf ihrem Weg dorthin sah Namakan noch mehr große Menschen aus den entlegensten Provinzen des Reichs: Männer aus den Harten Landen in Faltenknieröcken, die ihre Dolche wie eine Schamberge genau über ihrem Schritt trugen; zierliche Damen von den Feuerhöhen, deren Gesichter hinter weißen Holzmasken verborgen waren und neben denen winzige, haarlose Hündchen hertrippelten; fette, geschorene Mönche des Schlingerkults, die die langen Schleppen ihrer seidenen Gewänder stolz zur Schau stellten wie überfütterte Pfauen …

Es war Kjell, der Namakan und Tschumilal darüber aufklärte, woher all diese Fremden stammten, wenn auch widerwillig. Ammorna, die in Swemmanger noch mehr oder minder geduldig Namakans Fragen beantwortet hatte, war in dumpfes Schweigen verfallen.

Sie sind alle so still. Alle außer mir und Tschumilal. Namakan krallte die Finger um die Riemen seines Rucksacks, als er begriff, warum dem so war. *Das könnte unser letzter Gang sein. Zu Waldur. Sie haben ihn gesehen. Sie wissen, wie er ist. Tschumilal und ich kennen ihn nur aus Geschichten.*

Am Hafen angelangt, bemerkte Namakan, dass trotz des Krieges der Strom an Waren keinesfalls versiegt war. Lastkähne pendelten zwischen den Pieren und den Booten, die sich vor dem Netz stauten, hin und her. Dass die Schiffer draußen bleiben mussten, hieß offenbar nicht, dass das auch für die Güter galt, die sie herbeischafften. *Natürlich,* grollte Namakan stumm. *Was sollten sich die hier drinnen auch um die draußen scheren? Die hier oben scheren sich noch nicht einmal um die da unten. Sie haben ja zu fressen, und sie haben feine Stoffe, um sich damit den Hintern zu wischen. Und sie haben ihre hohen Mauern und ihre Zugbrücke und ihr schweres Tor …* Ein düsteres Grinsen verzerrte sein Gesicht. *Aber all das wird ihnen nichts nutzen, wenn irgendwann jemand kommt, so wie wir, der bereit ist, durch die Scheiße zu gehen, um sie für ihre kalten Herzen zu bestrafen. Der ihnen alles nimmt und es selber frisst. Der sie zermalmt und zerreißt und zerfetzt und auf den Resten ihrer geschundenen Leiber tanzt und der –* Namakans Beine wurden ein, zwei Schritte schwer wie Blei, und er geriet ins Straucheln. *Nein!*

Morritbi stützte ihn. »Alles in Ordnung?«

Er nickte stumm, eine wortlose Lüge. *Nichts ist in Ordnung. Nicht, solange ich dieses ... dieses Ding auf meinem Rücken schleppe. Nicht, solange ich noch den Ruf der Kette höre. Verflucht, warum habe ich es nicht einfach dort unten im Dunkeln gelassen, dort, wo es hingehört? Es wäre so einfach gewesen. Bei der ganzen Aufregung mit den Rattenfressern hätte es nicht einmal der Meister bemerkt, wenn ich mein ganzes Bündel einfach fortgeworfen hätte ... dann hätte ich meine Ruhe davor.* Eine süße und dennoch warnende Stimme erfüllte seinen Geist mit ihrem Flüstern, und er erschrak darüber, dass es nicht die Kette war, die da zu ihm sprach, sondern ein boshafter Teil seines eigenen Verstands. *Sehn dich nicht zu sehr nach Ruhe, mein Freund. Vergiss nicht, du ziehst in die Schlacht ...*

Die Bastion des Weißen Windes war das einzige steinerne Gebäude in einem Umkreis von mehreren Hundert Schritten. Eine Seite des Kuppelbaus aus weißem Marmor grenzte unmittelbar an das Hafenbecken. Davor erstreckte sich ein riesiger, staubiger Platz, bei dem Namakan an eine Einöde denken musste, der alles Leben geraubt worden war. Als er die Bastion näher betrachtete, dämmerte ihm, wie sich dieser triste Gedanke erklärte: Das Bollwerk des Skra Gul sah aus wie ein von der Sonne gebleichter Totenschädel. Die beiden Bogenfenster aus schwarzem Glas in der Kuppel waren die leeren Augenhöhlen, und die Spitzen eines Fallgitters, die von oben in die düstere Toröffnung hineinragten, waren die Zähne. Zu jeder Seite des Tors stand ein Trupp von sechs Schergen in schneeweißen Waffenröcken, bewaffnet mit Speeren und Schwertern. Namakan fletschte die Zähne. Ob einer der Hunde dabei war, der seine Familie dahingeschlachtet hatte?

»Da wären wir«, stellte Eisarn grimmig fest. »Ich vermute, du hast einen Plan, Dalarr. Einen anderen als: ›Auf sie mit Gebrüll!‹«

Dalarr nickte. »Ammorna wird mir einen Gefallen tun müssen.«

»Ich?« Die Kroka-Dienerin riss überrascht die Augen auf.

»Du wirst dort zu diesen Schweinen gehen und ihnen sagen, dass du eine wichtige Botschaft für ihren Anführer hast.« Dalarr holte den Griffel und das Pergament aus seinem Rucksack. »Du bist eine Dienerin der Gefiederten. Die Skra Gul sind abergläubisch. Sie werden dich vorlassen, und Waldur wird dich empfangen.«

»Baust du darauf, dass er sich an mich erinnern wird?« Ammorna war leichenblass.

»Nein. Ich baue darauf, dass er sich *daran* erinnert.« In ruhigen Strichen malte Dalarr ein Zeichen auf das Pergament. Namakan erkannte darin schnell das gleiche Symbol, das in Dalarrs Rücken als Hautschrift eingeschrieben war. Darunter setzte Dalarr eine kurze Reihe weiterer Linien und Formen, die für Namakan rätselhaft blieben.

»Was schreibst du?«, fragte Tschumilal.

»Ich schreibe Waldur, dass ich in der Stadt bin«, sagte Dalarr. »Dass wir zwei etwas zu klären haben. Auf unsere Weise.«

Das bange Warten war eine schlimme Folter. Dalarr hatte sich nicht geirrt: Die Wachen der Skra Gul hatten keinerlei Anstalten gemacht, Ammorna aufzuhalten, nachdem sie ihr Anliegen vorgetragen hatte. Ammorna war erhobenen Hauptes durch das Tor geschritten, und selbst eine Königin hätte ihr Zepter nicht ehrfurchtgebietender vor sich her tragen können als die Weißhaarige ihren Stab.

Danach hatte das Warten begonnen, und es dauerte schon länger, als man brauchte, um eine Pfeife zu rauchen.

»Was ist, wenn er sie umbringt?«, fragte Kjell nun bereits zum sechsten oder siebten Mal.

Und zum sechsten oder siebten Mal gab ihm Dalarr die gleiche Antwort: »Dann soll sie nicht umsonst gestorben sein.«

Gerade als Kjell wieder den Mund öffnete, sahen sie Ammorna im Tor auftauchen. Die Wachen blickten ihr einen Moment nach, ehe sie die Köpfe zusammensteckten, um zu tuscheln.

Kjell lief seiner Amme ein Stück entgegen. Er wollte sie umarmen, was sie mit einer barschen Bewegung ihres Stabs verhinderte. Ammorna trat vor Dalarr, die Spuren einer Kränkung ins Gesicht gegraben.

»Er hat mich wiedererkannt«, sagte sie vorwurfsvoll. »Er hat mich gefragt, ob ich zu ihm gekommen bin, um für eine Aufhebung von Kjells Fluch zu betteln, oder weil ich ihm ein paar Omen deuten will.«

»Hast du ihm mein Schreiben gezeigt?«

Sie nickte. »Er hat gesagt, dass er deine Einladung annimmt und dass er sich auf dich freut. Er wird bald zu uns kommen.«

Dalarr lächelte eisig. »Gut.« Als er weitersprach, wandte er sich an all seine Begleiter. »Waldur wird sich an die Regeln der Skorugir Laga halten, der Ehrenvollen Zusammenkunft. Und es ist wichtig, dass auch ich mich an diese Regeln halte. Wenn Waldur vor dieses Tor dort drüben tritt, ist es eine Sache nur zwischen uns beiden. Ganz gleich, was auch geschieht, ihr mischt euch nicht ein. Ganz gleich, wie lange wir reden. Ganz gleich, wie lange wir streiten.«

»Was?« Morritbi schüttelte wild den Kopf. »Das geht nicht. Was ist mit *meiner* Rache?«

»Meister ...«

»Still, Namakan«, sagte Dalarr streng. »Meine Rache wird unsere Rache sein.« Er sah Morritbi in die Augen. »Sei nicht dumm. Was meinst du, wie groß der Weiße Wind ist?«

»Es sind mehr als fünfzig Mann«, warf Ammorna knapp ein.

»Meinst du, wir könnten gegen sie alle bestehen?«, fragte Dalarr Morritbi. »Mehr als fünfzig Männer und Frauen, die kein Handwerk mehr lieben als das Töten? Wäre ich allein, würde ich es vielleicht wagen. Aber nicht mit euch im Gefolge.« Er zeigte auf ihren Ledergürtel, der wegen der Röcke ihres neuen Kleids viel höher unter ihren Brüsten saß als früher. »Hast du so viel Skaldat, um sie alle zu verbrennen?«

Morritbi ballte die Fäuste, aber sie senkte den Kopf.

Dalarr war noch nicht fertig. »Kann Eisarn mit seinem Hammer ihnen allen den Schädel einhauen? Hat Tschumilal genügend Pfeile in ihrem Köcher, um jeden von ihnen damit zu spicken? Ist Kjells Schwert noch scharf genug, um ihnen die Glieder abzutrennen? Und was ist mit Namakan, hm? Ich dachte, du liebst ihn. Willst du sehen, wie sie ihn in tausend Fetzen zerreißen und ihn an die Fische dort im Hafen verfüttern?«

»Nein«, sagte Morritbi leise.

»Dann halt dich raus, wenn ich ihm gegenüberstehe.«

»Was ist, wenn er dich bezwingt?« Tschumilal stellte die Frage in einem Tonfall, als wollte sie wissen, was Dalarr vom Wetter hielt.

»Dann schaut ihr zu, dass ihr von hier wegkommt«, meinte er grimmig. »Wenn ich ihn nicht besiegen kann, kann es niemand auf der ganzen Welt.«

30

> »*Ein Zwist unter Brüdern entfesselt bisweilen eine läuternde Reinheit*«, sprach der Weise.
> »*Die Frage nach der Reinheit ihres Handelns entfesselt stets Zwiste unter Brüdern*«, entgegnete der Weisere.
>
> Aus einem Fragment des Stummen Barden

Als der Krieger in Weiß aus der Bastion der Skra Gul schritt, tobten widerstreitende Gefühle in Namakans Brust: Sorge um seinen Meister, Hass auf diesen lächelnden Mann dort, der gemächlich über den staubigen Platz schlenderte, und auch ein grässlicher Hauch Bewunderung für dessen Erscheinung.

Seine Rüstung war ein Meisterstück aus Skaldat, so strahlendweiß, dass es einem in den Augen brannte. Das Weiß eines funkelnden Gletschers, das Weiß einer erbarmungslosen Wüstensonne.

Unter dem Arm trug Waldur, dessen Wuchs schlank und aufrecht war, einen mit gewundenen Widderhörnern verzierten Helm. Zwei Scheiden schwangen an seinem Waffengürtel. Die eine barg ein langes, dünnes Schwert – *die Klinge, die Lodajas Leichnam verschandelt hat!* –, die andere einen kurzen Parierdolch, dessen fragiler Korb um den Griff einer Schneeflocke nachempfunden war.

Glattes Haar, das dem ruchlosen Schlächter seidig bis auf die Schultern fiel, umrahmte sein trügerisch edles Gesicht. Waldur war der lebende, der unsterbliche Beweis, dass beileibe nicht alles Grausame hässlich war. *Schön, aber kalt ... eine Schnitzerei aus Eis.* Von dem Geschmeide, in das Waldur angeblich die von ihm gebändigten Geister zwang, sah Namakan nichts. Keine Kette, kein Stirnreif, kein Ohrring.

Die vor dem Tor zur Bastion stationierten Skra Gul zeigten sich verwundert über das Auftauchen ihres Anführers. Manche traten unruhig auf der Stelle, andere schüttelten die Köpfe und zuckten mit den Schultern. Erst als Waldur ein Drittel der Entfernung zwischen sich und den Wanderern hinter sich gebracht hatte, fielen drei der Wachen in einen Laufschritt, um zu ihm aufzuschließen. Er hob die Hand in einer warnenden Geste, den Blick unverwandt auf Dalarr gerichtet. Die Wachen hielten an, nervöses Misstrauen auf den Zügen.

Zehn Schritte vor Dalarr blieb auch Waldur stehen und verneigte sich tief. »Dalarr att Situr, möge dein Weg lang sein«, hieß er seinen Gast willkommen, die Stimme laut und klar.

»Und der deine noch länger, Waldur att Situr«, erwiderte Dalarr, verzichtete allerdings auf eine Verbeugung.

»Was verschafft mir die Ehre?«, fragte Waldur sorglos. »Bist du hier, um die Gräben zu überbrücken, die gerade erst zwischen uns aufgerissen wurden?« Er hielt kurz inne, um einen Blick zurück zu seinen Männern zu werfen. »Du verzeihst, dass ich nicht die Zunge unserer Mütter und Väter verwende. Mein Gefolge ist besorgt, und deinem wird es nicht anders gehen.« Sein Lächeln wurde breiter. »Ich habe auf deine Ankunft gewartet. Ein Geist hat mir zugeflüstert, dass du kommst.«

Der Geist ... der Lichtgeist aus dem zerbrochenen Amulett ... Namakan ächzte unterdrückt. *Ich wusste von Anfang an, dass es ein Fehler war, Waldur zu warnen.*

»Du hast mich verraten.« Dalarr, der inzwischen so weit nach vorn getreten war, dass er Waldur auf etwas mehr als Armeslänge gegenüberstand, mahlte kurz mit den Kiefern. »Du hast mir vorgegaukelt, dein Interesse an Arvids Aufstieg wäre nichts weiter als Zeitvertreib. Ein Mittel gegen die Langeweile, die unseresgleichen gern befällt. Das war eine Lüge. Und als ich an dieser Lüge nicht mehr teilhaben wollte, hast du der Frau, die ich liebe, erst ein Auge und dann ihr Leben gestohlen.«

Namakan konnte nur erahnen, wie nah diese beiden Ereignisse – die Schlacht bei Kluvitfrost und das Massaker auf den Almen – für Dalarrs Zeitempfinden beieinander lagen. Für kurzlebigere Geschöpfe wie die großen Menschen trennte sie hingegen eine ganze Generation.

»Ich bin also der Verräter hier?« Waldurs Lächeln gefror. »Ich bin der, der den Schwanz eingekniffen hat, als es hart auf hart kam? Ich bin der, der Kinder raubt und mächtige Ketten stehlen lässt? Ich bin der, der sich am Ende der Welt verkrochen hat, anstatt Verantwortung für seine Taten und Untaten zu übernehmen?«

Spricht er von mir? Namakans Hände begannen zu zittern, und er spielte beinahe unbewusst mit dem in seinem Fleisch verwachsenen Ring, um sie zur Ruhe zu bringen. *Er muss mich meinen. Aber Dalarr hat mich nicht geraubt. Meine Mutter hat mich Lodaja mitgegeben, um mein Leben zu retten. Sind denn alle vom Alten Geschlecht solche Lügner?*

»Wir könnten uns noch ewig darüber streiten, wer wen verraten hat und wer als Erster nicht aufrichtig zum anderen war«, wiegelte Dalarr den Vorwurf ab. »Doch hier geht es nicht nur um uns beide. Da ist noch mehr. Viel mehr. Du hast auch unsere Wege verraten. Das, was allen Tegin heilig zu sein hat. Winde dich ruhig wie eine Schlange in einer gepanzerten Faust, aber das ändert nichts an der Wahrheit. Du wolltest einen Weg finden, unsere Gesetze auszuhebeln, ohne sie zu brechen. Du wolltest der König hinter dem König sein. Dafür hast du dir Arvid ausgesucht, und nicht, um den Menschen einen guten Herrscher zu geben, wie du mich glauben gemacht hast.«

»Ach, Dalarr.« Waldur seufzte. »Komm mir nicht mit Gesetzen, die wir brechen. Hast du nicht gegen das Logmal Rata verstoßen, als du so verzweifelt versucht hast, sesshaft zu werden und Wurzeln zu schlagen?«

»Selbst unser Weg muss irgendwann enden«, wandte Dalarr ein.

»Muss er das?« Waldur deutete mit dem Daumen über seine Schulter auf die Bastion. »Sieh, was ich hier habe. Ein Heim, zu dem ich zurückkehren kann. Und trotzdem muss ich meine Wanderschaft nie aufgeben. In einem Reich wie Tristborn gibt es immer einen Aufstand niederzuschlagen, einen vorlauten Edelmann, dem man auf die Finger klopfen kann, und eine Grenze, die gegen Eindringlinge gehalten werden muss. Ich muss mir wenigstens nicht vorwerfen, alt und grau geworden zu sein, während ich auf den Almen eine fremde Brut genährt habe. Ich habe dem König gedient, den wir geschaffen haben.«

»Vertausch nicht die Rollen zwischen Herr und Sklave«, grollte Dalarr.

»Was hat es den Falura Morna von Tristborn denn geschadet, dass wir den Gräfling zum König gemacht haben?« Waldurs Tonfall wurde eindringlicher, wie der eines Lehrers gegenüber einem uneinsichtigen Schüler. »Er hat ihnen Wohlstand gebracht. Und Ruhe. Und Ordnung. Sie verehren ihn. Wenn du schon unbedingt den Helden in dieser Geschichte spielen möchtest, solltest du mir lieber helfen, dieses Reich vor den Barbaren zu beschützen, die es bedrohen. Weißt du, wie viele Falura Morna sterben werden, falls Kluvitfrost fällt? Vergiss nicht, es würde ein Weilchen dauern, bis sich aus den Ruinen ein neues Reich erhebt, das es wert ist, von uns behütet zu werden.«

Die Zornesröte, die Dalarr von Beginn des Wortgefechts an ins Gesicht gestiegen war, wurde noch dunkler. »Die Welken Blüten sind nicht unser Spielzeug, nicht unsere Haustiere. Sie haben ihr eigenes Schicksal.«

»Dein Groll ist unberechtigt«, erwiderte Waldur. »Es schmerzt mich, dich so gegen mich aufgebracht zu sehen. Ich habe dir einen Gefallen getan. Ich habe dich aus dem geilen Fiebertraum eines eigensüchtigen Jungen geweckt. Hast du nicht bei einem dieser Tiere gelegen, deren Lebensspannen sich in Fürzen messen lassen? Hast du es nicht gestoßen und gestoßen, weil du hofftest, dein Same könnte in ihm aufgehen?«

Dalarrs Hände zuckten zu den Griffen seiner Schwerter. »Ich hoffe für dich, deine Klinge ist ebenso scharf wie deine Zunge, du Hund!«

Waldur schaute kurz zum Himmel. »Die Wolken sollten weinen, wenn wir im Streit liegen, findest du nicht?« Dann setzte er seinen Widderhelm auf und reckte die Hand dem Firmament entgegen.

Es blitzte rot an einem der Finger seiner Linken, die bislang hinter dem Helm verborgen geblieben war. Kaum dass er den rubinbesetzten Reif sah, hörte Namakan neben sich Morritbi scharf Atem holen.

Waldur vollführte eine flirrende Geste, als schriebe er flüchtig eines der Symbole seines Volkes auf die dahinziehenden Wolkenfetzen. Die Wirkung setzte umgehend ein, und Namakan erschauerte angesichts der Macht der Tegin: Die Wolken strebten aufeinander zu wie die Schafe einer Herde, die den Wolf nahen spürten.

»Du willst Tränen?«, höhnte Dalarr bitter und begann, die Kräfte der Natur mit seinem eigenen Zeichen unter seinen Willen zu zwingen. »Tränen sind für Feiglinge. Du sollst in einen Spiegel meines Zorns blicken, wenn du sterbend am Boden liegst.«

Blitze zuckten in den geballten Wolken, die sich höher und höher auftürmten. Düster grollte der Donner, doch kein Tropfen Regen fiel. Die Luft schmeckte mit einem Mal nach Stahl.

Die erste Regung, die womöglich mehr als Maske und Schauspiel war, zeigte sich auf Waldurs Gesicht. Seine Mundwinkel sanken an seinem Kinn herab, und an seiner Nasenwurzel legte sich die Haut in zwei tiefe Falten. »Tut das wirklich not? Du bist mein Bruder«, sagte er wehmütig, während nun auch seine Hände zu den Waffen wanderten. »Ich liebe dich.«

»Sprich nicht von Liebe.« Dalarr bleckte knurrend die Zähne. »Du weißt nicht einmal, was das ist.«

Sirrend fuhren vier Klingen aus ihren Scheiden.

Der Kampf der beiden Tegin war schnell und brutal. Der Dunkle Sturm und der Weiße Wind machten ihren Namen alle Ehre. Sie umkreisten einander in einem tödlichen Reigen, die Schritte vollkommen sicher und in mörderischem Tempo gesetzt. Die meisten Schläge und Hiebe, mit denen sie sich beharkten, erfolgten fast zu schnell, als dass ihnen ein sterbliches Auge noch zu folgen vermochte. Bebenden Herzens lenkte Namakan seine Aufmerksamkeit auf die Körper der Streiter, deren Bewegungen einen winzigen Deut langsamer schienen. Mal schnellte Dalarrs Oberkörper zurück, als würde er einer zuschnappenden Schlange ausweichen, mal sprang Waldur über einen wie mit einer Sense geführten Streich hinweg, der ihn sonst die Beine gekostet hätte. Eben noch tauchte Dalarr zur Seite weg – tief genug, dass Swiputir in seiner Linken über den Boden scharrte und Staub aufwirbelte –, schon riss Waldur seine beiden Klingen wie ein Kreuz vor sein Gesicht, um nicht ein Auge einzubüßen.

Namakan hatte seinen Meister auf der Brücke über die Narbe und gegen die Klauenschatten im Schwarzen Hain kämpfen sehen, doch ihm dämmerte, dass er dort noch nicht im Vollbesitz seiner Kräfte gewesen war. *Damals war sein Leib noch alt, doch jetzt ist er wieder jung.*

Ammorna murmelte Stoßgebete an die Gefiederte. Kjell verfolgte das Geschehen mit offenem Mund, während Tschumilals Züge seltsam ausdruckslos blieben. Nur ihre Finger strichen immer wieder über die Sehne ihres Bogens wie über die Saite einer Harfe. Eisarns geballte Fäuste zuckten auf und nieder, eine plumpe Nachahmung des geschmeidigen Spektakels. Morritbi blieb stumm, doch ihre Hand, nach der Namakan zu Beginn des Zweikampfs gegriffen hatte, wurde heiß und heißer, sodass er sie schließlich loslassen musste, um sich nicht an ihr zu verbrennen.

Die Skra Gul auf der anderen Seite feuerten ihren Gebieter lautstark an. Ihre Rufe wurden lauter, da ihre Zahl sich ständig erhöhte: Aus dem Tor der Bastion eilten sie heran, blutrünstig johlend und schreiend.

Auch die Passanten an den Rändern des Platzes blieben stehen, manche vor Aufregung wild mit den Armen wedelnd oder Beifall klatschend, andere stocksteif. Ungeachtet des Donnerns und Blitzens am Himmel drängte vom Hafen her weiteres Publikum heran, Stadtwachen und Stauer, Bettler und Fischer. Niemand in Silvretsodra würde diesen Tag je vergessen, so viel stand jetzt schon fest.

Ein überraschter Schmerzenslaut war zu hören. Die Kämpfer wichen kurz voreinander zurück, Dalarr geduckt und grinsend, Waldur aufrecht und entsetzt. Der Krieger in Weiß schüttelte die Hand aus, in der er seinen Parierdolch hielt. Von seinem Handgelenk flogen zwei, drei Tropfen Blut und besudelten die Schienen an seinem Oberschenkel. »Du meinst es wirklich ernst«, sagte er in furchtbar ehrlicher Bestürzung.

Krachend schlug ein Blitz eine schwarze Pockennarbe aus geborstenem Marmor in die Kuppel der Bastion.

Dann musste Waldur sich auch schon gegen Dalarrs nächsten Hieb wehren, und das Klirren der Klingen erklang erneut. Immer mehr Staub wirbelte auf und drohte, die Kontrahenten hinter einem dichten Schleier zu verbergen. Dagegen hatten die Untrennbaren das Skaldat gesetzt: Wo die Klingen aufeinandertrafen, glühten sie auf und zogen leuchtende Lichtbahnen hinter sich her, verwischten zu weißen und blauen Ringen und Kreisen.

Skaldat ruft nach Skaldat ...

Der Staub legte sich vorübergehend, weil Waldur und Dalarr plötzlich dicht Rücken an Rücken standen, die Beine angewinkelt und fest in den Boden gestemmt. Beide hatten ihre Klingen über den Schulterblättern gekreuzt, sodass sie zwischen ihnen ein verkantetes Gewirr aus Stahl und Skaldat bildeten. Keuchend drückten und schoben die Tegin gegeneinander an, um ihre Kräfte zu messen, wie Bullen auf einer Weide.

Es war Dalarr, der unterlag, wenn auch nur durch ein unlauter scheinendes Mittel Waldurs: Der Krieger in Weiß trat blitzschnell nach hinten aus, traf seinen Gegner in der Kniekehle, und Dalarr sackte ein. Um nicht zu stürzen, stützte er sich auf Blotuwakar. Einen Moment war sein ganzer Körper gespannt wie auf einer Streckbank. Mehr brauchte Waldur nicht. Er drehte sich auf dem Standbein um die eigene Achse. Swiputir schrammte über Waldurs gepanzerte Flanke, ohne dass das Kurzschwert Schaden angerichtet hätte. Gleichzeitig wischte der Parierdolch über Dalarrs Stirn. Namakans Meister gewann die Balance zurück und richtete sich auf, doch er wankte.

Er blutet! Ein tiefer Schnitt klaffte über Dalarrs Brauen, aus dem sich ein roter Sturzbach über sein verzerrtes Gesicht ergoss. *Ihr Untrennbaren, steht ihm bei!*

Statt zum womöglich entscheidenden Stoß anzusetzen, tänzelte Waldur einen Schritt von Dalarr weg und lachte höhnisch auf. Es war das Lachen, mit dem ein Knabe beim Fechten mit Weidenruten über den anderen lachte, wenn er ihm einen pfeifenden Schlag genau zwischen die Beine verpasst hatte.

Ein begeistertes Raunen ging durch jenen Teil der Zuschauer, die nicht einmal wussten, worum hier gestritten wurde. Die Skra Gul heulten vor Freude. Auf Seiten der Wanderer herrschte nur stumme Erschütterung.

»Du hast dreißig Sommer Vater und Schmied gespielt«, spottete Waldur, »und vor lauter Windelnwechseln und Essefegen vergessen, dass wir Krieger sind.«

Dalarr fuhr sich mit dem Handrücken über die Stirn. Ein ohnmächtiger Reflex, um das Blut fortzuwischen, doch ebenso gut hätte man versuchen können, einen ganzen Herbstschauer in einem Fingerhut aufzufangen. »Ich habe dreißig Sommer Glück erfahren, während du nur Unheil über die Welt gebracht hast.«

Nach diesen Worten setzten sie ihren zweimal unterbrochenen Tanz fort, im Takt des verhaltener werdenden Donners und der nachlassenden Blitze.

Namakan wünschte sich zwar sehnlichst, er hätte sich nur an die rasende Geschwindigkeit des Gefechts gewöhnt, doch dem war nicht so. *Der Meister wird langsamer!* Es war noch schlimmer, wie Namakan zu ahnen begann. *Er will den Meister vorführen!* Waldurs erster Treffer, der ein wenig wie ein Fehlschlag gewirkt hatte, weil dem wehrlosen Dalarr nur die Stirn anstelle der Kehle aufgeschlitzt worden war, war nur Teil einer verschlagenen List gewesen. *Er hat den Meister vor eine Wahl gestellt, die keine ist. Das Blut läuft ihm in die Augen. Entweder er wischt es weg, oder er kämpft blind. Aber wenn er es wegwischt, gibt er sich damit eine Blöße.*

Namakan wurde ein Opfer der Starre, die einen Menschen so oft lähmte, wenn er Zeuge eines verheerenden Ereignisses wird, das er nicht verhindern kann. Die Starre eines Menschen, der eine feurige Sternschnuppe auf sich zurasen sieht.

Letztlich war Dalarr wohl zu stolz für die Blöße, was ihn jedoch der Blindheit überantwortete. Es kam, wie es kommen musste. Er übersah einen Streich von Waldurs Langschwert. Swiputir landete im Staub, und bevor das Kurzschwert auf dem Boden aufgeschlagen war, stieß Waldur seinen Dolch bis zum Korb in Dalarrs ungeschützte Achsel.

Dalarr brach in die Knie. Der Dolch glitt rot aus seinem Leib. Ein schwacher Blitz huschte wie ein Schemen über die Wolken, ohne seinen Weg zur Erde zu finden. Ferner Donner murmelte enttäuscht.

Meister!

Waldurs Schergen stimmten Jubelgesänge an. Wieder und wieder riefen sie den Namen, der ihrer und der ihres Gebieters zugleich war. »Skra Gul! Skra Gul!«

An den Rändern des Platzes lichteten sich die Reihen der anderen Zuschauer erstaunlich rasch. Nun, wo der Ausgang des Zweikampfs entschieden war, verloren sie das Interesse.

Waldur richtete sein Langschwert auf Dalarrs Kehle. »Es tut mir leid, dass du keine Einsicht zeigst.« Das Grausamste an seinen Worten war, dass in ihnen echtes Bedauern mitschwang. »Dass du nicht erkennen willst, was ich uns aufgebaut habe.« Er zuckte mit den Schultern. »Du lässt mir keine andere Wahl.«

Dalarr, der auf den Knien hin und her schwankte, sprudelte Blut über die Lippen.»Worauf wartest du? Bring es zu Ende.«

»Nein!«

Namakan stürmte nach vorn. Er spürte Hände an seinem Umhang zerren, aber er riss sich los.

»Namakan, nicht!«, rief ihm Morritbi hinterher. *Ich muss, meine Hexe. Ich muss.* Er rannte weiter, die Blicke aus Hunderten Augenpaaren auf sich, doch es gab nur eines, das zählte. Die blauen, kalten Augen des Mannes, der das Leben seines Meisters in der Hand hielt.

»Geh weg.« Dalarr winkte schwach, und seine Züge, die eben noch selbst angesichts der Stillen Leere gefasst gewesen waren, nahmen einen Ausdruck höchster Verzweiflung an.»Verschwinde, Junge!« Er musste sich mit beiden Händen abstützen, um nicht ganz zusammenzubrechen.»Verschwinde!«

Namakan verweigerte den Gehorsam. Er bremste zwar seine Schritte, doch nur, um sich noch einmal selbst zu vergewissern, ob er seinen Plan wirklich in die Tat umsetzen wollte. *Ja!* Waldur legte den Kopf schief.»Sieh an, sieh an! Wen haben wir denn da?«

»Verschone ihn.« Es klang flehender, als Namakan es beabsichtigt hatte, aber es war immerhin noch kein tränenreiches, händeringendes Betteln.»Verschone ihn. Du hast ihn besiegt. Reicht dir das nicht?«

Waldur, auf dessen Stirn der Schweiß glänzte, dachte einen Moment über diese Frage nach.»Du forderst etwas von mir«, sagte er dann mit ruhiger Belustigung.»Etwas Kostbares. Einen großen Verzicht. Es ist nicht leicht, den Becher des Triumphs zu schmähen, wenn er bis zum Rand gefüllt ist. Hast du denn etwas von gleichem Wert, das du dagegen eintauschen könntest?«

»O ja.« Namakan schlüpfte aus den Schlaufen seines Rucksacks.»Es wird dir gefallen.« *So ist es richtig,* wisperte es in Namakan. *Genau richtig. Selbst den listigsten Fuchs kann man überlisten, wenn man nur das richtige Fleisch vergiftet. Greif ruhig hinein. Hol sie raus. Sie wollen raus. Sie sind hungrig, weißt du noch? Und was glaubst du, wie sie sich über diesen Leckerbissen freuen würden? Einen Tegin. Einen Schuft vom Alten Geschlecht. Und schau, da sind noch so viele mehr. Da drüben stehen sie. Sie waren es. Sie haben dich auf diese Reise geschickt. Die Skra Gul. Sie haben Wutschak den Schädel gespalten. Sie haben Jasch den Bauch aufgeschnitten. Sie haben Selesa durchbohrt und Tschesch verbrannt. Ist es da nicht gerecht, wenn sie ihre Strafe erhalten? Warte nur noch einen Augenblick. Dann ist Dalarr tot, und du kannst ihn wieder auferwecken. Er wird keinen Schmerz mehr spüren, keine Verzweiflung, keine Angst. Er wird die Waffe sein, und du der Henker. Meinst du, er schafft es nicht allein? Na, was glaubst du, wie viele Tote am Grund des Hafenbeckens ruhen? Im Fluss? Unter diesem Platz? Was meinst du, wie viele Rattenfresser unter deinen Füßen verhungert sind, die nur darauf warten, es all jenen heimzuzahlen, die sie haben verhungern lassen? Was meinst du, was ...*

»Ich rede mit dir.«

Namakan nahm den Kopf hoch. Ein kleiner Stich an seinem Kinn brannte, und an der Spitze von Waldurs Langschwert glänzte ein bisschen Blut. »Nimm sie!«, sagte Namakan rasch. Er klappte den Deckel seines Rucksacks hoch, damit Waldur hineinschauen konnte. »Sie gehören dir.«

Waldur holte tief Luft, und ein Zittern lief durch seinen Körper. »Ah. Da sind sie.«

»Nein, Junge, nicht das ... er darf nicht ...« In der Zeit, in der Namakan dem Ruf der Kette verfallen gewesen war, waren Dalarrs letzte Kräfte geschwunden. Er lag nun auf der Seite, und unter ihm fraß der Staub sein Blut nicht schnell genug, um das Ausbreiten einer großen, roten Lache zu verhindern.

»Sch, sch, sch.« Waldur wischte seine Klingen grob an seinem Umhang sauber, steckte sie flink weg, ging in die Hocke und zog den Rucksack zu sich heran. »Dass du nur immer so schrecklich stur sein musst, Dalarr. Es ist doch alles nur zu deinem Besten.« Mit deutlichem Widerwillen klappte Waldur den

Deckel des Rucksacks wieder herunter. »Ja, das ist genug. Mehr als genug.« Er erhob sich und schlang sich den Rucksack über die rechte Schulter. »Siehst du wohl, wie sehr ich ihn liebe?«, fragte er Namakan. »Ich könnte ihn jetzt töten und dich gleich mit. Und die ganze bunte Bande dort drüben. Doch ich tue es nicht. Und weißt du auch, wieso?«

Namakan schüttelte den Kopf.

»Weil ich ein Mann bin, der sein Wort hält.« Er warf einen Blick auf die Lache unter Dalarr. »Und weil unser Blut viel, viel dicker ist als eures.«

Namakan war zu überrumpelt, als Waldurs Hand vorschoss und ihm eiskalte Fingerspitzen zärtlich über die Wangen strichen. »Dein Vater wird noch stolz auf dich sein«, sagte der Tegin sanft.

Er wandte sich lächelnd von Namakan ab, um ruhigen Schrittes auf seine jubelnden Getreuen zuzugehen, die sich vor der Bastion versammelt hatten.

»Halt!«, gellte Kjells Stimme über den Platz, als Waldur schon fast bei den anderen Skra Gul angekommen war.

Plötzlich wuchs aus Waldurs linker Schulter ein Pfeil. Das Geschoss hatte sowohl die Schlaufe des Rucksacks als auch das weiße Skaldat der Rüstung glatt durchschlagen. Waldur taumelte nach vorn, dann fuhr er herum, einen Schrei auf den Lippen, der halb aus Schmerz und halb aus Wut geboren war.

»Spürst du, was da in dir brennt?«, rief Tschumilal, den nächsten Pfeil bereits aufgelegt.

»Smarna! Smarna! Smarna!«, brüllte Eisarn, in dessen Blick nackte Angst flackerte. »Du verfluchtes irres Spitzohr!«

Die Skra Gul heulten vor Zorn auf, die restlichen Zuschauer taten entsetzt.

Waldurs linker Arm hing schlaff herab, doch sein rechter war trotz der Last des Rucksacks unfassbar schnell. Er wischte Tschumilals zweiten Pfeil mit der Hand beiseite wie ein lästiges Insekt, aber er hatte die Härte des Elfenholzes unterschätzt.

Rubinrot und golden fielen die Reste seines zaubermächtigen Reifs in den Staub.

»Flikka mek!«, fluchte Waldur. Die Bruchstücke des Reifs schmolzen, und dünne Rauchfädchen stiegen von ihnen auf.

»Ihr habt es so gewollt!«, zischte Waldur. Seine nächsten Worte galten den schmelzenden Überbleibseln des Kleinods. »Hol es dir! Das ganze Geschmeiß!«

Einen Wimpernschlag lang war es totenstill. Sämtliche Zuschauer – hüben wie drüben, die Wanderer und die Skra Gul, die Passanten vom einen Rand des Platzes und die Leute aus dem Hafen vom anderen – waren verstummt. Sie spürten, dass gerade eine Macht entfesselt worden war, deren Wüten kein Ende kennen würde.

Erste Flämmchen schlugen dort aus dem Boden, wohin der zerschmetterte Reif gefallen war. Flämmchen, die binnen eines einzigen Augenblicks zu einer Feuersäule auflodernten. Unter den einsetzenden Schreien der Menge und dem Trampeln Hunderter Füße wuchs die Feuersäule auf eine Höhe an, die es mit den Masten der Segler auf dem Fluss aufnehmen konnte.

Unter sengender Hitze beobachtete Namakan von Grauen gebannt, wie sich aus der Feuersäule zwei lange, lodernde Arme ausstülpten, während ihre Spitze sich zu einer Kugel rundete.

Morritbi hat mir nie gesagt, was für ein Riese ihr Vater ist.

Der Feuergeist röhrte, fauchte und brüllte, als er begann, sich große Stücke seines brennenden Fleisches aus dem Leib zu reißen. Er schleuderte sie in alle Richtungen von sich und kannte weder Freund noch Feind. Die Geschosse zerstoben an den Mauern der Bastion, inmitten der fliehenden Menschen, zwischen den Häusern jenseits des Platzes. Die Skra Gul, die wohl nicht damit gerechnet hatten, dass Waldurs Zorn auch sie treffen würde, wurden zur leichtesten Beute für Morritbis Vater. Erst als die Ersten von ihnen brannten, wandten sie sich zur Flucht, doch es gab kein Entkommen für sie. Arm um Arm bildete der Feuergeist aus, umschlang die Skra Gul und stopfte sie in sein glühendes Maul. Was er ausspie, war nichts als Asche und verkohltes Fleisch.

Glocken wurden geläutet, als die Brandwächter auf ihren Türmen überall in der Stadt den Rauch aufsteigen sahen.

Die verirrten Feuerbälle, die über ihre eigentlichen Ziele – die Menschen, das *Geschmeiß* – hinausgeschossen waren, fanden in den Hütten des nahen Armenviertels und in den Lagerhäusern am Hafen unendliche Nahrung. Es wurde ein wahres Festmahl für die Flammen.

Namakan warf sich über Dalarr, nicht nur, um seinen Meister zu schützen. Er suchte den Halt an ihm, den Dalarr ihm sein gesamtes Leben über geboten hatte. *Es ist alles vorbei! Alles! Er wird uns verbrennen. Bitte lass es schnell gehen, bitte!*

»Namakan …«, flüsterte Dalarr rau. »Namakan …«

»Es wird schnell gehen, Meister«, wisperte Namakan. »Ich verspreche es.«

»Er ist ihr Vater … ihr Vater … Namakan …«

Dalarr schloss die Augen und rührte sich nicht mehr.

»Meister!« Namakan rüttelte an ihm. »Meister!«

In Namakan öffnete sich ein gähnender Abgrund. *Er ist tot! Er ist tot!*

»Komm, Junge!« Namakan fühlte eine schwere Hand auf seiner Schulter. »Wir müssen hier weg.«

Eisarn packte Namakans Kapuze und zog ihn daran auf die Beine.

»Ich lasse ihn nicht hier!«, schrie Namakan. »Ich lasse ihn nicht hier.«

»Gut, gut!« Eisarn ließ ihn los. »Kjell, fass mit an!«

Aus den beißenden Rauchschwaden, die nun dicht über dem Platz hingen, tauchte der Graf ohne Land auf, das Schwert gezogen, als ließe sich ein Feuer von einer Klinge beeindrucken. Oder gar ein Feuergeist.

Er ist ihr Vater …

»Morritbi!« Namakan irrte zwei Schritte in die eine, zwei in die andere Richtung. »Morritbi!«

»Hier!«

Sie kam auf ihn zugerannt, den Rock ihres Kleids gerafft, ihr Haar so rot wie die Flammen, die ihr Vater waren.

Namakan kämpfte den Drang, sie in die Arme zu schließen, nieder, und redete auf sie ein. »Du musst ihn aufhalten, Morritbi. Du musst. Er ist dein Vater. Geh zu ihm. Geh zu ihm!«

»Er ist viel zu zornig.« Morritbi klang auf einmal wie ein verschüchtertes Mädchen, das etwas Schlimmes angestellt hatte. »Er wird nie auf mich hören.«

»Er ist dein Vater«, beteuerte Namakan. »Er liebt dich.«

Sie sah ihn an – furchtsam und traurig. »Ich hätte in meinem Wald bleiben sollen.« Dann raffte sie wieder ihr Kleid und ging zaghaft auf den riesigen Feuergeist zu.

»Komm jetzt, Junge, verflucht!«, brüllte Eisarn. Er und Kjell hatten Dalarr mittlerweile ein Stück weit von der Stelle fortgeschleift, an der ihn Waldur niedergestreckt hatte. »Wenn sie unbedingt in ihr Verderben gehen will, ist das ihre Sache.«

Namakan fühlte etwas Nasses, Kaltes in seinem Gesicht. Ein winziger Tropfen ... *Regen! Waldurs Zeichen! Es regnet!* Noch während er in den Himmel hinaufschaute, wurde aus dem feinen Tröpfeln ein prasselnder Platzregen. Namakan riss die Arme in die Luft. *Regen! Wir werden doch nicht verbrennen!* Er fuhr zu Eisarn und Kjell herum, doch sein Lachen blieb ihm im Halse stecken, als er seinen Meister reglos und blutend zwischen den Schultern der beiden Helfer hängen sah. Dalarrs Beine schleiften hinter ihm her, der Kopf baumelte ihm vor der Brust. *Er ist tot ...*

Ein helles Zischen wie von Dampf aus den Erdspalten auf den Almen ließ ihn an die denken, die ihm noch geblieben war und die er vielleicht in den Tod geschickt hatte. Er kämpfte sich hustend durch den Rauch und den Regen in die Richtung voran, in der Morritbi verschwunden war, immer auf das Lodern des Feuergeists zu. Er rief ihren Namen, doch sie antwortete ihm nicht.

Rauch brannte ihm in den Augen. Er blieb einen kurzen Moment stehen, um sich mit dem Hemdsärmel die Tränen von den Wangen zu wischen. Als er wieder klarer sah, bemerkte er, dass sich die Feuersäule bewegte. Nicht sprunghaft und mal hierhin, mal dorthin huschend wie eben noch. Die Säule wanderte nun langsam, aber zielstrebig in einer geraden Linie in die Richtung, in der Namakan das Hafenbecken vermutete.

Warum macht er das? Eben sah es noch so aus, als wollte er die ganze Stadt anzünden, und jetzt ...

Durch den Rauch erkannte Namakan am Fuß der Säule eine Gestalt, die verglichen mit dem Feuergeist winzig war: Morritbi hatte die Hände gehoben wie ein Kind, das um einen Gefallen bittet, und ging dabei langsam rückwärts. Und ihr Vater folgte ihr, die runde Flammenkugel seines Hauptes tief gesenkt.

Was hat sie vor? Wo will sie mit ihm hin?

Der prasselnde Regen zwang einen weiteren Rauchschleier zu Boden und gab den Blick auf das vom Schauer aufgewühlte Hafenbecken in Morritbis Rücken frei. *Sie lockt ihn ins Wasser*, verstand Namakan. *Nein, es ist kein Locken. Es ist keine hinterhältige List.* Sie bittet *ihn, ins Wasser zu gehen.*

Morritbi drehte sich zur Seite, deutete auf das Becken und hob dann wieder flehentlich die Arme. Sie erweichte das feurige Herz ihres Vaters: Der Fuß der lodernden Säule glitt über die Kante der Hafenmauer. In einer grausam-zärtlichen Geste strich einer der vielen Arme des Geists über Morritbis Kopf, und Namakan stockte das Blut in den Adern. *Er verbrennt sie!*

Das Wasser im Hafenbecken brodelte unter der Berührung des Feuergeists, der seinen Zorn aus Liebe zu seiner Tochter zu löschen versuchte. Es zerstob unter einem lauten Zischen zu einer Wolke aus kochendem Dampf. Binnen eines einzigen Wimpernschlags verschluckte die Wolke sowohl die tapfere Hexe als auch ihren Vater.

Namakan hastete weiter, stolperte über den verbrannten Leib eines Skra Gul, rappelte sich auf und – sah die Hexe!

Sie lag zwanzig Schritte vor ihm in der dünnen Schicht aus schwarzem Matsch, die sich auf dem Platz gebildet hatte. Sie wirkte trotz der Liebkosung ihres Vaters unversehrt, aber von ihrem ausgestreckten Körper stiegen weiße Fähnchen aus Dampf auf. Die einzig verbliebene Spur des Feuergeists war ein langer Streifen, wo der Boden zu glattem Glas geschmolzen war. Der Streifen endete wie abgeschnitten unmittelbar an der Kante des Kais.

»Morritbi!«

Er ließ sich neben sie fallen, fasste mit beiden Händen nach ihrem Gesicht und riss sie gleich wieder schreiend zurück. *Sie ist glühendheiß!*

Seine Sinne spielten ihm keinen Streich. Wo der Regen ihr ins Gesicht prasselte, verwandelte er sich unter leisem Zischen in Dampf. *Ich kann sie hier nicht so liegenlassen!*

Dann kam ihm der rettende Einfall. Er streifte seinen durchtränkten Mantel ab, breitete ihn über ihr aus und wickelte sie vorsichtig darin ein. Selbst durch den Samt war ihre Hitze zu spüren, wie glühende Kohlen, die man in einen Sack geschüttet hatte. Er biss die Zähne zusammen, nahm das Bündel auf seine Arme und wankte dorthin, wo er glaubte, die anderen Wanderer zuletzt gesehen zu haben.

Der Regen wurde mit jedem Schritt kälter, wie wenn er nicht frei vom Himmel fiel, sondern sich einen langen Weg durch eisige Winde zu bahnen hatte. Als Namakan endlich glaubte, irgendwo vor sich Eisarns Gejammer zu hören, schritt er nicht länger durch einen Schauer. Um ihn herum führte Schnee einen wirbelnden Totentanz auf, einen Totentanz für seinen verlorenen Meister.

31

*Auf rauschenden Schwingen voran,
in den Ruhm und in den Tod, für König und Vaterland!*
Leitspruch der Tristborner Falkenreiter

Die Flucht vom Platz vor der Bastion des Weißen Windes erlebte Namakan als eine zerhackte Folge von Eindrücken, die nicht so recht den Weg in seinen bewussten Verstand fanden. Sein Blick auf die Welt verengte sich, zu groß war seine innere Erschöpfung, zu gewaltig die Sorge um seinen Meister und um Morritbi.

Er bekam kaum mit, dass sich Eisarn eines herrenlosen Fuhrwerks bemächtigte. Die Ladefläche bot – zwischen Säcken mit Korn und scharf nach Essig stinkenden Fässern mit eingelegtem Gemüse – ausreichend Platz für Dalarr und Morritbi. Namakan kauerte auf den Knien zwischen ihnen, während sich die anderen auf dem Kutschbock zusammenzwängten.

Peitschenknallend und fluchend lenkte der Zwerg das von zwei stämmigen Kaltblütern gezogene Gefährt durch die engen Straßen des Hafenviertels. Vorbei an brennenden Häusern und schreienden Menschen, durch den Rauch und die Hitze. Einmal durchbrachen sie eine Löschkette, die besonnene Anwohner gebildet hatten, um der wütenden Feuersbrunst mit Wassereimern entgegenzutreten. Wäre der Regen nicht gewesen, hätten sie den Kampf womöglich bereits verloren.

»Fahr da rechts! Rechts!«, hörte Namakan Ammorna irgendwann auf der wilden Fahrt keifen.

Es scherte ihn nicht, wohin die Kroka-Dienerin sie führte. Sein Blick huschte zwischen dem bleichen Gesicht Morritbis und dem noch bleicheren Dalarrs hin und her. *Habe ich sie beide verloren?* Sein Meister blutete nicht mehr. *Wahrscheinlich weil kein Tropfen mehr in ihm ist.*

Nach einer Weile – War sie lang? War sie kurz? – ging es bergauf, dann hielt der Wagen kurz an, und Namakan hörte wie aus weiter Ferne erst fremde Stimmen, barsch vor Aufregung, und dann wieder das heisere Krächzen Ammornas. »Schafft euch fort, ihr Affen! Ich will zu Kusk!«

Wer immer Kusk war, die Nennung seines Namens, reichte offenbar aus, ihnen den Weg freizumachen. Das Fuhrwerk setzte sich in Bewegung. Hufschlag und Räderknarren hallten kurz dumpf von den Wänden eines Torbogens wider.

Namakan beugte sich dicht über Morritbis Gesicht. *Ihr Untrennbaren, bitte nehmt sie mir nicht weg. Bitte. Bitte.* Morritbis schwacher Atem wehte ihm entgegen, so warm wie die Flamme einer Kerze. Er hielt die Ungewissheit nicht mehr aus. Er packte Morritbi durch den Samt seines Umhangs an den Schultern und schüttelte sie. »Wach auf! Wach auf!«

Und tatsächlich: Morritbi begann sich zu regen, kämpfte schwach gegen die sanfte Umklammerung des Umhangs an. Erleichtert presste Namakan seine Lippen auf ihre Stirn. Er achtete nicht auf den brennenden Schmerz. Er hatte sie wieder.

»Ist er ... ist er fort?« Die Worte krochen zaghaft und schwach aus ihrem halbgeöffnetem Mund. »Ist er fort?«

Er wusste sofort, wen sie meinte. »Ja. Du hast uns alle gerettet.«

Morritbi schlug einen winzigen Moment die Augen auf. »Aber wofür?« Ihre Lider fielen zu. Sie wälzte sich auf die Seite und schluchzte erstickt in den Samt.

Namakan ließ sie weinen, denn ihm fiel nichts ein, womit er sie hier und jetzt hätte trösten können. Seine Pein über ihre Tränen wurde ohnehin vom Glück überwogen, dass sie dem Tod entronnen war. *So muss ich nur um einen Menschen mehr trauern ...*

Er betrachtete seinen Meister, und es war, als ob die Tränen, die Morritbi vergoss, Gesellschaft suchten, denn auch seine Augen wurden nun feucht. Er biss sich in die Handballen, um ein verzweifeltes Schluchzen zu unterdrücken, das aus seiner Kehle aufstieg. Es gelang ihm nicht ganz.

»Heul nicht, du Narr!«, herrschte ihn Eisarn vom Kutschbock aus an. »Es ist noch nicht die Zeit, sich den Bart zu raufen und die Brust mit Asche einzureiben. Er kommt wieder auf die Beine, das schwöre ich dir. So leicht bringt man einen Tegin nicht um!«

Angesichts der schrecklichen Wunde, die Dalarr erlitten hatte, klang die Behauptung des Zwergs töricht, doch Namakan krallte sich nichtsdestoweniger an ihr fest wie eine Klette in die Wolle eines Schafs.

Sieben Tage und sieben Nächte harrten die Wanderer bei Dalarr aus.

Sie hatten Zuflucht an einem höchst ungewöhnlichen Ort gefunden, jenseits der gezackten Mauer, die Silvretsodra teilte, lächerlich nahe an den Türmen von Arvids Palast. Sie verbrachten die Zeit in einer riesigen Halle, in der ein Teil des königlichen Fuhrparks untergestellt war.

Ihr Versteck war eine prächtige Kutsche mit silbernen Beschlägen an den Türen und weichen Polstern auf den Sitzen. Der Kasten des Dreiachsers war geräumiger als so manches Herbergszimmer, und selbst Kjell konnte darin aufrecht stehen, ohne sich den Kopf zu stoßen. Die hinterste von vier Sitzbänken ließ sich zu einer Liege ausklappen, und darauf hatten die Wanderer Dalarr aufgebahrt.

Ihren bequemen Unterschlupf hatten sie einem Mann namens Kusk zu verdanken. Er hatte bestimmt so viele Sommer wie Ammorna gesehen, und auch sein Haar war weiß, doch im Gegensatz zu ihr hatte er sich im Alter ein Bäuchlein angefressen, das ihm wie eine fleischige Zunge über den Gürtel lappte. Namakan hatte rasch verstanden, dass Kusk derselbe Mann sein musste, dessen Hilfe Ammorna vor gar nicht allzu langer Zeit schon einmal eingefordert hatte – damals, als sie ein Gefährt gebraucht hatte, um den gerade erst verfluchten Kjell aus der Stadt zu schaffen. Namakan schrieb es den Erfahrungen in Liebesdingen zu, die er auf seiner Reise gemacht hatte, dass er ebenso rasch verstand, woher Kusks Hilfsbereitschaft rührte.

»Ja, wir haben uns einmal nahegestanden«, hatte Ammorna eingeräumt. »Er hat um mich geworben, als ich noch ein verzogenes reiches Gör war. Aber am Ende habe ich mich gegen ihn entschieden wie gegen so viele andere auch, und dann verlor mein Vater die Geduld mit mir und hielt es für angebracht, mich ins Kloster zu schicken.« Da hatte sie kurz versonnen auf ihre Fingerspitzen geblickt, die in diesen Tagen die ganze Zeit über unter ihren Handschuhen verborgen blieben. »Ich frage mich inzwischen, ob es die richtige Entscheidung gewesen ist. Wenn jemand einem auch nach so vielen Sommern so zugetan ist, obwohl man ihn abgewiesen hat, erfährt man dies als ein großes Glück.«

Kusk versorgte die Wanderer mit allem, was sie brauchten: Wasser, Nahrung, Decken gegen die erste Winterkälte, die am Tag des großen Feuers in der Reichshauptstadt Einzug gehalten hatte.

In den ersten Tagen trieb Namakan die Sorge um, dass von den Untergebenen Kusks eine Gefahr ausgehen könnte. Es konnte ja nicht selbstverständlich sein, dass der Oberste Verwalter des königlichen Fuhrparks eine Schar sonderbarster Gäste in einer der ausgemusterten Reisekutschen des Herrschers von Tristborn einquartierte. Und noch weniger selbstverständlich konnte es sein, dass einer dieser Gäste jeden Morgen und jeden Abend grässliche Schreie ausstieß, von denen die Wände der Wagenhalle erzitterten.

Kusk hatte seine Truppe anscheinend jedoch ausgezeichnet im Griff. Die schweren Stiefelschritte der Stadtwache, die kamen, um liederliche Verräter einzusammeln und aufzuknüpfen, erklangen nur nachts in Namakans unruhigen Träumen.

Jeder der Wanderer hatte seine eigene Art, mit dem untätigen Warten umzugehen. So strapazierte Eisarn Kusks Gutmütigkeit aufs Dreisteste, indem er immer wieder bei ihm auftauchte, um neue Leckereien anzufordern, mit denen er sich den Wanst vollschlagen konnte. Und wenn der Zwerg einmal nicht hungrig war, gab es ja immer noch seinen Durst zu stillen.

Kjell unternahm tagsüber lange Streifzüge durch die Stadt und hielt die anderen über die Lage in und um Silvretsodra auf dem Laufenden. Die Entfesselung des Feuergeistes und das darauf folgende Massaker an den Skra Gul wurde Spitzeln der Pferdestämme zugeschrieben, die sich ungeachtet aller Sicherheitsvorkehrungen auf irgendeinem Weg in die Stadt geschlichen hatten. Der Brand hatte weite Teile des Hafens in Schutt und Asche gelegt, und nun fürchteten die Bürger, dass ihre Vorräte zur Neige gehen könnten. Alle beteten zu sämtlichen Göttern, dass ihr unerschrockener König bald siegreich heimkehren mochte – eine Kunde, die Namakan schier den Magen umdrehte, wenn er daran dachte, dass Arvid möglicherweise nicht nur allerlei Beutestücke, sondern auch die Plage im Gepäck haben könnte.

Tschumilal schien sich am wenigsten daran zu stören, dass Dalarr so lange nicht zu Besinnung kam. Erst sah Namakan darin eine erschreckende Gleichgültigkeit, bis ihm gewahr wurde, dass die Elfentochter sehr viel länger an einer anderen Bahre gewacht hatte. Als er das Gespräch mit Tschumilal suchte, um sich für seine stummen Zweifel an ihrer Lauterkeit zu entschuldigen, offenbarte sie ihm die Traurigkeit, die sie hinter ihrer ruhigen Maske verhüllte. »Habe ich nicht versagt?«, rügte sie sich selbst. »Gab mir meine Mutter nicht eigens einen Pfeil, um an ihrer und meines Vaters statt Vergeltung zu üben? Den Pfeil, dessen Spitze sie aus der Schulter meines Vaters schnitt? Hätte Waldur nicht durch jenes Gift sterben sollen, mit dem er meinem Vater einen lebendigen Tod bescherte?« Namakan fand keine Antwort auf die Fragen der Elfe, von denen er sich nicht einmal sicher war, ob es echte Fragen waren, die nach einer Antwort verlangten.

Ammorna kniete lange Stunden am Fußende von Dalarrs Liege und richtete in einem leiernden Singsang Fürbitten an die Gefiederte. »O Schwarzäugige, gib, dass das Unrecht nicht ungesühnt bleibt. O Krallenfüßige, mach, dass dieser Recke nicht den Weg ins Dunkel beschreitet. O Scharfschnäbelige, bereite es so, dass der Strom der Zeit für uns durch ein grünendes Tal fließt!«

Morritbi, deren Haut heißer blieb, als dass Namakan und sie hätten einander Trost spenden können, tat alles in ihrer Macht Stehende, um Dalarrs Genesung voranzutreiben. Sie wusch ihn, salbte ihn mit Pasten, die sie mit Kräutern aus den Taschen an ihrem Gürtel anrührte, und reinigte seine Wunden. Der Schnitt auf der Stirn und der Stich in die Achsel heilten – die Haut schloss sich über ihnen zu breiten, weißen Narben. Morritbi beteuerte, es läge an dem Lied, das sie für Dalarr sang, wenn sie ihn pflegte.

Es finde sich und binde sich,
was Stahl und Arm geteilt.
Es schlage stark und schlage frisch,
dein Herz, das alles heilt.

Namakan glaubte nicht recht daran, dass es allein der Hexengesang war, der Dalarrs Verletzungen so schnell linderte. Klang und Worte mochten womöglich wirklich zaubermächtig sein, doch wenn sie ausgereicht hätten, um Dalarrs Leib neue Kraft zu schenken, hätte nie ein Mensch sterben müssen, in dessen Nähe eine Hexe lebte.

Namakan wich nur selten von Dalarrs Seite, und so konnte er nicht übersehen, was mit seinem Meister vor sich ging. *Seine Wunden schließen sich, aber seine Wangen sind ganz eingefallen und er hat tiefe Ringe unter den Augen. Und da, da ist ein graues Haar in seinem Bart. Und da auch. Ich weiß, was hier geschieht.*

Er ist kein Mensch. Kein Mensch wie wir. Mit ihm geschieht etwas, was mit uns nie geschehen könnte. Sein Körper zehrt von seiner eigenen Kraft, von seiner eigenen, gerade zurückgewonnenen Jugend.

Als Dalarr am Morgen des achten Tages endlich, endlich die Augen aufschlug, waren sie klar und wach, wie wenn er bloß einen winzigen Moment eingenickt gewesen wäre. Doch sie blickten aus einem Gesicht, das nun wieder die leisen Spuren eines Alters trug, das für Geschöpfe wie ihn nur eine flüchtige, wandelbare Bedeutung besaß. Es war nicht ganz sein alter Meister, den Namakan da zurückerhielt, und es kümmerte ihn auch nicht. *Den alten Meister, den ich einmal gekannt habe, hat es ohnehin nie gegeben. Mein alter Meister ist daheim auf dem Gehöft geblieben. Eine Erinnerung. Ein Traum. Eine Lüge. Aber wie kann ich diesen neuen Meister dann immer noch so sehr lieben?*

Namakan war allein mit ihm, als Dalarr aus seiner Starre erwachte. Der Tegin richtete sich halb auf seiner Liege auf, wobei er Namakan eindringlich musterte, als müsste er sich ins Gedächtnis rufen, wen er da vor sich hatte.

»Du hast ihm die Ketten gegeben«, stellte Dalarr schließlich fest. Es klang nicht wie ein bitterer Vorwurf, nicht wie eine Enttäuschung.

»Ja«, sagte Namakan nur. *Und ich schäme mich auch nicht dafür. Ich würde es wieder tun. Ich habe nur das getan, was du mir beigebracht hast. Ich habe eine eigene Entscheidung getroffen.*

»Dann müssen wir los und sie uns zurückholen.« Dalarr schwang die Beine vom Polster und beugte sich nach vorn, um nach seinen Stiefeln zu greifen. »Wir haben schon genug Zeit verloren.« Er schaute auf. »Wie lange habe ich geruht?«

»Acht Tage.«

»Dridd!« Dalarr schlüpfte in den ersten Stiefel. »Dieser Hund ist bestimmt über alle Berge.« Er grinste. »Nein, er ist in den Bergen. In den Drachenschuppen.«

Will er einfach so tun, als sei nichts gewesen? »Dann setzen wir unsere Rache fort?«

»Natürlich.« Dalarr ließ den zweiten Stiefel sinken. »Ich habe einen Eid geschworen, du Fifl! Du warst doch dabei. Du bist mein Zeuge gewesen. Was ist los? Hat dich der Mut verlassen? Habe ich einen Jungen ohne Steine im Beutel großgezogen?«

»Waldur hat dich einmal besiegt«, sagte Namakan. »Weshalb glaubst du, dass er das nicht auch ein zweites Mal schaffen wird?« *Und dieses Mal habe ich nichts mehr, wogegen ich dein Leben eintauschen könnte, Meister.*

»Gibt man das Schmieden auf, wenn einem einmal eine Klinge misslingt?« Dalarrs Gesicht wurde ernst. »Wenn er mich töten wird, dann soll es so sein. Eine Welt, über die Könige von Waldurs Gnaden herrschen, ist es nicht wert, dass man in ihr lebt.«

Die Wanderer verließen Silvretsodra noch am gleichen Tag in der Kutsche, in der sie auf Dalarrs Genesung gewartet hatten.

»Du bekommst sie zurück«, versprach Dalarr Kusk, ehe er zu Namakan auf den Kutschbock kletterte. »Bald. Wir haben es nicht weit.«

»Arvid wird sie nicht vermissen«, sagte Kusk zum Abschied und konnte nicht ahnen, wie recht er damit hatte, falls Dalarrs Zuversicht mehr als nur aufmunternde Prahlerei war. Er tätschelte einem der vier Pferde, die vor die Kutsche gespannt waren, das Hinterteil. »Und Gäule hat er auch mehr als genug.«

Der Fuhrparkverwalter half Ammorna in die Kutsche, und er staunte nicht schlecht, als die Kroka-Dienerin ihm plötzlich einen Kuss auf die runden Wangen drückte, ehe sie im Kutschkasten verschwand. Er winkte ihnen lange nach, als sie aus der Halle fuhren.

Am Tor wurden die Wanderer nicht aufgehalten. Es galt das, was auch vor acht Tagen gegolten hatte: Die Flüchtlinge mussten draußen bleiben, aber wer immer auch aus der Stadt hinauswollte, dem wünschte man fröhlich eine gute Reise. Je weniger Mäuler zu stopfen waren, desto besser – gerade nach dem Brand am Hafen.

Dalarr hatte nicht gelogen, was die Strecke anbelangte, die sie mit der Kutsche zurücklegen wollten. Sie würden mit ihr nicht bis zu den Drachenschuppen fahren. Nur bis zur Nadel, der gigantischen Felsspitze, in der die Falken nisteten, die früher zur Insel der Sterbenden Schwingen geflogen waren, wenn der Tod sie rief. Dalarrs Schätzung zufolge würde die Gruppe die Nadel noch vor der Abenddämmerung erreichen.

Zunächst befürchtete Namakan, sein Meister könnte sich geirrt haben: Auf der Reichsstraße nach Nordosten strömten weitere Flüchtlinge aus der Büffelsteppe heran, ein endloser Zug von Wagen, Handkarren, murrenden Ochsen, weinenden Kindern und vor Elend verstummten, entwurzelten Bauersleuten. Als ihnen die Flüchtlinge Platz machten, indem sie sich an den Straßenrand zwängten, glaubte Namakan schon, sein Meister hätte eine seiner magischen Gesten vollführt. Eine, mit der man ein Menschenmeer teilen konnte. Warum auch nicht? Denn schließlich waren er und Waldur auch in der Lage, die Kräfte, die am Himmel wirkten, ihrem Willen zu unterwerfen. Was war schon ein Haufen verzweifelter Menschen gegen Wind und Wolken, Sturm und Schnee?

Doch als die Leute auch noch die Kappen und Hüte abnahmen, um sich zu verneigen, wenn die Kutsche vorüberfuhr, erkannte Namakan, dass hier eine andere Macht als die des Alten Geschlechts am Werk war. Es waren die beiden Fahnen, die an hohen Stangen neben dem Kutschbock im Fahrtwind flatterten. Die Fahnen, auf die in goldenen Fäden das Wappen gestickt war, das Waldur in blutigen Schnitten auf Lodajas Leib angebracht hatte. Der feuerspeiende Drachenkopf. Das Zeichen Arvids.

Unser größter Feind bereitet uns den Weg, dachte Namakan mit einem mulmigen Gefühl. *Den Weg zur Rache oder den Weg zum Untergang?*

Nach einer tristen Fahrt entlang verschneiter Felder erreichten die Wanderer die Nadel. Sie unterschied sich in zwei Dingen von dem Eindruck, den sie Namakan aus der Ferne vermittelt hatte. *Der Fels ist nicht glatt. Er ist zerklüftet und verwittert.* Er schaute am grauen Sandstein nach oben zur Spitze der Nadel, die sich in den bleiernen Wolken zu verlieren schien. Hoch droben zogen einige Falken als scharfe Silhouetten ihre Kreise. *Aber es sind viel zu wenig Vögel. Wie kann das sein? Von Silvretsodra wirkte es noch wie ein ganzer Schwarm …*

Auch die Mengen an Kot, die rings um den Fuß der Nadel aufgetürmt waren und einen ätzenden Gestank verbreiteten, wiesen darauf hin, dass hier eine viel größere Zahl an Tieren leben müsste.

Begleitet von den schrillen Schreien der Falken stellten die Wanderer die Kutsche am Straßenrand ab. Dalarr führte sie auf ein Wachhäuschen zu, hinter dem eine beeindruckende Konstruktion aus Holzbalken, Flaschenzügen, Plattformen und Kurbeln am Fels der Nadel emporragte. Es hatte viel von einem der Gerüste, die Steinmetze errichteten, wenn sie vorhatten, einen großen Schrein zu bauen.

Einmal mehr erlebte Namakan, dass ein einziger Name eine Wirkung entfalten konnte, die der einer magischen Formel in nichts nachstand. Es kam anscheinend nur darauf an, wer den Namen sprach und für wessen Ohr er bestimmt war. In diesem besonderen Fall lautete der Name Hok Gammal, und der Soldat, dem Dalarr ihn nannte, salutierte stramm und bat die Wanderer, ihm zu folgen.

Der Aufstieg zur Spitze der Nadel erfolgte über einige Plattformen, die an dicken Tauen befestigt waren und mithilfe von Flaschenzügen in die schwindelnden Höhen befördert wurden. Ein halbes Dutzend Mal mussten die Wanderer die Plattform wechseln, indem sie über schmale, wacklige Stiegen gingen, deren niedrige Geländer selbst Namakan nur bis zur Hüfte reichten. Eisarn kam aus dem Jammern gar nicht mehr heraus, und bei den Plattformen bestand er stets auf einem Platz in der Mitte, während er bei jedem Ächzen der Stiegen ein geradezu weibisches Kreischen von sich gab. Namakan hingegen verlor sich ganz in einem faszinierenden Gefühl. Ein Gefühl, das er sonst nur vom Erklimmen der schroffsten Gipfel der Immergrünen Almen und aus seinen wiederkehrenden Träumen kannte, in denen er als Riese durch die Welt ging: viel, viel größer zu sein, als er tatsächlich war.

Die Vögel der Nadel hatten Aberdutzende Höhlen in die Felswand gegraben und jede von ihnen mit etlichen Klaftern Holz und ganzen Wagenladungen an Daunen gefüllt, um ihre Brut sicher und weich zu betten. Gern hätte Namakan ab und an innegehalten, um die rotgesprenkelten Gelege zu bestaunen oder dem hungrigen Piepen der nackten Küken zu lauschen, so ohrenbetäubend es auch sein mochte. Die Küken selbst waren – vor allem im Vergleich zu den majestätischen ausgewachsenen Vögeln – eher unansehnlich. Zu beunruhigend war das Pochen ihrer armdicken Adern unter der Haut mit den Pusteln, aus denen irgendwann Federn sprießen würden, und zu grässlich rollte die Falkenbrut ihre halbblinden Augen. Zu verstörend war das Schlagen ihrer bloßen Flügel, bei deren Anblick Namakan der Gedanke an Versehrte kam, die mit den Stümpfen ihrer Arme und Beine winkten.

Namakan bemerkte auch, dass die Brut nicht von Alttieren gefüttert wurde: Es waren Soldaten, meist junge Männer und Frauen, die den Küken ganze Hasen und Schweineviertel in die Nester warfen. Die Küken verschmähten ihr Futter nicht. Unter grellen Lauten zerteilten sie es mit ihren Hakenschnäbeln und schlangen die blutigen Brocken hinunter.

Auf einer festen Plattform standen sie schließlich Hok Gammal gegenüber. Der schlanke, glatzköpfige Mann, der vielleicht fünfzig Sommer zählte, trug eine enganliegende Uniform aus schwarzem Leder. Um seinen Hals baumelte an einer Kette eine kleine Pfeife aus Metall. Seine Züge wiesen eine große Ähnlichkeit zu denen der Tiere auf, die er zähmte und ritt. Und wie ein Falke manchmal den Kopf schief legte, ehe er sich zum

Auffliegen entschloss, neigte auch Hok Gammal seinen Kopf, um Dalarr anzublicken. Dann huschte der Ausdruck eines ungläubigen Wiedererkennens über sein scharfgeschnittenes Gesicht.

»Bist du es wirklich?«

Dalarr nickte. »Habe ich mich so verändert?«

»Nein.« Hok Gammal lachte. »Ganz und gar nicht. Das ist es ja.«

Der Falkenreiter und der Tegin umarmten einander kurz und klopften sich auf die Schultern wie Veteranen einer lange vergessenen Schlacht.

»Was führt dich her?«, fragte Hok Gammal. Seine wachsamen Blicke huschten über die Wanderer.

»Du schuldest mir einen Flug«, sagte Dalarr. »Hast du Lust, diese Schuld zu begleichen?«

Der Falke, den Hok Gammal mit einer Abfolge kurzer Pfiffe herbeirief und der am Rand der Plattform landete, war das größte Geschöpf, das Namakan je gesehen hatte. Der schartige Hakenschnabel thronte in einer Höhe, an der sich bei einem Haus der Dachgiebel befand. Die schwarzen Augen waren groß wie Teller, die Fänge mindestens doppelt so lang wie Dalarrs Langschwert. Das Gefieder – weißbraun gefleckt am Bauch und auf der Brust, rostrot auf Rücken und Schwingen – glänzte nicht überall. Auf dem Kopf war es stumpf, und auch an den Beinen hatte es einen deutlich matten Ton.

Hok Gammal bellte eine Reihe von Anweisungen. Zehn, zwölf andere Falkenreiter, auf deren Schultern keine goldenen Knöpfe blitzten wie bei ihrem Befehlshaber, eilten herbei. Sie legten dem Falken, der das Gewusel um sich herum geduldig ertrug, einen ungewöhnlichen Sattel an. Er hatte eine sehr hohe Rückenlehne, fast wie die eines Sessels, und anstelle von Steigbügeln hingen von seinen Seiten zwei Röhren aus festem Leder, die in gespornten Stiefeln ausliefen. *Als ob man Hosenbeine und Schuhwerk an den Sattel genäht* hätte, dachte Namakan.

Zudem ließ sich der Falke ohne jedes Zeichen von Abwehr oder Scheu eine Haube auf den Kopf setzen, die mit einem Doppelring aus goldenen Stacheln verziert war. Doch im Gegensatz zu einer gewöhnlichen Falkenhaube bedeckte diese die Augen nicht. Dafür gingen von ihren Seiten zwei lange, dünne Stangen aus schwarzem Holz ab, die wie die Riemen eines Ruderboots durch Holme neben dem Knauf des Sattels geführt wurden.

Das Anlegen des Sattels und der Haube nahm einige Zeit in Anspruch, die Namakan nutzte, um Hok Gammal ein paar Fragen zu stellen. Die drängendste lautete: »Woher kennst du meinen Meister?«

»Ohne ihn gäbe es keine Falkenreiter mehr«, antwortete Hok Gammal knapp.

»So wie man dir alles aus der Nase ziehen muss, musst du wirklich ein guter Freund Dalarrs sein«, stellte Morritbi schnippisch fest. Sie war die Einzige unter den Wanderern, die außer Namakan noch Interesse an Hok Gammal zeigte. Die anderen waren zu gebannt von dem Schauspiel, wie der Falke auf den kommenden Flug vorbereitet wurde. »Was soll das heißen? Ohne ihn gäbe es keine Falkenreiter mehr?«

»Vor vierzig Sommern, als ich noch ein junger Rekrut war, hat Dalarr uns alle gerettet«, erzählte Hok Gammal, dessen Blick umgehend in die ferne Vergangenheit schweifte. »Ein ganzes Regiment von uns wurde zu Verrätern. Sie hielten König Gubbe, den Schlohbart, für zu alt und zu verrückt, um noch die Geschicke des Reichs zu lenken. Also planten sie, ihn zu stürzen, wahrscheinlich um einen der Ihren auf den Thron zu bringen. Unsere Falken hatten sie vergiftet, bevor sie nach Silvretsodra aufgebrochen sind. Während die anderen um ihre verlorenen Freunde trauerten, bin ich einfach losgerannt, die Straße zur Hauptstadt hinunter. Dort kam mir dein Meister entgegengeritten. Er hörte sich mein panisches Gestammel an, zog mich auf sein Pferd und galoppierte mit mir los, um den Schlohbart zu retten. Ich weiß nicht, wie er sein Pferd so antreiben konnte, dass wir vor den Abtrünnigen in Silvretsodra waren. Ich weiß aber, dass es tot unter uns zusammenbrach, als wir kaum das große Stadttor passiert hatten. Wir stürmten auf die Palastmauern, und Dalarr übernahm den Befehl über die Leibgarde König Gubbes. Wir löschten die Abtrünnigen aus, bis auf den letzten Mann, das ganze Regiment. Ich muss sagen, dass wir Glück mit dem Wetter hatten: Wenn nicht ein Sturm aufgezogen wäre, der diese Verräter ganz schön beutelte, hätten wir diese Schlacht wohl nicht gewonnen. Danach ging er zurück ans Stadttor, mit Blut und Federn besudelt, um um sein Pferd zu trauern. Ich sagte ihm, ich würde ihm etwas schulden und er könnte alles von mir verlangen. Er verlangte nicht mehr, als dass er irgendwann einmal auf einem Falken fliegen wollte. Und jetzt ist es wohl so weit.« Hok Gammal lächelte Morritbi an. »Habe ich mir für deinen Geschmack genügend Würmer aus der Nase gezogen, Rotschopf?«

»Ja, feine, lange Würmer waren das«, sagte die Hexe.

»Wo sind die anderen Falken?«, fragte Namakan, um sich von diesem unangenehmen Gedanken abzulenken. »Es sind viel zu wenige hier.«

»Du hast ein gutes Auge für Nester«, lobte ihn Hok Gammal. »Nur die ältesten Vögel sind noch hier. Unser König braucht die anderen Falken in Kluvitfrost. Zum Angriff und um Truppen schnell von einer Stellung in die andere zu verlegen. Dass er die Falken so spät holen ließ, spricht nicht dafür, dass die Barbaren bald Ruhe geben.«

»Der Falke hat nur einen Sattel«, wunderte sich Namakan. »Wie soll man mit ihm Truppen verlegen?« *Und wo werden wir sitzen, wenn wir ...* Die verdrängte Erkenntnis traf ihn wie ein Schlag in die Magengrube. »Fliegen! Wir werden fliegen!«

»Ihr sitzt nicht auf dem Falken.« Hok Gammal grinste. »Ihr hängt unter ihm. Da drin.«

Er zeigte auf eine Art übergroßen Korb aus ineinander verflochtenen Weidenruten, dessen zwei Schritt langer, gewölbter Griff aus demselben dunklen Holz war wie die Lenkstangen an der Falkenhaube. Namakan hatte kaum Zweifel, dass ein gewöhnlicher Mensch sich in diesem Korb zu voller Größe aufrichten konnte. Dennoch war das Gebilde offensichtlich leicht genug, dass ihn zwei Falkenreiter mühelos herbeischaffen konnten.

»Das ...« Morritbi stockte. »Das sieht ziemlich zerbrechlich aus.«

»Ist es aber nicht«, sagte Hok Gammal bestimmt. »Nur etwas eng. Aber was einem Sechsertrupp Soldaten in vollem Harnisch recht ist, sollte euch doch billig sein.«

»Wie wird der Korb denn festgebunden?«, wollte Namakan wissen.

»Festgebunden?« Hok Gammal runzelte die Stirn. »Warum sollten wir etwas festbinden, das ein Falke in seinen Fängen genauso gut tragen kann?«

»Das wird Eisarn gar nicht gefallen.« Morritbi rannte förmlich los, um erst dem Zwerg und dann Kjell und Tschumilal davon zu berichten, auf welche Weise sie ihre Reise denn nun genau fortsetzen würden.

Dafür gesellte Dalarr sich zu ihnen, der bisher ungeduldig auf der Plattform auf und ab gelaufen war. »Wie lange wird es dauern, bis wir in Kluvitfrost sind?«

»Wenn wir heute noch aufbrechen«, Hok Gammal wiegte den Kopf hin und her und schürzte die Lippen, »dann sollten wir morgen noch vor Sonnenuntergang dort sein.«

»Gut. Sehr gut.« Dalarr nickte zufrieden. »Da ist noch etwas, worum ich dich bitten müsste. Keine große Sache.«

»Nur heraus damit!«

»Kannst du einen deiner Leute abstellen, um unsere Kutsche zurück nach Silvretsodra zu bringen?«, fragte Dalarr. »Sie gehört in den königlichen Fuhrpark. Ich habe sie nur geliehen, und ich würde es mir nicht verzeihen, wenn der Mann, der sie uns gegeben hat, wegen seiner Großzügigkeit Ärger bekäme. Am besten suchst du jemanden aus, dem du eine kleine Belohnung gönnst, denn du kannst sicher sein, dass das eine

Fahrt wird, die er nicht so schnell vergisst.« Dalarr zwinkerte Namakan zu. »Die Macht des Drachen ist ungebrochen, nicht wahr?«

»Mal sehen.« Hok Gammal rieb sich das Kinn. »Doch. Ja. Da fällt mir tatsächlich jemand ein. Dunga gibt sich immer so eine Mühe mit dem Ausmisten der Nester. Sie hat eine Aufmunterung verdient.«

»Du wirst eine andere Aufmunterung für sie finden«, sagte Ammorna, die überraschend zu ihnen herangetreten war. »Ich bringe die Kutsche zurück.«

»Was ist los?« Dalarr lachte auf. »Bist du etwa die erste Nebelkrähe, die Angst vorm Fliegen hat?«

»Ach, alter Wanderer …«, entgegnete Ammorna kraftlos. Sie begann, ihren rechten Handschuh auszuziehen. Ihre Bewegungen wirkten abgehackt und schwächlich. »Ich werde bald auf anderen Schwingen fliegen, höher hinaus, als du dir vorstellen kannst.« Sie zeigte Dalarr ihre nackte Hand, und ein erstauntes Grauen befiel die Züge von Namakans Meister. »Viel höher.«

32

Früher wünschte ich mir oft, meine toten Kameraden würden nach einer geschlagenen Schlacht wiederauferstehen. Bis Kluvitfrost. Danach betete ich immer dafür, dass sie auch ja in ihrem Blut liegenblieben.
Ein Überlebender der Ersten Schlacht von Kluvitfrost

Erst als Namakan sich auf die Zehenspitzen stellte, um einen besseren Blick auf Ammornas Finger zu erhaschen, sah er, was seinen Meister so bestürzte. Ausgehend von einem winzigen Punkt auf der Kuppe von Ammornas Zeigefinger, wo die Haut in einem schwarzen Knötchen angeschwollen war, verliefen auf dem faltigen, schlaffen Gewebe Linien, Spiralen und Kreise. Die Male, wie mit einem unglaublich feinen Pinsel aufgebracht, erstreckten sich bis zum Handgelenk hinunter.

Sie sehen aus wie die Symbole der Sprache des Alten Geschlechts. Namakan fühlte sich in die Welt hinter der Welt zurückversetzt, die er durch einen Torbogen auf der Insel der Sterbenden Schwingen betreten hatte. *Wie die Symbole, von denen die toten Tegin am ganzen Leib schwarz geworden sind.*

Die anderen Wanderer bemerkten die unheimliche Szene und näherten sich mit neugierigen Gesichtern.

»Du hättest in der Totenhalle nicht nur Eisarn schelten sollen, Dalarr«, sagte Ammorna leise. »Ich habe dort auch etwas berührt.«

»Dridd ...« Dalarr hauchte das Schimpfwort beinahe zärtlich. »Ammorna, du dumme Gans. Du schrecklich dumme Gans ...«

»Was ist da?« Kjell packte mit ernster Miene Ammornas Handgelenk und drehte seine Amme zu sich herum. »Was ist das auf deinen Fingern?«

»Das Gall Raun«, gab ihm Dalarr Antwort. »Das Gift, das unsere Geschichten auf unsere Haut schreibt, wenn wir uns entschließen, in der Totenhalle in die Stille Leere zu gehen.« Er sah Ammorna traurig an. »Du hast den Sporn auf einer der Liegen angefasst, nicht wahr?«

Ammorna nickte.

Kjell blickte verständnislos drein, aber er spürte wohl, dass er Ammorna nicht würde lange festhalten können, denn er ließ ihren Arm los.

»Warum?«, fragte Dalarr. »Warum nur?«

Die Kroka-Dienerin zog ihren Handschuh wieder an. »Der Sporn … ich musste an die Krallen der Gefiederten denken, als ich ihn sah. Ich war wie das Kind, das man vor dem heißen Ofen warnt. Das Kind, das sich dann doch verbrennt, weil es erst den Schmerz spüren muss, um zu begreifen.«

»Und jetzt?« Nackte Angst schimmerte in Kjells Augen. »Was geschieht jetzt mit ihr?«

»Sie geht in die Stille Leere«, sagte Dalarr tonlos. »Langsam, aber bald.«

»Verflucht!« Eisarns haarige Pranke legte sich auf den Griff des Hammers an seinem Waffengürtel. »Ich würde den hier zurückgeben, wenn es dir helfen würde. Das schwöre ich dir.«

Ammorna lächelte dem Zwerg kurz zu, dann schloss sie Kjell in die Arme. Der Graf ohne Land blieb stockstéif. »Mein Junge, es tut mir leid, dass ich dich nun in die Welt entlassen muss. Ich hätte gern gesehen, wie der Fluch von dir abfällt. Du weißt, wie es ist. Ich bin neugierig, wie alle Krähen. Zu neugierig sogar.« Ihr Krallenstab kratzte über die Bohlen der Plattform, als sie ihr Mündel aus ihrer festen Umarmung freigab. »Vergiss mich nicht.« Sie küsste ihn auf die Stirn und wandte sich von ihm ab, um auf die nächste Stiege nach unten zuzuschlurfen.

»Halt!«, rief Kjell.

Ammorna hörte nicht auf ihn.

»Willst du sie weiter quälen?« Tschumilal legte Kjell die eine Hand auf die Brust, mit der anderen strich sie ihm übers Haar. »Siehst du nicht, dass sie gehen will? Dass sie gehen muss?«

Kjell biss die Zähne zusammen, schob die Elfentochter beiseite und stapfte zum Rand der Plattform. Er packte das Geländer mit beiden Händen, als wollte er es ausreißen. Seine Schultern zuckten kurz, dann erschlafften sie. Er drehte sich um, die Fäuste geballt, und ging Ammorna nach.

Dalarr stellte sich ihm in den Weg. »Wo willst du hin, Junge?«

»Ich kann sie nicht einsam und allein sterben lassen«, sagte Kjell wild. »Das kann niemand von mir verlangen. Nicht einmal du. Nicht einmal sie. Und außerdem kann ich nicht in diesen Korb dort steigen. Es wird bald dunkel, und dem Falken werden meine Schreie nicht gefallen.«

»Sorg dich nicht um den Falken«, warf Hok Gammal ein. »Mit Schreien wirst du ihn nicht erschrecken. Dafür hat er schon zu viele Schreie gehört.«

»Lass mich vorbei«, knurrte Kjell.

»Nein.« Dalarr packte ihn an den Schultern und schüttelte ihn. »Wach auf!« Er zeigte zu Tschumilal, die die Vorgänge stumm verfolgte. »Sie ist die Frau, die dich noch braucht. Nicht Ammorna.«

Kjell machte einen Schritt nach vorn, und Dalarr stieß ihn zurück.

Namakan nutzte das Handgemenge, um der Kroka-Dienerin nachzulaufen. »Warte, Ammorna, bitte warte.«

Sie war bereits auf der Stiege angekommen, doch sie hielt inne und schaute zu ihm hoch. Ihr Gesicht hatte einen sonderbar belustigten Ausdruck. »Hast du dich so an mich gewöhnt, dass du mich umstimmen willst? Oder hast du noch eine deiner höflichen Fragen für mich, kleiner König?«

Namakan schluckte den Kloß in seinem Hals hinunter. »Geh zurück zu Kusk«, verlangte er heiser. »Verbring deine letzten Tage mit jemandem, der dich liebt.«

Ammorna seufzte. »Du kannst es einfach nicht lassen, oder?«
»Was?«
»Dir einzubilden, dass alle Geschichten auf irgendeine Weise gut auszugehen haben, nur weil du es dir wünschst.«
»Ich sehe darin nichts Falsches«, verteidigte sich Namakan.
»Nein, natürlich nicht.« Sie nahm die nächste Stufe, ehe sie sich noch einmal zu ihm umdrehte. »Und versprich mir, dass du auf Kjell aufpasst. Und auf deinen Meister. Auch ein alter Wanderer kann sich auf dem rechten Weg verirren.«

Mit dieser rätselhaften Warnung ließ die Kroka-Dienerin ihn stehen. Namakan sah ihr noch ein, zwei Herzschläge nach, wie sie sich auf ihren Krallenstab gestützt die Stiege hinunterkämpfte. Dann kehrte er an Morritbis Seite zurück und hielt einen Moment schweigend ihre glühendheiße Hand.

Die verbliebenen Wanderer stiegen durch eine Klappe in der Seitenwand des Korbs. Hok Gammal hatte die Wahrheit gesagt: Es war eng dort drinnen, und die furchtsame Erwartung in seinem Herzen ließ die geflochtenen Wände noch ein ganzes Stück dichter zusammenrücken.

Er fand seinen Platz neben Morritbi, hinter ihnen saßen Tschumilal und Kjell, vor ihnen kauerten Dalarr und Eisarn.
»Smarna, Smarna, Smarna«, murmelte der Zwerg vor sich hin wie ein einfältiger Bettler, der nur ein einziges Wort kannte.

Namakan hatte nicht übel Lust, seine Hände um Eisarns feisten Hals zu schließen und das ewige Gejammer endlich zu ersticken.

Ein junger Falkenreiter zeigte Morritbi, wie die Klappe zu schließen und von innen zu verriegeln war. Er wünschte ihnen noch günstige Winde, dann verschwand er. Morritbi folgte den Anweisungen, die sie erhalten hatte, und senkte das Innere des Korbs in ein beklemmendes Halbdunkel. Als Namakan die beachtliche Wärme ihres Oberschenkels an seinem spürte, quälte ihn kurz eine Schreckensvision. *Der Korb. Sein Boden wird anfangen zu brennen, weil sie so heiß ist. Wir werden versuchen, die*

Flammen auszuschlagen, doch alles, was wir damit erreichen, ist, dass wir ein Loch ins Geflecht schlagen. Und dann purzeln wir alle hinaus, einer nach dem anderen. Das wird der merkwürdigste Regen, den die Steppen je gesehen haben ...
Draußen rauschte es wie von einem Herbststurm in trockenem Laub. Der Korb kippte nach vorn und schrammte einen furchtbar langen Augenblick über das Holz der Plattform. Alle Wanderer bis auf Tschumilal schrien auf, Eisarn am lautesten. Namakans Eingeweide fühlten sich an, als verwandelten sie sich in einen Klumpen Brei, der ihm aus dem Mund zu hüpfen drohte. Dann spürte er eine sonderbare Empfindung, die er nicht anders einzuordnen verstand denn als eine leichte Schwere. Oder war es doch eher eine schwere Leichtigkeit?
Wir fliegen! Ein ekstatischer Schrecken spülte alle anderen Gedanken aus seinem Kopf. *Bei den Untrennbaren! Wir fliegen!*

Während der Wind kalt durch die Ritzen des Korbs pfiff und Namakan mit einem Mal großen Gefallen an Morritbis Hitze fand, fiel ihm etwas ein, das ihm ein breites Grinsen entlockte: Wikowar, der fette, verräterische Händler, hatte viele Lügen in seinem Wanst mit sich herumgetragen, aber auch eine unverwüstliche Wahrheit. Die Welt jenseits der Narbe war tatsächlich voller Wunder. *Ich sitze in einem Korb, den ein Riesenfalke in seinen Fängen trägt. Neben mir eine Hexe, deren Vater ein Feuergeist war. Hinter mir ein Graf ohne Land, der sich gleich in eine Ratte verwandeln wird, und eine halbe Elfe. Vor mir ein verstoßener Zwerg und ein Unsterblicher, der mich als seinen Sohn großgezogen hat* ... *Selbst wenn ich genau jetzt sterben sollte, müsste ich mir nicht vorwerfen, nichts erlebt zu haben.*
Als Kjell sich wenig später hinter ihm zu winden und zu zucken begann, dass der ganze Korb davon erbebte, wurde Namakan doch noch richtig angst und bange. Er hatte bislang nur eine von Kjells Verwandlungen mit eigenen Augen gesehen, und die war von einer Ratte in einen Menschen gewesen. Von der, die nun erfolgte, sah er auch nicht viel: Ein einziger

rascher Blick über die Schulter reichte aus, dass er sich die Kapuze noch tiefer ins Gesicht zog, die Hände auf die Ohren presste und sehnsüchtig auf das Ende der Schreie wartete. Das Bild von Kjells schrumpfendem, verdrehtem Leib würde ihn dennoch lange verfolgen, so viel stand fest. *Wie ein Lappen, den man auswringt, oder ein Pergament, das man in der Faust zusammenknüllt.*

Erst nachdem Kjells Gekreisch eine Weile verstummt war, wagte es Namakan, sich wieder umzudrehen. Tschumilal streichelte die fiepende Ratte, die sich auf ihrem Schoß zusammengerollt hatte, und ganz gleich, wie verschlossen ihre Miene auch oft sein mochte, in diesem Augenblick sah Namakan in ihren Zügen eine tiefe Zuneigung, die sich auf mehr gründete als bloßes Mitleid. *Es ist, wie man beim Talvolk sagt: Das Untrennbare Paar sind keine fernen Götter. Sie sind um uns herum.*

Er kuschelte sich enger an Morritbi, doch die Hexe war ganz offenbar gelangweilt. Sie spielte mit den Strähnen ihres Haars, mit den Taschen an ihrem Gürtel, mit den Schnallen an ihren Stiefeln ... »Jetzt reicht's!«, sagte sie plötzlich und griff nach dem Riegel vor der Klappe. »Ich muss das sehen.«

Bevor Namakan protestieren konnte, hatte sie die Klappe einen Spalt geöffnet und lugte hinaus. Der Wind fuhr ihr ins Haar und ließ es tanzen wie lodernde Flammen. »Sieh dir das an, Namakan«, jubelte sie lachend. »Sieh dir das an!«

Er beugte sich gerade so weit vor, dass er an ihr vorbei nach unten schauen konnte.

Tief, tief unter ihnen breitete sich die schneebedeckte Weite der Büffelsteppe aus. Auf dem von Mond und Sternen beschienenen Weiß rannen dunkle Ströme dahin, die nicht aus Wasser waren: Riesige Herden jener Tiere, die diesem Landstrich seinen Namen gaben, zogen über die Steppe dahin und stampften mit ihren Hufen Linien in den Schnee. Bei ihrem Anblick musste Namakan an das feine Netz von Adern denken, das man sehen konnte, wenn man das Blatt eines Baumes gegen die Sonne hielt. Und noch an ein anderes Netz aus anderen

Adern. Die Adern, die einem an den Handgelenken durch die dünne Haut schimmerten. *Es ist alles gleich. Es gibt kein Groß und kein Klein. Es ist alles eins.* Seine hehre Entrücktheit währte nicht länger als einen Wimpernschlag, ehe sie sich als flüchtig, wenn nicht gar als töricht entpuppte. *Wie verdammt groß müssen diese Viecher sein, wenn ich von hier oben ihre Hörner und ihr zottiges Fell sehen kann?*

»Sie ziehen zu den Salzlecken«, sagte Dalarr, der sich mittlerweile ebenfalls dem Spalt im Korb zugewandt hatte, dicht an Namakans Ohr. »Sie müssen dorthin, aber dort lauert auch der Tod auf sie. An den Lecken gehen die Falken auf die Jagd.«

Und dann begann Dalarr zum allersten Mal auf dieser langen Reise von der Vergangenheit zu berichten, ohne dass ihn die Fragen der anderen dazu gedrängt hätten.

Ihr müsst euch ein Bild von der Feste Kluvitfrost machen können. Um zu verstehen, was sich ereignete, als ich damals mit meinen Gefährten dort eintraf, nachdem wir die Ketten der Ewigkeit geholt hatten. Und um zu verstehen, was uns dort nun erwartet.

Die Feste trägt den Namen des Passes, den sie schützen soll. Der Pass selbst ist schmal. Zwanzig, fünfundzwanzig Schritte an der schmalsten Stelle. Ein feiner Einschnitt in schroffe Hänge, auf denen selbst der Schnee kaum Halt findet. Er spaltet einen Berg knapp unter dessen Gipfel. Wir Tegin nennen ihn Kollur Skipta, das Geteilte Haupt. Manch ein Gelehrter würde darüber streiten, ob der Kollur Skipta ein echter Berg ist, denn er ragt nur auf, wenn man ihn von Westen her betrachtet. Nähert man sich ihm vom Osten, ist er kaum mehr als ein Hügel von vielen, die den Rand einer weiten Ebene säumen. So ist das eben manchmal in dieser Welt: Aus einer Sache wird plötzlich eine andere, wenn man sie aus einer neuen Richtung betrachtet. Aus Bergen werden Hügel, aus stolzen Riesen aufgeblasene Zwerge und aus vornehmen Edeldamen verlotterte Huren.

Jedenfalls ist dieser schmale Pass auch nicht sehr lang. Man kann vom einen zum anderen Ende fast mit einem Bogen aufeinander schießen. Würde man von oben auf ihn schauen – und in diesen Genuss kommen wir ja nun bald –, würde man an einen Flaschenhals denken. Zur Ebene hin breit, zu der Seite des Berges, von der aus er auch wie ein Berg aussieht, verjüngt er sich. Beide Ausgänge sind mit Toren gesichert, und zwischen ihnen sind Wehrgänge in die Hänge getrieben. Gut befestigt, damit man den Feind von links wie von rechts unter Beschuss nehmen kann, falls es ihm gelingt, das erste Tor zu durchbrechen. Auf der Strecke zum zweiten Tor muss er sich dann durch einen Hagel von Steinen und Pfeilen kämpfen, über einen Untergrund, auf dem Gräben ausgehoben und Palisadenwälle errichtet wurden. Ungefähr in der Mitte des Passes erheben sich zudem zwei wuchtige Türme aus den Hängen, von deren Zinnen aus schwerstes Verteidigungsgerät zum Einsatz kommt. Ballisten, die baumlange, brennende Geschosse verschießen. Katapulte, die Fässer mit kochendem Pech auf die Angreifer schleudern. Um Kluvitfrost zu nehmen, braucht es die wahnsinnige Entschlossenheit eines tollwütigen Hundes – aber die Reden der Seher der Pferdestämme könnten aus dem sanftesten Lämmchen eine reißende Bestie machen.

Als wir nun vor dreißig Sommern Kluvitfrost erreichten, die Ketten der Ewigkeit in Lodajas Gepäck, war das Tor im Westen bereits gefallen. Die Krieger der Pferdestämme drängten in Scharen in den Pass, als donnernde Wellen, die an den Palisaden brachen. Zumindest noch, denn über die vordersten Gräben hatten sie schon hinweggesetzt, und brandeten mit voller Wucht gegen die dahinterliegenden Wälle.

Unsere Gruppe teilte sich. Während Waldur, Lodaja und ich einen der Wehrgänge entlanghetzten, hin zu dem Turm, wo Arvid und seine Generäle das Schlachtfeld überblicken, schlossen sich die anderen den Verteidigern am Grund des Passes an.

Galt erreichte als Erster die vordersten Stellungen. Er zog sein Schwert und stimmte ein Lied an, voll und kräftig, das das

Klingenklirren, das Donnern der Hufe und die Schreie der Sterbenden noch übertönte. Es handelte vom Mut, sich einer Übermacht zu stellen, und davon, was für ein unermesslicher Ruhm darin lag. Eines der Lieder, das man nun einmal singen muss, wenn man Soldaten in den sicheren Tod treiben will ...

O Tschumilal, eines der schändlichsten Verbrechen, die sich Waldur anzulasten hat, ist, dass dir die Stimme deines Vaters vorenthalten wurde. Allein dafür hätte er es verdient, langsam und qualvoll zu verrecken.

Als die von Galt angestachelten Soldaten aus ihrer Stellung auf die Barbarenkrieger zustürmten – ausgerechnet mein guter Eisarn hier auf seinen kurzen Beinen allen voran –, traute ich meinen Augen nicht. Wie viele es auf einmal waren, die da brüllend auf die Herde des Fetten Hengstes vorrückten. Wie ihre Banner stolz flatterten. Wie ihre Rüstungen glänzten. Mir fiel wieder ein, wer da noch in dieser Stellung stand, und ich verstand, was ich vor mir sah. Nimarisawis Wirken. Die Elfe hatte einen Zauber gesprochen, mächtiger als die meisten, die je über ihre Lippen kommen sollten.

Da wusste ich, dass in Wahrheit die Banner in Fetzen hingen und die Rüstungen blutig und zerschlagen waren. Dass wohl gut die Hälfte der tapferen Recken, die da den Lanzen und den Pfeilen der Reiter trotzten, nur vor meinen Augen existierten. Meine Klinge und meine Hände wären durch sie hindurchgefahren wie durch Luft.

Als wir nach schier endlos vielen Stufen auf dem Turm anlangten, trat uns Arvid entgegen. Furcht und Hoffnung rangen auf seinem Gesicht miteinander. Das, was Lodaja bei sich trug, entschied den Kampf.

»Wir brauchen einen Toten«, rief Waldur.

Niemand rührte sich. Alle waren sie gebannt von der schwarzen Kette, und ich glaube, sie alle hörten ihren Ruf.

Waldur hörte ihn offenbar am lautesten. Da keiner seiner Forderung nachkam, zog er sein Schwert und streckte einen der Generäle nieder. Zielstrebig und doch leichtfertig, wie ein

Knabe Disteln köpft, wenn er sich aus ihren Blüten eine Krone flechten will.

»Schafft dieses Katapult hier rüber«, lautete sein nächster Befehl, und dieses Mal stolperten die Generäle übereinander, um seinem Wunsch zu entsprechen. Wie niederste Rekruten, die sich dankbar zeigen, wenn man ihnen die einfachsten Aufgaben stellt, zerrten sie die große Wurfmaschine von der Brüstung des Turms herbei.

Waldur ließ sich ein Seil bringen und knüpfte den erschlagenen General an einem Querbalken des Katapultgerüsts auf. Da baumelte er nun, als hätte dieser hohe Herr das Los eines Strauchdiebs erlitten.

Waldur nahm Lodaja die Ketten ab, und er erstarrte. Nur für einen winzigen Augenblick. Ich weiß, welcher Verlockung er sich ausgesetzt sah. Womöglich war es der letzte Rest des Mannes, den ich meinen Bruder und meinen Freund nannte, der sich nun in ihm aufbäumte. Der ihm verbot, der Lust nachzugeben, die die Berührung der Ketten in ihm aufgeilte. Vielleicht war es am Ende aber auch nur die kühle Erkenntnis, dass es sich für ihn nicht lohnte, einen König als Spielzeug und Marionette zu missbrauchen, wenn durch das Reich, über das dieser König herrschte, nur noch mordgierige Monstren streiften. So oder so schüttelte Waldur seine Lähmung ab. Er ging zum baumelnden Leichnam des Generals und trieb die Haken an den Enden der Kette in das Fleisch hinein.

Dann rief er Arvid an seine Seite. Selten hat man einen König so gehorsam gesehen. So gut abgerichtet. Ein dummes, treues Hündchen, das alles tut, um sich die Zuneigung seines Herrn zu sichern. Arvid hätte selbst seine eigene Kotze gefressen, wenn Waldur es von ihm verlangt hätte.

Das war nun allerdings nicht nötig, um auf die Macht der Ketten zuzugreifen. Waldur forderte seinen Sklaven lediglich dazu auf, sich die Hände aufzuschneiden, damit die schwarzen Glieder mit dem königlichen Blut gesalbt werden konnten.

Und so geschah es.

Obwohl Lodaja unter Tränen auf ihren Vater einredete, er solle von der Torheit ablassen, etwas beherrschen zu wollen, das sich nicht beherrschen lässt. Vergesst nicht: Sie hatte die Ketten auf dem langen Weg aus der Grotte des Plagenvaters getragen. Weil ihr Herz das reinste war, so wie Namakans Herz heute das reinste von uns ist, die wir hier in diesem Korb sitzen.

Es geschah.

Obwohl ich hätte eingreifen können. Doch damals wie heute glaube ich fest daran, dass es die Waffe ist, die den Schaden anrichtet, und nicht der, der sie führt.

Es geschah.

Obwohl seine Generäle sich von Arvid abwandten. Sie rannten aufgescheucht die Treppen hinunter, als fürchteten sie sich plötzlich mehr vor ihrem König und dessen Berater als vor den Fürsten der Pferdestämme.

Es geschah.

Arvid wand die Ketten um seine Arme und zog an ihnen. Kennt ihr das Frösteln, das manchmal selbst an einem schwülen Sommertag über einen kommt? Das jähe Aufschrecken aus einem Albtraum, das einen verwirrt und mit pochendem Herzen zurücklässt, auch wenn man sich an die Einzelheiten der Schrecken, die man gesehen hat, nicht mehr erinnert? Das Ziehen im Herzen beim Anblick eines Grabsteins, dem Wind und Wetter die Inschrift genommen haben?

So fühlte es sich an, als die Ketten ihre widerliche Macht entfalteten.

Waldur fand darin keinen Anlass zur Sorge. Er war auf eine Zinne gesprungen, die Hände in den Himmel gereckt, und er jubelte.

Unter ihm auf dem Schlachtfeld regten sich die Toten. Alle Toten. Die, die für Tristborn gestorben waren, genauso wie die, die Tristborn auszulöschen gedachten. Der Tod kennt kein Reich und keinen Stamm. Er braucht keine Familie und keine Gesellschaft. Vielleicht ist er zu beneiden, denn er war und ist sich selbst genug. Aber manchmal beugt er sich spielerisch dem Treiben anderer Kräfte, und an diesem Tag in Kluvitfrost machte er dem grausigen Schauspiel Platz, das der Plagenvater noch aus seiner Gruft heraus aufführte.

Die Gefallenen erhoben sich. Aus den Gräben, in denen knöcheltief roter Schlamm stand. Unter den Kadavern niedergemetzelter Pferde hervor, deren Läufe selbst bereits wieder in schwachen Tritten zu zucken begannen. Die, die auf den Wehrgängen von Pfeilen und Speeren durchbohrt worden waren, und die, denen am Fuß der Hänge kochendes Pech die Haut von den Muskeln gelöst hatte.

Sie wurden zu einem neuen Heer – dem dritten, das in Kluvitfrost in die Schlacht zog. Und auch wenn seine Streiter zuvor noch auf verschiedenen Seiten gestanden hatten, waren sie nun durch ihren hungrigen Zorn geeint. Es wäre falsch zu sagen, sie hätten weder Freund noch Feind gekannt, denn sie fielen nur über die Lebenden und nicht übereinander her.

Manche setzten die Waffen ein, die sie noch in ihren klammen Händen hielten – ihre Schwerter, ihre Piken, ihre Dolche. Die meisten jedoch kratzten und bissen und hieben wild heulend mit den Fäusten um sich.

Und wie schnell sie waren! Ganz anders als die ruhelosen Toten, die wir in der Grotte des Plagenvaters gesehen hatten. Sie waren wohl nicht lange genug richtig tot gewesen, um in eine tumbe Trägheit zu verfallen. Oder der Geruch des Blutes, der zum Schneiden dick in der Luft hing, peitschte sie auf.

Zudem hatten sie einen Vorteil, wie ihn sich jede Armee auf jedem Schlachtfeld wünscht: Nicht nur, dass sie fortan nicht mehr liegenblieben, wenn sie Wunden erlitten, die einen gewöhnlichen Kämpfer für immer in den Staub geschleudert hätten. Sie hatten die Überraschung ganz auf ihrer Seite, und hüben wie drüben – bei den Pferdestämmen wie bei den Soldaten von Tristborn – waren sämtliche Streiter einen Moment lang wie gelähmt. Man kann ihnen schlecht einen Vorwurf daraus machen, denn was sonst hätten sie tun sollen, als sie sahen, wie ihre Kameraden auf so grausige Weise wiederauferstanden?

Und als sie begriffen, dass diese Kreaturen eben nicht mehr ihre Kameraden waren, war es zu spät. Die Toten wendeten das Blatt in dieser Schlacht. Sie trieben die Lebenden zu beiden Ausgängen des Passes vor sich her wie heulende Wölfe die Schafe.

Nun öffnete sich auch das Tor im Osten, aufgestoßen von den verzweifelten Verteidigern Tristborns, die keinen anderen Gedanken mehr kannten, als von den Toten wegzukommen.

Und auf der anderen Seite gaben die Barbaren ihren Pferden die Sporen und ritten im gestreckten Galopp durch das Tor im Westen, das sie doch eben erst nach so langer, blutiger Belagerung durchbrochen hatten.

Die Stellung, aus der unsere Freunde dort unten im Flaschenhals den Ausfall gewagt hatten, wurde überrannt. Erst von den flüchtenden Lebenden, dann von den hungrigen Toten. Ich hätte geschworen, dass Eisarn ebenso gefallen sein musste wie Galt und die Elfe. Kein Zwergenhammer, kein Bardenlied und kein Elfenzauber konnte vor dieser Gewalt bestehen, so dachte ich. Und wie so oft in meinem verflucht langen Leben hätte ich das Denken besser einem anderen überlassen ...

Waldur hatte auf der Zinne inzwischen nach seinem Bogen gegriffen und schoss Pfeil um Pfeil in die tobende Menge dort unten. Er rief Arvid Anweisungen zu, die ich nicht verstand. Arvid riss an den Ketten, mal in die eine, mal in die andere Richtung. Der General, zum selben verderbten Unleben erwacht wie die anderen Toten, vollführte einen zuckenden, ruckenden Tanz.

Ich glaube, ein Mann reinen Herzens hätte die Ketten gebändigt und die Tausenden Toten seinem Willen unterwerfen können. Aber Arvid, dessen Herz schwärzer ist als der Grund der Narbe? Einen einzigen Toten hätte er vielleicht beherrschen können, vielleicht auch ein Dutzend, aber Tausende? Er stolperte umher wie ein blöder Hirtenjunge auf den Almen in einem Gewitter, der nicht weiß, wie er sein panisches Vieh heim in den Stall bringen soll.

Bis heute kann ich nur vermuten, weshalb die Toten und die Krankheit, die sie verbreiteten, nicht die ganze Welt ausgelöscht haben. Weshalb wir nicht alle zu Opfern der Plage wurden und man überhaupt noch etwas Lebendiges findet. Weshalb sie nur einige Sommer im Osten des Reichs wütete und danach nur noch vereinzelt an den entlegensten Orten ausbrach. Waldur. Es muss Waldur gewesen sein, der der Plage ein Ende machte. Wer weiß, welche Geister er dafür zu Hilfe rief? Welche Pakte er mit Wesenheiten eingegangen ist, für die wir vom Alten Geschlecht das sind, was ihr Welken Blumen für uns seid? Denkt daran, was ich euch über ihn sagte: Er wollte an den Strippen eines Herrschers über ein glorreiches Reich ziehen und nicht die Welt in ewige Finsternis stürzen.

Ich weiß nicht mehr, wie lange ich da stand und Waldur ansah. Ich weiß nur, dass ich irgendwann nach Lodajas Hand greifen wollte und ins Leere fasste. Sie war fort! Geflüchtet! Den Turm hinunter in dieses heillose Chaos. Und ich, ich ließ Waldur und Arvid weiter gewähren und machte mich auf die Suche nach ihr. Warum? Ich wollte eher an ihrer Seite sterben als an der meines wahnsinnigen Freundes und seines Schoßtiers. Doch es kam alles anders, wie ihr wisst ... anders, aber vielleicht keinen Deut besser. Denn besser wäre es nur gewesen, hätte ich damals den Mut gefunden, Arvid meine Klinge in den Rücken und Waldur von den Zinnen dieses Turms zu stoßen.

Dann, und nur dann wäre es wirklich besser gewesen.

Denn dann wäre Lodaja heute noch am Leben und wir wären nicht hier ...

Den Rest ihres Fluges verbrachten die Wanderer schweigend. Nur wenn einer von ihnen seine Notdurft durch die Klappe hinaus verrichten musste, murmelten sie einige wenige Worte, um ihre Bewegungen abzustimmen und den Korb nicht ins Wanken zu bringen.

Sie nippten an ihren Feldflaschen und Trinkschläuchen, kauten auf den letzten Bissen Nahrung herum, die sie in ihren

Taschen fanden, und starrten stumm vor sich hin. Selbst Eisarn gab Ruhe, und Namakan lernte, dass man durchaus etwas vermissen konnte, was einem kurz zuvor noch ein Ärgernis gewesen war.

Einmal noch musste Namakan Kjells Schreie erdulden, und wie zuvor erduldete sie auch der Falke, als kümmerten sie ihn nicht. Kein Rütteln, kein Schütteln lief durch den Korb.

Der Tag neigte sich bereits seinem Ende entgegen, als Hok Gammal sich mit lauten Rufen an sie wandte.

»He, ihr da unten! Wir sind so gut wie da. Macht euch zur Landung bereit.«

Niemand von ihnen wusste, wie dieses Bereitmachen sich gestalten sollte. Morritbi verstand darunter offensichtlich, die Klappe noch ein Stückchen weiter zu öffnen, als sie es bisher getan hatten.

Unter ihnen lag nun eine Zeltstadt, die es von ihrer Größe her mit der vor den Toren Silvretsodras aufnehmen konnte. Anders als die Flüchtlingsunterkünfte jedoch waren die grüngrauen Zelte der Soldaten hier in ordentlichen Reihen aufgeschlagen. Sie erinnerten Namakan an eine Ansammlung bizarrer Flechten, die aus einer Laune der Natur heraus in völlig geraden Strukturen auf einer Felsplatte wucherten. Vor vielen Zelten saßen Verwundete in kleinen Grüppchen zusammen, und einige von ihnen winkten freudig, als der Schatten des Falken über sie hinwegglitt.

Der Boden kam näher und näher, da Hok Gammal sein Reittier zur Landung ansetzen ließ, und Namakan konnte immer mehr Einzelheiten ausmachen. Die Wappen der Regimentsbanner auf den Spitzen der Zelte. Das Sprühen der Funken, wo ein Waffenmeister schartige Klingen an einem Schleifstein ausbesserte. Die Rauchfahnen, die von den Kesseln der Feldküchen aufstiegen.

Dalarr beugte sich über Namakan hinweg aus der Klappe. »Weiter!«, schrie er zu dem Falkenreiter hinauf. »Weiter! Zu den Türmen! Den Türmen im Pass!«

Die Schwingen des Falken rauschten, und das Tier gewann wieder an Höhe.

Dann sah Namakan das Osttor der Feste Kluvitfrost, eingezwängt zwischen die Hänge des Kollur Skipta. Die Mauern der Festung waren aus dem grauschwarzen Gestein gemauert, das der Berg den Baumeistern geboten hatte. Sie hatten nichts von der wuchtigen Eleganz der Stadtmauern Silvretsodras. Hier in den Drachenschuppen, an den äußersten Grenzen des Reichs, galt es ja auch keine Besucher aus fernen Provinzen mit dem Prunk einer Hauptstadt zu beeindrucken. Hier galt es nur, Horden von Barbaren daran zu hindern, sich durch das Nadelöhr des Passes auf Tristborner Grund und Boden zu ergießen. Die Mauer mit dem Tor war letztlich nichts anderes als ein hässlicher steinerner Damm.

Sie waren gerade über die Zinnen gesegelt, da neigte sich der Korb nach rechts, weil der Falke in einer weiten Kurve in den Sinkflug ging. Namakan hörte von unten verwehten Gefechtslärm und erahnte mehr das Gewusel der Schlacht, die dort drunten tobte, als dass er das Hauen und Stechen wirklich wahrnahm. Er glaubte, irgendwo von vorn einen rotgelben, langgezogenen Schemen heranhuschen zu sehen. *Was ...?*

Ein dumpfes, schmatzendes Knirschen erklang, ein Ruck ging durch den Korb, der Falke schrie.

Namakan wurde nach hinten gerissen, landete weich auf Morritbis Schenkeln. Er hörte entsetzte Schreie – einer davon vielleicht von ihm –, schon hob es ihn nach oben, er prallte gegen das Korbgeflecht, dann zog es ihn wieder nach unten, in ein Gewirr aus den Köpfen, Armen und Beinen der anderen im Korb. Eine Stiefelhacke schrammte ihm über die Schläfe, sein Kinn stieß gegen eine Schulter. Draußen, vor der wie von Geisterhand auf zu und schlagenden Klappe, wirbelten düstere Wolken und steile Hänge, Himmel und Erde, umeinander.

Wir fallen! Namakan schrie und schrie. *Wir fallen!*

33

Ehre all die, deren Schritte den deinen vorausgegangen sind. Ein längerer Weg bringt größere Weisheit.

Aus den Lehren des Alten Geschlechts

Krachend traf der Korb auf einen harten Grund. Zu den Schreien der übereinander purzelnden Wanderer gesellte sich das splitternde Bersten des dünnen Rutengeflechts. Doch der Korb wurde durch den Aufprall nicht vollends auseinandergesprengt. Nur eine der Seitenwände dellte sich nach innen und presste die Wanderer noch enger zusammen. Der Korb überschlug sich noch einige Male, ehe er mit einem plötzlichen Ruck liegenblieb und nur noch sanft nachschaukelte.

Namakans Gesicht war unter kaltem, schwerem Fell begraben. Seine rechte Hand ruhte auf einer weichen, stoffbespannten Wölbung, die viel zu groß war, um Morritbis vertrauter Busen zu sein. In seinen Bauch war ein schmaler Fuß gestemmt. Er hörte erschöpftes, erleichtertes Ächzen von allen Seiten, unter dem das gedämpfte Klirren von Stahl auf Stahl, heisere Schreie, gellende Rufe und panisches Wiehern lagen.

»Wir leben!«, grunzte Eisarn. »Wir leben! Scheiß mir einer in den Helm! Wir leben!« Der Zwerg stockte. Dicke Finger schlugen nach Namakans Hand. »Nimm deine Pfoten da weg!«

Namakan gab Eisarns Hintern frei und schob sich Dalarrs Umhang vom Gesicht.

»Raus!«, keuchte sein Meister. »Raus!«

Morritbi wand sich unter Namakans Beinen hervor und stieß die Klappe auf. Das späte Licht eines Wintertages fiel in den Korb, und der Schlachtenlärm wurde lauter.

Einer nach dem anderen krabbelten die Wanderer hastig aus der Enge des lädierten Korbs, ohne einen Gedanken an ihr Gepäck zu vergeuden. Wozu auch? Kluvitfrost würde so oder so die letzte Station ihrer Reise sein.

Namakan, der gleich nach Morritbi ins Freie gelangte, bemerkte sofort, was den Korb davor bewahrt hatte, nach ihrem Absturz auf den Hang bis hinunter zum Grund des Passes zu kugeln: Die Brüstung eines der Wehrgänge hatte ihn gebremst.

Ein Stück den Gang hinunter schauten einige Tristborner Bogenschützen verwirrt zu ihnen herüber. Ihr Obrist fuhr die Schützen an, und sie legten eilig neue Pfeile auf, um das fortzusetzen, was das Erscheinen der vom Himmel herabgefallenen Wanderer kurz unterbrochen hatte: Sie schossen durch die Lücken in den Zinnen nach unten.

Natürlich. Sie greifen uns nicht an. Wieso auch? Wir sehen nicht aus wie Barbaren, und diese Leute wissen nicht, dass wir ihren König erschlagen wollen. Außerdem hing unser Korb eben noch an einem Falken. Namakans Erleichterung wich einer kalten Sorge. *Der Falke. Wo ist er?*

Namakan rappelte sich auf und spurtete die zwei, drei Schritte über die von Schneematsch rutschigen Steinplatten zur Brüstung. Er stellte sich auf die Zehenspitzen, zog sich am rauen Mauerwerk in die Höhe und beugte den Kopf über die Kante.

Nun, da sein Blick nach unten gerichtet war, bestürmte ihn das unerbittliche Wüten der Schlacht im Pass. Niemals war ihm die beschauliche Ruhe der Almen ferner erschienen, und sein Verstand war einen Moment von all den Eindrücken von Leid und Sterben hilflos umzingelt. *Es ist alles wie schon einmal. Die Geschichte wiederholt sich. Oder hat die Zeit hier stillgestanden und das Grauen hat nie aufgehört?*

Ein Barbar war von seinem stürzenden Pferd auf eine Palisade geschleudert worden. Die Holzspitze hatte sich ihm durch den Rumpf gebohrt, ohne ihn sofort zu töten. Deshalb versuchte er nun, Halt an dem Pfahl zu finden, der von seinem eigenen Blut glitschig war und an dem er sich trotz all seiner Bemühungen immer weiter aufspießte.

Ein Trupp Pikeniere, angeführt von einer massigen Frau in vollem Prunkharnisch, wagte sich aus der Deckung eines Grabens heraus. Eine Wolke aus Pfeilen – abgeschossen von Osten her, von dem Tor, das die Pferdestämme überrannt hatten – raste über den Himmel und senkte sich auf die vorrückenden Tristborner. Dann lagen alle Pikeniere im blutigen Matsch, ein Dutzend Leben ausgelöscht in nur einem einzigen Wimpernschlag. Nur die Frau in der Rüstung wankte noch einen Augenblick, ihre gesamte Brust mit einem neuen, tödlichen Putz aus Pfeilgefiedern verziert. Schließlich sank auch sie darnieder.

Ein feuriger Ball schlug zwischen einer Rotte Barbaren ein und verwandelte sie in schreiende Fackeln.

Ein einsamer Tristborner Rekrut saß irgendwo zwischen den verworrenen Schlachtreihen breitbeinig da und drückte sein abgehacktes Bein heulend gegen den Stumpf an seinem Oberschenkel.

Und dort, dort lag der Falke, dicht am Osttor und am Ende einer Schneise, die er in Wälle und Barrikaden gepflügt hatte, auf dem Rücken. Die eine Schwinge war weit ausgebreitet, die andere zu seinem Leib hin angewinkelt, als hätte das gewaltige Tier noch im Sterben versucht, die Flammen zu ersticken, die ihm aus der Brust loderten. Seine Fänge öffneten und schlossen sich, öffneten und schlossen sich. Hok Gammal lag gleich daneben, zerschmettert und regungslos.

Namakan ahnte, was es mit den großen, unförmigen Klumpen auf sich hatte, die überall im Pass verstreut waren. Die Klumpen, über die die Kämpfer beider Parteien schwärmten wie Ameisen und sie dabei platter und platter traten. Ihr Falke

war nicht der Einzige, der vom Himmel geholt worden war.
Die Brut in der Nadel wird ihre Eltern nicht wiedersehen ...
»Was war das? Warum brennt der große Vogel?« Tschumilal hakte die Schlaufe ihrer beim Absturz abgesprungenen Sehne wieder in die Kerben an ihrem Bogen ein.

»Eine Balliste«, knurrte Dalarr.

»Warum schießen unsere eigenen Leute auf uns?« Kjell hatte sein schartiges Schwert gezogen, obwohl es hier oben keine Feinde gab, auf die er damit hätte einschlagen können. Sein langes Gesicht war kreidebleich. »Warum?«

»Das waren nicht deine Leute«, sagte Dalarr. Er deutete quer über den Pass zu einem eckigen Wehrturm. Über den Zinnen hüpften die ledernen Rundhelme von Barbarenstreitern auf und ab, wie Korken über den Rand eines Fasses. »Die Herde hat den Turm erobert. Und sie sind nicht so dumm, dass sie nicht wüssten, wie man eine riesige Armbrust bedient, die brennende Bolzen verschießt.«

»Was jetzt?«, fragte Morritbi.

»Ich schätze, wir müssen dort hinauf.« Eisarn zeigte mit dem Kopf seines Kriegshammers auf den Zwillingsbruder des Wehrturms auf ihrer Seite des Passes. »Dort war Arvid zumindest beim letzten Mal.«

»Und er wird auch diesmal dort sein«, zischte Dalarr. »Aber heute wird er dort oben sterben.«

Der Tegin rannte los, die anderen Wanderer hinter ihm her. Immer drohender ragte der Turm über ihnen auf, je näher sie ihm kamen.

Sie hetzten durch einen engen Durchlass in das dunkle Innere des Trutzbaus. Eine steile Treppe winkelte sich an der Wand in die Höhe. Hinter einem zweiten Durchlass auf der gegenüberliegenden Seitenwand, durch den das blasse Sonnenlicht hereinkroch, setzte sich leicht abschüssig der Wehrgang fort.

Vielleicht dreißig Schritte vor ihnen setzte sich eine Handvoll Tristborner tapfer gegen eine Übermacht von Barbaren zur Wehr. Der Gang war schmal, und die Soldaten Arvids stachen mit langen Stangenwaffen auf die wilden Krieger ein, was die Verteidigung etwas erleichterte, doch nur ein Narr hätte daran gezweifelt, dass die Reichskrieger auf verlorenem Posten kämpften. So wie irgendwann der Korken von einer Flasche flog, wenn man das Wasser darin erhitzte, so würden die Tristborner dem Druck der Barbaren irgendwann nicht mehr standhalten.

Nicht irgendwann ... bald ... doch was wird es den Pferdestämmen nützen? Ob sie noch genauso todesmutig kämpfen würden, wenn sie wüssten, wie groß das Feldlager hinter dem nächsten Tor ist? Wie viele weitere Männer und Frauen dort nur darauf warten, sie in die Flucht zu schlagen? Und sie werden sie in die Flucht schlagen. Diese Schlacht ist schon längst entschieden. Arvids Armee ist dieses Mal viel größer als beim letzten Mal. Zu groß, als dass die Barbaren sie je besiegen könnten.

Dalarr sprang bereits die Stufen hinauf, aber Eisarn baute sich im Durchlass auf. »Ihr braucht einen freien Rücken.« Er wirbelte den Hammer über seinen Kopf. »Und mein Freund hier braucht Schädel, die er zerschmettern kann.«

»Einer allein kann dieses Tor nicht halten, auch wenn er es der Breite nach fast ausfüllt.« Kjell stellte sich neben Eisarn und packte sein Schwert mit beiden Händen. »Noch dazu, wenn dieser eine den Teufeln dort vorn nur bis zum Nabel reicht. Lass die Schädel mir. Kümmer du dich um die Knie.«

Eisarn lachte grimmig. »Das wird ein Fest, das sag ich dir!«

»Was ist mit unserer Rache?«, fragte Tschumilal verwundert, doch sie hatte bereits hinter dem Grafen ohne Land und dem verstoßenen Zwerg Stellung bezogen. Ein Pfeil lag auf der Sehne, und ihre Augen suchten schon nach einem lohnenswerten Ziel. »Was ist mit dem, der dich verflucht und meine Eltern auf dem Gewissen hat?«

Kjell warf einen raschen Blick zu Namakan. »Lasst nicht zu, dass dieses Ungeheuer noch einmal gewinnt, ja?«

Namakan nickte entschlossen. Mehr Abschied gab es nicht.

»Komm«, sagte Morritbi und zog Namakan die ersten Stufen hinauf.

Das ist es also.
Namakan erklomm eine Stufe.
Das Ende. Ich, Morritbi und der Meister.
Die nächste.
Lodaja.
Und die nächste.
Tschesch.
Und die nächste.
Miska.
Und die nächste.
Wutschak.
Und die nächste.
Alle. Alle.
Und die nächste.
Bald sind alle gerächt.
Und die nächste.
Oder wir sind alle bei ihnen.
Und die nächste.
Aber dann haben wir es wenigstens versucht.
Und die nächste.
Es war richtig.
Und die nächste.
Blut fordert Blut.
Und die letzte.
Oder?

Auf der Plattform an der Spitze des Turms war ein Gerüst aus dem dunklen Tannenholz des Schwarzen Hains aufgebaut. Von einem seiner Balken baumelte die Leiche eines jungen Mannes in der Uniform eines Trommlers. Waldur trieb den letzten Haken der Kette in das weiche Fleisch zwischen Hals und Schulter des Toten. Dann wandte er sich um. »Mein Bruder.«

Dalarr antwortete ihm nicht. Er stand einfach da, aufrecht, Swiputir und Blotuwakar gezogen. Seine Kiefer mahlten, und Namakan wusste nicht, ob die Augen des Tegin wirklich in das Hier und Jetzt blickten oder in eine Vergangenheit, seit der dreißig Sommer verstrichen waren.

Waldur lächelte, als er Namakan sah. »Habe ich dir nicht gesagt, dass er kommt? Habe ich dich je belogen? Ich mache all deine Träume wahr.«

Der Krieger in Weiß sprach weder zu Namakan noch zu Dalarr. Seine Worte galten einem alten Mann, der in einer ungläubigen Geste die Hände halb gehoben und den Mund halb geöffnet hatte. Einem von der Last der Sommer gebeugten Mann, der über einer spiegelnden Rüstung einen Mantel aus edelstem Purpur trug. Einem grauhaarigen Mann, dessen Stirn von einem über und über mit kostbaren Steinen besetzten Reif geschmückt war.

Arvid! Ich erkenne sein Gesicht. Aber auf den Statuen ist es jünger. Und edler. Er hat mehr Falten, als Dalarr je hatte, und diese braunen Flecken auf seinen Händen. Ist er krank?

»Aber er ist vom Talvolk«, sagte der König, die schwache Stimme von Unglauben durchdrungen. »Wie kann er es dann sein?«

»Guter Mann …« Waldur seufzte enttäuscht. »Ich dachte, ich hätte dir mittlerweile beigebracht, deinen Augen nicht vorbehaltlos zu vertrauen. Ich …«

Weiter kam er nicht.

Dalarr stürzte nach vorn, zornig brüllend. Waldur zückte seine Klingen und stellte sich ihm, erwartungsvoll grinsend. Diesmal zwangen die beiden Streiter vom Alten Geschlecht nicht erst dem Wetter ihren Willen auf. Womöglich war ihnen der verhangene Himmel für dieses Duell Kulisse genug.

Die Tegin hatten beide darauf verzichtet, ihren Getreuen aufzutragen, sich aus ihrem Zwist herauszuhalten, aber die sterblichen Geschöpfe erstarrten für eine Weile von ganz allein. Keine der Welken Blumen rührte sich, als der Dunkle Sturm und der Weiße Wind aufeinandertrafen.

Der neue Zwist wurde mit der gleichen Härte geführt wie der davor, doch kaum waren die ersten Hiebe und Schläge, die ersten Paraden und Ausweichschritte erfolgt, verstand Namakan, dass dieser Kampf ein ungleicher war: Ein ums andere Mal schaffte es Dalarr nur knapp, sein Langschwert hochzureißen, um Waldurs Dolchstiche abzuwehren.

Seine Wunde! Die Wunde in der Achsel. Sie ist nicht ganz ausgeheilt. Er ist zu schwach. Zu schwach und zu langsam.

Auch Waldurs Bewegungen fehlte etwas von ihrer früheren Geschmeidigkeit, und auch er schien seinen linken Arm zu schonen. Doch wenn Tschumilal darauf gehofft hatte, dass es nur einen einzigen Pfeil mit einer Spitze aus schwarzem Skaldat brauchte, um einen Tegin so schrecklich dahinsiechen zu lassen wie ihren Vater, war diese Hoffnung vergebens gewesen.

Was Namakan ersichtlich war, konnte Waldur nicht verborgen bleiben. »Was hat dich glauben lassen, du könntest es mit mir aufnehmen, hm?«, höhnte er, während er Dalarr mit einer raschen Folge von Ausfällen immer weiter an die Brüstung des Turms drängte. »Du hast zu viel verlernt, mein Freund. Mag sein, dass es dir durch den Gondull hinausgeschossen ist, wenn du bei deinem Weib gelegen hast!«

Es war ein liederlicher Scherz auf Kosten einer Toten, die Namakan noch mehr geliebt hatte, als er Dalarr liebte. Er reichte aus, damit seine angestaute Wut die Fesseln der Ehrfurcht vor den streitenden Tegin sprengte. *Ich bringe ihn um! Dafür bin ich hier! Ich bringe ihn um!*

Namakan zückte seinen Jagddolch – das Sirren des Stahls entlang der Scheide war ihm wie der süßeste Klang – und machte einen Schritt auf die Kämpfer zu. Er spürte einen Widerstand, wurde zurückgerissen und herumgewirbelt, hörte Morritbi einen leisen Laut der Überraschung von sich geben. Dann nahm Arvid sein Gesicht in beide Hände – *Kalt! Kalt wie Eis!* – und beugte sich so dicht zu ihm hinunter, dass Namakan den sauren Atem des Königs roch.

»Du bist es«, wisperte Arvid. »Du bist es wirklich. Das Geschenk, das mir meine arme Berguven gemacht hat.« Tränen quollen dem Greis von den Lidern. »Mein Fjarstor, mein Fjarstor ... er hat dich mir geraubt ... aber du bist ... du bist zu mir zurückgekommen ...«

Worauf wartest du noch? Tu es! Stoß ihm den Dolch in den Hals! Er ist genauso an allem schuld wie Waldur! Er muss bezahlen! Er muss! Namakan konnte nicht sagen, wer da in ihm sprach: er selbst oder die Kette. Es scherte ihn nicht. Er schloss die Finger um den Griff seiner Waffe und hielt den Atem an. *Gleich ... gleich ...*

»Dalarr!« Morritbis Schrei – voller Angst und Grauen – brachte Namakan von seinem Vorhaben ab. Er fuhr herum.

Die Hexe rannte auf die Tegin zu.

Dalarr lag geschlagen am Boden, Waldur stand über ihm und schien sich zu fragen, ob er den Todesstoß mit dem Dolch oder lieber doch mit seinem Langschwert ansetzen sollte. Wieder war Dalarrs Stirn blutig. Hatte die alte Wunde sich wieder geöffnet, oder hatte sich Waldur einen Spaß daraus gemacht, eine neue an der gleichen Stelle anzubringen? Es war ein Rätsel, für das Namakan nie eine Lösung finden sollte.

»Lass ihn in Ruhe!«, keifte Morritbi.

Waldur sah ihrem Ansturm ruhig entgegen. Als sie in Reichweite war, hieb er ihr beinahe gelangweilt den Knauf seines Parierdolchs gegen die Schläfe. Er lachte, als sie zusammensackte.

Namakans Herz setzte einen Schlag aus. *Wir haben verloren!* Er ließ den Dolch sinken, seine Wut angesichts Morritbis reglosem Körper so rasch erloschen wie ein Strohfeuer. *Er hat uns wieder besiegt.*

Waldur stieß Morritbi mit dem Fuß an, das Gesicht von Ekel zu einer widerwärtigen Grimasse verzogen. »Und wer ist das?«, fragte er Dalarr. »Ist das deine neue Hure? Soll ich ihr auch einen Drachen in den Leib schnitzen? So wie der alten?«

»Warum, Waldur?« In Dalarrs Stimme war nur noch die matte Enttäuschung des gedemütigten Verlierers. »Warum nur hast du sie so sehr gehasst? Lodaja hat dir nie etwas getan. Du warst ihr Freund ...«

»Lodaja?«, ächzte Arvid in Namakans Rücken. Der alte König schwankte ein paar taumelnde Schritte auf Waldur zu. »Lodaja?« Seine morschen Knochen knackten laut, als er die Hände zu Fäusten ballte. »Nein! Nein. Du hast gesagt, sie sei lange tot. Was redet er da?«

»Lass dich nicht von ihm blenden«, rügte Waldur seine Marionette. »Sie war nicht mehr deine Tochter. Weißt du denn nicht, was sie war, nachdem sie ihren Schoß erst einmal für ihn geöffnet hatte? Sie war seine Hure, mehr nicht.«

Doch. Sie war meine Mutter. Namakan sank auf die Knie. *Sie war meine Mutter, du Hund!*

»Nein, nein ...«, klagte Arvid und wies mit einem gekrümmten Finger auf den gnadenlosen Krieger in Weiß. »Mein Kind. Sie war mein Kind. Und du hast es getötet.«

Waldur nickte mit dem Kinn zu Namakan. »Und ich habe dir dafür dein anderes gebracht, oder nicht?«

Arvids Kopf zuckte herum. Er lächelte ein entrücktes Lächeln. »Das ist wahr ...«

»Und ich habe dir doch auch die Ketten gebracht, mit denen die Barbaren für immer in den Staub getreten werden«, fuhr Waldur fort. »Wenn sie ausgemerzt sind, wird niemand mehr auf der ganzen Welt die Macht unseres Reichs anzweifeln.«

»Ja, ja ...«, kam es von Arvid.

»Siehst du wohl.« Waldur trat Dalarr ins Gesicht, mit dem Absatz voran. Dalarrs Kopf schlug hart gegen die Steinplatte unter ihm. Er röchelte, dann war er still. »Wir beide haben später noch Zeit, uns auszusöhnen, wenn du dich ein wenig beruhigt hast«, erklärte Waldur großmütig, auch wenn Namakan daran zweifelte, dass die Worte Dalarr erreichten. Waldur wandte sich wieder Arvid zu. »Und du, du schaffst dich besser an die Ketten, du Narr! Wir haben eine Schlacht zu entscheiden.«

»Nein.« Arvid schüttelte den Kopf, und die Tränen, die ihm nun die Wangen herunterrannen, hatten nicht mehr das Geringste mit Freude zu tun. »Bitte zwing mich nicht! Nicht noch einmal ...«

»Was stellst du dich auf einmal so an?«, zischte Waldur ungehalten.

»Wir brauchen die Ketten nicht.« Arvid schüttelte panisch den Kopf. »Ganz sicher nicht. Unser Heer ist groß genug. Die Barbaren können nicht gewinnen. Zwing mich nicht, die Toten zu wecken. Bitte. Du weißt nicht, was es mit einem macht.«

Waldur steckte seine Waffen weg und schritt auf Arvid zu, wie Dalarr immer auf Namakan zugeschritten war, wenn er ihm wegen eines Fehlers an Amboss oder Esse ein paar Schläge verpasst hatte.

Er ist es. Er ist der, der alle Fäden in der Hand gehalten hat. Von Anfang an. Niemand sonst. Arvid ist nur sein Werkzeug. Die Maske, hinter der er sich versteckt. Ein verrückter alter Mann. Ein Greis, der nicht mehr weiß, wer vor ihm steht. Der denkt, ich wäre jemand anders. Der meint, ich wäre sein Kind. Das Kind seiner Königin, die er verloren hat, als er vor dreißig Sommern schon einmal auf diesem Turm war.

Waldur änderte seinen Weg, um vor Namakan stehenzubleiben. Er streckte fordernd die Hand aus, aber seine Züge waren widerlich freundlich dabei. »Gib mir das Piekserchen, bevor du dir noch damit wehtust.« Er deutete eine Verbeugung an. »Mein Prinz.«

Namakan gab ihm seinen Dolch. Aber er tat es nur, weil er durch Waldurs Beine hindurch etwas sah, das ihm neue Hoffnung brachte. Etwas Unglaubliches.

Morritbi hatte sich halb aufgerichtet und schaute zu ihm herüber. Sie hielt sich einen Finger an die Lippen, und in ihren Augen loderten gleißende Flammen. Kein Bild von Zorn oder Groll. Echte, flackernde Flammen!

Waldur packte Arvid am Arm, zog ihn zu sich heran und schnitt ihm flink die Handfläche auf, eine grausame Prozedur, die er an Arvids zweiter Hand wiederholte. Danach versetzte er dem wimmernden König einen barschen Stoß in den Rücken, der den Alten zu Fall brachte. Mit Tritten in den Hintern scheuchte er Arvid bis unmittelbar vor das Gerüst mit der Leiche des jungen Trommlers. »Heb sie auf!«, knurrte er.

Morritbi erhob sich, lautlos wie eine Katze. Das Feuer in ihren Augen umspielte ihre Brauen, ohne sie zu verbrennen.

Meine Hexe ... die Tochter eines Feuergeists ... deshalb hat er sie berührt ...

Arvid griff winselnd nach den Ketten.

Die erschütternde Empfindung, die Dalarr auf dem Flug mit dem Falken in Worte zu kleiden versucht hatte, packte Namakan und schnürte ihm die Luft ab. Es war die Verbitterung eines Bauern, der vor seinem verdorrten Feld stand. Die Verzweiflung einer Mutter, die ein totgeborenes Kind an ihre Brust hielt. Der Hunger eines Eingemauerten, der seine eigenen Finger fraß. Es war der üble Hauch aus den tausend Schlünden des Plagenvaters, der durch Namakans Seele wehte.

Die Schreie, die aus dem Pass zur Spitze des Turms hinauf hallten, gewannen eine neue, andere Kraft. Sie waren nicht mehr nur aus Schmerz und Kampfeslust geboren. Nun waren es die Schreie von Gefangenen im Reich eines finsteren Dämons, in dem Leben und Tod eins geworden waren.

Auch Arvid hörte diese Schreie, und er warf sich wild hin und her, die blutigen Hände um die Glieder der Kette gekrallt. Geifer sprühte ihm von den Lippen, und von seinen Augen war nur noch das Weiße zu sehen. Der tote Trommler zuckte, als würde er zu einem irrsinnigen Takt tanzen, den ein anderer, ein fallsüchtiger Vertreter seiner Zunft schlug.

Der Krieger in Weiß legte den Kopf in den Nacken und lachte und lachte und lachte.

»Waldur!«, schrie Morritbi, die wankend auf ihn zuging.

Der Tegin drehte sich zu ihr um, und Namakan bemerkte, wie ihm der Anblick der Hexe mit den brennenden Augen die Heiterkeit austrieb.

»Mein Vater hat dir etwas auszurichten!«, rief Morritbi. »Brenne!«

Sie riss den Mund weit auf und spie Waldur einen fauchenden Strahl grellen Feuers entgegen.

Der Krieger in Weiß zog sein Schwert, doch dies war ein Gegner, dessen Angriff mit weißem Skaldat nicht zu parieren war. Der Strahl schien kein Ende zu nehmen – ganz so, als springe die unerschöpfliche feurige Flut aus dem Bauch der Erde selbst aus Morritbis Mund. Wie eine Schlange mit roten und gelben Schuppen wand sich das Feuer um Waldurs Leib. Waldur brüllte und tobte. Sein Haar stand in Flammen, seine Rüstung schmolz wie Wachs. Er taumelte erst in die eine, dann in die andere Richtung, warf seine Klingen von sich, stürzte und wälzte sich auf dem Boden.

Der Geruch, der zu Namakan herüberwehte, war dem einer gebratenen Taube nicht unähnlich, und er schwor sich sofort, nie wieder eine gebratene Taube zu essen, solange er lebte.

Endlich fuhr der Schweif des Feuers über Morritbis Lippen, doch die Schlange erlosch nicht. Waldurs Kopf war nur noch ein verkohlter Schädel, sein Gesicht eine schwarze Fratze mit eisblauen Augen, und alle Schreie waren ihm ausgebrannt.

Morritbi kippte vornüber, fing ihren Sturz mehr schlecht als recht ab und brach zusammen.

Namakan sprang auf die Beine und hastete zu ihr. Er drehte sie auf den Rücken. Ihre Augen waren geschlossen und ihre Züge friedlich, als schliefe sie und träumte einen wunderschönen Traum. Namakan überschüttete ihre Stirn mit Küssen. *Sie ist ganz kalt! Kälter als Arvids Hände! O bitte wach auf, wach auf!*

»Namakan ...« Der Ruf war schwach, aber seine lange Lehre hatte Namakan dazu gebracht, auf die leisesten Äußerungen dieser Stimme zu achten. »Namakan ... die Kette ...«

Namakan meinte mehr zu spüren als zu hören, wie Morritbi unter ihm leise stöhnte. Er vertraute seinem Gefühl. Er musste ihm vertrauen, wenn er dem Grauen, das Waldur ein zweites Mal in Kluvitfrost erweckt hatte, ein Ende machen wollte. *Die Kette! Ich muss die Kette vernichten. Aber womit?*

Seine Blicke huschten von Arvids Händen zum zuckenden Trommler und von dort zu den Waffen, die Waldur Dalarr aus den Händen geschlagen hatte. *Blotuwakar!* Er rannte zu dem Langschwert, nahm es auf und ließ es sofort wieder fallen. *Nein! Schwarzes Skaldat! Die Kette ist aus schwarzem Skaldat!*

All die Sommer, die er neben Dalarr in der Schmiede gestanden hatte und die ihm auf seiner Reise bislang wie vergeudet vorgekommen waren, zahlten sich nun aus. *Skaldat ruft nach Skaldat, aber manchmal rufen sie einander nur, um zu streiten. Weißes! Ich brauche weißes!*

Namakan eilte zurück an die Stelle, wo Waldur von der Feuerschlange angesprungen worden war. Die Schlange war verschwunden, ihre Beute hatte sie zurückgelassen: einen langgestreckten Haufen aus Asche, halbgeschmolzenem Metall, verbranntem Fleisch und von der Hitze geborstenen Knochen.

Wo ist es? Da!

Der Griff von Waldurs langer Klinge war angenehm warm, wie wenn die Waffe Namakan dazu auffordern wollte, sie zu führen.

Namakan duckte sich unter dem einen Kettenstrang weg, der zum Trommler am Gerüst führte, und trat vor den am Boden hockenden König, der wahllos an den Ketten zog.

Namakan legte alle Kraft in den weitausholenden Schlag. *Ihr Untrennbaren, verlasst mich jetzt nicht!*

Weißes Skaldat traf auf schwarzes Skaldat. Die Ketten glühten hell auf, als das getroffene Glied auseinandersprang, glatt durchtrennt von der widerstreitenden Macht der zaubermächtigen Stoffe.

Arvids Kinn fiel nach vorn auf die Brust. Die Kettenhälften rutschten ihm aus den Händen und glitten rasselnd zu Boden.

Namakan wankte nach hinten. Ein schmerzhaftes Prickeln schoss seinen Arm bis zur Schulter hinauf. Er musste die rechte Hand gegen sein Knie schlagen, damit sich seine Finger vom Schwertgriff lösten. Wie aus weiter Ferne hörte er das Heulen und Toben des Hungers, doch es wurde mit jedem Schlag seines Herzens leiser und leiser. Dann verklang es ganz, und alles, was blieb, war das Rauschen seines eigenen Blutes in den Ohren.

Er drehte sich zu Dalarr um, zögerlich und verschämt, wie er es früher immer getan hatte, wenn er auf ein Lob hoffte. Der Tegin hatte nur den Kopf gehoben, zu mehr fehlte ihm anscheinend die Kraft.

Namakan ging zu ihm, mit langsamen, erschöpften Schritten, und nahm aus dem Augenwinkel wahr, dass Arvid ihm folgte. Der König kroch auf allen vieren. Die Krone saß ihm schief auf dem Kopf, und seine Hände hinterließen rote Abdrücke auf dem grauen Stein.

»Komm«, flüsterte Dalarr. »Komm ... es ist Zeit ...«

Namakan kniete sich neben ihn. Die Haut seines Meisters war aschfahl, sein Blick flackerte unstet. Ein verschwommener Schleier behinderte mit einem Mal Namakans Sicht, und mit dem nächsten Wimpernschlag waren seine Wangen nass und heiß. »Zeit wofür?«

»Deine Hand.« Dalarrs Rechte zuckte. »Gib mir deine Hand.«

»Du bist es«, wimmerte Arvid hinter ihm und tastete nach seinem Umhang. »Fjarstor ... du bist es ...«

Namakan achtete nicht auf den Greis. Er legte seine Hand in die des Tegin.

Ehe er es noch wirklich bemerkte, schlossen sich Dalarrs Daumen und Zeigefinger wie die Backen einer Zange um den eingewachsenen Ring an seiner Hand.

»Tschuwil«, raunte Dalarr und riss seinem Schüler den Ring vom Finger.

Zeit verlor alle Bedeutung.

Da war kein Schmerz in dieser Verwandlung. Es war kein Fluch, der von ihm genommen wurde. Es war eine Erfüllung, die ihm zuteil wurde. Die Freude eines Gauklers, der nach einer gelungenen Vorstellung sein Kostüm abwirft. Die Glückseligkeit eines Schmetterlings, der sich aus den Fäden seines Kokons befreit, um endlich das Kriechen und das Warten aufzugeben und zu fliegen. Die Dankbarkeit eines Kindes, dem man seinen sehnlichsten Wunsch erfüllt und das nun glaubt, nie wieder auch nur das leiseste Verlangen nach neuen Dingen zu verspüren.

Es war nicht einmal so sehr Namakans Leib, der eine Veränderung erfuhr. Ja, er büßte etwas von seinem Speck ein, und ja, er wuchs drei oder vier Handbreit in die Höhe, sodass sich Hemd und Hose straff spannten, um sich seiner neuen Statur anzupassen. Seine Stirn wölbte sich ein Stück mehr nach vorn, sein Kinn gewann an Kantigkeit, und seine Nase spross ein wenig.

Aber das war nicht das, was wichtig war.

Wichtig waren nur die Erkenntnisse und die Gewissheiten, die in ihm reiften – und die Lügen, die er durchschaute.

Deshalb war Dalarr so zornig auf mich, als wir zum verwüsteten Gehöft kamen. Waldur hat nicht nur nach ihm gesucht. Er war mir auf der Spur.

Deshalb haben die Spinnen meinen Ring so bestaunt. Sie fühlten den Zauber, der in ihn gebannt war.

Deshalb haben Dalarr und Ammorna nachts am Feuer gestritten. Sie wollte, dass er mir sagt, wer ich bin.

Deshalb haben Tschumilal und Nimarisawi mich so seltsam angesehen, als ich ihnen zum ersten Mal gegenüberstand. Die Mutter hat den Zauber gewirkt, und die Tochter hat ihn durchschaut.

Deshalb hat mich Arvid für seinen Sohn gehalten. Ich bin sein Sohn, den Dalarr ihm geraubt hat.

Ich bin nicht Namakan. Ich bin Fjarstor.

»Fjarstor, Fjarstor«, winselte Arvid.

Dalarr ließ seine Hand los. »Jetzt weißt du es. Jetzt weißt du alles.«

Wie oft hat er das schon zu mir gesagt? Namakan schaute auf seinen Ringfinger. Seinen langen, dünnen, unversehrten Finger. »Ist es wahr? Hast du mich gestohlen?«

Über Dalarrs bleiche Lippen huschte ein Lächeln. »Nicht gestohlen. Deine Mutter ... deine richtige Mutter ... sie wollte nicht, dass er dich aufzieht ... dass Waldur dich aufzieht ... das ist die Wahrheit.« Dalarr drehte den Kopf in Arvids Richtung. »Sieh ihn dir an. Das ... das wäre aus dir geworden.« Arvid schlang von hinten die Arme um Namakans Brust.
»Du lebst. Du lebst.«
»Tu es ...« Dalarr bleckte die Zähne. Die Sehnen an seinem Hals traten straff hervor, als er den Arm streckte, um nach seinem Kurzschwert zu greifen. »Tu es ... nicht für mich ... für deine Mutter ... für deine Geschwister ...«

Namakan schloss die Augen. *Sie war nicht meine Mutter. Sie war meine Schwester. Und der Mann, der sich schluchzend an mich presst. Das war ihr Vater. Mein Vater ...*

»Hier, hier«, wisperte Arvid. Er löste einen seiner Arme von Namakans Brust. »Sie gehört dir.«

Namakan spürte ein kaltes Band um seine Stirn.

»Sie gehört dir.«

»Tu es«, verlangte Dalarr noch einmal. »Mein Schwur ...«

»Du kommst mit mir«, plapperte Arvid vor sich hin, plötzlich von einer verstörenden Heiterkeit befallen. Er küsste Namakans Haar. »Nach Silvretsodra. Dann suchst du dir ein Pony aus.« Ein weiterer Kuss. »Deine Wiege steht noch in deinem Zimmer.« Ein Kuss. »Ich bringe dir alles bei. Wie man reitet. Wie man Bogen schießt. Wie man einen Falken abrichtet.« Ein Kuss. »Ich habe Spielzeug für dich. Geschnitzte Ritter. Ein Schaukelpferd.«

»Der Schwur ...«

»Ist deiner und nicht meiner.« Namakan schüttelte den Kopf. »Töte du ihn, wenn du willst, aber darin liegt keine Ehre. Du hättest ihn töten sollen, als er noch bei Verstand war.«

»Namakan, du ...«

Namakan legte Dalarr einen Finger auf die Lippen. »Ich liebe dich. Du bist mein Vater gewesen, und du wirst immer mein Vater sein, nicht er. Das muss dir genügen.« Er beugte sich über Dalarr hinweg und gab ihm Swiputir in die Hand. »Alles andere entscheidest du selbst.«

»Du ... hast viel von mir gelernt.« Dalarrs Augen funkelten. »Zu viel vielleicht.«

Namakan schüttelte Arvid von sich ab und stand auf.

»Aber, Fjarstor«, beschwerte sich der irre Greis. »Wo willst du hin?«

Namakan schenkte Arvid einen mitleidigen Blick. »Ich bin nicht Fjarstor. Ich bin Namakan.«

Arvid schlug die Hände vors Gesicht und schluchzte hinein.

Namakan ging auf seinen viel zu langen Beinen zu Morritbi und hob sie mit seinen viel zu langen Armen auf.

Auf seinem Weg die Treppe im Turm hinunter – Morritbi federleicht auf den Armen – horchte Namakan in sich hinein. Es fiel ihm nicht schwer, weil durch die dicken Mauern nicht einmal mehr der leiseste Lärm erklang. Die Schlacht dort draußen war vorbei.

Es fühlt sich nicht anders an. Ich bin, wer ich bin. Der, der ich schon immer war. Der, der gedacht hat, all die Trauer wäre fort, wenn Waldur und Arvid erst tot sind. Nun ist der eine tot und der andere es nicht wert, dass man ihn tötet, weil es keine Strafe mehr für ihn wäre. Und ist die Trauer fort? Nein, ist sie nicht. Da ist sie immer noch, diese wunde Stelle in meiner Seele. Aber es wird besser. Es muss besser werden. Ganz gleich, wie groß oder klein ich auch bin. Ob ich ein Schmied bin oder ein Prinz.

Am Fuß der Treppe angekommen, war seine Trauer nicht gemildert, und sie wurde es auch nicht, als er sah, wer da saß, den Rücken an der Turmwand. Eine abgebrochene Lanze in der Schulter, ein Dutzend Pfeile im Leib, eine garstig klaffende Wunde von einem Schwert oder einer Axt quer über das ganze Gesicht.

Der Durchlass war von den Leichen Erschlagener verstopft, Tristbornern wie Barbaren gleichermaßen.

Kjell trat aus dem Schatten unter der letzten Treppenflucht hervor, das Gesicht rotgesprenkelt, sein zerbrochenes Schwert in der Hand. Tschumilal stützte sich auf ihn, und zwischen den Fingern, die die Elfentochter auf ihre linke Hüfte gepresst hielt, sprudelten kleine rote Bäche.

»Namakan?«, fragte Kjell ungläubig.

»Ist es nicht so, wie ich es sagte? Wie es dir Ammorna schon gesagt hat?« Tschumilal rang sich ein Lächeln ab. »Hat er uns nicht alle getäuscht?«

Namakan legte Morritbi vorsichtig ab und trat an Eisarns Leichnam. »Smarna«, murmelte er. »Smarna ...«

»Die Toten«, sagte Kjell leise. »Die Toten haben sich erhoben.«

»Ich weiß«, sagte Namakan. »Wir waren nicht schnell genug.«

»Wo ist Dalarr?«

»Oben.«

Tschumilal nickte. »Und Waldur und Arvid?«

»Waldur ist tot«, antwortete Kjell an Namakans statt überzeugt. Er wies mit dem Schwert auf das fahle Licht draußen, das einen rötlichen Ton angenommen hatte. »Die Sonne geht unter, aber ich spüre keine Angst mehr.«

»Arvid ...« Namakan brach ab. »Warum ist es so leise?«

»Die Pferdestämme sind geflohen, als die Toten zu wandeln begannen.« Kjell zuckte mit den Schultern. »Wer will es ihnen verübeln?«

»Was hast du auf dem Kopf?« Tschumilal zeigte auf die Krone, die Arvid Namakan aufgesetzt hatte.

Namakan hörte schnelle Schritte und drehte sich um. Im anderen Durchlass des Turms stand ein Soldat Tristborns, ein junger Kerl, der höchstens fünfzehn Sommer gesehen hatte. Sein Waffenrock hing ihm in Fetzen am Kettenhemd, seinen Helm hatte er wohl verloren. Er hob ängstlich sein Schwert und machte einen Schritt in den Turm hinein. Als sein Blick dem Namakans begegnete, weiteten sich seine Augen und er fiel auf die Knie.

»Verzeiht«, sagte er hastig. »Verzeiht, mein König.«

Epilog

»… und so endet unsere Geschichte.«

Er ließ die Hände sinken und erfreute sich an den großen, glänzenden Kinderaugen. Er liebte diese kleinen Geschöpfe von ganzem Herzen: den pummeligen Jungen mit dem strubbeligen roten Schopf genauso wie das zerbrechliche Mädchen, dessen feines, langes Haar glänzte wie schwarzes Glas.

Einen Augenblick verharrte sein Publikum in atemloser Stille – ein Augenblick, der nicht lange anhalten sollte.

»Halt, halt!«, beschwerte sich der Junge. »Das geht so nicht. Das kannst du nicht machen.« Er ahmte Hiebe mit einem Schwert nach, das nur in seiner aufgekratzten Vorstellung existierte. »Dalarr und Arvid. Haben sie denn nun noch gekämpft?«

»Das weiß niemand so genau.«

»Aber wieso denn nicht?« Der Junge runzelte die Stirn.

»Als die ersten Soldaten zur Spitze des Turms gelangten, fanden sie das unheimliche Gerüst, an dem noch immer der arme kleine Trommler hing. Sie fanden die zerschlagene Kette. Sie fanden die grausigen Überreste Waldurs. Aber Dalarr und Arvid? Nein, die fanden sie nicht. Nur einen schwarzen Umhang aus schillerndem Pelz und einen purpurnen Mantel.«

»Haben sich die Soldaten nicht gefragt, was aus ihrem König geworden ist?«, wunderte sich das Mädchen.

»Wozu?« Er zuckte mit den Achseln. »Arvid war doch der alte König gewesen, und nun hatten sie einen neuen.«

»Und das haben sich die Leute einfach so gefallen lassen?« Der Junge stemmte die Arme in die Hüften. »Dass ein Prinz, den vorher noch nie jemand gesehen hat, plötzlich König wird?«

»Nun, so plötzlich war es ja gar nicht. Zumindest in Silvretsodra war es kein Geheimnis, dass es einen verlorenen Prinzen gab. Und dort hatte jemand auch das Volk auf die Wiederkehr dieses Prinzen vorbereitet. Eine einfache Dienerin Krokas ist es gewesen, die in einer prächtigen Kutsche, die nur aus dem Fuhrpark des Königs stammen konnte, zu den Flüchtlingen vor den Stadttoren gefahren kam. Sie predigte zu ihnen. Sie erzählte davon, dass sie die Zeichen der Gefiederten gedeutet hätte und dass bald ein Sohn aus der Fremde seinen Vater auf dem Thron ablösen würde. Ein neuer König, aufgetaucht nach einer großen Schlacht. Ein neuer König, den die Pferdestämme fürchteten, weil ihm selbst die Toten zu Hilfe eilten. Zuerst hörten ihr nur die Flüchtlinge zu, aber es verbreitete sich rasend schnell die Kunde in der Stadt, dass Kroka am Leib dieser Dienerin ein ganz besonderes Wunder wirkte. Mit jedem Tag, den sie predigte, wurde ihre Haut ein wenig schwärzer. Schwarz wie die Gefiederte selbst. Wenn das mal kein Zeichen war, dachten sich mehr und mehr Leute, und als Namakan dann schließlich in Silvretsodra erschien, zweifelten nur noch die Unverbesserlichen daran, dass er der rechtmäßige König war.«

»Dann ist für ihn ja alles gut ausgegangen.« Der Junge nickte zufrieden. »Und er hat dem Grafen ohne Land sein Land zurückgegeben, oder?«

»Nein.«

»Nicht?«, empörte sich das Mädchen. »Was für ein undankbarer Klotz! Ist er am Ende genauso böse und verrückt wie Arvid geworden?«

»Nicht so schnell, nicht so schnell«, beschwichtigte er. »Namakan brauchte Kjell sein altes Land nicht zurückzugeben. Kjell hatte sein eigenes Reich. Ein neues Reich, über das er gemeinsam mit Tschumilal herrschte.«

»Das Elfenreich?« Der Junge verzog das Gesicht. »Aber dort war doch alles tot. Kjell kann nicht sehr schlau gewesen sein, wenn er sich so ein Reich hat andrehen lassen.«

»Kein Land bleibt für immer tot.« Er lächelte versonnen. »Immer ist eine viel zu lange Zeit, selbst für den Tod. Und im Elfenreich hat es gar nicht lange gedauert, bis neues Leben erblühte. Tschumilal trug es in ihrem Schoß hinein, und als ihre Kinder geboren wurden – Zwillinge, wie ihr –, grünte in der Halle der Zusammenkunft die verwelkte Knospe, und der runde Stein in ihr begann wieder zu leuchten.«

»Trotzdem.« Das Mädchen senkte den Blick.

»Was trotzdem?«

»Trotzdem ist es traurig. Dass manche am Leben bleiben durften und andere nicht.«

»Meinst du Eisarn?«

»Ja. Und Hok Gammal.«

»Nun …« Er stockte. »Hok Gammal durfte wenigstens dort sterben, wo er immer sterben wollte. Auf dem Rücken seines Falken.« Er seufzte. »Lass den Kopf nicht so hängen, mein Kätzchen. Eisarn starb, ja, aber er brachte der Sippe, die ihn einst verstoßen hatte, die Hoffnung zurück.«

»Aber wie das?« Der Junge verschränkte die Arme vor der Brust. »Wo er doch tot war.«

»Schau dich an, du Fifl«, schalt er scherzhaft. »Da hast du gerade einmal zwölf Sommer gesehen und willst mir erklären, wie es in der Welt zugeht. Sperr die Ohren auf: Namakan hatte nicht vergessen, weshalb Eisarn seiner Mutter den Schlüssel für das Tor zur Grotte des Plagenvaters gestohlen hatte. Er ließ den Leichnam seines Freundes in die feinsten Grabtücher schlagen, die es im ganzen Reich gab, und dann sandte er ihn nach Hause. Aber nicht auf irgendeiner schäbigen Bahre, nein. Er ließ ihn auf dem Ehrenschild seiner Sippe dorthin tragen. Der Schild, den jede Sippe braucht, wenn sie neue Zwerge machen will.«

»Das ist besser als nichts«, räumte das Mädchen ein. »Und Morritbi? Ist sie wieder aufgewacht? Ist sie heim in den Wald gegangen?«

»Natürlich ist sie wieder aufgewacht, und ja, sie ist heim in den Wald gegangen. Sehr oft sogar, und Namakan brach es jedes Mal das Herz, wenn sie ging. Doch sie kehrte stets an seine Seite zurück. Irgendwann war sie sicher, dass die Befehle, die

Namakan erteilt hatte, auch befolgt wurden. Dass man für jeden Baum, den man im Schwarzen Hain schlug, an anderer Stelle zwei neue pflanzte. Danach blieb sie länger bei ihm, aber ganz konnte sie den Wald nie vergessen.«

»Dann war Namakan ein guter König?«, fragte der Junge lauernd.

»Es gibt keine guten Könige«, erklärte er ernst. »Nur solche, die danach streben, gut zu sein. Und unter diesen sind diejenigen die besten, die sich eingestehen können, dass sie bei diesem Streben ab und an scheitern.«

»Aber wurde er wenigstens alt?«, fragte das Mädchen besorgt. »Und glücklich?«

»Alt, das ja«, sagte er. »Glücklich? Vergesst nicht: Er hatte viel Schlimmes erlebt. Er hatte sein altes Heim in Schutt und Asche liegen sehen, die Leichen seiner Lieben ringsherum verstreut. Er hatte einen Menschen getötet, bei dem Kampf auf der Brücke auf der Narbe. Er hatte Verrat erfahren, von einem Mann, der ihm lustig und freundlich erschien und dem er nur Gutes hatte tun wollen. Er war dabei gewesen, als eine uralte Elfe entschied, aus dieser Welt zu gehen. Er hatte einen Freund verloren, den er gerade erst gefunden hatte. Er musste Abschied von einer weisen Frau nehmen, die ihn noch viel hätte lehren können. Er hatte erfahren, dass seine ganze friedliche Jugend auf eine Lüge gebaut war.«

»Dann konnte er also gar nicht glücklich werden?«, fragten die Kinder wie aus einem Mund.

»Das habe ich nicht gesagt.« Er strich ihnen zärtlich über die Wangen, und sie ließen es gern geschehen. »Doch es gab immer wieder Zeiten, in denen er glaubte, all das Unglück, das er erlebt hatte, müsste ihn einholen und mit Haut und Haar verschlingen. Zum Glück hatte er da jemanden, der ihm den Kopf zurechtrückte. Der ihm sagte, wie man es mit Geistern aus der Vergangenheit halten muss: Man bittet sie nur kurz herein und komplimentiert sie dann rasch wieder hinaus.«

Er schaute auf. Sie stand in der Tür des Zimmers, und wie immer, wenn er sie unerwartet erblickte, erfüllte ihn eine tiefe Dankbarkeit, auch nach so vielen Sommern.

»Ihr müsst ins Bett«, sagte sie in diesem sonderbar strengen, milden Tonfall, den nur sie beherrschte und dem sogar er sich widerspruchslos beugte.

Der Junge und das Mädchen küssten ihn, nur flüchtig, und er wehrte sich gegen den Drang, sie an seine Brust zu pressen und nie wieder loszulassen. Doch es hätte sie nur beunruhigt, wie es die Jungen immer beunruhigt, wenn die Alten in zu viel Zuneigung ausbrechen.

Er lauschte noch kurz ihren Schritten, dann griff er nach seinem Weinglas. Leer. Er schaute zur Karaffe. Leer.

Sie trat zu ihm und nahm seine Hand. »Sei ehrlich. Was hast du ihnen alles erzählt? Und wie viel davon war die Wahrheit?«

»Nicht mehr, als nötig war«, sagte er. Er zog sie zu sich heran und verlor sich in ihrem Duft und in ihrer Wärme. »Nicht mehr, als sie verstehen.«

Prinzen, Könige, Wanderer und andere

VON DEN IMMERGRÜNEN ALMEN

Tegin Dalarr att Situr, von den Halblingen Kowal, der Schmied, genannt: ein großer Mensch, der sich auf den Immergrünen Almen des Talvolks niederließ
Namakan: ein Halbling aus dem Talvolk, Dalarrs Ziehsohn und Schüler zugleich
Lodaja att Situr: Dalarrs Gattin und Namakans Ziehmutter
Wutschak, Miska, Selesa, Tschesch, Jasch, Roblik: Namakans Ziehgeschwister
Wikowar: ein weitgereister Händler aus dem Talvolk

AUS DEN HALLEN DER MACHT

Waldur att Situr, der Krieger in Weiß, von seinen Getreuen Skra Gul geheißen: die rechte Hand des Königs
König Arvid hus Drake, von seinen Speichelleckern als der Große umschmeichelt: der Herrscher Tristborns
Der Gräfling: ein unbedeutender Spross der Königsfamilie Tristborns und Lodajas Vater
Berguven: die zweite Gattin des Gräflings
Gubbe der Schlohbart: der Vorgänger von Arvid hus Drake auf dem Thron Tristborns
Fünf: ein Neffe und Günstling König Gubbes
Elf: ein tumber Helfershelfer von Fünf
Zwanzig: ein eitler Helfershelfer von Fünf
Der Holzkopf: ein einfältiger Freund Waldurs
Oktar, der Fette Hengst: ein Heerführer der Pferdestämme

Kusk: der Oberste Verwalter des königlichen Fuhrparks
Fjarstor hus Drake: ein verschwundener Prinz

AUS DEM SCHOSS DER ERDE

Kongulwafa, Bewahrerin der Geheimnisse, Hüterin der Narbe, Mutter der Spinnen: die Königin eines Reichs aus weitverzweigten Höhlen
Morritbi: eine Gefangene in der Halle Kongulwafas
Slahis Sabba: der Plagenvater
Guloth Bairasunus: zwergischer Bezwinger des Plagenvaters
Eisarn Bairasunus: ein alter Quälgeist Dalarrs

AUS DEM SCHWARZEN HAIN

Kjell hus Tamiller: ein Graf ohne Land
Ammorna: eine alte Dienerin Krokas und Kjells Amme
Swartjuka: ein eifersüchtiges Weib

HINTER DER DORNIGEN HECKE

Galt Songare, unter den Kindern des Dunstes als Tschun Kas Rikkach Kab, die Stimme der schmerzlich süßen Wahrheit bekannt: ein alter Waffenbruder Dalarrs
Nimarisawi: die letzte Königin der Kinder des Dunstes
Sus Atschil: ein edler Schimmel
Tschumilal: eine Elfentochter

AUF DER STRASSE

Frellis: ein Rovil-Bekehrter

VON DER NADEL

Hok Gammal: ein erfahrener Falkenreiter

AUS LEGENDEN UND GESCHICHTEN

Bilur Imir, der Dunkle Sturm: ein sagenumwobener Held, dem so manche Großtat nachgesagt wird
Skra Gul, der Weiße Wind: eine Sagengestalt, die mal der beste Freund, mal der erbittertste Feind des Bilur Imir ist

SCHARFGESCHLIFFENE HELFER

Blotuwakar: Dalarrs Breitschwert
Swiputir: Dalarrs Kurzschwert

Glossar

Altes Geschlecht, das: mythisches Urvolk, das lange vor der Ankunft der ersten Siedler in *Tristborn* bereits ein prächtiges Reich erschaffen haben soll, ehe sein eigener Hochmut es zu Fall brachte.

Atschan Tschajinel: die verwunschenen Verteidiger des Reichs der *Kinder des Dunstes.*

Austerklippen, die: eine Küstenprovinz *Tristborns.*

Bar Gripir: Name des *Alten Geschlechts* für die *Klauenschatten.*

Behagar, der Gefallene Axtschwinger: der Gott, der dem Glauben der Bewohner des *Schwarzen Hains* nach die *Narbe* in die Welt geschlagen hat und von seinesgleichen zur Strafe unter die Erde verbannt wurde.

Bigitan Hajirthera: siehe *Herzfinder, der.*

Bitterreiche Händler, die: ein Zusammenschluss der wohlhabendsten und verschwenderischsten Kaufleute, der seinen heimlichen Einfluss auf die Mächtigen über alle Reiche hinweg ausgebreitet haben soll.

Bösen Träume, die: Bezeichnung der *Kinder des Dunstes* für die *großen Menschen.*

Breitbrücke, die: die einzige Brücke, die sich über die *Narbe* spannt und die wohlweislich von Zwergenhand gebaut wurde.

Brückheim: die größte Ortschaft auf den *Immergrünen Almen*, die ihren Namen wegen der einzigen Brücke trägt, die über die *Narbe* führt.

Büffelsteppe, die: weites Grasland im Osten *Tristborns*, benannt nach den riesigen Büffeln, die dort leben.

Dornige Hecke, die: die verwunschene Grenze um das Reich der *Kinder des Dunstes.*

Drachenschuppen, die: Gebirgszug, der die Ostgrenze *Tristborns* markiert.

Drauhati: Eigenname jenes Volkes, das in *Tristborn* als Zwerge bekannt ist.

Echsenmenschen, die: ein Barbarenstamm, dessen Mitglieder sich die Haut am ganzen Leib mit wulstigen Narben zieren.

Elal Tscheb Kemikal: siehe *Flüsternde Todesregen, der.*

Erde der Macht, die: Bezeichnung der *Kinder des Dunstes* für *Skaldat.*

Fallenden Nebelwasser, die: der Ursprungsort der *Kinder des Dunstes.*

Falura Morna: siehe *Welke Blüten, die.*

Fest der Tauenden Gletscher, das: ein großes Fest, das das *Talvolk* feiert, sobald der Frühling auf den *Immergrünen Almen* Einzug hält.

Feuerhöhen, die: eine Provinz im Südosten *Tristborns*, die an den *Wispernden Dschungel* grenzt.

Flüsternde Todesregen, der: Wurfringe der *Kinder des Dunstes.*

Gall Raun: ein Gift des *Alten Geschlechts*, das dessen Angehörige einnehmen, wenn sie aus freien Stücken aus dem Leben scheiden wollen (»Gift der Erinnerung«).

Gandus Ajirtha: siehe *Zaubererde, die.*

Gebote weiser Herrschaft: in *Tristborn* verbreitete, altehrwürdige Lehrschrift über das Verhältnis zwischen Königsmacht und Untertanentreue.

Gefiederte, die: Beiname der *Kroka.*

Götterzacken, die: schroffes Gebirgsmassiv im Nordwesten *Tristborns.*

Großen Menschen, die: Bezeichnung des *Talvolks* für alle Menschen von jenseits der *Narbe.*

Halblinge, die: Bezeichnung der *großen Menschen* für das *Talvolk* der *Immergrünen Almen*, dessen Angehörige von auffällig kleinem Wuchs sind, und deren Eigenart, sommers wie winters barfuß zu gehen, den *großen Menschen* höchst verwunderlich erscheint.

Halle der Zusammenkunft, die: Versammlungsort der *Kinder des Dunstes.*

Harten Lande, die: eine Provinz Tristborns, die an die *Pockenödnis* grenzt.

Haus der Fülle, das: jenseitiger Ort, an dem gemäß dem Glauben des *Talvolks* die Seelen der Verstorbenen unter der Obhut des *Untrennbaren Paares* darauf warten, wiedergeboren zu werden.

Hautschreiber, die: angesehene Kunsthandwerker, die ihren Kunden mit Nadel und Farbe Bilder und Symbole in die Haut stechen.

Herzfinder, der: zaubermächtiges Artefakt, das Zwerge denen verleihen, denen ihr Herz gehört.

Hirschfurten, die: eine Region im Norden *Tristborns,* in der der *Silvret* an vielen Stellen flach genug ist, damit ihn gewaltige Tierherden auf ihren Wanderungen überqueren können.

Hüterin des Wissens: Beiname der *Kroka.*

Immergrünen Almen, die: in den *Götterzacken* geborgene Heimat des *Talvolks.*

Insel der Sterbenden Schwingen, die: eine geheimnisvolle große Insel vulkanischen Ursprungs im Silvret, auf die kein vernünftiger Fischer aus der Umgebung auch nur einen Fuß setzen würde.

Ischik Banolkasch: siehe *Böse Träume, die.*

Kal Majul: siehe *Kinder des Dunstes, die.*

Kammern der Verschmelzung, die: Orte, an denen neue Zwerge gemacht werden.

Ketten der Ewigkeit, die: ein geheimnisumwittertes zwergisches Artefakt, dem viele düstere Kräfte zugesprochen werden.

Kinder des Dunstes, die: altertümlicher Name jenes zurückgezogen lebenden Volkes, das die *großen Menschen Tristborns* Elfen nennen.

Klauenschatten, die: Gefährliche Raubtiere aus dem *Schwarzen Hain.*

Kluvitfrost: bedeutende, nach dem gleichnamigen Pass benannte Bergfeste in den *Drachenschuppen* und Schauplatz zweier Schlachten, die über das Schicksal *Tristborns* entschieden.

Kollur Skipta: in der Sprache des *Alten Geschlechts* jener Berg, unterhalb dessen Gipfel der Pass und die Feste *Kluvitfrost* liegen (»Geteiltes Haupt«).

Kowilasch Ulef: siehe *Erde der Macht, die.*

Krallenfüßige, die: Beiname der *Kroka.*

Kroka: die Göttin des Wissens, der Zukunft und der Geheimnisse in jenem Pantheon, wie es in *Tristborn* verehrt wird.

Logmal Rata: das Gesetz des Unendlichen Weges, dem das *Alte Geschlecht* unterworfen ist.

Logmal Skirr: das Gesetz der Reinheit, das für das *Alte Geschlecht* unumstößlich ist.

Morulfur: der mächtigste Dämon in den Legenden der *Drauhati.*

Mot Romir: eine Zusammenkunft des *Alten Geschlechts* (»Treffen des Wortes«).

Möwenmark, die: eine Küstenprovinz *Tristborns.*

Mutter aller Sippen, die: lebensspendende und vor Unbill behütende Ahnen-Gottheit der *Drauhati.*

Mutter alles Kommenden, die: Beiname der *Kroka.*

Nährende Gattin, die: die weibliche Hälfte des *Untrennbaren Paares.*

Nadel, die: eine hohe Felsspitze unweit der *Büffelsteppe,* in deren Höhlen riesige Falken nisten.

Narbe, die: eine gewaltige Schlucht, der Legende nach durch den Axthieb eines Gottes entstanden, die die *Immergrünen Almen,* die Heimat der *Halblinge,* vor dem Einfluss der *großen Menschen* schützt.

Nebelkrähen, die: abfällige Bezeichnung für die Dienerinnen *Krokas.*

Nutho Ausija: Bezeichnung der *Drauhati* für die *Kinder des Dunstes* (»spitze Ohren«).

Pferdestämme, die: barbarisches Reitervolk aus dem Osten.

Pferdesteppe, die: eine ausgedehnte Steppe jenseits der *Drachenschuppen* und die Heimat der *Pferdestämme*.

Plage, die: unheimliche Seuche, die die Toten zum Wandeln bringt und ihnen dabei einen unstillbaren Hunger nach Fleisch verleiht.

Pockenödnis, die: von Barbaren bevölkerte Steinwüste im Nordwesten *Tristborns*.

Rattenfresser, die: die Ärmsten der Armen *Silvretsodras*, die in der Kanalisation unter der Hauptstadt ein trostloses Dasein führen.

Rovil: der Gott der Liebe, des Friedens und der Versöhnung in jenem Pantheon, wie es in *Tristborn* verehrt wird.

Scharfschnäbelige: Beiname der *Kroka*.

Schlinger, der: uralter Wurmgott, der in einigen Westprovinzen *Tristborns* bis heute Anbetung erfährt.

Schneckenesser, die: ein Barbarenstamm aus dem Süden.

Schönste Stimme, die: Ehrentitel unter den *Kindern des Dunstes*.

Schwarzäugige, die: Beiname der *Kroka*.

Schwarzer Hain, der: ausgedehntes Waldgebiet im Norden *Tristborns*, dessen hartholzige Bäume dem Glauben seiner Bewohner nach die Barthaare eines Gottes sind.

Setom Kisch: siehe *Dornige Hecke, die*.

Silvret, der: größter Fluss *Tristborns* und damit eine der Lebensadern des Reiches.

Silvretsodra: die am *Silvret* gelegene Hauptstadt von *Tristborn*.

Skaldat, das: zaubermächtiges Mineral, das in vielen Farben vorkommt und das es bei kundiger Verarbeitung ermöglicht, flüchtigem Willen fassbare Gestalt zu verleihen.

Skorugir Laga: die Ehrenvolle Zusammenkunft zweier Angehöriger des Alten Geschlechts, die einen Zwist auszutragen gedenken (»ruhmversprechende Verabredung«).

Stechende Zorn, der: Peitschenklingen der *Kinder des Dunstes*.

Stille Leere, die: der unwandelbare Zustand, der laut dem Glauben des *Alten Geschlechts* einen jeden nach dem Leben erwartet.

Stridus: der Gott des Krieges, des gerechten Zorns und der Unerbittlichkeit in jenem Pantheon, wie es in *Tristborn* verehrt wird.

Stumme Barde, der: bekanntester Poet *Tristborns*, der all seine zahllosen Werke ohne Nennung seines wahren Namens niederschrieb und daher den Chronisten bis heute Rätsel aufgibt.

Südwart: reiche Stadt in den Südprovinzen *Tristborns*, die aufgrund eines geplanten Aufstands der Stadtoberen gegen König Arvid vom Skra Gul geschleift wurde.

Swemmanger: Stadt am *Silvret*, die durch die Moosbeerenzucht zu bescheidenem Wohlstand gelangt ist.

Talvolk, das: Eigenbezeichnung der *Halblinge*.

Tanngrund: eine kleine Ortschaft inmitten des *Schwarzen Hains*.

Tempel der Sanftmut, der: wichtigstes Heiligtum des *Rovis* in ganz *Tristborn*.

Toschoschik Sibal: siehe *Fallendes Nebelwasser, das*.

Tristborn: eines der mächtigeren Reiche der *großen Menschen*, dessen Könige bei den Barbaren für ihren Machthunger seit langer Zeit gefürchtet sind.

Tschelal Kujaschi: siehe *Schönste Stimme, die*.

Tschun Koschijal: siehe *Zarteste Blüte, die*.

Tschusch Tijik: siehe *Stechende Zorn, der*.

Tundi Galuknan: die Zauberschlösser der *Drauhati* (»Schlossbeißer«).

Unendliche, der: der namenlose Gott des *Alten Geschlechts*, der alles Schöpferische und Zerstörerische in seiner ewigen Teilnahmslosigkeit vereint.

Unerschrockenen, die: siehe *Drauhati*.

Untrennbare Paar, das: die beiden einzigen Götter, die das *Talvolk* anbetet und die die Seelen ihrer Schützlinge nach deren Tod in immer neuen Körpern zurück in die Welt entsenden.

Verbotene Spitzzüngigkeiten: eine nur unter der Hand weitergegebene Schmähschrift über den Zustand des Reiches *Tristborn* unter der Regentschaft König Arvids.

Wachsame Gatte, der: männliche Hälfte des *Untrennbaren Paares*.
Welke Blüten, die: Bezeichnung des *Alten Geschlechts* für kurzlebigere Völker.
Wispernder Dschungel, der: ein undurchdringlicher Regenwald, der die Südostgrenze *Tristborns* markiert.
Wordur Romir: ein hoher Würdenträger des *Alten Geschlechts* (»Wächter des Wortes«).
Zarteste Blüte, die: Ehrentitel unter den *Kindern des Dunstes*.
Zaubererde, die: Bezeichnung der *Drauhati* für *Skaldat*.
Zeitengeviert, das: die feste Abfolge aus Frühling, Sommer, Herbst und Winter.
Zehntausend Fragen auf dem Pfad zur steinernen Gelassenheit: ein umfangreiches Schriftwerk, das die Grundlage für jene Weltanschauung bildet, wie sie in den Klosterstädten an den Hängen des fernen Weltenwalls am östlichen Ende der Welt gelehrt wird.

Danksagung

Lieber Leser,

der Heldenwinter ist vorüber, und in der Welt des Skaldats zeichnen sich am fernen Horizont zaghaft die ersten Vorboten einer besseren Zeit ab. Frühlingsboten, wenn man so will. Ich hoffe natürlich, dass Ihnen dieser kleine Ausflug, auf den ich Sie eingeladen habe, gefallen hat.

Für mich ganz persönlich jedenfalls war die Arbeit an diesem Roman das reinste Vergnügen und die Erfüllung eines Traums. Ich bin nämlich seit Kindertagen hoffnungslos der Fantastik verfallen: Fantasy, Science-Fiction, Horror – ich übertreibe nicht, wenn ich behaupte, dass diese Genres mein Leben nachhaltig bereichert haben. Man könnte auch sagen, ich hätte mich, fast seit ich denken kann, *an ihnen* bereichert. Und *Heldenwinter* ist nun mein bescheidener Versuch, einen kleinen Teil dieser Schuld abzutragen.

Womöglich ist Ihnen zu Beginn Ihrer Lektüre aufgefallen, wem dieses Buch gewidmet ist: den Vätern der Fantasy. Gemeint sind damit J. R. R. Tolkien und Robert E. Howard. Das ist jedoch nicht nur als allgemeine Verneigung vor diesen »alten Meistern« zu verstehen, weil beide auf ihre jeweils ganz eigene Weise Herausragendes geleistet haben, um die Fantasy, wie wir sie heute kennen, das Licht der Welt erblicken zu lassen. Ihre Werke bedeuten für mich viel, viel mehr. Unternehmen wir doch einen neuen, ganz kurzen Ausflug zusammen, einen Ausflug in meine Kindheit.

Meine Erstbegegnung mit dem *Herrn der Ringe* fand unter dem Wohnzimmertisch meiner Tante statt (aus heutiger Sicht sicherlich kein wirklich fantastischer Ort, aber durch die Augen eines Kindes betrachtet sehr wohl). Dort, unter diesem Tisch, unter den wir uns bei einer Familienfeier vor den Erwachsenen mit ihren langweiligen Geschichten geflüchtet hatten, erzählte meine Cousine Claudia meinem Bruder und mir, welche spannenden Abenteuer sie gerade in Mittelerde miterleben durfte. Ich war Feuer und Flamme, als ich von bösartigen Orks, mutigen Zwergen und tapferen Hob ... pardon ... Halblingen erfuhr, und diese Leidenschaft ist nie wieder ganz erloschen.

Conan hingegen erlebte ich das erste Mal auf der Mattscheibe. Dort schlüpfte Arnold Schwarzenegger in seine Paraderolle als Nordland-Barbar und brachte fiese Kultisten und garstige Monster zur Strecke. Erst deutlich später lernte ich Howards Geschichten über diesen Vorzeige-Anti-Helden, der sich nur seiner eigenen Vorstellung von Moral und Gerechtigkeit verpflichtet fühlt und dabei am Ende – beinahe nebenbei und bisweilen gar versehentlich – doch eher für das Gute eintritt, kennen und lieben.

Ich wiederhole mich an dieser Stelle gerne: Tolkien und Howard haben die Fantasy geprägt, wie es keinem anderen Autor nach ihnen gelungen ist. Jeder, der sich heute an der Fantasy erfreut, schuldet ihnen Dank – und jeder, der Fantasy schreibt, folgt ihren ersten, kühnen Schritten. Daher also die Widmung.

Jetzt habe ich die ersten eigenen Schritte auf dem Weg durch das Reich der epischen Fantasy unternommen, und ich wäre bei diesem tollkühnen Abenteuer ohne jeden Zweifel ins Straucheln geraten, hätte ich nicht viele treue und kluge Helfer an meiner Seite gewusst.

An erster Stelle ist hier unbedingt mein Co-Autor zu nennen, der für die Geschehnisse in *Heldenwinter* zwar mindestens ebenso viel Verantwortung trägt wie ich, aber in einem ungewohnten Anflug von Bescheidenheit auf eine Nennung seines Namens verzichtet hat. Ihm selbst gebührt selbstverständlich auch mein ergebenster Dank (und sei es nur der Dank dafür, mich die Suppe, die wir uns wechselseitig eingebrockt haben, allein auslöffeln zu lassen). Da er mich nun andererseits darum gebeten hat, mich auch in seinem Namen bei den im Folgenden genannten Mitstreitern zu bedanken, sehe ich mich gezwungen, meine Dankesbekundungen von hier an im Plural zu formulieren:

Zunächst möchten wir unseren Eltern danken, die uns nicht nur das Lesen selbst, sondern auch die Fantastik nähergebracht haben.

Des Weiteren gebührt all unseren Freunden Dank für weise Ratschläge und aufmunternde Worte – insbesondere Peggy und Michael, Jan, Kerstin, Lars, Stefan, Steffi und Tom, die wissen wovon sie reden, wenn die Sprache auf Fantasy kommt. Ohne sie wäre dieses Buch gewiss um einiges ärmer ausgefallen.

Unsere großartigen Lektoren Beatrice, Carsten, Michelle und Ralf haben unermesslich viel dazu beigetragen, dass die Welt des Skaldats Gestalt annehmen durfte. Frei nach Stephen King gilt in diesem Zusammenhang: Für das Schreiben braucht es Menschen, für das Lektorieren Götter. Glücklicherweise wohnt eine solche Göttin auch bei uns: Liebe Lilo, unser Dank ist dir stets und immerdar gewiss.

Auch wenn wir unsere ersten schriftstellerischen Schandtaten auf eigene Faust begingen, haben wir zwischenzeitlich in Uwe Neumahr und Roman Hocke zwei erfahrene Recken gefunden, die bei allen Scharmützeln mit Paragraphen und Papiertigern tapfer in der ersten Reihe kämpfen. Mehr noch: Nur durch ihren unermüdlichen Einsatz, unseren ärgsten Verirrungen Einhalt zu gebieten, konnte *Heldenwinter* zu dem werden, was es letztlich geworden ist.

Bei der Ausarbeitung der Sprachen, die in der Welt des Skaldats gesprochen werden, hatten wir das große Glück, freundlichste und fachkundigste Unterstützung durch Craig Davis zu erfahren, der am Smith College unter anderem Altnordisch lehrt und dessen Herz für die alten Epen schlägt. Alle Patzer, bei denen die Linguisten unter unseren Lesern schreiend die

Hände über dem Kopf zusammenschlagen, gehen einzig und allein auf unsere Kappen.

Und freilich wollen wir auch *Sie* nicht vergessen, lieber Leser: Danke, dass Sie uns in die Welt des Skaldats gefolgt sind, danke, dass Sie mit Namakan gelitten und gekämpft haben, und danke, dass Sie einem neuen unwahrscheinlichen Helden auf seine Reise gefolgt sind.

Falls Ihnen dieses Buch gefallen hat, dann empfehlen Sie es gerne weiter. Wir freuen uns schließlich über jeden Leser. Vielleicht haben Sie aber sogar Lust auf eine weitere Reise in die Welt des Skaldats: Im Sommer 2012 erscheint *Heldenzorn*, ein Roman, der zwar nicht unmittelbar an die Ereignisse in *Heldenwinter* anknüpft, aber in der gleichen Welt angesiedelt ist – was dem geneigten aufmerksamen Leser an so mancher Stelle auffallen dürfte.

Leben Sie wohl, oder wie die Tegin sagen würden: »Wir sehen uns irgendwo auf unseren Wegen, denn alle Wege sind in Wahrheit eins.«

JONAS WOLF, Hamburg im Winter 2011

(P. S. Ich freue mich über jeden Kommentar zu *Heldenwinter*. Schicken Sie mir doch einfach eine E-Mail an: jonas@im-plischke.de.)

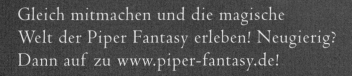